U0641365

↑ 雷恩人首创的智能共享单车，笔者2004年到达法国时，全世界只有雷恩市拥有共享单车系统

↖ 开学大典上，笔者戴着布列塔尼民族特有服饰：白色高脚帽

← 卡斯蒂永的日落景色

↙ 物理老师半夜组织学生观测月球

↓ 在圣马洛寻找暑期打工机会

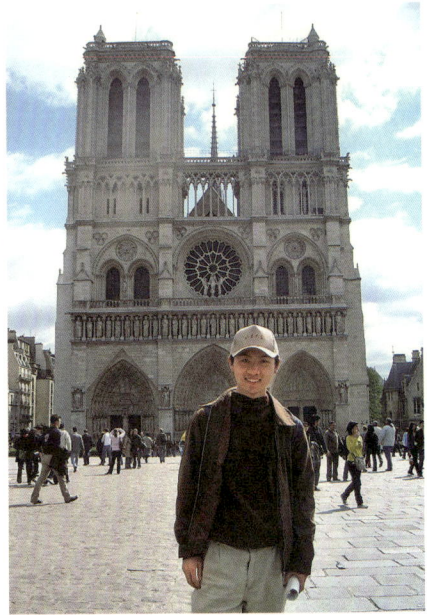

↑ 笔者 22 岁生日聚会嘉宾合影
↑ 学校组织参观巴黎，笔者第一次见到巴黎圣母院
↖ 在史蒂芬妮的外祖母家里过圣诞，吃奶酪火锅
← 毕业派对上，全年级合影
↙ 2006 年 4 月 14 日，笔者于蒙马特高地看到的红色月亮
↓ 伊温多河的水上棕榈林

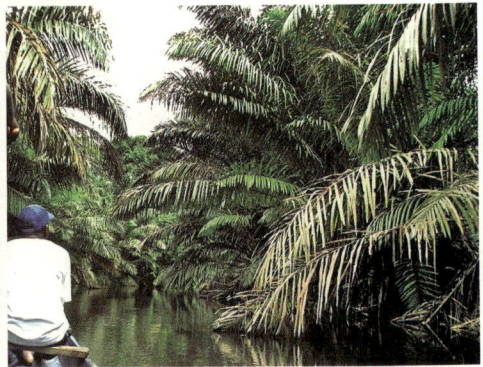

王登君　著

那年少年

——留学法国生活速记

山东教育出版社
·济南·

图书在版编目（CIP）数据

那年少年：留学法国生活速记 / 王登君著.

济南：山东教育出版社，2024.6. -- ISBN 978-7-5701-3013-9

Ⅰ．Ⅰ251

中国国家版本馆 CIP 数据核字第 20249VW914 号

责任编辑：李俊亭
责任校对：舒　心
封面设计：杨　晋

NANIAN SHAONIAN——LIUXUE FAGUO SHENGHUO SUJI

那年少年——留学法国生活速记　　　　　　　　　　　王登君　著

主管单位：山东出版传媒股份有限公司
出版发行：山东教育出版社
　　　　　地址：济南市市中区二环南路 2066 号 4 区 1 号　　邮编：250003
　　　　　电话：（0531）82092660　　网址：www.sjs.com.cn
印　　刷：山东星海彩印有限公司
版　　次：2024 年 6 月第 1 版
印　　次：2024 年 6 月第 1 次印刷
开　　本：710 毫米 × 1000 毫米　1/16
印　　张：29
字　　数：452 千
定　　价：77.00 元

（如印装质量有问题，请与印刷厂联系调换）印厂电话：0531-88881100

那些记忆深处

法国留学生活的 点点滴滴

Fragments of Memories

from the beginning of my French life

寄语海外学子

去夏，登君小友抱着书稿来看我，兴奋地说，这是他为在法中国留学生们写的书，盼我给他写书评。但他那两厚本书（150万字）让我望而生畏。日前登君来电话说他的部分书稿将要出版，再次请我写推介语。我因无暇阅完而谢绝了。可登君说无须我的评点，让我以老一辈留学生的身份，和年轻一代的留法学子分享些经历和体会，或许能给他们一些启迪，希望他们利用留学的机会全面提升自己，将在国外学到的本领用于祖国的发展建设。登君盛情难却，试着写几句我的故事，抛砖引玉吧。

我是在2015年10月，中国驻法使馆教育处和巴黎六大学联组织的"中国艺术家走进六大——刘育熙教授小提琴演奏会"上认识登君的。他向我介绍了他的忘年之交，当时已年逾九旬的世界小提琴大师伊夫利·吉特里斯（Ivry Gitlis）。我们一起去大师在巴黎拉丁区花神咖啡馆对面的家里做客，受到大师热情接待。2020年疫情期间登君十分伤心地告诉我大师以98岁高龄去世的噩耗，我安慰开导他。那天他向我透露写回忆录的想法，说这样也可以纪念他在法国认识的各界朋友了。

登君是一个感情真挚、念旧，怀有家国情怀的年轻人。他曾问我当年在中南海为毛主席独奏演出时是什么心情，我告诉他，我记得毛主席听完我演奏《梁祝》后和我握手时，主席的手很大很温暖，让我有一种非常博大、安全的感觉。登君说，这就是祖国的感觉。

在实现中华文明伟大复兴的道路上，登君这样的海外学子可起到重要作用。因为他们既懂中国文化，也识西方文化，可吸收借鉴西方文化中精华的部分，取长补短，与中国的现实相结合，助力中国的传统文化焕发出崭新的光彩。他们也能将中国文化用西方人能够理解的方式讲述传播，让中国文化受到更多国际友人的喜爱，增加中国在世界上的影响力。

我的大伯父刘半农先生作为五四新文化运动先驱，就是在蔡元培"去西方开阔一下眼界"的提议下，于1920年初先赴英国伦敦大学院留学一年后又转赴法国巴黎大学留学四年，并于1925年获法国国家文学博士学位，成为首位获得以外国国家名义授予最高学衔的中国人。他在出国留学之前，曾系统性地将高尔基、狄更斯、托尔斯泰、安徒生等人的作品引入中国，将西方文化介绍到国内，并根据西方语言中"She""It"两个单词，创造出"她"和"它"两个新的汉字。后来这两个汉字的广泛应用，丰富和完善了汉语的表达力和科学性。在100年前的1924年，半农在法国所做的博士研究基础上，发表了《四声实验录》，用波浪计等科学仪器，通过做实验的方式，加之精密的数字计算机以及同乐理的对比，首次提出和证实了基频是声调的声学基础，确定了汉语四个声调的声学性质，成为中国现代汉语语音的奠基之作。在巴黎读博期间，半农先生还做了一件抢救珍贵中国文化遗产的大事：旧中国积弱之时，许多珍贵的文物被外国侵略者掠夺。半农在法国国家图书馆意外发现了许多敦煌经卷，在紧张准备博士论文的同时，半农先生在图书馆里整本地把这些经卷抄下来，整理后陆续寄回祖国，为当时刚起步的中国敦煌学者们提供了紧缺的研究资料。后来又将这些散落海外的中华瑰宝编订成集，成为研究敦煌的重要文献，为中国传统文化的振兴与弘扬做了重要贡献。近一个世纪后，山东大学与法国国家图书馆合作开展了"全球汉籍合璧工程"（法国部分），我国派出的专家将收藏在法国国家图书馆的汉文古籍进行整理和编辑目录，通过影印扫描将其数字化，建立网络数据库，免费供全球学者查阅研究，这正是对半农先生百年前努力的一种延续与传承。

半农先生洋为中用，中西结合的学术研究方法，深刻地影响了我的二伯刘天华先生。刘天华作为中国现代民族音乐奠基人，他大胆借鉴"西乐"来改进国乐，他首次在我国音乐史上使用西方的五线谱来记录和整理中国民间音乐，抢救了大批即将失传的传统民间乐曲，就像意大利安东尼奥·斯特拉迪瓦里之于小提琴那样，刘天华对中国民族乐器二胡和琵琶进行了革新，使这两件民族乐器的表现力达到前所未有的境界。他首先把简陋的二胡从改革乐器制作，创新演奏技巧，创作划时代作品三方面，使二胡成为中国民族乐器之首。他让琵琶能够弹奏半音并易于转调，成为世界通用的十二平均律乐器。他赋予这两件古老的中国乐器以新生命。他还把民族器乐教学引入高校科目，正是刘天华百年前的艰辛实践，为当今民族音乐的繁荣发展奠定了全方位的坚实基础。登君对我说，正是因为受到我二伯刘天华用西乐改进中乐的启发，他也想通过借鉴西方化妆品品牌的成功经验提升中国化妆品的文化表现力，从而成功进军国际市场，并在外国消费者眼中成为中国文化软实力的代表。我对这项事业给予最诚挚的祝愿。

我的父亲刘北茂先生作为中国民族音乐大师，在两位兄长科学创新思想引领下，用音乐表现时代，抒发民族感情，创作了许多广为流传的音乐作品，被誉为音诗和史诗，进一步拓展了二胡作为民族乐器的艺术表现力，在创作和演奏方面大胆吸收西洋音乐的精髓，并坚持走具有中国特色的音乐发展之路。这种结合古今、融汇中西，不断创新的艺术发展道路，正是我们在建设社会主义新文化过程中应当坚持的方向。

我的大伯父刘半农、二伯刘天华和父亲刘北茂，为弘扬与发展祖国民族文化贡献了毕生心血，取得了划时代的成就，在海内外被誉为"刘氏三杰"。我踏上音乐表演和教育之路与他们的影响密不可分。受他们的熏陶，我自幼学习二胡、钢琴等乐器，12岁时开始专攻小提琴，青年时代曾师从马思聪、林克昌和苏联别里捷等教授。1983年，国家公派我到法国留学，师从世界小提琴大师、巴黎高等音乐学院热拉尔·布莱教授（Gérard Poulet）。在法留学期间，为中国音乐家首开多项纪录：在巴黎香榭丽舍剧院举行独奏会，成为登上这座欧洲古典音乐殿堂的第一位中国音乐家，并受邀录制了两张唱片，开创中国乃至亚洲人在法录制专业唱片之先河。20世纪90年代后应邀担任法国雅克·蒂博（Jacpues Thiboud）国际大赛评委，在法国国立巴黎高等音乐学院、英国苏格兰皇家音乐学院等多国音乐院校举办大师班，也成为首位登上法国高等音乐学府讲台的中国教授。近年来，在法、英、德、意、奥、匈、美、加、日、泰、立陶宛等十余国举行了百余场独奏音乐会，宣传中国文化，促进中外文化交流。我的导师热拉尔·布莱教授评价我为

"最有资格成为法国小提琴艺术学派的传人"。作为一名中国人，我在世界各国用小提琴演奏欧洲经典名曲，体现了中国人对世界文化的尊重与理解。我演奏的中国音乐，特别是中国刘氏乐曲，则体现了中国文化的博大与包容性。我的音乐会在各国受到热烈欢迎。

　　作为我国改革开放后第一批公派赴法艺术留学生，我牢记"留学报国"的宗旨，自1986年学成归国后的36年间，在我的母校中央音乐学院培养的众多弟子，目前正活跃在中国和世界各国乐坛和音乐院校。在繁忙的教学之余，我的琴声响遍国内外。为在国内推广高雅音乐，我在全国包括港台地区，以高校学子为主，兼顾各界听众举行了公益性独奏音乐会五六百场，受到广大学子和各界群众的欢迎与爱护，我深感作为伟大、亲爱祖国之一员，无上光荣与幸福！

　　我衷心祝愿当下和未来的中国海外学子们，能继承我们老一代留学生的光荣传统，在中西文化的互鉴和交融中发挥重要作用，推动中国文化走向世界，为中国文化在世界文化领域中赢得荣誉和尊重，与全球华夏子孙一起，共同为中华民族的伟大复兴而奋斗。

刘育熙
2024.5.15
于北京

刘育熙：中国著名小提琴家，中央音乐学院教授
　　　　1962年毕业于中央音乐学院
　　　　1983—1986年公派留学法国

古斯塔夫·埃菲尔及埃菲尔铁塔之友协会主席

菲利普·库佩里-埃菲尔先生的推荐信

（信件签字原件以及中文翻译）

作为古斯塔夫·埃菲尔先生的直系后裔，我很高兴和中国的读者们分享一下他的主要成就：那些矗立在世界各地的桥梁、场馆、火车站、堤坝、灯塔、天文观测站以及各种其他建筑。1856年，年仅24岁的古斯塔夫·埃菲尔就在波尔多建造了一座后来被列入国家重要遗产目录的铁路大桥。然后从1864年开始，他在法国和海外陆续建造和主持了数百个重要工程：比如说1866年在葡萄牙波尔图落成的路易一世大桥——这是欧洲最大的拱形桥之一，或者说1884年在法国特吕耶尔河上落成的加拉比大桥，还有代表着法国形象的埃菲尔铁塔，它于1889年在巴黎落成。在1864到1900年间，他持续不断地为全世界设计、建造并售出各种各样的钢铁建筑物（譬如纽约的自由女神像、在中国建造的120多座桥梁，以及在南美、中美、非洲以及欧洲本土的项目）。他使用了一种对当时来说非常创新的建筑方式：将预装的零件和附带的说明书批量运到建造地点，再由当地的工程师和工人按照说明书把这些钢铁组件组装成一个个的大桥和地标性建筑物。古斯塔夫·埃菲尔的钢铁建筑在世界上的分布范围比他本人涉足过的地方还要广泛。他在1886年改进了现代化的船闸系统，并于1889年将它们安装在连接大西洋和太平洋的巴拿马运河上。这使他在1894年获得了新成立的巴拿马运河公司20%的股份，该公司于1904年被美国以与佛罗里达州相同的价格购买。这位工程师因此变得富有。此后他专心地通过自己的埃菲尔实验室，积极地进行知识的传播和分享：他研究实验性空气动力学，致力于现代航天技术，建造了第一架下单翼飞机，研究巴黎地铁和英吉利海峡隧道，编写了第一本气象图集，研究无线电报和无线电广播技术……他把所有发明的技术都无偿分享给社会。古斯塔夫是"协同工作"的先驱之一，他通过撰写和发表文章这种简单直接的方式，同全世界分享他的发现。可以说，他是互联网精神的先驱。连接和沟通的主题对我非常重要，古斯塔夫·埃菲尔的科学和工业成就是连接世界和平与幸福的开放纽带。

我可以证明王博士拥有着对法国的深刻理解。他把这个他学习和生活了多年的国家视为他的第二故乡。我尤其要强调的是，他写的这本书旨在帮助刚到法国的中国学生快速适应法国的文化和环境。我个人希望，来法的中国学生能迅速融入法国，并成为中法友谊的使者，希望他们能够鼓励身边的中国朋友和法国朋友多到对方的国家去看看，加强连接与沟通。

最后，我想说王登君所展示出的对法国各地的了解和他的开放精神给我留下深刻的印象。他年轻时在波尔多上学，那也是我长大的城市。每当他讲起波尔多的风土人情，都让我有一种他乡遇故友的亲切感。愿他开放的心态成为一个榜样。沟通、交流与分享意味着中国学生不仅要向他们的法国同学介绍伟大的中华文化，也要关注并感知周围的法国文化。这应该有助于与法国学生情感上的共鸣，并促进友谊的建立。

寥寥数语，谨祝我七年之交的好友王登君和他的读者们万事顺心如意。

菲利普·库佩里-埃菲尔

古斯塔夫·埃菲尔及埃菲尔铁塔之友协会主席

2024年5月5日于法国波尔多

PHILIPPE
COUPERIE
EIFFEL

CHATEAU BACON
33440 SAINT VINCENT DE PAUL
FRANCE

Bordeaux le 5 Mai 2024

Lettre préface du livre de DENGJUN WANG

Je souhaite en tant que descendant direct de Gustave Eiffel présenter ses principales réalisations : des ponts, des monuments, des gares, des moles, des phares, des observatoires astronomiques et d'autres constructions autour du monde. Ainsi dès 1856 à l'âge de 24ans, il dirige à Bordeaux un pont ferroviaire qui sera classé monument historique en 2015. Puis viennent des centaines d'ouvrages à partir de 1864 en France et à l'étranger : - avec le viaduc de Porto au Portugal 1866, celui de Garabit 1884 en France, c'est l'arrivée d'ouvrages monumentaux : la Tour Eiffel est la suite, elle est inaugurée en 1889. De 1864 à 1900 il invente, il construit, il commercialise des fers qu'il envoie à travers le monde (statue Liberté à NY, 120 ponts en Chine, mais aussi en Amérique du sud, Amérique Centrale, en Afrique et bien entendu en Europe). Ces fers sont assemblés par les populations locales avec une notice que joint l'ingénieur, ce sont des ponts, des monuments en kit ! C'est très nouveau pour l'époque. Gustave ne voyage pas beaucoup, en tous cas moins que ses fers... il invente des écluses en 1886 qu'il installe à Panama en 1889 sur le canal, ouvrage de paix qui relie le Pacifique à l'Atlantique. Il reprendra 20% de la nouvelle compagnie du canal de Panama en 1894, celle-ci sera rachetée par les États-Unis en 1904 au même prix que celui de la Floride. L'ingénieur devient riche, il se consacre alors au partage de ses savoirs dans son laboratoire Eiffel : il étudie l'aérodynamique expérimental, travaille sur l'aviation moderne, construit le premier avion à aile basse, étudie le métro parisien, le tunnel sous la manche, les premiers Atlas météo, la radiotélégraphie sans fil, la radio... Toutes ses inventions sont libres de partage ... Gustave est ainsi un des pionniers du Coworking, il partage ses découvertes contre de simples publications aux quatre coins du monde. Pionnier de l'Internet en quelque sorte. Ces thèmes de la connexion et de la communication me sont chers, l'œuvre scientifique et industrielle de Gustave Eiffel est une ouverte de reliance de paix et de bonheur.

**PHILIPPE
COUPERIE
EIFFEL**

**CHATEAU BACON
33440 SAINT VINCENT DE PAUL
FRANCE**

J'atteste de la profonde connaissance de la France qu'a pu démontrer Dr Wang. La France où il a étudié de longues années. Docteur Wang a de la reconnaissance aussi à ce pays. Je souligne que son livre vise à aider les étudiants chinois fraîchement arrivés à s'adapter rapidement à la culture et à l'environnement français. Mon espoir personnel est que les étudiants Chinois en France s'intègrent rapidement et deviennent des ambassadeurs de l'amitié franco-Chinoise, et encouragent également les amis chinois à visiter la France, et vice versa.

Je souhaite terminer en confirmant toute la compréhension que démontre l'esprit ouvert de Dengjun Wang de la France. Le fait qu'il ait étudié à Bordeaux pendant sa jeunesse me procure une sensation de nostalgie lors de nos échanges. Je pense qu'il partage aussi ce sentiment de familiarité. Puisse l'ouverture de son esprit servir de modèle. Le partage implique que les étudiants chinois puissent se concentrer sur la grande culture chinoise auprès de leurs camarades français, mais aussi qu'ils prêtent également attention et perçoivent la culture française qui les entoure. Cela devrait favoriser une résonance émotionnelle avec les étudiants français et faciliter l'établissement d'amitiés.

C'est ainsi que je termine ce mot en souhaitant à Dengjun Wang, mon ami depuis 7 ans, et à ses lecteurs le meilleur.

Très amicalement.

Philippe Coupérie-Eiffel

Président des Amis de Gustave Eiffel
et de la Tour Eiffel

法国化妆品行业官方机构"化妆品谷"创始人及
首任首席执行官、法国荣誉军团军官勋位

让-吕克·安塞尔博士的推荐信

（信件签字原文以及中文翻译）

　　法国化妆品谷及我本人都与中国有着深厚的联系。1994年，在与让-保罗·娇兰先生共同创建化妆品谷的前夕，我应邀在山东省菏泽市逗留了三周，并在当地官员的安排下参观了泉城济南和孔子的故乡曲阜。菏泽之行让我认识到，牡丹花的高贵气质与法国化妆品的形象高度契合。因此，在我担任化妆品谷首席执行官期间（1994年至2019年），化妆品谷的标志便是一朵盛开的红牡丹。

　　化妆品谷集合了地方政府、科研机构、大学以及化妆品和香水企业，形成了一个强大的产业集群。参与化妆品谷的地区包括大巴黎地区、诺曼底、卢瓦尔河谷地带和新阿基坦，这些地区的总面积占法国本土面积的30%。此外，还包括法国的海外省份如圭亚那、马提尼克岛和留尼旺岛。化妆品谷的知名成员包括欧莱雅、香奈儿、爱马仕、LVMH（包括迪奥、娇兰、丝芙兰等）、科蒂（包括古驰、巴宝莉、蒂芙尼等香水）、希思黎、娇韵诗、皮尔法伯（雅漾）、嘉法狮等世界知名公司。全球每十瓶化妆品中就有一瓶出自化妆品谷。读者可以在本书的第四部书中看到对化妆品谷更加详尽的介绍。

　　化妆品谷致力于推动化妆品和香水产业的科研与创新。为此，我在2015年创办了化妆品卢浮宫创新大会，每年十月，全世界化妆品行业的前沿技术便在卢浮宫汇聚一堂，分享彼此的创新成果。20多个国家和地区的化妆品官方协会也会坐在一起，共同探讨化妆品行业的未来趋势。

　　化妆品谷也对全球范围内的化妆品创新项目提供资金支持。在去年

（2023年）加蓬共和国首都自由城举办的"同一个森林"峰会上，应法国总统埃马纽埃尔·马克龙和加蓬总统阿里·邦戈·翁丁巴的邀请，化妆品谷参与了旨在保护原始森林生态系统多样性的圆桌论坛，并成立基金资助刚果盆地森林"化妆品草药学"的研究，以便全面地清点、记录和保护当地土著文化中用于传统化妆品的草本、树木和矿物资源，并围绕它们合理规划一个能促进经济增长和当地就业的，可持续的生态系统。

　　20世纪的医学和化妆品科学因现代科技的飞速发展而受益良多，却往往忽视了那些通过大量实践而积累下来的，用于保护皮肤健康、清洁皮肤或美容的传统植物配方。化妆品的历史与世界同样悠久。一个地区的化妆品传统与当地居民的文化遗产密不可分。了解世界不同地区不同民族使用的化妆品有助于发现那些未知的高效活性化合物，也有助于保护和发扬光大那些有时被遗忘甚至被贬低的传统文化。在消费者特别关注天然产品、原产地以及更尊重传统文化标签和生态资源保护的今天，化妆品草药学正成为一种从传统中汲取灵感的创新化妆品成分新来源，并受到世界各国化妆品科研人员的关注和重视。

　　中国拥有一个全世界保存得最完整最系统的草药学理论，并形成了庞大的哲学观。中国的传统医学，是世界化妆品草药学研究中不可或缺的宝贵财富。许多中国民族品牌化妆品，如曾打入法国市场的佰草集，都是以中国化妆品草药学为基础，从传统中医里发掘出对皮肤健康有益的天然成分，并将中国传统文化中关于人与自然和谐统一的健康生活哲学，通过对化妆品品牌的宣传而将其发扬光大。承载着深厚中华传统文化价值观的中国草药化妆品，在世界化妆品之林中独树一帜。读者可在本书中找到许多关于中法两国的传统文化中，使用植物配方来改善健康和美容的例子。

　　登君是在2014年时，由时任法兰西化妆品协会主席克洛迪·维勒曼女士介绍给我的。他那时安排了我和佰草集的创始人葛文耀先生的见面。葛文耀先生通过分享他如何打入欧洲市场的经验，和我探讨了如何克服法国化妆品在进入中国市场时，由于文化差异和政策差异所带来的困难。

长久以来，法国化妆品在进入中国市场时都要经过复杂的申报手续和漫长的等待。一些新发明的活性分子，因为没有被收录在中国国家药品监督管理局的名单中，从而无法在第一时间通过审批并被中国消费者所使用。法国化妆品业界希望简化中国市场准入程序的呼声很高。登君一方面向法国同行解释中国制订审批政策时的思路和考量，一方面将法国同行的呼声传达给中国相关部门，这些努力，促进了中法化妆品界的相互理解和顺畅沟通。2018年中国国家药品监督管理局将进口非特殊化妆品由注册制改为备案制，极大地优化了市场准入流程，让中法化妆品交流进入了辉煌时代。

由于登君对法国文化和中国文化都有深刻的理解，使他能够用简洁的语言，将中国化妆品的生态系统准确地介绍给拜访化妆品谷或化妆品卢浮宫大会的法国高官，如阿诺·蒙特布尔、埃马纽埃尔·马克龙、布鲁诺·勒梅尔、塞格琳·罗雅尔，从而为法国社会了解中国化妆品世界，为中法化妆品的全面合作奠定了坚实的基础。2016年，在登君的牵线搭桥下，法国化妆品谷与中国东方美谷签订了战略合作协议。

为了创建化妆品草药学这门全新的学科，我在70岁的时候又做了一个博士课题，和登君在巴黎七大读化学博士是同一时间，所以2016年的时候，我很高兴地接受登君的邀请，和时任法兰西化妆品协会主席帕特里斯·贝隆以及法兰西香水师协会荣誉主席帕特里克·圣-伊夫一起出席了登君的博士答辩会。

2020年疫情初期，法国急缺口罩和免洗洗手液，化妆品谷的成员如欧莱雅、迪奥等挺身而出，加班加点地用他们的灌装工厂生产平价的免洗洗手液。登君请求他在中国的朋友收集拥有出口欧盟资格的口罩生产商的联系方式：电子邮件、电话和简短介绍等。将整理出来的信息，通过化妆品谷的网络免费分享给在疫情期间仍然高速运转的化妆品工厂，好让工人们得到保护。他的无私举动生动诠释了中法两国深厚的民间友谊，加强了中国在法国人心目中的友好印象。那时他已经开始了本书的写作。等到我从化妆品谷退休，和登君成为公司合伙人后，登君告诉我他在写这本回忆录，用自己的经历去展示中法民间外交的累累硕果。我感谢他的工作，希望本书可以成为中国人民更加了解法国的一扇窗口，愿中法友谊万古长青。

让－吕克·安塞尔博士
化妆品谷创始人
化妆品谷首任首席执行官
化妆品草药学顾问公司主席
法国产业集群带联合组织荣誉主席
法国木材高等学校荣誉主席
法国木材协会荣誉主席
法国荣誉军团军官勋位
2024年4月25日于法国瑟农什

À qui de droit,

La Cosmetic Valley France ainsi que moi-même entretenons des liens profondément enracinés avec la Chine. En 1994, juste avant de fonder la Cosmetic Valley avec Monsieur Jean-Paul Guerlain, j'ai été invité à passer trois semaines à Heze, dans la province du Shandong, et avec l'organisation des autorités locales, j'ai visité Jinan, la ville des sources, ainsi que Qufu, la ville natale de Confucius. Cette visite à Heze m'a fait réaliser que la noble allure de la pivoine correspondait parfaitement à l'image des cosmétiques français. Ainsi, pendant mon mandat en tant que directeur général de Cosmetic Valley (de 1994 à 2019), le symbole de Cosmetic Valley était une pivoine flamboyante.

Cosmetic Valley rassemble des gouvernements locaux, des institutions de recherche, des universités ainsi que des entreprises de cosmétiques et de parfums, formant un puissant pôle de compétitivité. Les régions impliquées dans la Cosmetic Valley incluent l'Île-de-France, la Normandie, le Centre Val de Loire et la Nouvelle-Aquitaine, couvrant 30% du territoire métropolitain français. De plus, elle inclut aussi des départements d'outre-mer tels que la Guyane, la Martinique et la Réunion. Parmi les membres éminents de la Cosmetic Valley, on compte L'Oréal, Chanel, Hermès, LVMH (Dior, Guerlain, Sephora, etc.), Coty (parfums de Gucci, Burberry, Tiffany, etc.), Sisley, Clarins, Pierre Fabre (Avène), Gattefossé et d'autres compagnies mondialement renommées. Une bouteille de cosmétique sur dix dans le monde provient de Cosmetic Valley. Les lecteurs trouveront une présentation plus détaillée de Cosmetic Valley dans le tome quatre de ce livre.

La Cosmetic Valley s'engage à promouvoir la recherche et l'innovation dans le secteur des cosmétiques et des parfums. À cet effet, j'ai créé en 2015 le salon Cosmetic 360, dédié à l'innovation, qui se tient chaque année en octobre au Louvre. Les technologies de pointe de l'industrie cosmétique mondiale y convergent pour partager leurs innovations. De plus, des associations officielles de cosmétiques de plus de vingt pays et régions se réunissent pour discuter des tendances futures du secteur.

En outre, Cosmetic Valley offre également de soutien financier aux projets innovants dans le domaine des cosmétiques à l'échelle mondiale. L'année dernière (2023), à l'invitation du président français Emmanuel Macron et du président gabonais Ali Bongo Ondimba, Cosmetic Valley a participé à la table ronde sur la sauvegarde de la biodiversité des forêts primaires lors du sommet "One Forest" à Libreville, la capitale du Gabon. Un fonds a été créé pour financer l'étude de la cosmétopée forestière du bassin du Congo, visant à cataloguer, enregistrer et protéger les ressources végétales, arborées et minérales issues de la forêt et leurs usages dans les cosmétiques traditionnels locaux, et de planifier de manière rationnelle un écosystème durable qui favorise la croissance économique et l'emploi local.

La médecine et la science des cosmétiques d'aujourd'hui ont beaucoup bénéficié des progrès scientifiques du XXème siècle et ont souvent laissé de côté les savoirs traditionnels à base de plantes, accumulés au fil de pratiques abondantes, utilisées pour protéger la santé de la peau, la nettoyer ou pour l'embellir. L'histoire des cosmétiques est aussi ancienne que l'humanité elle-même. Les traditions cosmétiques d'une région sont indissociables du patrimoine culturel de ses habitants. Comprendre les produits cosmétiques traditionnels utilisés par différentes nations et dans diverses régions du monde permet de découvrir des composés actifs efficaces encore méconnus et contribue également à protéger et à valoriser des cultures traditionnelles qui sont parfois oubliées ou sous-estimées. Dans un monde où les consommateurs attachent une attention toute particulière aux produits naturels, aux origines et à la transformation écoresponsable, la cosmétopée est une source innovante d'ingrédients naturels inspirés des traditions, respectueuse des savoir-faire patrimoniaux, du maintien des ressources et de la biodiversité, et continue d'attirer l'attention des scientifiques cosmétologues du monde entier.

La Chine possède une des théories de l'herboristerie les plus complètes et systématiques au monde, autour de laquelle s'est constituée un riche système philosophique. La médecine traditionnelle chinoise, constituant une richesse inestimable et indispensable pour la recherche dans le domaine de la cosmétopée mondiale. Elle inspire de nombreuses marques nationales de cosmétiques. Parmi elles, Herborist, qui a réussi à ouvrir une boutique en France, s'appuie sur la cosmétopée chinoise. Ces marques exploitent des ingrédients naturels bénéfiques pour la santé de la peau issus de la médecine traditionnelle chinoise. Elles véhiculent également une philosophie de vie saine, ancrée dans la culture traditionnelle chinoise, qui valorisent l'harmonie entre l'homme et la nature, à travers la promotion de leurs produits cosmétiques. Les produits cosmétiques à base de plantes chinoises, porteurs de valeurs culturelles chinoises profondes, occupent une place unique dans le monde des cosmétiques. Les lecteurs découvriront dans ce livre de nombreux exemples de l'utilisation de formules à base de plantes dans les cultures traditionnelles chinoises et françaises pour améliorer la santé et la beauté.

Dengjun m'a été présenté en 2014 par Madame Claudie Willemin, présidente de la Société Française de Cosmétologie de l'époque. Il a ensuite organisé ma rencontre avec Monsieur Ge Wenyao, fondateur de Herborist. Monsieur Ge a partagé avec moi son expérience de pénétration du marché européen et nous avons discuté des défis liés aux différences culturelles et réglementaires rencontrés par les cosmétiques français lors de leur introduction sur le marché chinois.

Depuis longtemps, l'entrée des cosmétiques français sur le marché chinois implique de complexes procédures d'enregistrement et de longues périodes d'attentes. Certains nouveaux composés actifs, n'étant pas listés par la National Medical Products Administration, ne peuvent pas être rapidement approuvés et mis à la disposition des consommateurs chinois. Le secteur cosmétique français a exprimé un fort désir de simplification des procédures d'accès au marché chinois. Dengjun, d'une part, expliquait à ses collègues français la logique et les considérations derrière les politiques de réglementation chinoises, et d'autre part, transmettait les préoccupations de ses homologues français aux autorités chinoises. Ces efforts ont ainsi facilité une meilleure compréhension mutuelle et une communication fluide entre les industries cosmétiques françaises et chinoises. En 2018, la National Medical Products Administration a modifié le système, passant du régime d'enregistrement au régime de déclaration pour les cosmétiques importés non-spéciaux. Ce qui a grandement optimisé les procédures d'accès au marché et inaugurant une ère dorée pour les échanges cosmétiques sino-français.

Grâce à sa profonde compréhension des cultures française et chinoise, Dengjun a su présenter de manière concise et précise l'écosystème des cosmétiques chinois aux hauts fonctionnaires français qui visitaient la Cosmetic Valley ou assistaient au salon Cosmetic 360, tels qu'Arnaud Montebourg, Emmanuel Macron, Bruno Le Maire, Ségolène Royal. Cela a permis à la France de mieux comprendre le secteur des cosmétiques en Chine, jetant ainsi les bases d'une coopération approfondie entre la France et la Chine dans le domaine des cosmétiques. En 2016, sous l'impulsion de Dengjun, la Cosmetic Valley France a signé un accord de coopération stratégique avec l'Oriental Beauty Valley en Chine.

Afin de fonder la discipline toute nouvelle de la cosmétopée, j'ai entrepris un doctorat à l'âge de 70 ans, simultanément avec Dengjun qui étudiait en doctorat de chimie à l'Université Paris Diderot. En 2016, j'ai donc été ravi d'accepter l'invitation de Dengjun et d'assister à sa soutenance de thèse aux côtés de Patrice Bellon, président de la Société Française de Cosmétologie à cette époque, et de Patrick Saint-Yves, président d'honneur de la Société Française des Parfumeurs.

Au début de l'épidémie en 2020, face à une pénurie aiguë de masques et de gels hydroalcooliques en France, des membres de la Cosmetic Valley, tels que L'Oréal, Dior, etc., se sont mobilisés pour produire des gels hydroalcooliques à bas prix dans leurs usines d'embouteillage. Dengjun a sollicité ses contacts en Chine pour rassembler les coordonnées des fabricants de masques ayant obtenu la certification CE conformément à la réglementation européenne : leurs adresses email, leurs numéros de téléphone et brèves présentations. Il diffusant ces informations gratuitement via le réseau de la Cosmetic Valley aux usines de cosmétiques fonctionnant à plein régime pendant la pandémie, afin de protéger les ouvriers. Son geste altruiste a illustré profondément l'amitié entre la Chine et la France, renforçant l'image positive de la Chine auprès des

Français. À cette époque, il avait déjà commencé à écrire ce livre. Lorsque j'ai pris ma retraite de la Cosmetic Valley, Dengjun et moi sommes devenus associés d'entreprise, il m'a informé qu'il rédigeait cette autobiographie pour témoigner des bonnes relations amicales entre les peuples français et chinois. Je le félicite pour son travail et espère que ce livre ouvrira une fenêtre pour le peuple chinois afin de mieux comprendre la France, et que l'amitié franco-chinoise se perpétuera.

Jean-Luc ANSEL

Fondateur Cosmetic Valley

Président de la S.A.S. Cosmétopée Consulting

Président d'honneur de France Clusters,
de l'École Supérieure du Bois et de la Société des Experts Bois

PhD.; I.C.G.; E.S.B.

法国化妆品行业官方机构"化妆品谷"现任首席执行官

克里斯多夫·马松博士的推荐信

（信件签字原文以及中文翻译）

我和王登君博士最早的交流可以追溯至2011年。彼时登君刚刚从工程师学校毕业。我为他在寻找工作方面提供了一些建议和指导。在看这本书的目录时，我发现登君参加过2009年在蒙彼利埃举行的那一届20所化学工程师学校的联合运动会。我当时也差点参加那届运动会，要不然我和他最初的见面时间可能还要提前。

登君在中国接受了非常正统和严格的高考前教育，通过山东大学的项目来到法国，在雷恩、波尔多、里昂和巴黎等地度过了全部的高等教育生涯，担任过波尔多化学学校校友会的巴黎地区代表以及法国化学工程师校友会国家联盟的主席团成员。所以他对中国和法国的文化、科研和工业体系都有着深刻的理解。自2015年起，他以朋友的身份陪伴着化妆品谷，协助我们与中国的化妆品同行以及各级政府进行沟通。他也和我们的一些会员单位保持着很好的关系，尤其是那些最著名的法国香水和化妆品品牌，登君为他们提供了很多建议。在科研方面，登君也很有想法，他的私人定制化妆品科研方案，在化妆品谷2017年度卢浮宫大会组织的Open Innovation创新大赛上受到包括LVMH和强生公司在内的多家公司的关注。

登君深深地热爱和眷恋着他的祖国——中国，他对法国——这个教授给他完整的高等教育知识并让他开始了职业生涯的国家——也怀有深厚的感情。许多和登君在学校里一起读书的法国同学，现在已经进入了法国各大化妆品公司的管理层。他希望法国企业能够赢得中国消费者的认可和接受。他也做了许多努力来促成中法化妆品在科研方面的合作，希望中国的化妆品民族品牌能够借助中法合作走向世界，利用化妆品的文化属性，向全世界的人们讲述中国的故事。

2019年，登君在巴黎莫里斯酒店组织了一场中法品牌文化峰会，随后邀请了化妆品谷主席、LVMH公司秘书长马克-安东尼·雅迈先生，和化妆品谷创始人、第一任首席执行官、两度获加法国最高荣耀——荣誉军团勋章的让-吕克·安赛尔博士，前往上海参加东方美谷大会并考察中国主要的化妆品企业。这些努力都卓有成效地增进了中法化妆品界的彼此理解。

就是在这次大会过后，登君对我说，他看到许多理所当然的中法合作机遇，这些项目如果能够实施，将为中法两国带来可观的财富，并制造许多就业机会。但是他沮丧地发现，由于中法两国在文化和工业背景上都有差异，无论他在中国还是在法国的同行，都无法认识到以及抓住这些机遇。这促使他决定写一本详细的书，用中文和法文详细地描写这些差异，让中法两国的工业界都能更加准确地理解对方，从而为更加深刻和全面的中法工业合作提供铺垫。登君在写完本书后，将涉及化妆品的一些章节翻译成法语版本给我看。书中对法国化妆品业界的描述栩栩如生，想必能让中国朋友对我们这个行业有身临其境之感。

法国是化妆品的科研大国，中国是全球最大的化妆品消费市场。化妆品的科研方向，是为消费者们提供更加全面的呵护，营造出一种更加健康，更有品质的生活，并与全球生态环境的可持续发展相适应。相信在本书的抛砖引玉下，中法在化妆品科研创新领域的合作必将展现出前所未有的活力。

克里斯多夫·马松
化妆品谷首席执行官
2024年4月23日于法国沙特尔

COSMETIC
VALLEY

CŒUR BATTANT
DE L'INDUSTRIE
COSMÉTIQUE
MONDIALE

Chartres, le 23 avril 2024

A qui de droit,

Ma première interaction avec le Docteur Dengjun WANG remonte à 2011. À cette époque, Dengjun venait juste de terminer ses études d'ingénieur. J'ai fourni quelques conseils et orientations pour sa recherche d'emploi. En consultant le sommaire de ce livre, j'ai découvert que Dengjun avait participé à l'édition 2009 du tournoi sportif regroupant les vingt écoles d'ingénieurs en chimie, ayant lieu à Montpellier. J'ai failli participer à ce tournoi moi-même, ce qui aurait avancé notre première rencontre.

Dengjun a reçu en Chine une éducation pré-baccalauréat très traditionnelle et stricte. Il est venu en France grâce à un programme de l'Université de Shandong et a passé toute sa carrière d'enseignement supérieur à Rennes, Bordeaux, Lyon et Paris. Il s'est impliqué dans différentes fonctions, notamment représentant parisien de l'association des anciens élèves de l'école de chimie de Bordeaux et membre du comité exécutif de l'Union Nationale des Associations Françaises d'Ingénieurs Chimistes. Par conséquent, il possède une compréhension profonde de la culture, de la recherche scientifique et des systèmes industriels tant en Chine qu'en France. Depuis 2015, il accompagne bénévolement Cosmetic Valley dans la mise en place de partenariats avec la Chine en tant qu'ami, facilitant nos communications avec les acteurs et le gouvernement chinois. Il entretient également de bonnes relations avec certains de nos membres où il intervient en tant que conseil, notamment auprès des plus grandes marques françaises de parfums et cosmétiques.   Sur le plan de la recherche scientifique, Dengjun est également très inventif : son concept d'innovation en cosmétique personnalisée a attiré l'attention de plusieurs entreprises, y compris LVMH et Johnson & Johnson, lors de l'édition 2017 du concours d'Open Innovation organisé par Cosmetic Valley dans le cadre du salon Cosmetic360.

Dengjun voue un amour profond pour la Chine, son pays natal, tout en nourrissant une grande affection pour la France, où il a poursuivi ses études et développé sa carrière. Nombre de ses anciens collègues de l'école sont aujourd'hui cadres dans les principales entreprises cosmétiques françaises. Il souhaite que les entreprises françaises gagnent la reconnaissance et l'admiration des consommateurs chinois. Il a également fait beaucoup d'efforts pour favoriser la coopération franco-chinoise dans le domaine de l'innovation en cosmétique, aspirant à ce que les marques nationales chinoises puissent s'élever sur la scène mondiale grâce à cette coopération. Ainsi, ces marques pourront utiliser les attributs culturels des cosmétiques pour raconter l'histoire de la Chine au monde entier.

En 2019, Dengjun a organisé à l'Hôtel Meurice à Paris un sommet franco-chinois sur les marques et la culture. Il a ensuite invité M. Marc-Antoine Jamet, le président de Cosmetic Valley et secrétaire général de LVMH, ainsi que Dr. Jean-Luc Ansel, le fondateur et ancien directeur général de Cosmetic Valley, récipiendaire à deux reprises de la Légion d'Honneur, à se rendre à Shanghai pour participer à la conférence internationale de l'Oriental Beauty Valley et visiter les principales entreprises cosmétiques chinoises. Ces initiatives ont considérablement amélioré la compréhension mutuelle entre les acteurs des industries cosmétiques en France et en Chine.

À la suite de cette conférence, Dengjun m'a révélé qu'il percevait de multiples opportunités de partenariat franco-chinois, des coopérations gagnant-gagnant qui lui semblaient évidentes. Selon lui, si ces coopérations étaient mises en œuvre, elles pourraient engendrer des avantages économiques considérables et créer de nombreux emplois dans les deux pays. Cependant, il a regretté que, en raison des différences de culture et de perspectives industrielles entre la Chine et la France, ni ses confrères chinois ni français ne parvenaient à s'emparer pleinement de ces nouvelles opportunités. Cela l'a incité à écrire un ouvrage en chinois et en français pour expliquer en détail ces différences. Son objectif était de faciliter une compréhension mutuelle plus fine et précise entre les milieux industriels des deux pays, favorisant ainsi une collaboration plus profonde et étendue. Après avoir terminé ce livre, Dengjun a traduit certains chapitres concernant les cosmétiques en français et les a partagés avec moi. La manière dont le livre dépeint l'industrie cosmétique française est tellement vivante et détaillée qu'elle est susceptible de faire ressentir à nos amis chinois les valeurs et l'engagement de notre industrie sur la scène internationale.

La France se distingue par son excellence en recherche et innovation dans le secteur des cosmétiques. La Chine constitue le plus grand marché de consommateurs cosmétique au niveau mondial. Notre ambition est de fournir au monde des produits toujours plus sûrs et respectueux de la planète, et d'offrir aux consommateurs des solutions de bien-être. Je remercie vivement Dengjun d'avoir écrit ce livre qui pourra contribuer au renforcement de la collaboration franco-chinoise dans le domaine de la recherche & innovation cosmétique.

Christophe MASSON
Directeur Général

写在前面的话

自从20多岁时被祖国送到法国留学，我就始终牢记着出国前家人和老师们的叮嘱，以一个祖国的民间形象大使的标准来要求自己，尽可能地在外国人面前展现出中国人最美好的面貌。可惜20多年来庸庸碌碌的，祖国培养的恩情虽然始终不敢忘，却也没做出什么贡献来回报国家。看到一代又一代雄心壮志的新留学生们，就把未竟的心愿都寄托在他们身上，用自己的经验帮助他们安全度过留学时光，望他们未来为中法民间外交做出贡献。

留学生远离祖国，生活中遇到了这样那样的事情，只能一个人承担。又因为害怕让家里担心而不敢跟家里说，所以普遍会出现孤单，心理压力大的情况。今年我们这里就发生了这么一件事情，一位非常优秀的学生，国家公派的，就在博士毕业的前夕出事了。我和山大法国校友会的干事们帮忙料理的后事。很可惜，很痛心，家里的父母是花多么大的代价，才培养出这么一个优秀的孩子啊。

其实人的精神的韧性是很强的，有时候遇到的也不是什么大事，谁都有某一瞬间想不开的时候，只要那时身边有个朋友陪伴倾听，让情绪有一个宣泄的口子，就能够撑过去。可是这种事是很难提前干预的，你不知道那些孤独抑郁的学生们都在什么地方。许多留学的孩子心地善良，不愿意打扰别人。在出事之前，他们有些人可能对外展示出特别乐观的形象，谈笑风生的，其实内心的孤独都不跟别人说，身心已经创伤累累。所以今年4月，在国内多方领导的支持下，在全法各地市中国学联，以及驻法山东兄弟协会如山东商会和山东同乡会的大力协助下，我要求山东大学法国校友会的干事们尽可能地统计出全法各城市的山东籍在校学生，将他们召集在巴黎，开了个驻法山东学子的见面会和心理咨询会，给那些在没有太多中国学生的法国小城市里学习的留学生们，提供一个和别的城市的山东老乡交朋友的机会，尽量减少他们遇到事情时陷入孤立无援的情况。可这也只是一个治标不治本的权宜之道，远亲不如近邻，还是得设法让这些学生能够融入法国，交到身边的法国朋友，这样就能方便他们围绕自己建立一个健康正常的社交圈子了。

交法国朋友这种事说起来容易，做起来很难，特别是刚开始留学，对语言掌握得还不够流畅，对当地的文化不了解，而身边的法国同龄学生都是些不成熟，也没什么耐心的莽撞小伙子们的时候。我就想，需要有一本用中文写的书，将法国这个年龄段的孩子们感兴趣的文化主题写出来。中国的留学生读了，然后用磕磕巴巴的法语讲出一个当地的文化典故。法国学生一听，心想：咦，你好像比我自己还了解我的国家。他就对你这个人有了兴趣。有了兴趣之后，就算你的法语不好，他们也愿意耐心地和你去玩、去交流。

而且留学生也大多是成年人了，就算显露出了心理问题，你讲些心灵鸡汤去开导他们也不合时宜。大道理谁都懂，人家这么优秀，才不要你可怜他们呢。他们需要的是你能听得懂他们，这才是最重要的。你要和他们产生一种共鸣，让他们知道你也经历过那种苦难，知道那是什么感觉，这样就能有效降低他们的孤独感。于是我就想写一本回忆录，把我自己年轻时的经历写出来。因为一代又一代的留学生，遇到的困难都是相似的。而且我年轻时接触到的法国各地的文化，也可以在这本回忆录中用尽可能吸引人和尽可能自然的方式讲出来。这本书的法语版本推出之后，也能让法国的同龄同学了解到身边中国学生的状况，否则他们可能会觉得某些没朋友的中国学生只是比较孤僻古怪而已。当知道我们的状况后，他们会更加照顾我们，也就会主动帮助中国学生融入法国社会中去。当法国人民看到一个中国人写出一本详细介绍法国文化的书籍，他们会认为所有的中国人都特别了解法国，那么他们在情感上，就会对中国很亲近，这非常有利于中法民间的睦邻友好。

我在法国学的是化学，进入了化妆品行业。化妆品这行，法国人很擅长做品牌。品牌的特点是附加值很高，能用较少的劳动力，来养活很多的人。也总是能定义科研的方向，让竞争对手跟着自己的方向跑。咱们国家现在大力提倡品牌出海、文化出海，在海外讲好中国故事。我特别赞同，如果我们国家的本土品牌能够占据产业的上游，就能从国际市场赚取更多的利润，这些钱可以用来提升我们老百姓的生活幸福感，也可以用来积累外汇。所以我也希望能为国家做些什么。我知道法国人是怎么做品牌的，它跟文化背景、科技背景、思考方式、产学研一体化的构建方式都有关系，很难一言以蔽之。这本回忆录也正好是一个特别好的工具，可以将这些背景知识一一阐述清楚。最终的目的，还是希望利用西方人成熟的经验，助力中国品牌走向全世界，增加中国的国际软实力。从前面两封推荐信也能看出，法国化妆品行业对中国的态度特别友好。中国品牌出海，他们不但不会打击，反而会大力协助和支援。

以上就是我想通过写这本书而达到的目的。我想写一本有用的书，将一些对社会有用的信息，通过浅显易懂的方式介绍给大家。我在写作的时候，总是提醒自己，要明确这本书是为哪些读者群体写的，这些人的需求是什么。有人说写回忆录的目的是表达自己。但是我对表达自己的兴趣不是很大，这本书最重要的目的是"有用"。我在做学生心理工作，在做中法化妆品交流时，有一些故事我讲得特别频繁，我发现这些故事在促进人们的相互理解上特别有效，我就把它们写到书里。我将本书定义为一本工具书，而非一部文学作品。里面的场景都属于应用场景的范畴，大家在遇到相似的场景时，可以翻开书，就像翻开一本字典一样，看看过去的经验是什么，是否能找到一些有用的信息。所以读者能看到本书中属于平铺直叙的内容比较多、写景状物的文字比较多，很少涉及心理活动的描写。不太会使用比喻修辞，却很执着于列举的数字和日期的精确。这都是我原来写化学学术报告时养成的写作习惯。

当然一份标准的化学报告，会在结尾处有总结篇章，以便发表作者的观点。但是我在这本书里不怎么发表我的观点，因为我觉得自己对事情的看法不是很重要，只需要准确地记叙下来曾经发生过什么事情，读者们各自有各自的看法就是了。我的一些考虑都写在后记里面，大家可以去翻一翻。

这本书我写了150万字，但是编辑审校需要时间，况且读者们没有兴趣读这么多的文字，会把他们吓跑的。所以就把书分成5部，先发表前面35万字，看看读者是什么反应。这样第一部书就只剩下留学生的部分，而不涉及产业和经济的部分了。我在下一页把这5部书各自章节的总目录列举出来，读者可以通过这个目录，了解到本书将要涉及的法国社会的不同侧面。希望这本书能为社会做一点小小的贡献，让我成为一个对祖国、对人民有用的人。

王登君

2024年5月5日于法国巴黎

那年少年

Fragment

01 白月光

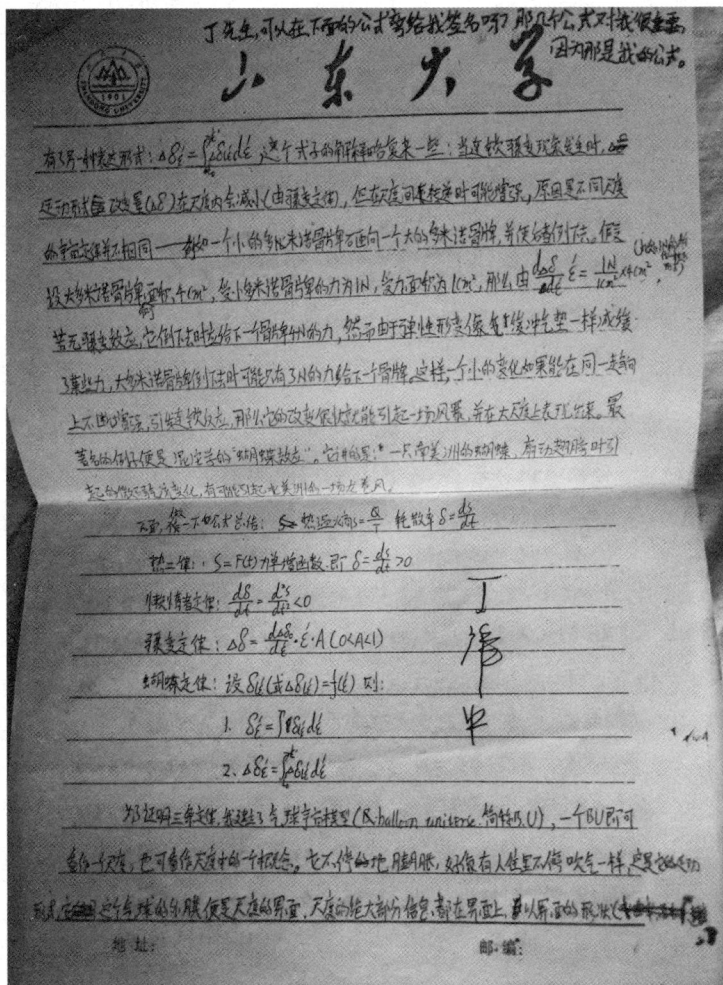

　　刚上山大的第一个月，我请求来访的诺贝尔奖获得者丁肇中教授在我高中时琢磨出来的三条扯淡数学公式旁签上他的名字。二十年来，我一直将这份签名保存在身边。这是对那无忧无虑、异想天开的年轻时代的纪念。

　　在开始我们这个故事之前，我想先讲讲我的家庭和我小时候的故事。我的父母都是77级的大学生，所以从小，大人们就认为我很聪明，对我寄予厚望。我的母亲是一名医生，我的祖父年轻时抽烟抽得非常凶，后来有一次得了严重肺炎，差点儿死掉，我的父亲为了救他的父亲，访遍济南市名医，因此遇上了我的母亲，后来祖父被我母亲救过来，然后就有了我。从此祖父戒了烟并下令全家不准有人抽烟，我从小就从未在祖父或外祖父家里看见过任何一个抽烟的人，我父亲是个大孝子，严格执行祖父的命令，何止不抽烟，年轻时连酒也不沾，他直到我上初中后才第一次喝酒。为了就近照顾老人，母亲设法从市中心的医院调出来，调到外祖父母家附近的小诊所挂职。我的外祖母罹患了初期阿兹海默症，我的祖母在我很小的时候中风成了植物人，她们都非常需要别人的照顾。为了照顾老人，我的父亲一次又一次地推掉了出差和升迁的机会。我的外祖父和祖父都参加过战争，外祖父的膝盖里还有日本鬼子的弹片。他们把建设新中国的希望都寄托在我们这些晚辈身上，经常对我们说，是革命先辈的牺牲和祖国的养育让我们健康成长，长大了一定要想着回报社会。每一个周末，我和几个堂兄弟都要在祖父家里聚在一起痛痛快快地玩。而不是周末的时候，每天晚上，我的祖父都要在祖母的病榻前待上至少半个小时，给她讲述当天所发生的事情，仿佛我的祖母仍然能听见。他这样做了七年多，直到他因肺炎复发去世，而我的祖母在祖父去世后不到半年也去世了，仿佛她真能听见祖父每天晚上对她的念叨，知道祖父的去世，并决心要在另外一个世界继续追随他一样。我的父亲每个星期要有三个晚上去照顾祖母，这时我的外祖父和外祖母就把我接到他们家里好生照顾。我的外祖父最小的女儿，我的小姨，住在美国的波士顿。她嫁给了她的大学同学。而我的小姨夫在加拿大读完博士之后，在波士顿找到了一份工作，好像是杜邦公司，他们在那里生下了我的小表妹。但是我的外祖父有些重男轻女，他总是念叨着，登君将来一定会成为人才，一定会成为一个博士，并且游历海外，学到先进技术，然后为社会做贡献的。我出生并成长在一个充满爱的家庭，在我小的时候，我最不缺的就是大人们的鼓励和信任。

　　我的父亲也总是希望我能像他的那些大学同学一样留学海外。从我很小的时候开始，父亲把他绝大部分工资交给老人改善生活以后，剩下的就全都存在银行里，为我出国留学做准备。我们家从来没有旅行过，没有度过假，几乎没有下过餐馆。我的母亲连每个周末都在诊所坐诊，争取多挣一些钱，为我攒下留学的费用。

　　在我上小学一年级的第一个学期，我就考了班级第一名。但这也是我人生中最后一个班级第一名。我的整个小学和初中，我的成绩永远都是10名往后，20名往前的样子，勉强算是上游或者是中上游。我是一个老实孩子，上课时总是安安静静的不说话，老师们都很喜欢我。爱屋及乌，因此他们也像我父母一样，认为我很有潜力，总是鼓励我去争取比我自己成绩更高的机会。在中考的时候，由于是先报志愿再进行考试，班主任就鼓励我去报考全市最好的高中实验中学，虽然那时我的成绩远远达不到实验中学的标准。结果中考成绩出来之后，我比实验中学的录取线低了20多分。母亲去第二梯队的济南三中，为我争取上学的机会，因为济南三中是我的第二志愿，结果人家理都不理，母亲哭哭啼啼地回来了。那时我只剩下一个选择，就是去第三梯队的济南第五职专，学习计算机技术，未来毕业后当一个维修电脑的技工。

　　就在这时中国大学开始扩招。实验中学响应国家号召，也增加了入学名额，降低了录取分数线，我的中考成绩恰好比新的录取线高1.5分。但新加的这些录取名额必须上交一万八千元的教育赞助费。我们家并不富裕，我的父亲一咬牙，东拼西借凑够了钱。外祖父和其余的亲戚都借给我们很多钱，以便支持我上学。当年实验中学入学1200人，我以第1150名的排名进入了这所传奇学校。济南第五职专的校园就在实验中学的后面，两年后我在实验中学操场的高台上看第五职专的校园时，有时会想，仅仅是一分之差，我可能此刻正在这高墙另外一边的校园中，羡慕地看着实验中学的天之骄子们。一墙之隔，两个世界。人的能力或许并没有什么不同，他们的机会和命运却天差地别。

　　正如上面所说，我从小没有外出旅行过。对这个世界的最远认知，止步于济南市北部的黄河大坝。直到初二下学期，班上转学来一名重庆姑娘，给我们这些济南仔带来了外面世界的神秘气息。这名叫李宪的姑娘，班上同学一致认为她长得很像电视连续剧《渴望》里面的小芳，相貌和电视剧里面一样乖巧，眼睛和电视剧里面一样又大又明亮。她的父亲是一名博士，来到周边的大学当教授，她跟着家庭一起来到济南。仅仅是半年之后，她就让我们这些土鳖见识到了什么是真正的学霸：我们初中有很多成绩非常好的学生，包括我们那一年济南中考第一名也出自我们学校。即使是他们，遇到一个非常难的难题时，也需要绞尽脑汁思考一会儿才能得出答案。后来这些好学生们都知道了，当有一个问题谁都得不出答案的时候，就把它扔给李宪。李宪只需要扫上一眼，半分钟之后就能告诉我们解题思路，似乎不费吹灰之力。而且因为当年班主任求爷爷告奶奶请来市里头辅导奥赛的老师给我们上加强课，我们不少人都掌握课本上没有的解题技巧。李宪不去参加加强课，也不知道这些特殊技巧。她每次只用课本上的基本技巧，但是每次都能把题解得特别简单，直击重点，她的思路总透露着一种简洁之美。在生活中，她总是显示出一副迷迷糊糊的样子，仿佛对任何事情都心不在焉。她对每一个人都很客气，可是只和班上两到三个女同学做朋友。在备考的最后半年，包括未来的济南中考第一名都在努力奋战的时候，她却每天都在班上讨论灌篮高手，搞得人心浮动。

有时我和小伙伴们私下里讨论，李宪并不属于我们这个世界里的人。她是天才的化身，是人类智慧与能力的完美呈现。她的生活，将在中考之后和我们这些凡人滑向两条完全不同的轨道。或许长大之后，我们只有在中央电视台的新闻报道中，才能看到她的光辉事迹，才能记起我们也曾和这样伟大的人物坐在同一间教室里一起学习过。

我的母亲经常向我念叨，她在上学时永远都是班上的第一名。我有时会想，说不定李宪未来也会生出一个像我一样窝囊废的儿子。我仿佛在脑海中形成一幅画面：在我去学校开儿子的家长会时，迎面撞上刚刚开完家长会的李宪。她因为自己儿子的顽劣，被老师严厉批评，脸涨得通红，像一个熟透的红苹果。

在实验高中的学习，仿佛是在梦幻中生活。我深知身边的所有同学都是全市各初中最顶级的人才，我自己的水平是无法和他们相比的。那么多认识一些人，多向别人学习总是不错的。实验中学每一年级的校服颜色各不相同，我暗下决心，每天放学路上凡是看见跟我校服相同的人都要上去搭讪，然后每天计算今天又认识了多少新的人。第一个期中考试之后，学校里物理奥林匹克竞赛、数学奥林匹克竞赛、化学奥林匹克竞赛辅导班招收新同学，要求年级前300名才可以报名，而那时我的成绩已经升到全年级第240名左右，所以我三个班全都报了名。

当时实验中学扩招太厉害了，教室数量不够。把一部分仓库改成了教室，又从外面小学借了一些教室，于是全年级二十个班被分散在了校园各处。我们那栋楼只有三个班，李宪恰巧分在我的邻班。我们的家又是在学校的同一个方向。起初我会在回家路上骑自行车时遇上她，后来我会在每天放学时到她们班教室门口等她一起骑车回家。

由于来自同一个初中，又经常在放学时一起回家。李宪渐渐和我熟络起来，开始跟我分享她生活中的故事。她在我眼中的形象也不再像初中时那样的高冷和遥不可及，而是变得有趣和活泼起来。她很好奇我是如何能让自己的成绩在几个月之内就从年级1150名提升到年级240名，她还很好奇我参加的奥赛班难不难。她自己的成绩在第一次期中考试之后下降得很厉害，从年级前30名一下子降到年级120名左右的位置。

"那是因为我们许多学的东西，我初中时就知道呀。我在读《科学画报》或者看电视上的科普节目时，它们都有提到过。"我回答说，"你初中读课外书的时候没有看到过这些知识吗？"

"不看的，"她摇摇头羞涩地憨笑着，"考试考什么我就只看什么，挺实用主义的（笑）。"

"可是当时课本上知识你好像不用费多长时间就都看完了，剩下的时间你在干什么呢？"

"看灌篮高手。""哦，好吧。"

有一天李宪兴奋地跟我说，她很快就要收到一个徒弟了。"那家伙班里成绩还不如我嘞，可是有道题他和我意见不一致，我们就打个赌，谁输了就称对方为师傅。"

她说的那道题我做过。"你输定了，"我对她说，"对方是对的。"

"这不可能！"她的脸上充满着错愕和恼怒，"我跟人家打赌做题，还从来没有输过！"

我设法给李宪解释这道题的思路，却惊讶地发现，无论我用何种方式解释，她都无法理解这道题的内涵，脑袋驽钝得像一块冥顽不化的石头。她的思绪完全陷入到自艾自怜中去了。她的语气中一半透露着惊慌失措，一半透露着愤愤不平："我怎么能给别人做徒弟呢？这简直是奇耻大辱！"

"万事都有第一次嘛。"我假装不关我事地回答。她狠狠地瞪我一眼。那个样子可爱极了。

我突然陷入一种恍惚的感觉。直到半年之前，我还深信实验中学的生活将是我羡慕却永远无法感知的世界，李宪在我眼中还是天才和绝对正确的化身。而就在此刻，她似乎无法理解一个非常简单的问题。而我正在给她讲题，就像当年她耐心地给大家讲题一样。角色已经互换。我觉得自己仿佛是一出天才世界的滑稽剧中的一个蹩脚演员，而另有一个平凡的我在角落中安静地观看着这幕滑稽剧的进行。滑稽剧中的我是虚幻的，而平凡的我才是真实的。

那天晚上我做了一个瑰丽的梦：我梦见末日的地球，大地遍布生锈金属的残骸，硝烟四起。蜘蛛一样的外星人从空中向我们攻击，激光阵阵。我和一个军事小分队在金属废墟的丛林中穿梭，一面反击，一面逃亡。不知什么时候起，我和战友们分散了，一个人躲进了在钢筋垃圾场正中央半塌的一座木房子里。房子里到处都是像杂毛一样卷曲的、杂乱的、生锈的钢筋条。我沿着螺旋楼梯上了阁楼。阳光从天窗照进来，照在明黄色的木地板上，阳光的通路上可以看见空气的浮尘一闪一闪。李宪躲在光的幕帘的背后，手边扶着一架亮黑色的钢琴。她很紧张，也强装镇定。我走过去牵起她的手。屋外的战争还在继续，我们俩可能是世界上仅幸存的人吧，外星人随时可能攻进屋子。在这令人绝望的情形里，我梦中的光线和色彩却是明亮的、温暖的、柔和的。我感到和李宪一起，共命运，同呼吸，即使是一起赴死，也是幸福的。我似乎看到李宪脆弱的一面，因此想去保护她……

这个梦让我久久不能忘怀。不久以后我就认识了李宪的新师傅。这个叫刘振东的男孩子，眼睛永远都是炯炯有神，脑门大得像一个牛皮鼓，我每次见到他都忍不住地在他脑门上拍几下，然后笑呵呵地看他低声咒骂。他只搞化学竞赛，这其实挺特殊，因为我在学校里最亲近也最崇拜的那一批，我称之为"竞赛帮"的同学，往往都是物理数学化学三门竞赛一起搞。高中三年的时间里，他有点儿像我的欢喜冤家。我喜欢对着他吹牛，他则是对我的吹牛各种冷嘲热讽。我们进行了多次做题速度的比赛，每一次我都惨败而归。有一段时间我发明了很不严谨的快速蒙题法，他觉得很有道理，全盘照收并且进行大规模试验，结果被我坑得很惨（笑）。

期末考试后，我的成绩升到了年级第64名，而李宪的成绩已经降到了200名开外的地步。"我爸已经放弃对我的希望啦。"李宪自嘲道。我跟她回忆起初中大家是多么地崇拜她，多么地觉得她遥不可及。我跟她讲起初中时我的奇思妙想，想象她作为一个天才母亲，生出一个窝囊废儿子，却在小学家长会上跟我偶遇的事情。"窝囊废母亲，生出一个窝囊废儿子。"她吐吐舌头，做了个鬼脸，笑着说，"你的梦说不定会变成现实的哦。"当时我们正好一起骑车放学回家，路过我们的初中。我们不约而同地下车，透过操场外墙，遥望着更年轻一代的我们，陷入了青春的回忆和愁思。那时三月已过，天气已经很暖和。李宪去初中小卖部买了两根橘子口味的沙冰，分给我一根，因为骑车累了，提议我推着车子步行回家。"期中考试又要到了，你可以来我家辅导我功课吗？"她轻声问道，我点点头。春风吹过路旁枝头新发的嫩芽，沙沙作响。我只希望这条路可以无限长，可以一直这么走下去。

李宪的家在我家附近的大学校园里。她的博士父亲简单接待我之后，就出门给学生上课去了。她家有一个高大的书柜，里面整整齐齐放着金庸全集。我哑然失笑，我原以为博士的书架应该摆满艰深难懂的大部头，原来大家都是一样的。我自己的书柜里摆满了我从旧书摊上收来的金庸小说，许多版都不全。在中考备考前有五天在家复习的时间，我根本就没有翻开书复习，而是看完了盗版的鹿鼎记。李宪的书桌前挂了一幅巨大的世界地图。我指着地图，考考李宪，让她指出六大板块的名称位置和移动方向。她连续说了几次都不对。我故作愠怒，用响指敲了一下她的脑壳，骂她笨蛋。她吐吐舌头，吃吃地笑，随后拿来一本习题册叫我做。在桌边一角随意地摆放着一些初中的习题册，我认得李宪的这些习题册，它们曾经是班上最为流行的东西，大家都抢着借回家参考，我都借过一本。李宪看着我做题，拿出小刀削了一个苹果给我吃。我平时不喜欢吃苹果，所以也不会削苹果皮。从小到大，每次吃苹果时，都是妈妈给我削苹果皮。就在李宪给我削苹果皮的时候，我心中突然一动，恍惚中看到她的背影，好像妈妈那样的温柔。李宪削完苹果，把它递给我。我轻轻咬了一口，一股浓郁的香甜，仿佛让身上的每一个毛孔，都绽放出幸福的笑容。可是我却感动得哭了，不得不赶紧假装打哈欠，好让手指节悄无声色地揩去顺着脸颊滑落的泪水。

那一次期中考试，我的成绩又滑到了年级近200名的位置，李宪的成绩则回到了年级前100名，而刘振东获得年级第一名的成绩。在随后的三年高中生活里，我的成绩总是在年级150名到300名之间浮动，在班级里就是10名开外20名以内，跟我小学初中一模一样。李宪的成绩稳定在年级50名以内，而刘振东永远都是年级前三名。

我发现李宪重新塑造了我的性格。她曾经是我们童年时所崇拜的传奇人物，在我们心中是一个没有感情色彩的符号，遥远而强大到不可理喻。而有一天我却发现自己比她更加强大，而她的情感也像你我一样的真实，拥有喜、怒、哀、乐、忧伤与恐惧。从那以后，我再也没有崇拜过权威，而是相信与尊重每一个平凡的人，都有无限发展的可能性与权利。我越来越需要李宪的陪伴与肯定，似乎只有她的承认才能让我相信我的能力是真实的，否则的话我就会被打回一无是处的原形。

而事情也就在那时发生了微妙的变化。当我每次去李宪的班里找她的时候，她们班主任看我的表情都是一种神秘得令人发毛的微笑。那还是一个谈早恋色变的年代。渐渐地，我听说李宪班里许多人都在谈论我和她的关系。全校各个班级认识我的人，尤其是"竞赛帮"那一批人，都听说过李宪这么一个人存在，并向我去打听她。然后有好几次，当我放学去李宪班里接她的时候，她们班的同学都说她已经提前放学离开了。我失魂落魄地骑车去追，有一次远远地看见她的背影，大声喊着她的名字，她却加快了速度，飞速一样地逃离开。另外一次我追上了她，她允许我并行骑在她身边，却冷冷的不和我说话，沉默地骑完了一路。我无法理解，却意识到，我和她变生疏了。

夏尽冬来，我们再也没有一起放学骑车回家过。我偶然在校园中见到她穿一件天蓝色的羽绒服。在放学的路上，每一个穿天蓝色羽绒服的女孩子背影，我都感觉是她。我一次又一次地骑车超过，仔细观察那些女孩子的脸庞，却一再失望。后来我才知道她已改坐公交车上放学，不再骑自行车了。冬尽春归，高二时全体班级都搬入学校的中央教学大楼，巨大的落地窗可以看到对面斑驳的高三老楼。整整一栋老楼的外墙都被浓密的爬山虎所覆盖。清风吹过，在附满爬山虎的外墙上掀起一阵阵波动的涟漪。波纹彼此相交，冲撞，相消，好像物理课本上的示范插图。我的思绪也随着波纹游荡。李宪就在隔壁的邻班，在黑板墙的另一边，我甚至似乎能感觉到她的呼吸，可是我好久都没有见到她了。我记得小学时在明媚的阳光下春游，我记得初中时在操场上肆意释放着青春的汗水。那时的我是多么的轻松快乐！可是我现在几乎记不得快乐的模样了。不知从什么时候起，总有一个沉甸甸的东西压在我心头，让我思绪烦乱、忧愁哀伤。我似乎丢掉了什么东西，一节通往人生未来的火车从某个地方脱轨了，我失去了感受快乐的能力。

在高二时，我们学校开始了语文教学改革试验。在前一年，高三的学长李一粟获得了新概念作文大奖赛全国一等奖。因为是理科生，他拒绝了北京大学中文系保送的提议，在学校的协调下，他被保送去了清华大学法律系。年长我们一级的学姐张悦然，也开始在全国新生代作家中崭露头角。每个星期四的下午全都被设置为语文课，我们被带到学校图书馆，任意从书架上选择一本小说读。可以做书抄，有什么感想也可以立即和老师一起探讨。平时每一节语文课的开始，班里的同学都要按学号被叫到讲台上进行演讲，主题自选，锻炼我们的口才。我在被鼓励写了各种形式的短篇文章之后，开始想写一篇长篇小说。我记得初中时曾在地摊上读过一篇故事，讲述亚特兰蒂斯大陆沉没前的奴隶起义。我决定写篇类似的故事：失落的大陆，为争取成为自由人而奋斗的奴隶，跨越阶级的凄美爱情故事。我想歌颂的是砸破思想枷锁的解放，是对每一个人无限发展可能的尊重，是一个平凡人在艰难中选择的困难和勇气。我花了六个月构思故事情节，给这部小说起名《人类宣言》，并在轮到我做演讲时，花了四十分钟给全班讲了故事的一半。语文老师看看表打断了我的演讲，他刚说一句"我想你可以把这部小说写下来，发表在杂志上"，下课铃就响了。

我被叫到了语文办公室，老师希望我参加即将筹备的文学社。随后就是紧张的竞选准备工作。我竞选一个无人注意的小岗位"宣传副干事"，因为是唯一竞选人，全票当选。我的上司宣传干事李一娜是全校公认的大校花。当选的文学社社长林肯是二班班长，他的竞选发言极具感染力，尤其最后一句"我没有别的，我只有你们"震撼了全场，让我特别崇拜。后来林肯对我说这句话不是他发明的，而是美国总统林肯当年的竞选宣言。因为两个人的名字一样，所以他特别崇拜林肯总统，并且背得过他全部的公开发言。我成功说服李一娜授权我建立一个记者团。语文办公室出资，我打印了五十多张记者证，给全校所有的漂亮女孩子发了一个遍，把她们编为好几个采访组。就这样我建了一个自己的"亲卫兵团"。

不久之后日本和歌山县那贺高中派了二十五个女学生到我校交流，住在我校二十五个女学生家里。交流最后一天，学校请五十个女学生在附近东方大厦顶楼的旋转餐厅吃饭。我作为记者团团长，被要求带着一个采访组去采访这个事件。于是我作为唯一一个男生，被五十多个叽叽喳喳的女生围了一整天。这是我人生第一次大规模地接触外国人，也是人生第一次公款吃喝。上午中国和日本的女孩子们还磕磕巴巴地用英文进行交流，下午大家则是一人拿出一个小本子，直接在纸上写汉字，交流反而变得顺畅多了。后来一直在我身边的一个日本女生还从日本给我寄了一封信，信全是用汉字写的，但语序明显不是中文的语序。我回寄了一封英文信给她，这是我人生中第一次寄信，也不知道她有没有收到。

校运动会时，文学社记者团接下了广播宣传工作，这部分工作原来是由校团委负责的。校团委向我推荐了两个播音员，负责中文广播的四班的左怡媛和负责英文广播的七班的骆杨。左怡媛是一个犹如出水芙蓉般俏丽的姑娘，娇小玲珑，脸如皎月，眉目传情，应该符合很多人梦想中完美女孩的样子。她的声音温柔且稳重，让听者犹如回到婴幼儿时母亲的臂膀，五脏六腑都感到舒适通畅。骆杨是一个胖胖的，一微笑就把眼睛眯起来的男孩子，讲话语速快得不得了。他的英语在我们学校小有名气，高一时疯狂英语的李阳到我们学校演讲，想找我们学校一个同学跟他比试英语速读。骆杨上场把李阳杀了个片甲不留。此后"骆杨干掉李阳"成为我们学校的一段佳话。我和骆杨不熟，但是和他们七班的班级第一名，一个叫越华的女同学是好朋友。越华被公认是我们"竞赛帮"的大姐大，能力是我们这些人中最强的，又对我们非常照顾。校运动会的稿件是以指标形式分发到每个班上的。在运动会前夕校杂志社发表一则笑话，说大家为了完成指标绞尽脑汁，最后只好写上"今天天气真正好，运动场上好热闹。"这则笑话造成了黑色灾难，我收上来的稿件，至少五分之一写的都是"今天天气真正好，运动场上好热闹。"

运动会结束后，我设法寻找机会再次见到左怡媛。有一次中午自习的时候，我看到她昏昏沉沉地趴在学校大阶梯教室的桌子上，于是就坐到她身边。她看到我，迷迷糊糊地说她重感冒，希望我不要离她太近。我逞能地说自己身体很好，不必她担心。不过那之后不到两天我就得了重感冒，直用了两个星期才好。我离开阶梯教室的时候看见校园十佳歌手大赛的海报，突然意识到这是我和左怡媛再次合作的一个绝好机会。

这时十佳歌手大赛的报名已经结束。我找到刘振东的二徒弟吴浩然，他是钢琴高手，曾在中央电视台的《综艺大观》中演奏过，是这次十佳歌手大赛的评委。我让他设法把我补报进去。"你要唱什么歌呢？""任贤齐，《对面的女孩看过来》。"我说。

我把这首歌中间的歌词改了一段："对面的男孩不要过来/你不乖也不帅/这样的男孩我们不爱/咱们还是说拜拜"。我的计划是这样的：我站在舞台唱完第一、二段，这时左怡媛从观众席里站起来，以女孩拒绝我的态度唱完我改的那一段，最后我找了一个搞数学竞赛的朋友穿警服，以骚扰女孩的名义把我押下场，结束。这时吴浩然告诉我说已经把我安插到了当天下午第一名上场。他跟我要伴奏带，可是我没有，他只好决定亲自上场给我弹伴奏曲。

一切搞定之后，我找到左怡媛请她和我合作，人家一句话就把我拒绝了：感冒嗓子哑了，唱不出来。我只好又找到吴浩然，要他找一个会唱歌的漂亮女孩子和我配合。他被我一个又一个的要求气得发抖。当天高一组的十佳歌手大赛已经开始，距我参加的高二组十佳大赛只有一天的时间。高一组大赛结束之后，吴浩然找到我，告诉我说高一组大赛得到第一名的那个女生已经答应和我在第二天做配合了。

大赛当天，容纳150人的阶梯教室，挤进了300余人。"竞赛帮"的朋友们从各个班级拉人来给我加油。吴浩然刚刚弹响第一个音节我就开唱，唱完第一句时已经意识到我的歌声和伴奏严重脱节。我不知道应该如何处理，只好硬着头皮继续往下唱。观众疯狂地敲桌子起哄。无数西红柿和鸡蛋朝舞台上的我砸来。但至少一半的西红柿和鸡蛋都偏了准头，砸到了第一排评委席中间正襟危坐的校长和校党委书记的头上。唱到一半时，观众席上高一组第一名的那个女孩儿站起来接着唱。她唱的什么，在观众如雷的起哄声中已经听不见了。我继续陶醉地转着圈子演唱，还没唱到最后一句，我那穿着警服的数学竞赛朋友就已经冲上舞台，连扯带拽地把我拉下去了，留下舞台上一片狼藉。

我在当天十佳歌手大赛光荣地获得了最后一名。吴浩然对我抱怨说他多次变奏，但始终跟不上我的拍子。高一组第一名的那个姑娘羞愧得要命，把他骂了个狗血淋头。我当天第一个上场，我唱完之后，阶梯教室里的人全一哄而散，剩下只有不到70人听完了其余人的演唱。"竞赛帮"的朋友们拍着我的肩头说："这么多的兄弟专门赶去，只是为了支持你一个人啊！"我自己班里的小姑娘却嘲笑说："本来大家都是去听大奖赛的，结果发现第一个上场的水准就这么低，所以就不想听其余人的了。"

十佳歌手大赛的趣闻给大家贡献了半年的笑料，或许是一年：次年十佳歌手大赛时，我在高三复习，并没有去听。有好事者去听了，回来就跟我说，下一年那些学生还在讨论我当时的演唱，说没有我，其余的那些演唱者都好正经，好无聊，一点都不好玩儿。

高二下学期期中考结束后，学校把我们召集起来，为我们举办了成人礼，然后就开始文理分班。20个班被分成了16个理科班和4个文科班。4个班被拆分，以便给文科班留出位置。我和李宪的班都没有动，李宪仍然是在我隔壁的理科班。左怡媛的班被拆分了，她被调到了我们班。几个月后，李宪期末考试成绩理科年级排名第六，但不知为什么，她又决定转到文科班去了。为此我伤心了好久。虽然我们不在一起说话了，但如果她仍然是理科生的话，我知道至少我们还在看同样的书，考虑同样的题，冥冥中还有一些事情连接着我们。她去了文科，我们的生活就再也没有任何交集了，我就无法再去感受她的感情，揣测她的心思，或许我们共享的，仅剩天上一轮或盈或缺的月亮罢了。

高三学期一开始就是我们参加中学生奥林匹克竞赛的日子。其实，除像越华这样的大姐大全能型选手有能力同时准备物理数学化学竞赛之外，其余人都分别重点准备一门竞赛。我将全部精力放在了物理奥林匹克竞赛上。学校特地批准参加竞赛的同学不必去上课。高二暑假一开始，学校就批了两间教室，给准备参加竞赛的同学自习用。我们可以随时来随时走，有些同学就直接住在了里面：半夜看门大爷锁门时躲起来，看门大爷走了再回到教室苦读，连厕所都不舍得花时间去，直接尿在几个雪碧瓶里，一溜儿摆在窗台上，笑称这是啤酒。竞赛辅导老师的办公室就在附近，有的题弄不明白了，老师们随叫随到。山东大学的物理老师也赶到我们学校，给我们讲解了几节思路课。

在竞赛准备的最后阶段，我脸上的青春痘开始像蒜苗一样疯狂生长，几乎就要到毁容的地步了。男孩子固然不如女孩子那样爱美，但是满脸的发炎还是很烦人的。母亲从古医书中找出来一个"枇杷清肺饮"的方子，不知疗效如何，正好诊所附近有所大学，许多大学生也因为粉刺烦恼而找母亲看病。母亲把方子开给他们：炙杷叶、党参、生甘草九克，黄连、黄柏三克，桑白皮九克，鱼腥草二十四克，蛇草十五克。这样过了两个月，大学生们纷纷回复说脸上的粉刺都消了，也看不出来这个方子对他们有什么副作用。母亲于是煎给我吃。我坚持不到两个星期，就嫌药太苦了。要求母亲再找其他方法。母亲无奈，只得试着用耳针的方法帮我调理身体。耳针祛痘并无现成方子，母亲努力从中医的角度下思索粉刺的成因，又从"枇杷清肺饮"中得到灵感，试着在神门、皮质下、交感、内分泌、肺穴五处耳朵穴位压豆。后来我准备写这篇回忆录时，专门问母亲当年是怎么想出来一种还不存在的治疗方法的。母亲才解释道，"枇杷清肺饮"的用药组成其实已经清楚地显示了粉刺的发生原因以及治疗思路。她那时只不过从药材的名称反推"翻译"成了经脉运行原理。比如说方子的主药炙杷叶，特点是苦平偏凉，性善降，可以清肃肺气，和胃降逆。而中医认为肺主皮毛，皮肤的各种疾病，如过敏、瘙痒、粉刺等，需从肺经中寻找病因。肺经风热的话，毛囊炎就容易发作。脾胃如果也湿热，聚湿成痰则会阻塞毛孔。所以需要先将肺与胃中热湿之气降下来。其余几味药辅助主药。比如党参和生甘草利气和中，起的是辅助提高机体免疫力，平衡激素分泌的作用。黄连、黄柏、桑白皮、鱼腥草和蛇草则是清热解毒，消炎的。故母亲用"肺穴"调节肺经；以"交感"改善植物神经的功能，调解脾胃，促进皮脂吸收；以"内分泌"平衡激素分泌；又加上"神门""皮质下"两穴镇静安神，缓解精神压力。试了一下，果然不生痘了。从此我就永远都一只耳朵贴满了医用胶带，胶带下面的小黑豆挤压着穴位，每个星期换一只耳朵。一直到出国前都是如此。

我记得参加竞赛当天，试卷上有六个题目，第一个题目我会，第二个题目我会，做到第三个题目时，已经感到十分吃力，跳过去吧，剩下的题目更是了无思路。这时交卷的铃声响了，我落榜了。

我羞愧地回到原来的班级，跟大家一起上课。因为学校不上课的特权，我有段时间自以为高人一等。此时才意识到，原来在复习进度上，我比大家还落后一大截。更让我惊恐的是，我放在教室里的高中两年的全部课堂笔记，消失不见了。笔记中有我总结的各种做题技巧，都是课本没有的，许多已经回忆不起来。我的气势大受打击。看着竞赛成功，保送到各大学的战友们，看着已经提前两个月开始复习的同学们。人生中第一次，我感觉到我的生命落后于同龄人了。从那时开始，这种落后感始终缠绕在我心上，而追赶，也成为我生命中永恒的话题。

那一年我们学校竞赛共保送了35个同学，大部分被北京大学、北京航空航天大学、复旦大学、同济大学和浙江大学这五所大学所接收。还有几位同学被提议保送到山东大学，但是他们都拒绝了。大家都想往外闯，反而瞧不起自己省里的好大学，宁愿参加高考再拼一把。刘振东继市里化学竞赛第一名，省里化学竞赛第一名，全国化学竞赛第一名之后，进入位于北京大学的化学竞赛国家队封闭培训，准备参战来年五月在荷兰格罗宁根举行的世界中学生化学奥林匹克竞赛总决赛。

学校在高三上学期最后一次期中考之后，在高考之前，设置了六次模拟高考。还设置了一个实验班，每次模拟考试前30名，就有入驻实验班的资格，即使后面的考试名次又跌下来，仍然可以留在实验班里头。李宪在高三上学期期中考试时，成绩在文科班排名年级第二。她在文科实验班里待了三天之后，又申请退回到原先的普通班里，理由是实验班的气氛太浮躁。我也听说实验班的学生不喜欢做高考模拟题，整天逼着老师去讲解那些他们听得似懂非懂的题目。当时日韩世界杯中国队进入世界杯决赛圈，实验班的那帮人把试卷用胶带卷成纸足球，老师在上面讲课，他们在下面踢足球，也没有人管。另外他们好多人还花时间把爱因斯坦的论文《论动体的电动力学》重新计算了一遍，并且声称发现了爱因斯坦的错误。

即使在普通班里，老师们也想尽办法给我们降低压力。学校特地在高三年级的自行车棚那里新修了一个小动物园，放养些兔子、孔雀、雉鸡、家鸡、鹦鹉、八哥、青鱼和锦鲤，每当我们放学取自行车时，这些可爱的小动物总是能让我们的注意力短暂地从备考中抽离。中国队世界杯第一场踢哥斯达黎加，正好是我们班主任的课。虽然学校明令禁止上课时间看球，但是班主任仍然决定打开教室里的电视机，让大家静音看球，她自己到走廊里去放风。老师们劝我们在课间多出去运动运动，少在教室里待着。有一次下课去上厕所时，发现楼外大树三楼位置的树杈上躺着一个篮球，上厕所回来时，那棵树杈上已经躺着两个篮球了。下了另外一节课，发现同一个树杈上又多了一杆拖把。第二天一大早树杈上两个篮球都已经不见，可是那杆拖把一直挂在那里，直挂到毕业，那是我们高三汗水青春的见证者。

语文教研组的老师把我们模拟考试的作文交给外校的老师批改。结果发现许多在我们学校可以得高分的作文被外校老师批为跑题。这使语文老师们非常紧张，开始在年级里大规模地教导写八股文的方法。吴浩然的钢琴水平很好，可是理科成绩却很差。清华大学找人跟他说，只要他的高考成绩能达到重点一本线，清华大学就可以特招他入学。吴浩然同学奋发图强，一个星期的时间把高中全部的数学书看了一遍，从此之后历次考试，他的数学永远都是满分，震惊了全校。（我们数学老师都是脱书讲课的，所以高中三年我都没有翻开过数学书，不知道上面写了些什么。）他信心满满地认为再用一个星期把理综的成绩也弄成满分，但是没有再能复制奇迹。后来他还是没有达到重点一本线，被特招进入天津大学。

左怡嫒和我变成了很好的朋友。她是一个老实恬静的女孩子，不太会来事儿。长得又太漂亮了。男生们面对她时总是感到不知所措，最后都变成了对她恶言恶语。女生和她亲近的也并不是很多，毕竟一不小心就会变成背景板。她加入我们这个班集体时认识的人只有我。有时放学时，她会陪我一起走一段路。我跟她分享我对李宪的相思与哀愁，我能清晰感受到她因我的痛苦而痛苦。她轻声鼓励我要坚强，鼓励我把精力放在备战高考上。她设法去结识李宪，成为她的朋友。有一次她跟李宪提起了我，而李宪却没有任何反应。

高考临近的几个月，山东大学的校长展涛也跑到我们学校来给学子们加油。其实他也是我们的学长，在我们还在读初中的年龄，他已经考上实验高中了。在我们学校只待了一年，就被保送进入山东大学数学学院。展涛校长鼓励大家尽可能往外考，山东大学给大家做保底。如果外省的第一志愿报高了落榜了，那么即使第二志愿报的山东大学，山大也会把他们当成第一志愿慎重看待的。展涛校长这一招"欲擒故纵"非常聪明，那一届高考果然我们学校最优秀的学生纷纷在第一志愿落榜。山东大学将整个的实验班和绝大部分的实验精英一股脑地揽入怀中。

在六月份高考的前夕，从遥远的欧洲传来两个消息。一个是刘振东在荷兰格罗宁根举办的世界中学生化学奥林匹克竞赛中夺得了金牌第一名的成绩。参赛选手的金银铜牌的分配标准，就是需要以他的成绩加上金牌第二名、第三名三人成绩之和乘以系数而定下来的。他还获得了最佳风度选手称号。第二个消息就是那个英语很好的骆杨，高三自费在英国留学，最终获得了六所英国大学的录取通知书。他选择进入剑桥大学三一学院，也就当年牛顿的学院就读。"你们中一些人开始走出国门，即将成为世界栋梁了啊。"老师们如是感慨道。

听说剑桥大学在面试骆杨时，问到他一个问题："为什么镜子中的世界左右是颠倒的，而上下并不是颠倒的？"我心想这个问题的脑回路其实和新概念作文大赛非常相似，对于实验中学的人来说并不难回答。不过我还是很好奇他是怎么回答的。

高考结束当天，父亲的大学同学从日本和美国赶回来，共同庆祝毕业20周年。从各国长大的孩子们聚在一起，去电影院观看刚刚上映的电影《星球大战：克隆人的进攻》。电影里浪漫的爱情快把我给看哭了。在电影里，杰迪骑士和参议员都是不准拥有爱情的，就像现实中的高中学生一样。参议员阿米达拉也是克制和理性的象征。可是热情似火的年轻杰迪骑士天行者安纳金偏偏要和世俗对着干，在一次次的并肩战斗中，赢得了他童年时就一直崇拜的参议员阿米达拉的心，在隐居中和所爱的人走在了一起。我看着大屏幕上的安纳金和阿米达拉，感觉就是看着我和李宪，或者是我期望的我和李宪的样子。很久没有李宪的消息了，或许高考结束后我再也见不到她。可是我很想她。

在父亲的大学聚会中，我又重新认识了童年时的玩伴方志远。他的父亲是我父亲的大学同班同学，他的母亲是我母亲的大学同班同学。我在中考结束后曾经和他见过一面，在大人的组织下，在一个水上游乐场玩了一整天。他就读的高中是实验中学最大的竞争者：师范大学附中。他是我"竞赛帮"的一个同学的好友，数次来实验中学找我那朋友。每次他来我们高中，我和他都彼此觉得眼熟，却记不得我们在上高中前就曾经见过。这是一个身材高大匀称，白净脸皮，满脸玩世不恭的帅小伙子。他在高二通过计算机奥林匹克竞赛保送到浙江大学，所以高三没怎么去学校。他原来是钢琴十级，在高三把电子琴也练到了十级。在回忆起彼此的过去后，我们都非常兴奋。他家住在我家附近的大学里，他编写代码修改电子游戏，把电子游戏玩得出神入化。在高考后的一段时间里，我天天泡在他家里和他一起打电子游戏。

不过随着高考成绩的发放，无限的阴霾笼罩在我的前途上。英语一向是我最弱的一项，这次高考全盘失败，光是20个完型填空题我就错了18个。语文作文被判跑题，低于我平常水准30多分。不久之后我收到了山东省轻工业学院的录取通知书，这几乎是济南市当时分数线最低的本科学院了，再往下就是专科了。父母亲天天唉声叹气，我为了耳根清净，每天花更长时间泡在方志远家里。

有一天我和方志远一起打游戏，他的母亲接到一个女人的电话。电话那边的女人不停诉苦，方志远的母亲设法去安慰她。她们一直在谈论着一个名字："李宪，李宪。""李宪？"我困惑地看着方志远。"哦，李宪是一个邻居，挺好玩儿的傻姑娘一个。她妈妈和我妈妈在同一个医院同一个办公室工作，她经常来我家玩儿。咦，她不是你们实验中学的吗？你或许见过她？"

听到这两个字，一股甜蜜的暖流从我心中升起。我本以为一生中再也不会听到这个名字。是的，我见过李宪，虽然相隔经年，我记不清你的样子了，可是我听到你的名字还是心动。我以为在高考之后再也不会听到你的消息，可是你的名字又出现在我耳边，不是在学校，而是在家中亲戚里。就像丢失很久的小时候最喜欢的玩具，突然又从旧物堆里被翻出来。好久不见，老同学！李宪的母亲和方志远的母亲，方志远的父母和我的父母，家族关系环环相扣。这时李宪再也不是初中那个为我们打开外面世界大门的重庆姑娘了，她好像成了我家族中失却的一环，她和我的过去，现在，未来都有着千丝万缕的联系。

原来李宪的高考作文也被判跑题。她报考的北京外国语大学英语系落榜后滑档到德语系，但是她不想学德语。她母亲劝她按照第二志愿前往山东大学经管学院。李宪坚持要到北京去念书，为此和她母亲大吵一架。

方志远听完我和李宪的故事，皱着眉头思考："我不能把她请到家里来，让你和她见面，这样她会跟我绝交的。我们需要制造一次'偶遇'。"他从钱包里掏出一张身份证大小的塑封卡片。紫白镶嵌条纹的凹版纸上贴有他的照片，手写的姓名以及"闪电英语"几个大字。"这是一个英语加强辅导班的听课证。300块钱10节课，一个月，我和李宪都参加。现在还剩两节课，再交学费就不合算了，只要你能复制这张听课证，就能到课堂上来见到李宪。"

我找到当年印制记者证的那家印刷店。闪电英语用的凹版纸非常罕见，幸运的是印刷店从它的仓库中找到仅有的一张一模一样的。我买下了可以铺满整个桌面的一整张凹版纸，仅仅是为了切下它上面身份证大小的一块儿。第二天我拿着以假乱真的听课证跟着方志远去听课。课堂设在山东交通学院的老校园里。两个星期前，各大高校招生报名咨询会就开在这里。当时我和我的母亲正好撞上李宪和她的母亲。我和李宪生硬地寒暄两句，两位母亲点头打了招呼，就又分开了。

在300人的大课堂上，李宪的眼神全神贯注地盯在讲台上，而我的眼神全神贯注地盯在她身上。在初中时，我曾经无数次地偷偷观察她全神贯注听课的样子，想要找出她成为天才的秘密。她仍然是这样的美丽，这样的亲切又遥不可及！可是在李宪身后不远处，另一个熟悉的身影出现了：刘振东。这个夺得中学生化学奥林匹克竞赛世界第一的老冤家，从格罗宁根回来了！

李宪终于注意到我的存在，她的眼神从迷惑，讶异，渐渐变得羞涩，愤怒，不自然起来了。她的脸涨得通红。我也赶紧把眼睛牢牢盯在老师身上，不敢去看她。

一下课李宪就飞也似的逃跑了。我没有敢去追她，而是在出口处等着方志远。回家的路上，方志远在自行车上抱怨了一路李宪的不道地，他原来是和李宪一起回家的，这次却被甩了。

两天后闪电英语最后一节课，李宪没有去上课。我坐在课堂正中央，方志远坐在第一排。他转过头，远远地看见我询问的眼神，摊开双手耸耸肩，一脸的迷惑不解和无奈。

下课后，有人拉住了我的肩膀，转头一看，是刘振东。好久不见了，他想和我聊聊近况。我们坐在教学楼最高一层的楼梯台阶上。我问他是怎么知道这里的，他说是李宪告诉他的。他又问我为何在最后两节课突然出现在课堂上，我支支吾吾答不出来。然后他就开始滔滔不绝，手舞足蹈地向我描述他是如何在北京大学保送生入学摸底考试中，迟到半小时，霸占监考老师桌子用来答题，还能提前答完交卷的故事，仿佛这是一个他憋了很久的响屁，非要找人放出来才爽快。他问我接下一步怎么打算，我给他展示了山东省轻工业学院的录取通知书，然后他就沉默了。

"怎么会是这样子呢？怎么会是这样子呢？这不是你的水平啊？"他似乎是在询问我，又像是自言自语。"应该是受到感情问题的连累吧。"我苦笑道。他冷冷地笑道："感情？高中生谈什么感情？让我猜猜，你喜欢哪个女孩子……李一娜？"我摇摇头，"李宪？"我点点头。

他硕大的巴掌猛地拍向自己牛皮鼓似的额头："你怎么第二个就让我猜中了？我脑子中可是有七个女孩子的名单呢！"他相当不满地说，似乎为谜底的过早揭晓而懊恼。"为了一个女人？你看看你把自己搞成什么样子啦！"

我开始六神无主了。高中三年，虽然屡战屡败，但是我从来没有服气过他。而现在，人家是世界冠军，我却是一个失败者，又有什么资格去质疑他的判断而坚持自己的意见呢。他问我下一步怎么办，去学校报名，还是复读？我难以决断。他以非常轻视的口吻对我说："这有什么难以选择的，难道你去那个轻工业学院吗？在那里你又能有什么出息，你的一生就这样毁掉了。你没有别的路可以选，复读是你唯一的选项。"

"可是，"我唯唯诺诺地抗议道，"轻工业学院好歹也是一个本科。我不想比你们落下一级，那样我就不能够再听得懂你们，不能够和你们想同样的问题，也就不能再被你们当作朋友了。"

"可笑！逻辑不清，主次不分！"刘振东脸上却没有一丝笑容，更多的是讥讽与蔑视，"王登君你永远都是这一个毛病，毫无意义的骄傲和自尊。你骄傲到过去三年每次你问我问题的语气都像是在给我下命令。承认吧，你的实力根本无法支撑起你的野心。脚踏实地，一步一步往前走，才是你现在最聪明的选择。""李宪？""忘掉她，她已经从你的生命中消失了。现在你要走的这条新的路，已经和她分叉掉了，你会新认识很多人，但你不会再见到她！"

就这样，在刘振东的注视下，我撕毁了轻工业学院的录取通知书。在无限屈辱的感觉下，被迫走向了复读的道路。如果说应届生是纯洁的少女，那么复读生就是被玷污的破鞋。我再也没有脸面去见"竞赛帮"的兄弟们，和他们谈笑风生。从此之后我只能去远远地仰视他们，像仰视天空中的星星和曾有的自我。我明白在复读班我会遇上怎样三教九流的坏学生，那里是怎样的乌烟瘴气。我决定张开双臂，拥抱这些污浊，让自己融入他们，或许这才是我本应的归宿。

方志远知道我关心着李宪，他怂恿着他的母亲从李宪的母亲那里套出尽可能多李宪的近况。从他的汇报里我得知李宪将被分到山东大学新建的14号宿舍楼，她对新楼的卫生条件相当满意，尤其是厕所："和宾馆卫生间相比毫不逊色。"

山大开学后不久，我按捺不住好奇与羡慕，骑车到济南市另外一边的山大校园里漫无目的地闲逛。我想看看一起战斗过的同学们的新的环境！刚走进食堂，正好看见我们高中物理奥林匹克竞赛的辅导老师吃完中饭出来。他看到我，非常高兴，问我在哪里高就。我支支吾吾地谎称被一所外地大学录取，很快就要入学。物理老师满意极了，他拍拍我肩膀叫我加油，然后替我支付了午饭费就走了。吃完午饭，我继续在校园里踱步，校园里来来往往全是军训的学生，大家穿着一模一样的绿色军服，我好像置身于一大片在不停移动的树林。我的眼睛焦虑地往每一个路过的人脸上扫去，希望偶尔能看见熟悉的面孔，希望能够不期而遇我心目中那张最美丽的脸庞。我碰上了当年实验中学文学社的社长林肯，他现在已经是经管学院工商管理专业的大一新生了。他把我带到他居住的13号宿舍楼中去。正如李宪所说，一切都是崭新的，厕所洁白的瓷砖上还残留着些许装修时未抹去的石膏粉。林肯热情地招待着我，给我介绍他的舍友，给我描述他新的大学生活。我的目光却跨越窗台，遥遥注视着对面的14号女生宿舍楼。整个宿舍楼的窗台密密麻麻，灯光透露出里面的女孩子们在整理着彼此的房间。李宪住在哪一个房间里呢？她此刻在干什么呢？

从林肯那里出来后，天色已晚。我放弃了偶遇李宪的可能性，准备回家。此时却在食堂外面的小巷看见了那个熟悉的背影。"李宪！"我叫道。李宪转头看到我，有一些讶异，但是并没有走开，而是礼貌地柔声问道："你怎么会在这里？""我想……我想，看看朋友们的大学生活。""你吃过晚饭了吗？"

李宪给我打了一份西红柿炒蛋和米饭，她刚刚吃完晚饭，就坐在我身边看我吃。我没有心情吃饭，千言万语压在心头就快要爆了，蘸着汤汁的饭粒噎在嘴边，不知如何下咽。李宪看看我，又看看眼前的桌子，沉思着如何打开话题："刘振东已经把你的情况告诉我了，决定去复读了吗？""嗯，"我点点头。"做这样的决定，证明你是一个勇敢的人。"李宪说，"因此我知道你将来会成就一番伟大的事业。"我无法再假装淡定地吃饭了，我开始给她去讲那些在心中已经复述无数遍的故事：我曾经看过很好笑的笑话，一直等着讲给你听，听你和我一起开怀大笑；我曾到过很美的地方，认识很多很有趣的人，我多么想把这一切介绍给你。路上曾经有很好的风景，可是没有你的倾听，那些就不再算是风景了。李宪仔细地听着，静静地看着我，时而微笑，时而神往，眼睛中流动着温柔，同情，理解和歉疚的光影。不甚合身的绿色军装和解放牌军鞋把她的身躯映衬得更加娇小。她的秀发沾着汗水，杂乱地卷曲在额头和耳鬓，娃娃脸因为多日的暴晒而红得发胀。我们从食堂散步出来，坐在了13号楼和14号楼之间的空地台阶上。我们的话题，也终于转到了为什么当时李宪要避开我。

"我那个时候很尴尬，每一个人都在跟我提起你，我感觉好像被困在动物园的笼子里一样，任人观看。"李宪陷入过往的回忆，"我不想引起别人的关注，我只喜欢安安静静地生活，在自己的角落里。我很害怕，所以想和你切割。""我无意给你的生活带来困扰，我只是想和童年时崇拜的学习偶像近一点而已。""我理解。""这个童年的偶像在我心目中是如此的强大和无所不能，只有通过她的承认和友情，我才能拥有自信。""我猜我能想象得到你的那种感觉。"

"可是，我也多么希望自己是一个强大到无所不能的人呐，"李宪自嘲自乐地说，"可惜的是，我也会害怕，我也经常犯错误，我还经常去做一些很傻的事情。""很傻的事情？"我假装吃惊地问道，"比如说？"她狡黠地笑着看着我，想说什么话，但是却又忍住了。她出神地想了一会儿，说："假如真有这么一个你倾心仰慕的人，保护你，陪伴你，鼓励你，任谁也会奋不顾身地喜欢上吧？但是王登君，你有没有想过这样一种可能，你崇拜追求的那个女孩子，尽管有和我完全一样的面容，但是无论性格还是优缺点，都和现实中的我全然不同，或许你喜欢上的并不是我，而仅仅是你脑海中所构建的一个完美形象？"听着她讲到这里，我的心突然感觉被掏空了，整个青春年代最美好的执着，此刻听上去就像一个毫无价值的荒唐，我的泪水不争气地流下来。李宪贴心地等待我平复心情。"喜欢上一个不存在的人是无意义的，也是危险的。在未来的一年，你必须把你全部的精力投入到学习中去，为你未来的命运而努力拼搏。你已经承担不起感情的重量了。放弃这份感情吧，为了你自己！"

我抱着膝盖哭了起来，任凭宿舍里进进出出的路人们投来异样的眼光。在李宪的陪伴下，我正在经历人生中最为甜蜜也最为苦涩的一个晚上。我收拾好泪水，看到她正在关心地看着我。我咬咬牙："如果是你要求我的，我就会去做。或许这就是结束，从今晚开始，从今往后，我不会再见到你。我会把这份喜欢封存在心底。谢谢你今晚的陪伴和鼓励！"

"不是的。"李宪掏出一张小纸条，在上面记下她的宿舍号码和电话，还有她自己的手机号码和邮箱。然后交给我："如果都有意愿的话，我们总是会再相见的。有任何的心事或者不顺，给我打电话。我会永远地支持你，给你加油。"我们俩不约而同地一起起身。"我送送你吧。"她说。"不用了。"我冷冷地说道，"只怕你送我这一程，又会让我燃起对你的爱。"

那天晚上第一次，一直温柔微笑着的李宪，脸上浮现一丝愠怒，但是转瞬而逝："真没想到你是这样的人，一次送别都能让你心动。"我挥挥手，没有看李宪，骑上车离开。我不敢回头，我的肩在抖，我的心在流泪。我一直骑开很远才回头，李宪的身形已经被遮蔽在大树的影子当中。明亮而洁白的月光照耀着入夜的山大校园，那是一个我梦想却从不曾拥有的青春乐园。

父亲找到的复读学校坐落在一个破败小区中央的小学里，一些从实验中学退休下来的教师构成了它的师资力量。正如我所料，在这里我见到了三教九流各式各样的人。不过还好，无论那些差生如何驽钝，脑袋如何不开窍，在这里学习的人脸上总有一种背水一战的决绝，这里至少没有混日子的人。他们都很崇拜我，一个实验中学的落榜生！

复读老师讲的那些题目，我闭着眼倒着都能把它做对。我觉得应该趁这一年把英语搞上去。母亲走了关系，帮我在山东省中医药大学报了四级考试的名。从此我每天晚上九点睡觉，早晨四点半起床开始背单词。暑假里闪电英语那两节课倒并不是毫无用处，它向我展示了英语单词是由词根组成的。在一本叫作《星火英语》的词根记忆英语参考书的帮助下，我背单词的效率大增。

复读开始一个月后，班上又转来一个复读生。这个叫沈通的男孩子一来就引起了轰动，因为他是从北大落榜的。这是一个腼腆的，戴着大眼镜的瘦弱男孩子。沈通是济南外国语学校的，他在高二时保送浙大却不去，理由是北大的四年和浙大的四年还是会让人拉开差距。他在入学志愿上只写了北京大学，既没有写第二志愿，也没有写第二批次。他的高考成绩比当年北大的录取线低两分。但是当年北大的录取线比清华大学高四分，也就是说如果他报了清华大学，此刻已经在大学的讲堂里呆坐着了。沈通的外语成绩永远都是满分，这让我非常崇拜，于是就跟他提起了骆杨。"骆杨在你们实验中学被认为是英语天才吗？"沈通惊讶地问道，"可是他的英语水平在我看来其实很一般呀！"这让我更加崇拜沈通了。

硕大的济南市应该有好几百万人口，但沈通的家和我的家只隔一条街。要不是他小学成绩太好，被外国语学校挖了过去，他应该和我上同一个初中，那样的话，神童的称号就应该易主，也就没有李宪什么事儿了。沈通的性格趋向于道家，无欲无求。他也常常提醒我不要好高骛远，不要急于求成。成功了就享受成功的风景，失败了自有失败的乐趣。在外国语学校，同学们取他名字的谐音称他为"神童"。他对外自嘲说："'神经病儿童'，我认了。"我跟他说在实验中学搞竞赛那一帮人中，我有个外号叫作"天才"。他哈哈大笑，说那些同学不过是把我当作"天生的蠢才"而已。

在备考英语四级和与沈通的嬉笑怒骂中，烦闷的复读岁月渐渐流过。在我拿到四级通过证书后不久，全国发生了严重的非典疫情。班上每天都要消毒，味道很大。我和沈通一合计，自己在家复习，不去上学了。在家里，父亲要求母亲请病假，不要去诊所上班，避避疫情的风头。母亲却坚持冲在一线，尽到一个医生的本分和职责。家里天天发生大大小小的冲突，直到疫情结束。

在我家后面有一个没有太被开发的小山丘，山丘上植被茂盛。从此往南，郁郁葱葱的树林可一直到达泰山的绝顶，站在悬崖上向北而看，则是济南繁华市中心的高楼大厦。在家自习的沈通和我常常约着一起爬山散心，我们在山上探寻各种人迹罕至的山谷，在丛林中交换对各自人生的憧憬。上大学之后沈通告诉我说，其实在复读的那一年，他经常晚上一个人爬到山上，呆呆地远眺着市中心的繁华夜景。他没有考上大学，心中还是有许多郁闷无法排解。"你高考成绩这么高，你爸爸就没有帮你争取一下吗？""当然争取了。招生分数线一出来，我爸爸就带着我到了北京，去跟北大和清华以及北京各大学招生办公室的人求情。""后来结果呢？""结果就是我来复读了。"我询问沈通今年的志愿打算怎么填。"有个大学上就不错了。我今年的愿望是考上北京外国语大学！"他如是说。

上小学的时候，家在山的这一边，学校在山的那一边。每天上学从山上翻过，我那时就知道这座山是活的，拥有自己完整的灵魂。沈通和我一样，能够清楚地听到山的心跳声。当风吹过，一座一座山峦的松林随风摇动，那是山峦彼此之间在交流。当把手贴在岩石上，闭眼静心倾听，就可以听到大地母亲雄厚的脉搏声。当我们忧愁悲伤喜悦，我们也知道大山在看着倾听着，在沉默中分享我们的感觉。岩石，泥土，昆虫，小兽，松林，枣木，一切物质与生命都是一个更加伟大的大地母亲的灵魂的一部分，从那里来也将在死亡的时候回到那里去，包括行走于其中的沈通和我。沈通抱膝和我坐在山崖上，一起讨论人生的意义。我感慨道，一个人从出生、长大、成才，无时无刻不接受着社会的抚育。一个人的意义，应该是回报社会的养育之恩。我有义务成为一个对世界有用的人，用我的所学所知，和千千万万个勤劳而努力的人一起，去改造自然，将世界变得更加美好。沈通却望着天空，自嘲地笑了一下："人类相对于大自然是多么的渺小，大自然按照它的意志运转，它才是人类的母体，人类的主宰和上帝。它是永恒的真实和万物的答案。你想说什么人定胜天，说什么改造自然，是多么的可笑和不自量力。我并没有你那种豪情壮志，我只想敬畏和顺从大自然的意志，从中获取力量与支持，谦卑而不自满。要知道，一个人命运的起起伏伏，成功与失败，相对于大自然所经历的漫漫历史长河，又是多么的不值一提呀！"

高考结束后，我和沈通相约一起去查分。查分处的工作人员一听到沈通的名字，立即满脸堆笑："你就是大名鼎鼎的沈通啊，你今年济南市排名第五，北大清华没得跑了！"沈通扫了一下成绩单，跟自己的估值一模一样，随口说声谢谢。我也赶紧挤到窗口去，说："我是沈通的朋友，我今年排名多少？"工作人员拿出一张济南市前一百名的名单，从上到下读下去找不到我的名字，很为诧异。他把我的名字输入系统，得知我的排名比沈通多了两个零，全市五百多名左右。他换了一副冷冰冰的语气对我说："祝你考上心仪的大学。"

全市五百多名的成绩，考山大有些悬，但是去二本最好的财经大学却是毫无压力，也算是比去年情况好得多了。我骑车到财经大学，观察校园和公交线路。这时山东大学的招考分数线出来了，正好截止到我的分数。当年山大应该招收了五千多名新生吧，我光荣地以最后一名的成绩加入这个大团体。

山大的录取通知书虽然只是薄薄的一张纸，却重达千钧。这是经过了多少个挫折和独自哭泣的夜晚才姗姗来迟的通知书。这是一张洗尽屈辱的通行证，让我可以和心中念念不忘的老朋友们重新站在同样的土地上再前进。在经过了无数的盼望和迟到之后，充满魅力和诱惑的人生新阶段：大学生活，也终于向我开启了它的大门。

随着录取通知书寄来一张小灵通的广告，上面写的祝语，道尽了我对大学的全部憧憬。这些句子是如此美妙，以至于现在我也把它随时带在身边。这些句子是这样写的：

"大学时期是人生的一个重要阶段，是我们成长的重要时期，是我们从简单到成熟，从学校到社会的过渡期。不断的学习才能将知识框架基本完善，知识是无穷的，但方法是相通的。掌握了方法就等于成功了一半，不断地去思考，不断地去发现，不断地使用我们所能支配的资源，丰富自己，充实自己。/大学里到处是活跃的思想，到处是自由的气氛。大胆去尝试，我们会感觉得到自己成长的快乐，只有不断尝试，才有收获的喜悦。/大学生活中会有更多的交流和沟通，沟通和倾听是很重要的，沟通和倾听让我们得到朋友，理解朋友，维系朋友。/让我们在丰富多彩的生活中感受成长，感受大学生活，不断尝试不断表现，自己不断思考去做自己喜欢做的事情，享受美好的大学时光！"

我太感动了，思想、自由、成长、友谊，多么美好的词语呀。这就是摆在我面前的宝藏和未来四年我的生活，等待我去发掘。我把这段话念给左怡媛听，她在电话那头呵呵干笑了两声，说："真实的大学生活其实不是那样子的啦，嗯……你还是自己实际感受一下就知道了。"

由于入学分数低，我接受调剂，被山东大学千佛山校区热能与动力专业录取。千佛山校区距离我家很近，距离李宪所在的中心校区却有一个多小时的自行车车程。但是无论如何已经可以使用宿舍里的校园免费电话跨校区煲电话粥了，对于摩拳擦掌跃跃欲试准备谈恋爱的我们是一大利好。我第一次拨通了李宪宿舍的电话，接电话的却是我高中时的同班同学，而且还是和我同年同月同日生的一个女生。这个女生听到我的声音特别高兴，跟我洋洋洒洒地讲了一个多小时。她睡在李宪的上铺，她用阿宪这个亲切的方式称呼李宪，还把她描述成一只慵懒的、浑浑噩噩的可爱小猫。她的话在我死寂的心水中投了一颗石子，把那里弄得又嫉妒又瘙痒。山东大学有一个规矩，每次考试系里的前五名都有转系转学院的权利。这就是我努力学习的动力，我争取下一个学期转到中心校区去，这样我就有更多碰到李宪的机会了。至于那位同年同月同日生的同班同学，我要把她发展成我在李宪身边的内线。如果我是堂吉诃德，那么她就是我的桑丘潘萨，战胜恶龙，夺回公主的得力助手。

千佛山校区由于扩招，宿舍数量不足，我们宿舍不在校园内，而是借了外面的一个印刷车间改成宿舍，每天要走半个小时的路程去校园上课。有一个生物医学工程的专业更夸张，他们借了距离校园一个多小时路程的一个党政大学的地方做宿舍，既然距离校园这么远，索性又借了党政大学的几间教室，他们完全不用来校园上课了。生物医学工程专业网罗了许多希望投身于生物科学或者投身于医学的大一新生，不过这个专业其实是制造医疗器械的，隶属于机械系。他们只有一座宿舍楼，一二三层给男生住，四五六层给女生住，在三层到四层的楼梯上安了个木头门。北方大学的宿舍里没有淋浴间，夏天男生就光溜溜地在走廊里拿橡皮管接的水龙头，凉水往身上冲。女生上楼时只好掩面匆匆走过。如果说高中时期，男女之间横亘着不可逾越的万里长城的话，那么到了大学，这个距离就变成了薄薄的一扇木门。我们似乎再不用因为喜欢上某人而感到自责和惭愧了。

上大学一个月，学校就迎来一位贵客：诺贝尔物理学奖获得者丁肇中教授。丁教授在国际空间站上建造阿尔法质谱仪测量反物质粒子，保证整个机器在外太空工作的热隔绝系统就是山大热能与动力专业的团队制造的。我在上高中时把理论物理作为我一生的信仰。在等待山大入学的暑假里，我仅凭空想和生活经验的总结，在没有任何严谨的数学证明的情况下，捣鼓出三条物理理论，还把它们用数学公式写了出来。比如说第一条我称之为"懒惰者定律"的，我把它描述为：任何封闭系统随着时间流逝，都是朝着效率变高的方向演化，单位时间的系统混乱增加程度也会越来越小，用数学公式描述出来就是熵对时间的二次求导数值小于零。我还认为懒惰者定律使得所有的复杂系统在某种程度上都可以被视为拥有意识的和生命的个体。其实这个定律和其余两个定律都是在瞎扯淡，但是我却认为这就是斯蒂芬·霍金在《时间简史》里所提到的大一统理论，为此洋洋洒洒写了三十页的论文。方志远从浙大暑假回来时看到我的论文大为惊叹。他自告奋勇把我的论文翻译成英文，寄到剑桥大学斯蒂芬·霍金教授那里去。可是整个暑假过去了，他也没有翻译出什么东西来。在我的央求之下，丁肇中教授在我的扯淡论文旁边签上了他的名字，他的签名到现在一直被我带在身边。上大学的第一个月是快乐和轻松的一个月，也是我整个大学生涯中最为快乐和轻松的一个月。

02

到革命先辈勤工俭学的地方去

去北京申请赴法签证，偶遇刚刚接力完奥运火炬的北大校长许智宏。相对于老家，北京是国际大城市，而我，也将飞往更遥远和开阔的天地去。

国庆放假期间，父亲带回家来一份从山大网页上打印的材料：山东大学和法国雷恩国立应用科学学校（INSA）进行校际交换生培养计划，为期六年。所有理科刚入学的大一新生都可以参加。一场咨询会将在10月6号进行，那时国庆还没有放完假。我对这个项目毫不感兴趣，我父亲却坚持要我去看一看。咨询会是在山大中心校区的数学学院举行的，那天来了五十多个学生，还有五十多个家长，因为外地人在放假，来的几乎都是济南人。讲台上站着一对法国夫妇，男的又高又瘦，一脸冷峻名叫鲁兴。女的中等身材，留着齐耳的金黄短发名叫珂妮。鲁兴用法语演讲，珂妮再用富含济南味儿的普通话把它翻译出来。法国西北部有一个伸向大海的半岛，是农业大省，名叫布列塔尼，是山东省在法国的姐妹省份。布列塔尼的首府叫作雷恩，在半岛的内陆部分，是济南市的姐妹城市。雷恩的两所工程师学校，分别叫作雷恩国立应用科学学校（INSA）和雷恩国立化学学校（ENSCR），趁着在法国举行的中国文化年，联合在山东大学招大一新生。在山大读一年法语预科班，在法国连续读五年可以获得硕士文凭和工程师文凭。山东大学同时发本科文凭。介绍完之后，有家长问花费多少。鲁兴给了个估值：学费由山大承担，每年在法国的生活费大约是三万元，五年就是十五万元。但是在上工程师学校之前，需要有一个月的法国语言学校的文化融入培训，学费四千欧，也就是四万多元人民币。这时山大的一位老师说山大替学生付法国学校学费，但是需要出去的学生提前把山大四年的学费交齐，而且第一年预科阶段山大要从雷恩聘请一位法语老师，还有山大为了交换项目所做的各种准备，需要支付一万元人民币的服务费，那么山大这边总共就需要先交上五万余元，加上语言学校，在法国正式开始学习之前每个学生家长就需要支出十万元人民币，加上生活费，整个项目就是六年二十五万元人民币。话语一落，家长们一阵骚动，纷纷窃窃私语。有家长彼此嘀咕，雷恩最好的大学是雷恩一大和雷恩二大呀，国立应用科学学校是什么鬼。珂妮听见，极度不满地反驳：那些人什么都不懂，工程师学校是精英学校，精英你懂吗？那可是大学的水平永远都达不到的。有一个白净脸皮，相貌儒雅，戴着眼镜的男孩子，用流利的英文向鲁兴提问问题。我完全听不懂他的问题，鲁兴直接用英文回复他，珂妮随后将对话翻译成济南话："国立应用科学学校提供机械、计算机两个专业，国立化学学校就只有化学一个专业。"都是理科呀。我问他们有没有文化活动。毕竟在大学里最有意思的就是自由的思想和文化活动了，没有文科，就没有文化活动。没有文化活动，怎么泡女孩子呢？珂妮自信满满地说INSA的文化活动比山大做得还要好。两个法国学校决定在山大一年级理科新生中招十六个人，交一百块钱报名费，然后山大会组织数学和英语考试选拔这十六个人。

我对留学法国这件事情完全没有兴趣，简直是开玩笑！我最弱的就是外语，我英语都搞不定，难道还要去学一门新的语言？好不容易脱离了高中的牢狱，自由恋爱的世界刚刚向我打开全新的大门。女孩子们最喜欢听的就是博学多才的知识储备，浪漫的文学典故。又有哪个法国女孩会看上一个连基本生活用语都说不利索的外国男孩呢？我的小说，我的《人类宣言》，为了高考我已经压抑了两年半的写作欲望，上了大学，我正要迫不及待地开始写作，可是留学计划把我的文学计划一棍子打没影了，这一等又得等上多长时间才能继续开始创作呢？让我尤其痛苦的是：去了法国，连一个写作的中文语境，可以一起探讨文学文字，给我指点的人，都不可能找到了。反正父亲认为文学就是无病呻吟的东西，他相信我身上没有一丝文学细胞，他无法理解我的失落。

父亲自打我出生以来，就一心一意地期望我出国读书，好完成他因为尽孝未竟的事业。山东大学是他的母校，是他的信仰，他认为外面的中介都是骗子，但是母校的推荐是唯一不容置疑的机会。25万对我们家简直是天文数字，但是他打定主意先借钱，咬牙艰苦奋战，做牛做马也要把他的儿子送到西方发达的世界。对于父亲来说，把我送出国，是父母含辛茹苦无私奉献，终于把孩子培养成人上之人，光宗耀祖的伟大儒家故事的开端，之于我，是父母日渐衰老我却不能在身边尽孝的遗憾，是经历百转千折，终于和李宪同聚在一个校园，却又生生分离的悲歌。我和父亲发生了激烈的争吵，父亲用无限深沉的带有威胁的腔调对我说："这是你的人生，我尊重你的主意，如果你不想留学，那咱们就不去了。"但是言下之意却是完全相反，并且不容反驳的。父命大于天，我努力奋争，却只能顺从。

我躺在床上，抱着头，无神地看着天花板。"李宪，李宪！"这个名字在空洞的脑海中绝望地回响。我突然意识到，如果参加预科班，就有一年的时间在中心校区，就可以提前和李宪偶遇。而且在国内读硕士是七年时间，但是这个项目在法国读硕士，只需六年，那样不就可以把我因为复读而失去的一年补回来了吗？我一直因为比别人晚一级而自卑，现在我和他们平等了，而且还是从法国回来的。留学身份是绝妙的春药，李宪一定会对我另眼相看的。这个主意真棒！而且我还心存侥幸，说不定我根本就通不过英语和数学选拔考试，这些烦恼不过是无谓的担心。不过很快学校便发了通知，全校只有十五个人报名竞争那十六个名额，考试取消了，全体通过。

预科班的教室被设置在中心校区数学学院的办公大楼里，我们班也被归到数学学院管辖。十五个人里有八个是从外校区调来，正好占用了九号宿舍楼的一间宿舍。山东大学数学学院是我父亲上大学时的学院，数学大楼阶梯教室的地基还是他大一时和同学一起挖出来的。他当年住的宿舍楼就是九号宿舍楼，再加上他也是实验中学的毕业生，我彻头彻尾变成了父亲人生的追随者，一个拷贝。宿舍搬家时那个英语特别流利的儒雅男生帮我把行李搬到六楼，他叫蔡坤，高考英语满分，我非常崇拜他，就像崇拜骆杨和沈通一样崇拜他。我在上大学前英语就过了四级，可是第二次高考完型填空二十道还是错了十道。在我心中，英语说得好就是智慧的最大象征，我已经把他默认为未来我们这个集体的领袖了。

法语教学在一片慌慌张张中开始。学校派的法语老师从雷恩二大刚刚毕业，一个叫凯琳的法国女孩子，拉长的羊脸，干练的栗色短发。上午四节法语课，下午则是四节的数学、物理、化学、英语、体育、毛概等等大学本科必学科目，还有物理实验课和化学实验课。法国的学校发来教学大纲，山东大学从各个院系调来最好的老师，专门制定课表，打算把我们未来五年要学的东西通通在一年之内用中文灌到我们的大脑里去。凯琳的课一开始用英文讲，后来慢慢过渡到法文，就是没有中文。反正英语之差如我从第一节课已经跟不上了，每周的考试我永远都是倒数第二名。班上第一名当然是蔡坤。凯琳给我们每个人都分配了一个法语名字，我被分配的名字是ALEXANDRE。很久以后，我才意识到这个名字就是我常常在外国小说中见过的，大名鼎鼎的"亚历山大"。凯琳对我说，我生日的隔天就是西历上的亚历山大日，叫这个名字正合适。但我却用了好几个月的时间才能把它完整地念出来。

我在搬到中心校区后不久就开始学习交谊舞。每个星期四晚上在学校活动室有舞会。父亲对交谊舞这种东西不以为然，认为是资本主义的腐朽垃圾。他害怕我会跟女孩子谈恋爱。自从赴法班之后，父亲就严禁我在山大谈恋爱。"倘若有女孩子爱上了你，你又出国了，那女孩岂不是要等你，这不是害了人家吗？"我是一个很乖的孩子，从小是，长大了也是。中学时老师说早恋是危险的，上大学后父亲告诉我谈恋爱是不道德的。久而久之，我真的把爱情和撒旦混合了起来，仿佛称赞女生一句漂亮，就是犯了一桩强奸案。我瞒着父亲也瞒着班上的同学去学习交谊舞，一种犯罪的快感让我兴奋不已。

某一晚我在舞会上，摇曳的射灯间隙，我看见李宪坐在对面的椅子上。我向她走过去，邀请她跟我跳一支舞。她愣生生地看着我，这时我才看清楚，这不是李宪，而是长得和她非常相像的一个女孩子。于是我认识了赵婉儿，通信学院的大一新生。赵婉儿和李宪的眉目长得非常相似，反正我也几乎快忘记李宪的模样了，她比李宪稍微娇小一点，和她一样水灵，却少了李宪那种狡黠逗比的气息，多了一分山东人特有的朴素风格。赵婉儿给了我她的电话号码，但是我始终鼓不起勇气去打，生怕一打多了，她就像当年李宪那样不再理我。我们彼此默认会在每周四的交谊舞会相聚，我几乎每星期都去，她却经常缺席。她缺席的那些星期，我就每天数数，等待下一个星期四的到来。我经常跟赵婉儿讲李宪的故事，就像当年我成天给左怡媛唠叨李宪一样。赵婉儿却更加喜欢听我讲我同班同学的故事。是啊，我在山大加入的这个集体有一些古怪。

我所崇拜的蔡坤，很快发现他并不是一个儒雅的人，他最喜欢的就是讽刺和挖苦别人。他给班上每个人都取了侮辱性的外号，这些外号很快就成为我们彼此称呼的唯一代号。并不是遭受侮辱的人有多么喜欢这些外号，而是在无奈之下，他们只好用同样的方式侮辱回去。他给我起的外号叫作"骨灰"，不仅因为我的法语名字"亚历山大"结尾的发音很像法语的单词"骨灰"，而且预科班十五个人，一半以上是附中的人，他们对我这个仅有的实验学生怀有浓浓恶意，誓要将我挫骨扬灰。

蔡坤在班上最害怕的是一个高瘦个，小眯眼儿，嘴角有痣，痣上有毛的人。法语名是"马克西姆"，在法语里的意思是"老子最大"。我们后来就渐渐简称他为"西姆"。这是一个自恋狂，喜欢贬低别人来炫耀自己。他嫉妒蔡坤的英文和法文实力，天天挑衅讥讽他。

西姆最忌惮的则是一个叫钱雷的同学，这个人长得非常结实高大，宽脸大耳，极度喜欢炫富。但是他总是很小心地把自己置身于班上各种冲突之外。每次当西姆向死得晚炫耀自己时，他都在一旁不冷不热地呵呵假笑，让人摸不透他的态度。他的法语名字是本杰明，蔡坤给他起名"大奔"。大奔又高又壮，他给我们说他是地方石油院校全校第一名，高中就入党。大奔是我们中唯一的党员，也是我们中唯一反动的人员。天天在班里散布，一旦我们出国，国家就要对我们进行迫害。我对他进行反驳，说国家给我们提供这个机会出国，是为了我们能够学到知识建设祖国的。大奔就联合全班其他人一起嘲笑我智商有问题，思考方式有异于正常人。他还把自己的手机铃声调成新闻联播，说是用来纪念我。大奔的床铺是整个宿舍中最干净的，但是他毫无顾忌地把垃圾扔到别人的床上。我们宿舍在六楼，大奔总喜欢在不打招呼的情况下，把我们辛辛苦苦打上来的热水拿去泡脚，并且对我们的抗议置之不理。

班上有一个和大奔体型很像，却比他缩小一号的小胖子，胖得连乳房都出来了，最喜欢讲黄色笑话。他的法语名叫波努瓦，蔡坤管他叫"小波"。小波是一个很憨厚的人，无论别人如何挖苦他，他总是乐和乐和地笑，喜欢自嘲，当宿舍里成员关系紧张时，他是唯一一个愿意出口调停的人。几年后，我从字典得知波努瓦这个法国名字在法语中的意思就是"和善和蔼的人"，不禁深感凯琳看人眼光之准。

　　"死得晚"是我们的班长，他的法语名是西尔万。他长得像西姆一样又高又瘦，脸也和身子骨一样拉得很长。他脾气暴躁，喜欢恃强凌弱，所以蔡坤讽刺他活不长久。死得晚成为班长不是我们选的，那天凯琳要求我们班选出一个班长，大家都默不作声，死得晚自己跳出来说全班只有他拥有资格当班长。后来数学学院开学院大会，死得晚在后面说话被院长批评。他突然跳起来，当着全院同学指着院长的鼻子就骂：我们要出国的人，地位这么重要，时间这么宝贵，你有什么资格占用我们的时间，浪费我们的生命？院长气得浑身发抖，把我们全班赶出了数学学院。山东大学坚持要将我们这个交换项目做成名牌项目，非常害怕内部矛盾，把大事化小小事化了，我们没有受到任何惩罚，而是将我们这个班由数学学院代管改为国际处直管。在班里，死得晚最喜欢欺负我们班最年幼最弱小的"小孩"。我每次都护着"小孩"。所以死得晚对我特别记仇，经常叫嚣：一个实验的在附中的地盘上狂什么狂，迟早一天得弄死你。

　　"小孩"名叫王新，是我们班年龄最小的，才16岁，个头又瘦又小，永远戴着一副大眼镜，他也是入学成绩最高的，好像是他们县的状元。小孩有严重的脚臭，而且从来不洗袜子。因此许多人对他不满。蔡坤总是变着法子地讥讽小孩。死得晚则天天威胁要揍他。我每次见到小孩，他都张着一双惊恐的大眼睛，让人心疼。有一次小孩在厕所里拉屎，在西姆的提议下，死得晚他们强行拉开厕所的门，用高清相机照下了小孩光屁股拉屎的照片，并威胁要散发出去。小孩跟他父母打电话，希望退出赴法预科班，他父母只是说十万元人民币都花出去了，不准他耍小孩子脾气。

　　班上还有几个人和我们不住在一个宿舍。他们原先就在山大中心校区，所以还留在他们自己的宿舍里。有一个乡下来的浑小子，头发像箭一样向上冲，愣头愣脑的，是一个心眼很直，正义感爆棚，别人说什么他都信的人。但是当我被全班人嘲笑了整整一年"弱智"的时候，这个乡下人倒是很崇拜我，力排众议，认为我其实是一个天才。蔡坤就给他起个外号"腿"，讽刺他是一个狗腿子。腿和我一样都是小孩的保护者。但是也经常跟大家做一些不地道的事，比如说半夜跑到我们宿舍来，拿激光灯扫射对面的女生宿舍，骚扰我们班的女同学。

班上共有三个女同学，全都不修边幅。蔡坤和死得晚喜欢在课堂上给她们画简笔肖像画来讽刺她们的丑陋。唯一一个稍有姿色的，自以为风华绝代，喜欢搔首弄姿，天天和西姆专挑上课时间当着大家讲肉麻的情话。她的法语名是索尼娅，腿把她叫作"骚妮儿呀"。

赵婉儿被我们班上同学的故事逗得笑弯了腰，像随风摇摆的柳枝。我却感觉一点儿都不好笑。"我感觉你们班上这些活宝，你根本斗不过他们，你出国之后可是要危险喽。"赵婉儿眉开眼笑地说。我很高兴看见赵婉儿的笑。我还有那么多的笑话排着队等着讲给她听，那些笑话本来是为了一个和她长得一模一样的人准备着的。如果不是要出国，我是多么想和赵婉儿一直待在一起。她是我失而复得，很快又要得而复失的宝物。

我在校园论坛上以"君子兰"的笔名发表了一篇叫作《泉恋》的文章。"君子兰"取"君子谦冲，兰花娴雅"之意。那年济南雨水充沛，停喷近三年的泉城诸泉纷纷复涌。在文章里，我带着婉儿夜探黑虎泉。泉城飞雪，泉水轰鸣。我因为泉城失而复得的泉水而欣喜，却又对离乡去国而得而复离的泉水甚是感伤。婉儿不解我的忧伤，只是好笑。我却不忍心告诉她，泉水是人的隐喻，让我挂牵万千的不是泉，而是你。

我把文章抄送给了李宪。她很快回邮件给我，说自己的文笔已经比不上我，希望我再接再厉尽快成为一个大作家。我来到山大中心校区是为了更容易遇见李宪，不知为什么，我一整年都没有撞上过她。这次邮件往来，是我们那一年唯一的一次交流。

我喜滋滋地把这篇文章给父亲看，希望得到他对我文学的肯定。父亲却只是追问我谁是婉儿，他担心我耽误了别的女孩子。我只好撒谎说这是我虚构出来的人物。

山东大学要求我们尽快选定要去的学校。国立应用科学学校INSA有十二个招生名额，在最初两年的学习之后，可以前往法国其他城市的五个INSA院校联盟进行最后三年的学习。国立化学学校有四个招生名额，在最初两年的学习之后，可以前往法国其他城市的十七个化学院校联盟进行后三年的学习，但是每一个化学院校的规模都远小于INSA，几乎只相当于INSA学校的十分之一那么大。我很不喜欢赴法班的这些同学，只希望尽可能不要跟他们在一起，所以我选了招生名额少的化学学校。和我一起选化学学校的还有大奔和小孩。我觉得这个结果对我很友好，大奔是个与世无争，从不挑事儿的人，又非常具有进取心，要强。小孩更是很佛系的人。和他们两个做同学，我认为我是安全的。根据学校协议，当我在法国毕业之后，山东大学会补发我一个化学学院的本科毕业文凭。于是我的录取通知书写的我是被能源与动力工程学院录取的，我的学生证上写的我是在数学学院注册的，而我未来的毕业证将会写我是在化学学院毕业的。

选完学校之后就是期末考试。我们前往法国的重要前提是国内考试要及格。所以山大领导层给各任课老师下死命令，一定要让我们及格。可是我们很多个下午都翘课背法语单词去了，完全不知道课堂上讲的什么。为了让我们及格，又不能让我们作弊，各任课老师八仙过海，各显其能。一位任课老师提前划好了所有课本的题，叫我们照着背就是了，却发现我们根本解不出那些题。他只好叫他另外一个学生把解题步骤写好发给我们，然后叫我们把解题步骤一步步背下去。

寒假回来后，赵婉儿买了一盆植物叫我带回家去。她说她也不太懂植物，看这盆植物在寒风中仍然长得苗壮，有点像我的风骨，就买给了我。我回到家把植物扔在了阳台上。第二天一大早母亲问我阳台上的植物是怎么回事儿，我说这是我一个同学收到别人送给她的植物，我这个同学没法放在宿舍里，就送给了我。母亲问我知不知道这是什么植物，我说不知道。母亲告诉我说这是君子兰。

我的嗓子就像突然被饼干噎住了一样，噎得流出了泪。幸福的泪。我读懂了赵婉儿的心意。

很快一年一度的卫生大检查开始了。山大的宿舍，各院系的学生是打乱了混着住的，同一个房间里既有学文科的，也有学理科的，一些来自厦门大学、武汉大学和兰州大学的交换生也和山大的学生混住在一起。各个班的班长走门串舍通知自己班的学生打理好房间。我们宿舍虽然不属于任何院系，却也要接受卫生评比。但是宿舍里没有人动手开始打扫卫生，他们只是在门上换了一把锁，不让宿舍管理员进来。卫生检查那天，宿舍管理员来来回回爬了五次六楼，就是为了等待我们中有一人先回到宿舍。后来等烦了，他们把我们的锁砸了，又换上一把他们的锁。死得晚和西姆回到宿舍之后又把宿舍管理员的锁砸了，换上了最初的锁。

这种混账事做完没多久，我们宿舍又差点儿失了火。宿舍晚上十一点是要熄灯断电的。那天晚上死得晚没有在宿舍，回自己家里睡去了。我们就把还插着插销的水壶用热得快随手扔在他的棉被里。第二天我身体不舒服提前回到宿舍，惊恐地发现死得晚的棉被在冒烟。再晚上十分钟就是一场特大灾难。我们都清楚，如果死得晚知道他的棉被被烧了，会把我们整个宿舍都砸了的。于是大家立即分头行动，在各大百货商场找到了跟死得晚原先棉被布料相似的被套，神不知鬼不觉地把被子给换了过来。事后蔡坤心有余悸地说，我们这个班先是在众目睽睽之下被踢出数学学院，然后又公然违抗指令拒绝卫生检查，如果再出了这次火灾，那么赴法班项目估计就要被彻底取消掉了。他那时还没有料到，更大的丑事还在后头。

那是一个周五晚上，春天已经快过去，炎热的夏天即将到来。济南的同学都回家度周末去了。大奔和小孩都分别回到他们原先的校区看望老同学。我因为和赵婉儿周末有约，一个人留在宿舍里。周六早晨醒来时，我肚子饿极，却不想动弹起床去买饭。忽然瞥见桌子上有一大塑料袋的牛肉干，也不管是谁的，动手拿来就吃。连续吃了一包牛肉干一包方便面，然后又心满意足地睡去。

再次醒来时已是午后，当天晚上山东大学趵突泉校区有一场盛大的交谊舞会。恰巧赵婉儿从未去过这个校区，我们便约着一起前往。山东大学趵突泉校区是美英加三国共建的教会大学"齐鲁大学"旧址。老舍长期在此任教。此校园郁树苍葱，古建处处，风景之美"非笔墨之可形容"。山东大学博物馆所在地"麦柯密古楼"上有一口西式夜光大钟，夜晚方圆数百米可见，更衬托出古楼的威严。交谊舞会结束后，我和赵婉儿并行漫步在初夏的校园。夜空中星河璀璨，校园里蛙声阵阵。我给赵婉儿准备了一件神秘的礼物，这件礼物被提前塞在了考文古楼的顶楼的窗棂下。踩踏着考文楼吱吱呀呀的红木地板，赵婉儿从窗棂底下掏出一叠宣纸。她打开宣纸，是我外祖父作的一幅书法。书法写的是一首诗。她一字一句念道：

> 麦柯古钟，考文旧韵，齐鲁遗雅。
>
> 长波贯横浩宇，星散天涯。
>
> 暖风吹了春去，闻得几声蛙。
>
> 悄枝中，鹊儿偷窥，路人树下。
>
> 邯水祈语相赠，醉了一朵兰花。
>
> 闲致只趁此刻，何待白发？
>
> 舞影犹在耳畔，轻韵与薄纱。
>
> 迟暮里，同学少年，三两趣话。

她懂得了，一时竟感动得说不出话来。半晌，才问"邯水"是什么意思。我说是"邯郸的河流"的意思，邯郸就是赵国的首都。她完全明白了，眼睛也像兔子一样地红起来了。

周一中午，宿舍里只有我、死得晚和大奔三个人。大奔躺在床上悠闲地看着书。死得晚突然嚷嚷道："C他妈的是哪个贱货动了我的牛肉干？"

大奔慢吞吞地说："我不知道，周末就骨灰一个人在宿舍，你问他去吧。"

我承认："是我吃的，下回买还给你。"

死得晚骂骂咧咧的："小样儿，我东西你也敢碰，嫌死得不够快啊你？"

我本来准备是要道歉的，突然听到他这句挑衅的话，想起死得晚长久以来对小孩的欺负，心中一股傲气勃然而发："横什么横，你以为我怕你？告诉你，我吃你东西是瞧得起你！"

死得晚脸都歪了："嘿？！我早就看你不顺眼，你一个智障，还给脸不要脸了！瞧我今天不弄死你！"

大奔赶紧掏出手机，饶有兴致地说："先别打。等我把手机摄像镜头打开了，你们再打！"他刚刚买了一个带有高清摄像镜头的翻盖手机，镜头在手机铰链处，可以自由旋转角度。这在当时是非常罕见的高配。这几天他一直在到处炫耀。

死得晚直愣愣地冲过来，一拳打在我的鼻梁上。巨大的冲力使我一下撞在后面的双层床上，扶着床边的梯子才勉强没有倒下去。

大奔幸灾乐祸地说："骨灰，你的鼻子流血了。"他扔来一卷卫生纸："擦一擦，留个证据。"

我又惊又怒，但无心恋战。我固然可以打回去，但是事情严重下去，对赴法班的前途严重不利，总得有一个理智的人先让步。我瞪了死得晚一眼，跑去厕所洗鼻子。在走廊里还能听见房间里大奔的声音："死得晚，赶紧给骨灰道歉，他要是到公安处一告你，你可就必须要被开除了。""砰"的一声巨响，死得晚把扫帚和拖把都从房间里扔出来，整个走廊都回荡着他的咆哮声："C你妈，小样儿，你敢！"走廊里几个脑袋像土拨鼠一样，从不同的房间门口探出来，惊讶地向我们房间瞧去。

大奔的话提醒了我。我攥着沾满鼻血的卫生纸，一溜烟跑到学校公安处告状去了。学校高度重视，绝对不能让人民群众内部矛盾影响到中国在国际外交上的形象和地位。大奔作为现场目击者，被公安处叫去调查。后来尽管大奔说他在公安处为死得晚说各种好话，学校高层还是发出通知，解除了死得晚的班长职务。

父亲态度很坚决，死得晚的家长必须请客吃饭道歉。这种事情不表明态度，那他的儿子出了国，岂不赌着被别人欺负？两个家庭分坐饭店圆桌两边，握手恭维言欢。死得晚的家长赔笑说："不打不相识，打完之后还是好兄弟。"死得晚在家长的训斥下，跟暴晒的蒜苗一样蔫儿了。很不情愿地跟我握了手，小声说了声"对不起"。双方家长都心情激动地说："你们这些孩子出了国，彼此就是唯一能依靠的兄弟家人。都说中国人出了国，最大的本事就是内斗，咱可不能像那些人一样。你们出了国就代表着祖国，中国人一定要团结，在外国人面前为祖国争气。不要让老外觉着中国人斗中国人，没的丢了咱们中国人的脸。"我点头答应，心中暗自不服，心想老一辈华人内斗，那是因为他们素质不高，父亲怎么能把我和那种人相对比？

父亲回家后，对我说死得晚的家长希望我能为死得晚在学校求个情。原来学校想给死得晚记个大过，写在他的档案上。死得晚的家长认为我求情的话，就能避过去。父亲说："得饶人处且饶人。这并不是要你去原谅他，而是因为你出国后，怎么着都得依靠这个中国人小集体。明枪易躲，暗箭难防。你现在让他记恨于你，出国后给你个小鞋穿穿，做父母的在国内怎么能放心呢？"

我写了替死得晚求情的信，准备送到公安处去。腿自告奋勇跟我一起去。在路上，腿突然说："骨灰，我想来想去，在死得晚这件事情上，你是有错的一方。"

我很震惊这个平时对我言听计从的小跟班竟然说出这种话来。我立即抗议："我就是看不惯他那个横样，平时他那么狠毒地欺负小孩，应该给他一个教训，杀杀他的气焰。"

腿打断我的话："一码归一码，他欺负小孩，我们大家都看见了，心里有数。可是你未经他允许就吃他东西，这就是偷窃！死得晚给我们大家一五一十地描述了当时的情形。你可是跟死得晚耍了个大流氓！"

我还想再辩驳，腿将手往外一挥，让我先听他说："我这次专门跟你出来，不是跟你谈死得晚，而是谈大奔。"大奔？大奔怎么了？大奔挺正常的呀。"大奔在整个事件中做的所有小动作，都在有意识地激化你和死得晚的矛盾。死得晚是班长，大奔嫉妒他，就要借你的手把他除掉。而且大奔跟我们说他在公安处给死得晚求情，我不相信他。我倒觉得死得晚被免除班长，正是大奔在公安处的挑唆导致的。"

腿的分析把我震惊了。那时的我除了爱情外，还没有经历过别的复杂的人与事。在我的世界观中，坏人就应该像死得晚那样凶神恶煞的，脸上把"坏人"两个字写得淋漓尽致。我无法想象像大奔这样天天笑呵呵的，会有什么坏心眼儿。我认为腿把大奔看得太阴暗太险恶了，这让我感到极度不舒服。"骨灰，你知道咱班里，我最佩服的就是你。可是你太单纯了，你根本没有能力应付大奔这样的小人。你并没意识到，我一直在暗中保护你。到法国后，我和你不在一个学校，你一个人在化学学校面对大奔，你这么优秀的人，他肯定视你为眼中钉，要对你下手。我帮不了你，小孩这样的什么都不懂，也绝不会帮你。我好担心你，太担心了！"

我拍拍他的肩膀，心中觉得他真是过虑了。乡下人果然看东西都是绝对化，非黑即白，易走极端。我一点儿都不担心我自己，反而教育他道："放心吧，我会保护好自己。大奔是一个有进取心，能力也很强的同学。能和这样的人在同一所学校，他对我其实是有促进的，不是吗？"我想着前几日死得晚家长向我家长赔礼道歉时的情景，又说："老一辈的华人喜欢内斗，我们怎能重蹈他们的覆辙，还没出国呢，就开始批判起自己人来？这要是出国了，岂不让一直在祖国牵挂着我们安危的老师和家长们担心吗？我们这个班集体，出了国就是一个亲密无间的家庭，无论何时，中国人都一定要团结，都要全力避免彼此的猜忌、厌弃、隔阂。"顿了一顿，见腿没有被我说服，忧虑地看着我。我微笑着又劝说："一个人的力量是渺小的，只有在集体中，才能发挥出自己的能力，实现人生的价值。在一个集体中，每个人都需要摆正自己的位置，才能保证集体的良好运转。我和小孩都认为，大奔在我们化学学校这三个人的小集体中，他的位置就是领导者，就像蔡坤是我们这个大集体的领导者一样，我的位置只会是大奔的辅佐者、军师，我愿意贡献自己的全部力量去帮助他成功。大奔这么聪明，一定能够懂得，我是一个服从大局、无意出风头的人，不但不会对他造成威胁，反而能够帮助到他。领袖和军师之间是永远不会产生冲突的。"

打人事件发生后不久，我们就收到了法语水平测试（TEF）的成绩。TEF满分900分，150分以上才可以获得大使馆面试签证的资格。我考了176分，班上考得最好的是蔡坤，345分。我们班还有一个考30分的。凯琳写信跟大使馆求情，让大家都得到了面试的机会。后来到了法国，我才认识到凯琳的法语教学真是失败。随便见到一两个连法语都说不利索的中国人，TEF考试也是六七百分。至于后来认识的那些欧洲人、越南人、马来西亚人，全都考在800分以上。

父亲找了关系，为班上所有人买了去北京进行大使馆面签的团体火车票。我们坐的是当时从济南到北京最快的火车"鲁能号"。鲁能号只有一辆车，每天早晨八点出发，中间不停，四个小时后就能到达北京。下午两点再从北京出发回到济南。我们不少人都是人生第一次见到首都。当我第一次走进火车站的时候，看着长长的火车，心想这铁轮子可真的比小轿车的轮子大多了。

北京邮电大学地下有个旅馆，每晚50块钱一个床位。班上的同学都住在那里。我给在北京大学生物系读书的沈通打了电话，沈通回复说我可以住在北京大学宿舍。面签结束后，我直接坐公交车来到北京大学。

沈通宿舍里有一个同学是北京本地人，经常不在宿舍睡觉，沈通劝他那几天把床让给我。六月初的北京炎热异常。沈通的床有凉席而那位北京同学的床上没有凉席，所以沈通把自己的床让给我，他睡那张没有凉席的床。我和沈通交流着一年来的变化，我给他讲赴法班上的奇葩。他问我是否还经常去那座山。我摇摇头，自从上大学之后就再也没时间去了。沈通说，我在去法国之前一定要回到山上一次，向山上所有的生灵道声别，无论我走到这个世界的哪里，我的生命之根将紧紧地和这座山连在一起。如果我在国外因孤单一人而脆弱，或因文化不服而迷惘，或因谎言太多而走失，只需闭上眼睛，用心中最深的声音呼唤着大地和山川，就可以感受到它雄浑宽厚的力量，穿越半个地球，守护着我生命的本心，给我以勇气，为我指点前进的方向。沈通提醒我说，任何时候，都不要忘记大自然才是人类命运的最终主宰，"真理"和"智慧"的源泉与守卫者。可是只有诚实纯粹的人，才能听懂它的语言。感受一下脚踏着的这片坚实与可靠的大地，倾听它的脉搏，人生再大的起落，和这伟岸的大自然相比，都不过是沧海一粟，芥豆之微。倘若能够这样想，在国外遇到难以逾越的问题时，就可以顺势而为，平静应对，从容不惊，人生也会顺利许多。他最后还说，正是因为他希望成为大地的仆人，所以他才选择环境专业的，也望我可以一日三省，保持谦虚本色，戒狂戒躁，勇敢地直面真实的内心，才能享受到那种专属于平凡人的，宁静生活的幸福。我们交谈了很多，也提到我那一再推迟的小说写作计划。沈通理解我的焦躁，劝我鼓起勇气再忍耐一下，把有限的精力先放在学习法语和适应法国生活上。他当时在读郭敬明的小说《幻城》，就把那本书借给我，说我可以学习里面的语言风格。我把那本书保存了两天，直到我离开北京都没有把它翻开过。

随着夜晚的降临，北京的炎热愈发难以忍受。我无法入睡，坚持要去看看北京的天安门广场。沈通犟不过我，于是就把他的自行车钥匙给了我。我骑车半夜在北大校园里穿行，经过女生宿舍时，正好晚十一点北大断电熄灯。整个校园里，此起彼伏的尖叫声从各个宿舍传来。我先去看了当时还是一片空地的鸟巢工地，然后沿着中轴线向南前进。到达天安门时已经是凌晨两点钟。围着筒子河绕了一圈儿，沿着学院路返回燕园时，已是早上七点，天已拂晓。未名湖畔，早起勤练的同学摇头晃脑地背诵着毛泽东思想概论。回到沈通宿舍，立即感到宿舍里一片肃杀气氛。原来昨天晚上好几个宿舍的人，抗议天气炎热，学校半夜断电无法开电扇，发动了一场小规模的起义。有人从楼上把暖水壶扔下来，差点儿砸中了辅导员。现在学校一个宿舍一个宿舍检查暖水壶，誓要把起义头子抓出来。我担心睡在沈通那里会给他带来麻烦，他们宿舍的人倒是叫我先安心睡觉，他们来打掩护。我一觉睡到下午，迷迷糊糊一直听着整个宿舍的人联网打游戏的声音。起床后，沈通告诉我起义的头头已经被查出来了，正在公安处写检查。我们宿舍根本就没被查到。

当天下午希腊奥运会的火炬在北京传递。沈通又帮我找了辆车子和我一起去中关村追火炬。沈通帮我找的那辆车子东扭西歪，轮子都不是正圆的，也一直在掉链子。我一边骑一边咒骂。沈通安慰我说大学里小偷很多，不宜骑太好的车子。他给我讲他有一位很穷的学长，骑着一辆非常破的车子，但那辆车子仍然是他最值钱的财产，所以他在这辆车子上上了五把锁。有一天早上他发现他车子上的五把锁全都被打开了，但车子还在那里。后车座上有小偷留下的一张纸条，上面写："这么烂的车子，你上五把锁，值得吗？"

火炬穿过北大西门的时候，人越挤就越多，已经挤不过去了。我们听说姚明将在北京颐和园接力最后一棒火炬。我们在西门撞上了从颐和园返回来的沈通同宿舍同学，他们本想去颐和园看姚明，但是说那里人山人海，根本挤不到前面去。这时北大校长许智宏刚刚接力完火炬回到贝公楼，学子们一拥而上，争相和校长合影。我也不追火炬了，和许校长照了张合影。这张合影我至今一直带在身边，代表着我对北大的崇拜和对知识的景仰。

当年高中竞赛的"大姐大"越华现在就读北京大学物理系二年级。她一个一个地给当时"竞赛帮"的朋友打电话，告诉大家我来到了北京。当天晚上十余个同学从北京大学、清华大学、北京航空航天大学三个相距非常近的校园赶过来，齐聚在北大农园餐厅，为我接风。大家听说我要通过校际交流去法国留学，都问我是不是要去巴黎高等师范学院。我说我去雷恩国立化学学校，大家纷纷摇头表示不知，说他们在法国只听到过一个叫作"巴黎高等师范学院"的学校，据说是法国四大高师之首，法国最好的学校。刘振东最后一个赶到，我一看到他，伸手就朝他牛皮鼓一样的大脑门上拍去，他明显不情愿地向后一躲，却仍然被我拍中。这好像惹恼了他。那晚上当大家一边追忆着高中的燃情岁月，一边七嘴八舌地给我法国的新生活出主意的时候，他却气厌厌地坐在一旁，闷不作响。晚饭快结束时，他突然插一句嘴："王登君你学习化学去什么法国，法国哪有化学工业，最糟糕你也得去德国吧？那里还有个巴斯夫公司。在法国学化学，你能有什么前途？"他的话让气氛一下子降到冰点，所有人都尴尬地看着他。这时他的手机响了，他跟手机那边的人嗯哼两声，放下电话对大家说："对不起，有事我先走了。"有人叫起来："又是你女朋友吧？刘振东你太不够意思了，王登君这么大老远的来。每次哥们儿好不容易聚起来，你女朋友一打电话，你总是第一个把大家晾在这里。"所有人都哄笑起来。刘振东随意笑笑，跟大家道声别，扭头而去。

饭后我和越华一起漫步在未名湖边，暮色西沉。我心中想起沈通的警告：太阳落山后不要到未名湖边去，打扰了湖边的情侣，会有生命危险。沈通给我讲过一个故事：一个学长每天晚上戴着一个有探照灯的矿工帽，碰上未名湖边的情侣就把探照灯往他们身上照，结果就被人揍了。我和越华在湖心小岛的石坊上停下来，湖对面的博雅塔和第一体育馆，在苍茫暮色的映衬下影影绰绰，愈发害羞起来。越华突然问道："王登君，你知道刘振东的女朋友是谁吗？"她这样问，那么肯定是我认识的一个人。"李宪？"我疑问道。越华点点头。不知道为什么，我心中没有泛起任何波澜。我仍然很爱她，比爱我的生命还要爱她。可是在很久以前，我就失去了对自己的信心，把自己从这场竞赛中剔除了。无论谁是她的男朋友，我都不会惊讶，这些男朋友一定是非常非常优秀的，但反正不会是我。对于李宪来说，我只将会是一个微不足道的过客。但只要她不禁止我在心中默默暗恋她的权利，我就感到很幸福了。越华说："我在琢磨，你到法国去学化学，里面有没有一种跟刘振东赌气的成分。今天刘振东对你态度不好，我猜他也有同样的疑惑。"我一愣，我去法国学化学的决定，跟刘振东并无关系。不过越华的猜测却也合情合理。我摇摇头："不是的，不过个中原因，也不是一句话两句话能说清楚的。"越华点点头："王登君，记住一句话：世界上强人万万千，不要跟任何人比，做好自己的事，平平安安地活着，就很好了。"我点头同意。

这时远处传来音乐声，原来当晚在第二体育馆那里有交谊舞会。我邀请越华和我跳一支舞。越华说参加交谊舞会，必须有北大的学生证，才进得去。我向她展示了沈通的学生证，反正在黑夜里也看不清谁是谁。舞步轻摇在第二体育馆老旧的木地板上，一支现场演奏的乐队，在昏暗的射灯下弹奏着民国的韵味。这就是我对中国的大学生活最后的美好回忆。

山大期末考后，我和赵婉儿道别。第一次像情侣一样肩并肩在校园里缓缓漫步。可是在舞池之外，我始终不敢牵她的手。仿佛有时偶尔靠近的两个手背，也会被灼热的能量场烫伤。我给她讲雷恩这座城市的种种趣闻，这些都是老师凯琳在课上用照片展示给我们的。雷恩有自动驾驶的地铁，这是全世界所有拥有地铁的城市中，面积最小的一个。赵婉儿从来没见过地铁，一下子感觉这个城市好先进。我给她讲雷恩另外一个更先进的交通概念：一种可以全民共享的有桩单车。共享单车？赵婉儿疑问道。是的，异常结实的单车，被电脑固定在自行车桩上。在旁边的机器里刷一下市民卡，就可以从自行车桩上取下单车。当骑行到城市的另外一处，可以把单车还在那附近的自行车桩上。这系统是雷恩人发明的，在2004年全世界也只有雷恩拥有共享单车系统。我非常满足地给赵婉儿展示一个崭新的世界，听着她羡慕和向往的啧啧声，尽管这个新世界我也从来没见过。

凯琳在最后一节课，给班上的每个人送了一份从法国带来的小东西。有人收到了笔，有人收到了画簿，凯琳送给我的却是一小瓶香水。我把香水给了赵婉儿，告诉她这是法国的香水。香水有些烫手，赵婉儿却带着充满幸福的笑容，把它紧紧握在怀里。多谢我能和你相识，婉儿。我说。这瓶宝贵的香水，我想把它送给我心目中最重要的人。可是我已经无法再把它交给李宪了，于是我把它送给和李宪长得一模一样的你。因为有了你，我的爱才有可以倾诉的实体。我的心意，也因此不会成为这场爱的独角戏中黯然凋零的花朵。

赵婉儿脸色忽然大变。她一下子把香水推还给我，压沉了嗓子问道："王登君，我叫什么名字？"

我吃惊地笑道："赵婉儿，你别闹了，你……"

她用伤心失望的眼神瞪着我，严厉地说："王登君，我叫什么名字？！"

我意识到大事不妙："赵婉儿，我……"

她倔强地看我一眼，决绝地扭头离开："王登君，你记住，没有一个女人愿意活在另外一个女人的影子之中。"她的话语绕过后肩随风飘扬的长发传到我耳蜗。她的身影很快消失在车水马龙里。她不回头，只是朝后摆摆手："暂时不用给我打电话了，祝你法国留学成功！"留下我这一片齐鸣的蝉声中，自怨自恼。我怎么这么愚蠢！可是我真的爱赵婉儿吗？我疑惑到。自头至尾，我唯一爱的就是李宪啊。

我们班前往法国的飞机票，又是我父亲出面托人去买的团体票。飞机于7月30号从北京出发。出发前两天，我接到左怡媛的电话，希望见我一面，送我最后一程。

那天我的父母都不在家。刚刚把左怡媛接到家里，就接到林肯的电话。林肯现在已经是山东大学经管学院的学生会主席了。他本来也想送我，可是学院领导突然叫他开会。他托一名干事把他想送给我的礼物——一支印有山大校徽的原子笔——送到山大千佛山校区这边来，这样就距离我家很近了。他叫我到千佛山校区和这名干事接头拿一下礼物。我让左怡媛待在家里，自己骑车到了千佛山校区。刚刚拿到礼物，我的父亲就给我打电话。他说他回到家发现有一个陶瓷娃娃在家中乖乖地坐着看电视，他问我这是怎么回事儿。

不一会儿，父亲骑着小摩托把左怡媛送到了千佛山校区附近的山东大厦。山东大厦是隶属于山东省政府的五星级宾馆。我和左怡媛沿着工人维修

间的梯子爬上了27层顶楼的天台，这是一条只有我知道的密道。从山东大厦
顶楼望去，前面是济南植物园森林的葱葱郁郁，后面是国宾馆南郊宾馆湖景
的郁郁葱葱。右边是千佛山公园群山的层峦叠嶂，左边是英雄山风景区诸峰
的起伏连绵。湖光山色，气象万千。让人心胸大为开阔。左怡嫒笑盈盈地看
着我。她上身穿一件红色小褂，下面套一条白色短裙，仿佛是一朵含羞怒
放、白里透红的水莲花，两年时间不见，越发出落令人惊艳的美丽。

左怡嫒对我说，如果我在法国学习化学，要设法进入化妆品专业。化妆
品？我迷茫不解地问道。"化妆品就是让女孩子变漂亮的物品，比如说护肤
霜，口红啊，香水之类，它的本质就是化学，而法国在这方面是全世界最领
先的。"左怡嫒解释道，"法国化妆品有一个很大的特点，它不仅仅是以生活
用品出现的，它还以品牌形象出现。香奈儿，迪奥，兰蔻，或许你都听过这
些名字，而中国的富人是以通过购买这些牌子的产品来向别人证明自己的财
富的。所以如果你能通过化学成为这些品牌的制造者，你就扼住了中国富豪
的咽喉。这或许是你进入上层社会的一条捷径。"

可是我对进入上层社会没什么兴趣，我心想只要做好本分的事，社会哪
里需要我，我就去哪里，像零件一样，为这个社会尽一份微不足道的力，平
平安安过一生，我就很满足了。尽管如此，我仍然饶有兴趣地看着左怡嫒一
本正经地给我解释，她的样子在我眼中可爱极了。上高中时我就嫌弃左怡嫒
的脑筋太死板。远比不上在言语行动中处处透着机敏伶俐的李宪。这就是为
什么，尽管她是绝世美女，又和我关系这么近，左怡嫒却总是无法代替李宪
曾经带给我的满足感。此刻她认真的样子真的美，却远不能使我刻骨铭心。
我随口答应了她，把她的话记在心里。直到十多年后我才意识到，左怡嫒此
刻正在跟我说的，其实是一个掌握千亿美元巨大世界市场的核心关键点。

"另外叔叔阿姨挣钱不容易。法国物价又高，你到了法国千万不要找女
朋友啊。"找女朋友很花钱吗？"是的啊，你有了女朋友你就要请她去吃饭，
请她去看电影，她的生日和情人节你还要送她礼物，你自己的生活费可以
省，给你女朋友花的钱却跟流水一样。（左怡嫒你是怎么知道这些东西的？
我心中暗想。）而且啊，不知道法国女孩子会不会瞧不起中国人呢。等你以

后挣了钱，成了上层人物，找哪个女孩子不容易啊。那个时候你再回来，光宗耀祖，给叔叔阿姨长面子，说不定李宪还要回过头来追求你呢！"我心头一震，左怡媛碰触到了我心中最敏感的那份柔情。我凝视着左怡媛那一双水汪汪的大眼睛，苦涩地说："那个时候，人家估计已经结婚了，怎么可能还有我的机会？"小姑娘歪着头想了想，说："结了婚也可以再离婚嘛。"

临行前我没有能够和外祖父道别。在出发赴法前一个周末，我们在外祖父家吃饭，母亲发现外祖父身上一块皮肤突然变色，赶紧带着外祖父去医院检查，发现是皮肤癌变。母亲在医科大学读书时的老师和同学聚集起来，商量给外祖父的手术方案。外祖父在病房里让父亲带话，嘱咐我：到了法国后，要始终记住自己是一个中国人，时刻想着报效祖国，服从组织调遣，不要给组织添乱，学习之余，要好好学习周恩来、邓小平这些革命先辈，边学习，边打工，仔细体会生命的困苦和意义，争取从一条生铁，锻造成一块对祖国有用的好钢。我跟外祖母道别。外祖母的阿兹海默症已经非常严重，她空洞洞地看着我，已经不认得我是谁了。她反反复复，含含混混念叨着，要到战场上找我外祖父，好把饭给他送过去，好像认为我的外祖父仍然正在打解放战争似的。

出发的那个早晨，我六点就从床上爬起来。天刚刚蒙蒙亮。母亲在医院，父亲陪着我坐上八点出发的鲁能号前往北京。在火车上，父子相对凝视。儿行万里父担忧，那时通信不发达，到了法国后，甚至不知道是否能找到办法打国际长途回家道声平安。此去一别，我就如断了线的风筝，放飞到未知的深空，千万句叮咛嘱托，换来的是我略不耐烦的应声附和。我不喜欢长这么大了父亲还像小孩一样看管着我，将他自己的意志强加于我。我不喜欢父亲强行派我出国，还为此借了巨债，强行让我承受不孝的道义负担。我不喜欢他总是根据主观猜测让我执行不切实际的计划。我不喜欢他打压我写作的愿望，扑灭我恋爱的权利。我仿佛感觉我要过的不是我的，而是父亲的人生，就像在学校里，我也只是他的一个拷贝一样。出了国，虽然艰难险阻，道路未知，但或许也是我一个可以按照自己意志，根据实际情况来做决定的新生活的开始。到了北京站后，父亲的朋友已经等在那里，他开车把我们送到北京机场刚建成没几年的二号航站楼。这是继前几个月我人生第一次前往火车站之后，人生第一次前往飞机场。机场高速车流不息，每前进一分，就离我熟悉的世界更远一分，我的心情就像押赴刑场的死刑犯一样，紧张害怕，只盼车可以开得再慢一点，再慢一点。父亲的朋友在车上一直用说笑的语气叫我出国好好为祖国争气，仔细看看老外都是怎么生活的，要把当地的风土人情牢牢记在心里，好好学习国外先进技术，以后回国了，先把国外的见闻写成一本书，让祖国的父老乡亲们也了解一下国外是什么样子的，再用我学到的知识建设祖国家乡。父亲接着他朋友的话头说：国外什么都贵，家里也没给够钱去好好体验生活，估计出了国，也就是教室宿舍两点一线的生活，这次没了父母在身边照顾，可是要做好吃大苦的准备了。他同时对着我们两人说，既像是对着他朋友炫耀，又像是对我叮嘱。父亲的朋友于是就夸奖我有勇气。我苦着脸挤出笑容，这夸奖听上去实在是刺耳。勇气或许是有的，但那并不是我的，我只是执行罢了。

在机场航站楼我们撞上了乘同一班飞机前往法国的赴法班同学。死得晚的父亲远远地看见我父亲，就挥起右手打招呼。死得晚和西姆等人都是和父母一起前来，蔡坤和腿则是独自前往北京。"你们到法国后，彼此就是亲兄弟了。一定要互相友爱，不要内斗，自立自强，做出成绩，给中国人挣面子，给国家做贡献。"死得晚的父亲跟大家如此嘱托道。死得晚不耐烦地跟他父亲说："知道了，知道了，你们回吧！"西姆用他一贯的蜜汁自信的神情说："有我在，出了事我扛着，没什么担心的。"蔡坤一脸诚恳地跟家长们说："叔叔阿姨请放心，我们这么多人，遇到问题大家一起想办法，集思广益，我相信没有什么坎是过不去的。"面对我父亲投来的征询眼神，蔡坤说："叔叔放心，王登君和我们在一起，我们有肉就绝对不会让他喝汤。我们一定会好好的。"家长只能送我们到海关前，我们鱼贯进入安检口，我转过头来，辛酸和恋恋不舍地最后看向父亲，父亲用力地挥着整个手臂向我道别，脸上洋溢着鼓励和信任的微笑。我脸上努力挤出一丝微笑，挥挥手，决绝地走进安检台，向旧有的世界做彻底的告别。西姆在前面催促道："骨灰，你赶紧些，你掉队了！"

人们说，80%的飞机失事都是发生在起飞和降落的时候。飞机在跑道上滑行时，我紧张地盯着发动机。身体的各器官贪婪地捕捉着周边发生的一切气息。我觉得飞机有可能就在起飞时失事，这可能是我在人世间最后的几分钟，心中一片死寂的空虚和宿命感。飞机的速度越来越快，稳妥地从跑道上升了起来，世界末日并未到来。飞机的翅膀擦着一朵云彩的边缘转了一个弯，冲向更加蔚蓝的深空。当我们第一次看见云彩就在舷窗外触手可及的地方时，赴法班的小伙伴们同时发出一阵惊叹。蔡坤赶紧拿出他刚买的数码相机，将这神奇的一幕拍了下来。

云朵上空的阳光显得格外刺眼，没有雾霾，我们也从未见过如此蔚蓝的天。飞机要在天空中飞行十一个小时。那个时候，飞机上还没有配备现在已经非常普遍的，嵌入在每个座位背后的机载娱乐系统，只有挂在机舱中间的三台液晶大电视，播放着冯小刚的电影《不见不散》。百无聊赖中，我拿出带往法国的唯一一本中文书籍《墨林寻香》，这是一本绿色磨砂封皮，烫银字体，A4大开本的小册子。高三上学期我准备物理竞赛时，实验中学的老师要求高三所有学生选一个名著写篇书评，择优集撰成了这本册子。书中拥有八十多本中外名著的故事简介和思想探讨，每篇书评背后还有老师的点评，分享不同的观点。我带着它是为了让我不至于忘记中文语言的优美，是为了当我还不足以用法语和别人辩论思想时，可以隔空和当年的实验同学进行思想的交流，而不至于因为隔绝世界变成一个粗鄙之人。同一飞机里头有一个中央电视台的记者采访团，记者主编翻了翻我的小册子，惊讶于其内部思想的深刻性，表示绝不相信这是出自中学生的文笔。

我和蔡坤的两个脑袋挤在同一个舷窗里看下面一望无际的西西伯利亚森林。森林上方笼罩着一层薄薄的水雾，阳光照在上面映出淡淡的晕影。林间河道错综，好似黄土高原的老农脸上条条沟壑皱纹，写满沧桑。湖面星点，飞机飞过上方时，它们就像镜子一样反射出刺眼的阳光。偶有森林小屋，渺渺轻烟扶摇直上。蔡坤给我指着说，这一条，就是伏尔加河。虽然我实在看不出它们之间有什么不同。

飞机上的时光尤其漫长无聊，我们却因为不适应而无法入睡，这就变成了残酷的折磨。昏昏沉沉仿佛过了一世的时光。飞机终于开始缓缓下降。又经过一阵无谓的死亡担心，飞机平安降落在巴黎夏尔戴高乐机场。

飞机降落之前我们就看见机场周边是一片荒芜的田野，而不像北京机场周边都是繁华的都市，腿和小波不满地表示法国就是一个第三世界，觉着我们被骗了。出了机场眼见处处的指示牌都是不明所以的拉丁字母，身边金发碧眼的外国人士摩肩接踵，感觉好像迷失在了好莱坞电影之中。下了飞机，大家不知道该往哪里去，全部期盼的目光都注视着蔡坤，等待他拿主意。虽然在国内死得晚和西姆争先恐后地宣称自己是集体的领导者，但是真正遇到困难时，大家还是不约而同地依靠法语最好的蔡坤。蔡坤左瞧右瞧，赫然发现凯琳笑盈盈地站在接机处等着我们，旁边是INSA的国际处老师。我们不知道凯琳已经回到法国，我们见到老师，呼啦啦一下子蜂拥上去。在脆弱的异国他乡，凯琳的出现就像雪中送炭一样，给予我们安全和归属感。凯琳提醒我们要把手表调慢六个小时，我们掐着手指计算调慢代表向前拨六个小时，还是向后拨六个小时。飞机到达时已是国内晚上十二点钟，法国却只是下午六点。太阳仍然高悬在西方的天空，在连续跟踪我们十八个小时之后，仍然没有落下去的意思。我们坐上接机大巴，大巴径直向雷恩方向开去。不久我们便惊叹地看见因为1998年世界杯而闻名天下的法兰西国家运动场巨大的身影从车边掠过。大巴车跨越塞纳河，进入一片森林，我偶然回头，看见埃菲尔铁塔的影子在遥远的地方惊鸿一现，到叫大家一起看时，那影子已经在山后隐没不见了。很快地，大家都躺在座位上昏昏沉沉地睡去。不知又过了多久，大巴忽然停在一个渺无人烟的荒郊野外，那里孤零零地躺着一个厕所。7月份的法国异常炎热，我们嗓子干渴得冒烟，飞机上带来的矿泉水早已喝完。凯琳说法国的自来水是可以直接喝的，她叫我们到厕所里去接水喝。我们看着肮脏的小便池，生了锈的自来水管，犹豫再三，还是决定到了雷恩再喝水。

昏昏沉沉地又睡了很长时间，大巴的车体忽然猛烈地左右摇晃起来。每摇晃一下，我的脑袋就被车壁狠狠拍打一下。我迷迷糊糊地坐起来，发现所有人都从睡梦中困惑地爬起来，不知发生了什么事情。大巴车在小城市窄小的车道上前进，每走过一段路，就有一个圆圈形的路口。这里没有交通信号灯和十字路口，当两条路相交时，就设置一个圆圈形路口。车也不用等灯，只需排队沿着圆圈逆时针依次通过，前往自己的下一个路口。大巴正是围着圆形路口绕圈时把我们摇醒的。红彤彤的太阳在正前方的地平线上低矮地悬挂着，孱弱的霞光透过前挡风玻璃照进车厢。我趁着昏弱的光线看了一下手表，已经快晚上十一点半了。国内是早晨五点半，太阳即将升起。我已经在太阳底下待了接近二十四个小时了！这真是我人生中最长的一天。

大巴在夜初到达了INSA的入口。这里没有校园大门，没有围墙，只有一个孤零零的牌子写着学校名字。周边没有城市，没有人影，只有树林和无尽的黑夜。不一会儿一辆辆的小汽车陆续来到INSA，雷恩市政府委托一个个法国接待家庭把我们接到家中，开始为期一个月的法国生活适应期。小伙伴们被陆续叫到名字，被不同的小汽车接走，接待我的汽车却始终没有来到。凯琳和INSA的国际负责人彼此嘀咕。不久所有的人都被接走了，只剩下我一人孤零零地站在广场中央，我感觉被世界抛弃了。

感觉不知又过了多久，一辆小汽车的灯光终于出现在天际。从车上下来一个五十多岁，中等身材，戴着眼镜，蓬松齐肩短发，一脸干练的法国老太太。她叫伊玟，负责接待我。坐在伊玟的车上，我穿过雷恩市区。看着路旁低矮的别墅房中透出家庭温馨的光，我用不流利的法语挤出几个字："这将是一个崭新生活的开始。"伊玟面无表情地说："是的。"

我们来到雷恩后休息了一整天，然后开始为期一个月的法国语言学校文化融入培训。早晨起床下楼到大厅，伊玟已经去上班，她在桌上留了一个纸条：早餐已为你准备好，请自用。可是我除了看到两罐果酱、一瓶蜂蜜和一包普通的吐司面包躺在一边之外，并没有找到热乎乎的、看上去像早餐的东西。我匆匆吞了几口面包，坐公交车来到语言学校。在学校门口看见赴法班的小伙伴们都等在那里。不一会儿一个老师出来把我们领到考场，开始测试我们的法语能力。测试结果出来后，我们几乎全都被分到了一个叫作A2的班里，蔡坤却被单独拎出来分在了B1班。A2班几乎没有我们以外的同学，只有一个叫作阿娜斯塔的小姑娘也分在这个班里。这是一个清秀的小姑娘，永远戴着不合适的黑框眼镜和一头瀑布似的披肩长发，自我介绍说曾是保加利亚中学生化学奥林匹克竞赛国家队选手。作为第一个和我们同龄的外国女孩子，长得也很漂亮，阿娜斯塔立即成了班上的宠儿。死得晚、西姆和大奔就像苍蝇一样，天天黏在阿娜斯塔身边，互相说着彼此的坏话。死得晚自从被学校解除班长职务之后，气势大减。很快在西姆的挑拨离间下出了局，在一连串的谣言攻击下被阿娜斯塔列入了永不交流的黑名单。骚妮儿呀因为一连几个星期得不到西姆的任何示爱，对阿娜斯塔嫉妒得要死，在其余中国人面前不停挖苦讥讽诅咒阿娜斯塔。语言学校的课程每天早晨十点开始，一直上到下午三点。休息一个小时之后，学校再带我们出去探索雷恩的各个角落。这在一开始就给我留下一个错误的印象，以为法国人都是下午三点钟才开始午餐，后来才知道他们也是中午十二点就吃午餐了。接待家庭只管早餐和晚餐，中午我们看着超市里琳琅满目的食品，却什么都不舍得买。那时法国的物价是中国的五到七倍。大奔找到一个一块钱的肉酱，可以涂在七毛钱的吐司面包上吃。蔡坤找到一个一块五毛钱的长棍鸡蛋蛋糕（四合蛋糕），可以直接干啃着吃。

　　有一天下午我用非常不流利的法语怯生生地问学校负责人，怎样才能从法国往中国打电话。学校叫来法语C1班的一个黑人同学，叫他帮我解决这个问题。这个黑人同学带着我穿越雷恩市中心的碎石小路，左转右转，带我来到了一个歪歪扭扭的双层彩漆木筋房子前面。那里有一个卖电话卡的小店，他用法语跟店主讨价还价了一通，店主递给我一张印有五星红旗的中国卡。十欧元可以打五个小时。这个电话卡使用起来非常费事，需要找到一个街边电话亭，拨打特定的十位数号码，然后把电话挂上。三十秒或一分钟之后电话亭的铃声会再次响起，拿起话筒会有一个机器前台音让我们去输入十五位的一个卡号，卡号的输入不能太快，否则机器认不出来，也不能太慢，否则会断线。输入卡号后还得再等一段时间，然后机器提醒你可以开始打电话了，这时再输入00国际长途号，86中国国家号，531济南市区号，再加上家中电话号码，再等待一段时间才可以接通电话。有时你拨了十位数号码并挂上电话之后，它永远都不会回拨回来。有时你输入十五位卡号之后，它的电话又断线了。有时你输入了家中的号码，却发现它把电话接到另外一个人家中或者你的家里根本就没有人在电话旁边。有时你一个手滑不小心按错一个号码，一切都必须重新来过。有时你一切顺利，终于和家中通上了电话，却发现听到的不是家人的声音，却是你自己的回声，或者打到一半电话突然掉线。有时你走了很远好不容易终于走到一个电话亭旁边，却发现有人已经在那里煲着电话粥，你只好等待，但是有时候会下雨，于是你站在荒郊野外撑着雨伞，等待着别人打完电话粥。有时候你等待了两三个小时，却发现因为时差原因，父母已经睡觉，孝心让你不忍心吵醒父母，只好明天再来。有时你买了五个小时的新卡，打电话时却提醒你只有两个小时，你打了十分钟的电话再次拨时只剩半个小时了。所以你可以付出一整个下午或一整个周末，仅仅是为了和父母拥有十分钟的通话时间，让他们知道你平平安安。于是我们在到达法国一个星期之后，终于能够打电话告诉父母我们平安到达，那一声熟悉的问候声，虽然只有短短的五分钟，却让我们热泪盈眶。父亲告诉我说，外祖父的手术非常成功，癌变病灶在还未扩散前就已经被切除，基本不会再复发。

伊玟每个周末都要在乡下的别墅度过，她的别墅坐落于雷恩北部一个叫作迪纳的海边小镇。我们到达小镇时，镇上所有教堂的钟声突然同时响起。"这是因为有人在结婚。"伊玟解释道。我们沿着海岸散步。这不仅是我第一次见到法国的大海，也是我人生第一次见到大海，感觉在济南一成不变的人生一下子被打开了，这景色尤为新奇。在海峡的另一边，隐约可以看到一座由高耸的巨大砂石岩城墙包围起来的伟岸都市，不与任何陆地相连，孤零零地浮在大海的正中央。万家灯火从厚重的石墙后面透出，穿越黑漆漆的海峡，神秘而壮观，犹如一曲黑色石头奏响的雄浑交响乐。后来我知道这是法国著名的海盗城圣马洛，一座坚不可摧的海上堡垒。走不多久我们就遇上了婚礼庆典现场，人们在镇中央的广场上点燃篝火，手拉手围成一圈围着篝火跳舞。"布列塔尼舞！"伊玟兴奋地说道，"你想融入法国，最好去了解一些外地法国人都不知道的当地传统。"她手把手地教给我布列塔尼舞的跳法。这种舞一共有两式：集体舞和双人舞。集体舞大家勾住彼此的小指，一边转圈跳舞一边用手臂画特定的圆圈。双人舞则是不停重复三种基本步法，对于一个学了交谊舞的人来说很容易掌握，它是为了让年轻男女彼此增进感情而存在的。我试着邀请几个年轻姑娘和我跳双人舞，她们摆摆手抿着嘴唇吃吃笑着拒绝了。一个秃头男人看我找不到舞伴，把我领到门边坐着的一个胖姑娘那里，叫她和我一起跳舞。我心中一百个不情愿但是也不好拒绝，勉强微笑着和她跳了这支舞。"你是哪里人？"胖姑娘问道。"我是中国人。""不对，你是布列塔尼人。你到了我们这里，跳我们的舞，吃我们的面包，说我们的语言，你就是我们中的一分子了。"就这样，在来到法国的第一个星期，我变成了一个布列塔尼人。

伊玟有一个叫阿黛尔的女儿和一个叫尼奥的孙子，当时尼奥只有九岁，正在学校里学习国际象棋。第一次见阿黛尔是一个周六的上午，她顶着一头乱糟糟的头发匆匆忙忙把尼奥带到伊玟家里，让伊玟把尼奥带到迪纳，她晚上和我们在迪纳会合。我们到达迪纳后便去当地的市场上买菜。市场上还有卖古玩旧书的，就是那种旧旧的很有艺术气息的家居小玩意儿，也不是很贵。我花两欧元买了一个底部可以不停旋转的巴洛克金色真空罩座钟，这座钟陪我搬了无数次家，到现在还一直正常走着。我又买了一幅临摹的梵高《向日葵》油画，绘于木板上，作价也是两欧。市场上还有些艺人在卖艺。伊玟在一个弹奏金色竖琴的女子面前停下来，这女子金发及腰，优雅地轻轻拨动琴弦。苍白的面孔衬着微微低垂的睫毛，令人心中宁静的乐音欲说还休，反而令嘈杂的市场变得更加安静起来。她看上去就像希腊神话中的海洋女神忒提斯，透着一种高贵的忧愁感。一曲奏罢，伊玟和尼奥都大声鼓掌。海洋女神微笑地看着我们。伊玟从包中摸出五十欧元，放在女子面前的竖琴盒里，女子颔首表示感谢，尼奥从兜中掏出两欧元硬币，也扔在竖琴盒里，女子微笑的目光中充满着赞许。我很喜欢她的音乐，可是穷得揭不开锅，实在不想掏钱。我耸耸肩，表示自己没钱，女神微笑着轻轻摇头表示没有关系。我给她投以一个尴尬的微笑，跟她道别。伊玟在市场上买了龙虾，又从海岸上挖了许多贻贝，晚上煮海鲜汤。到了傍晚阿黛尔从外面回来，她从市场上买了一些布列塔尼特产的莎布蕾小酥饼，顾不上换装，就开始帮她的母亲做饭。我看着阿黛尔忙碌的身影，悄悄对尼奥说："你的妈妈和今天市场上见到的那个弹音乐的女人长得有些像。"尼奥把小嘴凑在我的耳边，用小手捂着轻声说："告诉你一个秘密，亚历山大，今天在市场上弹奏音乐的，就是我妈！"

第二天尼奥的父亲和几个邻居也和我们会合，一起开家庭聚餐。从十点钟开始，伊玟和阿黛尔就不停地忙碌，她们把前一天从市场上买的黑色荞麦面放在一个大盆里，打成糊，放在大号平底锅里开始做布列塔尼煎饼。她们就像做煎饼果子一样，把黑色面糊铺满涂了油的平底锅，待面糊略略发硬就在上面撒上奶酪、鸡蛋和火腿，然后用煎脆的面糊皮把这些食材都包裹起来。她们每做好一个煎饼，就叫我们当中的一个人趁热先开始吃，然后她们再做下一个。当每一个人都吃了两轮煎饼后，已经到了下午三点钟。我们端着咖啡聊了一会儿天。待四点钟开始，伊玟又把精面加上奶油和鸡蛋打成糊，准备做可丽饼。做法跟布列塔尼煎饼一模一样，只不过在里面放上了糖霜，巧克力酱或是果酱。这一轮吃完之后已经到了晚上十点钟。那一天又给了我一个错误印象，就是法国人的周末，全天都是在做饭和吃饭中度过的。

饭后和尼奥的父亲聊天。我说我是在法国总统希拉克提议的法国中国文化年的框架下来到法国的，希拉克总统了解许多中国的历史典故，而且年初的时候中国暴发非典疫情，但希拉克总统仍然按照原先计划，派法国总理拉法兰，在疫情最严重的时候来华访问，以表达对中国的支持。所以中国人非常喜爱希拉克总统。我心想当面赞扬他们的总统一定会让法国人感到欣喜，没想到尼奥的父亲一脸不屑地说："希拉克，这是个自以为是的笨蛋。"我惊讶极了："可是我看中国的新闻，法国人民非常爱戴他。""我不知道你们中国的新闻是怎么报道的，但是在法国他有一个外号：地毯贩子。我承认大家对卖地毯的商人有些偏见！你可以在脑海中想象：那些来自北非的卖阿拉伯地毯的小贩，能够把一些廉价的、一文不值的、以次充好的地毯吹得天花乱坠，好像它们个个都是一千零一夜里的飞天魔毯。这就是我们对总统先生的印象！"这是我第一次听到法国人批评他们的总统，后来才渐渐明白，批评政客是法国人的传统。我后来又听到许多法国人跟我说他们对希拉克的不满，可是当法国历经萨科齐时代、奥朗德时代和马克龙时代之后，当希拉克总统去世时，人们是如此怀念他主政法国时的经济辉煌，他和戴高乐一起被评为法国人民最爱戴的共和国总统。

在语言学校开始两个星期后，我和伊玫一起在家看了雅典奥运会的开幕式，电视屏幕中，我曾在北京亲眼看见过的奥运圣火，点燃了雅典奥林匹克运动场的针形火炬台。这似乎是一个将我和地球另外一边的中国记忆连接起来的神圣仪式。当雅典奥运会走向尾声时，一个月语言学校的学习也结束了。我看见伊玫非常喜欢张艺谋的中国八分钟，骄傲地告诉她，那就是我的祖国。"下一个就是巴黎了。"伊玫说，"巴黎是2012年奥运会的候选城市。北京举办完奥运会后，就该轮到巴黎举办奥运会了。"

伊玫开车把我送到INSA的广场，一个月前她从那里把我接走。她亲吻了我的脸颊，跟我说如果有什么困难就给她打电话。伊玫走后，雷恩化学学校的国际处负责人布里昂先生帮助我和大奔安顿在INSA的学生宿舍。这个宿舍男女混住，每个人有一个九平方米的单独房间，房间里有崭新的洗脸盆、床、书桌和柜子，走廊里有公用的卫生间和洗澡间。还有公共厨房，厨房里有电炉子、公共冰箱、洗菜池和饭桌椅子。大奔和我与INSA的中国人都住在INSA的宿舍里，小孩因为未成年寄居在鲁兴父母家中。INSA的中国人只需要付每月170欧的房租，一下子交齐全年的，我和大奔却要每人付190欧的房租，每个月一交。理由是我们不是INSA的学生，所以管理方式不同。我非常羡慕INSA的同学较少的房租，INSA的同学却羡慕我不必一下子大出血。阿娜斯塔和INSA毫无关系，她居住在附近的大学生服务中心CROUS的宿舍，她的宿舍非常破旧，但是有十二平方米，而且每月只需要交120欧元。

语言学校结束的时候，距法国秋季开学还有一个星期的时间。在这一星期里，INSA开了一门"科研法语"的课程，要求当年两个学校从国际上新招收的学生全部参加。课堂上我们见到了更多的同龄的外国人。有罗马尼亚的，有保加利亚的，有爱沙尼亚的，有波兰的，有印度的，有马来西亚的，有越南的等等。腿和西姆等人立即把一个罗马尼亚的女孩子尼古莱塔奉为新的女神，阿娜斯塔于是受到冷落，感到愤愤不平。我在课堂上又见到了在语言学校帮我买电话卡的黑人。他叫菲利克斯，来自委内瑞拉。那时我还没见到过别的黑人，以为所有黑人长得都一样。就像那时我也没有见到过浅色头发，觉得所有的欧洲人都是金发，习惯了之后，才发现那头发颜色其实有浅黄、金色、红色、栗色、棕色之分。我后来见到的黑人多了，才发觉菲利克斯应该算是棕色皮肤，就像奥巴马那样，比非洲土著黑人颜色要浅很多。他的五官非常立体，脸型瘦削，鼻梁高耸，这也和土著黑人偏向扁平的面孔很不一样。菲利克斯身上其实有很强的黑白混血特征。他的脸上永远挂着微笑，似乎在他的生活中从来没有忧虑和痛苦。其实菲利克斯父母离异，父亲找了一个雷恩本地的白人结婚生子。他已经三年没见到他父亲了，为了父子可以重聚，他努力通过选拔考试，跨越半个地球，从南美洲的委内瑞拉来到法国的雷恩读书。他再次看到我，非常高兴，科研法语班上有INSA和雷恩化学学校两个学校的外国学生，INSA的学生占主流，超过雷恩化学学校学生的三倍。菲利克斯也上化学学校，就像我和大奔一样。但是他直接上二年级。菲利克斯也不富裕，虽然如此，他仍然热情地请我和大奔跟他一起喝咖啡。

由于还没有正式开学，学校食堂也不开放。科研法语班下课后，山大一起来的同学们三两聚集在一起，组成小组共同做饭。这个小组是他们在北京邮电大学地下室的宾馆里等待大使馆面签时彼此约定的，我竟完全不知情。腿和大奔是一组，根据他们在国内的商定：腿从国内带来锅碗瓢盆，大奔负责带勺子叉子筷子。我和大奔都是化学学校的，我去找大奔要求入伙，大奔不耐烦地说："去去去，阿娜斯塔要在我这里吃饭，哪有你的地方！"无奈下去找蔡坤和小波，小波叹口气说："我们多加副碗筷，你来吧。"

蔡坤做饭很棒，就像他的法语，是我们这批人中最好的。每天下课很晚，我们做饭到深夜。蔡坤满头大汗，小波想给他分忧，帮他翻翻勺掌掌火。宿舍公用厨房的电炉子挺慢的，我们的工具又极度缺乏。每做一顿饭都需要两到三小时。等待饭熟的时候，我坐不下来，在INSA的宿舍里到处串门儿，去跟科研法语班上新认识的外国学生说话。这些学生都是未来INSA的学生。未来要上雷恩化学学校的外国学生不和我们住在一起，他们当中的欧洲人都和阿娜斯塔一样，住在破旧的大学生服务中心CROUS的宿舍里，而亚洲人都住在雷恩化学学校自己拥有的盖吕萨克宿舍里。每次蔡坤做完饭后，他就叫小波满宿舍来找我，我迄今仍然记得小波在走廊里悠长的喊叫声："骨灰，开饭喽。"

西姆、死得晚、骚妮儿呀是一组，这一组三个人都没有做饭经验，开始单独做饭的第二天，死得晚左手小拇指缠满了卫生纸来上课。他人生第一次做饭，切胡萝卜时朝自己的小手指狠狠地切了一刀，又找不到纱布，只好从公共卫生间里扯下卫生纸堵住伤口。

蔡坤把炒菜盛到盘子里，说："骨灰，这样下去不行啊。现在还没有开学，食堂还没有开，我们还可以坐在一起吃饭。一个星期后INSA正式开课，我们INSA的学生一天三餐就在INSA的食堂里吃了。你们化学学校没有食堂，你们得去大学生服务中心CROUS的食堂吃饭，CROUS的食堂只有中午开放，你到哪里去吃晚饭呢？你还是得跟大奔谈谈，你总得和他一起拼饭。"小波叹气说："嗨，大奔要泡阿娜斯塔那骚妞，不管咱们骨灰了。"

大奔住在宿舍一楼，我下楼去跟大奔商量，在楼道里我看见腿脸色铁青地来回踱步。他听说我去找大奔，一把拉过我的手："走，我叫你看看他做的好事！"

未进门，走廊里已经能听见大奔和阿娜斯塔放肆的大笑声。"进来！"大奔不耐烦地叫道。推开门，大奔正在电脑上给阿娜斯塔展示我们大学时的八人间宿舍照片："看看这些床，是多么的肮脏，看这满写字台的垃圾，地上的塑料袋……只有我的床，干干净净。"大奔得意地说道。阿娜斯塔转头向我说道："亚历山大，你们这样不注意生活卫生可不好啊。何况你们还有这么一个好的榜样。你应该向你的同宿舍同学学习。"我冷脸回敬道："我可是每个星期自愿打扫宿舍卫生的，只不知是哪个人总把自己的垃圾往别人的床铺地盘上扔，搞得自己好像多么干净似的。"腿用极其夸张的语气扑哧一声笑出来，大奔恼怒地瞪着我看，我能明白，他已经开始记仇了。

九月初的雷恩仍然非常闷热，我随身携带一把折扇。阿娜斯塔第一次见到我的折扇，倍感好奇，拿过去仔细玩摩。这是我外祖父画的一幅扇面，出国前去外祖父家时，看见他用水墨在白纸扇面上皴成了一只小鸡和两只小鸭追逐嬉戏的场景。我爱不释手，外祖父就决定把这幅扇面作为出国的赠礼送给我。他说既是赠礼，就该有题字才好，题什么呢？我当时想了想，说这扇面上画的是鸡啊鸭啊之类的东西，我把它带到法国又是把东方的艺术带到了西方世界，不如题词"雅集东西"（鸭鸡东西）吧！外祖父哈哈大笑，欣然题词。阿娜斯塔听完这个故事，甚为神往。大奔冷冷地说："这种东西不过是街边小摊的假冒艺术品，不到一欧元就能买到。你打开时小心一点，这种假冒伪劣产品质量最不好了，你出手一重就把它毁了。亚历山大又穷又小气，到时候他肯定要你赔。"

腿再也气不过，拉着我夺门而出。他在上楼时对我说："骨灰，你和大奔在化学学校，我们这些兄弟都不在。你可要小心他啊。他能当着我们的面说我们的不是，背着我们他还不知道要说我们什么呢。"我想起腿在山大的时候就嘱咐我要注意大奔，那时候我并不在意。我沉默不语。大奔在外国人面前讲我们的坏话，我却不方便反驳回去。无论如何，在外国人眼里，我们是属于同一个集体，代表的是中国人的形象。如果让外国人看出来我们中国人在内斗，他们打心底会瞧不起我们。我担心那样的话会让我们这个中国人集体在法国的生存更加艰难。

腿住在五楼。透过宿舍落地窗，可以看见远处雷恩市错落有致的尖塔、教堂、宫殿。腿向我讲述了他对家乡的想念。他突然把头背过我去，我看见他眼角噙着泪花。他有些哽咽地说："我们INSA的中国人，也开始出现了裂痕。我们十五个人一起出来闯世界，本应该像亲兄弟姐妹一样，千万不要分裂啊！"

03 另外一个国家，另外一种文化，重新开始

在开学大典的当晚，学生活动室的狂欢。我在山东大学的时候以为浪漫的法国人人都会跳华尔兹，到了法国才发现只有很少的人稍微能跳一点儿萨尔萨，而我跳的许多舞步，被他们说是他们爷爷那一辈的老古董。

在伊玟家里住的时候，伊玟在我的房间里放了许多布列塔尼的旅游画册。大开本的画册，用简单的法语配上精美的图片，既能让初学法语的我看得懂，又能让我迅速了解当地的文化风情。画册中还夹了一些重要事件发生时的报纸记录。蔡坤对伊玟的这些画册非常感兴趣，于是我跟伊玟借了两本放在书包里准备带给蔡坤。

INSA科研法语班的最后一天，老师把留学生分为不同小组，组织了一个"探索雷恩"的小游戏。每个小组都收到一张写满问题的纸条，我们需要在雷恩市中心找到这些问题的答案。最先回答完全部问题的小组可以得到奖励。我和小波还有一个金色卷发，碧蓝眼睛，长着一张公羊似的倔强脸庞的罗马尼亚男孩分到了一组。我们在雷恩市的一个角落找到了隐藏在楼宇之中的雷恩中世纪城门和护城河的残段，在威廉河的一座玻璃桥的铭牌上找到了雷恩市所有的姐妹城市的名字和人口数量，济南市的名字也赫然写于其上。我们从公交公司的柜台人员口中得知了雷恩地铁的长度，又从旅游局找到了雷恩共享单车桩的数量。当我们经过金碧辉煌的布列塔尼议会宫的前面时，我们知道这座宫殿是整个雷恩市历史最为悠久的政府建筑。纸条上的最后一个问题就是："雷恩市历史最久的政府建筑最后一次被大火焚毁是哪一天？"这个问题让我们一筹莫展，连旅游局都搞不清具体日期。我突然想起书包里伊玟的书夹了一张1994年的《西部法兰西》报，报纸首页是一片大火，上面写到"我们将会重建"。我打开报纸，果然上面说的就是布列塔尼议会宫的火灾。根据报纸日期，我们得知布列塔尼议会宫曾经焚毁于1994年2月4日深夜。小波不可思议地惊叫道："骨灰你他妈太强了！你不是在变魔术吧？这张报纸是怎么从空中突然冒出来的？"由于率先回答完了全部问题，我们小组赢得了比赛，得到了老师的奖励：一瓶布列塔尼当地的特产——苹果气泡酒。

为了庆贺胜利，在征得我和小波的同意后，那个罗马尼亚男孩就像喷洒香槟一样，让苹果气泡酒的内压迸出木塞，和半瓶酒一起喷到了威廉河里。其余的小分队还分散在雷恩市各处寻找问题答案，小波回学校去了，罗马尼亚男孩提议和我在河边散散步。

"亚历山大，我这几天一直在观察你，你非常友好，和其余中国人对你的描述完全不同，这使我非常不解。"罗马尼亚人说道。

"其余中国人是怎么描述我的呢？"

"有好几个中国人都跟我说你是一个生性好斗、阴险狡诈的人。他们说你在中国的大学里喜欢找人打架。"罗马尼亚人说，"你们中那个叫西尔万的是你们的班长对吧，你的那些中国朋友说你自己想当班长，于是用计把西尔万给拉下来了。"

我苦笑一下，没有反驳，也没有问罗马尼亚人是谁这样说我的。我也不想知道答案。只是感觉有些歉意。我记得出国前父母和学校都千叮万嘱，中国人出了国一定不要内斗，要团结友爱。我感觉我好像做错了什么，让他们失望了。有人说，鸵鸟在遇到危险时，就会把自己的头埋在沙子里，似乎看不到危险，自己就变得安全了。我觉得这样也挺好。我真心诚意地把一起来到法国的中国人视为我唯一可以依靠的亲人，如果真有同胞在内部挑起事端，我宁愿戳瞎我的双眼，也希望可以保留我对他们最最美好的信任。

"我们大家的法语都不好，或许只是我听错了。"见我不回答，罗马尼亚人略有尴尬地圆场道，"不过你们那些人真奇怪，对外宣称你们是最好的朋友，每个人却都在说别人的坏话。那个西尔万长得凶神恶煞的，我倒宁愿相信是他欺负你，而不是你欺负他。"

罗马尼亚人问我为什么叫亚历山大，我跟他讲了凯琳给班上的同学指派法文名字的事情。我还给他讲了我为了接近心中的女神而参加赴法班的故事。"你是一个富有冒险精神的人，就像我一样。"罗马尼亚人兴奋地说道，"而且我也叫亚历山德鲁。我好高兴来到法国后可以认识你，你就像我的兄弟一样。我以后也会用对待兄弟的方式来对待你！"

"亚历山德什么？""你叫我亚历克斯吧！"罗马尼亚男孩说道。

那天晚上，蔡坤、小波和我聚在一起吃了最后一顿散伙饭。科研法语班结束后，第二天法国就正式开学了。我们这些中国人将从此在两个不同的学校上学，走向不同的人生轨迹。蔡坤和小波将一日三餐都在INSA的食堂吃，他们在入学时已经交了全年的餐饮费和住宿费。而我只好每天晚上自己做饭。在住进INSA宿舍的一个星期里，整个宿舍除了外国人外都是空空荡荡的，那天晚上突然人声鼎沸起来，一个又一个的法国人拖着行李挤满了闲置的房间。我旁边的房间里住进一个长发乱蓬蓬的、圆脸上长满雀斑的法国女孩子。她进了房间后就把屋子里的低音音响开到最大声，然后叫了许多男女聚在房间里大声说笑。我那天早晨收到从化学学校寄来的第二天的讲义，本想打开讲义预习一下，却被音乐吵得无法专心。无奈之下敲邻居的门希望她小声一点。结果屋中的男女哄笑着把我拉到屋里，强行逼我和他们一起喝酒。那女孩屋中摆满了大大小小的空酒瓶子，她把自己小姑娘时候的正面光屁股照印到两米见方的海报上，贴满了整个墙壁。我非常尴尬，眼睛不知该如何放置。他们把六十度的朗姆酒倒进底部铺满白砂糖的酒杯里，在酒里泡了青柠和薄荷叶，逼我一口气喝光。看到我被呛得咳嗽喘不过气，他们兴奋地敲桌子哄笑。纠缠了一个多小时，才放我回屋。我头晕目眩，牙也没刷躺到床上便睡着了。醒来时已是深夜，我听到走廊里有奇怪的哭泣声。打开门才知道那声音是从我邻居的房间里传来，而且也不是哭泣，更像是一种呻吟声。她高高低低，像哮喘一样地大声呻吟，旁边似乎还夹着男人粗厚的喘气声。我从未听到过这样的声音，很担心她生了急病，想要敲门问问她需不需要帮助，但心中又隐隐觉得并不妥当。于是一边将耳朵趴在门上仔细倾听，一边心想着如何能找到最近的电话亭，必要时拨打急救电话。我的邻居突然大喊道："啊，我的天哪！"然后声音戛然而止。我吓了一大跳，以为她心脏病突发，本欲破门而入，这时又听房间里传来她小声和男人交谈的声音。我知道她还活着，稍稍安心，回到房间继续一睡到天明。

第二天一大早，像往常一样，起床后先把牛奶放在公用厨房的电炉子上，然后迅速地洗脸刷牙，再从电炉子上取下牛奶，咬几口吐司面包，然后步行去化学学校，走路需要十五分钟。INSA有一个校园，化学学校好像只有一座楼。我们的教室在三楼，整个走廊只有两个教室，每个教室只有不到三十人，我感到非常不可思议，难道这不到六十人的两个班就是整个学校吗？菲利克斯就在走廊的另外一个教室里，亚历克斯则在我的班里。不一会儿在国际处负责人布里昂先生的陪伴下，校长走到班里讲话。他首先欢迎新学生，并因教室的铝扣板天花吊顶缺了一块板没装好向我们抱歉。然后他向我们这些外国学生介绍了法国的工程师学校制度。工程师学校是平行于法国大学的一种精英教育制度，它们一般都很小，只有两百到三百人的规模，行政体系依附于附近的大学。INSA是法国工程师学校中最特殊的一个，在法国的五所INSA全都不依附于大学，它们每所学校都有两千到三千人的规模，拥有自己的校园，几乎相当于微型的大学。大学培养科研人员而工程师学校培养具有理科专业背景的企业管理人才。一个合格的工程师需要有极强的应变能力和尽可能丰富但是并不求甚解的专业背景知识。假如某一天给一个工程师一个团队并要求他第二天带领这个团队去解决一个不属于他专业领域中的问题，一个合格的工程师应该在一晚上的时间内掌握这个领域的背景知识并在第二天胸有成竹地领导这个团队解决问题。工程师学校并不招收刚从法国高中毕业的学生。一个法国高中生如果想上工程师学校，就需要在他的高中同学上大一的时候，自己报名参加公立或者私立的工程师预科班（有点像补习班，经常设在高中里面）。在两年的时间里封闭自己，像中国备战高考的高中生一样不停地做题，两年之后参加全国的竞争性选拔考试，根据考试成绩投档各工程师学校。有许多人会落榜，但是这些落榜的同学在大学里也会很抢手，被直接编入各大学的三年级。工程师学校一共培训三个年级，在法国获得本科文凭需要三年，硕士需要两年，所以获得工程师文凭的时间和获得硕士文凭的时间正好一样，都是五年。工程师学校每年都会淘汰百分之十的学生，被淘汰的学生会滑入大学相应的年级，而每年工程师学校都会在大学相应年级前百分之五的学生中择优录取，补充新鲜血液。

INSA作为法国最大的工程师学校联盟，它设置了属于自己的预科班，直接根据高中会考成绩选择优秀的高中毕业生，在别的预科班学生不停做题备战选拔考试的时候，INSA可以教给它的预科班学生一些更深入的工程师基础知识，只要你在两年内的时间里没有因为期末考试成绩落入最后百分之十而被淘汰，你就可以不用参加竞争性选拔考试而直接进入INSA后三年的工程师培训阶段。大企业在招收INSA的毕业生时，他们会优先录用从预科班开始就在INSA上学的学生，而把通过竞争性考试直接进入INSA三年级上学的学生放在次要选择项里。法国共有十七所工程师学校涉及化学方面的专业，它们的规模大小、擅长领域各不相同。但是它们集合成了一个化学工程师学校的联盟：盖吕萨克联盟。这是法国仅有的一个围绕着同一专业而集合起来的工程师学校联盟。盖吕萨克联盟效仿INSA设立了自己的预科班，预科班规模非常小，仅仅设立在位于雷恩的化学学校和位于里尔的化学学校当中，直接从高中选择有志于学习化学的优秀高中生，只要他们不在前两年被淘汰，就可以保送进入十七所化学学校中的某一所，进行工程师阶段的学习。在雷恩的化学预科班的基础上，又设置了一个国际化学预科班，在全世界范围内选择希望致力于化学的优秀高中毕业生，学校设置了专门针对外国学生的法国文化融入课程，专业课老师被要求以尽可能简单的语言讲解课程以便照顾法语不好的国际学生，国际处负责人布里昂先生就像大家长一样，时刻关心着国际学生的生活起居。我和菲利克斯所在的班就分别是这个国际预科班的一年级和二年级。

"你们今年共有二十八个人：八个法国人、四个中国人、四个越南人、三个马来西亚人、两个保加利亚人、两个罗马尼亚人、一个捷克人、一个斯洛伐克人、一个波兰人、一个爱沙尼亚人、一个摩尔多瓦人。你们是从全世界的高中毕业生中择优录取的最优秀的学生。你们中的马来西亚人，全都获得了马来西亚国家奖学金。你们中的越南人，是由越南国立石油公司委派而来的。你们中的中国人是由山东大学在五千多名大一新生中选拔出来的。你们中的保加利亚人和摩尔多瓦人，都是所在国的中学化学奥林匹克竞赛国家队的选手。而你们中的法国人，则在法国高中会考二十分满分的基础上，所有人的平均分都在十七分以上。要知道我们的法国学生预科班和INSA的预科班招收的学生，高中会考平均成绩只有十六分，外面的预科班招收的学生高中会考成绩是十四分，而那些被大学录取的人高中会考成绩只有十二分。你们这些法国人都经过严格的面试，你们表达出你们愿意和外国学生一起学习，愿意帮助他们融入法国，而你们也将通过你们外国同学的眼睛看到外面风姿多彩的世界。我希望你们不同国家的人可以两两结成互助搭档，但是我不希望看到来自同一国家的人天天在一起不和外面人交流。最后祝你们在法国成功！”

校长讲完话后，所有同学都被叫到台上一一介绍自己。大奔首先上台，他用自己的本名钱雷称呼他自己，没有提到他的法文名字本杰明。在他的口中，他变成了山大赴法班的班长，一个肩负重任，要带领全体中国学生从"黑暗荒蛮"的中国，前往代表文明开化的西方世界的当代摩西，班上的外国人赞叹不已。小孩一直没有信心说法语，他唯唯诺诺，好不容易挤出了两句话："我叫王新，我来自中国。"就下台了。我在介绍自己的名字时说："我叫登君，不过假如这个名字对于你们来说太难记，那么请叫我亚历山大，也是一样的。"亚历克斯上台后，先朝我眨了眨眼睛，然后说道："我叫亚里山德鲁，不过假如这个名字对于你们来说太长了，那么请叫我登君，也是一样的。"大家一下子笑起来了，我也在笑，还有些感动：亚历克斯相当于对全班声明我是他的朋友。就这样，在这个异国他乡，除了那些不靠谱的中国同学外，我终于也拥有一个可以依靠的外国朋友了。

全班除了四个中国男生外，只有在法国人中，在罗马尼亚人中，在越南人中和在马来西亚人中各有一个男生，其余的都是女孩子。听说作为法国精英院校的工程师学校，全部都是理科，而化学由于背的东西比较多，是理科中对女孩子最为友好的，所以成了女生的重灾区。雷恩化学学校的女生比例高达百分之七十，而一街之隔的INSA，由于是学习计算机和机械的，女生比例不到百分之二十。大家在介绍自己时，我坐在小孩旁边，悄悄跟他议论哪个女孩子最漂亮。小孩一脸死气沉沉，颇不耐烦地说道："都是一群丑八怪，没有哪个漂亮的。"我却不是很同意，因为一个长着小猫似的俏丽脸蛋，棕色波浪头发，穿着黑色西服，戴着一副无框眼镜的女孩子，吸引了我的注意力。她安静地坐在教室一角，似乎有些离群，跟谁都不太说话。她身上隐隐透露出一种干净和高贵的气质。尽管这种气质在随后的几年似乎渐渐消失了，但是我想，就是这种气质，在一切开始的那一天吸引了我。

事实上，我在INSA的科研法语班的第一天就见过她，后来在第一次去超市时，撞见她和INSA的罗马尼亚女孩子尼古莱塔在一起。我清楚地记得她把刚刚买的华夫夹心饼干分给我吃，这是我人生第一次见到华夫饼。那个时候我买不起任何的饼干，这也是我来到法国一个月以来，吃到的第一块饼干。那甜蜜的滋味让我一下子回忆起国内曾经安逸美好的熟悉感觉。从此以后我每次看到华夫饼，都会想起这个女孩子。但是超市偶遇的第二天这个倒霉的女孩子就被汽车撞了，从此再也没有在科研法语班上见过她。在消失了一整个星期后，她现在拄着拐杖出现在大家面前。

第一节课下后，班上法国人中唯一的金发女孩子宝琳娜跑到我面前说："亚历山大，我们每一个人都要选一个搭档，你做我的搭档吧。"我不认识"搭档"这个法语词："什么'搭档'？""不必管什么是搭档，就说你愿意还是不愿意。"宝琳娜非常急切地说。"好吧，我愿意，不过我也不知道我愿意的是什么。"我糊里糊涂地答应了。其实班上没有任何一个中国人听懂了校长所说的搭档。除了法国人宝琳娜主动要求做我的搭档以外，当其余的中国人了解到需要找搭档时，已经晚了，所有的法国人都已经找到了搭档。最终小孩跟一个越南女孩子成了搭档，大奔则找了波兰人作为搭档，那个波兰人完全听不懂法语，始终处于梦游的状态。亚历克斯则和班上最后一个中国人潘应龙成了搭档。后来我才渐渐意识到：我拥有一个法国人搭档，实在是比小孩和大奔幸运多了。因为所有的实验课和实验报告都是以搭档为单位撰写和评分的。在随后的两年时间里，几乎所有法语实验报告的撰写，都由宝琳娜完成。当大奔和小孩不得不总是凑在一起，头疼如何用法语写实验报告的时候，我却有时间出去搞社交。在实验课上，宝琳娜总是耐心地给我讲解看不懂的地方。她和她校外的法国男朋友西尔万也经常请我到他们家里去，教我说布列塔尼当地语言，给我讲解各种知识，帮我融入法国。一开始我并不明白为什么宝琳娜这么积极主动地非要和我做搭档，直到有一天上课，任课老师从印着照片的花名册里随机挑选一个学生上黑板解题，她念道："宝琳娜·亚历山大你上来。"我和宝琳娜同时站起来，老师非常惊讶，她看着花名册找到我的名字说："登君·王你坐下，我没有叫你。"我才意识到宝琳娜找我做搭档的原因，是因为她的姓和我的法文名完全一样，都是亚历山大。

我清楚地记着，我在法国上的第一节专业课是化学平衡。八年以后，我作为老师在巴黎大学给大一大二的新生上化学课，根据系里定的课堂大纲，

第一节课教的竟然也是化学平衡。让我怀疑在法国，所有学化学的大一学生都是从化学平衡开始的。那一天我们又上了热力学、晶体学、电路学这几节课。课堂上的一些内容我在高中竞赛时涉及过，根据公式可以猜出老师在讲什么，可是当他们开口时，我只能看见他们的口型一张一合，却完全听不懂他们说的是什么。而且除了化学平衡、热力学和物理课的老师发了讲义以外，其余老师什么资料都不发，只是在黑板上写板书，我们只好把它抄在笔记上。老师写的板书是连体的，那里有个"h"，哦不，那其实是一个"r"；这里有个"s"，不过如果没有旁边的法国人纠正的话，我会以为那是一个"i"。假如认识那些法语单词的话还好，自然可以很快地把它抄下来。可是我只是把黑板上一个个似是而非的字母剪切拷贝到笔记本上，回家再从法语词典查找这些单词的意思。结果许多单词从一开始就抄错了，字典显示"查无此词"。老师的板书很快，我经常抄着抄着就跟不上了，于是发呆地看着班上同学的后脑勺。这些后脑勺有金黄色的，有橘黄色的，有火红色的，有浅褐色的，有灰色的，有黑色的，一个个抬起来看黑板，再低下去抄笔记，抬起来，低下去，像不停跳跃的五彩嘎嘣豆。

当我完全听不懂课的时候，我是很乖的，在笔记上抄着不知道是什么东西的东西。当我有时似是而非地能听懂老师在讲什么时，我就特别想举起手来问他一下我听不懂的单词。其实作为一个满是外国人的班级，大家都经常打断老师去问自己听不懂的单词。可是其他外国人的法语确实比我强多了。学校给所有的外国人专门开了一门"法语文化课"，记得有一次课上做了一个法语水平摸底测试，满分二十分，基本上所有人都获得了十八分到二十分，班上的另外一个中国人潘应龙得了十六分，大奔得了十三分，我得了十二分，小孩只得了十分。所以我问的问题也比别人显得蠢了很多。由于我有太多听不懂的问题，为了不影响大家的课堂进程，所以我十个问题只敢问一个，就这一个有时也会让老师非常尴尬。比如说有一次数学老师讲到多维空间和曲面时，老师说曲面的研究是多维空间研究的一个分支。我不认识"分支"这个法语单词，就举手问老师这是什么意思。数学老师绞尽脑汁地解释说："你看窗外有一棵大树，风吹来时，随风摇摆的那些绿色的东西叫作'叶子'，把叶子连起来的东西就叫作'枝'。你看这些枝从树干上分开来，朝不同的方向生长，就像数学的不同概念从一个共同的母概念上发展而来，朝向不同的研究方向。所以我们就把'枝'这个单词用到了数学里，'分支'。"当我听懂数学老师的解释后，随即发现全班听课的人都弥漫着可怕的尴尬感。在我的全部学生生涯中，包括后来在波尔多化学学校上工程师的课程，我经常用我关于单词的问题带给整个班级这种可怕的尴尬感。

班上有一个娇小清爽的马来西亚女孩，是马来西亚的客家人，叫作陈天竹。她的高中是在法国上的，她也会讲汉语。我在INSA的科研法语课上第一次见到她，天竹是一个特别善良热情也很漂亮的女孩子，浑身上下透着一种干净的气息。相互认识的第一个星期，她就请大奔、我、蔡坤和小波到她在盖吕萨克的宿舍做客。盖吕萨克的宿舍分为两种：一种是300欧，25平米，每个房间都有浴室厕所，每两个房间通过一个公用的厨房连在一起，类似于合租。一种是350欧，30平米，房间有一个小角落单独辟为厨房。学校里的两个越南女孩子和两个马来西亚女孩子都是住的这种合租房，同一个国家的人也彼此好有个照应。和陈天竹合租的马来西亚女孩叫作冉琳，是个穆斯林，永远都戴着头巾，那天和天竹一起接待了我们。蔡坤和小波非常羡慕在化学学校有天竹这样的人，可以用中文给我们解释听不懂的课。第一天上课时我和小孩坐在天竹和冉琳旁边，大奔和阿娜斯塔坐在一起，天竹小声地把老师讲的内容全部用中文翻译给我和小孩听。大奔看到后，抛弃阿娜斯塔，第二天直接把我的书包扔到了班级后面的垃圾箱里，自己一屁股坐在了陈天竹的旁边。他是如此的蛮不讲理，而我却害怕打破中国人团结的形象，不愿意跟他硬吵架。于是默默地从垃圾箱里捡回我的书包，坐在宝琳娜旁边。小孩对数字非常敏感，尽管听不懂老师的语言，但是他每次都能第一个把黑板上的数学题解出答案。大奔每次看到了小孩的答案，就拿过来占为己有，然后告诉老师是他第一个解出了题。很快地，全班都认为大奔是那个数学天才，但是没有人知道这其实是小孩的功劳。小孩本来对自己的法语没有信心，大奔不停地吓唬他，告诉他说班上的人一直都在背后嘲笑他、歧视他。久而久之小孩把自己封闭到自己的世界中，他不跟班上的任何一个人说话，大家也忘记了他的存在，他变成了班上的一个影子人物，似乎他就在那里，但是没有人看得见他。他变得非常依靠大奔，变着法子讨好大奔，对大奔对他的压榨毫不在意。似乎害怕一旦失去大奔，他在这个世界上就再也没有朋友了。我多次试图鼓励小孩和法国人对话，他会发现没有人在排挤他。可是小孩听不进我的话，只是在害怕。大奔在班级上越来越大胆地辱骂和呵斥小孩。法国人却认为大奔是小孩的保护者，他最好的朋友。有些法国人注意到了大奔在跟小孩说话时，语气似乎非常粗鲁，但是他们却简单地认为汉语在发音时就是那样的。天竹是听得懂汉语的，她在面对大奔时的脸色越来越阴郁，开始故意躲着他。有一天在物理课上，老师要求我们把三角形电路转化成Y形电路。在高中物理竞赛时这种题我们是有公式的，我套用公式很快解出了答案。宝琳娜骄傲地把我的答案展示给大奔看，想跟他表示自己的搭档也不赖。大奔自己都还没有解出这道题，但是他看到我的解法后冷冷地对宝琳娜说："在中国人人都会这样解的，一点儿创意都没有。"我明显地看见他在跟宝琳娜这样说的时候，天竹在旁边打了一个冷战。正如前面所说，小孩因为未成年，一直寄居在鲁兴的父母家里。有一次大奔在下课时要求小孩从鲁兴父母家偷一些葱和西红柿带给他。天竹当时就在旁边。从那天起，天竹再也没有跟大奔说过任何一句话。但是她也没把自己的看法告诉任何一个人。冉琳和其余的法国人一样，一直到毕业，都把大奔视作我们中国人的代表，并认为所有的中国人彼此都是最好的朋友。

不过大奔确实给法国人留下了中国人无所不能的印象，当蔡坤和小波抱怨INSA的中国人被法国同学歧视时，化学学校的中国人却在法国人崇拜与惊叹的眼神中被捧上神坛。法国有一句谚语，当一个法国人听不懂对方讲的话时，他会说："你给我讲的这些都是中国话"。意思就是完全不知所云。有一次数学老师看着我们班的成绩单，疑惑地问我们："你们每一天是不是都在浪费生命？你看看你们的中国同学，他们虽然连法语都听不太懂，可是他们的成绩却比你们高一大截。"然后一个法国人小声说道："老师，您教我们的，其实不是数学课，而是中文课。中国人取得最好的成绩，看上去也是理所当然的。"

　　班上还开有一门叫作"国际视野"的课。这门课的目的是讲解世界各地的政治经济文化。有时它会讲解马克思主义，讲解黑格尔，讲解资本主义与共产主义，还会讲解经济学原理。但是这门课主要的时间都在讲解中国。这门课的老师崇拜中国，认为中国就是世界的未来。那个时候我们几个几乎上不了网，无法了解中国发生的事情。这个老师愣愣地把课程变成了中国新闻播报。她讲解中国政府的组织架构，讲解中国的国民生产总值是如何超越了意大利和法国，她预测很快将会超过英国，迟早有一天会超越德国和日本，追赶上美国。但她又把中国的国民生产总值除以中国人口，指出中国的人均生产总值仍处于发展中国家阶段。她讲解中国的东部经济带和西部大开发，在全班同学面前放法国电视台制作的纪录片，讲中国备战北京奥运，全民学习英语。电视里，高一时来我们学校演讲的那个李阳，站在长城上，带领着列队整齐的上百名解放军战士声嘶力竭地重复以下英语句子："我要说英语！中国要富强！"那画面唬得全班各国同学面面相觑，摇头感慨：这种学习语言的方法，实在是太疯狂了！国际视野课的老师是所有老师中语速最快的，而且完全不留板书。全班28个人来自11个国家，只有4个中国人，但是另外的那24个人每周都要被迫接受两次中国风暴的洗礼。而班上仅有的4个中国人，因为法语太差，跟不上老师的语速，而成为唯一听不懂这门课的学生。

　　因为抄不下来老师的板书，我只好借别人的笔记下课来抄。宝琳娜的笔记也是龙飞凤舞，看不清楚哪个字母是哪个字母。班上有两个高高瘦瘦的法国女孩，叫作露西和莎拉，分别是天竹和冉琳的搭档。她们的笔记工工整整。于是我每天下课时借她们的笔记，趁别人吃晚饭时抄上两小时，然后再从INSA宿舍走二十分钟到盖吕萨克宿舍把笔记还给她们，好让她们晚上可以复习。我回到INSA宿舍后，边做饭，边对着字典查询笔记上不懂的单词。但是没过两个星期，我再借笔记时，露西和莎拉都说笔记已经被大奔借走，她们建议我和大奔一起分享着抄。我去找大奔，大奔拒绝把笔记给我抄。他天天往露西和莎拉的宿舍跑。很快地，露西和莎拉看我的眼神都非常古怪，再也不愿意和我说话了。我需要再找到一个笔记还好，并且愿意帮助我的法国人。班上有一个叫作朱斯汀的法国女孩子，一头黑色的波浪大卷，兔子牙，反应比较慢，一看就是那种老实巴交的女孩子。班上的三个越南女孩子都非常腼腆，从不说话。班上其余同学往往都忘记了她们的存在。朱斯汀是唯一关心这三个越南女孩子生活状态的人。她和这三个越南女孩子一直都坐在班级最后一排。越南女孩子听不懂课时，她就耐心解释。但是朱斯汀好像有点儿被班上的法国人排斥，除了她的实验课搭档，一个叫艾美丽的法国女孩外，她不跟任何一个法国人交谈。我感到朱斯汀是对外国人很友好的人，我要求坐在她身边，朱斯汀没有反对，很高兴地接受了。后来朱斯汀一直都是我在班上最好的法国朋友，直到现在也是我的好朋友。

　　除了课堂的艰辛之外，生活本身又是另外一场困难的课程。首先便是吃饭。我很羡慕INSA的学生，他们在开学初始，按照每顿饭两欧元的标准，一下子交了六个月的饭费，平时一日三餐都在INSA的食堂吃，只有周六和周日才自己做饭吃。雷恩化学学校没有自己的食堂，我们在附近雷恩一大CROUS开的食堂里吃午饭，每顿饭需要花两欧六毛五分钱，比INSA贵了好多。而且CROUS的食堂只有中午开放，每天晚上我只能在公共厨房里自己做饭。还好INSA宿舍的公共厨房只有我一个人使用，没有人跟我抢。我每周末步行半个小时去超市买一趟东西。正式开学后第一次是周日去的，结果法国周日超市不开门，只看到了一个空空如也的商业中心，于是以后就改到周六去。我清楚地记得那时每次去超市的购物清单：花一欧元买一公斤大米，一欧元买十个鸡蛋，再花一欧元买十根斯特拉斯堡香肠，一欧元买一盒牛奶，一欧元买一袋吐司面包，再花一点五欧元买蔬菜或其余什么东西。每周的花费都固定在七欧元以下，就这样撑上一个星期。直到四年后在里昂实习时，我在里昂市中心的巴迪商业中心家乐福超市那次购物，我花了九欧元，那是我记忆中在法国第一次购物超过了七欧元。

　　腿跟我说，不要羡慕他们，在INSA的食堂吃饭是非常压抑的。在我们这批山大的人来之前，INSA和南京外国语学院合作多年。来自南京的学长们把INSA的中国人圈子构建成了黑社会一样等级森严的组织，这个"黑社会"的头头是INSA四年级的一对情侣，男的大家都称他为"老爹"，女的外号"奶酪"。老爹不喜欢看到别的中国人和外国人太亲近，在他的要求下，所有INSA的中国人吃饭时都要坐在同一张桌子边，然后争先恐后地奉承他。如果有一个中国人跟外国人走得太亲近，他就会被整个INSA的中国人圈子排斥孤立。我感到不理解的是，腿他们似乎非常害怕被INSA中国圈子孤立，仿佛这个圈子就是他们的水和氧气，离开了就无法呼吸。腿很羡慕三年级的一个叫作花诚的中国人。这个花诚从来不混中国圈子，每次吃饭只和法国人坐在一起。当然地，他被老爹孤立了。所有的中国人都被禁止和他交朋友。花诚依然我行我素，活得似乎也很潇洒。

花诚的故事让我很受启发。雷恩化学学校班上的同学每天中午也是聚在CROUS食堂的同一张桌子边上吃饭。大家都用法语聊着各种花边新闻。一边吃饭一边还要去听法语，我感觉特别辛苦。如果不和别人用法语聊，就只能听大奔对着我和小孩还有潘应龙各种吹牛，我又需要用很大的精力才能抑制住内心的恶心，而不至于把食物吐出来。于是我决定每天中午都回到宿舍，喝点牛奶，啃啃面包，还能省钱。可是很快我就病倒了。雷恩一大的校园门诊鉴定我是严重营养不良，他们警告我如果想要活命，就尽快回到食堂吃饭。

有一次我发现我放在公共厨房冰箱里的食物全都不翼而飞，宿舍保洁员说那些食物都过期了，她自作主张把它们扔进了垃圾箱。我心疼得要命，放声大哭，对宿舍保洁员大吼大叫。住在厨房边上那个房间的一个黑人听见我的哭喊，于是从冰箱里拿出他的一个苹果分给我，并安慰了我一晚上。这个黑人名叫吉拉德，来自法国海外省马提尼克岛，INSA一年级的学生。他是法国人，但也是一个月前INSA开学时，才第一次踏上法国的本土。吉拉德是我见到的第一个法国人黑人，在那之前我一直认为，法国人都是白人，而黑人都是来自外国，就像菲利克斯一样。作为法国人，吉拉德比菲利克斯还更黑一些，但是身上也带着混血儿的遗迹，肤色呈棕色，国字大脸，立体五官。他在我面前，总是喜欢咧开嘴，憨厚地笑。在那个物质匮乏的年代，吉拉德赠给我的苹果，让我特别珍惜。后来我在晚上孤单的时候，常常敲门到吉拉德房间里找他聊天。他房间里有一台又破又旧还画面失真的电视机，我就和他一起看电视新闻，看印尼的超级大海啸，看教皇保罗二世的驾崩。就像在出国前，在家里，和我父母一起看电视的感觉一样。电视上说的法语太快，他就慢慢地再给我解释一遍。我法语不好，说话讲不清楚自己心中的意思，就憋得脸通红，莫名其妙地发火，宿舍里别的法国人也没有耐心听我说话。但是吉拉德不在乎，他仔细地连听带猜，然后一个单词一个单词地教我如何表达清楚心中的意思。正因为吉拉德的陪伴，我得以排遣远离家人的孤独。对我来说，厨房旁边的那个房间，总是弥漫着家的气息。吉拉德也因此成了像我家人一样的朋友。

除了吃饭，洗衣服也是很大的难题。我们这些第一次来到法国留学的学生，每人只带了两套衣服。第一个星期穿第一套衣服，第二个星期穿第二套衣服，第三个星期再穿第一套衣服，如此循环往复。一套衣服换下来时，我们就把它泡在洗脸盆里，撒上些洗衣粉，泡一晚上涮一涮，在宿舍里搭根绳子晾起来。泡衣服和晾衣服时，都会让狭小的宿舍更加拥挤。INSA宿舍楼底下有公用洗衣机。三点五欧元洗一次，五欧分烘干一分钟。我们都觉得太贵了，舍不得使用。盖吕萨克宿舍的地下室有一个免费的洗衣机，只有住在盖吕萨克宿舍的人才有洗衣房的钥匙。天竹把她自己的钥匙给我，然后她和冉琳分享一把钥匙，这样我就可以随时去洗衣服了。在盖吕萨克的洗衣房洗衣服，需要把自己的房间号提前写在一张时刻表上预定。时刻表上每天最后一个班次是晚上十一点钟。于是我晚上十二点以后拖着脏衣服从INSA宿舍步行二十分钟到盖吕萨克宿舍，在洗衣房等一个半小时，然后在凌晨两点半到三点时回到宿舍。

每次我在零时以后的校园里独自走路时，都会有许多兔子，不知从哪里跳出来，一路陪着我直到化学学校。深夜的校园经常会泛起薄薄的白雾，有时恰巧只到人的肩膀这么高，我看得见远方，却看不见胸以下的身体。独行的夜，神秘的兔子，让我仿佛置身于爱丽丝的梦幻世界。我跟赴法班的其余同学提议可以帮他们洗衣服，只有小波和腿各请求我给他们洗过一次衣服，然后他们就不找我了，说是担心会过度麻烦我。倒是大奔每个星期都准时敲我的门，叫我给他洗脏衣服。不过有一次大奔抱怨我把他昂贵的耐克运动服烫坏了。他到处跟人抱怨我，结果被蔡坤和小波用极其刻薄的讥讽怼了回去，从此以后他也不找我了。

这座校园甚至是布列塔尼的自然环境都非常奇特，不仅有很多的兔子，而且从来见不到蚊子，几乎见不到苍蝇。有时见到一两只苍蝇，苍蝇也像喝醉了酒一样行动非常缓慢，可以一脚把它踩死。我一开始甚至还以为法国是如此发达，已经消灭了苍蝇蚊子，直到后来我去了波尔多和其他的法国城市，才发现那些地方的苍蝇蚊子和济南的一样多。有一次我那卷头发的雀斑女邻居在公共厨房墙角发现一只苍蝇，大惊小怪，兴冲冲地跑回到房间里，不一会儿和四五个女生一起回来围观，手中还多了一个电苍蝇拍。她们把电苍蝇拍扣在墙角上，等待苍蝇慢悠悠爬过去。十分钟后我听到厨房里一阵兴奋的大喊，心中知道苍蝇终于被电死了。我不知道是苍蝇慢慢爬过去被电死的，还是她们用手指把苍蝇推过去电死的。

在法国理发店理一次发是二十欧元，我们都舍不得去。出国时父亲给了我一把机械理发刀，蔡坤则带来一把电动理发刀。于是我们同学们彼此互助，在宿舍里自己理发。理发手艺最好的是蔡坤，他几乎给全部赴法班的同学理发，每理一次发都要耗掉他一个小时的时间。他自己的头发由小波来理。我感到蔡坤太辛苦了，提出我也可以给大家理发。但是大家不信任我的手艺，只有腿有胆量让我试一试，结果我一刀下去就把他的头戳了一个坑。蔡坤又花了一个多小时时间才把那个坑勉强修好。腿尴尬地打圆场笑着说："天才也有失手的时候，我们总不可能无所不能对吧！"小波后来跟我说，腿有一个星期的时间没脸出去见人。尤其是西姆，天天都在嘲笑他。后来我们就索性全都留长发。我的头发渐渐跨越了耳尖，后来又长过了耳垂，最后几乎垂到肩膀上了。当我在脑后扎起小辫的时候，班上的越南男生阮帆，每次见到我都说"成龙来了"。我给左怡媛打电话，抱怨说我的长发遮住了耳朵，挡住了话筒，听起电话越来越不方便了。左怡媛解释说长头发打电话是有技巧的，再长一些就可以把头发撩起来打了。而且习惯了之后隔着头发也是能听见话筒声音的。

在出国前，大部分家长都给自己的孩子购买了笔记本电脑。可是蔡坤、小波、腿和我的家比较穷，只有我们这四个人没有笔记本电脑。小孩寄宿在鲁兴父母家里，每天花在路上的时间非常长，没有时间看电脑，于是他把自己的笔记本电脑放在小波那里。每天晚上蔡坤、小波和腿都聚在小波房间里用小孩的电脑上网。大奔虽然有笔记本电脑，可是由于他不是INSA的学生，他房间里的网线被掐断，他无法上网。INSA有一个规模巨大的微机房，每天开到晚上十一点，需要INSA的学生证才能进入，而且经常有管理员在机房里面复查学生证。小波吃准了在法国人看来中国人长得都是一模一样，他把他的学生证借给我，让我到机房上网。但是没有人愿意把学生证借给大奔。大奔只好在雷恩化学学校的机房上网，可是雷恩化学学校机房的计算机无法显示中文。尽管如此，大奔仍然要跟INSA的中国人炫耀说，雷恩化学学校机房的速度是INSA机房速度的五十倍。小波非常喜欢讽刺大奔是仅有的一个无法上网的中国人，这让他感觉非常爽。我在INSA机房看济南亚洲杯的消息，还从实验中学的校园网站上得知，低我一级的一个学弟，在雅典残奥会上得了个乒乓球世界冠军。INSA机房的打印机是无限打印的，我在那里打印出许多的文章：《茶花女》，《呼啸山庄》，从舜网上找到的关于家乡的文章，实验学姐张悦然的散文等等。我也设法开始撰写我的小说《人类宣言》。INSA机房的电脑显示中文，但是没有中文输入法。为了写中文我需要先输入百度的网址，然后再用拉丁字母打出"南极星"的全拼。百度会自动给出"南极星"三个中文汉字的联想。点击南极星之后，就可以获得一个在线式的中文输入系统。用南极星系统输入中文非常缓慢，但是年轻的我们似乎有很大的耐心去做好一件事情。于是日久天长，《人类宣言》的第一章，渐渐显出真容。

每次我到机房写小说的时候，都看见机房有一个摩洛哥人在那里打游戏。后来我跟他打了招呼，他叫阿克拉姆，刚刚来到法国，是INSA一年级的新生。另外还有一个叫扎卡利亚的摩洛哥人经常和他在一起。我后来和阿克拉姆以及扎卡利亚都建立起非常深厚的友谊。许多年后，阿克拉姆成为一名游戏软件编程师。扎卡利亚是一名学者型伊斯兰教徒。他坚持认为《古兰经》这本书非常深奥，没有足够的人生阅历是无法理解其中的内涵，并成为一名合格的穆斯林的。他觉得穆斯林生下来就是穆斯林这件事就是瞎胡闹，许多穆斯林根本就没搞懂他们在信仰什么。扎卡利亚来到雷恩后，对大大小小的教堂非常感兴趣，他专门翻阅了《古兰经》，发现没有任何条款禁止他去参观教堂。于是他兴奋地把雷恩市的教堂参观了一个遍，并阅读了很多基督教典籍。许多年后我结婚时，扎卡利亚成了我的伴郎。

雷恩的INSA拥有整个法国几乎是最优秀的计算机系。INSA的学生在校园内网上建立了一个C++的资源共享系统。每一个连接到内网的电脑上都共享了一部分空间，主要用来分享电影资源。我在INSA的机房，也花了很多的时间用来看电影。后来老爹100欧买了一块150G的移动硬盘，用了几天就不想用了，于是用20欧贱卖出去。腿告诉我这个消息，于是我把这块硬盘买下来，把C++上的电影资源都下载到这块硬盘里。有那时候我特别喜欢看的《星球大战》，《指环王》，《黑客帝国》，《哈利波特》，历届奥斯卡获奖电影，还有宫崎骏的动画片，成龙和李连杰的功夫片，《花样年华》，《无间道》，《霸王别姬》等等，全部都是法文版配音，连成龙《A计划》里面的广西民歌，都被配上法语歌词，然后按照广西民歌的腔调唱出来。后来这块硬盘让我可以邀请学校里各国的朋友和我一起看电影。一起看电影是获得友情一种比较简易的方式，你不需要用纯正的法语口若悬河，不需要用渊博的知识去吸引对方。电影里的人替你完成了这些事情，你只需要花上时间坐在那里，你就拥有了朋友。

INSA的宿舍有火红的走廊，像朝阳一样一路红彤过去，我的房间大门更是红得火辣。出国前外祖父在一张四尺三开的洒金大红宣纸上写了一个大大的福字，被我倒贴在门上。许多年后，我回忆来到法国的第一年时，脑海中立即浮现一片火红的颜色，像青春一样，充满了迫不及待想要去探索新大陆一样的兴奋和躁动。关了房间的门，没人知道你是否在房间里面。因此我每次抱着一堆食材去公共厨房的时候，都不爱拿钥匙锁门。我在厨房往往一待就是两三个小时。某一个周末我从厨房待了一个多小时回到房间，发现腿和亚历克斯坐在我的房间里。腿用哭笑不得的表情看着我，一副怒其不争的样子。腿总是提醒我，要防范小偷注意锁门。曾经我在厨房待了三个小时，他自己走进我开着门的房间，在我的房间里等了我一个多小时，我始终不回来，他临走时就把我的巴洛克真空钟拿到他的房间里。本以为我遗失了钟表会焦急地到处找，可是一个星期的时间过去了我都没有发现我的房间里少了一个钟，他只好把我叫到他的房间里，把钟还给我。腿见我又不锁房门，非常失望，啰嗦了几句，然后就离开，留我和亚历克斯在一起。亚历克斯本来不知道我的房间地址，他为了找我，自己从CROUS宿舍走到了INSA的校园里，在机房附近碰上蔡坤，然后这两人在小波的房间里，和小波、腿一起待了一段时间，再由腿把亚历克斯带到我的房间里。

我很喜欢和亚历克斯在一起，亚历克斯是勇敢的探险者，是班上各国学生中最活跃的人，充满着无限的精力和永无止境的好奇，是我们这个国际班集体众望所归的无冕之王。他和我两个人，是班上打断老师次数最多，最爱提问的人。（只不过他提问的问题是对概念的深入思考，而我提问时，往往是因为听不懂单词。）每当我发表一些奇思妙想时，和我一起来法国的中国人喜欢讥笑我古怪和弱智，亚历克斯却总是能理解和欣赏我的想法，并用他的影响力向全班人不停强调我是多么聪明。在我刚刚来到法国，法语还未熟练到准确表达心中所想，又处处受到大奔压制的艰难时刻，亚历克斯就像我的翻译机一样，不厌其烦地帮助我和别人沟通。他为我那时混沌的生命带来了光明，就像一个体贴知心的家人，让我毫无阻碍地被新的集体所接受。在班上的四个中国人中，我是唯一一个如此幸运拥有外国知己的人，到后来也是融入法国生活最为彻底的一个人。

我们这个世界各国学生组成的班集体，喜欢下课后一起约着晚上轮流到班上不同同学家里去，泡上一杯茶，花上一整晚，大家一起探讨世界各国的文化、历史和语言。我们中国人由于经常听不懂班上其余人在说什么，所以总是错过这些聚会。但是亚历克斯每次都想着单独提醒我去参加聚会。亚历克斯来自遥远的雪山之国，连绵无尽的白色山峦把那片土地隔离在世界的另一边，在那里，他的家乡贫穷落后，破败不堪，草原上游离着破碎的记忆和淡红色的初恋。老人们说，天上的神仙有时候会落在那些山头上，山林中的动物是他们的使者。每当他们降落下来的时候，他们就会用稠密的云彩把山头遮住，以免人们看见他们的模样。亚历克斯不甘心在大山里终老，他想到大山外面去，自己感受一下五彩缤纷的世界。他有一番豪情，要成为一名伟人，把这个世界改造得天翻地覆。他那天下为公的眼光，比之我高中毕业后遇到的这许多人，境界都不知要高到哪里去了。我极为欣赏，不禁被他的理想和热情所吸引。我用词不达意的法语结结巴巴地对他说，我愿意能成为他的一个帮手，和他在一起，去成就一番波澜壮阔的事业，去过一个有意义的人生。亚历克斯第一次离开家乡，就是到了雷恩。他对我说，我是他一生中最早认识的几个外国人之一。很快地，他爱上了班上的"俏姑娘"，斯洛伐克来的金发女郎贝雅。可是他苦恼地发现，自己面对贝雅时硬不起来。母亲在我出国的行李箱中放了许多各式各样的中成药，我找出一款补肾的"六味地黄丸"给了他，果然管用。这次他来是为了还药的。"你是我的兄弟！"他感动地说，"女人就像衣服，可穿可脱，兄弟就是手足，连骨连心。"他抓住我的右手贴紧他的胸膛，然后用左手拍我的后背："在我们罗马尼亚，这就是兄弟结拜时的做法！"

我经常会有一种错觉，我又回到了童年。已经消失很久的，我三四岁上幼儿园时的记忆，像一幕幕的幻灯片，无比清晰、无比真实地回放在我的大脑中。那个时候的我搞不清楚身边发生的事情，但是大人们把一切事情都安排好了。我和一起上幼儿园的小伙伴还不能准确地用语言表达自己，但是我们心有灵犀，并不需要语言便能懂得对方想着什么，我们怀着共同的好奇心，一起探索身边新的世界。这真是太有意思了，在一个新的国度刚开始留学的日子，仿佛让我又经历了一次童年。学校的老师、伊玫、宝琳娜、朱斯汀她们，就是我在法国重新出生时的那些大人。而亚历克斯，就是和我一起上幼儿园的，彼此还不能准确用法语表达自己，却已经心意相通的小伙伴。

有人说，人还在没有长大的时候，会将自己的一部分灵魂，分享开放给和自己走得特别近的小伙伴，并把对方生命中的一部分吸纳到自己的体内。从此对方的所思所想，也就变成了对自己未来命运的提前刻画。你中有我，我中有你，这种经历影响着我们未来将会成为一个什么样的人，而灵魂双胞胎的曾经存在将铸就永生无法磨灭的印记。甚至到了后来，当两人分开，他们都会主动去寻找，在成长的过程中由对方所体验的那一部分记忆。直到你成为了我，而我成为了你。

咚咚的敲门声打断了我的遐想，是走廊上新搬来的突尼斯人，周末食堂关闭，他想做饭却没有炊具，听别人说公共厨房里的锅碗瓢盆儿都是我的，就想借用一下。我叫他随便使用。

待突尼斯人走后，亚历克斯不以为然地劝告我说："登君，如果我是你，绝对不会把东西借给一个陌生人。太善良了就会被人欺负。你这样会惹上麻烦的，下次千万不要再这样做。"他跟我说刚刚跟蔡坤、小波和腿在一起的时候，三个人都劝他要远离大奔，多和我在一起。这三个人在我面前时，总是吝啬对我说哪怕一句让我开心的话，可是没想到他们在背后却这样维护我的利益。

亚历克斯问我对大奔的看法，我感到很难以回答。我很想大声说出我对大奔的不满，可是一种中国人的荣誉感堵住了我的嘴："我觉得钱雷可能还不太成熟，还有些小气，也有些自负。但是我觉得他是一个很有能力的人，我和他一起来到法国，无论发生什么事情，我都会在背后支持他。"

亚历克斯欣慰地看着我："你这样看问题我就很放心了。嫉妒是很危险的，它不会给对手带来损失，却能伤害到你自己。那你又如何看待雷和阿娜斯塔？""他们两个彼此相爱，我很羡慕他们。"

亚历克斯哈哈大笑："雷和阿娜斯塔之间根本没有爱情，他们不过是相互利用，装装样子而已。如果我猜得不错，雷想通过搞定一个外国女孩来证明自己比别的中国人高出一等，阿娜斯塔则看中了雷在班里的知名度，想通过和他套近乎来满足自己的虚荣心。可是我想问你的并不是这个，你是如何看待雷和阿娜斯塔想要参选班长的事情？"

参选班长，我不知道有这回事儿呀？

"最近你中午不跟大家一起吃饭，班上有关你的谣传很多，你必须要小心。你非常喜欢和班上的每一个人交朋友，可是雷在你背后逢人便说你交法国朋友的目的不过是为了向别的中国人炫耀。今天我和你在INSA的那些中国朋友交谈后才意识到，向别的中国人炫耀，不过是雷的野心，但是他却栽赃到你的头上。我了解你，可是别的法国人，久而久之会对你产生疑心的。"

我哭笑不得："别人怎么看我，我也管不着啊。我又能小心到哪里去呢？"

"至少你不要参选班长。现在班上所有人都听说你在山大为了想当班长，使用奸计让原先的班长被解除职务。这件事且不论是真是假，一旦你想参选班长，所有的人都会认定这件事情就是真的。"

可是天冤枉的，我根本对参选班长毫无兴趣啊。"那就好，雷和阿娜斯塔不可能成功的，班长将会由一个法国人担任，这个规律是不可被改变的。"亚历克斯说，"但是我有一点疑心，雷这么急切地证明自己比别的中国人高一等，除了虚荣心外，会不会在某些地方还有利益上的好处？"

后来果真如亚历克斯所料，我们班八个法国人中唯一的法国男生被选为我们班的班长。

选完班长之后不久，我们就面临着在法国的第一次专业考试，这是一门热力学考试。我听不懂课，感觉非常紧张，想找一个人和我一起复习。我从来没有和班上的最后一个中国人潘应龙说过话。这是一个有些多动症，上课时喜欢躲在班级角落自言自语，却从来不跟班上其余人讲话的上海男生。我曾经试图跟他问好，但换来的只是一个他鄙视的眼神。我找到潘应龙，直接提出我晚上想到他家里和他一起复习的意愿。潘应龙一脸不情愿，好像我侮辱了他，但是他还是点点头同意了。

潘应龙住在盖吕萨克宿舍一个350欧一个月房租的单间里。我到他家的时候，推开门，一股幽暗之气扑面而来。房间很大，墙壁漆成血飒飒的暗红色。唯一的光源是一盏如豆的台灯，摇曳不定。潘应龙为了节省电费，把自己拘禁在黑暗之中。他的电脑里放着灌篮高手的片尾曲《直到世界尽头》。书本、练习册、垃圾和厨房用具散乱地堆在地上，甚至没有落脚之处。他非常不耐烦地在草稿纸上唰唰计算，过了很长时间才想起来要给我找一个可以坐的地方。

我拿出自己的笔记，借着微薄的余光，自己复习。潘应龙似乎没有打算要和我说话的意思。反正书本上的法语句子一遍又一遍地反复去看也能看懂，这并不是因为热力学公式本身有多么复杂，只不过需要把不认识的单词彼此串联成句子而已。"听布里昂先生说，当你被选入雷恩化学学校时，你的推荐信对你的评价非常高，你原来一定是一个很了不起的人物。"我没话找话跟潘应龙聊天。

"什么推荐信？都是我自己写的，老师、学校、荣誉，全都是编的。反正法国人也没法到上海去查。"潘应龙洋洋得意地说。"怎么样，瞧不起我吧？但是你们这些正经大学出来的学生，素质也比我高不到哪里去。特别是你们那个大奔，洋洋自得，目中无人，不就是搞上一个洋妞阿娜斯塔吗？有什么好鸟的！最可恶的他成天在班上阴法国人，却老是装着无辜样地傻笑，什么阴谋花招都被他糊弄过去了。我们中国人的脸都被他丢光了！"

我表示理解地拍拍潘应龙的肩膀："别人怎么做咱也管不着呀。好好地做自己的事吧。咱身子正，就不怕影子斜。"

潘应龙斜着脑袋看着我。厚厚的眼镜好像一道城墙把他和我隔绝开来。我感受到他对我的极度不信任。"你还有什么资格谈'身正不怕影子斜'？你以为我不知道你那些见不得人的事啊？"他的脑袋又转向了他的草稿纸，"你在山大胡作非为，到处滋事打架，我真替你感到羞耻。你在中国待了这么长时间，愣没看出来你的同学全都瞧不起你。"

我惊讶道："我的同学瞧不瞧得起我，你又和INSA那些中国人没有接触，你怎么会知道？"

"还不是大奔告诉我？"我能感到他朝向纸面的嘴角在冷笑，"他在第一天就把你在山大的为人讲了个清清楚楚。"

他说的话你也信？我本来想这样反驳，但是后来觉得自我证明也没有什么意义，什么都没说。我心中万马奔腾，怒发冲冠，想要把大奔揍一顿。我辛辛苦苦忍辱负重，甚至甘愿把自己的锋芒收起来好让你出风头，就是为了维护中国人的团结，让中国人能被外国人瞧得起。你倒好，骑杆子上马，见缝插针地破坏中国人的团结。中国人的形象被破坏抹黑，你到底能得到什么好处？

"你我二人应该联合起来，共同对付大奔。"潘应龙说。

"小孩呢？"我问。

"带小孩干什么？你还信任他？他可是大奔的人。"

"大奔可是对所有的人表示你也是他的人。"我挖苦道。

"呸，他也配！"

潘应龙终于再次把他的脑袋转向了我："跟你合作虽然有些危险，但你看上去还像一个正常人。我去过INSA，跟你们那些中国人有过接触。你们那帮山大的一个比一个奇怪。只有那个叫蔡坤的，看上去还有些脑子。可惜啊可惜，恃才自傲，瞧不起人。搞得大家没有一个人喜欢他，自我孤立。"

我"嗖"地一下站起来："谁告诉你这些的，又是大奔吗？"

我怒不可遏，蔡坤是赴法班十五个人中能力最强的，也是最受大家尊敬的一个人。别人怎么说我倒无所谓。但是他这样说蔡坤也太颠倒黑白了吧。我匆匆向潘应龙告别，大步向INSA走去。

敲开蔡坤的门，蔡坤不在，腿和小波坐在他的屋里。我把事情简要一说，说到后来已是气得语不成句。腿的拳头重重砸在桌子上。小波连忙说道："别急别急，蔡坤正在机房上自习，有什么事儿等他回来再商量。"

蔡坤回来后，我不想把这恶心的事情从我嘴上再说一遍，小波简单说了个大概。蔡坤听完后，表情平静。

"骨灰，你先别生气，这事儿我听了觉得没什么，真的，对我一点影响也没有。"

三个人的目光齐刷刷盯在他身上。

"来到法国也有几个月了，发生了许多事，大家也都长大了许多，这几天我一直在想，这狗日的不就是一个弱肉强食的时代吗？

"其实大奔做的又有什么错呢，他向潘应龙捏造我的坏话，不就是为了让潘应龙远离我而成为他的附属部队吗？咱们四个天天都在一起，跟一个小四人帮似的，大奔不过是想要拥有他自己的四人帮罢了。

"'己所不欲，勿施于人'，大奔的所作所为，我们有什么资格去批评呢？去年在山大的时候，我们班上这三个女生，我们嫌她们又老又丑又骚，给她们做了多少的嘲笑和诋毁？现在这三个女生都不肯跟我们说话了。这么一个结果，在座的各位，除了当时骨灰没有参与外，你们中有哪一个不是帮凶呢？（腿和小波都低下了头。）

"其实大奔说的有几分道理。'恃才自傲'？嘿，真他妈一针见血！去年在山大的时候，不就是我说话最贱，最会损人吗？就是那时候我和西姆闹僵了，现在他有事没事就损我。我恨自己天生长了这张贱嘴，现在我也不还嘴了，也不抵挡了，损就损吧，操就操吧，我咎由自取。他们就算再臭嘴，也不可能发生奇迹出现一个粪坑让他们掉下去不是？"

小波安慰他说："蔡坤，这也不全是你的错，西姆也有他的不是。他就是喜欢贬低身边的人来显得他自己有多么了不起。也就是你太牛逼了，总是成为他的靶子。就算你当年没惹他，他想出风头，还是先拿你开刀。再说三个女生也没有都不跟我们说话呀，那个骚妮儿呀三天不跟我们炫耀她和西姆的感情，她就嘴皮痒痒。"

蔡坤突然想起什么，一脸坏笑地开始猜测西姆和骚妮儿呀有没有做过。腿大手一挥，十分肯定地说："那还用问，肯定做过！""骚妮儿呀的生日不是快到了吗？我们大家凑个钱，给她买点套套作为生日礼物吧？"蔡坤嘿嘿嘿地笑着说。大伙儿一块儿吃吃吃笑起来。

腿对我说："骨灰你就知足吧，在化学学校你只需要对付一个大奔，在INSA这边我们可是有五十多个中国人要对付，这帮人跟个邪教教会似的，一级一级压下来，我们这些刚入教的，只能花尽心思讨好上面的那些小喽啰，勾心斗角的，我们活得比你累呀！"

"过几天济南市政府会派人到雷恩来，大奔会作为你们化学学校的代表与他们见面。"

"什么济南市政府？什么代表？"我丈二和尚摸不着头脑。

"骨灰什么都不知道，德国人是不会告诉他的。"

"什么德国人？"我问道。

"德国人就是大奔。"小波解释道，"大奔在我们这里老是说德国有多么多么好，法国有多么多么烂，还吹说他在德国有个亲戚，自己也算半个德国人。这一阵子我们也不叫他大奔了，都叫他德国人。"

"他代表我们学校，他告诉你了？"

"是西姆说的。"小波说，"西姆是我们学校的代表。"

我一阵苦笑："济南市政府实在是太会选择学生代表了。"

沉默了半晌的蔡坤突然说道："你说我们几个是不是天天在一起，别人看不惯，所以把我们孤立起来了？"

"别人哪鸟咱们啊？"小波自嘲道，"在法国的中国人，就咱们四个没有电脑了吧？为了来法国留学，咱们家家都负了债，学还没上呢，十万块钱先他妈交出去了。这大街上的乞丐都比咱们富，在那些有电脑的大财主眼里，咱们这些穷酸鬼和垃圾也没啥区别。"

蔡坤突然想起西姆刚刚买了一个名牌锅，在那里洋洋自得地炫耀。一种被侮辱的感觉涌上心头，一连串匪夷所思的挖苦从嘴里喷薄而出。腿和小波跟着他的话题走，也越说越恶心。我看他们说的话越来越不忍卒听，立即告辞逃了出来。心中非常埋怨蔡坤，要不是在山大一开始他犯贱给大家起外号，或许今天我们就不会变成这个样子。长辈们在出国前叮嘱过我们，我们这些中国人在出国后一定要亲如一家，互相照顾彼此。我尽最大努力去遵守长辈的嘱托，可是这些中国人，怎么看都不像是和我一家子出来的，他们太令我失望了。

化学学校的热力学考试放在一个星期六的早晨。在前一天晚上，整个INSA的校园都躁动着荷尔蒙和派对的气氛。许多在校园里穿行的人都穿着奇装异服。在校园一边的多媒体活动室里，震耳欲聋地放着中国歌手组合S.H.E的歌曲*Super Star*和《波斯猫》。但是活动室里的人却都是法国人。他们看到我，就把我叫过去，给我展示一张纸，上面用法语音标注释了两首歌的歌词发音，他们让我看看有没有发音错误。原来有二十多个法国人正在排练这两首歌，稍晚些他们要对INSA的中国人团体唱这两首歌来表示对他们的欢迎。我问他们校园到底发生了什么事情。"开学大典。"他们说道。原来在正式开学一个多月之后，新入学的同学已经熟悉了本年级的人，这时就要开一个整个学校的大派对，让预科阶段的一年级的新同学认识他们在二年级的学长，让工程师阶段三年级的新同学认识他们在四年级的学长，五年级的同学基本都在外面实习，所以他们不来。一个法国人指着他黑色衬衫上的红心对我说，"开学大典"最重要的任务，就是"make love"。我不打算make love，我需要先make我的examination。我往宿舍走的时候，天已经黑了。我看到有十五六个连内裤都没有穿的裸体男围着校园跑步，一辆小汽车跟着他们，用强光灯照着他们白亮亮的大屁股。小汽车在不停地摁喇叭，女孩子们就从宿舍里探出头来，尖叫着对裸体男们吹口哨。我回到宿舍走廊，正好看见一年级的两个外国人——罗马尼亚的波格丹和印度的雅利诗——穿得西装革履向外面走去。我的雀斑邻居穿着一件民国时代的旗袍，手摇绣花折扇。非得要我告诉她怎样才能体现出东方女人的气质。她当天晚上新换的男朋友，不知从哪里找来一顶镶着红五星的绿色红军帽，他的衬衫前面印着毛泽东挥手的画像，上面写着"大海航行靠舵手"，衬衫背后则是五个大红字："为人民服务。"这个人哼着国际歌的旋律就拉着邻居出去了。

邻居在出门前把她屋子里的音乐声放到最大，低音炮震得我的房间嗡嗡直响。她在出门时竟然忘记把音乐关上了。我用极大的耐力忍受着音乐的干扰复习笔记，同时等待邻居回来把音乐关上。可是在凌晨一点钟的时候，我的心开始慌张了。这么吵闹的音乐，我根本无法入睡。可是如果无法保证足够的睡眠，我人生在法国的第一场考试，将以可以预见的惨败收场。借我厨具的突尼斯人回来后了解到情况，用力地敲打邻居的大门，他这样做实在是多此一举，因为那房间里根本就没有人。吉拉德凌晨三点才回来，他听说了情况，说他刚刚看见我的邻居烂醉如泥地从机房外面走过。吉拉德、波格丹和雅利诗立即分三头行动去找我邻居。直到凌晨六点，我邻居的一个闺蜜急匆匆赶回来，关掉了她的音乐。我极其愤怒地踢打邻居的房门，她的闺蜜躲在屋子里不敢出来。

这时候再睡觉已经来不及了，两个小时后，怀着面对失败的巨大恐惧，我心如死灰地往化学学校的方向走去。

寄居在鲁兴父母家的小孩，平常每天早晨要乘坐地铁到市中心的共和国广场，然后乘16路公交车来到校园。结果那个星期六的早晨，小孩突然遇上了传说中的法国大罢工。共和国广场一辆公交车都没有。情急之下，小孩做了迄今我所知道他所做过的最勇敢的事情：他拦了一辆法国人的车，要求车主把他载到学校。因此他仍然按时赶到了考场。

开考前，全班人都站在考场外面等待。大奔得知我一夜未睡的事情后，提醒我去跟任课老师讨价还价，要我问问能不能有全班延期，择日另考的机会。热力学老师是一个匈牙利人，法语说得也不利落，平时上课都不怎么说话，只是在黑板上不停地写板书。她也没有太多的词汇量来解释她的观点，只是翻来覆去地不停说，不可能为我一个人的原因而让所有人另找一个时间考试，这样太自私了。

我原先一直觉得很有气质的那个戴无边框眼镜的圆脸女孩子，此刻正在角落里，为三个自信心不足的越南女孩加油鼓劲。这时她看见我跟老师争辩完后垂头丧气的样子，便过来关心地问发生了什么事。这个圆脸女孩子平时上课时只是安静地坐在教室第一排角落，她不太引起话题，下课时同学的叽叽喳喳，她只是静静地听着。我从来没有机会和她交谈过，也不知道她叫什么。我给她解释了昨天晚上发生的事情，我几乎快哭出来了。她满怀理解地为我叹气，用饱含安慰的眼神凝视着我。"我父母已经为我交了十多万元人民币了，可是我无法在法国成功，这笔钱也收不回来了，我毁了我的家庭。"我用手伏着脸，哭了起来。

"你不准这么想。"她顿顿脚，用急切却坚定的语气对我说，"那个永远微笑的亚历山大跑到哪里去了呢？你是不是把微笑忘记在什么地方，快把它找回来吧！我不想看到你这哭泣的脸庞，擦一擦你的眼泪。你会有一个好成绩的，不要问我为什么知道。考完试之后等我，那时再告诉我说我的预言准不准。"

我心中想，如果打赌的话，你就输定了。可是别人这样安慰，也不好意思再哭下去。我整理了一下心情。考卷上有许多题我都感觉似是而非，我也不知道我的解法对不对，可是破罐子破摔，硬硬地按照我的思路解下去。从考场出来后，我回教室拿东西。准备上楼梯时，正好撞上那个圆脸女孩从三楼的楼梯口走下来。

她微笑着问我："你感觉你考得怎么样，亚历山大？"我苦笑一下，有一半以上的题目我都拿不准。"大家都是一样的。"这个女孩子说。可是你们的法语都比我好得多，这种硬件上的差距，我是没法比的。"我也只学过一年法语，法语对我来说也很难。""一年？"我十分诧异，像亚历克斯他们从初中或者最晚刚刚上高中时就开始学法语了，而且面前的这个女孩子的法语听上去已经非常流利。"我的母语是罗马尼亚语，和法语都是拉丁语族的。我学习法语比你们中国人要容易些吧。可是我是永远都不可能学会中文的。"

她突然对我的中文本名很感兴趣："我总不能永远叫你亚历山大吧，你本来的名字是什么？"她很抱歉忘记了我的原名。其实我也不知道你的名字，我心想。"登君，登君。"她重复了几遍我的名字，突然像初放的花蕾一般笑了："好像是小鸟在树林间清脆的叫声哦。你的名字好有意思！""其实我这个名字是有涵义的：我爸爸姓王，我妈妈姓邓，取谐音为登。（听到此处，她很诧异，在中国丈夫和妻子竟然不姓同一个姓。）'王'就是国王，'君'就是天子，我这个名字的涵义其实是'王者之王'。可是我觉得这样太不谦虚了，'君'还有一个涵义是君子，绅士。我更希望能够成为一个为所有人服务的绅士，而不是一个统治所有人的天子。"她笑得掰弯了腰："可是亚历山大这个名字又是谁给你取的？"我于是跟她讲了凯琳的故事。"只可惜西方人的名字就那么几个，重复过来重复过去，也没有中文名字这么好的涵义了。"

"其实西方的名字也都是各有涵义。父母给他的孩子们起名时将美好的寓意蕴含于名字里，我们在长大时，性格也会受到名字的影响，从而变成父母所期待的人。"她解释道，"你的法语老师非常厉害，因为亚历山大这个名字，在西方的涵义和你的中文名一模一样也是'王者之王'。"我的好奇心一下子被她勾起来了，且听她继续解释下去，"亚历山大一开始是一个希腊名字，指的是马其顿的亚历山大大帝。在罗马帝国还不存在的时候，他建立起了第一个横跨亚非拉三大洲的亚历山大帝国。是罗马帝国的奠基者恺撒最崇拜的偶像。从此以后，亚历山大这个名字，就被寄予了'王者中的王者'这个涵义。"

我感觉她讲的东西好有意思："那么'露西'这个名字是什么意思？"

"'露西'这个词的拉丁词根是'月亮'Luna。叫'露西'的女孩，被寄予了纯洁安宁的美好愿望。"

"那么'莎拉'呢？"

"'莎拉'是一个犹太名字，来源于犹太圣典。它的本来涵义，或许要到希伯来语中去找寻。"

"'宝琳娜'呢？""这个名字来源于'圣徒保罗'，寓意是'传道者'，名叫宝琳娜的女孩子，担负着将真理传播给世人的使命。"

"'朱斯汀'呢？""这个词的词根是'判决'或者是'公正'。所以这个名字的寓意是'平衡者'，这是一个能给复杂的局势找回平衡的关键人物。"

"那么你的名字又有什么说法？"我其实早就忘记了她的名字，可是不好意思再重新问，毕竟已经做了一个多月的同学了。

"我的名字'克里斯蒂娜'，就像所有以'克里斯'这个发音开头的名字一样，词根来自于基督耶稣的十字架，我的名字的寓意是'信仰者'。"

"那么下回儿你生日，我就买个十字架送给你，就像对待吸血鬼德古拉伯爵一样。不知道你喜不喜欢吃大蒜？"克里斯蒂娜咯咯娇笑："我的生日还早，那时候我们在放暑假。"她的生日是7月7号，确实还早。

我问她是从哪个国家来的。"摩尔多瓦，这个国家非常小，许多欧洲人都不知道我的国家在哪里。（我也不知道这个国家在哪里。）摩尔多瓦位于罗马尼亚和乌克兰两个国家之间。也正正好好处于欧洲和亚洲之间的中点上，你们亚洲人觉得我们拥有一张欧洲人的脸庞，可是对于欧洲人来说，他们会觉得我们有蒙古人血统，长得像亚洲人。（怪不得我觉得她长得既亲切又漂亮，比法国人的脸看上去顺眼多了。）原先我们只说罗马尼亚语的，后来摩尔多瓦地区被割让给俄国，许多俄罗斯人迁入到我们国家，于是现在，每个摩尔多瓦人都可以同时说罗马尼亚语和俄罗斯语。"

于是在这个小小楼梯上，克里斯蒂娜给我简短地讲述了她的祖国和她的童年：摩尔多瓦人口不到三百万，是一个非常贫困的国家，政府腐败，民不聊生。有一半以上的成年人口因为活不下去，常年旅居国外，在西方发达国家做最低等的活，打苦工挣钱。留下了许多留守儿童，和他们的祖父母们守着空荡荡的家。为了挣钱养大她，克里斯蒂娜的父母在西班牙的首都马德里打工，她已经有两年都没有见到他们了。克里斯蒂娜后来在罗马尼亚上了高中，罗马尼亚也是一个贫穷的国度。克里斯蒂娜的高中没有条件设置实验课，只能靠想象去理解化学反应。直到来了法国她才第一次真实摸到了课本上一直描述的量筒、烧杯、试管……我突然意识到，为什么国际中学生奥林匹克竞赛，经常是中国人拿到世界冠军。原来并不是每个国家都可以像富足的中国一样，可以轻松给予竞赛参与者各种器材设备的支持。我恍然大悟，原来当一个国家弱小时，他们国家队选手的水平，也无法变得特别强大。怪不得虽然阿娜斯塔是保加利亚化学奥林匹克竞赛国家队的选手，但是在化学学校前两个月的学习中，她已经显现出很吃力的状态了。

"你知道吗？我能抓住这个机会，来到法国学习，就离我的父母更近了一点。我就可以常常去看望他们！我是得到了前往化学学校学习的机会之后才开始学的法语。今天，我能在这里学习，是多么的幸福，多么的幸运！"

我终于明白为什么这个女孩浑身上下都透着一种高贵的气质了。贫苦出身的女孩，拥有一个充满了爱的家庭，从未放弃勇气，张开双臂，努力拼搏，去拥抱希望。她拥有着我最尊敬与欣赏的那种品格：真实乐观，无论生活如何艰苦，仍对世界充满着感恩，坚信未来会变得更加美好。当贫穷无法熄灭一个人的意志时，它便会打造出这个人高贵的灵魂，苦难可以洗尽一个人的铅华，让她更清楚地看见生活淡雅如菊的本质。在被迫和一群荒唐、自私、虚假、目中无人的赴法班同学朝夕相处了一周岁时光后，这个脚踏实地、珍爱生活、清丽脱俗的女孩子，宛若一缕阳光，穿透重重乌云，照进了我乌烟瘴气的世界，仿佛让我重新呼吸到了清纯的氧气。她对我和三个越南女孩展现的弱者关怀，是多么美好的品德！那温暖鼓励的语句，在这令人孤单无助、充满挫折的异国他乡，在整整一年遭受中国同胞的讥讽嘲笑、恶意打压之后，就像甘露洒入干涸龟裂的土地，让我一下子回忆起了久违的、家人一样的温暖。我就像在风暴中漂移迷失方向的小船，终于找到了回家的港湾。就在那个楼梯的转角，在我眼中的克里斯蒂娜，开始焕发出摄人心魄的美丽与崇高。发自她心底那种真诚的美，比班上的所有的女孩子加到一起都要更加尊贵。

在第一门考试之后，雷恩化学学校也组织了一场"开学大典"。我们学校的开学大典，要比INSA规模小多了。但这是第一次我们国际学生预科班和法国学生预科班一起搞活动，在化学学校学习的这一段时间来，我能感受到有许多同龄的法国人和我们平行地上预科班，因为课间时的底楼大厅和图书室，可以看到五个年级各个年龄段的学生混在一起，可是我始终都不知道这些法国学生在哪里上课。整个三楼只有布里昂先生的办公室，和一年级、二年级两个国际预科班的教室，一楼和二楼是各不相同的研究院，也没有教室。开学大典最主要的任务是找到各自的教父和教母，教父和教母都是二年级的学长，当他们各自的教子或教女，在学习上遇到困难时，他们就要用自己的经验帮忙答疑解惑。（教父教母、教子教女系统，是法国学校高年级学生和低年级学生结成的一对一的学习帮扶对子。）二年级的学长们先观察了一段一年级的新生，然后根据各自的特点分配最合适的互助对子。我收到了一个封面写着"中国的亚历山大"的信封，里面有手写的十张红色条子和十张绿色条子，一共二十道谜题。解开这二十道法语谜题，就能找出我在二年级的两个教母的名字，我被告知她们中有一个在国际预科班二年级，一个在法国预科班二年级。我连日常法语都掌握不了，猜法语谜题这种事情就算了吧。我找宝琳娜和朱斯汀帮我解题，她们两个也是一头雾水。我偶然碰上的一个法国预科班的戴眼镜的瘦弱男孩儿帮我解出一道谜题，我于是就不停回头去找他，结果他又帮我解出了更多的题。我突然意识到他其实是认识我教母的，而他也同时意识到我意识到了这件事情，立即断然拒绝帮我继续解题。那之后我只好又去找在二年级国际预科班，一直以来都对着我友好微笑的，一个长着满头打旋儿短发的法国女孩儿克雷芒斯，她以为我已经知道了答案，不打自招承认她就是我的一个教母。克雷芒斯带着我穿过从一楼大厅向后延伸出去的一条走廊，穿过我们的无机化学实验大厅，那后面还有一片连在一起的低矮单层楼发散出去，那里有许多大大小小的教室，其中一间大教室里，五六十个法国学生在混乱地嬉闹。克雷芒斯径直把我带到了一个长着金色大眼睛、梳着粗黑双尾辫的女孩子旁边，告诉我说她就是我的第二个教母，名叫安娜。安娜当时正在跟她的一个金发闺蜜聊天，金发闺蜜旁边跟着闺蜜自己的教子，正是那个戴眼镜的瘦弱男孩，男孩名叫诺曼。不一会儿，我们班的越南男生阮帆也找了过来，原来我要和阮帆共同分享克雷芒斯和安娜两个教母。

当天晚上，两个年级的学生聚在学生活动室里狂欢。活动室里放着震耳欲聋的迪斯科，摇曳的舞灯下，人们疯狂尖叫着。"俏姑娘"斯洛伐克的贝雅被灌醉了，脱掉上衣跳上吧台，和吧台上同样光着上身或仅穿乳罩的男男女女尽性地舞动腰肢。安娜独自坐在活动室外的小土坡上抽烟透气。我找到她，她的脸庞在舞厅余光的照耀下焕发出神秘而吸引的迷离色彩，不仅是她罕见的金色大眼睛，她精致的面孔和娇小的鼻梁都告诉我这绝对不可能是一个普通的欧洲女孩子。"你到底是一个亚洲人还是欧洲人？"我被她的脸搞糊涂了。"我是一个法国人，但是我的爷爷是一个出生在越南的华裔。"哦，原来是一个混血儿，这就是为什么她显得与众不同。

我邀请安娜和我跳一支舞，迪斯科的节拍实在不适合跳探戈，但是稍微改一下也可以凑合，反正这里的大学生也没有人懂交谊舞。我在山东大学的时候以为浪漫的法国人人都会跳华尔兹，到了法国才发现只有很少的人稍微能跳一点儿萨尔萨，而我跳的许多舞步，被他们说是他们爷爷那一辈的老古董。我拉着安娜突然开始迅速转圈，圈子越转越快，她的脚离地，身子在空中飞了起来，脸上透出惊喜的表情。克里斯蒂娜在旁边笨拙地上下挥舞手臂，摇头晃脑自顾自地像弹簧一样跳着，我把她的手臂拉过来，教给她跳交谊舞，可是她在不停地踩我的脚。

我把克里斯蒂娜拉到户外，音乐声小了许多。那是一片小树林，地上积着一层秋天落下来的树叶，还未腐烂。远处路灯射来的光线被重重树枝阻挡，打在我们脸上，彼此看见的只有一片斑驳的影子。

我从怀中掏出MP3播放机，给她听华尔兹的音乐。"把脚向后旋转，"我对她轻轻地说，"把身子小心地转过来，就像这样。仔细听，你就能听到音乐的节拍。听得见吗？跟我数：一～二～三！一～二～三！……"

她搂抱着我，把头靠在我的肩膀上。

"那一次你对考试失去信心，"她在我耳朵边轻轻说，"可是成绩发下来时，你却是全班第四名。让我白白为你担心。"

我感激地微笑，她的脸在我后面，看不见。

"我感到生活的无能为力，心中非常痛苦。"我说，"我听不懂老师讲的课，生活中也是一片糟，我什么都没有，什么也都不会做，感觉生命是一条没有终点的苦行，看不到任何的希望。假如现在我在中国的话，或许可以干出一番大事业的。"

"我理解你。"她轻声说道，"可是我们可以这样想，正因为我们走过了无数艰辛，我们才懂得珍惜生命中每一片刻的美好，不是吗？"

"你还记得你在楼梯口给我说，你已经两年都没有见到你的父母，你来到法国就是为了接近你的父母吗？""嗯。""我当时听到这个，我感到好难受，可是不好意思表达出来。我离开家三个月的生活已经让我很痛苦了，两年前的你，还只是一个孩子，一想到你在过去两年是怎样艰难熬过这被迫的孤独，就感到钻心的疼痛，我好想找到两年前的你，给你一个大大的，鼓励的拥抱。"

克里斯蒂娜没有说话，我感到她的手臂抱得我更紧了。

MP3的电池耗完了，没有音乐，我们继续轻轻地旋转，冷风吹过树叶，发出沙沙的声响，这就是我们的音乐。

04

在法国最重要的兄弟姐妹

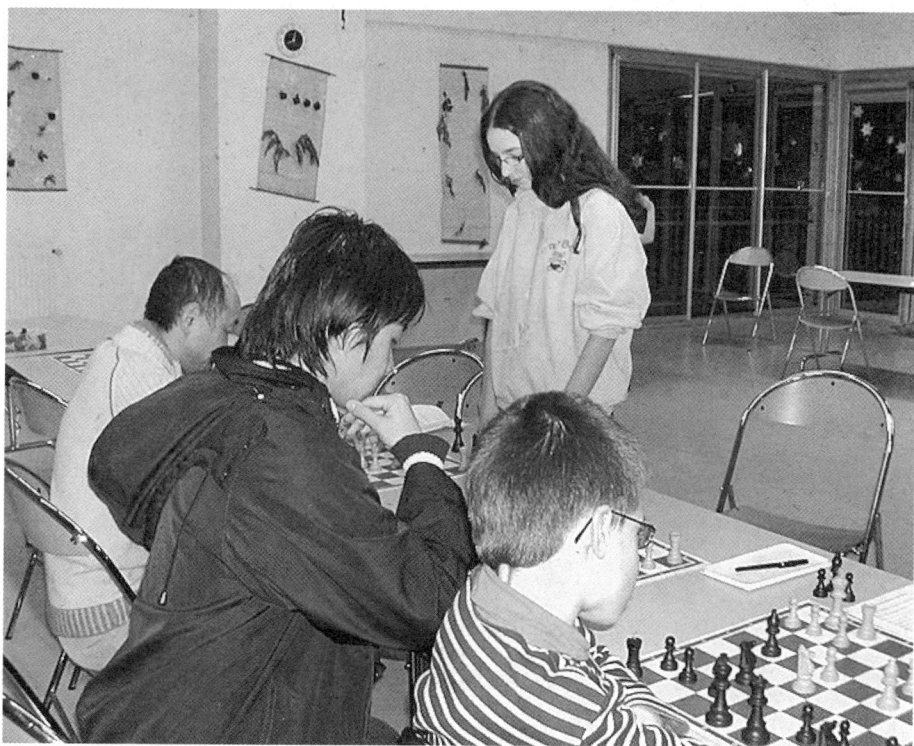

　　国际象棋学校校长的十六岁女儿同时和三人对垒，在不到五分钟的时间就打败了我，在第九分钟打败了尼奥，在第二十分钟打败了国际象棋学校校长。那是我人生中下得最为惊心动魄的一场棋。

舞会的那天晚上，我送克里斯蒂娜回家。按照约定，第二天早晨我来找她。她不在家，我找到卡特琳娜——克里斯蒂娜在学校里最好的朋友，她的实验课搭档。

卡特琳娜是一个骨骼高大的爱沙尼亚姑娘，顶着一个乌拉尔山脉似高耸的大鼻子，喜欢把蓬松的金发扎在脑后。她和克里斯蒂娜交谈时，两个人使用的是俄罗斯语。"明天早上再来吧。"卡特琳娜说。可是第二天早上我准备敲门时，发现卡特琳娜在门上贴了一张条子："对不起登君，我们要去做礼拜，我们在教堂里。K&K"

星期一中午我在食堂里见到克里斯蒂娜，我坐在她对面，问她星期五晚上舞会的感受。

"还可以。"她淡淡地说。

"我答应过星期六找你，可是你不在家。"

"没有关系。"

"卡特琳娜说你星期天会在她那里，可是你们去教堂了。"

"不要紧的。"她开始不耐烦了。狼吞虎咽地吃完饭，像兔子一样逃跑了。

克里斯蒂娜对我的态度让我感觉非常不可理喻。我有时会想，星期五那天晚上的事情莫非只是幻觉？难道那些亲密感，那些感动，那些真心的话语，其实都并没有发生过？我想起在高中时，李宪也是这样，突然之间就对我冷漠起来了。女人的心思果然是深得不可琢磨。我对如何对待克里斯蒂娜感到犹豫不决。决定从李宪的教训中汲取经验，用冷漠的态度对付克里斯蒂娜，把她当成空气。后来克里斯蒂娜也把我当成了空气。我们在课间和同学聊天时，就当对方并不存在似的。我们会和同一批人聊天，但是我聊的话题和她聊的话题完全岔开。这反而使我更强烈而遗憾地回忆起那天晚上她带给我的感动和美好。我曾经在一刹那之间，重新体验到了那种熟悉的感觉，那种遗失已久的、家人般的、温暖的、安全的感觉。可是我还没来得及享受和回味，这熟悉的气味便又消失，换上一副冷冰冰的面孔，留下一片空虚。就像她自己说的，经历了挫折才能更加珍惜美好。我对她的失去，反而使我开始止不住地无时无刻不去想她。我一边想她，一边却在故意躲避着她。我坐在班级最后一排，朱斯汀的旁边，远远地看着克里斯蒂娜的背影。她的手高高举起，凝神观察着一只蜘蛛从上面吐着丝滑下来，于是她用另一只手挑高垂下的丝线，让那只蜘蛛永远都滑不到桌子上。有一天我去学校图书室里学习。学校小，图书室也小，平常里面也没有几个人。那天我走到图书室里面才发现只有克里斯蒂娜一个人在自习。立即走出去吧，显得太刻意了，反而好像我很在乎她似的。于是我硬着头皮坐下来装着没看见她一样翻书本。她也装作没看见我一样继续翻她的课本，可是五分钟之后，她"砰"的一声合上书本自己走了。

克里斯蒂娜下课的时候喜欢到对面二年级的班上去找菲利克斯。这也难怪，菲利克斯千辛万苦来到法国，也是为了去寻找他三年没有见到的父亲。这和克里斯蒂娜自己的故事很像。克里斯蒂娜为了见到父母，努力地学习西班牙语。而西班牙语正是菲利克斯的母语。每个课间他们两个都在用西班牙语交谈。菲利克斯的脸上挂着永恒的、无忧无虑的微笑，几乎让人难以相信他本人的生活其实非常窘迫。他玩世不恭的微笑让他棕褐色的脸庞显得英俊无比，克里斯蒂娜用近乎崇拜的眼光看着他。

克里斯蒂娜的冷漠让我的心倍受折磨。它总是让我回想起和李宪之间的伤心往事。我在凌晨一点宿舍外面的大街上，那里有一个电话亭，我拨下李宪的宿舍电话号码。那时是国内八点，她应该刚起床。

李宪问我在法国生活得怎么样。我告诉李宪，我非常地想念她，想见到她。话筒那边随即变成死寂一样的沉默，李宪似乎不很乐意听到这些。我只好再说，我想念像她这样的老同学，想念高中和大家在一起的日子。我不太适应法国的生活，感觉在虚度光阴。李宪有些敷衍地安慰我。她希望我鼓起勇气，咬牙坚持住，为祖国争光。我又绞尽脑汁找些话题，想和李宪多聊会儿天。可是无论我找什么样的话题，李宪只是没精打采地尬聊。她好像完全没兴趣听我继续讲下去，只不过不好意思先挂电话而已。我跟她道别，又给左怡媛打电话。

我对左怡媛一通抱怨和发火，把在克里斯蒂娜那里积累下来的郁结全撒在她头上。我说我在法国找不到女朋友，班上的女孩子都不漂亮，我看不到美女，快心理失常了。左怡媛对我的心理状态非常焦急。她特别歉疚地说，我遇到困难，她非常想立即飞过来帮助我。只恨人在中国，鞭长莫及，只能打电话给我加油鼓励，她很懊恼自己的无用。她劝我说，美女也没法当饭吃，一时看不到美女，也不会对生命造成太大问题。她希望我能再忍耐一下。我跟她发脾气，要求她立即找到办法让我看到美女，实在不行把她自己的照片寄过来也可以。左怡媛哭笑不得，告诉我说她们学校的学生会主席这几天一直都在纠缠她，自称是摄影师，非要给她拍一套写真集放到学校的宣传手册上去。左怡媛本来不想理睬，但现在为了我，她考虑是不是答应学生会主席，条件是写真集的底片需要寄到我这边来。我让她赶快寄，她却突然犹豫起来。"王登君，我变老了，不再漂亮了。"左怡媛悲伤地说，"你看见我的照片会大失所望的。"可是我一再坚持，距我上次见她也只不过两三个月时间，又能老到哪里去？左怡媛听到我鼓励她，又高兴起来，于是答应了。她请求我千万要保密，不要把照片外泄。

我的教母克雷芒斯在她的宿舍里组织了一场教子教母联谊会，邀请我的第二个教母安娜和越南人阮帆。安娜是雷恩本地人，住在父母家里。阮帆和克雷芒斯都住在盖吕萨克宿舍的合租式套间里。和克雷芒斯合租的是一个嘻嘻哈哈的上海女孩子，叫作孙延珊，据说是二年级所有预科班的第一名。她也被邀请和我们一起吃饭。

后来孙延珊常常请我到她宿舍里头去。她教给我很多东西。她告诉我说，在雷恩的外国留学生是不用付公交车票的，市政府给予报销，但是必须拿着学生证去市政府进行申请。这个信息，INSA那50多个中国人竟然全都不知道。后来两个学校的所有外国学生也都是在我把消息告诉INSA的同学之后，才意识到政府还有这个补助。孙延珊向我展示了她的共享单车卡，她建议我也去市政府办一张卡，交23欧押金就可以免费无限使用，她想周末和我一起骑单车游览雷恩。我倒是觉得我应该买一辆自己的二手单车。我最主要的需求是骑自行车来往于INSA校园和雷恩化学学校的大楼。雷恩市的共享单车桩只有25个。我从INSA的共享单车桩骑到雷恩化学学校的共享单车桩，中间绕着走的路比直接从两个学校之间走过去还要长。

孙延珊对大奔和小孩很感兴趣，总是要我讲他们的故事。她自从高中毕业后来到法国，就没有在学校里遇见过其他中国人。她见过同住在盖吕萨克宿舍的潘应龙，但是非常不喜欢他。我实实在在地把大奔和小孩以及整个山大赴法班同学的故事告诉她，她却只是觉得这些故事很有意思，反而更加激起她想认识大奔和小孩的愿望。我对她的这些想法不以为然，叮嘱她小心被骗。她却觉得我的神经有些敏感了。她劝我不要以封闭的态度对大奔和小孩带有成见。她认为中国人不应该搞分裂，她期望我们三个人能够成为最好的朋友。她竟然想要自己直接去找大奔，插手协调，好让我们恢复彼此的关系。

孙延珊非常羡慕山大的交换项目。她虽然是整个年级的第一名，可是仍然总是觉得自己听不懂课，竟然一直担心自己会被学校淘汰掉。她说如果我们被淘汰掉的话，至少还可以回到山大继续读书；如果她被淘汰掉的话，那就两年的人生竹篮打水一场空了。

有时候我会觉得，孙延珊是想跟我玩一场恋爱游戏，她对我的那些要求，怎么看都像是在模拟约会，但她又死不承认。她邀请我去看新上映的电影《星球大战：西斯的复仇》。这是我来到法国后第一次看电影，当时电影院做活动，情侣票半价，我们每个人又都有雷恩市政府赠送的外国留学生欢迎券，半价的基础上又半价，结果我们花了四分之一的价钱三欧元就看了这部电影。壮阔的电影片头曲响起时，我感慨万分。上一次看《星球大战》，是我刚刚第一次高考后的第二天。当时我和方志远他们看电影，把天行者安纳金想象成我，把阿米达拉参议员想象成李宪。当时我是多么羡慕他们的爱情，结果这一集天行者安纳金把阿米达拉参议员弄死了。我自己的生活也和当年的想象完全脱轨了。我们一起逛衣服商店，一起逛街，又一起听法兰丝·盖尔的香颂《今夜无眠》。她听法兰丝·盖尔唱"当我还是一个孩子……"就说她自己也想生一个小宝宝。这也难怪，孙延珊高中毕业后就直接来到法国，从来没看见过中国的大学生是如何谈恋爱的，只能靠想象去模拟和一个男孩在一起是什么感觉。可是我很清楚她对我一点都不动心，因为她特别花痴菲利克斯。有一次我在她家里突然尿急，想要借她的厕所一用，她一下子露出小女生的扭捏神态，挣扎来思量去，最后还是把我赶出了她的家门，叫我回INSA宿舍去上。

时间一长，我便感觉孙延珊和克雷芒斯之间的关系有点奇怪。她们彼此表现得好像是对方最亲密的闺蜜，平时通往共用厨房的门也是永远敞开着。克雷芒斯也是一直很真心地对待孙延珊。可是每当有另一个中国男孩拜访克雷芒斯的时候，孙延珊便会非常警惕地把她和克雷芒斯之间的门关上。那个中国男生也是国际预科班二年级的上海人，叫作赵庆阳。"赵庆阳特别坏，最见不得别的中国人好。他见我和克雷芒斯是好朋友，就故意来找克雷芒斯，挑拨我们之间的关系。"孙延珊这样说。

孙延珊告诉我说，去年她一入学认识赵庆阳时，本来是特别依靠和信任他的。后来圣诞假期的时候，她和赵庆阳去阿尔卑斯山滑雪。她不幸从雪山上摔了下来，摔断了腿。赵庆阳却扔下她不管，她不得不像鬼魂一样撑回到雷恩，差点死在半路上。后来她再见到赵庆阳时，赵庆阳竟然没有半点内疚，就当什么事情都没发生过一样。所以她认识到了赵庆阳的虚伪。她一直为他们班中国人的不团结倍感痛心，所以非常希望我和大奔不要重蹈他们的覆辙。

我看那个赵庆阳永远一副事不关己的神情，和当年在山东大学的大奔一模一样，心中就觉得这个人很虚伪。后来见大奔和潘应龙经常去他家里做客，物以类聚，更觉得这个人不咋地，也就没有进一步接触的念头了。

菲利克斯自从通过我认识安娜之后，就情不自禁地爱上了她。安娜平时骑着小摩托车从家里来到学校。一连三天，菲利克斯把情书塞到安娜小摩托车的后车座底下。第四天时，菲利克斯正要把情书塞到安娜小摩托车的后车座下，结果发现那里事先已经塞了一封安娜回复他的情书。于是他们就成了男女朋友。

不久我收到一封邮件，发件人说他是受左怡媛之托，把她的照片寄给我。邮件里的附件都是压缩文件，可是INSA机房的电脑里没有解压软件。我的摩洛哥朋友扎卡利亚非常懂电脑，他跟我在机房里一起捣鼓了半天，绕过了INSA的防火墙系统，装上了解压软件。当左怡媛的30多张照片一张张被解析出来时，扎卡利亚看得眼珠子都快要掉出来了。他后来对我说，他一生中还从来没有看见过这么漂亮的女孩子。

我在厨房做饭时，发现我的锅越来越不好使了。锅底的不粘层出现了许多道划痕。有一天我发现走廊里的那个突尼斯人正在用我的不粘锅煎牛排，为了让牛排快点熟，他直接拿金属的刀叉在牛排上划来划去，这样自然会把锅底划坏。我跟他大发了一顿火，告诉他说毁坏的不粘层会致癌，这个锅我没法用了，让他赔偿。结果第二天他送给我一个超大号平底锅，他说他很对我不起，于是就把超市里最贵的平底锅买来了。这个锅太大了，比公用厨房的电炉子大得太多，直接用来做饭的话，无法受热平衡。我只好自己又买了一个普通号码的锅。那个大号锅后来被我专门用来煎葱油饼。

突尼斯人名叫因扎姆，具体来说并不是INSA的学生，而是来INSA下属的研究院交流的技术员。他比我们大得多，都24岁了。他总是在抱怨雷恩的天气。他说在他的故乡突尼斯天空中总有巨大的太阳。而雷恩的秋冬季一直都在下蒙蒙细雨，已经有一个多月都见不到太阳了。因扎姆说他要去找寻他的太阳。

有一天我走进公共厨房，看到一个特别瘦小的小姑娘，长着一双小鹿一样楚楚可怜的眼睛，兔子一样小巧的嘴唇，怯生生地拿着我的特大号锅在摊可丽饼。她说她在等因扎姆。她告诉我说她是因扎姆的新娘，后来我给她讲了因扎姆的故事，于是她又改口说她是因扎姆的太阳。小姑娘坐在厨房的桌子上，对我说她的牙疼。她张大嘴，我用食指的指节一一敲打她的牙齿，叮叮当当地响。后来也没搞懂到底是哪颗牙齿疼，她只是说在我敲她牙齿的时候感觉好有意思。

她叫雯妮莎，出生在西班牙，祖籍是摩洛哥。当时只有十五岁。

雯妮莎和好面浆，嗑进几个鸡蛋，加入牛奶，摊出一个饼。

她不停地重复这项工作，摊出了一个又一个的饼。因扎姆上班不在的时候，她就用这种方式打发时间。她住在因扎姆的屋里，从不和走廊上的任何人说话。因扎姆的房间和公用厨房就是她的全部世界。

雯妮莎没有鸡蛋和牛奶，她从冰箱里拿我的。作为回报，我的每顿晚餐都有几个可丽饼可以吃。

有时因扎姆出门时会把她锁在外面，她就会来找我，在我屋里等她情人回家。我把她抱在怀里，用下巴颏顶她的小脑瓜。她的身体像小猫一样蜷缩起来，秀发飘着清香，脸蛋纯洁得让我想起童话插图里小天使的模样。和她在一起，我可以暂时忘记因想念克里斯蒂娜而带来的痛苦。

我们向彼此讲自己的故事，我给她讲克里斯蒂娜。我告诉她，我爱上了一个女孩子，但是这个女孩子并不爱我。"如果这个女孩子不爱你，我可以爱你，亚历山大。"雯妮莎天真地说，"我爱因扎姆，我也爱你。我可以同时爱你们两个。"雯妮莎是从家里跑出来的。她告诉我说，她家里有15个兄弟姐妹，她排行第八。她的父母从来不关心自己的儿女，老大在罗马尼亚生病死了，对她最好的老三在巴黎被车撞死了，父母都毫无所谓。她憎恨她的家庭，绝不要再回到那里去。"他们可能还没有注意到我不见了，或许只有我死了才能让他们稍稍关心我一下。"她忿忿地说。

她也有调皮的时候，有时我和吉拉德在走廊上玩篮球，她会扑上去把球抱在怀里不松手。我拎着她的后脖领，像拎小猫一样把她反锁在我的房间里关禁闭，任由她在里面大哭大闹。

雯妮莎就像我的粉红色回忆。她敲我的门，手里拿着超市免费发的小瓶香水试用装。她在我脖子上亲一下，把香水送给我，在我耳边轻轻说："亚历山大，你又英俊又善良，我们永远都是最好的朋友。"

圣诞节假期前的最后一个星期五，国际班组织了一次节前聚餐。不同国家的人做了一些本国特色小吃，带到班上来和大家分享。任课老师们也受到邀请。贝雅烤制了一种有奶油馅心的硬面包。克里斯蒂娜做了一种特殊的巧克力饮料。露西和莎拉烘焙了许多布列塔尼小点心。朱斯汀和艾美丽制作了姜饼人饼干。天竹做了日本寿司，那是我人生第一次吃到日本寿司，原来就是米饭卷。阮帆炸了许多春卷，话说在法国，我经常听到法国人认为春卷是中国最重要的小吃，可是在中国，春卷只是诸多小食中很普通的一个，春卷在越南文化中的地位应该比在中国更加重要吧。潘应龙从市中心的亚洲超市买了糯米糕。我做的是扬州炒饭。大奔和小孩把红豆腐乳抹到吐司面包上，也当成了一道菜。数学老师吃了一口腐乳面包，问大奔这是什么东西。"这是中国人的奶酪。"大奔说，"如果您喜欢，这里还有一整瓶，我就把它都送给您了。"我也伸手去拿一块腐乳面包。"别动那块腐乳。"大奔用中文提醒我，"那腐乳是小孩的，从中国带来的，已经过期了。法国人不懂，正好找个机会送给他们。你要是吃了拉肚子，别怪我没有提醒你。"我看看小孩，小孩耸耸肩。我又看了看数学老师，他很高兴地把腐乳收走了，可怜的人。我感到面孔发烧，简直太丢中国人的脸了，仿佛看见天竹在一边用鄙视和厌恶的眼神看着我们这些中国人。教室的另外一边，卡特琳娜正在和布里昂先生聊天："我们应该把《国际歌》作为我们这个班的班歌啊，'英特纳雄耐尔就一定要实现'。"

安娜邀请我在圣诞假期初，和她以及她的高中同学们一起到市中心的酒吧去喝酒。安娜开了一辆绿色的雪铁龙来接我。我们只有20岁，我人生第一次坐着一个和我同龄的人开的车，忽然觉得无忧无虑的少年时代真的要离我而去，很快就要过上身不由己的大人生活了。车子穿过漾满节日气氛的雷恩市中心。铺着碎石的小巷窄小得很有艺术感，只容三人并排的空间人流熙攘。古代的布列塔尼人似乎都是规矩的蔑视者，他们建的那些中世纪留下来的木筋房子，一个个都是倾斜歪扭的，像喝醉了酒的人。木头上刷五彩缤纷的油漆，好像马戏团小丑的脸。透露出逍遥自在、无拘无束的凯尔特民族的特征。木质的酒吧招牌随风摇荡，吱呀作响。这座城市的风格真符合我的性格，冲破思想的枷锁，探寻无限的可能。每一条街道都挂起了圣诞灯光装饰，华灯初上，整个城市沉浸在一片淡黄色的星海中。为圣诞采购的女人们从一个店里出来，又迫不及待地钻进另一个店里。她们匆匆地走，手里牵着孩子，当她们停下来时，孩子便把脸紧贴在路边糖果房的大橱窗上，贪婪地望着里面的圣诞树桩蛋糕。安娜有二十多个闺蜜，她似乎是这些女孩子们的领袖。她们点了一种喝起来非常麻烦的酒：绿宝石颜色的烈酒事先倒在酒杯里，杯沿架了个镂空的小汤匙，放着一块方糖。又有装着透明液体的大滴壶，壶中液体通过壶底部的小水龙头，一滴一滴地滴到悬于酒上的方糖上，浸透方糖，再滴到下面的杯子里。随着杯中液体的增多，透明的绿酒渐渐变成浑浊的绿色奶状，耐心等了很长时间之后，杯子才装满。她们让我品尝一下，我抿了一小口，真是余香无穷。安娜的一个闺蜜看到酒吧里放着的国际象棋棋盘，就要和我下国际象棋。我很高兴能找到中国人和法国人都会玩的游戏。不到二十分钟，她的棋盘上的棋子就几乎都被我吃光了。我像一个胸有成竹的猫面对着无处可逃的老鼠一样慢慢折磨她，连续将了她十七次军，直到酒吧关门。

安娜给我打印了一张纸。她知道我在找二手自行车，她从网上看到了一个信息，就帮我记了下来。那辆自行车只有25欧元。安娜问我需不需要陪我一起去买车，我不想去太多麻烦她，于是拒绝了。

根据卖车子的车主提供的信息，我需要在北部的圣安娜广场找到前往他家的公交车。我想可以坐着公交车到他家，再骑自行车回来。没想到公交车一离开圣安娜广场就走上了高速公路。在高速公路上走了二十多分钟后，我来到了雷恩北部的一个卫星城。高速公路上是不能骑自行车的，公交车上是不能放自行车的。我被困住了。车主提议开车把我送回雷恩市，我觉得自己不能这样免费地麻烦他，车子本来就不卖多少钱还让他这样大费周折。车主就提议，如果我觉得过意不去，可以给他五欧元的辛苦费。我心中又非常犹豫，觉得五欧元花得很肉疼。车主说附近有个火车站，火车是可以放自行车的。于是我跟他道别，来到了火车站。所谓火车站，不过是躺在两条荒凉铁轨旁的一座小屋子。每两个小时有一班火车前往雷恩市。下一班火车在十五分钟后到达，可是火车站正在午休，三十分钟后才开门。我特别着急，这时站前正好有一些衣着出格、全身刺青还戴耳环的小混混经过，我向他们呼救，他们呼啦啦地围过来。有一人发现了一台显示屏都坏掉一半的自动售票机。他们围着机器捣鼓了很久，终于让售票机吐出一张前往雷恩的火车票，我需要支付八毛钱，可是我的银行卡拒绝支付一欧元以下的花费。我在法国生活，唯一的消费场所就是每周去一次的超市，永远只带一张银行卡，从来没有接触过现金，买自行车的现金还是我专门提的，都已经花完，我陷入支付的困境。一个小混混倒很是慷慨，用自己的硬币替我付了钱。我从火车站侧门绕到了后面的铁轨上，一辆只有一节火车头和一节车厢的火车在提前十秒的时候出现在地平线，车上的检票员帮我把自行车搬到火车上。整辆火车只有一个司机、一个检票员和我这一个乘客。不知道为什么，我感觉这很像电影里的场景，虽然也没有哪部电影大胆到敢这么拍：仿佛是因为你需要火车出现在情节里，于是就给你安排了一辆火车，连旁的乘客都懒得安排。好像《千与千寻》中的那辆水中火车。检票员郑重其事地检查了我那张票值八毛钱的火车票，我想他应该很高兴他的工作因为我这唯一的顾客而有了意义。开了十五分钟之后火车到达雷恩火车站。

伊玟寄了一封手信给我，邀请我到她家度过圣诞前夜。我到她家的时候，阿黛尔正准备到国际象棋学校接尼奥回家。我跟着阿黛尔一起前往国际象棋学校。尼奥叫小伙伴和我对下一局。我两天前刚刚在市中心的酒吧里，把一个法国人杀得片甲不留，可是和尼奥的小伙伴对局时迅速感到了令人窒息的压迫力。这时国际象棋学校校长的女儿来接他爸爸回家，这是一个十六岁的小女孩。国际象棋学校的校长摆了三副棋盘，让我、尼奥和他自己同时对阵他女儿。他女儿在跟我对阵时，想都不想直接摆动棋子，跟尼奥对阵时先扫一眼棋盘，然后再出手摆棋。跟她爸爸对战时则需要考虑上五到六秒再出手。正是因为她爸爸拖住了她进攻的凌势，才给我短暂的思考时间。尽管如此，不到五分钟的时间，我就被将死了。她爸爸余光看见我离开桌子，将思绪从棋盘上抽出来，惊讶道："这么快已经死了吗？"尼奥也没有坚持过九分钟。校长和女儿进入了单兵作战的模式。我和尼奥紧张地在旁观战。女儿在棋盘上展现出雷霆万钧的进攻态势。校长苦撑了二十分钟，缴械投降。那是我人生中下得最为惊心动魄的一场棋。

圣诞假期期间，我每天都在INSA的机房里写小说，因为平时上学的话，一旦开始写小说，就会整夜整夜睡不着觉，脑子里只是想着接下来要写的情节，也就没有精力上课了。虽然期望假期集中精力写一些文字，可是一天下来，小说没写几个字，电影却看了不少。我喜欢总是看同样的电影，而且总是回放同样的片段。比如说《指环王：双塔奇兵》里最后一段决战我看了不下三十遍。我甚至可以用法语背得出决战最后山姆对佛罗多说的话："我们本不应该在这里，可是我们来了。就像那些伟大的传奇故事，前途充满惊险，看不到任何希望。在经历过这些黑暗之后，怎么可能再次回到曾经单纯的生活？可是到最后一切都会过去，黑暗和阴影都会过去，充满希望的明天将会到来。而经历的一切，即使年轻的我们还不能理解，但它将永远陪伴着我们。因为我们曾经有很多机会去退缩逃避，但是我们没有。我们逆风前行，因为我们知道世界上还有美好的东西，值得我们去奋斗！"

在CROUS宿舍里，所有的欧洲人都回国了，只留下亚历克斯一个人。亚历克斯叮嘱我经常去看望他。可是当我去找他时，他总是不在家。有一天他终于在家了，他沮丧地盯着一盆快死了的花，花盆被漆成五颜六色的缤纷图案。他说这朵花是贝雅送给他的圣诞礼物，是他们爱情的象征。他觉得是贝雅在花盆上弄的涂料把花杀死的。我觉得大冬天的，确实很容易把花养死，倒没什么特殊的。亚历克斯说这几天他都是整天整天地待在潘应龙家里。CROUS宿舍没有网络，欧洲人平时都是在化学学校的机房里上网。圣诞假期化学学校机房关了。亚历克斯一个人闷得无聊，就到潘应龙家里去上网。亚历克斯说潘应龙虽然脾气不好，可是他的本质善良单纯。亚历克斯说他和潘应龙的友谊非常单纯，请我千万不要去嫉妒。他的话让我感到莫名其妙，我为什么要去嫉妒？潘应龙把许多大奔坑害欧洲人的事情告诉了亚历克斯，比如说把过期腐乳送给数学老师的事情。我对潘应龙的做法非常不满。我一直在外国人面前尽可能维护大奔的形象。在欧洲人眼中，中国人是荣辱与共、共成一体的。如果他们知道大奔是一个无耻的人，我担心他们会认为我和其余中国人也是无耻的人。亚历克斯对我说，大奔利用欧洲人的善良和语言不通，搞小阴谋小花招，迟早会穿帮的。

"你是不是喜欢克里斯蒂娜？"亚历克斯突然问道，"可是你们两个彼此从来不交流，好奇怪？"我也无法理解发生了什么事情，我把克里斯蒂娜在热力学考试前的对话以及开学大典的事情都跟他说了。"克里斯蒂娜是不是已经有男友了？"我问道。亚历克斯摇摇头："我不知道，我跟她不熟，这是一个很奇怪的女孩子。"但是亚历克斯觉得我在舞会过后，接着去找克里斯蒂娜有点操之过急。"对待女孩子的秘密，就是冷漠。"他郑重其事地教导我说，

"只有对女人冷漠，她们才会好奇地想要去了解你。千万不要让她们猜到你的想法，千万不要对她们说一个'爱'字，那样的话她们只会更快地离你而去，把你当成一个招之即来挥之即去的傻瓜。"亚历克斯告诉我说，自从热力学考试以来，我连续几次考试成绩都比大奔要高，大奔在我背后跟所有人说我擅长于考试作弊。我几乎立即决定以后在考试时要故意多错几道题，考试成绩要设法比大奔低一些，避开大奔挑拨离间的锋头。我真的非常担心克里斯蒂娜会相信关于我的谣言，把我当成一个没有底线的骗子。

圣诞假期过后，新的一年开始。小孩成年了，按照法律他可以搬到INSA宿舍来住，不必一直住在寄宿家庭里。每天小孩都和大奔搭伙做晚饭，越来越依靠他了。我们在海外过的第一个除夕夜，大奔和小孩在INSA的厨房里做年夜饭，叫我和孙延珊也来参加。饭桌上大奔用电脑向孙延珊展示我们在山大的生活。当他讲起小孩被强迫拍下裸照的事情时，一副兴奋的语气仿佛是在施舍一条摇尾乞怜的狗。孙延珊也拍手应和着大笑，迫不及待地叫大奔赶紧把裸照打开来看。"那你把照片用邮件发给我吧。"孙延珊上气不接下气地笑着说，"这么好玩的事情，不应该瞒着捂着，应该叫所有人都分享嘛！"我无限同情地看了看坐着一边的小孩。面对着大奔当面直截了当的羞辱，他只是紧紧抿着嘴唇，面如死灰忍受着，连试图辩解的念头都没有。多么悲哀的事情：他没有胆量反抗大奔的淫威，因为这个人是他唯一的朋友，唯一的保护者，是在异国他乡生存下去唯一的依靠。他必须要让大奔高兴，大奔高兴了，他就能活下去，大奔不要他了，迎接他的就是死亡。讽刺的是正是大奔导演了这样的局面，大奔用持之以恒的嘲讽、挖苦、恐吓，在小孩和外人之间挖了一道不可逾越的鸿沟，使本不了解的双方充满了对彼此的偏见。羞辱感在小孩心中播下了对外界不加辨别的仇恨的火焰，这股仇恨使他不再信任任何试图帮他走出困境的法国或其余外国朋友，将他自己紧紧地绑定在大奔的身边。于是他变成了大奔的奴隶，接受大奔像对待一条狗那样对待自己。他甘心自愿地奉献出他的全部生命，去滋润那个摧毁了他的人。

我悲凉地看着这一幕荒诞剧的发生，仿佛看着一幕正在直播的，极度恶心的强暴案件现场，心底对孙延珊是彻头彻尾的失望。如果大奔是强暴案的肇始者，那么真正的屠杀则发生在孙延珊高声附和，提议将照片散发出去给更多人看，而丝毫不感到羞耻的时候。她天真的笑声像泛着寒光的刀刃，一下下深深地刺伤着小孩的尊严。正因为有这样冷血的看客的存在，才刺激了大奔这样无耻的刽子手的诞生。我终于明白，在这个世界上，真的有人以强暴别人获取力量，从他人的痛苦中掘开自己快乐的源泉，在舔血的伤口上达到兴奋的高潮。我看不下去了，深感自己的无能为力。受害者、加害者和施暴者都心甘情愿地演好这幕悲剧，我一个外围的观察者，就算出声喝止，也只会被当成一个精神病而已吧？

我记不清那天是怎么离开那个厨房的了。当我略有意识时，我已经走在了INSA校园背后的林荫大道上。我记得那天晚上整个雷恩都被笼罩在一片浓密的稠雾当中。真实的世界隐藏在雾后，敏感而神秘。不知远近的灯光，看不见路灯杆在哪里，把树枝斑驳的影子胡乱地打进眼帘，仿佛在表演一出古怪的皮影戏。浓氤的水汽凝结在树枝上，结成一个个大水滴坠落。林荫大道的马路中间是干燥的，可是在马路两边，每棵树的底下都在下雨。

我恍恍惚惚地在不分东西南北的大街上走。不知走了多久，抬起头来，却发现自己身处在CROUS宿舍克里斯蒂娜的房门前。我是多么渴求可以和一个对世界充满希望的人在一起，让我暂时忘却现实世界的黑暗面貌。敲开门，阿娜斯塔、卡特琳娜、贝雅都在。卡特琳娜正高兴地给大家分享她刚刚从市中心的香水店里收集的不同气味的香水试纸。克里斯蒂娜坐在靠窗的位置，眼神空洞地看着大家，脸上没有任何表情，仿佛没有注意到我的拜访。我悲伤地看着她。克里斯蒂娜，此刻你的脑海中，正在想着什么？我是多么希望你能抬眼看看我，再跟我说出那天在舞会外面的小树林里，你曾经对我说的那些鼓舞人心的话呀！你说，只有历经艰辛，才能够看见生活美好的本质！可是，生活的本质，真的是美好的吗？

只有阿娜斯塔注意到我的不愉快，她为我沏了一杯茶，走到我身边，绞尽脑汁地讲些笑话，希望逗我高兴起来。阿娜斯塔在根本上，其实也是一个单纯善良的少女啊！

第二天起床时，我的头疼得像要炸裂开一样。INSA的厨房是很温暖的，但是当我在湿气很大的树林中走时，却忘了披上一件更厚的衣服。我忍着高烧，找到了小孩的房间，让他替我给老师请一下假，我没法去学校了。

后来我才知道，在法国，请假不是这样子的。你需要先和你的专属医生打电话，预约看病，然后交上20欧元钱的门诊费，你的医生觉得你的健康确实有问题，就会给你开一张假条。我那个时候还不知道这些程序，也没有自己的专属医生。甚至见了医生，也没法把自己的身体状况用法语清楚地描述出来，也听不懂他将要给我说的话。20欧元钱等于我三个星期的生活费，我那个时候也不知道开学时交付的170欧元的保险费可以报销我70%的医药费，也不知道法国有社会保险救助系统CMU，可以给年收入不到八千欧元的人免费进行医疗救助。总之那一天即将结束的时候，大奔走进我的房间，对我说有大事发生了：学校对我没有来上课极度愤怒，决定立即开除我，让我滚回中国。大奔说他已经尽可能为我向学校求情，但是学校完全不听他的。

我一夜未眠，整个晚上都在翻来覆去地想着我那可怜的父亲和家中因为我欠下的巨债。当又一个早晨来临，我的高烧变得更加严重。我拖着仿佛不是自己了的身体，艰难撑着上学。在无机化学实验课上，无机化学老师走到了正在调节滴液管的我和宝琳娜身边，用充满嘲讽的语气说："呦，登君，你来了？我还以为还需要过几天才能再次看到你呢。"

"对不起。"我小声说。

"这不是对得起对不起的问题，"化学老师的声音变得嘹亮而严厉，好像让全班都听得见，包括克里斯蒂娜，这让我感到无限的羞耻与崩溃，"你们国家把你委托给我们，让我们把你抚养成才，你就是这样对待我们的真心吗？"

"对不起。"我还是那样小声地说。好像除了对不起，确实也没有别的可说的。

"我知道在你们中国，学生们可以选择来上课或者是不来上课。或许你们国家这样做，其实更有利于学生的全面发展。我也知道你在中国的时候，是经常不去上课的，也从来没有人教过你要去上课。可是我们现在是在法国，在法国，不上课是要按缺勤论处的。"老师的声音变得担忧又语重心长，

"如果你这样发展下去，还是按照你在中国的方式处理生活，我可以说，你的人生将会变得非常黯淡。"

"可是……没有……中国不是这样的。"我用结结巴巴的法语为自己辩护。我想说的其实是，在中国逃课也是不被允许的。可是我、大奔、小孩甚至整个赴法班在山大的那一年学习确实经常逃课，我们逃课不是为了集体去打游戏，而是为了有时间去背法语单词。山大希望把我们在法国五年能用到的知识全在一年内用中文教给我们，课程安排得太满了实在无法消化，我们只好把精力集中到最重要的一门课上：法语，因为这门课是我们能在法国生存下去的本钱。学校的老师也默认了我们的逃课。可是是谁告诉化学老师，在中国，是可以任意逃课的呢？

"你不要否认事实，你在中国逃课就逃了，做人诚实一点，很难吗？"化学老师的语气中带着忧伤和失望，"登君，我很看重你，所以校长叫我先跟你谈一谈话。我会把今天的情况如实反映给校长，你留着你那些理由去跟他说吧。他会告诉你何时可以见到他。"

那天下午快放学时，教导处主任找到我，告诉我说和校长的谈话定在第二天上午进行。谈话会占用我一节数学课的时间，教导处主任特地说我可以旷掉那节数学课，校长特别准许了。

校长坐在宽敞的办公室里，和颜悦色地问着我，生活是不是遇上了什么困难，为什么没法来上课。我告诉他我生病了。他关心地问看没看医生，有没有跟医生预约。我说我不知道怎么做。他桌子上放着我的档案，他从中找到了我注册的保险公司的号码。他叫我和他一起看他的电脑屏幕，他从电脑上找到了几个住在附近的医生的电话号码，把这些都抄在了一张小纸条上递给我。告诉我说怎么跟医生打电话，还给我解释了在法国保险公司报销医疗费的程序。"如果你有困难，可以去问雷·钱同学，或者是其他的中国或法国的同学，你们是一个集体，就像一个大家庭一样，充满着团结友爱，请不要担心会麻烦你的同学。"

"可是我们这个家庭并不充满团结友爱！"我突然鼓起勇气说。在校长吃惊的眼神中，我告诉他学校里的中国人团体是如何地倾碾压榨彼此。我告诉他大奔通过谎言和恐吓，控制了小孩，贪婪地吮吸他的血。讲到我不得不故意把考试考砸，仅仅是为了避免大奔将我视为他的眼中钉。讲到大奔表面上对所有人说他是我的朋友，利用大家对他的信任把我的谣言在班里到处散播，为了让法国人相信他的故事，不惜抹黑我们共同的祖国。讲潘应龙的左右逢源，在我和大奔的矛盾中谋求他自己的利益。校长越听，脸色越黑暗。他失望地说："如果这就是全部你想给我说的，那么我们俩之间也没有什么好谈的了。我想说我对我们今天的对话非常失望。一个人想到什么，那么他在眼中就会看到什么。我想你的好莱坞电影可能看多了。生活不是电影，生活是美好的，没有那么多的勾心斗角。在这个学校，每一个人都付出努力，期望着你能成才，请你珍惜大家的努力，不要辜负他们的期望。"

校长的话一下子让我明白了，我和大奔的故事永远都不会被人理解。大人们永远不会认为孩子们会作恶，在他们眼里，孩子们天真得像一个一个小娃娃，所有的矛盾只是不成熟的过家家。当孩子们的恶超出了他们的想象，那么第一个把恶报告出来的孩子，会被认为有妄想症——你能想象出这样的恶，你一定是思想邪恶的。于是受害者变成了犯罪者，施暴者受到了保护和安慰，每一个"公正和崇高"的看客都会在伤者的伤口上再踩上一脚。他们什么都没有做，但他们什么都做了。施暴者的暴虐不来自于他个人的强壮，而是来自他背后站着的是整个社会。人人都可以成为施暴者的帮凶。

什么是真理，什么是正义？正义不是什么初中课本上的思想美德。正义即是力量，是话语权。当所有人都认为某件事情是正确的话，即使这件事情是奥斯维辛式的大屠杀，那它也是正义的。

从校长室出来后，潘应龙叫我放学之后去他家一趟。一走进那个煞血红色的房门，潘应龙就劈头盖脸地对我说："大奔在捣鬼，他不停地往校长室跑，我都看见了，他参与这件事情，你的麻烦可就大了。"不错，我的麻烦是很大。"你在班里的名声非常糟糕，现在大家都在背后对你指指点点。你这样的话是混不下去的。我可以帮你摆平这件事情。但是你需要答应我一个条件。"什么条件？"把你和亚历克斯的友情让给我，让我专享他的友情。"我吃惊地看着潘应龙，很想告诉他友情不是钱币，是没法说交换就交换的。亚历克斯和他的友情是他们两个之间的事情，我是完全没有话语权的。"你只需要停止去找亚历克斯，然后永远不搭理他就是了。你看看，这其实很不公平，大奔有小孩，你有孙延珊，而我却没有一个专属于我自己的朋友。"潘应龙你这是什么话？我从来没有把孙延珊当成我的附属品，而且现在她走得和大奔比和我还要近。如果你想要朋友，你只需要做出努力去交朋友就可以了。

"你想想吧，王登君。现在班里流传的对你的看法，是因为他们相信大奔。他们相信大奔不是因为他们和大奔是朋友，而是因为他们认为大奔代表了我们所有的中国人，是替中国人团体发话的。如果仍然让法国人认为我们中国人是团结的，那么只要你做出任何一件和大奔所说的不一样的事情，那么你就会被认为是那个骗子。"潘应龙咽了咽口水，用像狐狸一样的眼睛盯着我看，"班上只有四个中国人，你、我、大奔、小孩。如果这四个人中，我、大奔、小孩站在同一战线上，那么你就是绝对的弱势一方，没有法国人会相信你。如果我和你站在同一条战线上，那么就是二对二的局面，那么法国人就可以相信你了。"

潘应龙继续说："你不用指望着小孩会站在你这边。昨天孙延珊给我看了小孩拉屎的裸照——她有够不要脸的，你们那些山大的人也真是变态——我今天问小孩这件事情，他竟然拒绝承认这张照片的存在。小孩为了大奔，是可以昧着良心说谎话的。你以为你是在帮他，他可能把你给的全都当作砒霜。"

我被气得喘不过气来，潘应龙是在讹诈我。潘应龙非常清楚真相，但是诚实对他来说不值一钱，为了得到他想要的利益，他随时准备昧着良心说谎话，以便给我造成麻烦。而他也不惜摧毁掉我极力维护的、中国人在外国人面前团结一致的形象，来达到他的目的。自从准备来到法国，我接触的中国人都是这般如此不知廉耻，实在搞不清楚到底是潘应龙太无耻，还是我太天真。或许蔡坤是对的，这就是一个弱肉强食的时代。

新年过后，两所学校的中国圈子里都传言济南市的政府领导来到雷恩，和雷恩市的政府领导开了一场会，西姆和大奔作为交流学生代表，代表了两座城市的姐妹情和中法两国深久的友谊，参与了两个政府之间的会议。当我听到这个消息时，济南市政府的领导已经离法回国了，但是山东大学的校长展涛专门多留了一天，分别探望了两所学校的中国学生。能和展哥近距离地拍张合影还是很令人高兴的，上次我见到他本人还是在我的高中时代。展哥送给我一顶印有"山东大学"四个大字的鸭舌帽。我特别喜欢这个帽子，到哪里去都戴着它，整整戴了两年，后来把它忘在了一辆火车上。

展涛离开后，布里昂先生好像在班上说了关于我的什么事情，那一阵子我感到大家都在背后悄悄议论我。特别是克里斯蒂娜，总是远远地微笑偷看着我。陈天竹后来告诉我说，班上传说我在中国是一个著名的大作家，发表了许多篇文章。而我在中国的笔名是一朵花的名字。我想展涛校长在来法国之前可能读到了我在校园论坛上发表的那篇叫作《泉恋》的文章，然后在和布里昂先生交谈时，因为翻译导致的理解失误，我就变成了一个著名大作家。后来我们这些在雷恩的中国人又传说，雷恩市政府在济南市政府的请求下，专门设置了一笔基金资助在雷恩求学的中国人。可是传说毕竟只是传说，我到现在也没见过任何确凿的证据证明这笔基金真的存在过。

2023年5月份，我已经将本书全部写完。那时我已是山东大学法国校友会会长，通过共同朋友的引荐，我和展涛通过视频聊了一会儿。谈到了当年的翻译失误引起了我的心上人对我的注意。展涛得知他派出去的学生后来建立了许多成就，高兴得合不拢嘴。

布里昂先生把我、小孩和潘应龙召集起来，笑嘻嘻地对我们说，化学学校专门抽出资金，为我们找了法语补习班的老师，给我们上加强法语课。我立即表示抗议，说功课已经非常繁忙，实在没有精力上更多的课。布里昂先生怒道，老师已经找好了，这是学校的福利，是大奔代表我们申请的，我们必须去上。化学学校的课程设置是这样的：大约每隔两个星期就会有一门课程结束掉，课程一结束立即考试。所以我们全年每隔两个星期都会有一门考试。我们没有复习课，每门考试前都会留出半个下午的时间，不安排任何课程，权当是复习时间。加强法语课就全都被安排在这空当的半天里，导致我们三个中国人完全失去了复习的时间。

　　潘应龙气呼呼地说，这就是大奔的诡计，千方百计地给其余中国人的考试拖后腿、搞暗算、捅刀子。他问我和小孩，为什么明明他自己的法语成绩比大奔高很多，反而是他需要上加强法语课而大奔不用去上。小孩说，他潘应龙的法语成绩高毫无意义，他在班上不跟任何人说话，别人都以为他是个哑巴。潘应龙用手指着我对小孩说：那这个人呢？全班人都喜欢跟他说话，大奔连比都比不上。小孩无法反驳，于是又说，那只能怨他潘应龙综合成绩不如大奔，影响力不如大奔。潘应龙不屑地说，如果他自己也和大奔一样不要脸，把考试答案藏在厕所小便池后面，每次考试都要出去上几趟厕所的话，他的成绩就比大奔还要好。

　　法语加强补习班真没起到什么作用，老师都是些雷恩二大法语系的实习生，既没有经验，也不会应变。它唯一的作用就是拖累了我们正儿八经的考试。那时我们的脑袋已经被各种各样的课程和考试填得过饱和了。负责语言中枢的那部分大脑疲于处理各种科技法语单词，再往里硬填，反而使这部分中枢过度疲劳，我们的法语水平不升反降。在我开始学习法语之后，我的英语水平一下子变得很差，在整整五年的时间都没有任何提高。后来我工程师一毕业找工作的时候，也没有特意地学习语言，可是我的法语和英语突然之间猛进，一下子就从说不出话，到达可以当众演讲的地步。其实真的掌握一门语言，最重要的是休息，让语言中枢可以调整状态。我记得高三备战高考的时候，老师们都说，再苦一苦，苦过这一年进了大学就轻松了。可是我高三完了就是复读，复读完了就在山东大学赴法班没日没夜地学习法语，来到法国后，不仅要应付没完没了的听不懂的课和考试，还要头疼揭不开锅的日常生活。感觉一年好像比一年更苦。

　　时光如梭，很快就到了我的21岁生日。在生日前夕，父亲从电话里告诉我一个很不幸的消息：母亲给一个病号看病，结果那个病号骗了她五万元钱。家里为了让我上学，已经背负了巨债，现在已经弹尽粮绝，连第二年的生活费都拿不出来了。父亲这几天总是紧紧盯着母亲，防止她寻短见。父亲希望我学习之余能不能打打工，学一下革命前辈们勤工俭学。要不然的话，即使我通过了第一年的考试，家里也没有钱支持我进行第二年的学习。那样的话，前期投入的十多万就全都打水漂了。我失魂落魄地找到蔡坤，告诉他，我又孤单又害怕，希望他在我的21岁生日那一天可以陪伴我。蔡坤一开始答应，过了几天他又找到我，说他刚来雷恩时的接待家庭提议带他去南特游玩，正好是我生日那一天。他不好意思拒绝，感觉很对我不起。我颓萎地坐在走廊的地上，吉拉德正好经过，蔡坤跟他解释了大概的情形。吉拉德一把将我拉起来，对我说："你的生日不会孤单的，走廊的这些邻居们会陪着你，不仅会陪着你，而且要给你组织一个真正的生日聚会。"那将是我人生二十年以来第一次在生日举办一个聚会。

我找到菲利克斯和安娜，邀请他们参加我的生日聚会。菲利克斯了解到我的经济危机。他对我说，他从INSA的朋友那里听说我做饭非常好，每次做饭都把器具摆满整个厨房，然后花一晚上做好几个菜，就像开餐馆一样。他说他经常和安娜的那些闺蜜们在一起，其中有一个安娜的闺蜜，每天中午给大家做午饭，然后以每份饭四欧元的价格卖出去，他自己都买过好几次。菲利克斯建议我也这样做饭卖给大家，好挣钱补贴点家用。可是我怎么好意思赚同学们的钱？

左怡媛建议我可以在暑期找些餐馆打工。我即刻开始准备法语的简历和动机信。我需要拥有一个别人可以找到我的手机号码。在法国手机并不贵，但是手机是和话费套餐一起卖的，而话费套餐都是天价。吉拉德从手机运营商那里收集来许多广告，跟我每天晚上分析买哪款手机最为合算。后来我们订了一款摩托罗拉的直板手机，橡胶材质的，有一个很小的彩色屏，可以显示五行法语单词。我买那种十九欧二十分钟的套餐，只要别打电话，接电话是免费的。和套餐一起买的话，这个手机价值五十欧元。我生日当天吉拉德陪我在市中心买了这款手机，他还陪我走了好几个地方，看贴在墙上的招工信息，可是没有找到时间合适的工。

到了晚上的时候，吉拉德自掏腰包买了许多水果和饮料，设法把公共厨房打扮得有节日气氛一些。跟我共享教母的越南男生阮帆带着三个越南女生做了许多饭菜带到INSA宿舍。前几天我曾在INSA宿舍的走廊上偶遇我们班成绩特别好的捷克人米洛娃，她也被邀请参加我的生日聚会。她带来了一盒捷克特产的Kolonada温泉饼，这盒可以放置很久的捷克饼干，是她第一次来到法国时，行李里放的唯一一件吃的东西。她一直都舍不得吃，每当想家了就把饼干盒拿出来看一看。这次她想把她最珍贵的东西分享给我们。菲利克斯和安娜也在晚些时候来到了厨房。

小姑娘雯妮莎在生日聚会结束时从厨房门口探进头来。她想再摊几个可丽饼。当得知这是我的生日时，她高兴地摊了好几个可丽饼和大家一起吃。不一会儿她的男朋友因扎姆带着好几个突尼斯人跑到我的生日宴会上来。他们带来了一面巨大的突尼斯腰鼓，放起了阿拉伯音乐，直接在厨房里跳起舞来。

菲利克斯跟我说，他的继母住在雷恩市非常遥远的远郊，他参加我的生日聚会，就没法回家了，所以需要睡在我的房间里。吉拉德和他的INSA同学们找遍了整个校园，从另外一座宿舍楼顶楼的厨房里拖回来一张没人用的海绵床垫，放在我的房间里给菲利克斯用。

夜晚的窗外似乎下起了雪，雪花砸在草坪上，发出了叮叮当当的响声。菲利克斯在海绵床垫上安详地打着呼噜。我睡不着，想着克里斯蒂娜。不知何时，菲利克斯的鼾声停掉了。我侧过身在黑暗中看着他，发现他也在看着我，眼睛像黑暗中的猫一样闪着光亮。你睡不着吗？我问。"登君，我一直在想，今天最后出现在你生日宴会上的那个小姑娘，她今年多大了？""十五岁。"菲利克斯详细地询问了雯妮莎和因扎姆的同居关系，然后陷入了沉思。"这是一个悲剧，很糟糕的事情，她还没有成年，这触犯了法律。"他辗转反侧，用怜悯的语气自言自语，"我很可怜这个小姑娘，事情只会变得越来越糟，她的心会碎掉，可能她的一生都不会从这个阴影中走出来。"

"你和安娜的感情怎么样？""我非常爱她，真希望可以娶她。""可是安娜前几天找到我，跟我说你给她的爱情有些奇怪，她自己看上去有点迷失，到底发生了什么事情？"菲利克斯用头枕着右手，看着我说："安娜是不是带你去过市中心那个酒吧，她在那里有很多闺蜜？""嗯。""她后来也带着我去了两次那个酒吧，我认识了她的所有闺蜜。她的那些闺蜜纠缠着我，我和她们都上了床，可是我还没有和安娜上过床。"

我"咕咚"一下把身体转向菲利克斯的方向："可是安娜才是你真正的女朋友，你为什么不和她上床？""我做不到。""你为什么做不到？""我要把我对她的贞洁保存到我们结婚那一刻，只有这样我才保证自己对她是忠贞的、纯洁无瑕的。""你简直是不可理喻！"

菲利克斯沉默了一会儿，然后说："登君，你是否能明白，'爱'和'做爱'是截然不同的两个东西。""我的法语不好，我看不出这两个单词有什么区别。""你可以和你不爱的人做爱，你并不珍惜她们，只不过不忍拒绝她们索要快乐的要求。可是对于你爱的人，正因为你珍惜，所以你会迟疑，你会害怕、退却，不忍亵渎。也正是因为爱，你才愿去等待，让快乐和最美好的时刻一起到来。"他心情似乎有些激动，说这些话时声音都在微微发颤，在黑暗中，似乎眼角也泛着泪光。

"菲利克斯，"我没来由地问道，"你觉得克里斯蒂娜现在在干什么？"

黑暗中传来他温暖的嗓音："我不知道。我猜她正在睡觉，或许在做一个美梦。"

"你似乎和她很熟，你觉得她是一个好姑娘吗？""一个命很苦的姑娘啊。""我现在很想她，我会想，如果她能出现在我的生日宴会上多好啊，我真的很想成为她的好朋友。"菲利克斯明白了。"克里斯蒂娜是一个珍贵的姑娘，她对那些最纯真和美好的事物怀有强烈的信仰，并且很勇敢地去面对生活。可惜的是，这个世界上绝大部分人都在浑浑噩噩地过日子，大家都没有意识到她的价值。如果我没有和安娜在一起，或许此刻就和她在一起了。可怜的登君遇上了少年维特的烦恼了，他会怎样处理这份感情呢？我们一起想想办法，看看能做什么……"

第二天早晨起床，窗外的雷恩，已经沉浸在漫天飞扬的雪花当中了。"菲利克斯，快看，雪！"菲利克斯微笑着和我一起向窗外看去："登君，或许你不能相信，这是我人生第一次见到雪。"有人在敲门，打开门，是吉拉德。他手里拿着一个盛满海水和细白沙的透明密封塑料小球，球里面有一个小岛的地图。"生日快乐，或者说昨天生日快乐。"吉拉德咧嘴笑着把塑料小球给我，"昨天忘给你这个了，你的生日礼物。这是我圣诞节回到马提尼克岛的时候给你买的，可是我记得你的生日是在二月份，所以一直等到你的生日才给你。"球里面的沙子和海水分别是马提尼克沙滩上的沙子和海水，那张地图是法属马提尼克岛的地图，马提尼克岛位于外加勒比海，委内瑞拉北部的小安的列斯群岛，全年如夏，距离法国本土有五个小时的时差。我翻了翻小球，发现塑料壳体上写着"Made in China"，吉拉德特别尴尬，说，只是那个塑料壳是由中国制造的。我遥想这个从中国制造的塑料球横跨太平洋到达马提尼克，灌上了沙子和海水；吉拉德又横跨大西洋把它带到了法国本土；后来我又带着它横跨欧亚大陆拿回了济南，让这个球完成了环球之旅。

菲利克斯和吉拉德走后，又有人敲我的门。打开门，是雯妮莎。她手里拿着一小盒红色的头筋绳送我："生日快乐，亚历山大。"

我一把将她搂进怀里。"我就要当妈妈了。"她幸福地抚摸着肚子，脸上充满憧憬，"我这个星期天要带因扎姆见我的爸爸妈妈。因扎姆说他会等我三年，等我成年了，我们就结婚。"

可惜雯妮莎单纯的愿望还是落了空。那个周末的中午，我在房间里听到走廊上一阵骚动。打开门来，看见一个包头巾的中年妇女用阿拉伯语声嘶力竭地朝着因扎姆哭喊训斥。因扎姆垂头丧气，一言不发。雯妮莎像小鹿一样惊恐地在走廊里四处窜逃，像受伤的寒鸦一样大声哀号，可是还是被她强壮的哥哥们一把抓住。她看见了我，哀求道："亚历山大，救我！我不要回家，不要回家！"我的脚好像被钉在地板上一样，半步都动不得。只听见雯妮莎的哀嚎声逐渐消失在楼梯口"救我～～"。走廊又逐渐安静下来。因扎姆孤零零地站在屋子口，还是一言不发。

几个星期之后我收到一封信。信封是用A4纸折出来的，不是标准信封。信封没有封口，也没有邮票。所以它不是通过邮局寄来的，而是被寄信人直接投到了我的信箱里。打开信封，里面有一缕头发，还有一张纸条。纸条上写道："我很想你，亚历山大。我已经不是妈妈了，可你是我永远的朋友。"纸条上似乎有泪水的痕迹。

菲利克斯邀请我到他继母家度过复活节的晚上，以感谢我在生日那天让他住在我家里。他给我说复活节是家庭团聚的节日，他邀请我到他家里，是因为他把我视作他家庭的一员。复活节是一个星期天,所以前往菲利克斯继母家的公交车只有寥寥几班,菲利克斯提议我坐下午最后一班去,他反复叮嘱我要提前半小时到达发车的共和国广场。我到达共和国广场时看见菲利克斯焦急地等待我,他告诉我说我迟到了半个小时。原来2005年的复活节恰巧和欧洲冬令时改为夏令时的那一天重合,时钟被拨快了一个小时。我却毫不知情,仍然按前一天的时钟计时。菲利克斯和我跳上了另一班远郊公交车,他说他的父亲会开车到公交车终点处等我们。公交车沿着高速公路行驶,我熟悉的城市逐渐被甩在身后。我看见了森林、湖泊,还有一个巨大的飞机场。

在公交车出发时,我记得是晴空万里,可是不知从何时起,浓密的阴云笼罩在天际。那阴云距离地面非常低,好像只有两三百米,似乎跳一跳,伸手就能够到。它们像巨大的火车车轮,从头顶上轰隆隆地碾压而去。一个多小时后,我们到达了一个不知名的小镇,菲利克斯的爸爸坐在一辆黄色小面包车里等着我们,车里还有他在法国生下的两个女儿,一个五岁,一个六岁,都有着咖啡的肤色,和欧式的面孔。当黄色面包车在旷无人烟的原野道路上飞驰的时候,豆大的雨点随着怒吼的狂风和电闪雷鸣,倾盆而下。小面包车被狂风吹得东摇西晃,似乎随时都会被吹飞到天上去。我现在是明白了海明威在《老人与海》中描写的那个与大自然作战的老渔夫的心情了。我们此刻已经完全离开了人类文明所构建的一切意象,进入了大自然原始生动的灵魂。也就在这时,一个凡人才能够完全领悟到大自然的暴虐与雄伟。我心中着实有些害怕,担心小车还没到达目的地,就会被撕成碎片。但是就在这样的心情中,又诞生出一股豪情万丈,好想向天地间大声地呼喊,聆听祂的回音。有意思的是,在这样的疾风骤雨中,我们仍然可以看见落日夕阳。在遥远的地平线处,压抑的浓云和黝黑的土地之间裂开了一条缝,而太阳恰恰就落入那条缝中。刺眼的阳光穿破暴雨,打在挡风玻璃上,形成一幅绝美的印象派画作。不过这美好的时刻仅仅持续片刻,然后剩下的只是一团漆黑。

菲利克斯的房屋是旷野中唯一的一片微光。他的家似乎是用中世纪用来构建城堡的那种巨石垒起来的,透着一种北欧神话中冷峻的粗犷。为了能让屋子透进外面的阳光，建造者在屋子里的石壁上凿一米见方的大洞，洞越往里越窄，凿穿了一米多厚的墙壁之后，在外壁上只留下一条细细的窄缝。也只有这样原始粗犷的房子，才能顶得住这样的狂风暴雨，让人心中倍感安全。在屋内的大厅，能看见数根需要好几个人才能合抱的大原木，连树皮都没有剥，直接托起顶楼的地板。烤箱里烤着鸡，一个金发女人在屋中忙碌着。菲利克斯和他的后妈打了一声招呼，打算到厨房里煮些水煮蛋。"家里的煤气用完了，我们得等到周一才能到镇上买一罐回来。"金发女人边忙边跟菲利克斯说。菲利克斯挠着头尴尬地笑着看我：水煮蛋是复活节最重要的食品，怎么办呢？他跑到后面的柴房，用大斧头把冬天买来的松柴劈成小段，和我一起把柴火搬到大厅里来。我吃惊地看他把柴火堆到大厅一角的壁炉里，上面铺上新鲜的松枝，再撒上一些锯木屑和废纸。"这是我第一次见到真的壁炉。"我兴奋地跟他说。他朝我笑了笑，叫我拿着喷火枪朝废纸上喷火。壁炉顶上有几个铁挂钩，他在上面挂了个铁架子，然后在火焰上吊了一个小铝锅。开水滋滋地烧起来，火焰像一个个跳动的小精灵。菲利克斯给我找来一根一米多长，去了心的黄木管子，管子一头粗，一头细。"火焰要是不旺的时候，你就用粗的这头，使劲往里吹气。"他跟我说。我从来没有烧过壁炉，也从来没有用木头烧的火煮过饭，我觉得这是一个太好玩的游戏了，兴奋地把肺里的空气全都吹了出去。

晚饭过后，暴雨已停，但是阴云仍然笼罩着月亮。菲利克斯找来两双沾满泥巴的过膝雨靴，叫我和他出去散散步。从他的卧室打开玻璃滑门，就可以直接走到后面的大路上去。玻璃滑门上没有锁，当然也不用锁。菲利克斯的石头屋子是整个旷野中唯一的人烟，没有邻居，也没有小偷。我一走出他的卧室，就感觉泥浆一下子漫过脚踝的高度。四周是绝对的漆黑，我看不见菲利克斯，也看不见自己的身体，好像是在宇宙深处的虚无中漫行。那个时候我才意识到，在城市中，无论多么黑暗的地方，都有一种背景微光的存在。在城市中我们说伸手不见五指，可是城市的伸手不见五指，相较于当下的绝对黑暗，简直就像大白天一样光亮了。没有任何来自人类社会的背景微光，甚至连星光都没有，那是一种无法想象的黑暗。菲利克斯手中拿了一个电筒，在眼前的一片墨色里突然出现一道光柱，我就顺着那条光柱走。光柱所到之处，我能看见路两边都是灌木丛，地上全是泥浆，实在搞不清这是沼泽，还是路。

菲利克斯轻松地吹着口哨，我愉快地跟他谈论着各种误入脑间的异想天开的话题。菲利克斯告诉我说，有一只狗和一只猫跟着我们，他能听得见它们，可是我什么都看不到。

我们谈到了他的祖国委内瑞拉。委内瑞拉盛产美女，我高中时看过一部电视剧《真假夫人》，女主角就是委内瑞拉人。当时左怡媛特别花痴这个女主角。当全班都认为左怡媛长得和这个女主角很像的时候，左怡媛却到处跟人感叹这个女主角是她见过的最漂亮的女人。"我非常喜欢你们的总统查韦斯。"我对菲利克斯说，"查韦斯关心穷人，帮助穷人，总是为底层人着想。他把国家收入的钱用来补贴教育、医疗，他是平民的总统，是干实事的人。前几年政变有人推翻他的时候，我还特别担心他。"黑暗中很快传来菲利克斯那温暖的声音："登君，你是否想过一种可能：正因为查韦斯帮助穷人，所以才制造了这么多的穷人。正因为他做了那些实事，所以我的父亲才会失业，导致父子分离。"我百思不得其解。"你刚刚见到了我的爸爸，在委内瑞拉，我的爸爸是一名制药公司的科研工程师。"菲利克斯解释道，"查韦斯用国家卖石油的钱从美国高价购买了先进的药物，然后再低价卖到国内市场给穷人用。而我们委内瑞拉自己的制药公司不可能生产出这么先进的药物，也不可能卖出这么低的价钱，所以完全没有竞争力。而且委内瑞拉的福利非常高，制药公司雇佣一个工人，不仅不能解雇，甚至工人全家的医疗费用都要公司负担。于是制药公司破产了，我爸爸失了业，只好到法国来工作。"菲利克斯的描述让我目瞪口呆。"比如说查韦斯高价从国外购买粮食发给穷人，那么国内农民生产出来的粮食就没人买了。久而久之在委内瑞拉就没有人种粮食了，那些农民失了业，就都变成了穷人。委内瑞拉政府的钱是国家卖石油挣的，它并不需要依靠国内产业的税收，所以它也没意识到，这几年国内的产业已经是一片凋零。登君，委内瑞拉的故事是一个惨痛的教训。因此你在做任何一件事情之前，都不要只想着你做的事情是否能最快地达到你的目的，而是要谨慎地考虑你所做的每件事有可能产生的次发影响。只有这样想问题，你才能确保你的决策是全面的、谨慎的。"菲利克斯最后这两句话被我一直谨记在心。从此以后，我做任何事情都非常谨慎地多加考虑，以求不要影响到别人。

菲利克斯突然问起关于孙延珊的事情。"登君，在你们中国，女孩子和男孩子之间的友谊，是什么样的表现呀？"原来孙延珊最近在追菲利克斯，这让菲利克斯感到非常困扰。菲利克斯不是那种面对女孩子的追求犹豫不决的人，接受还是不接受，往往就是一句话的事情。可是孙延珊的追求方式完全不按常理出牌。具体来说，孙延珊天天提前出现在菲利克斯要出现的地方，话题总往菲利克斯身上靠。她应该是想要菲利克斯和她在一起，可是她又对全班人暗示她不想和菲利克斯在一起，而是菲利克斯想要和她在一起。她似乎渴望和菲利克斯走到谈情说爱这一步，但是欲盖弥彰地，她莫名其妙地突然说她只愿意和菲利克斯做普通的朋友。而当菲利克斯仅仅把她当成一个普通朋友时，她又朝菲利克斯大发光火。菲利克斯拿不准她到底想要什么。菲利克斯不好意思当着孙延珊的面去问，孙延珊你是不是爱上我了，这样太不谦虚了。万一孙延珊真的仅仅是把菲利克斯当成了一个朋友，那么也不好拒绝，毕竟大家是同一个班的同学。菲利克斯担心自己会误判孙延珊的感情，进而会伤害到她。菲利克斯说他和安娜的感情出现了严重的问题，他已经两个星期都没有见到安娜了。孙延珊的胡闹，让事情变得更加复杂。

我正要答话，黑暗中不知哪里伸来的一只臂膀把我拦住。"就在这里，不要往前走了。"菲利克斯的声音说道。他把手电筒向前扫射，手电筒照过的地方，白苍苍的一片，我什么都看不出来。"我本来带你过来，就是想给你看这个景色的，可惜今天晚上一点光都没有。"他用遗憾的语气说。就在这时，仿佛奇迹发生似的，在我面前正前方的乌云，突然裂开了一道大缝隙。一轮皎洁浑圆的明月，将莹白的光芒瞬时洒满大地。仿佛在看歌剧时，幕布被掀起的那一刻。整个的天地向我展现出它那娇羞羞的面容。一霎那间，我看清楚了我所在的环境。这是一片苍茫的大地草原，遥远的地平线处，隐隐可以看见森林的阴影。而在我面前几步远的地方，水草的尽头，是一湾一望无际的大湖。月亮不仅在天上，也在湖中，向我羞涩地笑着。水平如镜，湖中点缀着或大或小无数的岛屿，像无数错动的绵羊，隐约起伏。山影岛廓，如水墨画一般，层峦叠嶂。菲利克斯站在我身边，像温暖的太阳一样微笑着。一只猫和一条狗跟随在我们身后。我们脚踩着大地，身上覆盖着苍穹。我们是天地间唯一的演员。我心胸感到无限畅快。将双手啜在嘴边，大声朝湖面上喊去："菲利克斯，你是我的好兄弟！"湖中山岛也都向我应和着："好兄弟～～兄弟～～"

　　陈天竹的生日在复活节假期过后。天竹邀请我、菲利克斯，还有住在CROUS宿舍的东欧女孩子们，去参加她的生日聚会。当菲利克斯去找安娜，希望晚上在她家过夜的时候，安娜跟菲利克斯摊牌分手了。菲利克斯在课间跟我说了这件事情，我说菲利克斯可以随时睡在我家。菲利克斯说他已经打扰过我一次了，他也问了克里斯蒂娜，克里斯蒂娜说晚上可以睡在她家。晚上从天竹的盖吕萨克宿舍出来后，我推着我的自行车，陪菲利克斯、克里斯蒂娜、卡特琳娜、贝雅和阿娜斯塔一起朝CROUS宿舍走。卡特琳娜跟我说她曾经在乌克兰度过许多年的时光。我跟她说起我高中时很喜欢看的一部电视剧——中央电视台在乌克兰拍摄的《钢铁是怎样炼成的》，卡特琳娜没有听说过这部电视剧，但是她非常了解这本小说。她很惊奇在中国我们也读前苏联的名著。当我哼起苏联民歌《喀秋莎》的旋律时，她惊喜地跟我解释说，"喀秋莎"就是她的名字"卡特琳娜"的缩写。"你看，登君，"她跟我说，"这个世界上不同国家的差异，并没有我们想象的这么大嘛。虽然我们拥有不同的脸型，不同的发色，可是我们还是读着同样的故事，听着同样的歌。"

　　克里斯蒂娜对我的自行车很好奇，她说她还没有骑过自行车。在大家的起哄下，她骑上了我的自行车，摇摇晃晃地向前骑了两百多米，"啪"的一下重重摔在地上。我们赶紧跑过去，她却已经自己爬起来，拍拍身上的泥土，自嘲说：这就是摩尔多瓦人骑自行车的样子！"俏姑娘"贝雅一脸不屑地说："看我的！"她一把抢过我的自行车，一下子就骑出好几百米，远远地听见她的声音："我在宿舍等着你们，你们别太慢了！"阿娜斯塔向卡特琳娜使了个眼神。卡特琳娜大声说："我们也要赶紧回宿舍，要不贝雅一定会等得烦的。"阿娜斯塔大声应和道:"说得有理!"于是她们两个也大步快速走开了,只剩下我、菲利克斯、克里斯蒂娜三个人在后面慢慢地踱步。

我们三个人在讨论:纽约和巴黎,哪座城市才是世界的中心?"我想是纽约吧?"菲利克斯说,"毕竟美国是世界上最强大的国家,纽约市也是世界上最大的城市。""可是巴黎是文化之都、艺术之都。"我争辩道,"难道文化和艺术这些内在的东西,对人类文明的意义,还比不上金钱和物质吗?"菲利克斯笑着说:"有些人会选择思想,有些人会选择物质,内在和外在,只不过是不同的人,考虑的侧重点不一样罢了。哈哈,我倒是希望自己能既有思想,也能有物质。"

我们又把话题转移到讨论男人和公猴,以及男人和女人之间哪个差异更大一些。"还是人和猴子的差异更大些吧?男人和女人,毕竟都是人嘛!"菲利克斯说。"这大不一样。"我反驳说,"无论是公猴还是男人,都是饿了就吃,困了就睡,吃饱喝足了就想女人,人家对他好,他就对人家好,简单明了。而女人就不一样了,今天可以对你特别好,黏着你,明天就可以对你冷漠无情,仿佛根本不认识你,而这中间可能什么都没有发生。你对一个女人好,她可能会鄙视你,你对她冷漠无情,她反而更加崇拜你。这种莫名其妙的脑回路,难道不是和公猴以及男人完全不同吗?"菲利克斯听到我的回答,侧脸看了看克里斯蒂娜,发现她在一脸坏笑地盯着我看。"菲利克斯,亚历克斯用'兄弟'这个词来称呼我和他的关系。我很高兴,我在法国拥有两个结义兄弟,一个是你,一个是亚历克斯。"菲利克斯听我说完后,就把左手搭在我的肩上,把右手搭在克里斯蒂娜的肩上,将我们两个紧紧地拥抱在他的怀中,感动地说:"你们两个,是我在法国最重要的兄弟姐妹。"

05

寻找暑期打工的机会

　　学年的最后一个下午，一年级的学生在盖吕萨克宿舍外面的草坪上组织了一个告别派对，有些二年级的学长也前来凑热闹。欢声笑语中，在法国第一年的留学生涯结束了。而曾经情同手足的挚友们，有些从此天各一方，再也见不到了。

在四月中旬的时候，整个法国陷入了一场关乎欧洲命运的大辩论。在2004年底的时候，由法国起草的、意在规范欧洲各国协调统一行动的纲领性法规《欧盟宪法》在布鲁塞尔的欧盟总部表决通过。然后它只需要欧盟25个成员国的民众一一表决同意，就可以成为正式的法律。西班牙已于二月份全民公决通过了这部宪法，法国将在五月底成为第二个对宪法进行全民公决的国家。距离全民公决还有一个半月的时间，民调显示反对宪法的声音已经超过支持宪法的声音，许多法国人担心《欧盟宪法》的通过将会使法兰西民族失去他的民族性，又会刺激波兰的水管工更容易地进入法国抢走法国人的工作。如果《欧盟宪法》在法国被否决，将会使起草宪法的法国政府陷入非常尴尬的境地。德国总理和西班牙首相先后到访法国，组织集会对民众进行演讲，法国总统希拉克和总理拉法兰也不停在电视上发表讲话，指出《欧盟宪法》一旦遭到否决，将会使欧洲一体化进程遭受到巨大挫折，统一市场有可能会分崩离析，民粹主义有可能重新抬头。关于《欧盟宪法》的讨论深入到每一个法国家庭，家庭的成员为不同的观点针锋相对，甚至导致父子反目，夫妻分居。这种讨论甚至蔓延到了化学学校的课堂上，"国际视野"课的老师问大家的看法，全班28个人全部支持《欧盟宪法》。当大家全部被要求发表自己的论点时，我的论点是：欧洲一直以来其实都很像一个统一的国家，整个欧洲都用同样的货币，国与国之间的分界线也可以自由穿过，就像中国跨省一样。欧洲每个国家的面积，都和中国的一个省差不多大，而且每个国家只有一到两个大城市，就像中国的一个个省会。整个欧洲的面积和人口，都很类似于中国一个国家。语言也就日耳曼语族和拉丁语族几种，不同国家语言的区别和中国不同省份方言的区别也差不到哪里去。如果把欧洲视作一个国家，那么统一的宪法是理所当然的。老师又提起了波兰水管工的事情，问我作为一个外国学生，我感觉法国人对我的态度是怎样的。我想起在雷恩，从政府到个人对我生活和学习的各种照顾，于是说：法国尊重每一个人的个性，为所有人提供平等发展的机会！老师非常兴奋，她大声说：你们班出了一个尼古拉·萨科齐！

这时我在法国第一年的学习已经接近下下半场，考试变得更加频繁了，几乎一个星期一考。每天放学后我都在朱斯汀的宿舍里待一个小时，和她一起复习。不久后，我建议和朱斯汀经常在一起的三个越南小姑娘也加入到我们的学习互助小组。朱斯汀的法国搭档艾美丽对我的这个学习互助小组非常感兴趣。她困惑为什么大奔和小孩不在小组里，朱斯汀询问我是否要把我对大奔的看法告诉艾美丽，我不希望别的法国人知道中国人内部有矛盾，于是朱斯汀什么都不说。艾美丽自己想了一阵子，得出结论：一定是中国人的成绩太好了，不需要学习互助小组。于是她把建立这个小组的目的想象成了我专门花精力来给越南学生辅导功课，这使她对我的印象更加好了。那一阵子艾美丽天天在班上说我的好话，在她的描述中，我变成了传道授业的使者、悲天悯人的耶稣。她甚至为了想要更好地了解我而专门去接近大奔和亚历克斯。大奔看见我的学习互助小组引起了法国人这么多的好感，决定依葫芦画瓢照搬一个。他叫小孩、潘应龙、阿娜斯塔每天晚上到他家去学习，阿娜斯塔去了几次后就不再去了，潘应龙则直接没有理他。

艾美丽顶着一头火红色的齐耳短发，秀丽的瓜子脸，干练的金丝眼镜，饶有兴趣地坐在我面前看着我，那时是午休，我们都在CROUS的食堂吃饭。"你今天在'国际视野'的演讲不错，法语进步了呢。"她说。"我只是不明白，为什么法国人这么害怕波兰的水管工。而波兰的水管工，又为什么这么喜欢来到法国工作，难道在波兰没有水管可以修吗？"艾美丽笑得上气不接下气："亲爱的登君，'波兰的水管工'是一个代号，并不非得是波兰修水管的工人啦！"她跟我解释，波兰被认为是欧洲内部一个比较穷的国家，而水管工指代的是低端工作。法国人经过多年争取，终于为每个工作都制定了最低工资标准和最低福利待遇。但是根据《欧盟宪法》，雇主在雇佣外国劳工时是不需要遵守这些最低待遇的，而来自穷国的劳工，也愿意接受更低的工资来做和法国人同样的活，许多法国人担心这会使大量的法国低端工作者失业。

"好奇怪，为什么你说的那些法国人，跟我认识的都不一样呢？"我疑惑地问道，"我见到的法国人，总是非常关心地问我好不好，生活遇没遇到困难，对我说法国就是我的家，他们不像是担心外国人抢工作的人呢。"艾美丽像听到家长表扬的小孩一样扬着嘴角开心地笑起来，弯月一样的眉毛闪着明媚的春光："那是因为你在布列塔尼呀，登君，你在凯尔特人的地盘上。我们和真正的法国人，那些高卢人是不一样的。"她接着对她的话做了解释："你看，在我们布列塔尼，我们有自己的民族旗帜，有自己的民族服饰和舞蹈，还有自己的语言。我们还是全法国唯一高速公路不收费的地区。这里曾经是一个独立的国家，但是被邪恶的高卢人吞并了。我们布列塔尼人和你们这些外国人才是真正的同盟，因为我们都遭受着那些高卢人充满恶意的排斥。我们对你们，可是比我们对待法国人还要好得多！"

后来我游历了法国的许多城市，才意识到我从布列塔尼开始我在法国的学习生涯，其实是一种非常大的幸运，这个地区非常有国际氛围。正如艾美丽所说，当地人的淳朴民风以及对生活困难的外国人的同情和包容，是法国其余地区所比不上的，而这对当时初入法国什么都不懂的我，带来很大帮助。

亚历克斯和贝雅分手了。贝雅抱怨说和亚历克斯在一起，成天都是谈情说爱，都没有时间学习了。考试的压力越来越大。如果贝雅再考砸几次，落入年级最后百分之十而被化学学校淘汰掉，那么她第二年能否继续在法国学习都是一个未知数，和亚历克斯维持恋情也就毫无意义了。亚历克斯暴跳如雷，跟贝雅说她就是一个自私自利的人。这对情侣最后不欢而散。其实我也担心第二年能否继续在法国学习，我并不担心成绩，但是家里凑不出钱给我提供第二年的生活费了。我连续几个周末都在雷恩市中心，一个餐馆一个餐馆，一个酒店一个酒店地投简历，希望能找到一份低级工。可是大家都说没有招工计划，连简历都不肯收。

有一个周五的晚上，我在INSA的宿舍里自己学习，突然有人敲门。打开门，阿娜斯塔孤零零地站在走廊上，眼睛通红。她还没坐到屋里，就开始啜泣起来。"亚历山大，为什么你的那些中国同学都讨厌我？"她用右胳膊肘擦着脸和鼻涕，委屈地说，"我哪里对他们不起了？我一直都很关心他们，在意他们。"原来阿娜斯塔因为最近几次考试成绩不好，心烦意乱。INSA有一个自己的体育馆，每周五晚上中国学生都在那里打羽毛球，亚历克斯就建议阿娜斯塔到INSA打羽毛球散散心。平时阿娜斯塔到INSA打羽毛球，都是大奔先来约她的，她虽然也跟其他的中国人远远地打招呼，但是她只跟大奔打球。这次她没有经过大奔，直接到INSA来，本来想和腿或者小波他们打羽毛球，却发现大家都用厌恶的眼神远远躲着她，好像她是一个瘟疫。我抱着她的头，不知道怎么才能安慰她。可怜之人必有可恨之处啊。阿娜斯塔一直都意识不到，大奔最喜欢当着她的面去评价别的中国人，被评价的那个人往往还就在对面听着。大奔的评价总是一针见血，他总是能把别人的故事说得让她开怀大笑。阿娜斯塔不知道的是，那些血，是别人尊严的血，她的笑，是听上去饱含侮辱与挑衅的笑。"中国人在外一定要团结"真是一个好的理由，它让那些被大奔羞辱的中国同胞，始终由于羞耻，无法当着阿娜斯塔的面反驳大奔。但是阿娜斯塔在中国人团体的心底种下了仇恨与屈辱的种子，此刻她不过是苦涩地吞下了她亲手耕耘的果实而已。阿娜斯塔抽抽凄凄地问道："我和雷交朋友，是因为我想和所有的中国人交朋友，难道大家不喜欢吗？"我摇摇头，肯定了她的疑问："在中国人里面，雷的名声并不是很好，也连累了你。"阿娜斯塔像犯了错误一样地小声说："对不起，我无心伤害任何人，我其实一直都非常努力地想被大家接受！"唉，阿娜斯塔，你本质上还是一个善良的姑娘，可是你无法得知在一种你不了解的文化中，哪些笑是被视为友好善良的，哪些笑是被视为侮辱讽刺的，你又不幸交错了朋友，结果被当成了别人实现野心的一个工具。"我感觉浪费了一年的生命，和雷在一起的日子，总感觉哪里有些不对劲，却又说不上来。真希望一切可以重来……"

左怡媛跟我说，她在去年暑假时参观了一个叫作周庄的城市，那里几乎每一个房间都是餐馆。她建议我去调查一下雷恩周边有没有旅游城市，说不定在那里可以找到暑期工。我几乎立即就想到我刚来法国时，伊玟曾经带我参观过的，那座漂浮在大海之中的城市圣马洛。从雷恩到圣马洛需要坐一个小时的火车，票价五欧元。出发的那天，INSA正好举办索莱克斯摇滚节。索莱克斯是一种柴油马达助力自行车，在一辆自行车加厚的前轮上方放车筐的地方，装了一个柴油驱动的反向小马达，摩擦前轮的橡胶轮胎，让前轮驱动整辆自行车。这东西头重脚轻，启动后就很难停下来，下坡时很容易栽倒个嘴啃泥，上坡时马达会打滑，还是得靠脚蹬链条驱动后轮，是一辆很难控制的机器。从1967年起，INSA机械系的学生每年都组织索莱克斯大赛，全法国400多个机械爱好者，带着自己制造的索莱克斯来参赛，比速度、比灵活性、比造型，围着INSA的教学楼和宿舍各种别扭的三公里路线上跑六个小时，看哪个组跑的圈数多，中间索莱克斯肯定是要坏掉至少一次的，可以现场修，几乎每个队都带了两三套零件。晚上大家在摇滚乐中狂嗨。索莱克斯摇滚节是法国历史最悠久和规模最庞大的学生活动了。由于活动，公交车当天改道，我不得不走路穿过雷恩一大的校园，然后坐公交车去火车站。

　　绕城一圈的厚重城墙把圣马洛老城和大海隔绝开来。一座防守严密的碉堡连接着老城和陆地。高耸的城墙背后，所有的建筑都是六层，不多也不少，青灰色石头楼房像列队的士兵一样，整齐划一地排成直线。楼与楼之间的街道非常狭窄，说着法语和英语的游客们摩肩接踵。这里到处都是餐馆和旅店，我一家一家地进去投简历，用提前准备好的自我介绍，设法吸引店主的注意力。累了就在海滩上休息一下，这是我人生中第二次见到大海和沙滩。这里的海水很清澈，远处的阳光穿过雨云，照射在蔚蓝色的大海上，反射出灿烂的银光。大海中央有一个海水游泳池，涨潮的时候只看见一个跳水台孤零零地从大海中央冒出来，退潮时却能看见那下面是一个灌满海水的泳池，矗立在裸露的沙滩上。海洋中还有几个碉堡监狱，涨潮时与世隔绝，退潮时却能沿着海底岩石直接走过去。我用了三个小时的时间走进了近两百家餐厅和酒店，可只有三家餐厅愿意收我的简历。其中一家叫"独角兽"的餐厅，后来给我打电话，说叫我下个周末去做工试试。

　　出国之前，父亲跟我说，所有的留学生都要经过在餐厅打工洗盘子这个阶段，把盘子洗得又快又好，是出国留学的必备技能。因为不小心把盘子打破后，苛刻的雇主还要对我进行惩罚。我那时候总是不明白，为什么这么多餐厅都有洗盘子工的需求，为什么每个洗盘子工的岗位都喜欢雇佣中国留学生？无论如何，被"独角兽"雇用之后，我终于也拥有了在餐厅洗盘子的经历，于是我可以把自己视为一个真正的留学生了。可是当我真正到岗的时候，才发现洗盘子并不是分配给我的主要工作。我的主要工作是制作布列塔尼当地特色菜。

洗盘子这项工作完全被自动化了。在独角兽餐厅的地下室里有一个巨大的洗盘机。当脏盘子积累到一定数量时，我就把它们全都挪到一个小升降机里，送到地下室，我在地下室里拿出盘子，一个个地插到机器传送带上，拿高压水枪朝传送带冲几下，开动机器按钮，不一会儿干干净净的盘子就冒着蒸汽从机器另外一边出来了。

独角兽餐厅是进入圣马洛老城门之后看见的第一座餐厅，它的主打招牌菜是各式各样的布列塔尼煎饼和可丽饼，比利时贻贝薯条、冷冻海鲜拼盘、马赛鱼汤等，也做煎牛排、油封鸭之类的基本菜。我被要求乘坐周六早晨七点半从雷恩出发的第一班车，九点到达餐厅。餐厅地下室有两个大的不锈钢槽，一个不锈钢槽放进荞麦面、水和鸡蛋，用来做布列塔尼煎饼的面糊，另外一个不锈钢槽放进精面、牛奶和鸡蛋，用来做可丽饼的面糊。钢槽实在太大了，我被要求把胳膊清理干净后，直接用整条胳膊在钢槽里面搅。第一批食客大约在十一点半到达，在那之前餐厅的每张桌子、每个角落都需要被清理得干干净净。有一个厨师长带着我，他在餐厅开门前简单地指导我煎饼和可丽饼的摊法。他说这个工作并不难，只不过手脚要快。因为夏季的圣马洛，顾客前来的速度会非常快，到了七八月份暑假，那时候会更快。餐厅一共有二十多种不同的煎饼和二十多种不同的可丽饼，菜单在每种煎饼和可丽饼的名字下面都写明了加入的食材，只需要按照菜单把事先切好的食材加进去就可以了。有些煎饼需要放火腿、奶酪和鸡蛋，有些要放鸭脯、蘑菇，有些要放菠菜。有些可丽饼只是撒上糖霜，有些要加入不同口味的冰淇淋，有些要淋入朗姆酒，还要在上面放一把火。此外只需要记着贻贝没了的时候就要煮贻贝汤，薯条没了的时候就要炸薯条，面包没了的时候就要烤面包。没什么事情干的时候就要准备沙拉，永远都要注意食材的消耗速度。我看着菜单，发现上面食材的法语单词我几乎全不认识，根本无法和摆在一旁的食材对上号。厨师长只好叫我先摊煎饼，煎饼快熟的时候他在上面撒上食材。他叫我回家以后一定要好好地学习不认识的单词。

我工作了八个小时，在那一天结束的时候，餐厅经理给了我四十欧元现金。他说我还在试用阶段，餐厅主人这个周末不在，下个周末再和我签合同，签了雇工合同之后，我的小时工资还会更高。学校放暑假之后，我就可以全天在餐厅里工作整个夏季了。下班时我已经错过了开往雷恩的最后一班列车，第二天周日一大早我又要开始工作。我知道伊玟每个周末都会在海峡对面的迪纳小镇度过。我给伊玟打电话，希望晚上可以住在她家里。"登君，我这个周末在雷恩有事，现在不在迪纳！下个周末你可以住在我家，可是今天晚上我没法帮你！"我被困住了。

餐厅里有一个四十多岁的越南女招待，名叫"丹"。丹对我说她的女儿今年刚刚上大一，在外地上学，我可以睡在她的房子里。丹的一家就住在餐厅所坐落的那座石头房子的三楼。我长这么大，第一次睡女孩子的闺房。看着粉红色香喷喷的床单和墙上贴着的凯蒂猫的贴纸，我感到很不好意思，好像我这个大男人玷污了人家女孩子。自从高中毕业以后，无论是复读还是赴法班，我一直处于一个封闭的环境里，脑子里一直都是高中老师所念叨的"男女授受不亲"的想法。前一阵子买完自行车后不久我就摔伤了背，每天晚上都要在吉拉德房间里脱光上衣让他给我抹药膏。有一次吉拉德的白人女朋友突然闯进房间，我被一个女孩子看见裸背，羞得满脸通红，顺手撩起吉拉德的枕头，把他的女朋友砸了出去。"早点休息吧。明天还要早起，加油好好干。"丹鼓励地说，"一个外国人刚来法国，又要讨生活，又要融入社会，挺不容易的。我也曾经是你，所以我了解你的辛苦，希望可以帮你。"我的眼圈感动得红了，好久都没有人像家人一样对我说话了。那时的我，毕竟还只是一个孩子。我不知道应该说什么才是合适的，眼光突然落在了壁炉上一个小男孩的黑白照片相框上面。"那是谁？"我问。

丹的肩头突然轻轻震了一下，她的眼眶一下子红了："那是我的儿子，可是我把他给走丢了。"她扶着床坐下来，努力控制自己的情绪："如果你了解到我们这一家是怎么来到法国，或许你就更能理解到幸福其实是勇气的一种。因为记忆和思念是如此的焦灼痛苦，只有勇敢地逼迫自己去幸福，才能在短暂的忘却中，努力地挂上笑容。"在二十世纪七十年代中期到八十年代

F
05

末，越南和柬埔寨发生了旷日持久的战争，越南的国民经济持续恶化，政治腐败，民生凋敝。许多越南人为了生计逃离祖国。美国、法国等西方国家允许这些难民入境。丹和丈夫就是这移民大潮中的一员。他们八十年代末带着刚刚出生的女儿，通过猎头在海上漂流了一个月，来到法国，先落脚在巴黎东郊的克雷泰伊，后来来到雷恩西郊的雪铁龙工厂。雷恩的雪铁龙工厂三班倒，法国人不喜欢上夜班，但是越南的难民为了挣钱谋生，什么活都肯干，什么苦都愿意吃。丹的丈夫就和许多其他越南同胞一起成为雪铁龙工厂生产线的雇员。待女儿长到八岁大时，丹在圣马洛找到了独角兽餐厅的工作，已经为餐厅工作十年了。丹在离开越南之前，其实有一个五岁大的儿子。可是丹的婆婆认为儿子是要为家族传宗接代的，不能远离，坚决不准丹把他带走，丹只好母子分离。她本来打算挣了钱，就把儿子接来法国。那个年代通信不发达，丹在法国一待五年，完全没有家乡的消息。后来挣到钱，终于回到越南，却发现沧海桑田，昔日的村庄已经不存在了，她的婆婆和所有认识的人也都不知影踪。这几年丹一直都在努力寻找她的婆婆和她的儿子，可是毫无收获。"我那时如果再坚持一下，我的婆婆说不定就放手了。如果我的儿子还活着，那么他今年也跟你一样大了。"丹用手指节揩去眼泪，轻轻抽泣着说，声音沙哑，"我今天做活时，看你在后厨做饭，就想到他。越看你，我就越思念我的儿子！"

丹离开后，我在半夜辗转反侧，无法入眠。少女的香水味混杂着烦杂的思绪，幻化成在黑夜中一闪一闪的花蝴蝶，在眼前缤纷乱飞。我索性起床下楼，顺着石梯爬上了为圣马洛遮挡了数百年风雨巨浪的厚实城墙，迎着海风，我望向深邃广阔的夜之大海。在那看不见的远方，隐藏着即将到来的风暴，时不时会有电光照亮浓积的雨云，那里生机勃勃，却又危机四伏。在虚空中庞大到永无止尽的夜海，安静中透着一触即发的紧张。我努力睁大眼睛，想看清在一团漆黑的风暴之后，命运会把我带向何方。我已经开始去做人生中的第一份工作，开始用自己的双手去挣钱养活自己。可是我为什么要到这里来？我曾是家里父母亲戚掌上的明珠，现在却要做这下里巴人的活计。我的未来会怎么样？我是否能通过第一年的考试？我是否能挣出第二年的生活费？我是否会像丹一样，一辈子在小餐馆打工，永无出头之日，而且还背上了一个永远回不去的家乡？

伊玟对我说，她会帮我在圣马洛找到合适的住所，她叫我先安心准备考试，不要为房子操心。我给父亲说我找到暑期工作的事情。透过电话，我能感到父亲脸上纠结了几个月的愁结，一下子解开了。他的语气中上上下下都透着一股轻松。我也感觉好像是一股新鲜的空气透进了我死气沉沉的命运，让心中的某些地方复活了。父亲叮嘱我尽快和老板签订合同，他还是有些不放心，但我认为大局已定，不必耗费精力去进行无谓的担忧。

本来说好和上一个周末一样，周六一大早开始工作，可是物理老师突然宣布把光学考试放到周六上午，只好打电话给餐厅经理请周六的假。周六下午火车到达圣马洛时，伊玟已经在火车站等着我了，她开车带我到了一个叫作"青年劳动者公寓"的地方。公寓提供十二平米的房间，每月租金不到三百欧。伊玟已经提前跟公寓说明我的情况，公寓愿意帮我留一个房间暑假再租。她还帮我准备好了所有的材料，只差一份和餐馆签字的劳动合同来证明我是劳动者，就齐全了。"你很幸运，一个中国人，却在一个正宗的布列塔尼餐厅里当大厨。从此以后，无论你走到世界的哪个地方，都可以骄傲地称自己是布列塔尼人了！"公寓管理员一边整理我的材料，一边调侃我说，"其实圣马洛夏季的房子特别难找，而且你现在开始找已经很晚了，多亏你有一个负责任的接待家庭。"圣马洛是一座旅游城市，夏天的游客是冬天人口的十倍以上，所以这边的餐馆和旅店每年暑假都要招短工，许多打暑期工的学生一拥而入，很早就能把所有的便宜公寓订满。

晚上住在伊玟位于迪纳的别墅里，房间里的气息还是那熟悉的味道。久别重逢，我仿佛还能听见尼奥心急火燎地"噔噔噔"爬上木质楼梯的声音。仿佛那一切都是昨天才发生的。那时我刚刚来到法国。回望这过去的一年，却又恍如隔世。

第二天在"独角兽"的工作还是像打鸡血一样的忙碌紧张。厨师长对我做煎饼的速度已经相当满意了，我专门背过那些食料的单词。这时有一份很大的苹果沙拉要做，可是切好的苹果已经用光了。"苹果在冰箱里，小刀在厨架上，你把苹果削了皮，切好！"厨师长一边做着别的菜，一边吩咐我。我拿过苹果，正准备削，突然心像荡秋千一样咯噔一下悬空了：我并不会削苹果呀！事到如今，只能硬着头皮，用大拇指使劲摁着刀背，把苹果皮一小片一小片地刮下来。"这个人是谁？"我抬起头寻找声音的来处，只看见一个穿吊带牛仔裤的秃头胖汉，用手指着我问别人。"这是新来的帮工，我试用一下。"餐厅经理谄媚地跟那个秃头说。秃头一脸不满地看我一点点地蹭苹果皮。"你在这里是干什么的？"他问道。我无言以对，只好努力工作，一紧张，差点削到手。"他在这里工作一天，你给他多少钱？"秃头问经理道。"每天给他四十欧。""那今天你给他五十欧。"秃头吩咐道。当天工作结束时，我还是没能签下合同。经理对我说，老板已经提前回家了。

最后一天多得的十欧让我深信不疑，我的工作能力已经得到肯定。可是就在随后星期的周三晚上，我在宿舍里学习的时候，厨师长突然给我打电话，告诉我说下周末不必再去了。"为什么？""这是老板的决定，具体情况我也不知道。""是我的工作还有哪些欠缺的地方吗？我会很努力地改进。"我哀求道。"我什么都不知道，我也做不了决定。呃，就这样吧。"他挂了电话。

我整个人像旋进了一个深不见底的烂泥塘，不停地重重沉下去。我的父亲，我的学业，全家人的希望，都寄托在这份工作上。我曾经看见生命之光从黑色的木门背后透出，现在那道门又被紧紧地关死了。我需要给丹打电话，让她救救我。自从买了手机之后，我从来不舍得用手机里面的二十分钟话费。我一开始，试着在手机上输入中国电话卡上的十位数字号码，再挂掉电话，可是系统从来不会像在电话亭里那样回拨过来。于是我打了客服电话，电话那边的小姑娘说这个电话卡本来就不提供手机的回拨服务。但是她又给了我另外一个电话号码，是她们内部人员使用的，可以回拨手机。用这个号码，我就不必深更半夜跑到外面大街的电话亭里，而可以直接躺在床上用手机跟家里人打电话了。我在手机里输入了十位号码，可是这次我等了很长时间，都没有收到回拨电话。我又试着输入了手机卡上指示的电话号码，它也是一如既往的没有用处。一瞬间的工夫，我以为这是命运的暗示，想让我明白它已经抛弃了我。我不想走到外面的大街上，我一定要在房间里把电话号码拨出去，这就是我对命运的回复。

我动用了手机里的话费，丹在那头接起了电话。"丹，你听说了吗？老板不要我了，发生了什么事情？""我不知道，我不清楚。""丹，你一定要救救我，你是理解我的。这份工作，是我全家的希望。失去了它，我的家就毁了！"我苦苦恳求，丹却不为心动。"亚历山大，我也只是一个打工的，我很同情你，可是我又能做什么呢？""你一定能做什么的，你只需要说说好话，说不定就可以改变一些事情！你都在那里工作这么多年了！""不，不是的，我……"电话突然掉线。接着我收到一条短信，说我的话费已经用光。短短几分钟，话还没有说完，十九欧元灰飞烟灭！

后来小波和腿告诉我说，我在得到了回拨手机的电话号码后，把这个秘密告诉了赴法班的同学，包括大奔、死得晚、西姆他们。后来西姆在一次炫耀中，无意间把这个事情透露给INSA二年级的一个中国人。这个中国人课余是做批发电话卡生意的，他大批量购进此公司的中国电话卡，然后又以比指导价高百分之十的价格把电话卡卖给全雷恩的中国人，每卖出一张卡，就把人家的内部号码抄送一份。估计是电话卡公司发现内部号码泄露，就直接把号码取消掉了。小波和腿一起埋怨我太傻，自己找到的有价信息，却让别人赚了钱。别人赚了钱，还把我自己的后路给封住。小波说，以后有什么信息，要我只在他和腿、蔡坤、小孩之间分享，外面的人心狠手辣，只有我们五个人才是真心对待彼此的。

伊玟跟我说她会帮我取消圣马洛宿舍的预定，叫我不要从学习上分神。她恨恨地说，有些餐馆骑驴找马，信誓旦旦地说要招工，却总不跟你签合同，然后就可以付给你很低的劳务费，等到撑不住必须要和你签合同时，就把你换掉。伊玟认为"独角兽"就是这样的餐馆。

我失魂落魄地在周六凌晨一点的校园中翻来覆去地走，心中踌躇苦恼，不知道该如何把这个不幸的消息告诉家人。看着国内时间已经是早晨七点，父亲应该起床了。我鼓起勇气，找到一个电话亭给他打电话。

父亲以为我要一大早起床去圣马洛，对我凌晨一点还不睡觉很是诧异。

待我把事情跟他一一说了，隔着电话，我都能感到他的惊慌失措。"他这是欺诈，你应该到法院去告他！"父亲在电话那边咆哮着。我连法国法院大门在哪里都不知道，怎么可能？"别的中国人有没有找到暑期工作？"法国每个工程师毕业时都要有三个实习经历，第一个是劳动工人实习，第二个是技术员实习，第三个是工程师项目负责人实习。INSA把劳动工人实习放在预科班一年级暑假，由于一年级外国学生普遍贫困，加之语言不流利难以自己找到实习工，INSA和法国南部波尔多地区的葡萄酒商签订了长期合作协议，每年暑假派一年级的外国学生去波尔多地区当摘葡萄工，以充作实习。蔡坤、小波他们不用费神去找，就有了暑期工。葡萄酒行业非常富有，这份工作比一般实习工的工资要高很多。但是盖吕萨克联盟旗下各化学学校都把工人实习放在工程师阶段一年级的暑假，雷恩化学学校的预科班并没有任何实习安排，学校也因此没有为我介绍暑期工。父亲非常失望，感觉他的孩子技不如人："你去跟班上其余的中国同学请求帮助，大家一起商量想办法，不要一个人蛮干，要学会合作，学会集体生活。"我开始跟父亲抱怨班上其余的中国人非常古怪自私。他们不仅不会把自己找到的工作信息跟我分享，反而更有可能会把我给他们分享的工作情报窃为己有，让我自己丧失机会。"够了！我不想听你说这些。你总是埋怨别人，说别人占了你的便宜！你怎么不从你自己的角度想想？难道不是因为你自己太自私，才会被别人孤立吗？"父亲怒道。

我握着电话的手因为愤怒而颤抖了。父亲怎么能这样不问黑白，把什么错误都归咎到自己的儿子身上呢？从小到大，父亲都是家里的一言堂。我无论受了多大的委屈，只要父亲支持我，我就可以擦干眼泪，爬起来再次奔跑。可是父亲啊，你怎么能在你儿子最脆弱的时候，站在外人一边来指责你自己的亲生儿子啊？我带着哭腔说："我不知道怎么和他们合作，我的考试压力太大了。别的中国人在周末可以复习，我的周末却要在外面找工，感觉成绩直线下降。现在每个星期都有两门考试，我已经撑不住了。倘若我找到了工，却被学校淘汰，那么找到了工又有什么用呢？"父亲叹了一口气，用近乎哀求的声音说："君，我知道你很难，可是我和你妈妈更难。家里实在凑不出你第二年的生活费，你一定要通过考试并且找到工，要不然家里就会破产。"我从未听过父亲对我哀求的语气。家，曾经是我无论走到天涯海角，回头就可以感受到的最坚实的支撑。现在这个支撑已经走不动了，我变成了一片飘荡在荒野中的浮翎，既无去处，也无来处，没有人可以依靠。我把孩童时期的外衣最终脱下来，却迷失了自己。我不想再听父亲的絮叨，没有说再见，而是在他还在说话时，挂上了电话。

回到宿舍已经是凌晨两点半。我疯狂地拍打吉拉德的房门。我不管他有没有睡觉，我现在太痛苦了，需要他陪我。否则的话，我可能就会死去。敲了一阵，什么都没有发生。整个走廊都是静悄悄的。我突然想起来，那个星期的周四是法国公共节日"基督耶稣升天节"，而同一个星期的周日是另一个公共节日"二战欧洲胜利日"。当一个公共节日是周二或周四的时候，有些法国公司和学校会把周一或周五也批准为假日，好让员工和学生拥有一个四天的小长假。INSA就是这样做的，可是化学学校让我们周五还得继续去上课。整个INSA的学生都在外面度假。吉拉德的姑妈住在巴黎北郊。他在周三晚上就坐高铁去了巴黎，在临走前我还要求他给我带回来一份巴黎市地图。我走进公共厨房，打开窗户。心中郁结难吐，翻覆沸腾，似要爆炸。我用尽全身力气，向空旷的校园大声喊出我向来羞于出口的四个字："C～～你～～妈～～的～～！"

我拿脚猛踢公共厨房里的桌子和椅子。踢了一会儿，却还不解气，于是就把桌子和椅子全都四脚朝天翻过来。椅子比较好翻，公共厨房里的桌子超重无比，把它翻过来，着实花了一番力气。我正打算把公共厨房的垃圾桶也翻过来，发现那里装满了三四十个空的啤酒瓶子，都是周三晚上学生们在放假前夜聚会喝剩下的。公共厨房外面是学生停车场，因为是假期，此时一辆车也没有。我把酒瓶子使劲地扔到外面的停车场上，每扔一个就骂一声"他妈的"。听到玻璃的碎裂声，我感到强烈的释放，仿佛是在愉快地观看自己的命运也和这些酒瓶子一样，碎成一片一片。我把三四十个酒瓶子全都变成停车场上的碎玻璃渣之后，感觉自己完成了使命。走回自己的房间，趴在被子上哭了好久，然后不知不觉睡过去了。

吉拉德从巴黎回来之后，我告诉了他那个周六凌晨发生的故事。那时停车场的碎玻璃渣已经被人清理干净，可是吉拉德总是从草丛中、垃圾箱旁、路灯杆下发现有许多啤酒瓶碎片，甚为奇怪。我对他说，如果那天晚上他在，他也会被我翻成头下脚上，然后被摔成碎片。吉拉德憨厚地呵呵大笑，说他会很荣幸陪我练习摔跤。吉拉德从巴黎迪士尼乐园拿到一张巴黎的卡通地图。他给我描述了他在巴黎的见闻：那座城市，到处都是楼房，到处都是人。整个城市就像一座浑然天成的石头雕塑，充满着拟喻，排比，对仗，是一曲声势浩大、金碧辉煌的交响乐。那里也有像雷恩一样的圆圈形路口，但是巴黎的圆圈形路口非常巨大，并不只是两条路相交，而是多达十二条道路相交，像太阳光一样发散出去。圆圈路口是如此巨大，甚至在圆圈里还要装上红绿灯。"你一定要找一个时间，咱们一起游玩巴黎。和你在一起，那些景色会更加有意思。"吉拉德憧憬地说。我不置可否，去巴黎旅游需要有时间又需要有钱，两个我都没有。后来他又跟我念叨了两次这个心愿。我始终没有足够可以旅游的预算，这件事情就这么被忘记了。

五月底的时候，法国人民以45%支持，55%反对，公投否决了《欧盟宪法》。希拉克总统发表了简短讲话，说法国再难以在欧盟内部保持领袖的地位。他自己的声望也大受打击，本来打算在两个总统任期之后再竞选第三任总统，但是这个计划泡汤了。拉法兰总理领导的法国政府集体辞职。希拉克任命因在伊拉克战争之前在联合国大会上发表激昂反战演讲而闻名于世的法国前外交部长德维尔潘为新一任总理，命令他组建新政府。而在雷恩化学学校，一年的苦学也终于告一段落。预科班二年级的学生根据成绩和志愿，被录取到全法国不同的化学学校。克雷芒斯和孙延珊都被录取到了斯特拉斯堡化学学校，安娜被波尔多化学学校录取。二年级的另一个中国人赵庆阳去了克莱蒙费朗化学学校。但是菲利克斯很不幸没有通过考试，被淘汰了，只得回到委内瑞拉。二年级还有一个马来西亚女孩梅杜莎，她说在复活节期间她的祖父在马来西亚过世，影响了她的状态，所以才没能通过考试。她天天去教导处哭泣，说她祖父在过世前最大的愿望就是看到她能拿到法国的工程师文凭。学校特例准许她留级复读一年。孙延珊对学校的这个决定大为不满，对我发牢骚说自己亲耳听到这个马来西亚女孩说，她不过是复活节假期在马来西亚胡天海地一番玩疯了，所以才没能通过考试，根本就没有祖父过世的事情。孙延珊愤愤不平地认为菲利克斯才应该是被留在法国的那一个人，她甚至有几天想写一封匿名信举报那个马来西亚女孩子，后来想想太恶毒了，也就作罢了。她在临走前告诉我说她原来从国内运来了许多中文教材，她都留在了大奔那里。这些教材是留给一年级全部四个中国人用的，叫我们需要时到大奔那里去取。一年级这边，捷克姑娘米洛娃年终平均成绩是班级第一名，越南人阮帆和大奔分别是第二名和第三名，阿娜斯塔和另一个保加利亚人，还有一个罗马尼亚女孩以及那个波兰女孩都没有通过考试，被淘汰了。

菲利克斯在离开雷恩前最后一次写了情书，塞在安娜的小摩托车的后车座下。"她会觉得你骚扰她的。"我边看着菲利克斯的行动边说。菲利克斯抬起身看着我，脸上裂开了他那夏日般灿烂的笑容。"不会的，她只会觉得很高兴。""你怎么肯定？""因为在信中我并没有说我想要说的，我只是写了她想要听的。感觉被骚扰还是欢喜，取决于信中的内容。"菲利克斯温柔地解释道，"爱情的本质，并不是你找到了一个人，可以保证每次你孤单时都有人陪伴，而是你拥有了一种幸运，能够有力量给另一个人带来快乐。"

学年的最后一个下午，一年级的学生在盖吕萨克宿舍外面的草坪上组织了一个告别派对，有些二年级的学长也前来凑热闹。音乐声中，克里斯蒂娜走过来，问我暑期工找得怎么样了。我给她讲了我得而复失的工作，父亲给予的不切实际的压力，以及在INSA厨房那天晚上的失态和疯狂。我笑着说："你说过，只有历经苦难的人，才能懂得世界的美好。因此经过了这一切后，你现在可以肯定，今天的我是一个比昨天更加美好的人。"克里斯蒂娜心疼地看着我，然后紧紧地把我抱在怀里，她的脑袋靠在我的脖颈窝。她的耳尖擦着我的耳廓，她的秀发飘落我的鼻翼，弄得那里痒痒的、酸酸的。她在我耳边用细若蚊呐的声音轻轻说："登君，我有时候经常去想，人生是如此多灾多难，在一个苦难过后还是一个苦难，我们努力奋斗又有什么意义？仅仅是活过今天就已经耗尽了我的全部精力，明天又如何才能活下去？可是现在我明白了，人一旦被生下来，就是为了受难而存在着。今日难以跨越的困难，当我们长大以后回头再看，不过是不足挂齿的一件小事。在我们未来的生命中，还有更加严重的灾难，等待着我们。我们之所以奋斗，努力地快乐，是因为假如我们在人生初始的第一个困难就垂头丧气，丧失希望，无法撑过去，那么我们又将应该以怎样的面目，去面对我们未来的整个人生，好好地、平安地度过这一辈子呢？"她的后背一起一伏，仿佛是在哭泣。我轻轻拍打她的后背，微笑着安慰她，笑着笑着就哭了。我的眼泪润湿了她的脸颊。我们紧紧地拥抱着，心意相通，站在彼此的宇宙中，仿佛外面世界发生的一切都已不复存在。我们拥抱了很久、很久，明亮的天色渐渐昏暗，直到夜晚的到来。卡特琳娜先后来找了克里斯蒂娜三次。每次都看见我们还在拥抱，所以她什么都没说，就又走了。

在菲利克斯走后的那一天晚上，我去CROUS宿舍拜访班上的同学，我先去E楼找米洛娃，祝贺她在第一年成了班级第一名。可是走进米洛娃的房间，却发现她刚刚擦干泪水，眼睛红红的，显然是适才大哭过一场。我赶紧问她发生了什么事。"没什么，只是对我爸妈挺失望的。"她强行微笑，哽咽着说。一头金色长发散乱地披在胖嘟嘟的脸上，不知要做出什么表情才好，甚至有些滑稽，"刚刚跟我爸爸打电话，给他翻译了一篇《经济学人》报上的文章。可是我老爸不相信是我直接口译的，他竟然问我读不读得懂英语。他的女儿会说七种语言，他竟然认为我不懂英语！"这其实不是什么大事情。我就她的好成绩向她祝贺，她感谢。我又感谢她参加了我的生日聚会，给那时悲伤的我带来很大安慰。她跟我客气了一番。在我跟她道别要离开她的房间时，她突然崩溃了："登君你知道吗？雅利诗要离开了！"她的泪水像喷涌的泉，簌簌而下，这才是她真正悲伤的根源！雅利诗？我想起来了，这是住在我走廊上的那个INSA一年级的印度人，高高的，瘦瘦的，黑黑的，鼻梁高耸，眉目深邃，有一股皇室的高贵英气。难怪我常在INSA的宿舍里看见米洛娃。"他明年要到加拿大的蒙特利尔读书，我再也见不到他了。可是他还不知道我对他的心意！""你为什么不告诉他？""我做不到，只是做不到，可是太晚了，太晚了啊！"她掩面痛哭，虚弱地伏到桌子上，"如果他不在了，那我得这个第一名又有什么意义？"我轻轻抱着她高大的身躯，不知道说什么话安慰才好。她哭了一会儿，才用手擦了擦眼泪，抬头看着我说："感谢你今天陪着我，请不要把我们对话告诉别人。"我结巴地说："不会的，我过一会儿还要去找克里斯蒂娜。""去吧，快去，要让她知道你的心意，要珍惜她还在你身边的每一刻。"原来米洛娃一直都知道我的心意！或许在告别派对上，我和克里斯蒂娜的拥抱，被她看见了？

克里斯蒂娜、卡特琳娜和亚历克斯他们都住在F楼。从E楼出来走上一个小山坡，再转个弯下阶梯，就来到F楼的大门口。我看见亚历克斯整个人悬挂在楼前电话亭的几桌上，抱着话筒在跟家里煲电话粥。我跟他示意我先去找克里斯蒂娜，然后再来找他。我敲敲克里斯蒂娜的门，"达！"克里斯蒂娜在宿舍里喊道。无论是在罗马尼亚语还是在俄语里，"达"都表示"是的""对""请进"的意思，相当于英语里的"Yes"。我每次去找克里斯蒂娜，都要先听到她喊一声清脆的"达！"。这一声"达！"，是开启我幸福大门的钥匙。

克里斯蒂娜坐躺在床上，微笑地看着我。我坐到她的床边，俯下头去，枕着她柔软的胸脯。我能听见从她身体深处，那美妙不可言语的密境，发出澎湃活力的生命之音，那强有力的"咚咚"的心跳声。她用手轻轻地将着我许久不剪的长发，把我的发丝在她的手指间缠了一圈又一圈。"菲利克斯走了？"我问道。克里斯蒂娜"嗯"了一声。"我的这里空了。"她指着自己的心脏，若有所思地说，"登君，你要记住：你和我，是菲利克斯在法国最为惦记的人。"

我点点头，仰头看着她的眼睛说："你知道吗，菲利克斯是我这一生见的第一个黑人。我刚见他时吓了一跳，我以为在法国只能见到白人呢。"克里斯蒂娜笑着说："我之前也没见过黑人，可是肤色能改变什么呢？"我说："我原先是瞧不起黑人的，认为他们不太开化。可是真正见到了菲利克斯，才明白我们之间并没有什么不同。菲利克斯视我为他的结拜兄弟，我们之间的性格这么像，我想，或许我们真是从同一个娘胎肚子里出来的，只不过他出生时，不小心掉进了巧克力池里，所以才染成了黑色，而嘴巴也因此变得那么甜。"克里斯蒂娜笑得更加大声了："你别忘了，你还有一个结拜兄弟亚历克斯，那可是个白人！"我附和地笑道："那是因为他出生时掉到了牛奶池里。而我是一个黄种人，一定是刚出生时就一脚跌进了泥巴滩里。"克里斯蒂娜笑得上气不接下气。"我的两个结拜兄弟，虽然都和我脾气相投，他们俩彼此间性格却是千差万别。"看到克里斯蒂娜睁大眼睛好奇地看着我，我继续说，"菲利克斯是钓鱼型人才，他很少跟人抱怨自己的困难，总是乐于倾听他人的难处并鼓励别人乐观。他从来不去追女孩子，只需要摆出他阳光般的微笑，女孩子们就对他趋之若鹜。而亚历克斯是进攻型人才。他会跟别人真诚分享他的心情和对世界的思考，他看问题总是一针见血地找出潜在的危机，帮助别人做好准备。他喜欢哪个女孩子就直截了当地去追，风风火火，却有另一番直爽的魅力。""哎，亚历山大，登君，你的观察角度真的很特别。我很高兴能够知道你对朋友们的看法。""在INSA宿舍，我还有一个法国人好朋友吉拉德，是我这一生见到的第二个黑人。我和他的第一次见面，是因为他把他的一个苹果分给了我。他是家长型人才，像慈母一样照顾我的生活，但是又不像严父一样，给我施加压力、指手画脚。我有时想，苹果真是一个神奇的东西。它让亚当离开了伊甸园，让牛顿发现了万有引力，让乔布斯发明了个人电脑，又让我认识了吉拉德这样的好朋友。"

克里斯蒂娜用手掩着嘴，咯咯娇笑，脸上春光飞溢，娇羞无限。我看着她，心情都醉了，眉开眼笑地对她说："吉拉德曾经教给我一个法国谚语：'当你让一个女人发笑时，你已经上了一半她的床了。'"克里斯蒂娜看了看把她的酥胸当作枕头的我，抿嘴笑道："这个谚语说的都是大实话呀。"

我神情突然落寞起来："我真的很幸运，在法国无依无靠的时候，能遇到这些愿意给我家人温暖的结拜兄弟。在中国的时候，我的父亲母亲，就是我的家，我的全部世界。出了国，我就把跟我一起来到法国的中国同胞，当成自己最亲密的家人，用自己全部的爱，去呵护和他们的友谊。但他们是如此地让我失望，无法依赖。可是一旦我失去了这些中国同胞，我就没有了家，没有了根。还好菲利克斯他们成了我新的家人，让我重新拥有了家的依靠。今天我再一次失去了我的一个结拜兄弟。"

"今天你也获得了一个新的干妹妹！"克里斯蒂娜坚定地对我说，"难道我不能给你菲利克斯给你的关心和友爱吗？难道你不愿意我和你并肩站在一起，共同迎接那未来的迷茫吗？亚历山大，你什么都没有失去！今后无论你走到哪里，你回头看，都会看到你的妹妹在坚定地支持你、追随你；无论何时，你都可以信任我、指望我！我会代替菲利克斯去爱你，去给你他曾经承诺的一切！""可是已经没有未来了，我找不到暑期工，家里没有钱给我第二年的生活费了。""你不是INSA从中国招来的吗？你一定认识他们的国际处负责人。找到他，告诉他你的故事！请求你和他们INSA的学生一起到波尔多打工实习，这样你就可以挣到钱了。""可是我并不是他们的学生，他们不会管我的。""去尝试一下！只要有一分希望，就不要轻言放弃。"

　　我感动地看着她，我们两个人的心情都很激动。"克里斯蒂娜，我的妹妹，你无法想象，今年我过生日的时候，是多么希望你能够参加，可是菲利克斯代替你参加了。""那明年你过生日，我一定会去支持你。""克里斯蒂娜，你的生日是什么时候？""7月7号，那个时候大家都在放暑假，我也没法组织什么聚会。""那我记好日子，那一天一定会写短信祝福你。""谢谢。""7月7号？你和我在班上最重要的朋友是同一天生日耶，她是……"我的脑子突然卡壳了，我突然忘记了7月7号是哪一个好朋友的生日：陈天竹？宝琳娜？朱斯汀还是艾美丽？我努力回想时，脑海里出现了一个明亮又昏暗的楼梯口，但那好像是一个世纪以前的记忆。"不要紧。等你想起来后，再告诉我就是了。"

　　我枕着她的乳沟，用食指尖在那哺育的小山丘上画着圈。克里斯蒂娜的肚子咕噜咕噜地响，就像小猫一样。"你在找什么？"她笑着问。"我在找中间那个点。"我说。她咯咯笑道："你这样找是找不到中间那个点的。而且如果你不加思考，触碰不到本质，盲目焦躁地寻找只会让你离那个重点愈来愈远。"

　　我看着她那小猫一样俏丽的脸庞，那天堂温柔明媚，娇艳不可方物。我坐起身来，我们俩都紧张试探着让嘴唇更接近对方。这时大门突然砰砰砰地被敲响，有人来找。我们赶紧尴尬地整了整仪表，彼此像两棵行道树一样，间隔开来，笔直地坐着。"达！"克里斯蒂娜喊道。

　　亚历克斯站在门外，他打完了电话，知道我在克里斯蒂娜家里，就来找我们聊天。我对亚历克斯不识时务的闯入极为气恼，他把我和克里斯蒂娜的机会完全毁掉了。我们三个有一搭无一搭地尬聊着，我几乎每一句话都在讥讽亚历克斯，希望他能识相，尽早从克里斯蒂娜房间里滚蛋，好让我和克里斯蒂娜共续春梦。过了好久，亚历克斯终于起身道别，但是他突然对我招招手说："你刚才不是在找我吗？现在我正好有时间，一起出来吧。"我快气哭了，但是又不好拒绝，太重色轻友了。我悲哀地跟克里斯蒂娜道别，尾随亚历克斯离开房间。

亚历克斯把我带到了宿舍外的小山丘，忽然劈头盖脸地对我说："你不应该去招惹克里斯蒂娜！你到底有没有把菲利克斯视作你的结拜兄弟？难道你不知道，克里斯蒂娜是菲利克斯的女朋友？"我一下子方寸大乱，五雷轰顶："这不可能！菲利克斯知道我喜欢克里斯蒂娜，而且他还答应帮我修复和克里斯蒂娜的关系。"亚历克斯摇摇头，不以为然地说："你太高估人性，又低估感情的力量了。就算菲利克斯想要帮你，那也取决于克里斯蒂娜的态度。你知道克里斯蒂娜爱菲利克斯爱得要死，菲利克斯又恰好和安娜分手，她怎么可能会放过这个机会？""那是他对不起我，不是我对不起他！"我愤怒地大声抗辩着，"而且，我何必去惧怕一个回不了法国的菲利克斯？难不成要克里斯蒂娜尾随他去委内瑞拉？"亚历克斯同情又失望地看着我，忧伤在他蓝色通透的眼睛中汇聚成唱着哀歌的大西洋："登君，这无关感情，只关道德。别人可以对不起你，但是你要以君子之义，对待每一个曾经帮助过你的人。你可以去做你想要做的事情，我管不着你，可是我无法眼睁睁地看着我在世上最亲爱的兄弟，在嫉妒和怒火当中做出了违反道义的事情。菲利克斯是你的结拜兄弟，你以后还要和他联系，通过电话或者邮件，如果他知道你和他的女朋友在一起，你以后要怎样才能面对他？"我无法听进亚历克斯的劝告，但我也知道跟他争辩下去毫无意义，于是我转移了话题。"亚历克斯，你知道克里斯蒂娜什么时候离开雷恩吗？""应该是最近两三天吧？你的暑期工找得怎么样了？""我打算去INSA的国际处问问，可不可以和他们的学生一起去摘葡萄。""这样很好，任何机会都要去试一试。我这个星期也待不久，很快就要回到罗马尼亚。在那之前，我要先搬到我女朋友家里住几天。""你女朋友？"我诧异道。

"就是艾美丽呀！"亚历克斯甜蜜地笑了，"在告别派对那一天晚上，我们都喝多了，我就和她亲嘴了。然后她把我带到了她宿舍里，我们做了。"亚历克斯饶有兴致地回味着当时的情形，仿佛自言自语，又仿佛在向我炫耀："自从我来到法国之后，我就发誓要成为一个真正的法国人，不要让任何人看不起我，然后找一个法国女朋友。和贝雅分手后，我曾经在市中心的酒吧里和一个越南女孩子做过一晚上。可是她也是一个外国人。你看，她老是哭哭啼啼的，总是要求我要成一番事业，真烦。可是后来你猜怎么着，她竟然在CROUS打零工，当我的宿舍管理员。我在交房租时碰上她，那可尴尬了！她跟所有去交房租并且认识我的人都炫耀是我的女朋友！还好我打听清楚了，今年她干完这一年，明年到外地上大学，我就不用见她面了。现在我已经尝了一个东欧女孩儿，又尝了一个亚洲女孩儿，可是艾美丽就跟她们完全不一样。法国女朋友真是大气，她只要你给她们爱情，完全不干涉你的生活和事业。恋爱嘛，难道爱情不才应该是唯一的重点吗？"

根据克里斯蒂娜的提示，我去了INSA国际处一趟。在去之前，我在脑海中想象那个马来西亚女孩梅杜莎是怎么在我们学校的教导处那里哭泣的。然后我对着INSA的国际处负责人照葫芦画瓢哭了一番。INSA的国际处负责人同情地看着我，他打了几个电话，然后告诉我说，INSA已经和波尔多的摘葡萄公司签署了合同，合同上面允诺的工作岗位已经全都满了。可是正好有一个派过去的外国人，在自己的国家也收到一个实习邀请。现在这个外国人还在等正式的确认消息。如果他确认到自己的祖国实习，那么就能空出一个名额给我。INSA的国际处负责人叫我先回家等消息。

这时INSA宿舍的法国人、中国人和其他各国人都已经离开雷恩去实习了。整个宿舍楼里只剩下我一个人。化学学校这边所有的同学也已经回家度假。盖吕萨克宿舍只剩下一个人还没回家，就是那个我觉得人品不好而不愿意接近的上海男孩赵庆阳。时间很快就到了夏至，全年中白天时间最长，而夜晚时间最短的一天。在这一天，全球一百多个国家要欢度国际音乐节。在世界每个角落的每个城市、每个乡村，欢乐的人们拿出乐器、音箱、烧烤，在大街小巷吹拉弹唱一整个晚上，直到第二天太阳升起为止。我不想在这欢乐的节日中，一个人孤零零在宿舍里坐牢。于是就去找赵庆阳，提议和他一起到市中心观看音乐节。

音乐节的雷恩市历史城区，终究是热闹的。后来我到波尔多上学时，当地人告诉我说，布列塔尼人在法国人的眼中就是一群酒鬼，就像波尔多人在法国人的眼中是一帮笨蛋，马赛人在法国人的眼中全是婊子和小偷一样。年轻人将不知多少瓶啤酒灌到了市中心的喷泉里，以至于那座喷泉喷出来的都是啤酒，池子上面泛着浓密的啤酒沫，酒香能一直飘到遥远的小巷里。到处都是响彻云霄的音乐，弹奏的乐手们往往穿着奇装异服，和周边七扭八歪的中世纪彩色漆木筋阁楼倒是相得益彰。还有四个手拿焰火桶的、踩着高跷的撒旦恶魔，四处堵截路过的公交车，朝车窗上使劲敲打，吓唬车里的乘客。雷恩老城北部圣安娜广场和圣米歇尔街一带，中世纪的木筋房子尤其为多，大约都是三层四层的，也有两层的，拖着一个尖尖的斜顶，被漆成各种鲜艳的颜色，都是在1720年雷恩市全城大火中幸存下来的。这些房子建得歪歪斜斜的，顶楼可能比地基向旁边歪出一两米，有时候房子在半截还要扭一个腰，似乎是因为相互彼此支撑着，才不至于倒下来。酒吧也特别喜欢扎堆设立在这种有古老韵味的房子里，于是整条街都因为可以买醉而得了一个"口渴街"的外号。往那里走，音乐声也就更加疯狂。似乎每家酒吧都喜欢放摇滚重金属音乐，震耳欲聋的音乐声在狭窄的木筋屋小巷里来回穿荡。

我和赵庆阳兴致勃勃地游览音乐节。这是我第一次和他深入地聊天。我发现赵庆阳是一个思维敏捷，非常宅，也非常佛系的一个暖男。和我以为的大奔的那种阴险狡诈完全不同。他也是被父母逼来法国上学的。他在国内有一个女朋友，很纯洁的那种初恋关系。到了法国后，他第一次和一个女人上床做爱，就是和我的教母克雷芒斯。我实在不明白他这样一个人为什么当孙延珊在阿尔卑斯山滑雪受伤时见死不救，导致两人结怨，老死不相往来。

"哦，可能当时孙延珊受伤严重，心情不好，所以才会抱怨我见死不救吧，其实我当时一直都在照顾她。"赵庆阳跟我讲解了另外一个版本的故事。在那一年的圣诞假期，国际班的几个同学相约一起去阿尔卑斯山滑雪。班上的两个中国人都没有滑过雪。孙延珊特别自信，跃跃欲试。当滑雪老师还在山顶上讲解动作要领时，孙延珊双脚一蹬已经滑了下去。她滑了几步就翻倒，直接从山顶翻滚到山底下摔断了腿。从滑雪场山脚到他们度假租住的雪木屋之间没有公共交通。赵庆阳背着孙延珊一步一个脚印从滑雪场步行三公里背到雪木屋。孙延珊大叫腿冷腿疼，赵庆阳把自己的保暖靴脱下来给孙延珊穿上，然后光着脚，一步一个雪坑，把孙延珊背回到旅馆。随后的几天他取消了度假行程，每天都在孙延珊的病床前端水喂药。可是孙延珊的要求越来越苛刻，总是无理由地大哭大闹，各种斥责。赵庆阳不久也因为光脚在雪地里行走，发了高烧。孙延珊指责赵庆阳是装病。回到雷恩后，她心中就生了罅隙，再也不跟赵庆阳说话了。"这一切克雷芒斯从头到尾都看在眼里，这也是我和你教母友情的开始。你若不信，可以问克雷芒斯。"他想了一想，又说："可是你信我还是信她又有什么关系呢？与其耗费精力，为过去的对错争出一个所以然，还不如把精力放在未来，砥砺前行。"

没过几天，赵庆阳也走了。临行前，他把行李都寄往克莱蒙费朗。"我不像孙延珊，有那么多教科书可以留给你们，可是我有很多调味料，法国人喜欢用各种各样的香草作为调味料，第一次吃感觉跟吃大烟壳一样，你可以去尝试一下。"赵庆阳把他没有用完的油盐酱醋给了我，他收集了四十多瓶法国人的调味料，跟一个图书馆似的，放在一个大纸箱子里全都给了我。"我固然是胸无点墨，读书不多，可是我确实尝遍了法国的酸甜苦辣啊。"他自嘲道。

INSA国际处终于打来电话，说摘葡萄的名额空出一个，我可以南下波尔多了。蔡坤、小波他们已经工作了一个星期，给他们打电话，问需要注意带哪些东西。

"带一件很薄的长袖衬衫和毛衣来，这里白天四十度，晚上十度以下。还有长袖衬衫不必是太贵的，这里的活很脏，干完了基本上衬衫是洗不出来，可以直接丢了的。"原来他们第一天工作时，一个个都拿出面试的精神头，长衬衫西服裤，就直接被发配到田地里干农活去了。天气异常炎热，小波还穿了两层，他把长袖衬衫脱了，穿着无袖背心摘葡萄，当天晚上就严重晒伤，整个胳膊的皮都掉了下来。以至于随后几天都没法干活，也没有工资，天天窝在帐篷里抹药膏。我还需要设法搞到一个睡袋，睡袋这个东西我只在书中见过。我们住的是乡间的一个露营地，每个人头每个月交二百五十欧的场地费，这是乡下能找到最便宜的住宿了。我们需要住在帐篷里，INSA出钱买了几个帐篷。蔡坤他们都是从各自的搭档那里借到了睡袋。后来安娜把她的睡袋借给了我。另外大家叫我带一个手电筒，天黑之后帐篷里是没电的，在需要时，手电筒可以起大作用。

我人生第一次坐上高速列车，子弹形状的车头向我骄傲炫耀着法国的强大与先进。我那时还无法想象，仅仅是几年之后中国人就拥有了自己的高速列车。列车以300公里的时速向南疾驰。我在南特转了一次车。离开南特后，我就自来到法国之后第一次离开布列塔尼人的地盘，奔向那广阔的域外世界。

车外的风景渐渐变化。熟悉的，布列塔尼式的，牧歌田园、牛羊草甸的景色消失了，取代以一片一片整齐的小麦田，大约是气压的变化，天上的云彩也变得越来越高，立体的变成了扁平的，显得了无生趣。从南特到波尔多要行进四个小时。我无聊地看着景色，想起父亲曾经经常给我描述他中学时下乡干农活的事情。他总是指责我说，我们这些年轻人从来不懂得吃苦，连农活都没有干过。我想，我很快就能体会到父亲口中所说的那种苦，以后就不用再受他的指责了。车窗外的小麦田又不知何时变成了一列一列像军队一般整齐的葡萄田。突然之间，列车钻进了一座由无数钢梁互搭成巨大框架铁路桥的肚子里，透过有规律呼闪而过的钢铁框架，可以看见我们正行驶在一条像黄河一样宽阔奔腾，泛着黄色泥浆的大河上。在河岸的那一边，可以看见一座前所未见的，气势恢宏、雷霆万钧的巨大石头都市，仿佛整个城市由无穷无尽的宫殿和碉堡组成，完全没有现代建筑。一座恨比天高的巨石钟楼尖塔，比整个城市的建筑都要高四到五倍，像闪电一般从磅礴的都市正中央喷薄而出，剑指苍穹。过了河，就到了波尔多圣让火车站。

雷恩的火车站处处都透露出轻快的未来设计风格。波尔多的火车站却又老又破，简直不像是在现代化的法国。月台上方是无数钢桁架搭建而成的工业时代风格天棚，让我想起了家乡的菜市场棚子。雷恩的火车站大厅是漂浮在月台上空的，通过自动扶梯可以下降到月台上。波尔多的火车站大厅竟然是在月台的一边？需要步行穿过地下窄小昏暗的走廊。车站大厅由黯淡的石头和生锈的钢铁搭建，墙上有一幅巨大的大西洋岸铁路网的壁画，年久失修、褪色开裂。列车的到站竟然是使用古老的机械式报站牌，而不是现代化的电子显示屏。每次有新的火车到站，报站牌都要先噼里啪啦地喊叫一番，才能拼出正确的字母和数字。车站大厅内部有一个下沉广场，围着下沉广场，在大厅这样的室内空间，竟然装上了，呃，十二个路灯……一切都显得很不可思议。仿佛这座城市完全被现代化进程所遗忘掉了。

我要落脚的地方是一个叫卡斯蒂永的村庄。需要从波尔多坐普通火车前往一个叫利布尔纳的镇，再坐乡间小火车前往卡斯蒂永。前往卡斯蒂永的路上连电线都没有，用的是烧燃油的小火车头，拖着两节泛着陈年污垢的小车厢。车厢里除了我只有一个乘客，这倒是让我想起在雷恩买自行车时乘坐的那辆专为我一人服务的小火车。我倒挺怀念那时一人独尊的感觉，好像是总统待遇。但现在另外一个乘客破坏了这种气氛，我心中很想把他一脚踢下火车去。

到了卡斯蒂永，根据约定，蔡坤在站台接我。他皮笑肉不笑地用古怪的语气说："欢迎来到阿基坦地区。这里已经不是布列塔尼，你可以把你学的那些布列塔尼语丢掉了。"然后一把拽过我的行李，坚持要替我拉到露营地去。我们在卡斯蒂永的街道上走着，路两旁都是灰暗的一层石头房子，千篇一律，很有些荒凉的意味。"你们已经来了一个星期了，这里有没有一些比较好玩儿的地方？"我问道。"好玩儿？你他妈做梦还没醒吧，骨灰？"蔡坤用极其夸张的语气反问道，"不过这个村子是英法百年战争最后一场战役发生的地方。原先整个阿基坦，这个村子，波尔多，都是英国人的地盘，后来被法国人强行夺过来了。这里的人都想念英国人的统治，那是当然的。因为就法国人的治国水平，把这地方变得越来越操蛋了。"他突然用英语稀里哗啦地咒骂了一通，然后像是为了强调似的，他用他那熟悉的、夸张的、讽刺的古怪嗓音，对着天空大声骂道：

"这真是一个操蛋的城市！"

06

在葡萄田间

当我们干完活从葡萄田返回营地时，身体难过得好像就要散架，可是因为帐篷里地狱般的高温，我们可不能美美地钻回帐篷补上一觉。我们买了长达五六米的电源引长线，把电从公共的插电杆引到帐篷附近。做饭的家什是从来不会放到帐篷里头去的，那些电热小灶、电饭锅、大炒锅、碗碟刀板、油盐酱醋各式调料，全都胡乱堆在几个超市小推车里，扔在野外，任凭风吹雨淋日晒。待要做饭时，便直接在裸露的土地上支上锅灶，地上铺一张报纸，一屁股蹲坐下去。以苍天做茅庐，以大地做灶台，窝着身子，或蹲或跪，切菜炒饭。风儿一吹，黄土沙粒就全都吹到正在炒的菜里去了，我们笑称这是最天然的调味料。

卡斯蒂永坐落在多尔多涅河的右岸。一座两百米长的三拱混凝土桥把村子中心和左岸的田园连接起来。露营地在村庄的外面，夹在河水和沿河公路之间。两条小溪一前一后将营地和村庄以及郊野分割开来。露营地入口有一棵高大的李子树，用脚朝树干踢一下，就会有许多熟透了的李子从天上掉下来，甜美多汁，成为我们那时最爱的零食。多尔多涅河宽阔平静，清澈见底。河边是诗一般浪漫的树林，多人合抱的大树一直长到水里面去。这样的河却每天涨潮落潮两次。小溪只有在涨潮时才会有水。在落潮时，一些沙岛会从多尔多涅河靠岸的水边显露出来，可以蹚水走上去。据露营地一些度假的老人们说，多尔多涅河流到波尔多城北和加龙河相汇，改名吉伦特河注入大西洋。吉伦特河口就跟钱塘江口一样是一个喇叭口，大西洋涨潮时海水会倒灌回内陆，引起河水的潮起潮落，比重大的咸海水和内陆来的比重小的淡水一混合，引起河水内部的湍流，搅动河底的泥沙，所以再向下游走十公里，多尔多涅河就会变成浑黄一片，像黄河一样。

露营地是一片草坪上面种着一排排大树。每隔一段距离就会立一根竖直杆子，上面都是电源插座。每到夏天，一些来自法国各地和欧洲其他国家的老人开着房车来到露营地，把房车的入口支起凉棚，放下楼梯，电线插到电源插座上，房车就变成了一个温馨的度假小屋。露营地还有一些地方搭起了帐篷，那是和我们一样，暑假里来葡萄田打工的穷人。他们每天早晨开着自己的车前往葡萄田，这些车都不准进入营地，全都停在溪水外面的停车场上。露营地中间有一个一层的房子，房子外面是洗碗池，里面一边是蹲式厕所，另外一边是洗澡间。厕所和洗澡间的天花板上经常能看见巴掌大的蜘蛛在结网。有一天晚上，一个大蜘蛛钻进了波格丹和雅利诗的帐篷，朝波格丹的嘴上狠狠咬了一口，第二天早上他的上唇就肿得跟一根香肠似的了。他抓住那个蜘蛛，用钉子把它钉到营地中央的大树上，我们所有INSA的学生都怀着默哀的心情瞻仰了它的遗体。

学生们的帐篷是INSA掏钱买的，我住的帐篷是一个大帐篷，用四根大钉子牢牢钉在地上。进去之后有一个公共空间，勉强可以站直身体，然后还有三个小隔间，里面的高度仅够半躺着，用拉链可以把门拉上。腿和西姆分别占用了一个隔间，第三个人因为取消了行程，所以我用了他的隔间。蔡坤和小波两个人睡在一个小帐篷里。其余的中国人、越南人和东欧人也都平分了或大或小的帐篷。我的帐篷在一棵大树底下，受到树荫的遮蔽。蔡坤和小波的帐篷直接曝晒在阳光底下。每天干活回来时，外面的温度40度，帐篷里的温度能高达60度。有一次蔡坤在干活时把手机忘在了帐篷里，当他回来时发现手机爆炸了。白天这样的高温，晚上帐篷里的温度却会降到10度以下。一阵阵寒气会从地底下钻进帐篷里，即使穿上毛衣和大衣，又把自己裹在睡袋里，仍然会冻得瑟瑟发抖。我的隔间下面正好是一个大树根，卡在我腰部的位置。每晚睡觉时，即使隔着睡袋，我也能感到树根和地面沙砾对身体那销魂的刺激。我在树根上睡了整整一个月，也失眠了整整一个月。后来一个越南人在实习结束后回国前把他的海绵瑜伽垫借给我，才稍稍令我舒服了一些。

开工后，我才意识到我们并不是被一个酒庄所雇佣。雇佣我们的是一个叫作巴顿·劳伦的酒庄服务公司，这个公司雇佣钟点工，然后替整个地区的酒庄庄主处理葡萄园，他们也生产可以自动采摘葡萄的机器。虽然人力价格不凡，但是更受这里酒庄庄主的欢迎。因为机器处理的葡萄田，难免会把叶子和树枝混到葡萄里，采摘过程还会把葡萄皮打破，这都会使最后酿成的葡萄酒带着一种冷冰冰的工业味道。人工采摘的葡萄会受到更加细致的照料，那些蔫了的、发育不良的葡萄会在采摘的过程中就被筛选出来，扔在田间送给蚂蚁和鸟雀。一颗葡萄只有经过人的劳动和汗水的滋养，酿出的葡萄酒才会焕发出灵动圆润的生命气息。千百年来，这片土地上的农民将手工采摘葡萄、酿造葡萄酒的技艺，一代又一代传下来。这是一种传承，一种艺术，一种对这片大地的热爱与敬畏。

每天凌晨五点钟，巴顿·劳伦会派两个工头开着两辆面包车到露营地接我们，我们像货物一样被装到车厢里。车载着我们狂奔，十五分钟后从利布尔纳跨过浑浊的多尔多涅河，然后转向不同的道路，每天都要新换一个目的地，在六点太阳刚升起时，把我们送到葡萄田头，趁着温度还没有升起来，伴着晨雾和露珠，踩着润湿的泥土，赶紧开始一天的活计。中午十二点时休息一个小时吃饭，那时天气已经非常炎热了，再开始干到两点或三点收工，当我们被工头送回露营地，终于结束一天的工作时，已经是下午四点半了。从凌晨五点到下午四点半，我们每天只有八个小时的工作时间被计入到工资里，路上和吃饭的时间都不被统计在内的。

每天早晨出发时，天还是漆黑，面包车在空无一人的670号公路上飞奔。道路两旁是幽深的旷野，什么都看不见。可是五分钟后，就会在公路右手边遥远的地平线处，看见一座仙境一般的山城，像撒了金粉一样，散发着柔和迷幻的光芒，从黝黑的山丘背后羞答答地露出脸来，远远地看去好像飘浮在空中。金灿灿的村居，有如溢彩的流苏，顺着山坡缓缓流淌而下。那金光瀑布的顶端，有一座玲珑剔透的教堂尖塔，堪为点睛之笔，与莹亮的月色遥相呼应。这如梦如幻的景象只是霎那一现，旋即又被另外一座小丘挡住，然后就又只剩冷寂的黑夜了。

一个在露营地度假的德国老人告诉我说，我看见的这个村子叫作圣爱美隆，是一个和圣马洛一样著名的旅游胜地。而圣爱美隆在世界上的知名度比圣马洛还要大得多。后来豆子先生给我们说，过几个星期我们要处理的葡萄田酿制出的葡萄酒，都要以圣爱美隆的名字卖往全世界。蔡坤问，那么现在我们处理的葡萄田不叫圣爱美隆吗？豆子先生摇摇头，说一开始公司不敢让我们这些新手去处理圣爱美隆的田，我们现在处理的葡萄田都位于一个叫作"两海之间"的地方。等到我们上手了，再返过头来去圣爱美隆。

豆子先生是公司派来管理我们的几个工头中的一个。这些工头都是当地的农民。他们每天把我们带到田里给我们简单示范工作程序之后，就像拿着鞭子的监工，催促我们赶紧干活。无论我们干得多快，他们总是嫌我们慢，骂我们是没有打过仗的白面书生，对我们的工作成果吹毛求疵，还天天威胁要开除我们。蔡坤的法语水平比我们所有中国人都要高出很多，他跟我们说，幸亏我们听不懂这些工头骂我们的话，那些语句实在是污秽不堪。和我们同住在露营地的别的打工仔，还真有好几个因为干活慢而直接就被解除合同的。但是从INSA来的学生，直到实习结束，也没有一个人被开除，估计是INSA和公司之间的合同保护了我们。

豆子先生的全身长满了肉瘤子，脸上胳膊上耳朵上到处都是疙疙瘩瘩，所以蔡坤给他起了这个外号。豆子先生也和别的工头一样，天天催促我们赶快干活。但是他并不骂我们，还请我们这些中国学生到他家里做过一次客。豆子先生有个十八九岁的女儿，明眉大眼，杏果儿脸蛋，个性泼辣，也和我们一起在地里干活，是我们农田里的一枝花。她喜欢上了INSA来的一个白净面皮的越南小男孩，这让腿颇为嫉妒。蔡坤在第二年暑假又回到巴顿·劳伦打工，从那时起，他和豆子先生成了至交好友。十年后，蔡坤从豆子先生女儿处得知，豆子先生终还是被那些肉瘤子夺去了性命。他是如此感伤，以至于我和蔡坤在十年后再次重逢的第一个晚上，他就满怀遗憾地与我说起此事。

每天带着我们往返葡萄田的这些农民工头，都特别喜欢飙车，交通规则在他们眼中有如无物。他们用F1方程式赛车的速度，在山林间的羊肠小道横冲直撞，在限速80的乡间道路上跑出了130的速度。两辆面包车为了比赛谁先到达露营地，有时会离开大路，从树林和田野中抄近路，毫不畏惧地冲过腐朽了的摇摇欲坠的木头桥，像兔子一样灵巧地躲避着随时突然闯出的拦道树，大摇大摆地走逆行线。多次发生差点车毁人亡的事故。我们在车厢里颠簸摇摆得像波浪鼓，嘴角可以闻到死亡的气息，心中充满绝望的无助感，只能默默祈祷可以活着到达目的地。是这种强烈的即将死去的预感，而不是难以忍受的生活艰辛，使我最后决定提前结束打工，返回雷恩。

由于早晨起得很早，当我们下午四点钟返回营地时，身体难过得好像就要散架，可是因为帐篷里地狱般的高温，我们可不能美美地钻回帐篷补上一觉，这时大家就开始准备一天的饭食。在露营地里做饭并不简单，蔡坤他们很早就买好长达五六米的电源引长线，把电从公共的插电杆引到帐篷附近。做饭的家什是从来不会放到帐篷里头去的，那些电热小灶、电饭锅、大炒锅、碗碟刀板、油盐酱醋各式调料，全都胡乱堆在几个超市小推车里，扔在野外，任凭风吹雨淋日晒。待要做饭时，便直接在裸露的土地上支上锅灶，地上铺一张报纸，一屁股蹲坐下去。以苍天做茅庐，以大地做灶台，窝着身子，或蹲或跪，切菜炒饭。风儿一吹，黄土沙粒就全都吹到正在炒的菜里去了，我们笑称这是最天然的调味料。我们是没有冰箱的，天气又热，什么都放不住，每天回来后先得去超市购买当天的食材。所以我们一买就是好几个人的份，必须立即吃完。这种情况下，大家合伙做饭是最为经济的，还能节省切菜做饭时的人工。我与蔡坤、小波和腿是一组。西姆则和死得晚以及三个中国女生一起做饭。卡斯蒂永只有两个超市，只有一个是在步行可达范围内，在村庄的另一头，走路需要二十分钟。从田里回来后，我们四个人会轮流出两个去超市购物，剩下的人在等待时，可以冲一个澡，或在露营地周边闲逛，或是挽起裤脚，踩到清凉通透的多尔多涅河里去。

当我在等待大家从超市回来的时候，我会远远眺望挡住卡斯蒂永地平线的那些郊野山丘，山坡上布满了整齐排列的葡萄田。我总是在琢磨，山的背后是什么。我期望在那里发现一座城市，或者至少是一个居民聚集区。我真的很难相信，像卡斯蒂永这样一个荒凉的村庄，会孤零零地存在世界上。一种被整个世界抛弃在背后的感觉，让我无法抑制地害怕。

我那时注意到一个三十多岁的法国人，留着一头蓬松杂乱的、打着旋儿的棕灰色长发，在脑后胡乱打了个马尾，脸上坚硬忧郁的线条好像是用刀砍的一样。他白天一直在帐篷里睡觉，晚上出去打工，我们早晨五点出发时经常看见他刚刚回来。当我们从田地里回来，蔡坤小波他们去超市购物的时候，也是他起床的时候。他不跟营地里其余的人聊天，径直抱着一把吉他，坐到多尔多涅河的砾石滩上，对着逐渐西沉的太阳，轻吟着充满忧伤的歌。他穿着一件沾满污渍的短袖背心，脚上一双人字拖，湛蓝的眼睛，曝晒成铜色的皮肤和高高鼓起的青筋都表明他是一个很普通的法国农民。可是他唱的，竟然都是日语情歌！他告诉我说，他在附近的工厂打夜班工，这样挣钱多一些。他从小喜欢日本文化，所以学了一些日语。

我很好奇他唱的是什么，于是他就把他唱的那些歌的歌词翻译成法语。我至今还记得两首歌的歌词大概：

《雪之花》

人行道不停延长，在黄昏中牵手与你同行。

你在我的身边，让我想要哭泣。

冬天已来，和你一起看这座城市落下的第一片雪花，

幸福满溢，撒娇不是脆弱，而是因为我爱你。

我愿经历你所经历的一切，永远支持你。

这样的时光一定会持续的。你一定要继续前行。

而我从今天起，要用微笑去面对所有的悲伤。

雪在不停落下，模糊了城市的面容。

我知道你今天所奋斗的一切，是因为爱的力量。

如果你失去了方向，就让自己变成一颗星，照亮自己。

尽管在夜晚微笑时，脸上还留着泪迹。

我将一直在你的身边，和你一起看今年落下的第一片雪花。

我永远记得你枕在我乳房上的感觉，和你一直在一起。

《在梦中的每个人》

爱情不过像一场梦，

女人的心就喜欢做梦，

亲吻也是梦，流泪也是梦，

欢乐或忧伤，所有的人不过是在做一场梦。

梦总是开始于简单的说辞，

你用对美梦的描述套住了一个情人。

可是为什么，当我把全身心都交给了你，

却发现我不过是在一场梦里？

在冷冰冰的言语和黑暗结局的噩梦里，

我在不停寻找一个看不见的身影，

不要哭，虽然我的角色已经退场，

因为我知道，所有的人不过是在做一场醒着的梦。

蔡坤很喜欢和这位神秘的大叔聊天。他住的帐篷是整个营地中最大的，架在一辆拖车上，打开后，形成内外两间大屋子。里屋是一张舒适的床，外屋是一个会客厅，神秘大叔在这里放了一个冰箱和一副桌椅。不久后他就允许我们中国人把做饭没有用完的肉放到他的冰箱里，这使我们在打工的后两个星期节省了不少去超市的麻烦。蔡坤因此给这位大叔起了个外号叫作"食迁"。

食物从超市买回来后就要开始做饭的分工。蔡坤永远都是主厨和总指挥，这是一个很有地位的角色，他负责制定菜谱，负责掌勺，指挥我、小波和腿按他的要求切肉洗菜。第一天晚上做菜时，蔡坤叫我把手电筒拿出来，给他和菜锅照明。我的手电是出国前从济南买的袖珍手电，比较容易放在行李里，由两节五号电池驱动。"骨灰你脑袋是不是掉到茅坑里了？我叫你带一个手电筒来，你他妈的就给我带了一个这玩意儿？"蔡坤相当不满地对我说。"这就是手电啊？"我反驳道，并且不停地打开关闭手电开关，证明自己。小手电的亮度非常大，把周边照得清清楚楚。"这他娘是手电？呵呵，你是智障还是瞎了眼？我怎么看着像是一根半干的狗屎呢？"蔡坤挖苦地说。"骨灰，你这就不对了，你要是做不了的事情，就不要答应下来，大家可都是等着你呢！"腿竟然也跟着蔡坤指责起来我来，小波也随声附和。

我气得脑袋发懵，这不是颠倒黑白、指鹿为马嘛！我帮着大家带来了他们想要的东西，这也不是我的义务，不但没有人感谢我，反而借此劈头盖脸地把我臭骂一通。在那一瞬间，我想退出，和这些不着调的人彻底断交。但是凭一个人的力量从这荒凉的村庄中生存下来也是不现实的事情。我忍了下来，没想到过几天，这荒唐的事情又发生了一次：蔡坤在沉重的打工压力下，消化系统变得非常不好，所以他顿顿必须吃菜不敢吃肉。有一次是我和他一起去超市买菜，超市里刚刚出炉了一些热的烧鸡，芳香四溢。蔡坤食指大动，又担心别的中国人指责他买的菜太贵不肯平摊菜钱。我认为腿和小波都不是那种斤斤计较之人，大家虽然贫困，却不至于在这点事情上起争执。于是就做主张把烧鸡买了回来。

那日晚上，蔡坤在吃饭时不停抱怨胃疼和恶心，然后指责我明知道他消化不好还非要把烧鸡买回来。小波和腿也跟着指责我。我气不过，就把超市里发生的一五一十复述了一遍，让大家评评理。小波听完后，又开始批评蔡坤："你牛逼，蔡坤！你看人家骨灰老实，就瞅着欺负他。明明是你自己想买，吃坏了肚子还要怪别人！"

吃完饭，谁负责去洗碗也每次都是一个拉锯战。理论上去超市购物的就不必去洗碗，所以角力从一回到露营地就开始了。大家都是独生子女，而洗别人用过的脏碗被视作服侍别人的活。洗碗的那个人，不仅不会因为"劳动最光荣"得到尊敬，反而会被视作下等人遭到无谓的嘲笑与轻视。边洗碗，边被他人说风凉话、吆三喝四。所以大家全都避之唯恐不及，被选中之人悻悻然，一副踩到狗屎的样子。

一人在洗碗时，其余人就开始制作第二天的午饭。午饭是要带到田里去吃的。蔡坤他们买了一个隔温桶。他们把火腿奶酪和生菜西红柿夹到长棍面包里做成三明治，再用铝纸紧紧裹好，和冰水一起放到隔温桶里。隔温筒里放着吸热袋，吸热袋提前一天放到露营地传达室卖冰糕的冰柜里冻成冰。他们买了两个吸热袋，轮流着用。

我们的午饭是在葡萄田里吃的，干了一上午的活，手早已经黑得像木炭。脸上全是汗，用手背一抹，脸上便多了几道迷彩的花纹。我们没有洗手的地方，只能用肮脏的手直接抓着三明治，寄希望于"不干不净，吃了没病"。幸运的时候我们能找到一棵田边的大树遮挡阴凉，更多的时候我们只好一屁股坐到滚烫的地上，用半人高的葡萄藤的叶子稍稍遮挡毒辣的阳光。

蔡坤和我们背对背地坐在葡萄藤的另一边啃着三明治。"骨灰，小波，"他对我们说道，"我这几天一直在观察停在葡萄田边的这些汽车的车牌，发现他们全都是巴黎牌照。这说明这些葡萄田的主人全都不是当地人，而都是住在巴黎的富豪。换句话说，波尔多地区的酒庄，是整个法国上层社会的后花园！""而我们他妈的就是那些为有钱人服务的奴隶，C他娘的！"小波自嘲地说。

我们在葡萄田里的工作内容是这样子的。葡萄树按照一行一行的方式排列种植，在同一行每间隔几棵葡萄树，就要竖一根一米多高的木头杆子，同一行的木头杆子，被从底部、腰部和顶部三个位置经过的铁丝串连到一起，每个位置都会有一前一后两根平行的铁丝。葡萄树从根部像倒立的圆锥形一样扩散长开，我们要把所有的枝叶都塞到平行的两根铁丝之间，然后用小铁钩子把两根铁丝并拢到一起，这样葡萄树就从三维的倒圆锥形被夹成了二维的扇形。每两根木头杆子之间同一位置的两根铁丝要用三个铁钩子固定起来，上中下三个位置就需要九个铁钩子把每隔两根木杆的一行葡萄树牢牢地固定住。然后把所有的葡萄叶子都翻到正对太阳的一面，把所有的青涩的小葡萄串都翻到背对太阳的一面。这样葡萄叶就可以尽可能地吸收阳光，滋养出又香又甜的葡萄。当我们把铁丝并在一起的时候，两根木杆子之间葡萄树枝的所有张力，全部集中在手掌细细的两根受力线上。那感觉就像用手掌紧紧握住锋利尖刀的刀刃，刺痛彻骨。工头和其余打工的农民手上布满厚厚的茧子，但是他们都戴着麻布手套。我们什么都没有，只能直接用嫩手去抓那粗硬的铁丝。和我们一起打工的有一个塞内加尔人，是在波尔多四大留学的，暑假出来打工。他真黑呀，黑得跟木炭似的，菲利克斯和吉拉德与他比起来，简直就是白人了。我那时才知道，原来黑人的肤色也有深和浅的不同。蔡坤因为他黑，给他起了个外号叫"八哥"。我发现蔡坤如果不给别人起外号的话，就无法去描述别人。联想到他的语言天赋，我突然觉得外语好的人，眼中的世界是不是和我们这些凡人不一样？他们或许会自动把一些单词联想到另外一些单词，简化他们的记忆？八哥也是第一次在葡萄园打工，但是他干活比我们快得多。八哥没有手套，但是他不停地跟工头们抱怨，最终工头们给了他一副麻布手套。我们也跟八哥鹦鹉学舌，跟工头们抱怨，最终每个人都发了一副麻布手套。后来八哥又跟工头要了一把园丁剪刀，遇到那些最为粗大、造成最大麻烦的葡萄枝，他就"咔嚓"一剪刀把树枝全部剪下来。我们也去跟工头要园丁剪刀，但是工头不给我们，他们害怕我们会为了偷懒，把整片的葡萄田全剪成光杆。

　　我们要快速地从一行葡萄树做到另一行葡萄树，葡萄树只有一米来高，我们必须窝着腰干活，既无法站起来，也不能蹲下去。往往干完一行之后就腰酸背疼。蔡坤一边可怜自己的命运，一边咬着牙，鼓着劲力闷头往前干。

小波就在蔡坤前面一行，每挂上一个铁钩子，就要叹一声气。蔡坤每听小波叹一声气，自己好不容易鼓起来的气就泄了一分，他感觉背后的腰椎骨就会疼一下。"骨灰，你们班是不是有一个红头发的女孩子，叫作'艾美丽'？"西姆在干活的时候，手上不停，冷不丁地突然问我这么一个问题。我点点头。"那么她是不是大奔的女朋友？"西姆继续问道。

我突然被西姆的问题问懵了。没有任何迹象表明大奔和艾美丽是很好的朋友，更遑论男女朋友。"我就说嘛，大奔不过是又在吹牛逼而已，亏你还这么羡慕他，傻鸟了吧？"西姆甩着洋洋得意的神态跟死得晚说。死得晚悻悻地拉长脸，不屑地说了一声"操"。

我对两人的对话丈二和尚摸不着头脑。小波跟我解释道："大奔在我们几个INSA的人出发南下之前，到我们这里来了一趟，给我们看你们化学学校毕业派对的照片。在一张照片里，他紧紧搂着一个红头发戴眼镜的瘦女孩，给我们说这是他的女朋友，说得有声有色的，不由得他妈的不信。当时在我们INSA这里，也是引起了轩然大波。你也知道在我们INSA的中国人团体，一连好几个年级都是单身的男性。不仅没有中国或外国的女朋友，连一个外国人朋友都没有，每天接触来接触去都是别的中国人。所以大奔找了一个法国女朋友，让我们好多学长都觉着鸟爆了，把大奔当成一个无所不能的领导者，崇拜得要命。可是西姆就是不信大奔能找到法国女朋友，所以他跟死得晚打了个赌，这几天他一直等着机会询问你呢。"这也太混淆是非了吧？化学学校女孩子很多，毕业派对这种场合，大家搂搂抱抱，一起拍一张分别照是很普通的事情。INSA几乎没有女孩子，男生只敢远远地看着女孩子，不敢接近。所以才会对化学学校的方式少见多怪。

腿突然从田地里捡到一本不知是谁丢下来的色情杂志，他诧异地大声叫起来。蔡坤捡过这本杂志，翻了几页，兴奋地说："这是一个宝贝呀！上面的单词全部都是我们在课本上学不到的，却又特别实用的。"我们如获至宝地把那本色情杂志郑重地搬回露营地。在随后的几天，蔡坤一直都在钻研那本杂志。他有一种能力，并不需要查字典，只需要通过上下文，就能把他不认识的单词的准确含义推测出来。几天之后，他编撰了一本"法语脏话字典"。这本字典是如此实用，以至于我们在结束农活时，已经可以完全听懂工头们骂我们的脏话了。他们最喜欢说的一句话就是"你们割了我的睾丸"，意思是"你们让我等得很不耐烦"。后来我发现法国的女孩子也喜欢用"你割了我的睾丸"来表示不耐烦。可是女孩子有睾丸吗？

每天都腰酸背疼地回到露营地，手掌疼肿得像火烧一样。每天做完饭已经是夜里十点，简单洗漱一下就要睡。我在毛衣和睡袋里瑟瑟发抖，树根也硌得我总做噩梦。生活实在是太苦了。"可是人自从一生下来，就要不停地面对痛苦。"克里斯蒂娜对我说，"假如你在最初的痛苦就放弃了勇气，那么你怎样才能面对未来更多的痛苦，既而平平安安地度过这一生呢？"是的，克里斯蒂娜，我没有放弃勇气。你说得对，生命就是一场永不停歇的战争，既然开始了，只能一场战斗一场战斗地打下去，没有退缩的后路。因为在我的背后，还有许多像你这样美好的人值得我去珍惜和守卫，这个世界上还有许多真诚的爱值得回报和呵护。在身体的无尽痛楚中，克里斯蒂娜的话语让我找回了希望的力量。我胡思乱想无法入睡，便钻出帐篷，仰望星空。在我的一生中从来没有见过这么多的星星，乡下的星空没有城市里光的污染，苍穹也变得通透了许多。我人生第一次看见繁星似点的银河，霎那间便觉得人世的渺小和宇宙的伟大以及永恒。克里斯蒂娜现在在哪里？她在做什么呢？她是否和我一样，正在看着同一个星空？在她生日那天我给她发了一条短信，可是她始终都没有回复我。

我们在乡下消息闭塞，后来才知道在克里斯蒂娜生日的前后几天，世界上发生了许多大事。在她生日的前一天，英国伦敦打败了老对手法国巴黎，在北京之后，赢得了2012年奥林匹克运动会的举办权。不到24小时之后，在7月7日克里斯蒂娜生日当天，伦敦人还没来得及准备庆祝，就在伦敦发生了惨烈的恐怖袭击。在七次爆炸中，56人死亡，784人受伤。

在来到卡斯蒂永的第二个周末，我花了一个半小时的时间，登上了卡斯蒂永地平线上的那些山丘。可是我并没在山丘背后发现期待中的居民点。那后面是更多的山丘和无穷无尽连绵的葡萄田，一个人影都没有。后来我又跨过混凝土桥深入到多尔多涅河左岸的田园很远，又顺着多尔多涅河右岸的沿河公路朝村外走了很远，还趁着落潮的时候登上了河中一个无人的森林小岛。可是无论往哪里走，景色都是越来越荒凉，毫无人迹。我就像凡尔纳在《神秘岛》中所记述的那些逃出内战的美国人一样，被无尽的大海困在了林肯岛上，与世界永远隔绝。

八哥不知从哪里搞来一辆报废的白色轿车，只花了他两百欧元。他每次从农田回来，都要钻到车底下敲敲打打。"放心，亚历山大。"他对我说，"等我修好了这辆车，我就带你到外面的世界逛一逛，离开这个地方。"

第三个星期一开始，卡斯蒂永就下起了连绵不绝的暴雨。狂风几乎要把帐篷从地上连根拔起。我躲在帐篷里，不肯出去做工。露营地里，其余的打工仔穿着那种摩托车手的连体雨衣，开着自己的车去葡萄田。小波和蔡坤他们穿着单衣冒雨登上工头的车，还不到中午就又被工头送了回来。原来雨势如此之大，根本就没有在葡萄田里站稳脚跟的条件。这暴雨整整下了两天，我们就困在帐篷里两天。帐篷里无法站立，我们只能躺着或干坐着。外面已是昏天昏地，帐篷里的光线更是不足，也没法阅读，只能设法让自己在刺骨的寒冷和潮湿之中睡去。我们不敢出去做饭，怕漏电。泡在雨水里的电热灶和电饭锅，不知道在雨水过后还能不能使用。这雨下了两天，我们就硬硬地饿了两天。在饥饿、寒冷与疲倦中，我反复地用克里斯蒂娜的话鼓励自己，才咬牙坚持下来。

在大雨过后的第一个复工日，我就因高烧倒在了田地上。我在一棵大树下看着大家做完活，昏昏沉沉地被工头的面包车送回露营地。我接着就到村子中央看了急诊医生。"明天是国庆节，在家好好休养，不要打工。"医生跟我说，他给我开了冲剂："你把这些冲剂用开水化开，趁热服下。记着一定要用热水，这药才有效！"开水！这可真是个奢侈的玩意儿！我到卡斯蒂永半个月，连一滴热水都没有喝到过。到哪里才能找到开水呢？而且我们每天用的，都是那种遇热变形的一次性的塑料杯子和塑料盘子，连碗都没有，每损失一个盘子杯子都心疼不已，不舍得用来盛开水呀。还好那时候年轻，身体恢复力强。用凉水服了药之后，辅以完全的休息。正好暴雨过后那两天，卡斯蒂永的天气风和日丽、不冷不热，我的身体也就好转了。

　　国庆节那天晚上，露营地的人全都聚集在多尔多涅河边。晚十点一过，村子中心的混凝土桥上绽开了绚丽的烟花，灿烂的倒影在清澈的河中映出，和响彻全村的交响乐相呼应。幸福洋溢在每个人的脸上。

　　在来到卡斯蒂永的第三个周六，跟家里人打完电话后，我拨通了菲利克斯的电话号码。"登君，我在土伦港的一家度假餐厅里打工，这里是法国的蓝色海岸，海景实在是太美丽了！我是多么希望你能和我在一起，跟我分享眼前的这番美景！你在波尔多，过得怎么样？"我"呵呵"干笑了两声："我们每天一大早就要开始工作，那时天都还是黑着的。当我们回来时却不能立即到帐篷里补觉，因为那里的温度高达六十多度，连手机都能爆炸掉。"我给他讲了我们在野外做饭，下雨只能饿肚子，发烧了都没有开水吃药的事情。菲利克斯听着，声音渐渐担忧了起来："我很抱歉，登君，我不知道说什么才可以鼓励你。这情形简直是太困难了，请相信我听到你的故事，就和你一样的痛苦。你一定要鼓起勇气来，然后尽快摆脱这种生活。"

　　我倒是以一副无所谓的语气说："可是我并没有感到痛苦，我只是把它当成对我意志的一种磨练。克里斯蒂娜对我说：'生活就是一连串对痛苦的战斗，面对痛苦，我们不能退缩，也不能气馁。'我相信，经过这一切，我会变成一个更勇敢，更强壮，也更美好的人。"

　　"克里斯蒂娜给你说过这个吗？她也长大了。我很欣慰。你们都是我的骄傲，你们的友情是我在欧洲得到的最光辉的勋章！"

　　"她现在过得好吗？"

　　"我不知道，很久没有她的消息了。"菲利克斯在电话那边摇摇头，"不过我到月底，会飞到马德里去见她。我会给她带去你的问候。"

　　突然之间，我想起亚历克斯对我说，菲利克斯和克里斯蒂娜是男女朋友的事情。一种被好友背叛的怒火瞬然而生。但是菲利克斯又接着说："我离开法国之后，在克里斯蒂娜身边，我最信任的人就是你了。你们两个人一定要彼此照顾好对方。"我随声应和，心中想着他好虚伪。我在电话里不动声色，跟菲利克斯又友好地絮叨了几句之后，结束了通话。

　　那天晚上，食迁没有去打工。蔡坤和他彻夜长谈。当他从食迁的帐篷里出来时，已是深夜。所有人都已经睡下，只有我因为睡不着，坐在营地中央看星空。

"你跟他谈了什么？谁是食迁？"我连珠炮似地问道，"为什么作为一个乡下普通的农民，他竟然能说流利的日语，为什么他看上去总是那么悲伤？"

"我不知道，我并没有跟他谈私人的事情，我只是跟他聊了阿基坦地区的民族文化。"蔡坤猝不及防地回答说，"他跟我介绍了农民对葡萄的热爱和对土地的眷恋，以及收割葡萄酿制酒时，当地人一定要举办的一些节日活动。"蔡坤的回答显然没有解决我的困惑。

"可是在谈话的蛛丝马迹中，我似乎也能够拼出他的家世，只不过不知道准不准。"蔡坤想了一下，继续说，"这个食迁绝对不是一个背景普通的农民。他原先好像是一个波尔多家族酒庄的老板，比豆子先生他们的地位还要高得多。他的酒庄虽然不大，在日本却小有名气，所以他从小在日本留学，因此也讲流利的日语。后来不知道为什么他的家就破产了，好像是货船倾覆、保险纠纷什么的。然后他就失去了他全部的家产，一个幸福美满的家也散了。他唱的那些歌是在怀念什么人，我不知道是谁，但应该是他原来的家人。"

蔡坤继续绞尽脑汁地去回想他和食迁的对话，想拼出更多的信息，却再也想不出什么了。对神秘食迁的探索，搞得我俩头脑发疼。"时间也不早了，我们还是睡觉吧。"蔡坤提议道。

第二天一大早，我在帐篷里就听见外面嗡嗡嗡嘈杂的马达声。八哥在帐篷外面喊我："亚历山大，我的汽车修好了！你今天想去什么地方？我带你去！"

我要去圣爱美隆。我每天凌晨都能看见这个村庄梦幻的身影在黑夜中一闪而过，心中早已神往。据在露营地度假的德国老人说，圣爱美隆距离卡斯蒂永只有12公里路，不迷路的话，走两个半小时就能到。我本来打算直接走过去，只是一直没有找到合适的时间。

"那太好了，我正好要到利布尔纳上网。我已经三个星期没有连接因特网了。这个世界发生了什么，我现在一无所知。到了利布尔纳就能找到网吧，我去查看一下我的电子邮箱。圣爱美隆正好顺路，我可以把你捎过去。我打算在利布尔纳上两个小时的网，这样你可以在圣爱美隆有三个小时的游览时间。"

八哥的车修得很一般，车的马达时快时慢，而且车的后面还挂着一条时浓时淡、时长时短的黑烟。尽管如此，我仍然沉醉于那种风驰电掣的感觉，心情大感畅快。过了不多会儿，后面就响起了警车的鸣笛声。"前面那辆车快停下，你在污染自然环境！"警车用扬声机高喊道。

八哥猛踩了一下油门，白色轿车像臭鼬一样，放了一个又浓又响的黑屁，把后面警车的视线全部糊住了。然后就像墨鱼一样趁着烟雾弹窜逃到旁边的葡萄田地里，打算抄近路溜掉。警车猛地一打拐，也钻进葡萄田里，从一边快速追上了八哥，然后把他生生逼停。

"你驾车逃逸，污染环境——大气污染和噪音污染，车还没有上牌。你的驾照拿出来一下。"从警车下来两位警察，说道。

八哥露出了一副小狗乞怜的眼神："警察先生，我也是迫不得已，我的这位中国朋友吃坏了肚子，几乎就要拉出来了。我也是赶紧把他带到旁边的田里，刚出门就撞上了你们。现在是十万火急，再不赶快他就要拉到裤子里了。"警察疑惑地上下打量我。我也努力装出一副快要忍不住的表情。其中一个警察赶紧退后一步，用手捏住了鼻子："我好像闻到了什么味道。"他厌恶地说。心理作用吧？我心底想。"您看，老爷们，如果您把我带走，他只能拉到这块田里了。"八哥讨价还价地哀求道。另一个警察也明显往后退了一步，摆摆手，指着远处的山说："带他到山那边去拉，赶紧去。这块田是私人领地，拉在这里会产生法律纠纷的。"他们两人赶紧逃上警车，迅速撤走。"下不为例啊！"一个警察竖着食指，警告八哥说。

圣爱美隆是整个被包围在葡萄田里的袖珍村庄，比之卡斯蒂永还要小上不少，更难以与圣马洛比肩。进村的地方可以看到一个高大的残破石墙，有三个柳叶式的哥特长窗，好像是曾经有教堂塌毁过后的残迹。整个村庄用土黄色的大块沙石依山而建，高低起伏。街边到处都是葡萄酒商店。有些商店可以下到地下的酒窖中去。在酒窖中可以看到从上个世纪50年代到新世纪的各种年代的酒。在另一个教堂的废墟中央长了一棵大树。游客们把心愿丝巾的一端系在葡萄酒瓶塞上，另一端系在大树上。风一吹，无数红丝巾随风摇摆，好似流动的火焰。村子有两个制高点，一个是在村子正中央，轻巧灵动的教堂钟楼。另一个是在村子远端，雄浑厚实的碉楼。旅游咨询处就在教堂前面的广场上，我走了进去。

一瞬间，我仿佛看见了孙延珊向我走来。但定睛一看那不是孙延珊，而是长得跟她有些像的一个中国女孩子。她在旅游局工作，负责给中国游客讲解这个村庄。"这里中国游客很多吗？"我诧异道，因为对我来说，圣爱美隆不过是一个鸟不拉屎的地方的一个普通村子而已。"是的，这里的中国游客非常多，许多都是葡萄酒爱好者，听着圣爱美隆的名字找寻过来。"她笑着说。

我和这个女孩子聊得甚为投机，说了很长一会子话。她告诉我说，她在波尔多第二大学，学习葡萄酒酿制专业——波尔多最著名的三个葡萄酒专业之一，另外两个分别是波尔多商学院的葡萄酒管理专业和波尔多食品工程与安全学校的葡萄酒工程师文凭。暑假实习时，她就来到圣爱美隆旅游局当中文导游。当她听说我在雷恩有一个和她长得很像的好朋友，便活泼清爽地笑了起来。"圣爱美隆最富盛名的景点，是在我们面前这座教堂的地下，还压着一座中古世纪的教堂，你顺着山坡转下去，在山下的广场就可以看见这个地下教堂上面的三个浮窗。你有没有看过《指环王》？"我点点头。"这座地下教堂内部的景象，就好像《指环王》里面矮人王国的地下圣殿摩瑞亚，一排排巨大的石柱在幽暗的地下撑起高大而神秘的石头殿堂！"她继续说道，"另外一个不为人知的景点，则是登上前面的这座钟楼，在全村的制高点观察这个村庄和围绕村庄的美丽葡萄田园。"她从柜台底下摸出一把笨重的黄铜钥匙，"这把钥匙至少得有数百年的历史了，人们并不知道教堂的钟楼是可以爬上去的。用这把钥匙就可以打开钟楼底下的木头门。"她把钥匙递给我，"出借这把钥匙，理论上是要付五欧元的，我就不跟你收钱了。不过你还是得押一个身份证件，一个小时后把钥匙还回来。"我向她表示感谢，给了她我在雷恩化学学校的学生证。"一个小时后见。"我说,"可是我还不知道你的名字,连感谢都不知道怎样称呼。"她在一张A4纸上快速地记下了她的名字、电话号码和邮件:"很高兴认识你这个朋友,我想从此刻起,我们已经是朋友了。""是的。"我高兴地说。把纸折好,郑重地放在我上衣口袋里。

钟楼上的风很大。可以看见下面广场上蝼蚁般的游客,远处富人家蔚蓝的游泳池,以及更远处,在刺眼阳光的照耀下,干净得有些清爽的翡翠葡萄田。我在一个人的钟楼顶,没有游客注意到那里有人。我从尘世中升起,用上帝的眼光回望着大地。心中孤寂但是满足,感伤却又快乐。我从上衣口袋掏出纸,想仔细读出女孩的名字。这个时候突然一阵大风,把纸从我的手中吹走。我眼睁睁看着那张纸飘过整个村庄的上空,竟然能一直在空中飘浮,落不到地面。最后它一直穿越郊野的葡萄园,消失在地平线处山丘的一块葡萄田中。

"没关系,我下去再跟她要一张就是了。"可是当我还钥匙的时候,女孩子已经下班了。她的法国同事拒绝告诉我她的名字,也不打算把我的联系方式留给她。或许,这就只是一个无缘之人,所以命运才会用一阵风把她的名字从我手中夺走。

从第四个星期开始,我们的工作内容改变了。这一次我们面对的是已经整理成扇形的葡萄树。我们要把同一根葡萄枝上所有多余的葡萄串全部剪掉,只留下最靠近根部的一串葡萄。让一根葡萄枝上的全部叶子只滋养一串葡萄,让糖分和香味更加浓郁。我们不再跨过多尔多涅河,面对的葡萄也由白葡萄变成了红葡萄。剪葡萄的难处在于:工头们要求我们剪得非常快速,但是不同葡萄树的葡萄枝全都混杂在了一起,很难辨别出哪串葡萄属于哪一根树枝。一般每根树枝都会长三串葡萄,一串在根部,一串在中间,还有一串很小的在树梢。但是如果剪错了,有可能同一根树枝的全部葡萄都被剪掉,而另外一根树枝还留下两串以上的葡萄。最保险的办法,是从树枝的根部用左手沿着树枝往上摸。摸过第一串葡萄之后,当摸到第二和第三串葡萄时,用右手的剪刀在左手的位置把葡萄剪掉。由于葡萄叶阻隔了视线,所以在剪的时候右手并不能很准确地判断左手的位置,造成的问题就是,很容易剪到左手小拇指。

蔡坤就很不小心，把左手小拇指剪破了。因为担心他会被感染，我们特许免除他洗碗的义务。没过三天，我把我的小拇指也剪破了，所以我也没法洗碗了。又过了几日，小波也把小拇指剪破了。腿一边愤愤不平地洗碗，一边骂骂咧咧地说："你们一定都是事先商量好的，他妈的欺负老实人，操！"

很快地，INSA的外国人已经在卡斯蒂永做完了一个月的实习最低期限。东欧人、死得晚和三个中国女孩子决定结束合同回国，腿、小波和我以及三个越南男生继续给巴顿·劳伦公司打工挣钱。蔡坤和西姆都是买的八月一号回国的机票，所以他们还要再打一个星期的工。

在实习的最后一天，巴顿·劳伦公司叫工头们把我们带到和其余的农民一起干活的葡萄田里。我们一直认为工头们抱怨我们慢是因为他们想剥削我们的劳动力，直到那一天我们才意识到，原来我们干活真的是慢。我们用来修剪一行葡萄所用的时间，熟练的农民已经修剪了两行，快的甚至修剪了两行半到三行，带领我们的工头这一天也下场和我们一起干，他们往往是干活最快的那一批人。"原来不是公司在剥削我们，而是我们在剥削公司啊。"腿和小波感慨道，"就照我们干活的速度，就照我们摧毁葡萄田的力度，想必巴顿·劳伦公司已经在葡萄酒庄庄主那里损失了不少钱！"就在那一天，我们和公司和解了。

从卡斯蒂永回来后，我一直建议身边的朋友们不要去购买2005年产的波尔多葡萄酒，因为在那个夏天，我们成片地摧毁了波尔多的葡萄田。不过后来我从葡萄酒界听到一个传说：对于波尔多葡萄酒来说，2005年是自1982年以来另一个最伟大的年份，波尔多葡萄酒卖得最贵，最值得收藏。这个说法让我大为不解。或许在我们的摧残下，波尔多还能用来酿酒的葡萄变得非常少，"物以稀为贵"嘛，所以价格才会这么高。

死得晚花了二十欧元买了一盒"电动吹风机套餐礼盒"，打算带回中国送给母亲。"可以代表法国的高科技嘛。"他这么说。蔡坤拿过礼盒包装研究了一番，指着上面一行小字说："这上面明明写的是'中国制造'嘛！"大家一下子哄笑起来，纷纷笑话死得晚愚蠢，千里迢迢从法国买了一盒"中国制造"，然后再带回中国去。死得晚的脸拉得更长了。

死得晚和三个中国女生的回国带来一个新的问题：西姆要和谁一起拼饭？这个问题在实习结束前半个星期就开始被讨论，是蔡坤先向腿和小波提出来的。因为他实在不情愿给西姆炒菜做饭，心中甚至非常害怕接近西姆，所以提前提出来征询大家意见。

腿一听就急了："这怎么行？这他妈不是趁火打劫么？蔡坤，我知道你和西姆有矛盾，我也不喜欢西姆这个人。可是在国外我们中国人是一个不可分割的集体，有义务互帮互助，不能够分裂啊！西姆平常对我们不好，瞧不起我们，这个我是和你们一样，不喜欢的。可是他现在遇到困难了，他不和我们拼饭，他自己一个人怎么能活得下去呢？他是我们的同胞，我们的兄弟，是和我们永远都连在一起的，我们不能坐视不管呀。"

我一副无所谓的表情，摆摆手说："腿，你不用为他担心，西姆他自己会找到解决办法的，都是成年人了。"腿愤怒地瞪了我一眼。

当天晚上，蔡坤叫我到露营地传达室的灯光下一坐。小波已经等在那里了。蔡坤坐下来，又想争取我和小波的支持："你们不觉着，咱们一起出国的这个中国人集体，大家都有些古怪吗？我真不知道，是不是因为年龄到了，人就会变得古怪和自私。在国内上大学的那些人，是否也面临和我们同样复杂的人际关系呢？"他愁眉苦脸地说道。"如果说我们古怪，也是最先从你开始古怪的。"小波评论道，"如果不是你最先开始嘴贱给大家起外号，挑拨大家互相攻击，我想我们这个集体的内部关系要比现在融洽得多。"蔡坤举起右手，垂头丧气地说："我就是一个贱人，我认了。"

他接着说："我很理解腿的感情，他也是希望我们中国人好，希望我们在外国人面前，不要丢了面子。可是让我给西姆做饭，我他妈实在做不到呀。他平常那个样子对我，我心中，你们知道吗，有点害怕呀！我就算大脑想要维护中国人的团结，可是我的手，它不受控制地发抖啊。"

小波说："这个问题比较复杂。我保持中立，不发表任何意见。你和腿，我两个人都支持，也都理解。"

蔡坤失望地看了小波一眼，然后说："要不然你们觉得这样可不可以，你们和西姆一起合伙做饭，我一个人单独做我的饭，反正我在法国还只有一个星期，苦一苦也就过去了。"

小波连忙说："蔡坤你也不要做得这么绝对，咱们听一听骨灰的意见。这个事情还有几天时间可以考虑，说不定还能找到万全的办法。"两个人的眼光同时期待地望向我。

我回忆起在化学学校里中国人之间的关系：大奔、小孩、潘应龙、孙延珊、赵庆阳，突然无比清晰地意识到，在我一年的法国留学生涯中，所遇到的所有困难，都来自于同胞们的暗箭和坑害，反而是法国人和欧洲人，一次又一次地，把我从水火中救出来。"恶人就是恶人，难道你以为你帮助恶人，他就会记得你的好，然后报答你吗？"我恨恨地说，"不会的，他只会把你视作软弱，利用你的善良更加变本加厉地利用你，吞噬你！"

我接着说："在我眼中没有中国人外国人之分，只有危险的人，和安全的人。我们不能给予恶人任何喘息的机会，要毫不留情面，因为他们太危险了！对他们的仁慈，是一根有一头已经系在房梁上，必然将我们引向自缢的绞绳！我们不能做东郭先生啊！我不赞成让西姆和我们一起合伙做饭。我和蔡坤两票反对，腿一票赞成，小波你弃权，大局已定，这事情没得商量。"

在死得晚和三个中国女生回国前的最后几个晚上，西姆在和他们做饭时，总是远远地、偷偷地看向我们这边。他眼里充满着期待，但是他自己却很硬气地没有走过来向我们询问。腿转过自己的身子，用后背对着他的目光。我清楚地看见腿的脸上写满了不忍和无声的哽咽。

在死得晚临走前一天晚上，腿半夜把我拉出了帐篷。因为西姆和我们睡的是同一个帐篷，腿把我远远地拉到露营地入口处。"骨灰，知道你看不惯西姆，我也看不惯西姆。可是现在西姆有难。中国人有难，如果我们中国人不自己拯救自己，那谁又能来拯救我们？我们中国人一定要团结呀！"腿用饱含深情的语气跟我说，他想最后再做一把努力，把我拉到他的阵营里去。

我叹了一口气，跟他说道："腿，我这几天一直都在琢磨一件事情：我们一直说，中国人要'融入'法国社会，'融入'这个词，就是预先假设我们和他们是不一样的。这里我们是中国人，那里他们是外国人，我们是不同的。

所以我们才要'融入'，才要变得相同。这个逻辑是很矛盾的。法国人和中国人，会被同样的故事所感动，会喜欢同样的歌，一样地喜欢偷懒和作弊。如果我们跟人交流时，不把自己局限于'中国人''法国人'的定义，就很容易发现我们其实是平等的，都是具有相似情感和灵魂的'人'。我想只有打破这种思想上的桎梏，用朴实无华的信任和信心与所有人交流，才能得到别人最平等最真诚的尊敬，才能实现真正意义上的'融入法国社会'。所以，为什么西姆是中国人，我们就必须去帮他呢？对西姆最大的尊重就是：我们用同样的态度，去对待他，和对待一个法国人。既不把他贬低，也不把法国人拔高。如果我们把西姆看成一个平等的人，那么我们是否帮他仅取决于我们和他的友情。你喜欢西姆吗？不喜欢！我喜欢西姆吗？也不喜欢！实际上，我们两个都曾经吃过西姆的亏。他曾经亲手制造了我们的困难，那么，在他自己遇到困难时，我们为什么一定要去帮他呢？"

腿的眼中，希望的火焰渐渐熄灭。"好！"他咬牙切齿地说，"你们全都不珍惜中国人的形象，破罐子破摔，你们不配做一个中国人！"

死得晚走的那天晚上，西姆自动走到三个越南男生做饭的地方，和他们一起开始做饭。他什么都没有请求我们，也没有指望我们。腿从那天起就不再跟蔡坤说话了，他与我和小波也只保持了最低限度的话语交流。他默默地吃完饭，默默地洗了碗，然后就回到帐篷里睡觉，一声不吭。我头一次真切地感受到，腿的心破碎了。

几天后的一个晚上，我刚刚在帐篷里睡下，就听见蔡坤在外面敲我的帐篷："骨灰，食迁一直在哭，我想我们得去看一下发生了什么事。"我赶紧从帐篷里起来，腿和西姆听见后，也从帐篷里跳出来，冲到食迁那里去。

小波已经在食迁那里，用手轻轻拍着食迁的背。食迁坐在帐篷客厅的椅子里，左手拿了一个酒瓶，头捂在右胳膊肘里面，趴在桌子上痛哭。他浑身都是浓烈的酒味儿。"发生什么事情了？"腿焦急地问。"他在等一个人的电话，但是没有等来。"小波同情地解释说。

"五年了！五年了！她从来没有给我打过电话。"食迁哭诉道，"今天她说好了要给我打电话，可是今天马上就要结束了！她忘记了我，她不要我了！"

"谁答应要给他打电话？他的情人吗？"我问道。

"是他的女儿。"蔡坤面色沉重地说，"食迁破产时，他的妻子带走了他的女儿。从那之后，食迁再也没有见到他的女儿，那是五年前的事情！食迁每日每夜，唱歌所怀念的，就是他的女儿。"

我一下子明白了食迁全部的故事，所有的神秘，豁然而解："食迁的女儿有多大，十岁，十五岁？""只有五岁，食迁遭遇保险纠纷时，他的女儿刚刚出生。正是因为要分神照顾还在哺乳期的妻子和幼女，所以他才没有精力处理家族企业，最后竟致破产。今天，正是她女儿的五岁生日。"蔡坤解释道。

所有的中国人都沉默不语，食迁的命运，让我们深深地唏嘘同情。

我坐在小波的位置上，轻轻抚摸着食迁的虎背："不要哭泣。一个五岁的女孩子，是没有权利自己打电话的。她并没有忘记你，只不过她妈妈不允许她给你打电话而已。"

食迁的啜泣声一下子变小了，他泪眼婆娑地看着我："真是这样的吗？为什么她妈妈不让她给我打电话，难道她还恨着我？恼怒着我？"

我摇摇头："我不知道。但更可能的情况是，她妈妈已经忘记了你，然后过上了自己新的生活。"

"你能行吗，骨灰？"西姆用甚为担心的语气问我，"你看看，你的话又把他给弄哭了！"

我愤怒地朝他一努嘴，示意他到一边，不要来打扰我。西姆对我的反应一下子愣住了，然后便怒气冲冲地离开了食迁的帐篷。

"你真的认为她妈妈已经忘记了我？可是我还在那么地深爱她！我日以继夜地工作，就是为了挣钱，可以去养她！"食迁委屈地哽咽道。

"那你在过去几年，有没有打电话告诉她，你爱着她？"

"没有。"

"或者写信写邮件去表达你的爱意？"

"没有。"

"或是去她家拜访她，送给她一束鲜花？"

"也没有！"

"那她根本就不知道你还爱着她!"我叫道,"在她眼里,你早已经忘记了她。"

"她说她不想再见到我,我必须要尊重她的意思!"食迁向我吼道,"你根本不知道发生了什么事情,你也毫不关心,只知道说风凉话!"

我的态度软下来:"你是对的,我向你道歉。我们确实应该尊重每个人的意思,无论何时。"

食迁设法停止哭泣,努力挤出了一丝笑容:"是我应该抱歉,让你们这么晚了还来陪我。你们在这里,我很安心。来,喝酒!"他把手上的啤酒瓶扔掉,从冰箱里拿出半瓶爱尔兰威士忌,又从里屋拿出几个玻璃杯,摆在桌上。

我和蔡坤、小波每人都喝了一点,腿陪西姆回帐篷睡觉去了。酒呛得我咳嗽一声。

"食迁啊食迁,"我微醉醺醺的,轻轻地拍了他的背,"你要是知道你老婆住在哪里的话,你应该去找她,告诉她,你还爱她。"

"呵呵,"食迁干巴巴地冷笑,瞪着醉得迷离的铜铃眼看着我,"我怎么还有脸见她,一个工厂夜班打工的。我曾经承诺带她环游世界,那个时候,一切对我都还很容易。"

我抱着他的脸,正视着他:"食迁,人的一生,会一直面临各种各样的挑战。这个挑战没什么大不了的,不过是人生路途上的一道小插曲。反正,你已经没有什么可以失去的了。告诉她你的心意,让她依靠准确的信息,来判断应该如何去面对你。你不要去猜她会怎么去看待你,你一猜就一定会猜错的。最亲密的人,往往也最容易忽略交流的重要性,因为他们是如此自信于对对方的了解。即使是最亲密的夫妻、兄弟姐妹,也未必能够准确知道对方在想什么,因为你不可能完全了解到,对方所处的全部环境,以及他做出判断的依据。你只能按照你的人生经验,去猜测别人的思路。悲剧和误解往往就在猜忌中产生。没有什么,比直接的交流和询问,更能得到准确的信息了。就算对方不想把心里话都告诉你,那你也能知道对方想让你知道的全部消息。难道你真以为现在你在你妻子的眼中就是一无是处吗?你固然不如原来富裕,可是穷苦让你更加清晰地感受到生活的美好,让你得到了我们这些从地球另外一边来的异乡人的友情。这种对生命的热爱让你变得更加有活力。你去问问你妻子吧，告诉她，你还爱她。然后再问问，她是不是还愿意和你在一起。即使不为了她，也是为了你的女儿，因为，你的女儿就在她的身边，见到她就能见到你的女儿！"

这个魁梧大汉停止了哭泣，聚精会神地看着我的嘴巴，眼睛中露出了迷茫而又坚定的神气。"去吧，食迁，加油！只要去做，一切都会变好的！"我抓着他的右手贴近我的胸膛，用左手拍他的后背，这是罗马尼亚人鼓励亲兄弟的做法。

食迁站起身来，感谢地送我离开帐篷。我今天能够鼓励他，心中很有满足感。在我离开帐篷时，清晰地听见他跟蔡坤小声嘀咕道："你的那个中国朋友法语口音太重了，他刚刚给我说的那一大通话，到底讲的是什么，你听懂了吗？另外，食迁是谁？"

我没有直接走回帐篷，而是又为灿烂的星空所着迷了。苍宇中，猎户星座腰带处的三颗星闪烁不定。蔡坤走到我的身边："食迁已经睡下了。"他轻声跟我说，"感谢你一直都支持我。不过腿现在不跟我说话了，我总觉得是我做错了。"我拍拍他的肩膀以示鼓励："你是一个很有勇气的人，努力用跳出中国人小圈子的思路去看问题，真实地按照自己的好恶喜乐来指导行动，不再太多的顾忌。这才是一个有独立灵魂的人应该做的。这才不枉我刚认识你时对你的崇拜！"蔡坤自嘲地苦笑一下，然后说："骨灰，我琢磨一件事情。我们来到法国已经一年了，我们的家长一定非常想得到我们的信息。大奔和小孩一放假就回国了，死得晚和骚妮儿呀也刚刚回去，这不没两天，我和西姆也要走。可是你、小波和腿，没有钱买机票回国，你们的父母，一定非常焦急和失落。我想代替你们三个，去你们家里拜访你们的父母。你觉得这个提议好不好？你觉得腿会不会答应？""他一定会答应的。"我向他保证道。

我和蔡坤一起观看着满天璀璨的星星："蔡坤，一年之前的今天，我们人生第一次坐飞机，就是来到法国。你还记得我们两个挤在同一个舷窗里，俯瞰西伯利亚森林的事情吗？""嗯。那简直是像一个世纪之前的回忆。"我点点头。"你在离开法国之前，不打算去看一下室外舞台剧'卡斯蒂永之战'吗？""你指的是村头海报说的，那个有400名演员，50匹战马，所谓'忠实

地再现了英法百年战争最后一场战役'，号称'阿基坦最大的室外舞台剧'
的'卡斯蒂永之战'吗？""是的，全年只有七月底和八月初才上演这个舞台
剧，也就是现在。我问了，舞台只需要翻过村边的那座山丘，步行一个半小
时就到了，那里有一些当年的战争遗迹和一个城堡，他们占用了一整个山谷
做舞台。这几天，我晚上睡在帐篷里，都能从地面听到远处传来的马蹄声和
四百人相互厮杀的喊叫声。应该是非常壮观的一个舞台剧，错过应该很遗憾
的。"我感慨道，同时心中也很好奇，甚至也想现场一看究竟。我不理解的
是：观众站在山丘顶上，如何才能听到演员的声音呢？

可是后来蔡坤和我都没有去看"卡斯蒂永之战"，因为门票实在是太贵
了。八哥去看了一场，回来说这剧真是气势非凡，演员多、场地大的优势，
完整地再现了中世纪的法国社会。就像奥运会的开幕式一样，主要是群演，
当只有一个人孤零零出现在舞台中央时，探照灯就会打到他的身上，以便让
观众都能清楚地看见。八哥解答了我的困惑：每个演员的衣领上都会别一个
麦克风，这样他说话时，通过大喇叭就可以让全场都听见了。

我和小波都把自己家里的地址以及父母的电话给了蔡坤，腿虽然和蔡坤
怄气，但在蔡坤临走时也把自己家里的信息告诉了他，嘱托他在见到自己爸
妈时，要跟老人家报告他们的儿子在法国过得很好，不必牵挂。

食迁在崩溃的那天晚上过后就人间蒸发了。他的帐篷还在那里，我们有
他的钥匙，所以仍然用着他的冰箱。

蔡坤走后的第三个晚上，我吃完饭钻回到帐篷里，准备睡觉。手机突然
收到一封短信：

亲爱的登君，

感谢你对我生日的祝福，我给你回复了邮件。可是你可能没法上网。

菲利克斯跟我说你的生活很艰难。但是我知道你一直是一头勇
敢的小狮子，一定会活得好好的。我对你有信心。

我在雷恩等你！

克里斯蒂娜，写自马德里

我心中的万般柔情一下子击溃了我为了对抗这一个月的艰苦生活而鼓起的全部勇气。充满了幸福滋味的泪水，从脸上无声地流下。克里斯蒂娜在雷恩等我。雷恩！雷恩！雷恩！我从未像那天晚上，那样去想念这座布列塔尼的都市。当我在南方想念它，仿佛这座城市，已经成为我在法国新的故乡。那里有我熟悉的生活，甜蜜的回忆，青涩的爱！在一个月的艰苦中磨下累累伤痕的我，要尽快回到这新的故乡。

我辗转反侧，一夜未眠。第二天早晨起床后，工头的面包车在露营地的门口等着我们。"骨灰，上车了！"小波和腿在车上焦急地等着我。我冷冷地看了看面包车，突然心中觉得好笑。"这就是一切的结束吧？"我自言自语道，"我不会再登上这辆亡命之徒开的车，拿自己的生命去冒险！我要活着回到雷恩，因为那里有人在等着我。"

"你今天就坐火车走吗？"腿问我。"不，我会等你们从田上回来，我会收拾些行李，帮你们把一些东西带回去。"

我花了接近两天时间收拾行李，还抽出半天时间去巴顿·劳伦公司总部签了结束合同协议。付掉露营地房租，挣了860欧元。INSA的那些学生在来卡斯蒂永时几乎把整个家都搬来了。他们结束实习后又直接回到各自的国家，最后全部委托小波和腿把所有人的家再搬回雷恩去。我们直接丢掉一些最沉的物什，把剩下的行李分为三部分，我的那部分就有三个行李箱和四个编织袋。这样我的返程日期只好是星期六，好让腿和小波帮我把行李带到火车站。

出发的那天上午，我一起床就看见消失已久的食迁。他当时正在把他的帐篷重新折回到拖车里去，还把家具都搬上另外一辆拖车，他开了个拖拉机打算把两辆拖车一并带走。他的父亲也来了，帮着儿子拆解帐篷，脸上都是满足和欣慰。一辆越野车停在拖拉机旁边，依着车门站着一位穿着和服的日本姑娘，肌肤似雪，朱唇嘤嘤，端的是美丽非凡。藏青色的和服上印着白色的樱花花瓣，海蓝色的缎带围着腰在背后打成一个结。她的手边还牵着一个白雪公主似的小姑娘，发如黑瀑，瞳似琥珀。"这是我的前妻，很快就要再次成为我的妻子。这是我的女儿。"食迁幸福地介绍着，眼中含着感动的泪水。

"这是亚历山大，正是由于他的鼓励，我才有勇气去找到你。"他对那个日本女人说。日本女人向我伸出殷殷小手，跟我握手同时也轻轻鞠躬。她用字正腔圆的汉语说道："感谢您，也请多多指教。"食迁的日本老婆会说中文，难怪食迁对中国人尤其友好。

食迁没见着蔡坤，感到特别遗憾。他知道我要离开卡斯蒂永，突然想起什么。他快速用铅笔在张小纸条上写下"卡斯蒂永的回忆"几个字，然后翻回越野车，从那里拿出一个拇指大小的白瓷杯，把纸条折成一卷放进去。

他跑下车，把拇指杯交到我手里："这个杯子上写的东西曾经是我的座右铭，可是现在我不再需要它了。我把这个杯子送给你，作为卡斯蒂永给你的留念吧！"

我把拇指杯转过来，发现那上面写了一行大一行小的两行字：

"我戒掉了酒精、烟草……和女人

——那是我这一生最扯淡的20分钟"

07

欲言又止

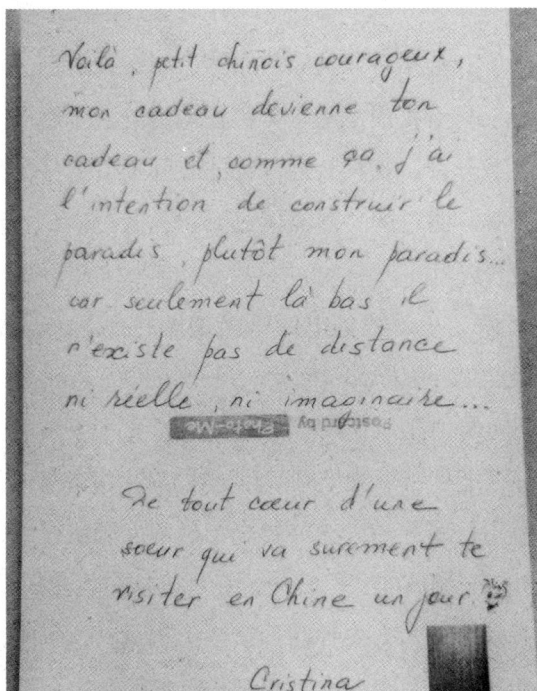

Voilà, petit chinois courageux, mon cadeau devienne ton cadeau et, comme ça, j'ai l'intention de construire le paradis, plutôt mon paradis... car seulement là bas il n'existe pas de distance ni réelle, ni imaginaire...

De tout cœur d'une sœur qui va surement te visiter en Chine un jour.

Cristina

你看，我的中国小勇士，

　　就像这样，我生命中最重要的礼物也变成了你的礼物。用这种方式，我希望可以建造起一座天堂，一座属于我的天堂。因为只有在那里，梦想和现实才不会有距离。

　　我一定会和你前往中国的。

你的妹妹　克里斯蒂娜

亲爱的同学们，

　　很高兴我终于集齐了你们所有人的电子邮箱，可以给你们发出这封邮件。你们在法国的生活已经满一年了，这总是一个值得总结和展望的时间点。希望你们已经适应了法国的生活。我已经在这个暑假回到雷恩，以便迎接新一届的山大交流生。假如你们有人在雷恩过暑假，希望可以见到你们。

爱你们的凯琳

　　在卡斯蒂永待了一个月后，我沿着原路返回布列塔尼。旅途中间发生了一个小插曲：火车票只给我预留了十分钟在南特的转车时间，可是波尔多发往南特的车迟到了五分钟。我只有五分钟的时间提着七件大行李从一个月台转往另一个月台，幸亏路过的一对英国夫妇帮我搬行李，才让我在最后一秒钟登上了前往雷恩的火车。

　　一下雷恩火车站，我就找到电话亭给安娜打电话，让她开车来帮我搬行李。"登君，我现在在英国首都伦敦，一个星期后才回去，你找我有事儿吗？"我只好简单问候她几句，然后挂上电话。我一个人堵住了地铁和公交车门很长时间，好把七件行李搬上车。INSA的学生宿舍暑假是关闭的。我在化学学校的外国学生回国之前，已经要来了越南人阮帆在盖吕萨克宿舍的房间钥匙，在第二学年开始前的这段日子，我可以住在他房间里。

　　回到雷恩让我很开心，有一种回到家乡的感觉。这里的人文风情、穿衣打扮都是很熟悉的味道，和南方大不相同。阮帆住在盖吕萨克宿舍那种合租的房子里，跟他合租的是一个法国男孩子，此刻两间房子都空荡荡的，加起来有50多平方米。相对于INSA九平方米的宿舍，这里简直是一座城堡。书架上放着一套四本《三国演义》，越南文写作"Tam Quoc Dien Nghia"，和中文发音差不多，四本书的封皮上分别印着央视1994年版电视剧刘关张曹的头像，书里还有一幅三国地图。经历了一整天疲惫的旅行，我简单洗漱一下便上床睡觉。就在灯光关闭的那一刻，阮帆的房顶突然变成了璀璨星空。原来他用和天花板同样颜色的夜明贴片，按照北半球星座的布局，将整个房顶贴满。可以很清楚地辨析出猎户座、大熊座和小熊座。我仿佛又回到了卡斯蒂永，躺在露营地的草坪上看星空。

回到雷恩不到一个星期，就接到了小波和腿的电话：波尔多地区的葡萄园整理工作已经全部结束，剩下的就是等修剪过的葡萄在9月底完全成熟，然后再采摘下来酿造葡萄酒。他们两个都没有料到工作会这么快结束。巴顿·劳伦公司和他们签订了工作终止协议。INSA宿舍还没有开门，他们问可不可以和我一起住在阮帆家里。阮帆在电话里跟我说可以让小波和腿住进来，他跟和他合租的法国男生打了招呼，我可以住在另一个房间里。小波叫我在他和腿回雷恩之前，先去鲁兴父母家一趟，把小孩放在那里的电脑拿回来。在第一年的时候，小孩把自己的笔记本电脑借给小波、腿和蔡坤使用，小波他们在电脑里面下载了无数黄色电影，藏得到处都是，连小孩都不知道在哪个文件夹里，会冷不丁突然冒出一部黄色电影。为了防止父母发现，他索性不把电脑带回中国。

鲁兴父母住在雷恩的北郊，是一对和蔼的法国老夫妇。他们很热情地招待了我，并强烈要求我在他们家住一晚上。"我们家的大门对山东人永远都是敞开的。布列塔尼是法国农业大省，山东是中国农业大省，这就是我们深厚友谊的基础。在这个房子里，我们还接待过山东省农业厅的厅长。你把这里当成你自己的家就可以了。"他们还给我展示了他们的博古架，上面摆满了来自世界各地的小玩意儿：俄罗斯套娃、苏联国旗、摩洛哥银茶壶或是迪拜的挂毯。我注意到他们还有很多毛泽东像章，以及红封皮小开本的《毛泽东语录》。"这些都是我们年轻时代的印记。我们这一代人的青春，或多或少都受到了1968年革命的影响。"鲁兴的父亲用手轻轻抹去"红宝书"上的灰尘，神采飞扬地陷入到青春的回忆中，"1968年的那场革命完完全全地改变了法国，甚至是整个西方社会。当时的青年受到毛泽东思想的号召，把'文化大革命'的中国视作乌托邦的理想社会，想要把法国也改造成那个样子。学生阶层和工人阶层大联合，一千多万人走上街头挑战特权阶层，以求打破僵化的体制。'敢教日月换新天！'那时我们筑起街垒，到处都贴满了毛泽东的大幅海报。当时谁能搞到从中国流出的毛泽东像章和毛泽东语录，那可是同学之间最值得炫耀的事情咯！"

"原来是因为这个原因，您的儿子才会这样喜欢中国，长大后生活在中国。"我恍然大悟道。"不，塞德里克（鲁兴的法文原名）不喜欢中国。"老先生否认道，"或许现在他喜欢中国了，我不知道，毕竟他生活在中国。可至少他在年轻时，是有些反感中国的。他觉得中国是专制型的政府。""可是，我以为……"面对我的惊讶神情，老先生竖起一根食指，狡黠地笑了："我的儿子当时虽然不喜欢中国，可是他喜欢克蕾丝苔呀！"于是在吃晚饭的时候，他给我讲起了鲁兴夫妇青年时的爱情故事，就像天下所有父母跟别人讲自己的儿女一样，语气中充满着骄傲："塞德里克那个时候还是一个孩子，INSA四年级的学生。在市中心的酒吧里，遇见了雷恩二大中文系的学生克蕾丝苔。然后他的魂魄就被人家姑娘的金色长发给勾走了！"他讲到这里，哈哈大笑，"后来毕业实习的时候克蕾丝苔找到了法国驻中国大使馆的工作。塞德里克那时候还反感中国，坚决要在法国等克蕾丝苔回来。可是克蕾丝苔实习结束后，大使馆又给她延了八个月的工作。半年时间不到，塞德里克就去北京找克蕾丝苔了。"老先生微笑着摇摇头："我和他妈妈以为我们的儿子只是去中国做一个短暂的旅行，看望了克蕾丝苔就会回来。可是他那一次去了北京，就再也没有回到家来过。当我们再次见到他时，他已经变成了一个中国人，还在青岛生下了我们的孙女。我到现在也不明白，在北京，到底发生了什么？哎，一代人有一代人的青春，一代人有一代人的爱情啊！"鲁兴父亲感慨了一番，然后语重心长地对我说："每个人生开始的时候，都是别人故事的听众。然后有一天长大了，自己走上舞台正中央，成为故事的撰写者。到了我们这个年龄，老了，就把自己的故事讲给子孙们，希望后来人可以从前人的故事中吸取教训和经验。在你这个年龄，正是要开始写你自己的故事的时候，你小时候读的别人的暴风骤雨、委屈挫折，你将很快用自己的人生写出来。有些人已经准备好了，有些人却是被硬硬推上去的。如果你还看得起我这个糟老头子，我想提出一个忠告：人生这本书，许多人写着写着，就迷失了自己，忘记了故事是从何开始。如果想写出一个好故事，可以自豪地跟子孙们炫耀，那就要在写作时永远记得你是谁。这是最容易承诺的，也是最难坚持的。"

当天晚上我睡在小孩住在这里时睡的房间，这也是鲁兴夫妇的婚房。床头柜里塞满了信，从信封上可以看出是塞德里克和克蕾丝苔彼此寄出的跨国情书，盖着中国邮政的戳子。鲁兴夫妇比我们大一个辈分，当时电子邮件还不普及，我不禁神往他们那个时代的爱情。

腿和小波回到雷恩后，我们一起去拜访凯琳。凯琳在雷恩二大附近租了一间小公寓，她刚刚生完儿子，神态很有些疲惫："孩子的父亲现在还在山东大学，所以只好我一个人照顾他。"凯琳慈爱地看着婴儿车里的宝贝，这是一个皮肤黝黑的混血男孩，轻轻有点咳嗽。"我带着他去旁边的医院看医生，医院要这个孩子出生时的体检证明，我给了他们体检证明，可是这边的医生看不懂。"凯琳无奈地说。她给我们看孩子的出生证明，上面写着"山东大学齐鲁医院"的字样，全部都是中文的，难怪法国的医生看不懂。"等孩子的父亲留完学，我就辞去山东大学的教职工作，跟他一起前往塞内加尔。我在山东大学收获了许多东西：我的第一份工作，第一场爱情，第一个孩子。还有你们，我的第一批学生。"她出神地回忆说，然后一脸坏笑地看着我们："你们几个，融入法国的任务完成得怎么样了？都找到法国女朋友没有？"我们三个瞠目结舌，汗水涔涔而下。凯琳心领神会地笑了，带着我们到楼下喝咖啡。"别人找不到女朋友也就罢了，可是亚历山大，你找不到女朋友却让我很惊讶。你永远都是最讨女孩子欢心的那个人。"我恨不得变成老鼠钻到地缝里去，小波替我解了围："下一届我们的学弟学妹怎么样？"他问道。"不如你们努力。"凯琳斩钉截铁地说，"你们第一届学生给我留下了中国人努力好学的印象，可是下一届学生实在太娇气了。而且十六个人的招生名额只有十一个人报名，全部选择了INSA，最后又只有八个人通过了考试。亚历山大，你是彻底地既没有师哥，也没有师妹，化学学校这次对山大挺生气的。"她又将脸转向了腿和小波："自从中法合作项目确立以来，整个社会、学校和老师都在围着你们操心，帮助你们在新的国家蹒跚学步。但现在这个婴幼儿的时代结束了，你们现在是老人了，要负起责任，照顾好你们的学妹们。哦，对了，你们这一届都是男孩子，你们下一届却几乎全是女孩子。如果你们还没有找到女朋友的话，要好好把握住这个机会哦！"凯琳意味深长地说。随后我们又谈起了在葡萄田里的工作，小波和腿在不停抱怨工作环境的艰苦，我却说，这其实是一个很难忘的经历："你知道我在这经历中最珍惜的是什么吗？"我说，"是在我领到的工资里，我交了税。交了税，我就为这个国家做了贡献，就可以认为自己是这个国家的主人公了。从此之后，法国再也不是外国，而是我真正的第二家乡了。"凯琳十分欣慰地看着我们。咖啡喝完后，凯琳满足地抹抹嘴，站起身来跟我们道别："下次有机会再聚，咱们师生好久不见，我的咖啡，就由你们三个分着请了吧！"她最后这句话把我们吓得脸色惨白，一杯咖啡三欧元，比吃一顿午饭还要贵。凯琳看见我们窘迫的模样，向我们眨眨眼，挤出一个鬼脸，从屁股底下摸出一个钱包，朝我们晃了晃："逗你们玩儿的，你们现在还不挣钱，老师怎么可能让你请客。"看着我们舒了一口气，她继续说，"但是老师对你们的期望是：无论你们未来生活在法国，还是在中国，你们都要努力成为一个幸福的、成功的人。那个时候，如果你们还记得老师，我会欣然接受你们的邀请。"

整个八月都是在炎热和无聊中度过，我住在和阮帆合租的那个法国男生屋子里，腿和小波挤在阮帆的屋子里。我设法继续往下写一直搁置的《人类宣言》，没有机房，我就在草稿纸上记下我的思路。可是每张写满字的草稿纸上，我都仿佛能看见克里斯蒂娜的样子。我数着开学的日子，开了学，我就能见到她了。

就在这时，我和腿的关系越来越不好，最后终于爆发争吵，乃至绝交。矛盾是从一件件小事积累起来的。一开始我嫌弃腿和小波在屋子里说话，影响我在另外一个屋子里写作的思路。即使他们设法小声地说话，我仍然嫌他们太吵。"这真是这个房子墙壁太薄的缘故。"小波恳求道，"我们再小声，那就连我们自己都听不见了，那还不如不说话呢。"腿一脸不耐烦，对小波恶声恶气地说："那咱们俩就别说话呗，怎么敢打扰王大作家的前途呢？"从此以后他一大早就拉着小波出门，两个人在雷恩的大街上闲逛一天，到晚上才回来，还真不在屋子里说话了。另一个矛盾发生在厨房里。腿和小波把他们的厨具全都扔在了卡斯蒂永，那些厨具经过一个半月的风吹雨淋日晒，已经脏得无法洗出来。我的厨具在南下卡斯蒂永前就已经放在阮帆的房间里，所以他们用我的厨具做饭。腿很喜欢我新买的不粘锅，七欧元的锅，做完饭后用水一冲，油迹就能全被冲走，完全不留做饭的痕迹。于是他每次做完饭后都只用清水冲净，再也不用洗洁精。他想省下买洗洁精的钱，能省一点是一点。我跟他不停唠叨，这是我的锅，希望他可以尊重一下。不粘锅如果长时间不用洗洁精，仅用水冲的话，还是会有些微小的油迹附着在不粘层表面，锅的疏油性就会迅速退化，我的新锅很快就会变得和他们扔在卡斯蒂永的脏锅一样洗不出来了。我叫腿用我自己买的洗洁精，不花他的钱。他却指责我花钱大手大脚，太不会过日子了。我又抬出了我在杜邦公司工作的小姨父，说不粘锅就是他发明的，以便证明我对不粘锅必须要用洗洁精这个判断的权威性。岂料腿更加反感，说我像家长一样对他啰里啰唆，处处管着他。

最大的一次矛盾发生在距离开学前不到一个星期的时候。我不肯把INSA学生的行李放在我的房间。所以我带回来的除我之外的六件行李，以及小波和腿带回来的十多件行李都堆在阮帆的房间里，那里又睡了两个人，导致地方再大，最后也毫无落脚之地了。那一天中午，阮帆提前从越南回到雷恩，当他打开自己房间的那一刻，他惊呼起来："这里怎么这么乱！"阮帆要求腿和小波立即收拾行李，离开他的房间，我被允许在旁边法国人的房间一直住到开学。我打电话把小波和腿从外面叫回来。"骨灰，你劝劝那个越南人。INSA还没有开学，我和腿不能在大街上睡帐篷啊！"小波焦急地请求道。腿一脸倔强："你跟骨灰求什么情？求别人还不如依靠自己。INSA新年级正在上科研法语课。宿舍里已经有人了。走，我们去INSA国际处！"他们当晚就带着行李搬回到INSA宿舍。腿在临走前连一声道别都不肯给我说。

阮帆想了一晚上，第二天找到我，要求我们三个中国人跟他平摊八月份的房租，需要给他150欧元："本来想免费帮助你，可是你的那些中国朋友把这里弄得太乱了，一点儿都不尊重我，我对你太失望了。你回去告诉你的那些中国朋友，如果他们不懂得什么是尊重，就要付出金钱上的损失！"

蔡坤从中国回来了，带回来一些先进的小玩意儿，比如说一台高清收音机，蔡坤在宿舍里接了一根长长的金属线，伸到窗外，这样在夜深人静、干扰很少的时候，假如幸运，可以收到来自中国的广播电台信号。在那个上互联网还很不方便的年代，能够听到中文的广播，就能感觉我们和故乡还有一丝联系。

他也带回来各自家长对我们的问候。我的父亲东拼西借又筹得2500欧元现金，请蔡坤带到法国。蔡坤把现金缝在内裤里，一路担惊受怕，终于把钱一分不少地交到我手中。他和我还有小波、小孩凑在一起，跟我们说起他去拜访我们家长的情形："我去见别的家长时，别人的家长谈到自己的孩子，问的无非是'我的孩子在法国还好吗？生活有没有困难？'或是'干活苦不苦？累不累？当地人有没有欺负他？'骨灰，唯独你的爸爸问的是：'王登君干活勤快吗？有没有替人家公司挣到钱？人家老板满不满意他的工作？'不问自己的儿子过得好不好，反而先问人家公司赚没赚到钱，感觉你爸爸根本就不是你爸爸，反而是人家'巴顿·劳伦'的爸爸，真他娘的是个怪类！哈哈哈！"他上气不接下气地哈哈笑着，仿佛忘记了我也在旁边听着。小波和小孩也跟着起哄嘲笑我的父亲。在那一瞬间，我感到无地自容。但很快我便在心里对自己说：这并不是我的错，而是别人在道德上的某根筋坏掉了！我不动声色，我替腿给阮帆垫了50欧，这不是一笔小钱，我还需要足智多谋的蔡坤帮忙把这笔钱从腿那里要回来。

"你不用指望腿会交这笔钱，他的态度就是兄弟之间就不应该谈钱的事情，他认为你跟他要钱比杀了他还要侮辱。"小波跟我说道，"本来大家也可以帮忙凑一凑，让你减少一点损失。可是现在看腿的意思，如果我们替他交了这笔钱，他非跟我们绝交不可！"蔡坤悲哀地说："两年前我们这十五个人从山大聚集起来，一年前刚来到法国，绝大部分便貌合神离地分散了。现在腿因为葡萄田西姆的那件事迁怒于我，一直不肯跟我说话，我们做出最大努力维护的小团体，现在也终于分崩离析。我们曾经共同归属于一个叫作中国人的集体，它曾经是可以为我们遮风挡雨的家，可是这个青涩而团结的时代已经一去不复返了！"他按着我的肩膀说："骨灰，你放心，我一定会帮你把钱要回来。"

化学学校第二年的课程开始了，我们国际预科班被带到无机化学实验室背后那些低矮平房的大教室里去，和法国预科班的两个班级一起上大课，只在习题课和英语课的时候才会单独回到三楼的小教室。二年级的两个法国预科班和一个国际预科班加起来一共有80多人。一年级小班的时候，早晨每当有人新来到教室，都会和已经在教室里的人轮番亲两下脸颊，教室里每天早晨都是亲嘴的声音，也是维系我们集体感情重要的工具。二年级人一多，贴面礼的传统就被扔掉了。事实上，在一年级的时候，国际预科班的同学，即便是那些法国人，也和法国预科班同学不怎么接触。一年级下学期我和朱斯汀在搞学习互助小组时，时常看见法国班的那些男孩子围成一圈坐在盖吕萨克宿舍大门口的地面上，他们中间立起了许多空的啤酒瓶子，酒瓶子口反放着啤酒瓶的锯齿盖儿。男孩子手中也拿着一个啤酒瓶盖儿，远远地投掷那些空酒瓶子上的盖儿，看谁投掷得最准，谁能砸下最多的盖儿。这是法国年轻人之间很流行的一个小游戏。有时候朱斯汀不在家，我就加入这些男孩子们一起玩。法国班的女孩子们则喜欢聚众坐在盖吕萨克宿舍走廊的地板上，一聊天聊上一晚。我和朱斯汀在一起复习时，有时两个人都不知道某个题怎么解，我很放肆，就从走廊上直接抓一个女孩子带到朱斯汀房里，让她给我们解题。因为这个原因，我提前认识了一些法国班的同学。比如说安娜闺蜜的教子，那个戴眼镜的瘦弱男孩子诺曼，他是斯特拉斯堡人。还有雷恩本地出生的一个女孩子娜塔莉，总是一头清汤挂面的干练披肩发，俏丽清瘦的面容，文质彬彬的。或是长得跟女孩子一样精致，白净面皮，一头长发的温柔大男孩安东尼，来自南方的利摩日。我也是绝大多数法国班同学唯一认识的国际班学生，很长一段时间以来，他们把我当成一个了解神秘的国际班的窗口。

我也再次见到了克里斯蒂娜。两个半月的时间里，克里斯蒂娜的面容，每天每夜都会闯进我的梦境。我能细数有多少次，我们两个在梦境中牵手走过梧桐树花园的样子；我能看见我们两个白发苍苍，坐在公园的长椅上看子孙玩耍的样子。可是当她如此真实地出现在我眼前，我又突然变得顾虑恐慌，不知所措。我不知道，在现实中，自己在她心中是什么地位。亚历克斯的警告总是像一把泛着寒光的尖刀，戳进我美好的梦境：克里斯蒂娜是菲利克斯的女朋友，她不过是因为菲利克斯的原因，偶尔对我施舍一些关心而已，对好兄弟的女朋友动任何的心思，都是一种罪恶。我告诫自己要冷静下来，不要让克里斯蒂娜看出我的激动和爱恋，否则她一定会掉头而去的，就像当年的李宪一样。亚历克斯去年是怎么劝告我的？"要对女人冷漠，绝对不能对她们说一个'爱'字，否则她们就会离你而去！"更何况大奔在班上虎视眈眈，我很清楚，他无时无刻不在寻找机会给我制造痛苦，因为他全部的快乐，都需要通过为他人制造痛苦才能获得。倘若他知道克里斯蒂娜是我的幸福和信仰，那么他必要把魔爪伸向克里斯蒂娜，非要把我和克里斯蒂娜之间的关系搞到异常棘手、不可收拾才罢休。我不想把克里斯蒂娜拖入不属于她的麻烦之中。所以尽管内心躁动得像火烧一样，我只是简单地远远跟她打了一个招呼，甚至都没有跟她去说一句久别重逢的话。对克里斯蒂娜的感情，逐渐变成了我心底无法诉说的一个秘密。我在高中结束后，无论是复读，在山大赴法班学习法语，还是雷恩第一年的生活，都是非常封闭，没有什么朋友的。对早恋避之如虎的高中老师们，将"爱情"描述成"堕落"和"罪恶"的那些句子，仍然牢牢刻在我的思想中，让我更加难以正视自己对克里斯蒂娜越来越强烈的爱慕。我需要将我的心思对克里斯蒂娜保密，对大奔保密，对全班人保密，如果不想过得那么分裂的话，或许我也应该对自己保密。

我们班因为有四个人在一年级结束时被淘汰了，又多了一个留级的马来西亚人，所以米洛娃、阮帆和大奔都失去了他们的搭档。第二学年一开始，亚历克斯原来的搭档潘应龙甩了他，跑到米洛娃那里成为她的搭档，亚历克斯只好和阮帆结成搭档，班上的学生人数是奇数，大奔落单，就找亚历克斯和阮帆结成一个三人搭档，实验报告的工作分成三个人做，压力也减轻了不少。

第一年我们三个来自山大的中国同学和其余的山大交流生一起住在INSA宿舍，我跟布里昂先生抱怨说INSA房租太贵，也不利于我和班上其余化学学校的同学交流。于是第二年一开始，布里昂先生把我们三个安排到CROUS宿舍，大奔和小孩都住在F楼，和克里斯蒂娜、卡特琳娜、贝雅以及亚历克斯住在同一栋楼里，大奔的房间正好就在克里斯蒂娜房间的正下方。我对他占据了如此有利的位置，感到既嫉妒又愤怒。因为我被分配到了E楼，班上的同学只有捷克人米洛娃和我住在同一栋楼里。我的窗户外面是一席无人前往的草坪，秋天开满了烂漫的稚菊花，草坪尽头处一堵灰矮的瓦墙，瓦墙后面有一片可爱的私家森林，从外面的马路绕过去可以看到森林里，有一潭安静的湖，好似大自然的泪珠，湖的另一边是一幢残破的小城堡，城堡的尖角恰映在我的窗户中。城堡旁边还有一座小教堂，每逢整点的时候便会敲出安徒生笔下那种富含欧洲韵味儿的、清脆的钟声。

卡特琳娜找到我，说我们三个中国人刚刚搬到CROUS宿舍，作为CROUS宿舍的老居民，她和克里斯蒂娜想请三个中国人周六晚上在公共厨房一起吃饭，算作欢迎仪式。卡特琳娜特别强调，这是克里斯蒂娜的提议。然后她叫我替她们代为邀请大奔和小孩。"你们自己去邀请不就行了，干吗非要通过我？"我酸溜溜地反问道。"登君，班上的中国人，我们只跟你比较熟。要不是看在你的面子上，我们干吗要去邀请你的朋友？雷和新都是你最好的朋友嘛，你替我们去邀请他们，你也倍有面子呀！"卡特琳娜用挑逗的语气，笑嘻嘻地回答说。

克里斯蒂娜提议周六晚上八点钟在CROUS宿舍的公共厨房见面。七点钟的时候，我终于忍不住耐心，提前来到她的房门前，房间里面传出伴着吉他的嘹亮歌声，我敲了敲门。"达！"打开房门，克里斯蒂娜抱着一把吉他，坐在书桌旁的椅子上，卡特琳娜坐在对面的床上。床上还坐了两个俄罗斯人：尤里，一个酷酷的黑发大男孩，来自叶卡捷琳堡；薇诺妮可，金发碧眼，拥有时装模特的面貌和身材，来自莫斯科。两人都是刚来雷恩二大读书的留学生。克里斯蒂娜看见我，满脸微笑地示意我坐到床上正面对她的位置，她没有再跟我多说话，而是拨动吉他的琴弦，用俄语吟唱起一首《莫斯科郊外的晚上》来：

深夜花园里四处静悄悄/只有风儿在轻轻唱/夜色多么好，心儿多爽朗/在这迷人的晚上。

我的心上人坐在我身旁/默默看着我不作声/我想对你讲，但又难为情/多少话儿留在心上。

但愿从今后，你我永不忘/莫斯科郊外的晚上，

但愿从今后，你我永不忘/莫斯科郊外的晚上！

……

克里斯蒂娜一边歌唱，一边目不转睛地注视着我，眼波中光影流动，柔情万种。我心中回忆着中文歌词，慢慢醉倒在爱情的蜜酒之中。一曲唱罢，我

竟然发现卡特琳娜、尤里和薇诺妮可三个人的眼光都微笑地集中在我身上。我感到狼狈、害羞和得意，但感受更多的则是深深的幸福。克里斯蒂娜脸一红，然后她又唱起了一首我不熟悉的歌，也不再像刚才那样老是盯着我看了。

　　一个小时的时间很快就意犹未尽地过去了，尤里和薇诺妮可跟我们告别，克里斯蒂娜和卡特琳娜收拾碗碟厨具抱到公共厨房去。我想避免和她们同时到达厨房，以免拨动大奔敏感的神经，于是借口先回到E楼拿我自己的厨具。临走前我很困惑为什么亚历克斯不和我们一起吃饭。"亚历克斯最近总和他新的西班牙女朋友在一起。"克里斯蒂娜回答道。对，亚历克斯暑假回来后换了一个女朋友，叫蒂娅特莉丝，是在雷恩一大读书的西班牙留学生。我也曾经见过她一面，长得并不是很漂亮，脸色枯萎，眼睛总是死气沉沉的，好像一枝未老先衰的花骨朵。

　　饭桌上，大奔得意地看着我，不停跟克里斯蒂娜献殷勤。"这太巧了，我的房间就在你的房间正下方，我们以后可以常常来往。"他呵呵笑着对克里斯蒂娜说，"我们住在同一个楼里的，可以经常一起拼饭吃。就像今天晚上这样挺好的，大家楼上楼下的也好有个照应。"明摆着欺负我和他们不住在同一座楼里。我看着大奔那硕大的体型，阴声怪气地冷笑着："拼饭这个提议太欺负老实人了吧，难道不是谁长得最肥大，谁吃的就越多，那么长得娇小的岂不吃亏？再说去年每次班上聚会时，说好了每人都做他们国家的特色美食，别人都是拿最精美的食材展示自己国家的文化，但就有这么一个人，每次都是拿超市里最便宜的土豆和胡萝卜随便炒一个菜，然后还把过期的豆腐乳送给别人。自己在家里做了好吃的红烧肉，到处炫耀，但从来不分给别人。这样的人，有什么好的都要自己独吞，还天天惦记着别人锅里的东西，就跟他如何处理上一级留下来的中文教科书一样。和这样的人一起拼饭，那可要做好大出血的准备喽！"小孩抿着嘴巴，憋红了脸才不至于笑出来。大奔满脸通红，咬牙切齿。气氛一下子冷却下来。克里斯蒂娜似乎也很不高兴。我们吃完饭便匆匆散伙。

　　我在两个半月的时间里，心中积累了很多话儿想跟克里斯蒂娜说，开学以来我一直没有和她交流，那天晚上见了她两次，却始终没有和她单独谈话的机会。我从厨房回到自己房间后不久，脚步鬼使神差地又往克里斯蒂娜的房间移去。脑海中不停回想起高一下半学期每天放学时等在李宪他们班门口的画面。心中不禁担忧，一晚上连着找克里斯蒂娜三次，是否会引起她的反感？

还是那一声熟悉的"达！"克里斯蒂娜坐在床边，摇曳的光影勾勒出她脸上阴晴不定的轮廓。她看见又是我，似乎有些惊讶。"我想见见你，亲自感谢你对我的鼓励。"我含含混混地说，"但是又害怕会打扰你，大家学业都挺重的。我想周末稍见你一下也是好的。毕竟明天不用早起去上课。"她请我坐下，我便坐在她的身边，身体笔直得僵硬，她也笔直地坐着。我把手勾到她的肩膀上，她紧张地往外坐坐，很有些抗拒，我便又把手放下来。"见得太多了也不好，一个星期顶多一次吧！"我结结巴巴地补充道。我本想用这句话表达出对克里斯蒂娜的冷漠态度——就像亚历克斯建议的那样——但是这句话的效果只是让我显得像个傻瓜。

气氛如此之闷，和我预料的大不相同，不知道该说什么好。我看到墙上贴着一张菲利克斯的照片，照片上的菲利克斯戴着墨镜，穿着攀岩设备，正在努力登攀一座高山。"这是菲利克斯在土伦照的，他在马德里机场交给我的最后一样东西。"克里斯蒂娜顺着我的目光，用沮丧的语气打开话匣。她站起来把照片从墙上揭下，拿给我仔细观看。照片背后有菲利克斯用圆珠笔写的寄语：

亲爱的克里斯蒂娜，我的小猫咪，

天下没有不散的宴席。希望无论开始还是结束，我们都可以用同样的快乐和感恩的态度去面对。很高兴与你相识的这些日子里你带给我的快乐，虽然不幸的是这让我的未来显得更加痛苦。你对生活的坚韧总是让我惊讶，而这使我更加坚定地相信，你一定会用你的双手创造出你梦想中的美好生活！

菲利克斯，于土伦港

"菲利克斯从马德里转机返回委内瑞拉，飞机从土伦出发时已经晚点了，出港入港的手续又十分繁琐，我坐了两个多小时的车去马德里的机场见他，可是我们只拥有匆匆的十分钟见面时间。"克里斯蒂娜用失落的语气回忆说，"我当时见到他太兴奋了，脑子中一片空白，以至于我那时甚至都没有注意到他脸上的失落和伤心，直到我后来回忆才想起来。我真的好后悔！他最后时刻一定不忍心打扰我的快乐，可是我却没能够分忧他的痛苦。"

"我和你一样想念他。"我用非常理解的语气跟她说，"可是你还拥有他留给你的最后回忆，我却什么都没有，我挺羡慕你的。"

"菲利克斯最后时刻心中最担忧和最挂念的人就是你！"克里斯蒂娜对我说，"他把你摘葡萄时的生活条件告诉我，我和他都很担心你的状态。我想去鼓励你，却不知道应该怎么说，又不想让你觉得我在同情你。只能间接地给你写出勇敢的句子。"

我心中充满着感动："克里斯蒂娜，你真的是我的家人，是我的妹妹。你总是能在我生活最为低落的时候，用鼓励的话语将我拉出泥潭。你知道吗？你的那个短信，真的是给我逃离困境以莫大的勇气，让我能够活着从卡斯蒂永回来！而在那之前，你已经提前告诉我，在面对生活的困难之时，应该怎样去做。是的，在波尔多的生活是很痛苦，可是每当在我面对痛苦之时，我都会记起你说的那句话：'痛苦是人生中的一部分。人的一生就是不停地要和苦难做奋斗的！面对困难，我绝对不会恐惧或者是退缩，而是把它当成人生中的一种磨练。'当这样想的时候，困难就忽然一下子变得和蔼可亲，而不再让人痛苦了。"克里斯蒂娜心疼又欣慰地看着我，眼睛中泪光盈盈，几乎就要哭出来。我示意她坐在我的身边，用手搂着她的腰。她软绵绵地趴在我身上，脑袋依靠在我的肩头。

"克里斯蒂娜。""嗯？""你说过：'经历过痛苦的人更容易看见生活的美好。'真的是这样。做农活的日子，虽然很苦，但可以看见大自然藏起来的许多景色，那些美丽，有时简直就像在天堂中一样。"我搂抱着她，回忆起一天早晨，我在圣爱美隆产区的一个顶级酒庄里摘葡萄的场景："那是我们当天去的第一个酒庄，一下工头们的面包车，我们就感到这片葡萄田不比寻常。它的葡萄娇小、干净，每粒葡萄都几乎是同样的大小，沾染着清晨的露珠，轻盈纯透得仿佛是吸尽天地精气的珍珠，一看就是经过仔细地呵护过。地上也一根杂草都没有。工头们平时总是嫌我们工作慢，但是那天早晨，他们却要求我们一定仔细地慢慢地工作，既不能让任何一串多余的葡萄留在树枝上，也不能剪掉任何一串有价值的葡萄。我们仔仔细细地干，工头们紧张兮兮地在后面检查。仿佛这座酒庄产的酒将成为世界最贵的奢侈品，稍微出点差池，他们便赔不起一样。可以想象，世界超级富豪所享用的葡萄酒，也是我们这些穷人用汗水浇灌出来的。两个世界的差距却在那一瞬间被连在了一起。在这样干净的田子里工作，整个人似乎都沾染了一些仙气。那时西边的积雨云正在下一场暴雨，我们远远地可以看到雨水从云中跌落的景象，就像晨雾中升起的霞烟，又缓缓地流淌到地上。当雨水远去之时，东方初升的太阳突然散发出荣耀的光辉，西边便现出一连三道完整的彩虹，像俄罗斯套娃一样，一道套着一道，最里面的一道色彩最为斑斓，和地平线处的石头城堡，以及结满果子的李子树，像军列队一样整齐的葡萄田，共同构成一幅震撼人心的油画。"我的描述让克里斯蒂娜心生向往。"你看，克里斯蒂娜，你教我学会了苦中作乐的能力。只要能在困境中发现美好和希望，就能从中获得勇气，就不会被困境所打倒！而且，我也不会忘记，正是通过你的指点，我才在INSA找到了这个工作。没有这份工作挣的钱减缓了我的经济压力，我恐怕现在已经不能在法国学习了。克里斯蒂娜，你是我的救命恩人！"

"你也教会了我很多东西，改变了我，我的亚历山大！尤其是你面对困难的勇气和乐观。"她枕着我的肩膀柔声说，"在我们摩尔多瓦有一句谚语：'当我们交换礼物时，我们便铸就了一座天堂。'亚历山大，我希望可以和你共同建立起一座天堂。"我用手抚摸着她的秀发。"亚历山大，你还记得我们学校有一个小图书室吗？图书室的管理员下午五点就下班了，可是图书室要开到晚上八点，所以他们每年都会找三个学生维持下午五点到下午八点之间图书室的开放，每个学生连续工作两天，然后轮流着来。这份工作每个月可以挣两百欧的零花钱，这样房租的钱和吃饭的钱都能解决掉。这是上一届的罗马尼亚女孩奥莉维也娜告诉我的，她在这里待得久，更了解这边做事的方式。我已经交上了材料，你也赶紧去报名吧。"

我用嘴唇轻轻碰了她的脸颊，然后转过她的头，想要朝她的嘴唇上亲去，她却竖起一根食指把我的嘴唇推开："正经一些，亚历山大！"她故作恼怒地嗔道，一本正经的表情仿佛下一秒就要嬉笑起来，"其实刚刚吃饭的时候，我对你是有些生气的，你不应该通过外貌去评价一个人，你有可能会伤害到别人的感情。"克里斯蒂娜的话让我感到很无厘头。"卡特琳娜长得是高大一些，可是这并不是她的错误，甚至不能说这是她的弱点。我们每个人都是不同的，你应该接受别人和你的不同，才能真正地让别人感受到尊重。我和卡特琳娜经常一起拼饭，可是我从来不在乎她是否吃的比我多。因为我看中的，是她给我的友情。"我哭笑不得，原来克里斯蒂娜把我给大奔的评价，误作成了我给卡特琳娜的评价。她实在是很细心地注意维护每一个人的感受。和过去两年充斥在我周围的那些自私自利的中国同胞相比，眼前的这个女孩子是多么高尚的一个人啊！"我本来不想把我今天的感受告诉你，因为我觉得我也没什么资格去教导你对与错。可是，既然你把我当成你的朋友家人，我真心希望我们两个可以互相勉励，共同成长为可以让周围的人感到愉快的人。"

"谢谢你，克里斯蒂娜。我非常感动你愿意跟我分享你的心里话，这是对我最珍贵的礼物。"我满怀感激地说，"有一句话令我一直很喜欢：固然快乐可以让一个人变得有魅力，固然未知可以让一个人变得有勇气，悲伤能让一个人富有同情心，失败则可以让一个人谦虚，成功可以让一个人热情，可是这些都不能代替朋友的作用，因为只有朋友的良言，才会让一个人变得更加有智慧。我很高兴在成长的过程中有你陪伴，你的善良，对理想的坚持和对他人的关心，赢得了我的尊敬，我希望能学习到你的品格，成为一个和你一样优秀的人。在中国的时候，我身边也有相同年龄的、充满理想的、美好和优秀的伙伴，正是因为他们的陪伴与建议，影响和鼓励，我才建立了自信和乐观。可是出了国以后，身边的同胞都有些低俗，我失去了参照物，也变得有些迷惘了。现在我又有了你，你和我也是同样的年纪，信仰同样的理想和道德。能够和一个像你这样善良和美好的人一起成长，互相监督，互相学习，你知道我感觉自己有多么幸运吗？"

"如果你觉得我的话对你有些用处，那么我打心底都是高兴的。"克里斯蒂娜看上去非常欣慰，却又用小心翼翼的语气跟我说话，她似乎想给我一些建议，但又非常害怕会引我生气，"我观察到你们中国人做什么事情都喜欢斤斤计较，我知道，对于中国人来说，你们的数学考试成绩每次都这么高，已经习惯了每件事情都要仔细地计算利益得失。可是这个世界上有许多事情，算是算不明白的。这或许就是东方和西方的文化差异吧。"她踌躇着下一句话应该怎么说，顿了一顿，才继续说道："其实大家早就注意到，每次班级聚会，你们中国人做的菜，总是挑食材最便宜的来做。可是大家并不计较这些，仍然把你们视为这个大家庭的一员。我们都清楚，班上的同学，无论是马来西亚人、越南人、法国人，还是其他欧盟国家的人，都有每个月300欧到500欧的助学金或奖学金。只有你们中国人，什么补助都没有，是最穷的。因为穷困，所以有些小气是可以理解的。可是我出生的那个国家，也是一个非常贫穷的地方。在我的家乡，许多地方都穷得揭不开锅，你时常能看见饿死的人，和在冬天冻死的人。许多家庭都是虔诚的东正教徒，可是他们的女儿，为了能够活下去，不得不到其他国家去卖淫。我就是在那样的地方长大的，贫穷却让我学到了一个颠扑不破的真理：穷人，而不是富人，才是这个世界上最慷慨、最愿意分享的一群人。如果你在风雪中，几乎就要饿死在路边，而路边的那户人家全家只剩一百欧元的存款了，他们真的会把那一百欧元全部拿出来，给你这个陌生人点燃薪火，买肉菜给你做好饭好食，让你不至于孤苦伶仃地饿死。因为穷人更容易理解到别人的苦难，这种同理心让我们无法对别人的痛苦视而不见。"

"我一直都为班上中国人的自私而羞耻。"我急忙分辩道，"可是我和他们出生在同一个国家，所有人都把我们视作一体，我没法摆脱这种印象。其实你是和我一样贫穷的，因为摩尔多瓦不在欧盟当中，你没法获得欧盟助学金，可是你并不自私。我一直注意到你总是在尽力帮助班上那些弱小的人，比如说三个越南女孩子。当班上别的人已经忘记这些女孩子的存在时，你却一直在关心和鼓励着她们。你帮助别人的样子，在我眼中是最动人的样子，你在努力为别人的生活带来美好。我在高中的档案上写人生愿望时，我说我的理想是成为一个为世界带来美好的人。直到遇上了你，我终于意识到这个世界上原来还有另外一个我，从此以后，我的成长就有了参照系，你就是我灵魂上的姐妹。""亚历克斯和我们也是同样的贫穷，因为罗马尼亚也不在欧盟里面,亚历克斯也无法获得任何助学金。""所以亚历克斯和我才能互相理解彼此,我们俩才成为结义兄弟,并愿意一起去改造世界,好让这个世界变得更加平等和富足。克里斯蒂娜,我真的相信,年轻时的贫穷,是人生最为珍贵的一堂课。它让我们意识到世界的苦难和缺陷,才会希望去做什么事情改变这一切。"

"可是,"克里斯蒂娜沮丧地说,"我总有种感觉,在你们中国人眼中,'利益'要比'友情'重要得多,你们交朋友,看重的是能否获得利益。如果一段友情对你们没有用了,你们会毫不犹豫地把朋友抛弃掉!雷就是这样对待阿娜斯塔的,一开始阿娜斯塔是作为保加利亚化学奥林匹克国家队成员的面貌出现的,那时雷和阿娜斯塔是最好的朋友。可是当阿娜斯塔一连几次考试成绩不理想,很有可能会被淘汰的时候,雷不仅不帮助她,反而一脚把她踢开,伤透了阿娜斯塔的心。还有应龙和亚历克斯,去年他们两个是搭档,亚历克斯也给了应龙最真挚的友谊。可是当应龙看到米洛娃是班级第一名的时候,就直接抛弃了亚历克斯,去当米洛娃的搭档了。亚历克斯直到现在还为这事耿耿于怀。""你看上去很了解亚历克斯?""是的登君,亚历克斯和我的母语都是罗马尼亚语,所以我们经常会在一起聊天。我和他只是很单纯的朋友关系,请你千万不要去嫉妒。"她很担忧地说。克里斯蒂娜话题转换得让我措手不及,我只是随口一问,她为什么以为我会去嫉妒她和亚历克斯的友情?

"克里斯蒂娜,我向你保证,并不是所有的中国人都如此算计的。在中国我们也讲究奉献,我就像你一样,希望为这个世界做出一些虽说微不足道,但是力所能及的事情,好让世界变得更加美好一点。我们也讲究滴水之恩,涌泉相报。就像你在我最困难的时候拯救了我,在此后的一生中,就算我们未来的友情不再像今天这样亲密,只要你需要,无论我要付出多大的代价,都会去优先保证你过得比我好。"我激动地站了起来,在房间里走来走去,"雷和一般的中国人并不一样,他有些表里不一。我们这个中国团体也不像外界想的那样团结。雷对外宣称是我最好的朋友,可我并不喜欢他的道德标准,所以我尽量远离他。"看着克里斯蒂娜震惊的表情,我知道,只要我再向前走出一步,一个词,一句话,把大奔的种种倒行逆施说出来,他未来可以对我和克里斯蒂娜造成的威胁就将完全扫除。可是那些话却像一个核桃一样在喉咙里噎住了。那些事情太肮脏了，必须要以非常恶毒的思路，才能看懂大奔每一个阴谋背后的利益考量，对于一个没有经历过的人来说，要解释清楚实在是太困难了。光是想到要给克里斯蒂娜灌输班上中国人种种变态和罪恶的花招手段，我就感觉自己是双手沾满罪恶鲜血的刽子手。克里斯蒂娜纯洁得就像一只羔羊。正是因为纯洁，所以她才懂得爱和奉献；正是因为纯洁，她的灵魂才显得真实而且高贵。在来到法国之前，我也曾经拥有这样的白纸一样的纯洁，可以让希望与爱在上面恣意做出美丽的画幅。可是中国同胞之间的种种是非就像一片泥浆泼脏了自己，我感觉无论走在哪里都从身上散发出一股腐烂的味道。我不再能轻易感受到美，就连短暂的快乐，也像半杯混着砂石的泥巴水，散发着虚假的味道。真实纯洁的心境就像一片珍贵又脆弱的处女膜，一旦失去便再也找不回。虽然克里斯蒂娜迟早会看到社会上的罪恶与污浊，但是我祈祷她在合适的年龄，用自己的眼睛去发现它们。我不幸被污染了，我做不到无动于衷地污染克里斯蒂娜，我又怎么能够忍心让她在这么早的年龄就对世界失望？我知道她有很多疑问，可是我犹豫了。我只是坐回到她身边，什么都没有解释。头依在她的脖颈窝里。对她欲言又止地说："我刚刚来到法国时，是把雷当成我的亲哥哥一样尊敬和爱戴的。后来我失去了这个哥哥，而你成为了我的妹妹。我会像保卫自己的生命一样去保卫你。"

第二天上课时，我发现克里斯蒂娜再也不跟大奔说话了。大奔很想跟她套近乎，她却把大奔当成空气，故意不答理。我一开始非常幸灾乐祸，可是细细一思考，却不禁冷汗直流。我完全没料到克里斯蒂娜对我说的话竟然产生这么强烈的反应，我一句大奔的坏话都没有说，仅仅说了一句他表里不一，克里斯蒂娜就直接将大奔拉黑。大奔本来不是我昨天谈话的重点，而我那一句多嘴，也只是想分辩自己不像大奔那么道德败坏。我确实担心克里斯蒂娜因为信任我，就毫无保留地信任所有的中国人，然后被大奔利用，就像艾美丽一样。但是碍于中国人的团结，我也不方便把大奔的丑恶嘴脸告诉外人。我希望克里斯蒂娜可以有自己的思考，保持警戒心，不动声色地去观察大奔。我很肯定，大奔的鬼蜮伎俩，如果稍微带有思考地观察，很容易原形毕露。只有克里斯蒂娜通过自己的眼睛看见大奔的罪恶，她才能获得对大奔的免疫力，知道怎样去保护自己，就像当年陈天竹做的一样。现在克里斯蒂娜基于对我的信任，不分青红皂白，就不和大奔说话了，相当于在我们两人之间选边站队，反而将自己缠进了我和大奔的冲突漩涡。我心疼她被搅进这趟不属于她的浑水。这使她很容易在未来成为大奔用来攻击我的一枚棋子，被他狠狠地利用和伤害。大奔擅长花言巧语，克里斯蒂娜的世界里充满了真，怎能识别出这些假话？大奔未来逮住机会，可以轻松地用谎言蒙蔽克里斯蒂娜，让她从一个极端走向另一个极端，反而怀疑她自己对我的信任了，到时候在她眼中，我恐怕才是那个挑拨离间的人。

　　现在我更加不敢在全班面前对克里斯蒂娜表现出任何亲近之意了。我对维护中国人团结形象的执着信念，让我无法指摘大奔。而大奔正在琢磨克里斯蒂娜为什么对他态度大变。倘若被他察觉到半点我和克里斯蒂娜的友情关系，以他的小人之心，他绝对会认定是我在背后指使的。那么他一定会设下毒计，来破坏我和克里斯蒂娜之间的关系。在随后的几天，我在课堂上躲着克里斯蒂娜走，偶尔遇上她，也是面无表情，好像我不认识她似的。放学后我也不敢随便到她宿舍里去做客，毕竟大奔就住在她的房间正下方，而CROUS宿舍的地板这么薄，我害怕大奔会发现我在克里斯蒂娜家里。我觉着克里斯蒂娜好可怜，她一定被我的态度搞糊涂了。可是在众目睽睽之下，我也没有机会跟她解释。克里斯蒂娜随即也换上了一副对我漠不关心的表情，想起前几日的依依我我，这让我的心更加难受。在那几天课间的时候，我反而刻意和大奔交流得更多了。我心中有鬼，害怕他会把和克里斯蒂娜的关系变化怀疑到我头上来，于是努力去表现我对他的顺从和臣服。我想克里斯蒂娜在看到我的做法之后，可能会怀疑自己当初误解了我的话。或许她就会和大奔重新开始联络——当然是以一种更加审慎的态度——只要她重新开始和大奔交流，就能够观察到大奔的破绽。那个时候我再吹吹风，也不必说得太刻意，就已经可以击溃大奔的假面具，永绝后患了。

　　总之，在雷恩的第二学年开学之后，我和克里斯蒂娜的关系，在一夜的心心相印之后，又像雪崩一样迅速冷却下来。我变得很敏感，不希望班上任何人察觉到我和克里斯蒂娜的联系，这是李宪的失败给我留下的深刻恐惧。但是每天晚上离开学校，在碰不上任何同学的CROUS宿舍E楼的公共厨房里，我却把克里斯蒂娜远离大奔当成是她爱我的证据，洋洋得意地跟和我最好的瑞士邻居凯瑟琳炫耀我的这个干妹妹。CROUS宿舍公共厨房不像INSA那永远空荡荡的公共厨房，每天都人来人往的。法国的大学以及绝大部分工程师学校都不提供自己的宿舍，学生需要在外自己租房子。像INSA或雷恩化学学校这样拥有自己宿舍的属于罕见的例外。CROUS这个单词的意思是大学生服务中心，属于政府管辖，为大学生提供物美价廉的学生宿舍和中午吃饭的学生食堂。但是它的宿舍床位严重不足，只能优先提供给短期留学的外国人和家庭贫困的法国人。宿舍里各个学校各个国家的人混在一起，学什么的都有。晚上饭点时，大家排着队在公共厨房用电热灶台。做好饭后就在一边的饭桌旁坐着吃，各个国家的留学生就在饭桌上相聚，相识，变成朋友。凯瑟琳来自于瑞士的首都伯尔尼，这是一个和雷恩差不多大小的城市，她在雷恩二大学经济。她中等身材，体态丰腴，有一双大大的海水般湛蓝的眼睛，鸭蛋脸，茂密的中长金发，笑起来的时候，就像一朵温柔绽放的牡丹花。经常跟我在一起聊天的，还有伊莲若，她在雷恩一大学习生物。伊莲若是出生在加拿大渥太华的法国人，她是她的父亲和她的母亲在一夜激情后的偶然产物。父母双方在葡萄牙和加拿大分别有自己稳定的小家庭。从小她就像瘟疫一样被自己的父母踢来踢去，后来被她教父在英国的曼彻斯特抚养长大。她身材高瘦，一双忧郁的绿色猫眼，高贵的天鹅颈，瓜子脸，还有及腰的粗大金色发辫。她的笑容总是很矜持、内敛。像一朵迎风飘散的白色兰花。

公共厨房的灶台下面有一排小冰箱，每六个人共享一个冰箱，锁住冰箱的密码锁的密码印在我们的房租通知单上。可是有一段时间，想必是密码泄露了，有几个冰箱里的食物不断失窃。亚历克斯跟我抱怨说，小偷实在恶心，把他放在冰箱里没开封的牛奶打开封，喝一口，又放回到冰箱里去；新买的奶酪拆开封，咬上一小口，也放回到冰箱里头去。这比直接把东西偷走更令人感到屈辱。伊莲若注意到小偷从来不偷开过封和放在饭盒里的东西，所以她把所有新买的食物全都放到不同的塑料饭盒里，果然就没有人偷她了。我在冰箱上贴了个纸条，写道："感谢您，亲爱的小偷先生。我一直抱怨冰箱'没有'空间（n'a PAS d'espace），但是在您的努力下，现在冰箱'只有'空间了（n'a QUE d'espace）。"

走廊上一个长得很漂亮的法国姑娘情商非常低。她把走廊上的所有人都列为小偷的嫌疑人，然后一个个地指责我们偷了她的东西。我吃着我的饭，压根不去理她，仿佛什么都没听见。但是凯瑟琳受不了被冤枉的气，竟然跟法国姑娘吵起来了。凯瑟琳法语不如人家，明显处于下风，气得哇哇大叫。又因为远离家乡，更感孤单郁闷。所以傍晚敲我的房门，叫我陪她在校园里走走散散心。当我们经过F楼的门口时，正好碰上亚历克斯从宿舍里出来，要到西班牙女友蒂娅特莉丝那里去。我介绍两人认识："这是我的罗马尼亚结拜兄弟，亚历克斯；这是我的瑞士邻居，凯瑟琳。你们两个都是金头发、蓝眼睛，两个稀有动物遇在一起了。"我开玩笑地说。

"这话说得没错。"亚历克斯笑着说，"金黄头发和蓝色眼睛都是隐性基因，世界上我们这样的人会越来越少的。"

"罗马尼亚？很神秘的国家嘛！我很喜欢你们罗马尼亚欧龙乐队的歌曲。"凯瑟琳饶有兴趣地说。

"应该说整个欧洲都喜欢欧龙乐队的歌曲，目前他们在绝大多数国家的音乐排行榜上都排名榜首。"亚历克斯高兴地说，"如果你喜欢，我从罗马尼亚带来了欧龙的纪念光碟，我哪天给你送去，借给你听。"

"这是一个不错的主意，我很感兴趣。"

"那我怎么才能找到你呢？你住在哪个房间？"

"找到亚历山大就能找到我了，我是他的邻居。"

在法国留学的非欧盟学生，每年都要到省督府申请为期一年的学生长居证。第一年的长居证是化学学校派老师帮助我们这些外国学生弄的。从第二年起，学校叫我们自己到省督府去申请长居证。大奔和小孩都已经到省督府更换了长居证。我去找小孩询问经验，小孩提醒我说，省督府办证大厅排的队非常长，需要请一天的假，而且必须很早就去排队。

"对了，骨灰，我心中有句话想跟你说，一直没有找到机会。正好今天你在我这里。"小孩在我临走时突然说。"嗯？""那天咱们一起吃饭，你在那两个东欧女的面前讽刺大奔，咱们中国人自己闹点小矛盾没什么关系，捅给外人，丢了中国人团结一致的面子，我觉得不太好，毕竟我们是一个集体。需要的时候，那些外国人是靠不住的，真正愿意帮你的只有大奔。"小孩含含混混地说。我"呵呵"干笑一下，这真是我听到最奇葩的笑话。"小孩，我知道大奔一直对你说，班上的外国人嫌弃你法语不好，看不起你，对你有敌意，但这不是真的。我的法语不比你好多少，可是我能和他们成为真诚的朋友。大奔只不过想要隔绝你，为把你孤立起来而制造一个借口。大家都很关心你，他们觉得是你不愿意和他们做朋友。如果你能鼓起勇气和他们开始交谈，你就会发现我跟你说的是真的。"

小孩的语气死气沉沉，不急不缓，一如既往的一副生无所恋的模样："并不是大奔要我去提防那些外国人，我本来就对他们无所谓。骨灰我觉得你太重视和外国人的关系了，我不信法国人真心把我们当朋友。非我族类，其心必异。他们内心肯定是提防我们的，表面和和气气的谁不会？这些人一年后到各个工程师学校上学，转眼就忘记你。你在这些杂事上花费太多精力，用在学习上的时间就少了。我只不过不想费这些脑子而已。骨灰，对你重要的事情，你不要觉着它对所有人一样重要。"

我的心中"咯噔"一下，他说得有道理。事实上，我一直以"小孩的保卫者"自居，可是一直也居高临下地以"怒其不争"的态度对待他，从来没有思考他真正想要什么。我不得不承认，大奔应该比我更加了解小孩的需求。"我来到这个狗屁的国家，不过是想拿个文凭，然后滚回中国。有大奔陪我聊天，挺好的。没有人愿意和我说话，我也乐得清静。没有人强迫我过现在这样的日子，是我自己选择的。我也挺满足，并不是像你觉得那样苦大仇深。"

我惊讶地打量着小孩，仿佛那天是我第一次发现他，以前从来不认识他一样。"骨灰，蔡坤从中国回来的那天，我和你都在。INSA的中国人集体已经分裂了，难道你不觉得遗憾吗？我们化学学校的中国人目前还是团结的，所以我才忍不住出口提醒你，以免我们重蹈INSA人的覆辙。"

我的态度软下来，因为我完全无言以对。"骨灰我觉得你对大奔有偏见，先入为主了，大奔其实没有这么坏。我觉得你可以换一个眼光，尝试用另外一个角度看问题。放下偏见，了解真正的大奔。我认为你在内心中应该跟大奔和解，也就是跟你自己和解，这样你可以获得心中的安宁，并将更多的精力投入到学习中去。"

"所以你是说，我需要原谅大奔对我造成的伤害？""大奔做事确实处理不好，经常会伤害到别人。我说的跟你自己和解，不是让你去原谅大奔。你并不需要原谅任何人，也没有人等待你的原谅，他们说不定会把你的原谅当成骂娘。你只需要原谅你自己，一切都是为了获得内心的平静。咱们在法国的生活已经够苦逼了，这样活起来轻松些。"

省督府办证大厅在城市的北郊，雷恩二大的校园附近，需要坐公交车到市中心转地铁。我一大早就去了那里，排队的人却已经人山人海。我拿了一个号，两百多人排在我前面。没有足够的座位可以让所有等着的人坐下，我好不容易抢到一个座位，于是坐着干等。那个年代是没有智能手机可以用来打发时间的，我等得恶心欲吐。两个多小时后终于排到我，却发现我排的只是去前台的队。前台询问我的情况后，又给我另一个号，把我转向"外国人办公室"，这回儿前面又有一百五十多个人在排队，号码前进的速度让我想起树懒。午饭时间到了，肚子饿得咕咕叫。于是就问门口一个络腮胡子的警察：我有没有时间去外面买个午饭再回来？会不会错过我的号？络腮胡子警察看我的号说：你这号码至少还有三个小时才排得到，你都可以在外面逛上一个半小时再回来。

"这里人实在太多了，效率太慢了。"我抱怨道。"前几年不是这样的，法国这几年移民的人越来越多，排的队越来越长，这样下去，很快就要出事了。"络腮胡子警察摇头说道。他的话让我有些吃惊，很少会听到法国人在公共场合表达对移民反感。"不不，不要担心。法国对你们这些就读工程师学校的高智商移民是非常欢迎的。问题在于，大部分移民到法国的人，并不是学生，而是对社会毫无贡献、好吃懒做、吃社会福利的蛀虫。用内政部长尼古拉·萨科齐的原话说，都是一些'渣滓'！""渣滓？"我不认识这个单词。"是的，内政部长先生用这个词，原本指的是巴黎远郊贫民区那些不学无术的小混混，其实就是这些移民的后代。"络腮胡子警察用担忧的语气说，"法国的民族融合政策出了大问题，我们引进来的这些人，绝大部分是阿拉伯人和非洲黑人穆斯林，他们的母国原先都是法国殖民地，我们本以为他们会比较容易融入法国，可是他们来到这里之后，就把自己封闭到城市郊区一个个政府福利楼房里，在里面建造了微型伊斯兰社区。他们何止是没有融入，反而完全和主流社会分裂开来。这迟早会酿成危机！"

反正闲来无事，我便和这个络腮胡子警察攀聊起来。他告诉我说，在每座法国繁华都市的远郊，都有着阴暗的贫民区，那里完全是另一个世界。政府在那里修建了许多高大而封闭的居民楼，以福利的方式用极低的房租提供给穷人，结果享受到这福利的穷人大部分都是伊斯兰教徒，因为大楼里有暴力倾向的居民非常多，连警察都不敢到这些大楼里面去，于是大楼变成了游走于法律之外的地方。大楼里完全用另一套规则，伊斯兰的规则，运转着。在这些大楼里生下的孩子，并不被送去学校接受主流的教育，而是被当地的阿訇养大。这些孩子觉得自己既不是法国人，也不被他们父母的祖国承认。他们搞不清楚自己的根在哪里，他们不爱这个国家，也不爱任何人，集体迷失了。

络腮胡子警察还告诉我：法国社会福利的规则是，当你生下孩子，法国政府就会给你钱，好让你给孩子一个好的成长环境。对于主流法国家庭，这些钱完全不够将孩子培养成一个人才，所以他们要努力工作挣钱，用他们的全部精力去培养一到两个下一代子女。可是有许多穷人把法国福利当成了生财之道，他们努力多生孩子，把从政府拿到的抚养金用于自己挥霍，孩子们则像散养的羊一样，放在社会上毫不管理。（我突然想起了雯妮莎和她的15个兄弟姐妹。）而这样长大的孩子，也将会是同样的贫穷和无能，然后他们用同样的方式制造出更加多的贫穷后代，而抚养这些穷人的钱，就通过税收的形式，转移到了拼命工作的中产阶级身上，把他们也朝贫困线上狠狠地拉去。雷恩的上一任省督克洛德·盖昂曾写信向法国中央政府反映这种机制的不公平之处，他的观点很得现任内政部长尼古拉·萨科齐的赏识，并因此升任为尼古拉·萨科齐的办公室主任。

那一天和这个警察的聊天让我学到了许多东西，比如说法国的行政系统。国家下面分为地区，地区下面分为省，省下面分为城市。一个省的管理由省议会和省督府两个机构共同完成。省议会成员是由人民选出来的，它的领导者永远都是一男一女，一个当主席，另一个就当副主席。省议会是人民权力的承载者，地方上的一切大小事物均由省议会直接决策和管理，如社会福利、体育赛事、城市建设、交通运行和教育等。人民又选举出总统，授权其组建中央政府管理国家层级的事情。而省督以及其领导的省督府，就是中央政府（具体来说是内政部）派到地方，连接国家和地方权力机构（省议会）协同运作的一个国家公权力的代表人。他负责管理一个省的安全工作，监督经济运行和就业，给居民发放身份证件，长居证、护照、驾照等。这就是为什么要到省督府领长居证的原因。

我们聊了很长时间，然后我才去吃饭。雷恩二大那里也有一个CROUS食堂，饭票和化学学校对面的CROUS是通用的。吃完饭回省督府时，看见马路对面是雷恩商学院的大楼，我和蔡坤小波他们刚到法国时曾经讨论过这个学校，那日是我第一次亲眼见到，出于好奇便走了进去。雷恩商学院是一个回字形的三层楼房，中间的中庭用玻璃罩子盖住。走在中庭，能听见两翼教室里传来的英语教学声。这就是当初蔡坤他们要议论雷恩商学院的原因。他们嘲笑雷恩商学院上学的中国学生用英语学习，不会说法语，所以觉得这些商校生低人一等。腿在市中心遇上一个雷恩商学院的中国留学生，相谈甚欢，本来想介绍给山大的其余人，结果在大家的嘲笑声中放弃了。

想起这些往事让我感到非常烦躁，我发现我无法理解，山大的那些同学是从哪里得到的力量，来维持他们那些高傲到夸张的自尊心，或者说，狂妄？如果说狂妄，我才是他们中间最有资格狂妄的。毕竟在我的高中时代，我曾经和我们这个年龄最优秀的一批人共事过。事实却是，我在更多时间是被当成群嘲的对象，一个小丑般的存在。想到这里，我突然明白，其实我真的比这十四个人中的任何一个都更加的狂妄，因为我从来不屑于去反驳他们。当一个人选择对手时，他总是选择在智力、手段、品性上都与他实力相当的人物。所以把一个人视作自己的对手，往往是对对方最大的褒奖。我从来没把这十四个人当成自己同一路上的人，所以懒得去跟他们证明自己。

又开始去回想腿和我的争吵，以及小孩给我的提议。或许，腿对我的失望，应该是因为他最终发现，虽然他曾经把我像天才一样地崇拜，我却没有用平等的方式反馈给他诚实的尊重，或者把他像心腹一样地对待。我对他的友谊，让他住在阮帆的房子里，更像是一种居高临下的施舍。他拒绝支付他那部分钱，一定是觉着真正的朋友不谈钱，而他希望以此守住心中对友情那最后的一分幻想吧。

我应该如何处理和大奔的关系呢？自从克里斯蒂娜不再跟大奔交流，我有些得意忘形，就好像我对大奔赢得了一场战争的胜利。可现实情况是，大奔的威胁就像鬼魅一样阴魂不散，以至于我仍然不敢放开手脚和克里斯蒂娜走到一起。其实我也不想把大奔看成自己的对手，一想到我正在把自己和大奔这样没有道德底线的人对比，我就感觉委屈了自己。我能看出来，克里斯蒂娜的冷漠，对大奔的气势打击很大。现在我暂时处于一个有利的位置，应该适时给他一个台阶下，改善我和他的关系，才能消除他对我的威胁。或许小孩是对的，我应该避免自己对别人有偏见。当我对一个人友好时，这个人就会对我友好。当我对一个人有敌意时，我就会觉得这个人对我有敌意。我应该成长起来，学会用多重角度看待一个人。我胡思乱想了这一番，又走回了省督府。

我甚为惊恐地发现，就在我离开省督府的这一会儿工夫，有两三百号戴着头纱巾和无檐帽的男女青年，堵在省督府门口，愤怒地往里面冲击。四五十名武装到牙齿的特警，戴着厚厚的头盔，躲在塑料盾牌后面，盾牌组成了一堵墙，死命地抵住外面人潮一波又一波攻击。有一些小青年挖下花坛中的石子，朝盾牌墙掷去，发出骇人的"砰砰"撞击巨响。如果我想回到办证大厅，就必须通过这堵盾牌墙。而我现在被阻隔在了两三百号暴民的后面。想要性命无忧地通过这些暴民，看上去好似不可能的任务。

隔着暴民，我看见络腮胡子警察也戴着头盔，和其余特警在一起。他也看见了我。"那个中国人是来办证的,一定要让他进来!"他大声喊道。于是盾牌墙开始骚动,特警们一起发力,硬硬地把暴民的乌合之众向后推了几米,然后那堵墙劈成两截,把暴民推到了两边去,中间留出一条狭窄的过道。三个全副武装的特警从过道里冲出来,两个护在我左右,分别架着我的左右胳膊,第三个特警用他的胳膊护着我的头,我就像坐云霄飞车一样,一下子就被带回了省督府大厅。然后盾牌墙又迅速合起来,再次在政府门口筑起了铜墙铁壁。

"到底发生了什么事情!"我大声询问络腮胡子警察。

"郊区骚乱!"络腮胡子警察在一片混乱的嘈杂声中朝我大声喊道,"还记得我刚刚给你说的伊斯兰社区吗?我们刚刚拒绝给他们社区的一个阿訇延续签证,让他滚回他自己国家去。所以他们社区的青年全都出来了,叫嚣着要把我们夷为平地!"

仅仅三个星期之后,巴黎北郊移民区发生了更加严重的骚乱。内政部长尼古拉·萨科齐视察骚乱地点时,发誓政府一定要"用高压水枪把这些社会渣滓清洗干净",结果火上浇油,骚乱迅速扩散到法国各大城市的郊区。每天一到深夜,郊区的移民少年就跑出来跟警察捉迷藏,然后互相比试哪个城市烧的汽车更多。在骚乱严重的时候,每天晚上全法国会有上千辆汽车被焚烧掉。巴黎夜空浓烟滚滚的图像震惊全世界。法国政府不得不首次启动了1955年制定的《紧急状态法》,从议会那里获得了三个月的紧急权力,全国实行宵禁,要求家长们晚上不要放自己孩子满街乱跑,终于将骚乱一点点地压制住。法国预科班的同学安东尼住在雷恩北郊,他跟我说,前一天晚上他回宿舍时,门口还好好停着三辆小轿车,第二天早晨上学时,那里烧的只剩下三架空车壳子了。

十年之后的2015年,巴黎郊区的移民少年长成了青年,他们和主流社会的割裂感更加严重。终于在2015年11月13日星期五晚上,一个"黑色星期五"的日子,发动了震惊世界的巴黎恐袭事件。137人死亡,368人受伤。

凯瑟琳过生日,叫我和伊莲若一起在公共厨房吃饭。我送给凯瑟琳一幅中国水墨画,是我外祖父画的,一年前我出国时带到法国来。凯瑟琳亲了我一口，紧紧地把我拥抱在怀里："亚历克斯，谢谢你。"我歪着头笑着说：你把我和我的罗马尼亚兄弟的名字搞混啦。凯瑟琳说：亚历克斯是亚历山大的昵称，现在她是和我更亲密的朋友啦，所以一定要换一个更亲密的昵称，以示区别。她坚持要叫我亚历克斯。她还解释说，我的罗马尼亚兄弟的全名叫作亚历山德鲁，当我叫他亚历克斯时，其实叫的也只是一个昵称罢了。我疑惑地看着伊莲若，她用微笑肯定凯瑟琳告诉我的都确实如此。

"我既然参加你的生日，那我现在就邀请你们两个参加我的生日。"我说。"你的生日是哪天？""2月22日。""啊！"凯瑟琳不无吃惊和遗憾地说，"亲爱的亚历克斯，我那个时候已经不在法国了。我的Erasmus项目只给了我6个月的法国留学时间。""什么Erasmus？""Erasmus是欧洲大学学生交换计划。我在瑞士的大学上学，我的大学和雷恩二大，还有其余几所欧洲大学在Erasmus的框架下签署了合作协议，我选择了雷恩二大，所以就有一个学期的时间可以在法国留学，从法国修到的学分在我的瑞士母校也是有效的。我在法国留学的六个月时间，欧盟每个月给我1000欧元的生活补助金，外加往返法国一次2000欧元的差旅费。"这个奖学金听上去不错嘛，为什么从来没有人告诉过我？"亚历克斯，很遗憾，你永远都拿不到这奖学金。Erasmus的交换学生仅限于欧盟成员国或者瑞士国籍的学生。"我满怀希望地笑了笑："现在欧盟不是正在东扩吗，说不定过几年就扩张到中国去了，届时中国加入欧盟，我就可以享用这个奖学金啦！"说罢，三人一起哈哈大笑。

凯瑟琳不能参加我的生日聚会，让我感到满心遗憾。我用委屈的语气说："这可是我的22岁生日，从数字上看，这将是我人生中最重要的一年。""你在2月22日过22岁的生日，全是'2'！"伊莲若惊呼一口气。"而且我的星座是双鱼座。""又是一个'2'！'2'一定是你的幸运数字了。"伊莲若用赞赏的语气说，"'2'就是'双'，是爱情之数，亚历山大，你可是要在今年收获爱情的！"

伊莲若的称赞让我很开心："如果'2'是我的幸运数字的话，那我会得到怎样的命运呢？"我开玩笑地说。

"让我想想，"伊莲若说。她沉思稍刻，便说："'2'可以隐喻为硬币正反两面的对立与转换，也可以看作是历史与世界的对称与平衡。我刚刚在回想你的生日时，脑海中因直觉而产生的第一画面是这样子的：你的一生，将会游走在这个社会分裂与矛盾的贫富两个世界之间。你将会成为上流社会的风云人物，阅尽世间富贵风流，你也会不幸堕入世界背面被遗忘的角落，挣扎并体会到贫苦小民那宛如蝼蚁般的生命与苦难。这将使你的性格变得复杂而深邃。当你将会打通两个世界，让两个阶层互相理解时，你将同时成为穷人与富人的英雄。"

"我所认识的幸运数字为'2'的人，他们的命运往往都是对称的。这才是一件最奇妙的事情。"凯瑟琳嘻笑着插嘴道，"这些人也像所有人一样，人生中有许多缺憾之事，可是命运总是要他们从跌倒的地方再爬起来。命运会给他们再安排一个人，陪着他们把缺憾的那段人生再重演一遍，他们或者还是演当初的角色，或者命运叫别人演他们的角色，而他们变成了一个旁观者。所以如果你叫一个幸运数字为'2'的人，给你讲述他最刻骨铭心的事情，他会跟你讲述两段几乎是一模一样的故事，却分别指向不同的结局。"不知为何，我脑海中一闪而过李宪和赵婉儿的故事。

"'2'在中国人的语境中，代表太极阴阳的转换与互生，代表世间万物的相生与相克。我想我们现在都同意，'2'就是所有数字中最有魅力和代表性的一个。"我总结道。

"你不要先急着得意。"凯瑟琳笑着说，"你可不要忘记了，上帝用7天创造了世界。'7'代表着圆满与家庭，'2'对应着浪漫与爱情。'爱情'与'家庭'，在有些人的故事里是和谐统一的，在另一些人的故事里是难以取舍的。所以要找一个数字与数字'2'相生相杀，那就是非数字'7'莫属了。"

"这里面有什么讲头？"我笑着问。

"一个星期有7天，所以这是一个循环周期之数。任何事情做到了第7步，就应该做一个总结和展望了，然后再开始下一个循环。也因为'7'是循环的最后一天，代表了圆满、家庭以及故乡。这天总结了前6天的经验，所以也代表了稳定与智慧。像我们国家的国家元首，就是有7个人。"凯瑟琳的蓝色大眼睛咕噜咕噜转，一本正经地在那里胡扯道。

"7个国家元首？这不可能！里面肯定有一个人是国家总统。"我惊讶道。

"不，这7个人都是总统。"凯瑟琳摇头说道，"瑞士宪法规定，瑞士联邦由7人联邦委员会管理，联邦委员会里每一个成员都是平等的。"

"那么瑞士在出席国际首脑会议的时候，只能派一个代表吧，总不能占七个席位？"

"那么他们7个人轮流出席喽。"凯瑟琳嘟嘟嘴，嫌弃我大惊小怪的。

"也因为'7'是一个周期结束的数字，下一个周期有可能和原先大不相同，所以在'7'之后，命运有可能会发生剧烈的变化，世界重新进入到未知之中。"伊莲若假装成一个算命的女巫，用手摸着并不存在着水晶球，闭着眼睛神秘地布道。

"难怪我们中国人常说爱情中有一个说法叫'七年之痒'。"我应和着气氛，调皮地说道，"哈哈，我要是以后老了想给人生写自传，一定要以7年为一个循环写起。"

"那你可是要好好写一下你的27岁，因为'2'代表着爱情，而'7'作为结束，代表着剧烈的变化，人生进入下一个周期循环。因此那一年你的爱情一定会发生巨大的变化！"依莲若十分肯定地对我说。

"那么是变好还是变坏呢？"我故作天真地问。

"如果你27岁之前的日子过得非常不顺利，在那之后，你可以指望你的日子越过越好。但是如果你从现在开始就一直过得一帆风顺的话，那么估计到那时你就要开始倒霉喽。因为要记住，作为幸运数字'2'，你的命运是前后对称的。"伊莲若竖起两根食指，侧着头，调皮地说道。

"你不用听她在那里吓唬你，你的日子会一直一帆风顺的。"凯瑟琳笑得折弯了腰，"亚历克斯，让我们做长久的朋友！我要等到你27岁，和你一起揭穿这个老巫婆的胡说八道！"

我第二天早晨准备出发上学时，发现在宿舍门口写着我名字的信箱里躺着一封信件。这封信应该是躺在那里好多日子了，因为我几乎一个星期都不会看一眼我的信箱。反正我收到的信，除了广告以外，就只有催房租的账单，都不是什么让人愉快的消息。那一天我的信箱里躺着一封信，没有寄信人的名字。小小的一封平信上贴了两张邮票，其实一张就够了。邮票是那种专门去邮局柜台买的特别款："海洋动物大冒险"，街上的自动邮票售卖机是买不到的。两张邮票一张是金枪鱼，另一张是海蟹。

打开信封，只有一张菲利克斯戴着墨镜和攀岩设备爬山的照片，我知道这是他送给克里斯蒂娜的最后纪念。翻过照片，菲利克斯用圆珠笔给克里斯蒂娜写的寄语，被克里斯蒂娜不知道用什么办法擦掉了。她重新在那里又写了一份寄语：

你看，我的中国小勇士，

就像这样，我生命中最重要的礼物也变成了你的礼物。用这种方式，我希望可以建造起一座天堂，一座属于我的天堂。因为只有在那里，梦想和现实才不会有距离。

我一定会和你前往中国的。

你的妹妹　克里斯蒂娜

08

我是二年级的学长了

回到CROUS宿舍后，我把史蒂芬妮的照片和新生问卷贴在墙上，和墙上已经贴好的、我从国内报纸上剪下来的滨崎步和酒井法子的玉照并列在一起。然后坐在椅子上呆呆地看着这张照片。我的教女是一个法国大美女，我心中烦乱地想着。我不仅有机会和一个如此漂亮的女孩子做好朋友，而且我还要担负起教导和照顾她的责任，就像安娜在去年照顾我一样。我突然对这个还素未谋面的女孩子，产生出牵挂和羁绊的感情，想要把最美好的东西献给她，又害怕自己会照顾不周。这是一种多么新鲜的情绪呀？

　　雷恩化学学校有一些弥时悠久的传统，其中一项就是预科班一年级刚入学的新生，第一门考试科目永远都是热力学，而在热力学老师和二年级学长的合谋下，在正儿八经的热力学考题中，会冷不丁冒出几个恶搞的题目。一年级的新生在应付第一场考试，已经非常紧张了，慌乱中不会察觉到这些题目是恶搞，而只会觉得是自己没有掌握课堂知识。比如说在那年的热力学考卷正中间，有一道题目要求运用一个似是而非的热力学方程，方程是写在试卷上了，但是方程的解释和提出的问题都是用布列塔尼语写的，如果要想解出这道题，就必须先翻译布列塔尼语。可是即便在布列塔尼，年轻一代也没几个人懂布列塔尼语了。布列塔尼语属于凯尔特语族，和法语之间的差别，比法语和同属于拉丁语族的罗马尼亚语之间的差别还要大，反而更接近大不列颠群岛上的威尔士语。所以一般法国人根本没法猜出它的意思。不过真懂布列塔尼语的学生，能一眼看出这就是恶搞。那句看上去用来解释方程的句子，翻译过来是这样子的：

　　"虽然本地特产的（C）苹果气泡酒的酒精含量（f）非常低（只介于2%到8%之间），但这并不妨碍（e）全国人民都把我们当成（x）酒鬼。"

　　括号里的拉丁字母只是为了让这句话看上去好像是在解释方程，其实毫无意义。方程式本身也是胡扯的。至于后面的问题，翻译过来是这样的：

　　"你喜欢原味的苹果气泡酒还是淡的苹果气泡酒？"

　　还有试卷倒数第二大题论述题，题目是这个样子的：

　　"猫是一种灵巧的动物。如果你把猫从高处扔下来，它永远都能够四肢着地。我们也知道，一面涂了果酱的面包如果从桌子上掉下来，永远都是涂了果酱的那一面着地。假如我们做一个思想实验，把一片面包绑在猫的背上然后涂上果酱，从埃菲尔铁塔的第四层扔下来，根据热力学第二定律，熵不断增加的原理，应该是哪一面先着地？请论述您的观点。"

　　这道题目纯粹是欺负班上没有从巴黎来的学生，它其实跟猫毫无关系，也跟面包和果酱毫无关系，跟虐猫的伦理问题也没什么关系，跟热力学第二定律更是没有关系，埃菲尔铁塔最高只有三层。

　　热力学老师批完了卷子上的正经题目，就把卷子交给二年级的学生，让他们去批改那些恶搞的题目。发布成绩时，两个分是加在一起的。但是学期末计算平均分的时候，恶搞题目的占分比便会被排除在计算之外。

那天我上完法国班和国际班的集体大课，因为要找布里昂先生，去了一趟三楼，发现陈天竹、冉琳、莎拉和露西四人一起聚在三楼小教室里，批改一年级新生的卷子。旁边的另一间小教室，是我们一年级时用的教室，现在新的一年级国际班正在那里上课。

天竹手中拿着一叠厚厚的调查问卷，正在念上面的内容，然后冉琳再记到旁边的一张表格上。调查问卷上记录着八十多名一年级新生每个人的生日、性格、爱好、对自己的期望以及对学校的憧憬等等，还贴着一张两寸证件照。我在山大读书时也填过这种问卷，是化学学校直接从法国寄到中国山东大学的。当时我们三人的问卷都是凯琳帮忙填写的。天竹告诉我，我们每个人都将分配一个一年级的新生作为教子或教女。分配的依据之一就是新生的调查问卷和老生原先填写的调查问卷之间的匹配程度。现在教子教女已经分配完毕，做出总决定的是二年级的级长克蕾丝苔，她已经花了一个多月时间仔细观察一年级和二年级所有人的性格了。天竹要求我从二年级同学中再找一人当我的联合教父或教母，这个人必须来自法国预科班。这样可以给我们的两个教子教女一个平衡的环境。

我知道这个克蕾丝苔，法国预科班的学生，影响力非常巨大。这是一个高大活泼漂亮的圆脸女孩子，长得跟个花蝴蝶似的，一刻都停不下来，她在人群中翩翩飞舞，到处拈花惹草。她经常去攻击班上所有男生，动手动脚，大部分的结果是被男生按到地上痛揍。就在这样的打情骂俏中，全班反而都被她制得服服帖帖。每一个和她打过架的男孩子都甘心成为她的仆从。

我翻看着下一届新生的问卷和照片，新一届学生还是女生居多，长得什么样的都有，有几个尤其漂亮。当我翻到一个叫作史蒂芬妮的女孩资料时，她的照片深深把我吸引住了：这是一个金发女子，凝眉皓齿，双眸如星，目光中透着温软如玉的体贴感和坚定如炬的自信心。胸藏文墨怀若谷，腹有诗书气自华。我不禁浮想联翩，倘若这样的女孩能成为谁的教女，那人一定是前世修来的福气。我也看到过几个歪瓜裂枣的新生，甚为忧心谁将做我的教女。

天竹说她可以帮我查一下。我把所有的新生问卷都还给她，但却把史蒂芬妮的问卷扣在手里。在天竹翻查的时候，我就看这女孩的玉照，越看越觉得陶醉。天竹把所有人的问卷从头翻到尾，又从尾翻到头。"好奇怪，"她怀有歉意地对我说，"我找不到你教女的材料，被弄丢了。"然后她看了我手中的问卷，就像春风一样笑起来了："啊哈，原来在这里。你的教女就是史蒂芬妮，你是二年级最出名的人物，所以克蕾丝苔安排一年级入学成绩最高的女孩当你的教女！"

我去找我原先教母安娜的闺蜜的教子诺曼。希望他能成为我的联合教父，我给他看史蒂芬妮的照片，他立即就答应了。

回到CROUS宿舍后，我把史蒂芬妮的照片和新生问卷贴在墙上，和墙上已经贴好的、我从国内报纸上剪下来的滨崎步和酒井法子的玉照并列在一起。然后坐在椅子上呆呆地看着这张照片。我的教女是一个法国大美女，我心中烦乱地想着。我不仅有机会和一个如此漂亮的女孩子做好朋友，而且我还要担负起教导和照顾她的责任，就像安娜在去年照顾我一样。我突然对这个还素未谋面的女孩子，产生出牵挂和羁绊的感情，想要把最美好的东西献给她，又害怕自己会照顾不周。这是一种多么新鲜的情绪呀？自从来到法国之后，我什么都不懂，就像一个蹒跚学步的婴儿一样。我的生活的点点滴滴，都是别人来照顾我、教我的。像伊玟，像布里昂先生，像吉拉德，像安娜，还有许多其他的人：朱斯汀、宝琳娜、艾美丽，甚至是孙延珊。可是现在，我也要担负起责任来，反过来去照顾别人了！就像凯琳说的，对于我，在法国的旁观和适应期已经结束了，从这一年开始，我将步入舞台的中心，以一个长大和成熟的主人公心态，在这个国家的画卷上撰写属于我的故事。

为了能让史蒂芬妮在开学大典中把我找出来，我必须写出10道谜题。这10道谜题的谜底可以描绘出我的性格、相貌和名字。我在CROUS宿舍的邻居伊莲若是法国人，所以是她帮我写出了这10道题，我们主要是在我的法文名"亚历山大"上做文章。其中有几道是这样的：

"我是希腊人的王，我灭掉了波斯、埃及，并间接促成了印度孔雀王朝的建立。我一生从未失败过，建立了人类历史上最伟大的帝国。"（谜底是亚历山大大帝和他的亚历山大帝国。）

"我是一名父亲，也是父亲的儿子。我们父子共享同一个姓名，我们分别写出的著作，共同描绘了19世纪上半叶法国社会波澜壮阔的画面。"（谜底是大仲马和小仲马。他们的名字都是亚历山大·仲马。两本著作指的是大仲马的《基督山伯爵》和小仲马的《茶花女》。）

"我是埃及人的首都，尼罗河的灯塔，我拥有世界上馆藏最为丰富、历史最为悠久的图书馆，我是宇宙知识的中心。可惜一切都因为一段艳事而被付之一炬。"（谜底是埃及曾经的首都亚历山大港，港口位于尼罗河口，河口处建有世界七大奇迹之一的亚历山大灯塔。这座城市拥有世界上最古老和最伟大的图书馆亚历山大图书馆。罗马共和国执政官恺撒因为要把情人埃及艳后克利奥佩特拉扶植成为埃及人的王，带着罗马军团和埃及人在亚历山大打了一仗，在战争中不小心焚毁了亚历山大图书馆。）

"法国人的'猫王'，《一如往昔》的演唱者，在埃及街头和我相遇，对我一见钟情，用我的名字写出了他最著名的香颂之一。"（谜底是法国上世纪著名歌王克洛德·弗朗索瓦所演唱的舞曲《亚历山大港的亚历桑德拉》，描写了他在亚历山大港遇上的一个叫亚历桑德拉的女孩，这首歌和《一如往昔》并列为他一生最著名的两首歌。"亚历桑德拉"这个名字是"亚历山大"这个名字的女性格。）

"我信奉一句格言：'人人为我，我为人人！'"（这句格言出自亚历山大·大仲马的小说《三个火枪手》。）

"我拥有两个名字，我的另外一个名字的发音像小鸟在林间清脆的叫声。"（这个谜题是我自己添加的。它来自一年前克里斯蒂娜第一次念我的中文名字时所做的评论。）

"我的头发就像牙刷的毛一样坚硬。"（中国人的头发要比西方人头发硬得多。伊莲若敏感地发现了这个现象。后来我在欧莱雅头发研发中心实习，中国人头发的这个特性给定型部的研发人员造成了很大麻烦。）

"我有一对眯眯眼。"（伊莲若说眯眯眼是法国人对亚洲人的整体印象。虽然这个称号由法国人说出来会有种族歧视嫌疑，但是我自己用在这里是无碍的，可以帮助史蒂芬妮明白他的教父是一个亚洲人，缩小搜寻范围。）

我又去看了诺曼写的谜题，他写的题目是这样的：

"我是母狼喂养的婴儿，七座山丘之间诞生的永恒之城。我的名字，荣耀着欧罗巴、亚细亚和阿非利加。我是西方世界的文明之光，我的子孙迄今还在黑海之畔讲述着我的故事。"（谜底是罗马城，以及跨越欧亚非三大洲、持续上千年之久的罗马帝国。"罗马"和"诺曼"是同源异形词，"黑海之畔"指的是罗马尼亚，据说是罗马帝国的子孙建立的国度。）

"我是维京人的王，我与法兰克的王签订协议，我的人民为他保卫着塞纳河口的安宁。我的子孙迄今仍然住在伦敦的白金汉宫里。"（谜底是诺斯人罗诺。诺斯人是古法语中"北方人"的意思，也就是维京人。罗诺是他们的王，"罗诺"这个单词是"诺曼"的同源异形词。罗诺带领诺斯人攻打巴黎，法兰克加洛林王朝国王查理三世赐法国塞纳河北部流域领土给诺斯人，建立诺曼底公国。随后诺曼底公爵威廉一世征服英格兰，成为当代英国王室的祖先。后来诺曼底公爵和阿基坦女公爵联姻，英国王室控制了法国近半领土，英法百年战争由此开始。）

"我乘坐划桨的船，从北方的海上来到斯拉夫人的国度，并受邀成为他们的王。我在基辅第一次建立了我的帝国，国家被成吉思汗灭亡之后，我以莫斯科为基地，重建辉煌的第三罗马帝国。我以'恺撒'的名字为帝国的领袖加冕。"（谜底是罗斯帝国。"罗斯"和"诺斯""诺曼"都是同源异形词。罗斯人也是维京人的一支，被陷入内部纷争的斯拉夫人邀请管理斯拉夫各部落。后来以基辅为首都建立了罗斯帝国，被蒙古帝国所灭。后又以莫斯科大公国为基础再次建立罗斯帝国，号称"罗马帝国"和"神圣罗马帝国"之后的"第三罗马帝国"。帝国元首依照罗马帝国的传统称为恺撒，俄语царь发音为"沙"，中文翻译为"沙皇"，即俄罗斯皇帝。）

开学大典上，史蒂芬妮很快就找到了我。在大典的前一天，我曾经特地跟她套近乎，那时候她不是很理睬我。得知我是她的教父后，她十分后悔。她感动地对我说，我是她一生中的第一个教父，她非常珍惜我。史蒂芬妮确实是一个体贴入微的好女孩儿，就像我从照片上得到的感觉一样。但是她像所有的学霸女孩一样，不怎么重视自己的仪表。从来不化妆，头发总是胡乱地往脑后一扎，魅力比证件照上的她少了一大截。而且她照片上的金发是染的，我见她时，她的头发已经变成了杏仁色。她照证件照时，据说是她的妹妹帮她打理形象的，她的妹妹是一名时装模特。史蒂芬妮是芭蕾舞演员，所以她的妆容虽然比较随便，言谈举止中却总有一种优雅的气质。她是一年级国际班的法国学生。

但是开学大典当天晚上的派对，我的全部注意力和话题都被一个叫作佛洛莉艾娜的女孩子吸引去了，史蒂芬妮不得不追在我的屁股后面跑。佛洛莉艾娜是一年级法国预科班的新生，她有一头乌黑发亮的长发，翡翠绿眸子，巴掌大小、肉肉的娃娃圆脸，一笑起来就有两个小酒窝。想要说话时，嘴还未张，脸先羞得绯红。她总是迷迷糊糊，给人一种没睡醒的感觉，娇憨可掬。她的气质和李宪是如此的相似，让我感动得想哭。如果有可能，我甚至想把史蒂芬妮踢掉，然后把自己的教女换成佛洛莉艾娜，虽然心知克蕾丝苔肯定不答应。我一整晚都在挑逗佛洛莉艾娜，我是她的学长，她也不好意思拒绝我，虽然好像她并不感兴趣我的话题。尽管佛洛莉艾娜长了一张孩童的脸，个子却比我高整整一头。我故作愠怒地说，女孩子不准长得比男孩子还高，于是用胳膊勾住她的脖子，硬硬地把她压低了和我照合照。后来我每次和佛洛莉艾娜照合照，都要重复同样的动作，以至于佛洛莉艾娜对我说，她每次听见我说要照相；都会感觉脖子疼。

我听说克蕾丝苔每次活动结束，都要把所有人照的照片收集起来整理。于是我带着我的移动硬盘，到她家里拷贝照片，其实是想要得到更多佛洛莉艾娜的照片。克蕾丝苔的房间在盖吕萨克宿舍的走廊尽头，因此面积比别人的房间整整多出来四个平方米，法国预科班上的男生和女生特别喜欢在她家里聚会，宽敞。我看照片时发现克蕾丝苔已经组织了好几次法国班一二年级的互动了，他们经常一起到市中心的酒吧去搞团建。我把这些活动的照片一股脑地都拷进我的硬盘。因为我自己没有电脑，我直接在克蕾丝苔的电脑上一张张察看我拷贝的照片。每次看到有佛洛莉艾娜的照片时，我都会凝视更长的时间。

"你是不是喜欢佛洛莉艾娜？"克蕾丝苔察觉出我的异样，冷不丁地在我背后问道。

"我仅仅是觉得她比较漂亮而已，"我慌张地连忙否认，因为被别人看穿心事而很不好意思，"我开学大典时跟她交流了一晚上，我感觉她不是我的类型。"

"嗯，我也观察到这些了。你们两个似乎不太像能做成朋友的样子。"克蕾丝苔点头说，"不过佛洛莉艾娜的教父托马是我的好朋友，我倒可以多给你搞些她的照片。"

"克蕾丝苔，请你给我保密。"我恳求道，担心佛洛莉艾娜把我当成色狼，"如果一个对我没感觉的女生知道我喜欢她，我有可能会造成这个女生的困扰。"

"明白！"克蕾丝苔爽朗大笑，她向我眨眨眼，做了个鬼脸，"放心吧，此事只有天知地知，你知我知。"

诺曼找到我，提议我们两个和史蒂芬妮搞一个教父教女联谊会。他通知我说，我们两人只剩史蒂芬妮一个教女了，原先分配给他的法国预科班教女，在第一门热力学考试之后崩溃了。说实在受不了工程师预科班的学习压力，退学跑到雷恩一大去了。看来工程师系统确实是精英教育系统，连预科班的压力都比普通大学的学习难很多。这已经是我听到的第二个受不了压力退学的人了：二年级法国班有一个叫娜塔莉的漂亮姑娘，是雷恩本地人，对我一向是非常好的。娜塔莉在一年级的时候，有一个形影不离的闺蜜，家也在雷恩，叫作芳妮。我在二年级开学第一次上国际预科班和法国预科班的联合大课时，在班上见过这个芳妮。当时就感觉她的美丽实在惊为天人：一头波浪式的黑色长发，娇脸似杏，俏鼻如葱，眉浓照秋水，艳冷若冰霜。五官宛如希腊雕像一样立体，整个人透着花木兰一样的飒爽豪气。芳妮在班上喜欢独来独往，对待男生尤其冷淡。由于娜塔莉的关系，芳妮对我倒还是客气的。可是开学后不久，芳妮退学了。娜塔莉告诉我说，芳妮认为工程师预科班二年级的学业压力比一年级还要变态，她不想变成没有感情的考试机器。每次想起这个大美女，我都感到深深遗憾。后来我去找史蒂芬妮转达联谊会提议时，正好她的父亲帕斯卡从她的家乡鲁昂开车来雷恩看她，顺便从家里给她捎来一些生活用具。帕斯卡是一个有些秃头，笑起来十分和蔼可亲的中年大叔。我问史蒂芬妮，她希望联谊会在我家搞，还是在诺曼家搞。帕斯卡插嘴说，当然是在史蒂芬妮家里搞。我和诺曼是长辈，史蒂芬妮是晚辈，晚辈设宴请长辈吃饭，这才是应该有的道理。

一天晚上，亚历克斯突然到我的宿舍来找我。他答应给凯瑟琳带去欧龙乐队的唱片，希望我能带他去凯瑟琳的宿舍。凯瑟琳不在家，他就和我一起回到我的宿舍。

"登君，我想我爱上凯瑟琳了。她是你最好的朋友对吧？我一闭上眼睛，脑海中就是她的画面，欲罢不能。"他一坐到我的床上，就跟我说。

"我以为你爱的是蒂娅特莉丝。你和她看上去那么幸福！难道你在深爱一个女人的同时，还有能力去爱上另一个女人？"我非常诧异地说道，"这简直是荒唐，你一共只见过凯瑟琳一面，而且只有不到五分钟！"

"这五分钟已经足够让我爱上她非凡的气质了。"亚历克斯懊恼地说道，"我也是刚刚才发现，原来一个人是真的能同时爱上两个女人的。我也在反思自己，或许真相其实是：我并不爱蒂娅特莉丝，我跟她在一起，只是因为我喜欢说西班牙语。"

"你根本就不会说西班牙语，而且学校开的西班牙语课你也没报名。克里斯蒂娜至少一直都在上西班牙语课。"我笑着反驳他说。

"克里斯蒂娜现在改上德语课了。"亚历克斯纠正我说，"西班牙语和我的母语罗马尼亚语都属于拉丁语族，我在读西班牙语书籍时，可以看得懂六七成，我在听西班牙人讲话时可以听得懂三四成。"

"你总不能因为喜欢一门语言而爱上一个女人。"我感觉很好笑。"登君，你觉着我们长大之后会不会变成坏人？你和我都太聪明了，而且都富有野心。""亚历克斯，你陷入了负罪感的单相思，把自己搞得太疲劳了。我们不会变成坏人的，你和我的野心，是立一番事业，把这个世界建设得更加美好。我们是为了别人的幸福而努力奋斗的。你和我都是理想主义者，理想主义者是不会变成坏人的！"

亚历克斯如释重负地叹了一口气。"蒂娅特莉丝怎么办？你还要和她在一起吗？""那是当然，我爱她爱得疯狂。这件事我还没有告诉她，我承诺要给她幸福的。"我想了一想，说："好吧，我在中间牵线搭桥，制造你和凯瑟琳见面的机会。"

"你和克里斯蒂娜的关系进行得怎么样了？"亚历克斯关心地问，"我从克里斯蒂娜那里听到一些不好的消息。"

他的话让我心中一跳："什么不好的消息？"

"班上流传着许多小道消息，说你想接近克里斯蒂娜，并不是因为你喜欢她，而是为了向你那些INSA的中国单身汉们炫耀你有一个欧洲女朋友。"亚历克斯说，"克里斯蒂娜非常伤心，有种被你欺骗利用的感觉。难道你没发现最近在学校里，她对你特别冷淡吗？克里斯蒂娜是一个难得的好女孩子，你不应该玩弄她的感情！"

我脑子突然一阵眩晕："这是谁说的谣言？是雷吗？简直是一派荒唐胡言！"

"克里斯蒂娜现在根本就不跟雷说话。我不知道是谁说的，你不要胡乱揣测！"亚历克斯高声喝止我，"我只要你扪心自问，你有没有真诚地对待克里斯蒂娜，你的所作所为，会不会伤害到她！"

我想反驳亚历克斯，千言万语冲到嘴边，却哑在嗓子里。一种强大的耻辱感，让我又羞又怒，慌得六神无主，不知道从哪一块儿反驳起才好。由于种种原因，特别是对中国同胞的忌惮，我一直羞于承认和表达我对克里斯蒂娜的爱慕，甚至在她面前，都故意对她冷淡。可是如果说我心中对她有爱的话，这份爱情绝对是真挚而纯洁的，她是在我阴霾诡谲的留学生涯中，第一个让我感到美好和真实的人，让我重新看到了生命的希望。我宁愿用生命去呵护她对真和美的信仰，把她的名声和形象看得比自己的性命还要重要，怎么可能把她当成我用来炫耀的工具，欺骗她的信任，任由她的名誉被那些荒淫的中国同胞品头论足般糟蹋？我的心碎了一地，克里斯蒂娜啊克里斯蒂娜，你是如此聪明，你怎么会相信我会做这种事？我还没有来得及向你表述我的关心和爱，还没有来得及为此骄傲，你就已经要把这份爱宣判死刑，把它误认为是肮脏的巧言令色和虚情假意了。从此以后，我如何再去和你分享对人生的感悟，如何与你互相鼓励，一起成长？从此以后，我对你的真情流露，恐怕将不能再给你带来感动和温暖，而只是让你感到虚假和恐惧了吧？

"你告诉克里斯蒂娜，如果她认为我是想要利用她而去勾引她，那么她大可不必这样想。"我咬着牙一字一句地说："她是菲利克斯的女朋友，而菲利克斯是我的结拜兄弟。菲利克斯临走时叫我去照顾克里斯蒂娜，我遵守我的承诺，照顾克里斯蒂娜，我和她的关系也就仅此而已。她如果以为我爱她，那是她想多了。"在惊慌下，我本能地否认对克里斯蒂娜的感情。我口是心非，灵魂因为撕裂感而地动山摇。我从来没有像那一刻那样如此强烈地爱着克里斯蒂娜。

亚历克斯用惊讶和不信任的眼光看着我，我继续添砖加瓦，以便把谎言说得更令人信服："我不可能爱上克里斯蒂娜，不仅是因为和菲利克斯的结义之情，也是因为我要优先考虑和雷的关系。雷是我的同胞，我有义务保持和他的团结，但他却希望摧毁和抢夺一切我喜欢的东西。这种同胞相残是痛苦和羞耻的，任何我爱上的女孩，都不可避免地被卷入这种丑恶中。我宁愿不去爱上任何人，这样，我受到诅咒的宿命便不会误伤任何我所爱的人。"我心中有一个声音大声对自己说：一定要保护克里斯蒂娜，避免她因为觉得感情被我欺骗而对这个世界的真实美好失去信心，为此我要向所有人公开声明我完全不爱她，以便杜绝我向别人炫耀她是我女朋友的可能性。

"登君你到底在说些什么呀？雷和此事毫无关系！"亚历克斯有些恼怒地说，他那蔚蓝色的美丽眼瞳变得同情和忧伤，他对我说："登君，你有一颗伟大而敏感的心，可是你不应该因为别人犯错误，反而惩罚你自己！感情是很私人的事情，不要顾虑别人，你应该学会勇敢地承认和释放它。不过请你相信我，雷现在是我的搭档，我了解他，他没有你想象的这么坏。我担心你对他的偏见太厉害了，仇恨不会对他造成任何影响，却能伤害到你自己。我觉得你应该试着去放下对雷的成见，尝试去了解他？"亚历克斯啊亚历克斯，你实在太天真了。大奔在暑假前就利用和艾美丽合影的照片，在INSA的中国人面前谎称艾美丽是他的女朋友。也只有大奔，才能想出如此卑鄙下流的主意。正因为我已经见识了他下一步要做什么，我才会反应如此强烈。现在他一定是想对克里斯蒂娜下手了，但是又害怕我揭穿他，于是先下手为强，把他计划要做的龌龊勾当先挂到我头上，搞坏我的名声，这样我若出声提醒，大家会觉得我贼喊捉贼，将没有人相信我，大奔就可以横行无忌了。可是亚历克斯是万万听不懂这些算计的。大奔做事缜密无罅，肯定已经留好了预防我分辩自己的种种后手。我的任何辩解，都只会让别人更怀疑我自己，一个无辜的人怎么才能证明自己是无辜的？

我只好苦涩地顺着亚历克斯的话头说："新曾经说过和你一模一样的话，我一直都在深刻思考他的建议。或许你们是对的，我应该尝试和雷建立一种新的关系。"

亚历克斯拍了拍我的后背："我鼓励按新给你的建议去做。我知道，新始终都在真诚地对待你。至少要比应龙真诚得多。"他的右手抓住了我的右手："我可以用罗马尼亚人对待兄弟的方式鼓励你吗？"他询问道。我点点头。我们用握住的右手贴近彼此的心口，用左臂紧紧地拥抱对方。

这时亚历克斯的手机响了。他看了一眼短信，悲伤地说："我的孩子生病了，他想要见我。他住在东郊，我必须立即出发，这样幸运的话，我还能赶上最后一班公交车回来。"

我很感谢这条短信及时地转移了话题，因为一直违心地否认我对克里斯蒂娜的感情，已经快要让我精神分裂了："你有一个孩子！？"我惊讶地问。

"不仅是我，克里斯蒂娜也有一个孩子。这是雷恩市政府的领养计划。从今年一开始我们就报了名，那时我们还在上一年级。这些都是因为逃难而移民法国的一些家庭，家长和小孩都不太会说法语。小孩在学校里便会受欺负，我们领养他们，帮助他们融入法国社会。"听到这些，我的心情既温暖又酸涩：我果然没有看走眼，克里斯蒂娜是一个纯粹的人，她的灵魂多么的美丽而可贵！只有这样的人，才能敏感地察觉到他人的不幸，才会满怀同情地，向每一个遭受挫折的人送去温暖的鼓励与安慰，才会在紧张的学业压力下，仍然努力帮助孤苦无助的小孩。这是一个多么高尚和充满理想的人啊！每当我相信别人的真诚与善良时，大奔总是不吝于嘲笑我的天真，他总是不厌其烦地劝我说：这世界上的每一个人都是猥亵和虚荣的。我好不容易找到了可以共鸣的那个人，一想到我和她的关系此刻正在滑向未知的深渊，我的心便更加痛苦。我想尽快摆脱和亚历克斯的谈话。我对亚历克斯说，我很荣幸成为他和克里斯蒂娜的朋友，因为他们是富有爱心的人。亚历克斯听了我的夸奖，非常高兴。

亚历克斯走后，我半点时间都不想耽误，必须要在事情变得无可挽回之前，向克里斯蒂娜证明我的清白。

敲开克里斯蒂娜的房门，她穿着睡衣，一脸疲倦和冷漠地堵在门口，不让我进她的屋子："怎么了，登君？这么晚了。"她惨白和憔悴的面孔让我心生怜惜，距离互诉衷肠的那天晚上仅仅过了不到两个星期时间，我却感觉和克里斯蒂娜已经有十多年没见了。她对我的态度也好像完全变成另外一个人似的。

"克里斯蒂娜，"我低声下气地说，"我最近一个多星期，始终都没有时间来拜访你，我很抱歉。"

"没有关系。"她不冷不热地说。

我突然想起来，一年级开学大典后的第一个周一，那段引起我和克里斯蒂娜第一次冷战的食堂对话，也是以这同一句对话开始的。我决定立即转换话题："刚刚亚历克斯在我那里，他跟我说了许多事情。"

"那很好，"当天晚上第一次，克里斯蒂娜露出了欣慰的表情，但是仍然透着浓浓的疲惫，"亚历克斯是你的兄弟，他无时无刻不在关心着你。他如果给你什么建议，你听着照做就是了，那一定是为你好的。"

"可是发生了一些事情，今天晚上我非常伤心，我能跟你说会儿话吗？"

"必须是今天晚上吗，登君？现在都快十一点钟了，我很疲劳，状态也不好，明天还要早起上课。我们改天可以吗？"克里斯蒂娜抱着胳膊，一副拒人于千里之外的样子。

"那好，"我步步紧逼，"我明天晚上再来拜访你。"

"明天晚上不行，我答应了亚历克斯，陪他和蒂娅特莉丝到市中心去。"她冰冷地回绝了我的提议。

"那么我什么时候可以来拜访你？"

"我不知道，登君。"她明显变得很不耐烦，"知道了的话，我会告诉你。今晚就这样吧！"

很明显，克里斯蒂娜不想见到我，亚历克斯说的是正确的，一定有些我不知情的事情正在发生。我用小狗般的祈求眼神看着克里斯蒂娜，半句话也说不出来。克里斯蒂娜不为所动。我垂头丧气地跟她道别走了，听到克里斯蒂娜在我背后重重地关上房门。

拖着无力的腿失魂落魄地回到自己的房间，我陷入了对我和克里斯蒂娜未来的深深怀疑中。我一直在担心我和克里斯蒂娜会产生信任危机，没想到危机会以这种方式到来。我本以为大奔会把我描述成一个无能的懦夫，让克里斯蒂娜瞧不起我，因此不会爱上我。我绝不会想到，大奔居然会描述出一个用虚情假意编就的功利之爱的壳子，完完全全地蒙蔽住我真正的共鸣之爱，使我对克里斯蒂娜的爱永远都无法被表述出来了。从此以后，无论我如何表白爱情，发誓赌咒，我的爱在克里斯蒂娜眼里，也将更多的是爱我自己，而不是爱她。当我们在谈论爱情时，我们所谈论的，将是用同一个词汇所描述的两个截然不同的事物。

什么是爱情？爱情是在茫茫人海中，两片互补的灵魂彼此相遇与共鸣，爱情是真诚和理解，爱情是归属和安全感，爱情是信任和牺牲。爱情中的两个人，互相成就，共同成长，失去其中一个人，另外一个人也会在追逐梦想的过程中失去坐标，迷失自己。所以真诚的爱情是一个人在生命中所能得到最为奢侈的礼物，是可遇不可求的。你又怎能随随便便遇到一个人，就能拥有和你相似的过去，信仰相同的道德，懂得你每一缕细腻的心思？可是大奔所描述的爱情，是那种口口声声发誓说爱着对方，却丝毫不考虑对方喜欢什么，想要什么，仅仅把对方当成一个可以向外人炫耀的战利品，以及一个可以对抗寂寞长夜的免费保姆和升级奶妈。是那种自私的感情骗子所崇尚的虚假的爱情。这是一种丑恶的爱情，可是伴随着光彩耀目的甜言蜜语，总是让不谙世事的少女趋之若鹜。只不过它却缺了真，缺了尊重，缺了共鸣，缺了一切爱情最珍贵纯净和美好的东西。克里斯蒂娜是那么的敏感，她一定会觉得，我爱上的，不过是被爱着的这种感觉本身罢了。而她又是那么的善良，她总是把别人的感受摆在比自己的心情还要重要的位置，她即使怀疑我给她的爱情是虚假和自私的，也会压抑着自己不说出来，因为她会害怕伤害到我，这将只会让她更加的痛苦。她曾经是在我最绝望时刻为我带来希望之光的那盏明灯，正是因为她的鼓励，我才能一次又一次地战胜不可逾越的困难，坚强地活下来。生活已经给她带来了那么多的创伤，假如我的爱非但不能报答她以快乐和支持，反而带给她伤心、痛苦与失望，我将很难原谅自己。我感觉自己就像希腊神话中的悲剧英雄俄狄浦斯，无论怎么逃避，都将在宿命的引导下，变成亲手伤害自己所爱之人的刽子手。

如此回想起来，我适才在亚历克斯面前否认对克里斯蒂娜的爱，竟然也是正确的，并没有骗他。因为亚历克斯所描述的爱情，不过是披着一个爱情外衣的精致赝品。我只有打碎它，才能期待克里斯蒂娜有朝一日能看见我爱情的真实面貌。但是现在事情已然如此，大奔显然是通过制造舆论，通过喜欢传播小道消息的吃瓜群众把谎言传到克里斯蒂娜耳中，克里斯蒂娜并不知道，大奔是背后整个谣言的操控者，所以我也没法通过否定大奔，来让克里斯蒂娜警醒。八卦永远都是世界上传播最快的东西，当大部分人同时相信同一个谣言时，那么假的东西就会变成真的事实。如果全班人都认为我会为了向INSA的中国团体炫耀而利用克里斯蒂娜，可耻地背叛她的信任，那么恐怕我也只能停止天天往INSA的校园里跑，不管是INSA的中国人法国人，一概不再接触，才能避免让克里斯蒂娜认为INSA的那帮中国人在意淫她，从而避免伤害到她了。

就这样，因为要保护克里斯蒂娜，我迈出了非常危险的一步：开始对和其他中国人的接触有所顾忌。渐渐地，我陷入了越来越难的道德困境，使我在随后七年中，逐渐丢失掉所有的中国人认同，继而迷失了自己。后来我又花了将近七八年的功夫，才又从一片废墟中，重新建立起了我的中国身份认同。

又该如何处理我和克里斯蒂娜的关系呢？显然，克里斯蒂娜目前认为我给她的是那种虚假和自私的爱——倒符合她对中国人的偏见——这种假爱并没有对女性的尊重，而只是将其视为一种可以向其余男性炫耀的战利品。所以她越觉得我爱他，她会越恐惧。如果我是真诚地爱她的——这一点我对自己无比确信——那么她的幸福安宁，而不是我自己的感情，才是我考虑一切事情的出发点。所以我必须否认我爱她，必须用冷漠去对待她，以免她纯洁的灵魂被她所理解的那种丑恶的爱所污染。克里斯蒂娜已经表现出对我的防备了，亚历克斯也提到了这一点。我只有保持和她的距离，才能避免她因为我的在场而感到不自在。或许未来真相大白时，我可以再找机会跟她解释今日远离她的苦心。爱情最难的，其实就是放手。我知道，大奔一定会寻找各种理由，让克里斯蒂娜觉得我想要接近她，因为只有这样大奔才能够进行下一步，让克里斯蒂娜觉着我想要利用她，继而让克里斯蒂娜因为恐惧而对我反感。我要很谨慎，让大奔根本找不到任何可以利用的借口，我绝不能允许自己变成大奔用来伤害克里斯蒂娜的凶器。

我脑海中回想着克里斯蒂娜温柔的笑容，悲哀地感受另一场爱情的葬礼。阴云已经覆盖住我和克里斯蒂娜的未来。我和她之间的感情，将难以保持纯洁与真挚，而会充斥着阴险的权力斗争、卑劣的尔虞我诈。美好的憧憬将会在各方势力的你争我抢中化为齑粉。而我和她的关系，再也无法回到从前。

我躺在床上用右手安抚自己，这可以让我强迫自己不去想克里斯蒂娜：克里斯蒂娜在我心目中的形象是如此的端庄圣洁，不可亵渎，以至于她从来不会出现在我的性幻想中。仿佛她和我在INSA机房上网时看到的那些行尸走肉般的妓女，是完全不同的两个物种。可是那天我却总无法集中精力去进行臆想。和克里斯蒂娜那些美好的生活片段从记忆里不停地跳到我眼前，撕碎我好不容易才回忆起的那些不堪入目的网络图片。克里斯蒂娜丰满的胸脯枕在脑下暖暖的，让我感觉又回到了婴儿时期母亲的怀抱。那身体深处强壮的心跳声，是伟大的生命之泉。她柔软的身躯紧紧地拥抱着我，一次又一次将我从崩溃的边缘拖回。她芬芳的发丝蹭在鼻尖痒痒的，她含着泪水的眼睛……打不下去了，自从INSA宿舍我冰箱中的食物不翼而飞，一个星期的饭食毫无着落，或是圣马洛失去工作的那个夜晚，因为对父亲和家人的无限失望而崩溃之后，我来到法国后第三次，在没有克里斯蒂娜的陪伴下，失态痛哭起来。

　　于是我和克里斯蒂娜的关系进入了第二次冰河期。从那之后的几个月里，我再也没有去找过克里斯蒂娜，也没有在学校里和她说过话。但是上大课的时候，我总是坐在她后面两排远的位置，这样我在课堂上走神时，总是呆呆地观察着她后脑勺的发丝。我记得，和克里斯蒂娜的第一次冷战，是在我的兄弟菲利克斯的努力说和下结束的。幸运的是：现在我的第二个兄弟，亚历克斯，也变成了克里斯蒂娜最亲密无间的朋友了。我要把他当作我在克里斯蒂娜身边埋下的一个间谍，通过他，我便可以知道克里斯蒂娜是否安全或快乐，我也可以借助他的手，即使自己远离克里斯蒂娜，但仍然可以在克里斯蒂娜遇到困难时，提供帮助。我盼望着某一天亚历克斯能够明白我的苦心，并解释给克里斯蒂娜听，从而将她带回到我的身边。

　　我收到学校通知，得到了在学校图书室打工的机会。学校根据五个年级所有学生的家庭收入情况，选了三个最贫困的学生给图书室打工，从下午五点到晚上八点，每人轮流两天，以此类推。三个人分别是：三年级（工程师阶段一年级）的罗马尼亚女孩奥莉维也娜，以及克里斯蒂娜和我。工作内容是：每当有学生借书时，就把书和学生的信息以及时间记下来，当学生还书时，根据国际通用十进制图书分类法的序号，把图书分还到书架上的相应位置。因为这个经验我了解到了粗浅的图书馆学，十年之后的2016年初，山东大学和法兰西国家图书馆进行合作，执行全球汉籍合璧工程法国部分，我和山东大学派驻巴黎的专家一起，跟法兰西国家图书馆汉语部全体工作人员吃了一顿饭，正是因为有十年之前的这一小积累，我才能粗浅了解这项工程的主要工作内容，不至于在专家面前太过无知。

　　学校很小，图书室也小，许多时候里面只有一两名学生，或者只有我自己。我无聊地一个人等待之时，有时思路会从正在复习的课本上抽离，我会想起一年之前，我和克里斯蒂娜刚刚认识不久，在学校图书室偶遇的情形。那时我们两人正在赌气，都装着自己没有看见对方。没想到一年之后，我们之间的关系又回到了出发的起点。

　　图书室对面的乐器室，总是响起吵闹的摇滚乐，而且永远都是练习同一支曲子。佛洛莉艾娜的教父托马是乐队的电子吉他手，乐队只有两个人，另一个是架子鼓手乔纳森。我在图书室工作结束时有时会跟他们打招呼，他们总是冷冷地不理睬我。乔纳森的教女和小情人玛丽经常来找他，这是一个拥有着漆黑长发的娇小女孩。玛丽对我倒是挺热情，后来玛丽和她的闺蜜克罗地娅，成为一年级法国班中对我最好的女孩子。

每次下班关闭图书室的时候，当职人员都要写下关闭的时间，并在旁边签名。我的排班在奥莉维也娜后面，往上两个就是克里斯蒂娜的签名。我有时会轻轻抚摸她的签名，好像通过这种方式我们两个就可以心贴心地交流，不再顾虑。克里斯蒂娜，是你告诉我这个挣钱的好机会，可是我却不能亲口感谢你。我好想见你，但是我又多么担心，我会把伤害带给你啊！

我不再到INSA去找小波要前往机房的学生证。可是我想在电脑上写作的欲望更加强烈了。自从开始压抑着自己的感情不去找克里斯蒂娜，我便文思泉涌。纷至沓来的句子涌在指尖，争先恐后地寻找突破口，好想把它们写下来。反正在图书室打工缓解了不少经济压力，我琢磨着买一台二手电脑。我请诺曼和史蒂芬妮帮我在网上找信息。史蒂芬妮花了整整一晚上，把找到的信息工整地记在一张A4纸上：人名、电话、地址。有一家卖200欧，Windows2000系统，打电话过去，是一对中国夫妇，法语说得还不如我流利。

显示屏是上世纪的阴极射线管显示屏，机器很大，屏幕很小。再加上一个大机箱。我需要找个朋友开车把电脑拉回来。娜塔莉是雷恩本地人，同学中唯一在雷恩有车的，她答应帮我拉电脑。小轿车在歪歪扭扭的"巴黎街"上行驶，左手边的山坡上，红色的砖瓦围着一座教堂，建起了林林总总的一大片既像宫殿，又像监狱的建筑群，颇有气势，这是圣文森天授学院。"这里是一所私立高中，我在这里度过了三年时光。"娜塔莉充满怀念地介绍说。我忽然非常好奇芳妮的现状。"她比在预科班的时候开朗多了，原先她是有点抑郁的。"娜塔莉解释说，"她现在在雷恩一大化学系二年级读书，那里的学生比较友好。在我们班，竞争压力实在太过强烈，同学之间普遍有股戾气，有种焦躁之感。"她握着方向盘，斜眼看了我一眼："登君，你们班上的那个克里斯蒂娜，你和她的关系怎样？""没什么特别关系，你为什么要问这个问题？"我诧异道。"感觉那个女孩爱你爱得快要发疯了。"娜塔莉的话让我心中一震，可是当我回想起上课时和克里斯蒂娜的情景，却感觉她只是一如既往地冷漠。"她这么告诉你的吗？"我问道。"不，我不认识她，从来没有跟她说过话。"娜塔莉摇摇头，"整个国际班我只认识你一个人。你们国际班的那些人，包括法国人，都显得特别自视清高，从来不肯跟我们法国班交流。仿佛他们被选拔出来，可以跟外国人一起读书，就比别的法国人更加高人一等似的。"她说到这里，脸上神色甚为不满，"你问我怎么知道克里斯蒂娜对你的态度？我不知道，我只是凭感觉：一种女人的直觉。"她说道。"我可没有像你说的那样的感觉。"我苦楚地笑着说。娜塔莉若有所思地说："登君，你身边的女孩子实在是太多了，以至于你把她们的奉献视作是理所当然，而看不见里面的真心情意。"

　　艾美丽突然到CROUS宿舍拜访我，还带着她的男朋友塞德里克。塞德里克去年在INSA宿舍和我住在同一层楼里，其实是老朋友了，当时常常看见他叫着一班同学窝在他屋子里打任天堂的游戏，马里奥赛车或三国志之类的，也总是邀我去观战。他和艾美丽是高中同学。"我们从市中心刚回来，送塞德里克回INSA，正好顺路经过这里，就来看看你。"艾美丽并不知道我的宿舍号码，她还专门打电话问我的搭档宝琳娜。其实回INSA宿舍的话，从市中心有两条发车频繁的公交车线路，直接穿过雷恩一大校园的另外一边到达INSA。来CROUS的话，需要从雷恩市区北部坐一条车次较少的、比较绕远的公交才到。艾美丽说顺道经过，使我着实有些诧异。艾美丽跟我说，她暑假回到家乡，约着高中同学塞德里克一起喝酒。偶然谈起我时，发现两人竟然都认识我：一个是化学学校的同班同学，一个是INSA宿舍的对门邻居。于是他们就因为这个巧合而继续深聊，聊着聊着就成了男女朋友。塞德里克笑着说："亚历山大，其实你是我们的红娘。不过，你自己的终身大事是怎么考虑的，你班上有没有中意的女孩子？"他说这句时话里有话，既像是关心，又像是警惕。艾美丽迅速打断他的话头："这个不用你操心，塞德里克！登君是我们班上最红的人，想要追他的女生多不胜数。再说……"应该是一粒灰尘飘到了嗓子里，艾美丽说到这里突然哑了。她不得不停下来，咽了一下口水，艰难地继续说完："再说，他的心中已经住进了一个女孩子。"

我们聊了一会儿，我便送两人回INSA宿舍。两个宿舍之间有一段距离，我又要自己回来，于是带上我的自行车。塞德里克好久没骑自行车了，他兴奋地骑上我的自行车，说是先骑回宿舍等我们，也好让我和艾美丽有时间单独聊一会儿天。

我和艾美丽并肩静静沿着雷恩一大校园旁边的林荫大道前行。雷恩市的草地和不少大树一年四季永远都是绿的。风吹过两旁行道树的叶子，整条大道就像管风琴一样哼出了愉快的曲调。"登君，我听说了你在卡斯蒂永的故事了，那简直是一个传奇！你哪天应该把你的往事写成小说，会有很多人想去读的。"我微笑着感谢她。"我们俩是从今年复活节假期后才开始彼此真正熟识的吧？那时候你很赞赏我在朱斯汀家里搞的学习互助小组。"我对艾美丽说，"那时的天气和今天倒是非常像。"其时十一月初，雷恩已是深秋。那几日却暖风乍现，阳光明灿，大地回复勃勃生机，正如初春四月。"是哦！"艾美丽略显悲凉地感叹道，"只不过那时，还是通往充满希望的夏天，而此刻，却只剩下指向萧瑟荒芜的冬天！"

林荫大道的尽头是一个大下坡，穿过一条大马路后就是INSA的校园。从我和艾美丽的角度看去，整个INSA校园好像蝎子尾巴一样翘在半空。我们远眺着塞德里克骑着我的自行车沿着下坡冲去，速度越来越快。我突然觉得十分不妥，就问艾美丽说："艾美丽，控制自行车速度的那个零件，在法语中怎么说？我从不跟人交流修理自行车的事情，自行车零件单词都不认识。"

"你指的是'车把'吗？转动'车把'你就可以改变自行车的方向。"她微笑着用手给我比划手抓在车把上的动作。

"不是'方向'，我指的是当你前面有障碍物时，你所用的自行车的零件。"

"那就是'铃铛'了。"她撅起嘴来，用口模仿铃铛"叮铃""叮铃"的声音。

"我认识'铃铛'这个单词！"我非常不耐烦地粗声说，"我指的是你'那个'一下，自行车就会停下来的那个零件！"我也不知道"捏"这个词怎么说，所以只好一边说一边用手做了个"捏"的动作。

"哦，那个是'车闸'吧？你刹住闸，就可以减缓自行车的速度。"她也用手比划了一个捏车闸的动作。

"对，是的。我的车闸的线前几天断了，还没来得及修！"

艾美丽的脸倏然变色，她立即大喊："塞德里克，小心！那辆车没有闸！"话还未说完，便传来了塞德里克的高声惨叫。他在冲到一半时已经发现了这辆车没有闸，为了不至于冲到大马路上，他猛一打把，让自行车冲进了雷恩一大的校园，最后撞在一棵大松树上。他从车上掉下来，在草坪上翻滚了好几圈。当我和艾美丽赶到时，塞德里克刚刚带着满身草屑从土里头爬起来，看上去像一个滑稽的稻草人。自行车的车把也被撞歪了。

"对不起，亚历山大，把你的自行车弄坏了。"塞德里克抱歉地说，"我回去帮你修一下，把车把转回来，这并不是一个很难的问题。"

"没关系。"我鼓鼓腮帮子，一副无所谓的模样，"我家里也有所有的工具，我自己修就可以了。"

因为我不愿意到INSA去，所以蔡坤拿着电动剃刀，来CROUS宿舍帮我理发。一边理发时，我一边跟他说起一则趣闻：我们班的越南人阮帆，暑假从他自己国家里带回来越南语配音的、张纪中版的金庸剧《天龙八部》和《神雕侠侣》全集，存在电脑里。原来越南人也喜欢看中国拍的电视剧。虽然阮帆电脑里的两部电视剧，人物一张嘴说的就是越南语，但是原画面是有中文字幕的，所以中国人也能凑合着看。蔡坤听到这个，手中的推子突然停了下来："骨灰，我知道怎样帮你把50欧元从腿那里要回来了！"

我疑惑地看着他。"骨灰，你是否还记得，当我们一起在山东大学读书时，腿最喜欢看的电视剧是什么？他最崇拜的英雄是谁？"

我想起来了，当时腿天天在网吧里看张纪中版的《天龙八部》，他特别喜欢胡军诠释的乔峰，并立志也要做乔峰这样的大英雄。"是啊，你想想，腿不愿意还你钱，并不是因为钱的原因，而是他在跟你赌气，也跟那个越南人赌气，觉着你们做的不讲义气。他心中的朋友义气，恰恰跟武侠电视剧中的江湖豪杰一样，为兄弟两肋插刀，不分你我。"蔡坤说道。

"我的计划是这样子，"蔡坤继续解释道，"你到越南人那里去，把两部电视剧要过来，转移到小孩的电脑里。每个周末小孩都会带着电脑到小波那里去，然后和小波、腿他们三个玩一天的游戏或看一天的电视剧。腿要是知道小孩的电脑里有金庸武侠剧，他肯定要求先看这个。等他陷到武侠剧的剧情里去，他就会想起你和他的友情，并且豪气顿生。当他知道这些电视剧是从你和越南人那里来的，他对你们俩的看法也会大大改观。到那时他肯定会主动提出还你钱！"

根据蔡坤的提议，我把我的大移动硬盘交给阮帆。两天后，阮帆来我的宿舍拜访，把拷贝好电视剧的硬盘还给我。

我让他进门。我的二手台式电脑开着机，桌面图片是克里斯蒂娜的大头照。见鬼！我竟然忘记了更换图片！

"啊哈！"阮帆嬉皮笑脸地说，"我看到了爱情！"

我吓得脸都惨白了，我不想让班上的任何人以为我和克里斯蒂娜之间有超出普通同学的关系，我也不想让克里斯蒂娜知道我想念着她："帆，请你给我保密！我不想让班上的人觉得我喜欢克里斯蒂娜。到现在为止，我还没做好准备去接近她，因为一些私人原因！"

"你不必不好意思。"阮帆嬉笑着说，"失败就失败了，放下，走出去，像个男子汉。就像我们老家说的：'只要那片森林一直在，你总有木头可以烧。'"

阮帆的话让我丈二和尚摸不着头脑："你想表达什么意思？"

"你苦恋克里斯蒂娜，然后被她拒绝的事情，班上有不少人都是知道的。"阮帆解释道，"我们听到她把你拒绝得很惨，可是无论如何，你得尊重人家的意思。生命还得继续。再说，世界上还有别的女孩子，嗯？"

我又惊又怒："谁说我苦恋克里斯蒂娜，又被她拒绝了？我和她之间什么故事都没有发生！"

阮帆朝着我的电脑屏幕努了努嘴，表示完全不相信我说的话："是雷告诉大家你和克里斯蒂娜的关系的，他不是你最好的朋友吗？你知道吗，你失恋后，最担心你心理状况的，就是雷了。他说他曾经设法劝你坚强，可是你听不进去。"

　　我脑海中一片混乱，心中有一个声音大喊着："谎言，谎言，这些全是谎言！"电脑屏幕上的克里斯蒂娜还在盈盈笑着，简直是这个谎言最好的注脚。我想驳斥阮帆，可是这个故事千头万绪，一时不知该从何说起。我一直警惕外界的闲言碎语会影响我和克里斯蒂娜关系的自然发展，所以尽可能地在公共场合和她保持距离，不让大家注意到我们。我努力地把自己和克里斯蒂娜隔绝开，是为了向她发出一个明确的信号：我并不爱她，所以也不会拿和她的关系在INSA的中国同学前炫耀，请她不要担心。大奔的谣言把我的努力尽数毁去，他竟然还对外宣称他是我最好的朋友！我本待一切风暴过去，再向克里斯蒂娜解释原委，没料到风暴刮得更加猛烈了。这也让水落石出的那一天变得更加遥不可及。我和克里斯蒂娜，本来是两颗共鸣的心灵，弹奏起爱情的协奏曲。大奔却硬硬地将我们的爱情挑唆成一个追逐游戏。在这种游戏中，当一方前进时，另外一方便会本能地后退。我担心，倘若克里斯蒂娜相信了大奔的谣言，那么我和她未来的对话，将会一直在"我爱你""我不爱你"这样粗浅的文字游戏中扯皮，那样我们就无法再坐到一起，共同分享对生命的感悟，一起携手为建立一个更加美好的世界而奋斗了。

　　"雷在说谎！"我粗声粗气地说，"他不是我的好朋友，没有任何规定说我们都是中国人，我和他就必须是朋友。我和克里斯蒂娜没有任何关系，雷这样说是想害我，你千万不要去相信他！"

　　阮帆透着一副难以置信的神情："我看不出他说的这些话哪里能害到你。"他耸耸肩说："雷也是我的朋友，你也是我的朋友，你和他之间有什么矛盾，并不干我的事。"然后他又语重心长地说："话说回来，有时候最好的朋友之间，也会产生一些龃龉，就跟你和你那些INSA的朋友一样，倒也难说把错误全部归到一个人身上。可是，为什么要纠结于谁对谁错呢？等过一段时间，大家就会忘记不快，又成为好朋友了。"他完全不管事情的前因后果，便自作聪明地给我指点迷津。

　　送走阮帆后，我既愤怒又恐惧地在屋里来回踱步。几个星期以来，我一直对大奔严防死守，为此还牺牲了我更进一步接近克里斯蒂娜的机会。现在看来，我还是在他的谣言下节节败退。我失败的原因，是因为不如他无耻，是因为我太爱护克里斯蒂娜了，担心她被卷入中国人之间龌龊的争斗，纯洁的心灵受到污染。而且我还执意维护克里斯蒂娜思考的独立性，即使在她最信任我的时候，也拒绝跟她说任何大奔的坏话，避免我对大奔的看法让她对大奔产生偏见，坚持要她通过自己的观察作出判断。大奔正在将克里斯蒂娜拖入谣言的罗生门中，让她分不清真和假，这肯定对她心灵健康造成巨大的威胁，大奔怎么能这么狠心，将毒手伸向如此真实纯洁的克里斯蒂娜！他这是想要以毁掉克里斯蒂娜为代价，来向我挑战！

　　我心乱如麻。按照阮帆说的，国际班上有很多人都在议论我和克里斯蒂娜。克里斯蒂娜是那种喜欢一个人待在角落，不喜欢成为焦点的人。大家都在议论她，她现在一定感觉很不舒服，甚至是惶恐了吧？当年我和李宪的关系，就是因为外人过多的议论而招致毁灭。我本来学到的经验，就是要永远低调地处理感情。难道我将在同一个地方再次跌倒？

　　一想到李宪，心中像被马蜂蜇了一下，突然剧痛无比。我意识到，我已经很久都没有想起李宪这个名字了。如果回到一年前，我会以为这是不可能的。可是当我想到她，我便明白，我对李宪的渴望和思念，并没有因为时间的推移而减少半分。这份单相思的爱情承载着我对青春全部的梦想。青春，多么美好的词汇，阳光灿烂的年纪，被丑恶虚假的成人社会击得粉碎。

　　李宪已经不可挽回，但是我一定要努力地拯救克里斯蒂娜。我要去找大奔谈判一下，这个主意让我自己都吓了一大跳。但是仔细想想，便发现自己别无选择。我对克里斯蒂娜停止交流，已经持续了这么长一段时间。她对我的态度在一重又一重的谣言攻击下，已经变得不可琢磨。天知道我对她说的哪句话，会不小心踩到大奔已经设置好的陷阱？再加上我要去找她，要是让别人知道了，岂不又引起班上那些八婆的听风是雨，让她不自在？我需要先到大奔那里去探探虚实。大奔盯上克里斯蒂娜，应该不是因为察觉到我和她的友情，我一直非常谨慎地掩藏着。大奔为了维持他在中国圈子里的权力，需要有一个欧洲女朋友。因为在法国，虽然经常可以看见中国女生和法国男生甜蜜地待在一起，可是中国男生却几乎从来无法得到欧洲女生的青睐。大奔作为一个中国男生，假如能够在中国圈子里炫耀他有一个欧洲女友，就相当于冲破了中国男生的能力天花板，他会被中国团体中的其余人认为是无比强大，被崇拜，被追随，继而在中国人团体中得到至高无上的权力和与之而来的各种利益。大奔去年有阿娜斯塔用来炫耀，可是阿娜斯塔没有通过一年级考试，回到保加利亚去了。像大奔这种自恋的人，他的自卑心理往往也很严重，所以不敢惹班上的法国女生，只敢去找同样作为外国人的那些东欧女生。而她们中间就以克里斯蒂娜最为温柔和漂亮，也最贫穷，大奔觉着最容易搞定。他以小人之心度君子之腹，担心我会和他竞争克里斯蒂娜，于是先下手为强，把我在克里斯蒂娜眼中的形象搞臭。我在法国班一年级和二年级中认识那么多的女生，好多都长得比克里斯蒂娜要漂亮。我应该设法介绍一个给大奔，好让他转移注意力。大奔这种贪婪的人，肯定觉得法国人女朋友比其他外国人女朋友对他更有价值，因为可以帮他转换法国籍。而且对于炫耀用途来说，泡上富饶的法国女生，也是更有挑战性的、更辉煌的功绩。（连亚历克斯都是这样的思路。）我和克里斯蒂娜因为都有穷苦经历而产生的共鸣，对大奔来说一文不值。

我甚至想，如果我像小孩那样臣服于大奔，并且帮他找到女朋友，或许他就不再总把我当成对手，让我和克里斯蒂娜的关系产生喘息之机。那时再设法告诉克里斯蒂娜真相，并把她拉出战局。这应该是一种既能保护克里斯蒂娜，又能妥善地处理这棘手局势的一种解决方案。

敲开大奔的房门，他看见是我，脸上露出非常诧异的神色，但仍然礼貌地请我进门。

我需要找到一个理由打开话题："大奔，你在开学大典上照了许多照片，我没有数码相机，我可不可以拷一些你的照片，留作回忆？"

大奔非常客套地呵呵笑了一下："当然可以。骨灰，我知道你在法国班的克蕾丝苔那里收集了所有人的照片。如果你不介意，我也想把你收集的照片拷到我的电脑里。"我点点头。

大奔从抽屉里取出他的笔记本电脑，连接上我的移动硬盘后，他先把他的照片拖到我的硬盘里，再把我的照片拷到他的电脑里。

在等待照片拷贝完成的时候，他突然问我："骨灰，你的圣诞节假期打算怎么过？"

　　"前几天我的教女史蒂芬妮跟我说，她家里人邀请我到她在鲁昂的家里头去，和她们家一起度过整个圣诞节假期。"我回答道，"你和你的越南教女有什么安排吗？"

　　大奔"嘿嘿"冷笑一下："我和我的教女从来不联系。骨灰你得知道，教父成天找教女寻求帮助的，整个学校只有你一人。"他接着说："鲁昂是诺曼底地区的小城市。你要是在圣诞节去的话，会发现那里特别冷清，在这种地方度过好几天的假期，真够有罪受的。"说着他摇了摇头，一副很为我遗憾的样子，"原先英法百年战争时，诺曼底是英国的殖民地（他正好说反了，当时英国是诺曼底公国的殖民地），二战时期全法国最先向德国人投降的就是诺曼底人，后来还是英国人诺曼底登陆，才把他们解放出来。"

　　他顿了一下，接着又说："这个圣诞节假期我要和亚历克斯去英国伦敦，你要是不去你教女那里的话，本来是可以和我们一起去英国的。不过，"他语气一转，"英国物价比较高，而且也不是申根国。你要去伦敦，你就要去巴黎申请签证。你坐高速列车，从雷恩到巴黎往返一次办签证，车费就要五十欧，再往返一次取签证，又是五十欧，签证材料费也是五十欧。光是准备工作，一百五十欧就出去了。从巴黎去伦敦得坐'欧洲之星'列车。还要算上在伦敦的旅馆、公共交通、餐馆，银子花得如流水。骨灰你比较穷，可能你也去不起伦敦！其实请你去鲁昂，对你这个经济条件也是很好的选择。你可以白吃人家的，白喝人家的，住在别人家里，对你来说，可是划算多了。我提醒你可得好好地利用这个机会，使劲吃一下你平时也买不起的山珍海味！"

　　这时大奔的房顶上突然响起了叮叮当当的吉他声，是克里斯蒂娜抱着吉他在高声歌唱。我还记得，当克里斯蒂娜弹着吉他在我面前唱《莫斯科郊外的晚上》时，她的歌声是那么的令人陶醉。但此刻我正和大奔说话，我却因为她的音乐打乱了谈话的气氛而感到懊恼了。我惊讶地发现，别人做同一件事情，假如自己能从这件事情中得到利益，那么别人做的就是天大的好事；假如自己的生活会受到一些打扰，那么同一件事情就变成了自私自利、令人厌恶的了。我用眼神询问大奔，如果每天克里斯蒂娜都这么吵，他怎么能够沉得下心学习去？大奔耸耸肩，把手往两边一摊："这有什么办法，你总得去学会适应。"

我留意到大奔书架上一整排的中文教科书，这就是当年孙延珊承诺留给全部中国人的遗产。我随手抽出一本《非线性物理学》，打开来看。"这些都是孙延珊留给我的。"大奔警惕地说。我在书中发现了课堂上学的许多公式，我们课堂不发讲义，只能用手去抄，但是现在这些公式都被完整地印刷在书里。虽然只是粗略翻阅，但是那些中文汉字的解释，一下子使许多公式的理解更加豁然开朗。我又从他书架上扒下好几本书，稍微挑选了一下，选择了四本书，问他："我可不可以拿这些书回去读一下？""嗯，好吧！"大奔想了一下，然后说，"亚历克斯叮嘱我说要帮助你的学习。你拿去看吧，到时候还给我就行，不够的话再回来借。"

我向他道谢。这时照片拷贝也已完成，他拔下我的硬盘还给我。我感觉没什么说的了，第一次的重新交往也不宜太过于夸张，我既然借了他的书，不久后就要还书，然后再借另外一些书，这样就制造了许多我和大奔可以交流的机会。我希望借助这些机会，我和大奔可以了解彼此，最终休战。于是我向他道别。

我准备迈出大门的那一刻，我看见大奔迅速地将我乱七八糟地摊在他书桌上的中文参考书收纳回书架上，按照数学、物理、化学的分类归纳整齐，各自归位。电脑在拔下硬盘的时候已经关闭电源。他把笔记本电脑放回抽屉，电线绕起来。不到半分钟工夫，他的书桌又是干干净净、一尘不染的了。

在山大赴法班的15个人中，即使是最讨厌混乱的蔡坤，都绝不会如此干脆利落地随手收拾房间。我突然意识到大奔是一个极为危险的对手，他有自律，有计划，永远都知道自己想要什么，感情和放纵都无法腐蚀他。他就像机器人一样，精准地步步为营，直到把他想要的猎物攫取在手中，并冷血地碾碎一切阻碍在道路上的障碍。

我回到自己的房间，辗转反侧地躺在床上，思考着我和克里斯蒂娜、和大奔的关系，在未来的种种可能性。克里斯蒂娜有没有可能某一天成为我的妻子？我烦恼地想着。这或许还是一个太遥远的话题吧。我一直都犹豫着和大奔建立一种新的关系，如果我对他释放善意，或许他就会缓和对我的围攻。现在我终于走出了第一步，未来我和他的关系会变得怎样呢？大奔是一头危险的猛兽，我必须非常小心地和他周旋，才不至于被他反噬。我在一片迷茫中陷入梦乡。

第二天一早我到学校上大班课，像往常一样到了教室先把书包放在克里斯蒂娜座位后面不远的地方，接着就出去上厕所。当我回到教室时，我惊恐地发现：大奔紧挨着克里斯蒂娜坐，两个人有说有笑。而我的书包，被扔在了大教室后面的垃圾箱里。

09

雷恩市的大雪

　　大雪抹去了世间一切花哨的痕迹，山丘、草坪、羊肠小道、停车场的汽车。只剩下一片原原本本、干干净净的大地，仿佛是一张还没被污染的洁净白纸，可以重新在上面肆意地绘制希望与未来。

凯瑟琳坐在她房间的床上，我趴在她的膝盖上痛哭，她温柔地抚摸着我后脑勺，竭尽所能想要安慰我。伊莲若焦急地坐在旁边的椅子上，一筹莫展。

"我不明白的是，你的中国同学怎么可能限制住你和你干妹妹的交流？即使那个中国人在旁边，你下课时直接去找你的干妹妹说话不就可以了？"凯瑟琳不解地问。

"我是这样做的，"我抽泣着说，"可是那个中国同学堵在我干妹妹前面，不停地用中文跟我说不相干的话。我的干妹妹以为那个中国人要跟我讲重要的事情，于是她就自己退到一边，本意是不打扰我们，可是她被骗了！"

"你应该不理那个中国人，不接他的话。无论他跟你说什么，你都当没有听见，只管跟你干妹妹说话。"伊莲若说。

"可是我们班情况很特殊，我没法不理那个中国人。我们班上有四个中国人，在法国人眼中，我们四个人是亲密无间的朋友。问题是，这四个人中，有两个人交不到别的外国朋友，所以他们在法国只能依靠那个中国坏人，久而久之就产生内外有别的感觉：中国人对他再坏，也是家人；外国人对他再好，也是外人。家里人再有矛盾，都不能让外人看到。那个中国坏人就利用这个心理奴役这两个中国人，他经常在课堂上大声辱骂另外两个中国人，班上的法国人听不懂中文，还以为这个中国坏人在帮助那两个人呢。那两个人虽然背地里很不服气，却不敢公开反抗。于是如果我一个人公开不理睬那个中国坏人的话，就很尴尬了。那个中国坏人就等着这个机会让所有人都相信是我主动和中国人团体闹分裂。在法国的所有中国人都把顾全大局、对外表现团结作为基本原则。那两个中国人也没有什么主见，他们觉着我让法国人发现了中国人的不团结，就会一齐鄙视我。班上的法国人什么都不懂，一看是三个中国人共同抵制我一个人，那我一定是一个道德不端、行为不检的人了。这样我就更难以赢得我干妹妹的尊重了。"我哭着解释道。

凯瑟琳和伊莲若面面相觑。"你们班上的人际关系真复杂。"伊莲若评论说。

"另外那个罗马尼亚的亚历克斯不是和你同一个班吗？"凯瑟琳问道，

"他看上去和你这么要好，难道他不帮你主持一下公道？"

想到亚历克斯那天偏袒大奔的态度，我便失望和气恼。他原先是一个聪明的人，却因为和大奔是搭档，而被蒙蔽了眼睛。克里斯蒂娜信任着他，他本来可以用他的影响力来帮我证明清白的。我用讥讽的语气说："还主持公道呢，他自己都中了坏人的挑拨离间，帮着坏人诬陷我，说我欺骗我的干妹妹！"

"那你放学后去拜访一下你干妹妹，私下里把事情挑开了跟她说，她一定会理解你的。"凯瑟琳温柔地安慰说。

"我是从她那里出来后才找你的！"我反驳道，"可是我干妹妹对待我态度特别冷淡，她一定是已经听到了一些关于我的乌七八糟的谣言。我的干妹妹实在太天真了，根本无法让她听懂中国人的套路。此前因为要辟另外一个谣言，我一直骗她相信我不爱她，所以我不方便让她觉得我很在乎她。在这种情况下，我很难给她解释那个中国坏人和我为了争夺她的注意力而暗中较劲，她肯定会反感自己成为我和其他中国人斗争的砝码！"

凯瑟琳叹了一口气："前几日你和你干妹妹关系好的时候，你本应该在她面前多说另外那个中国人的坏话。这样你干妹妹就不会被他骗了。"

"我是想这样做，可是我做不到。"我想起暑假后第一次拜访克里斯蒂娜的那个晚上，我当时差一点就把大奔的真实面貌告诉她，却因为不希望她看见社会上的丑恶现实而作罢，"克里斯蒂娜有权利成为一个公正的人，用她自己的眼睛去发现真相，我无法允许让自己的观点影响她的判断。"

凯瑟琳用怜悯的眼神看着我："亚历克斯，你对你的干妹妹是真正的爱和尊重，这种爱情现在已经很罕见了。我相信你的干妹妹一定能看见它的价值的，要不然她就是一个超级大傻瓜。"

我将额头掩在自己的双手中，手指狠狠地揪着脑前的头发。克里斯蒂娜是这么多年来，我遇见的第一个和我产生心灵共鸣的人，是和李宪分别以来，第一个让我心动的女孩子。可是现在我却发现，对克里斯蒂娜最好的爱，就是永远不对她表达出我的爱。这种"不能言说的爱"的死局快让我精神分裂。"我感觉很害怕，我感觉生命都没有意义了，活着也只剩下行尸走肉！"我啜泣的身体因为惊恐而瑟瑟发抖，"可不可以请求你们多陪我一会儿。非常对不起，因为这个麻烦你们。可是我很害怕会孤单一人。"

"你不会孤单的。"凯瑟琳坚定地说，"你回去把你的床垫拖到我房间来打个地铺，今晚我陪着你睡。"

一听要和女孩子睡在同一个房间里，我脸顿时羞得飞红："不，这太羞耻了。"

伊莲若被我的反应弄笑了："我很能理解你的伤心，亚历山大。可是始终沉浸在伤心的情绪中是无济于事的。你应该转移一下你的注意力，平复心情。然后大家一起和你想办法。走，我们今天晚上去城里一趟，一起喝杯小酒。"

凯瑟琳用疑惑的眼神看着伊莲若："现在可是法国国家紧急状态，到处都在宵禁，你确定那些酒吧还开吗？"

"宵禁只是针对未成年人，要求他们的家长晚上不要放他们出来乱跑，以免他们聚集起来烧汽车。酒吧的服务对象是成年人，不会受到宵禁任何影响的。"伊莲若十分肯定地说。

我看着两个对我十分关心的姑娘，害羞地小声说："我不是很想去酒吧，我觉得，为喝一杯酒花这么多钱太不值得了。"

凯瑟琳哈哈大笑："你不用担心钱的事情，亚历克斯。今晚我请你！"

16号公交车在雷恩的夜中穿行，伴随着从窗户透出来的车厢内灯光，像一条黑暗中缓缓蠕动的发光大青虫。夜的城市，公交车中人不多，都是些年轻的大学生，和我们一样到市中心的酒吧消遣。我把身体紧紧地抱在车内抓扶的立杆上，无神的眼睛看着车窗外缓缓流过的、威廉河两边民宅温馨的灯火。感觉自己很羡慕他们安宁的阖家生活，那生活距离自己又是那么遥远。

"我小时候从来没想过，原来成长是这么的难。"我忧伤地说，"高中的时候，全校就我认识的女孩子最多。我总是以为，我一定会比父辈更早找到真爱，更早结婚生子。可是我都快22岁了，却从来没有过一个女朋友。我的高中同学在大学里都找到了爱情，我的生命已经迟到了。"

伊莲若把她的手搭在我的肩上，陪我一起看车窗外的风景："生命不是考试，亚历山大，没有一个标准答案。它就像一支交响乐，每个人都沿着自己安排好的节奏，有的快，有的慢，但都是同样的精彩。你不需要跟别人去比，你只需要做好你自己，有意义地过好每一天。"她拍了拍我的肩膀："我比你还要大一岁，可是我也从来没有过男朋友。可是有些人，你还没有出发，他已经跑过了终点线。我的爸爸，在他18岁的时候，已经生下了第一个女儿。所以这种比较是没有意义的。"

"18岁就生下女儿！"我和凯瑟琳都震惊地问道。

伊莲若于是给我们讲了她父亲的故事："我的爷爷非常富有，他在葡萄牙有一家大公司。我爸爸17岁的时候，我爷爷想要去磨练他，派他去伦敦管理公司在英国的办事处。可是没想到我爸爸在那里把一个女实习生的肚子搞大了。所以18岁的时候他就做了父亲。"

"那个女孩子，你的姐姐，现在在做什么？"我关心地问道。

"我不知道。"伊莲若摇头说，"我一生只见过她三次，最后一次我只有十岁。我想她和她的母亲在一起，住在威尔士的乡间，相依为命。我爸爸不怎么管她们，他就是这样一个人，我爷爷全家都是这样的人，到处拈花惹草，从来不负责任！"伊莲若愤恨地说。

公交车这时到了市中心的共和国广场，我们下了车。顺着奥尔良大街，我们穿过市政厅大楼，直走到后面的圣米歇尔广场。这一带有许多中世纪留下来的木筋房子，原先整个雷恩市到处都是这样的木筋房子。在1720年冬天的时候，一场持续了一个星期的大火，把雷恩市的建筑烧毁了五分之四，只有圣米歇尔广场到圣安娜广场一带的建筑被保留下来。被烧毁的废墟由巴黎协和广场的设计者加布里埃尔按照古典主义风格重建，所以史蒂芬妮曾经跟我说，她在雷恩的大街小巷行走，感觉就像是在巴黎漫步一样。

我们选了广场边角处的一个酒吧，酒吧坐落于一座三层带阁楼的中世纪木筋房子里，漆成黑色的木架骨骼歪七扭八地搭在一起，中间涂抹上灰白色的石灰墙面，木头窗格倒是被漆成欢快的青蓝色，颇为灵动。酒吧的装潢和灯光从里到外都是一片火红，它的名字让我印象深刻，叫作"萨拉玛"。这使我想起法国传奇歌姬"黛莉达"的阿拉伯语名歌《萨拉玛伊萨拉玛》。

"萨拉玛"是埃及人给女孩子起的名字,意思是"和平"。

我们在墙角的沙发坐下后,酒保过来问我们要喝什么。"我要喝些本地产的特色酒。"我说。伊莲若面露难色地跟我解释说,布列塔尼当地特色是苹果气泡酒,酒精含量很低,所以价格也低,利润空间不大,在酒吧是买不到的。甚至在外面吃饭,也只有布列塔尼特色餐馆才供应这种酒。"不过这位中国先生要想喝苹果气泡酒的话,本店还真能供应。"酒保打断了伊莲若的话说,"正好今天有员工买了几瓶,我们作价三欧一杯怎么样?"伊莲若跟我说:"苹果气泡酒在外面超市是两欧一瓶,三欧一杯不是很划算。看你。"我很想要那个气氛,于是还是点了一杯。

每个人的酒都上了之后,我们继续讲在公交车上没有结束的话题。伊莲若爸爸的故事让我和凯瑟琳都对伊莲若的家庭史很感兴趣,于是伊莲若给我们讲了她家的故事:

"我的爷爷出生在圣彼得堡,原先是一名苏共党员。后来在斯大林大清洗的时候被污蔑为走资派,在同志的掩护下逃到了当时比较太平的葡萄牙。我的奶奶是挪威人,在希特勒攻打挪威之前也逃到了葡萄牙,遇见了我的爷爷。他们在葡萄牙开了一家罐头工厂,在战争期间迅速崛起。我爸爸从小在一个很富裕的家庭长大,是一个不学无术的花花公子。后来他在巴黎的一次派对上,和我妈妈发生了一夜情,但是知道我妈妈怀了我之后,随手就甩了我的妈妈。我妈妈非常伤心,远赴加拿大的渥太华独自生下了我。我一直到四岁都是住在渥太华。后来我妈妈嫁了人,新的家庭不接受我,所以我的外祖父把我接到法国南部的土伦老家,抚养我长大。我想去找我的爸爸,可是他娶了一个葡萄牙富商的女儿,继承了一个风景优美的中世纪城堡。他也不希望我打扰他的家庭,只是付给我外祖父我的抚养费用。不过当我在巴黎上中学的时候,我爸爸把他在巴黎市中心的公寓借给我用,好歹让我不至于流落街头。上初中后,我遇上了我的教父,他是一个英国人。每年暑假我都要到曼彻斯特他的家去住上两个月,我是在我教父身上学到了礼仪和教养,他才是真正抚养我长大的人。所以,亚历山大,你可以看见:尽管我在我爸爸这边有六个兄弟姐妹,在我妈妈那边有两个妹妹,可是我和你一样,是一个独生子女。我也像你一样孤单，没有兄弟姐妹，没有家人，也没有爱情。"

"你的教父的所作所为，果真符合我们中国人对英国人的印象：非常绅士。"我赞叹道，"中国人对欧洲各国人都有一些既定的印象：英国人绅士、法国人浪漫、德国人严谨、意大利人开放。你在浪漫的法国，身边都是浪漫的法国人，你一定能很快找到爱情的。"

"浪漫的法国人，呵呵。"伊莲若冷笑一声，两根细眉俏立在尽是嘲讽的绿色眸子上，她用大拇指指着吧台旁边两个一身肥肉的油腻男人，一个烂醉如泥地趴在吧台上，另一个邋遢地倚在台上，嘴里叼着一根廉价的自卷烟。"这边有两个绝妙的例子，他们可真'浪漫'呀！"

邋遢男意识到伊莲若在说他，便猥亵地向姑娘们吐出一口又臭又烈的浓烟，呛鼻的气味中似乎还混着大麻。伊莲若对烟敏感，她呛得眼泪都出来了，气愤地嘟囔道："英国政府三个星期前刚刚宣布，要在一切室内禁止抽烟。法国政府什么时候才可能室内禁烟啊？"然后她便看着我和凯瑟琳："我有一个不幸的童年，我的父亲母亲让我对人性寒透了心。我想我已经失去了爱情的能力。所以我才学习生物，我信任动物，胜过于我信任人类！"

"你有我和亚历克斯，无论何时，你都可以完全信任我们。"凯瑟琳向伊莲若保证说。"哼，现在谁都可以这么说。未来的事情，过几年再看吧！"伊莲若冷冷地回复道。

气氛有些尴尬，我连忙转移话题说："原来是因为这样你才学生物。我学化学是因为，我有个小姨父在美国是化学家，原先在杜邦公司当化学工程师，最近又到印第安纳州的普渡大学当化学教授，可以招收化学博士，我爸爸叫我读化学，工程师毕业以后，可以跟着我小姨夫在美国做化学博士。"在没头没脑地突然自我介绍一番后，我又把头转向凯瑟琳，硬生生地问道："凯瑟琳，你毕业以后想做什么呢？"

"找工作呀。"凯瑟琳裂开了牡丹花一般的笑容，说道，"我也不知道我能找到什么样的工作，或许就像一半以上的瑞士人那样，在银行工作吧。若是想找银行的工作，必须会讲法语，所以我才在法国留学。""因为你在银行工作，会经常来法国出差吗？"我问道。"即使在国内出差，我也必须会说法语，比如说我到瑞士第二大城市日内瓦出差的话，那里的人就只听得懂法语。""难道在日内瓦的瑞士人是听不懂瑞士语的吗？"我吃惊地问道。

"唉，亲爱的亚历克斯，'瑞士语'是不存在的。"凯瑟琳掩嘴笑道，"就像你的干妹妹是摩尔多瓦人，可是她的母语是'罗马尼亚语'和'俄罗斯语'，'摩尔多瓦语'是不存在的。"她随后正色解释道，"在我所在的地区，所有的人都说德语，或者更正式的定义：'瑞士德语'，法语对我们来说就是外国语，若不是专门去学，那谁都听不懂的。如果你到了日内瓦，那里人的母语就全部都是法语，反而听不懂德语了。可是我们都是瑞士人。如果你到了瑞士南部，那里的人又只会说意大利语。还有一部分地区，他们只讲另外一种他们自己民族的语言。"

我目瞪口呆，简直不敢相信，这样的国家竟然还能保持它的整体性。"其实这种事情在欧洲挺常见。"伊莲若补充解释道，"像是比利时，南边的人只听得懂法语，北边的人又只听得懂荷兰语了。""不过卢森堡，"凯瑟琳又说。"对，卢森堡又是一个特例，每一个卢森堡人都会同时说德语、法语和英语。"伊莲若说。

关于欧洲语言的讨论让我眼界大开，但我又回到了凯瑟琳的工作上："凯瑟琳，我们一定要保持我们的友谊。我听说瑞士的银行是全世界最富有的。到时候我们里应外合，你把保险柜的位置告诉我，我带一个大锤子去，'砰'地砸一下，我们就发财了！"

凯瑟琳笑得如春风拂柳："亚历克斯，你这招行不通了，现在银行的钱都不放在保险柜里，而是放在电脑里。"

"那没什么，我们只需要修改一下计划。"我不服气地噘嘴说，"你把电脑的位置告诉我，我带一个大锤子去，'砰'地砸一下，我们就又发财了！"三个人一起捧腹大笑。"我简直可以看见金币哗啦啦地，从电脑显示屏塑料壳子里流出来的样子！"伊莲若笑得上气不接下气地说。

就在我们说笑的时候，罗马尼亚的亚历克斯和他的西班牙女朋友蒂娅特莉丝也走进了"萨拉玛"酒吧。原来酒吧旁边就是一家墨西哥餐馆。墨西哥属于西班牙语文化圈，所以蒂娅特莉丝提议在这家餐馆和亚历克斯约会。吃完饭后，亚历克斯提议喝一杯酒，于是他们就绕进了邻近的萨拉玛酒吧。

"看来没有多少人在乎宵禁条例啊！"凯瑟琳看见亚历克斯进来，便大笑着喊道。

亚历克斯偶遇凯瑟琳，脸上满是惊喜。要了两杯酒，便拉着蒂娅特莉丝坐到我们对面。

"现在法国郊区骚乱的情况越来越严重，昨天晚上全国又烧了多少辆车？"他坐好之后，便接着凯瑟琳的话头说道。

"不知道，现在政府已经不公布损失数据了。"伊莲若说，"因为政府发现那些数据刺激了郊区青年互相比试谁烧的车多，反而激化了局势。现在他们控制了电视上的信息传播，只讲一些有利于民族融合的事情。"

"可是他们也没法控制世界的舆论，现在全世界对法国局势的报道都极度夸张。我浏览了一张西班牙报纸，上面放了一张巴黎夜晚浓烟滚滚的照片，标题竟然是'巴黎=巴格达'，这简直是太荒唐了！我们毕竟不是在战争状态。"亚历克斯抱怨说，"你们法国人怎么看待这次危机呢？"他问伊莲若。

"现在传媒的金科玉律就是，要用夸张的言论吸引眼球。这很不幸。"伊莲若说，"你问我的看法，整件事情的前因后果都归结于内政部长尼古拉·萨科齐，他就是一个搅屎棍，想用出格的言论吸引人们的眼球，为他竞选下一任法国总统增加人气。可是他激怒了郊区的移民青年，路人好感都毁掉了。现在他的总统竞争者多米尼克·德维尔潘代表政府向穆斯林移民道歉，赢得了大家的好感。法国人的看法就是：萨科齐先生搬起石头，砸了自己的脚，他的总统之梦可以就此终止了。"

"尼古拉·萨科齐，那个小矮子吗？"我想起我在朋友宿舍的电视上看见过他，"我见过他参加法国二台的电视辩论，对他自己的观点进行解释。那个人实在太不谦虚了，完全活在自己的世界中。整个节目从头到尾，完全都没给主持人一个说话的机会，一直都自顾自地夸夸其谈。这太不礼貌了！"

伊莲若向我解释了法国的政坛变化："欧盟宪法在法国被否决之后，法国在欧盟的影响力遭受严重的危机。希拉克也失去了他第三次竞选总统的可能，他需要找到一位继任者，在国际上拥有很好的名声，带领法国走出危机。他比较中意的是现任总理德维尔潘，德维尔潘在伊拉克战争前夕，在联合国大会上发表了著名的反战演讲，在全世界都有很大的威望。但是内政部长萨科齐也希望竞选总统，可是希拉克不给他任何支持和机会。希拉克、德维尔潘、萨科齐，这三个人都属于同一个政党，只能派出一个人作为总统竞选人参加竞选。所以萨科齐需要找个机会，让希拉克意识到他是受人民支持的。他找的机会就是移民问题。他用高压水枪清洗社会渣滓的言论表现出强烈的反移民倾向，本以为人民会支持他，但现在大家只是把他当成一个小丑。这次全法郊区骚乱，是1968年革命之后法国发生的最大社会事件，在1968年，无数学生和工人走上街头，才争取到了当前社会的言论自由。但是前几天萨科齐先生说，1968年革命给法国带来的只有负资产，因为它让政府失去了权威。这个人有威权主义倾向，他若当选，将是对自由法国的极大威胁。我相信这次骚乱是一个机会，把这么一个有危险性的人拎出来除掉了。"

"这次骚乱不会一直持续到圣诞节假期吧。"亚历克斯无奈地对凯瑟琳笑着说，"我圣诞节假期是打算去伦敦的，我有一个中国的结拜兄弟，伦敦有全欧洲最大的中国城，为了你，登君，我肯定是要去看看的。"

这时一直听别人讲话的蒂娅特莉丝突然插嘴道："亚历克斯，其实我一直跟你说，圣诞节你应该和我一起回趟巴塞罗那，你可以住在我父母那里。圣诞节的圣家堂真是全世界最迷人的东西了。"亚历克斯心不在焉地亲了她一口："我们下次再一起去，亲爱的。"

"目前政府不透露具体损失情况，但是新闻说自从宵禁以后，事情在极大地好转。尽管如此，在德国和比利时的郊区青年都出现了跟风焚烧汽车的事情。"伊莲若说。

"无论别的国家怎么跟风，骚乱肯定到达不了瑞士。"凯瑟琳得意地说。亚历克斯评价说："你们国家是永久中立国，什么都不跟风欧洲，甚至不在欧盟里面。"

"为什么瑞士不想加入欧盟？"我困惑地问道。

"瑞士人闲散惯了，不想被别人管。"凯瑟琳微笑着解释说，"如果我们加入欧盟，我们会失去一些权力，比如财政权啊，印钞权呀，市场权呀，瑞士国家很小，我们不想让强大的外人对我们任意宰割。"

"那么你们在不在联合国里呢？"我问。

"我们自2002年全民投票加入联合国。"凯瑟琳解释说，"虽然我们瑞士一直是中立国，但是联合国和别的国际组织不一样，我们觉得它并不是一个政治斗争的场所。联合国的目的是维护和平，救死扶伤，保护文化，促进科学发展。这和瑞士的立国之本是相符的。"

"你们不用加入欧盟，还因为你们非常富有。即使不在欧盟里面，欧盟国家还是争先恐后地讨好与你，你们瑞士人可以自由地来往于欧盟各国，上学还有欧盟补助。像我们罗马尼亚不加入欧盟的话，每次进入法国的签证只给三个月，每年到省督府换一次长居证，要在那里干等一天。你有那样的一次经验，就会抱怨自己国家加入欧盟怎么会这么慢。不过还好，现在我们国家和欧盟的谈判已经敲定了，后年年初罗马尼亚加入欧盟，这样我以后就不用再去省督府，上学也能拿欧盟补助了。"亚历克斯半羡慕半自豪地说。

"我们中国人来到法国的签证也只给三个月耶。"我评论道。

亚历克斯看着凯瑟琳，跟我解释道："你们瑞士去世界上哪个国家都几乎是免签证，你们的护照留下这么多签证页，其实是没有用的。"

凯瑟琳挠挠头："倒也不是所有国家都免签证啦，有些国家还是得去申请签证。"她随身包里带着瑞士护照，于是就掏出来给亚历克斯看。

凯瑟琳的瑞士护照和中国护照厚度差不多，但是有一半的篇幅都是用各种语言写着的瑞士公民保护条例。"你看吧，他们就没打算留出几张签证页。"亚历克斯边翻看边说。这时他翻到了凯瑟琳的美国签证，上面显示有效期是18年。"18年！"亚历克斯羡慕地叫道，"这就是金钱的魅力！"

当天晚上随后的全部话题都被亚历克斯和凯瑟琳占领着，我、伊莲若和蒂娅特莉丝被迫做了沉默的听众。亚历克斯兴奋得口水横飞。我偷偷看了蒂娅特莉丝一眼，她安静地坐在一旁，黯然神伤。

自从那晚之后，我再也没有回去过萨拉玛酒吧。2013年秋季，我回到雷恩参加雷恩化学学校盖吕萨克预科班成立20周年庆典，专门去寻找年轻时记忆中的酒吧。可是原先矗立着中世纪可爱的木筋房子的地方，整个街区现在只剩下一片火灾后的废墟残垣。2010年国际音乐节的晚上，一个喝醉了酒的年轻人跟朋友打赌，说这些中世纪房子上的油漆是防火的，这些木筋房子是烧不起来的。为了证明自己，他拿打火机点着了附近的一座木筋房子。然后他打赌输了。

几天后的一个晚上，我放学后独自一人从学校走回CROUS宿舍，亚历克斯从后面追上我，提议和我一起散散步。"登君，我和蒂娅特莉丝分手了。"他通知我说。我吃惊地看着他："前几天你们不是还在一起约会吗？"他躲避我的目光，辩解说："你看，蒂娅特莉丝长得一点儿都不漂亮，我在她身上无法得到快感。"我生气地说："爱情不应该取决于身体的快感，爱情应该建立于心灵上的满足！如果你不爱她，你一开始就不应该勾引她！爱情不是游戏，你这样做，你伤害了她，也一定会伤害到你自己！"亚历克斯苦恼地说："登君，你说的都对。我想我还没有从贝雅的情伤中走出来。我每天在课堂上看到她，我都感到特别的痛苦。我很空虚，也想尽快找什么东西把它填起来。你还没发现吗？'蒂娅特莉丝'这个名字的昵称就是'贝雅'，我和她单独在一起时都是用昵称叫她。我想在蒂娅特莉丝身上找到和贝雅的爱情曾经带给我的满足感，我很用心地去寻找，却发现这只是让我变得更加空虚。登君，我想有些事情，我做错了！"我恨铁不成钢地看着他："我没法帮助你。如果我是你，我会找回蒂娅特莉丝，向她道歉，珍惜这个好姑娘。"

亚历克斯摇摇头："我不会允许自己走回头路。登君，那天晚上在酒吧，你觉得凯瑟琳对我的态度怎么样？"他问道。"她当时对你非常友好，她后来也跟我说，她其实很欣赏你。""这就对了！"亚历克斯的眼睛一下子焕发了光彩，"那天晚上我能强烈地感受到我和她心灵上的共鸣。我能看得出，那天晚上她是对我有感觉的。""难道你不觉得你有可能太自信了吗？凯瑟琳在瑞士是有男朋友的！""登君，我知道你的担忧。可是有些第六感觉是不会错误的。那天晚上在酒吧的谈话，自从我和贝雅分手后，还从来没有获得过这么强烈的满足感。凯瑟琳是我命运中的女人，她跟那些为了肉体欢愉而和我在一起的傻女人们都不一样。她的智慧、她的见解、她的眼光，就像是为我混沌命运指出方向的一束光，让我甘心匍匐在她的脚下。为了追随她的脚步，我宁愿失去我的生命。她在瑞士有男朋友，可是她的男朋友不在法国。在法国的凯瑟琳是寂寞的，正是因为寂寞，她那天才叫你陪着她散步，才会和我相遇。她在法国的这段日子里，我可以陪伴她，让她开心。等她回到瑞士时，再把她交还给她的男朋友！"

我看着亚历克斯，悲伤地说："你是爱着她的。可是我帮不了你，我的兄弟。就连我自己，也算不清爱情的这笔糊涂账。"亚历克斯困惑地看着我。我解释道："我听帆说，班上的人都以为我暗恋着克里斯蒂娜，追求她，并且被她拒绝。""是的，我也听到班上的人在这样交头接耳。""可是这是假的，我并没有追求克里斯蒂娜。我不能让克里斯蒂娜认为我爱她，就像你说的，这会给她的生活带来麻烦。""那你希望我能做些什么？你不想去追求她，你只需要不去拜访她，不跟她说话，就可以了。""可是即使我不去找克里斯蒂娜，雷仍然设法会让克里斯蒂娜觉着我在追求她！而我担心这会给克里斯蒂娜带来压力和痛苦，我不能允许克里斯蒂娜因为我的原因受到伤害。你是克里斯蒂娜最好的朋友，你应该明确地告诉克里斯蒂娜，我不爱她！"

亚历克斯用他清澈的眼睛注视我，海水般湛蓝的眸子里充满着悲哀："我的兄弟，又有谁比我更能理解你得不到爱情的那种痛苦？我现在也和你是一样的啊！可是我不能这样做，克里斯蒂娜是像我生命一样重要的朋友，就像你一样。朋友最重要的品质就是诚实，我不能违背我的观察对她说谎：你是爱着她的。就连你和我说话时每隔三句就会谈起她，都证明着你无时无刻不在想念着她。我怎么可能把这种爱说成不爱？如果你觉得大家对你的判断有失偏颇，你应该走到大家面前，去展示、去证实自己。"我十分焦急地说："亚历克斯，你始终抓不住重点。我跟你谈起克里斯蒂娜不是因为我想念她，而是因为你可以帮助她规避危险。我讲的重点是雷，他在不停地说谎，挑拨所有人的关系。这样下去，这些谎言会伤害克里斯蒂娜的！我们应该保护克里斯蒂娜的纯粹与善良，你应该告诉克里斯蒂娜防备雷，告诉她，雷是一个骗子，就像去年你自己对雷的判断一样。"亚历克斯愤怒地咆哮道："登君你过分了！你不应该因为现在克里斯蒂娜和雷的关系要比和你亲近，你就嫉妒雷还给他泼脏水！你有没有想过，我夹在你和雷的战争之间，我是多么尴尬？雷是我的实验课搭档啊！这个圣诞假期我要和他一起去伦敦，整个行程都是他操心规划的。在巴黎办签证的时候，我爸妈还没来得及给我汇足够的钱，是雷先帮我把钱垫付上的。雷还跟我提议说，住旅馆，一个人一间还是两个人一间房费都是一样的，所以他还支付了我的全部住宿费用。我不能说雷的坏话，难道你要让我恩将仇报吗？如果你站在我的角度，你又怎样才能处理和他的关系？"

亚历克斯的话语击溃了我的全部力气，我凝视着他的蓝色双眸，那里面的感情深邃、模糊、不可琢磨。我像蔫了的花一样，有气无力地说："亚历克斯，你是否还记得，你曾经跟我说过：当你喜欢一个女孩子的时候，你绝对不能让她先知道你爱她，否则，她就会轻视你的爱情。""对的，我说过这句话，我现在仍然信奉这句话，对于女孩子，我们应该去勾引。""可是，假如克里斯蒂娜以为是我想要追她，她怎么可能再去珍惜我给她的感情？那么我又何必去爱她，让自己受到轻慢？""我不知道，登君。爱情对于每个人，都是一道无法解答的难题。如果我能给你什么建议，那就是倾听你内心的感觉，去做你第一印象认为应该去做的事情。无论你做什么，我都会永远支持你。"

我沮丧地走回宿舍，正撞上凯瑟琳去超市购物。"亚历克斯，今日可好？"她笑起来的时候，我感觉有许多温柔的玫瑰花瓣簌簌飘落。"我刚刚和另外一个，罗马尼亚的亚历克斯在一起，谈了很久。"我无精打采地跟她说。"那太好了，他是不是给你和你的干妹妹之间提了很多建议？""没有，我们一直都在谈论你。""吓？"凯瑟琳有些诧异。"我的罗马尼亚兄弟非常欢喜那天晚上和你在酒吧的对话。他跟我说他爱上你了，希望能和你在一起。""可是那天晚上坐在他旁边的，不是他的女朋友吗？""分手了。"凯瑟琳的脸一下子变得惨白，说的话也开始结巴起来："有些地方出错了，我，我没料到是这样一个结局。"她的身体似乎有些摇晃："亚历克斯，不，亚历山大。你的罗马尼亚兄弟走得太急躁了。我想先回家，我不知道该说什么。"她没有多待，步伐虚弱地返回了她的房间。

第二天起床后，我到走廊尽头的公共厕所撒尿，迎面撞上穿着睡衣、两眼惺忪、刚从厕所里出来的凯瑟琳。她的眼圈很深，似乎睡得相当糟糕。"亚历克斯。"她叫住我,"我想我和另外一个亚历克斯之间没有太多可能。"我点点头,表示知道了。

从那天以后不久,亚历克斯便每天带着一束玫瑰花,雷打不动地去找凯瑟琳。凯瑟琳总是很有礼貌地让他进自己的房间。好几次我去找凯瑟琳时,都看见她和亚历克斯在房间里有说有笑。可是亚历克斯跟我抱怨说,他感觉他和凯瑟琳的关系就只隔着一张窗户纸了,这张纸却怎么也戳不破。无论他怎么去挑逗,凯瑟琳总是对他客客气气。凯瑟琳这种若即若离的态度简直要让他发疯了。他说他很羡慕凯瑟琳对我的好,他和凯瑟琳谈话时,凯瑟琳总是谈起我。于是我问凯瑟琳,她是怎么看待亚历克斯的。她说,亚历克斯和我很像,见识、眼光、好奇心都几乎一模一样,可是我们给人的感觉却截然不同。"哪里不同呢?"我问道。凯瑟琳想了一下,说:"当一个女孩子和你在一起的时候,她会感觉非常舒服,有一种由衷的安全感和信任感。可是另一个亚历克斯给我的感觉是,他就像一头狼一样具有攻击性,好像随时都会扑过来咬伤我。"

在亚历克斯拒绝帮助我的那天晚上,我给菲利克斯写了一封邮件,和他分别以来给他写的第一封邮件。邮件上只写了一句话:"亚历克斯是一个疯子、混蛋、懦夫!"菲利克斯没有任何回复。过了几天,我又给菲利克斯寄了一封更加详细的邮件,以便弥补第一封邮件可能给他带来的困惑:

亲爱的兄弟,

这么长时间过去了,我一直没有给你写信,希望你不要埋怨我。前几天我没有来得及写完邮件,便发了出去。你一定会感到那封邮件很奇怪吧?你在委内瑞拉一切可好,回到你的祖国是否让你感到很高兴?我在暑假见到过一次安娜。现在我和吉拉德已经不住在同一个宿舍里了,我也很难见到他。我现在不常跟大家交流了。心中总是有很多话,可是永远不知道可以跟大家说什么。友情的维持似乎是非常困难的事情,特别是中国人之间复杂的关系,搞得所有人都精疲力尽。

　　我只想好好地学习，有时却发现自己不得不像一个政治家一样，谨慎地平衡所有人之间的关系。在这里每个人都想孤立另外一个人，于是他就在课堂上可以得到更多的利益。我非常讨厌欧洲人把我视作一个中国人，因为他们都感觉班上的中国人从来不懂得友情为何物，这些中国人只是把和欧洲人的关系作为他们彼此之间相互交换利益的一个筹码。欧洲人完全被中国人之间的内战弄糊涂了，他们无法弄清谁给他们真诚的友谊，谁只是对他们虚情假意，于是他们不想再和我们分享心里话。

　　有一次，我参加了班上的几个法国女孩子组织的派对，几天之后，这些女孩子就听一个自称为"我最好的朋友"的人说，我在中国是一个花花公子。如果我继续参加别的女孩子的派对，那么这个"我的朋友"便可以向全班人证明他是正确的。当所有人都听到并相信同一件事情时，谎言就会变成真理。亚历克斯已经在这些谎言中迷失了，我甚至感觉他已经不认识我了。我想他仍然非常珍视和我的友谊，可是我们无法再理解彼此。我憎恨雷恩！我感觉恶毒可以在这座城市很好地发展，我明年工程师阶段绝对不会再选择雷恩化学学校。

　　我已经很久都没有和克里斯蒂娜交谈了，一开始我不愿意和她交谈，是害怕刺激中国人在她面前罗列我的"罪状"，我想在地下保持和她的友谊。班上有些法国女孩子说，克里斯蒂娜很珍视我。可是亚历克斯向我确认，克里斯蒂娜其实有些反感我。我不敢和她太接近，原先是为了避免我和她的友谊遭到这些中国人的毒手。可是现在我却感觉这一切真是太荒诞了。

　　我现在终于明白，世界上最大的恶毒，不是剥夺一个人的财产或是消灭人的肉体，而是不让人说话，是对"真实"的蔑视与强奸，是摧毁一个人对"美好"的信仰和渴望。我多么期望有一天，我能够自由自在地，表达我心中真实的想法啊！

　　希望我们能够很快地再次见面！

过不几天，菲利克斯便回复了我的邮件：

亲爱的中国勇士，

　　我感觉生活对你来说一直有些复杂。或许这是因为你选择的名字"亚历山大"，使你永远以一个王者的面目出现，我相信，名字会对一个人的性格产生很大的影响。你所描述的生活正是一个王者的生活：有政治，有悲欢，有艰难的平衡以及不确定的朋友……但是你永远可以信任我给你的友情是真实的。

　　关于克里斯蒂娜和亚历克斯，我的兄弟，我只能给你一个建议：世界上最重要的，莫过于自由。自由不是别人给的，自由来自于你的内心，要用你双手的努力来创造。自由是一种力量，是最好的生活方式。你要设法保证自由自在地思考，自由表达你的想法。想要做到这一点，你必须要能感受和触摸到这种自由，并且认真地倾听你的灵魂。不要让恐惧击败你。若你想哭泣，就哭泣；如果你想诉说，就诉说，不用担心这会给别人造成麻烦，或者因为丢掉面子而被别人嘲笑。当别人看见他们无法限制你的自由，他们就会被打败。

　　很抱歉，我也一直没有给你写信。但是我不希望自己的痛苦会影响你的情绪。我真的感觉自己生命中的一部分已经死掉了。我现在什么都没有，没有工作，没有女朋友，也没有金钱，我唯一比原来拥有更多的就是体重。哈哈。我在思考如何重启我的人生，重新考上一所大学。现在每天都在做数学练习和化学练习，我新的生命中，我发誓绝对不会再在考场上失败，或在任何事情上失败（追女生方面的失败不算哈）。

　　我很高兴能得到你的新消息，不管是好消息还是坏消息，我都和你一起分享。我会努力存钱，争取回到法国去见你。在那之前，你一定要好好保重自己！

诺曼对我说，史蒂芬妮生病了，希望我下课时可以去看看她。我希望诺曼和我一起去，他却扭扭捏捏的，很不情愿。问了半天，才向我承认。原来他和史蒂芬妮都住盖吕萨克宿舍，成天抬头不见低头见。史蒂芬妮长得也很漂亮，他没忍住，就想去追求史蒂芬妮，结果被一口拒绝，现在和史蒂芬妮的关系非常尴尬。

我敲开了史蒂芬妮的门。她一脸病容，娇弱的身躯有气无力地依在门框上。她嗓子哑了，不停地咳嗽。我心疼地看着她，让她多把一些橘子皮晒成干，然后泡茶水喝。柑橘根据种类的不同，在法语中被分为三个单词，法国人认为这是三种不同的水果。我推荐她吃的那种橘子，来源于中国，单词的拼写和"汉语普通话"这个单词的拼写几乎一模一样。"登君，你对我说的都是些中国话。（法国成语：你对我说中国话=我听不懂你说的话。）你让我喝'橘子'皮茶水，是因为想让我学'普通话'吗？"虽然病得很严重，但她还是幽默地利用法语的文字双关来讲笑话。我笑了笑："不是的，橘子本身是生痰的水果，橘子皮泡水却能消痰止咳。这是阴阳相生相克的原理。"她颔首感谢。我又感谢她邀请我到她家度过圣诞假期。"你不要感谢我，你应该感谢我的爸爸。上回在这里他见到你，你的礼貌给他留下很好的印象。他回家就在夸你，然后说你一个外国人，在圣诞节这个合家团聚的日子里，不能让你一个人在异国他乡孤苦伶仃，所以他才决定去邀请你。""我去你家过圣诞节，有什么礼仪是需要注意的吗？"史蒂芬妮想了一下："在我们西方，圣诞前夜有交换礼物的传统。我爸爸妈妈、我的妹妹和我都会给你准备一份礼物。所以你也需要准备三份礼物，要不然到时会很尴尬。如果你觉得买礼物的钱太贵了，我可以帮你出一部分钱，但是你要帮我瞒着我的家人。"我开心地笑了："我本来就给你们家准备好了礼物，以答谢你们对我的接待，本想一见到你家人就给他们。""先不要给，用礼物纸包好了，写上每个受赠人的名字，放在圣诞树底下，这样更加好些。"史蒂芬妮欣慰地说，"登君，自从我认识你，你就总是愁眉苦脸的。我知道，作为一个外国人，在法国生活一定是很困难的。我真希望，在我家的这几天，你能把我的家当成你自己的家，让我们帮助你暂时忘记生活中的不快，开开心心地过上几天。"

我感动地看着她："我始终不明白，为什么雷要揪着我不放，插手我和克里斯蒂娜的事情。为什么他不可以专心致志地去追求他的班级第一名，让我在角落里安安静静地生活？"我委屈地说。"他是在嫉妒你！"史蒂芬妮很肯定地说，"我一直在观察那个雷，他很有野心，想让所有的外国人都把他当成中国人的唯一代表。可是你的出现让他的野心破产。你是整个学校最受人关注的人，无论你走到哪里，所有人的话题都只集中在你身上。他不得不向别人声称是你的朋友，才能获得别人的关注。这肯定让他很不爽。"我苦笑着对她说："出名可不是我追求的。在我们中国有一句古话：'如果森林中有一棵大树长得特别高，那么狂风首先要把它吹断。'我从来不想别人注意到自己，我只想本本分分地过我的小日子。""其实就是你这个性格让你变成了班里最可爱的人。可是让你引人注目的，并不是你自己，恰恰是雷本人。"我不解地看着她。"雷跟所有的人炫耀自己，我们不得不忍受听他吹嘘自己的丰功伟绩。可他却又真实地引起了所有人对中国的兴趣。所以我们法国人就想找到这么一个人，既在谈话中让人感到舒服，又能回答我们关于中国的所有问题。"我用食指指着自己的胸口，用询问的眼神看着史蒂芬妮。她点点头："登君，每个人在跟你谈话时，他们都感觉你在全神贯注地倾听着他们，这让他们觉得自己像一个英雄，所以他们愿意和你在一起。雷越是炫耀自己，越会把所有人都推到你身边。只要他不改变自己的行为方式，你就永远都是班上最受欢迎的人。"她用赞许的眼神看着我。

我自嘲道："我把大家都骗了。他们觉得我全神贯注，只不过是因为我法语太差，听不懂大家说的话，只好通过观察对方嘴巴的形状来打发时间。"我给她分享了一个小故事：一年级刚来法国不久，露西和莎拉在她们宿舍里，请全班同学开一个小的喝茶聚会。席间莎拉讲了一个笑话，所有人都哈哈大笑。我用手肘碰了碰亚历克斯，问大家为何发笑。亚历克斯一面为我解释，一面被自己的解释逗得捧腹大笑："这简直太有趣了，亚历山大，这里有一个双关语，太有趣了。"我自己想了一下，还是不明白，于是过了一会儿，又拍了拍亚历克斯的肩膀让他给我解释。他尴尬地笑着又给我解释了一遍，他笑得是那么不自然，似乎只是为了面子而不是笑话本身让他觉得有趣。我跟露西要了纸笔，要亚历克斯把我听不懂的几个单词记在纸上，我好查电子词典。这时他已经笑不出来了："亚历山大，这并不重要，这只是一个笑话，忘记它吧。"亚历克斯恳求道。我坚持："可是亚历克斯，你跟我说过，好奇心以及多问是学好法语最重要的途径。"亚历克斯汗水涔涔地扫视整个房间，所有人都用尴尬的眼神看着他。他跟做贼一样在白纸上慌乱地写下了我要求的单词，我开始一个字母一个字母地敲电子词典，其余人则继续讨论狮子王和哈库那玛塔塔，以及各种语言中是如何模仿动物的叫声的。十分钟后，我突然明白了整个笑话的精妙之处，开始忍不住大笑起来。在喘气的间隙，我看到大家都用死灰一样的脸色对着我，然后我自顾自地继续哈哈大笑。

这个故事让史蒂芬妮不禁莞尔。"法国人常说：当你让一个女人发笑时，你已经上了一半她的床了。如果克里斯蒂娜真把我拒绝了，我也只好让你做我的女朋友。"史蒂芬妮脸一沉："天气越来越冷，登君你也一定要注意你自己的身体。"她冷冰冰地说道，"因为我觉得你好像有点发烧了……那些橘子皮还是留给你自己吃吧！"

蔡坤给我发来短信，说是腿愿意还我五十欧元了，叫我在圣诞假期开始的第二天去INSA宿舍一趟。那天下午天色非常阴沉。进了小波的宿舍，蔡坤、腿、小波在一起，用小孩的电脑上网。腿看见我，不耐烦地挥挥手让我坐在一边，他和小波正在紧张测试一款新的软件。小波给我解释说："骨灰，你看这款名叫Skype的软件，有了它，你就可以在宿舍里通过因特网直接打电话给家里。就不用在外面电话亭风餐露宿了。"腿打断他的话："小波，你这样说对骨灰太不礼貌了。你也知道CROUS宿舍年代久远，根本就没有因特网接入，你不是让骨灰嫉妒你吗？"小波歉意地朝我笑了笑。他和腿争论打给谁的家长做实验，最后决定打给小波的家长。Skype响起"咚咚咚"的拨号声音，所有人都屏息静气地等待网络那边的回音。不一会儿，电脑扬声器里传出来清晰的小波母亲的声音，大家激动得心里都快爆炸了。小波跟母亲寒暄几句，挂断电话。宿舍里随即响起一片尖叫声。

腿从口袋里掏出一张五十大钞，递给我："骨灰，朋友之间最重要的就是真性情。有吵有闹，有哭有笑，才是最值得怀念的。我想过了，你是帮助我的，我也要和你一起分担。"我感谢地收了他的钱。"操，朋友之间客气啥！"他大大咧咧地说。

小波插嘴说："骨灰，大奔和他的新女朋友，看上去很甜蜜嘛！上回儿是个红头发的，这回儿又换了个圆脸的。那个叫克里斯蒂娜的，是什么背景？从照片上看她面相，感觉跟那个阿娜斯塔差不多，是个骚货！"腿满脸羡慕和鄙夷，色眯眯地说："大奔很会享受嘛！这回儿找的马子又是一个大波妹，手活儿一定很好。"

我耳朵听着他们言语中是如此轻慢一个他们从来没有真正见过的女子，而这个女子在我心中的形象就像天神一般纯洁。我怒不可遏，使劲拍了一下桌子站起来："克里斯蒂娜跟你们想的完全不一样！你们根本就不认识她！"

小波惊讶地看着我："骨灰，你什么时候开始替大奔的女人说话了？能看上大奔的女人，人品能好到哪里去，我们难道判断不出来吗？"蔡坤阴阳怪气地讥讽道："骨灰，你不会看上大奔的马子了吧？你精虫上脑，大奔的马子你也敢碰？再饥渴也他妈不至于这样吧？要不我们给你拷几部三级片？"他又嬉皮笑脸地对腿说："腿，你的搭档不是现在正在找妓女吗？咱们哥几个凑些钱，你给你的搭档说说，让她给骨灰介绍个妓女，也好让骨灰尝尝鲜。保证热辣又火爆，想有多鸟就多鸟。"腿被讥笑，不满意地"哼"了一声。原来INSA从去年开始，组织一种全新型的学生节日，叫作"感官节"。说是要跟"索莱克斯摇滚节"打擂台赛。去年感官节的主题是"人体五感"，今年第二届，主题是"禁忌之感"。筹备组打算抽一个晚上搞一场色情表演，以便符合节日主题。腿的搭档莘西娅是学生会负责人，她被分配的任务就是联系色情团体。腿一直因为这事儿倍觉羞耻。

听到蔡坤他们三个对克里斯蒂娜的侮辱，我的心痛苦如刀割，又感觉深深的无力。如果在我面前的是别人，我一定会冲上去，为了保卫克里斯蒂娜的荣誉和对方干一架。可是面前的这三个人，是那种什么心事我都愿意分享，共同穿一条裤子的兄弟啊！两边都是我珍惜如生命的朋友，所以这种羞辱使我更加纠结。我不指望他们听了我的反驳，就能够改变他们对克里斯蒂娜的偏见。我很清楚，他们对克里斯蒂娜的意淫是植根于他们对大奔的仇恨，为了维护中国人的团结，他们不方便和大奔撕破脸，就想狠狠羞辱"他的女人"。不仅是他们三个，我担心所有认识大奔的INSA中国人，都会乐于加入这种集体意淫的高潮中。

阿娜斯塔曾是这种社会暴力的受害者，我清楚地记得她瑟瑟发抖、惊恐万分地在我怀中哭泣的样子，就像一朵枯萎的水仙花。还有小孩——这才是最让我担心的——大奔手握小孩裸照，堂堂皇皇、肆无忌惮地当着小孩的面把这照片展现给孙延珊，和她一起羞辱取笑小孩的场景，犹如纳粹屠杀般的强暴现场，深深地刻在我的噩梦记忆中，孙延珊那无限天真的、助纣为虐的爽朗笑声，小孩那精神恍惚、死灰一般的脸色，以及被凌虐之后半点怨言都不敢说的屈服与奴性，让我作为旁观者都感到极度恐惧，恶心欲吐。在这个多巴胺主宰的世界，那些永远抱怨自己被命运不公正地对待的绝大多数人，总是不吝以最大的恶意，去围观、侮辱，用流言蜚语去死追猛打那些比他们更弱小的受害者，而对施暴者报以最真诚的羡慕与崇拜。

假如克里斯蒂娜不加强对大奔的提防，任由大奔拿着几张模棱两可的照片，到处跟人说她的捕风捉影的故事，那她最后，是否也会像阿娜斯塔一样，没有做错任何事情，却成为社会大规模强暴的受害者？是否会像小孩一样，在裸照的要挟下，精神与思想双双被大奔彻底控制，成为他任意揉捏的玩物和奴隶？而那时的她，失去所有的朋友与尊严，面对着面前空无一人的战场和背后不断射来的冷箭，又如何才能保护自己？

我没有心情多待，告辞向CROUS宿舍走去。大奔已经获取了和克里斯蒂娜的第一批亲密照片，开始了他的行动，克里斯蒂娜面临着极度的危险。我必须要把在INSA发生的事情告诉克里斯蒂娜，让她提起警惕。沿着CROUS宿舍的山坡向上走的时候，天色愈发灰暗，天空开始飘起小雪，圣诞的雪。我看见蒂娅特莉丝一个人孤零零地在路上走，便叫住她，陪着她一起走。"谢谢你陪我，登君。"她略感歉意地说，"亚历克斯还好吗？一个月没有他的消息了，还挺想念的。"

我点点头："你圣诞假期打算怎么过？""明天动身回到巴塞罗那我父母那里，准备假期回来后的考试。"然后她突然有些自嘲地说，"刚认识亚历克斯时，他对高迪特别感兴趣，总是对我说要找机会和我一起回到巴塞罗那。我以为他指的机会就是圣诞节。可是没想到我错了，完完全全地错了！"我同情地看着她："一个月了，你还没有走出来吗？"

她的眸子变得昏暗和空洞，瘦弱的身躯在漫天雪花中尤其让人生怜。她用梦呓的语调说道："就好像大梦初醒一样，那些美好的承诺，睁开眼睛就全然看不到了。我总是不明白，为什么那么多的甜言蜜语，一切皆成空妄。同一个人，又怎么能一下子突然变得让人不认识了呢？"

我很担心她："蒂娅特莉丝，如果你感觉很孤单，到我们宿舍厨房来吧。我们一起吃顿饭，无论亚历克斯和你是什么关系，我一直都把你当成我的朋友。"

蒂娅特莉丝感谢地看着我："我明天就走了，可是我还没有收拾行李。"她说，"圣诞假期回来吧。明年1月6日主显节我们一起过怎么样？在西班牙，主显节是一年中最重要的节日，比圣诞节还要重要。这一天我们只和家人或是最重要的朋友在一起。"我点点头，就这么说定了。

告别蒂娅特莉丝后，我本打算立即去敲克里斯蒂娜的门。可是我的脚步却鬼使神差地把我引回了自己的房间。我越焦急地想去拜访克里斯蒂娜，我的脚就越像被钉子钉在地上一样动弹不得。这么长时间以来，我才是克里斯蒂娜认为的在INSA的中国人面前吹嘘和她的恋情的人，所以我一直小心翼翼地和她保持距离，以免她介意我得到任何可以炫耀我们很亲密的蛛丝马迹，比如说合影。此刻，假如我突然告诉她，大奔在中国人面前炫耀自己是她的男朋友，克里斯蒂娜会不会以为我在颠倒黑白、贼喊捉贼呢？这不就是大奔一早设计好的陷阱吗：他早就计划把克里斯蒂娜包装成自己的女朋友，而从中国团体中获得权力。他在INSA撒的谎，固然可以瞒过全部化学学校的人，却逃不过小孩和我的眼睛。他心知小孩绝对不会把谎言捅破，而我才是整个计划的阿喀琉斯之踵。为了防止我揭露他，所以他先下手为强，把他打算做的丑行先栽赃到我头上。这样即使我告知大家真相，也没有人再会去相信我，反而会觉着，既然我能在背后非议大奔，那么我当然有可能在外人面前对我和克里斯蒂娜的关系撒谎。而大奔就可以高枕无忧地继续欺骗下去了。大奔啊大奔，你实在太轻视我了。为了保护中国人的形象，只要你选择的猎物不是克里斯蒂娜，就算你做了杀人越货的坏事，我也会替你隐瞒，不会把你那些混蛋事情告诉外国人的。

我陷入两难之中。不知道为什么，我突然想先去找一趟米洛娃。毕竟圣诞节假期已经开始了，应该给她道一声圣诞快乐！我心中为自己能找到这么一个绝妙的理由来拖延去见克里斯蒂娜而感到得意。米洛娃并不是一个人在屋里。法国预科班的安东尼，从雷恩北部的住所骑自行车来CROUS宿舍看望她。安东尼那俊美如女人一样的面庞，在米洛娃房屋里昏黄且摇曳不定的灯光照耀下，显得温柔而忧伤。他正在给米洛娃讲他年轻时在加拿大蒙特利尔市的见闻，米洛娃羡慕地看着他。这次圣诞假期，米洛娃本想去蒙特利尔市旅游，可是看了看飞机票，大大超出了自己的经济实力，最后为了省钱，决定还是留在雷恩市度过整个假期。

"要是我能竞选上埃菲尔奖学金就好了。"米洛娃憧憬地说。埃菲尔奖学金是法国外交部发给优秀外国留学生的奖学金，每个月法国政府发1000欧元。需要学生所在的法国学校推荐。雷恩化学学校预科班只有一个推荐名额，班上只有米洛娃和大奔报名竞争这个名额。"你一定能竞选上的。"安东尼鼓励她说，"你的成绩比雷领先太多了。"

"可是埃菲尔奖学金的遴选并不单靠成绩，还要靠班上同学的投票。我没有雷这么好的人气，班上没有人喜欢和我做朋友。"米洛娃委屈地说，"我实在搞不清楚为什么班上流传那么多关于我的谣言！我明明努力地去真诚对待每一个人，可是他们非得说我自私虚伪、清高自负！甚至还有人把我形容成一个女巫。有好几次，我听见人们窃窃私语，他们说捷克是一个未开化的原始社会，穷山恶水，而这就是我成为一个坏人的原罪。拜托，他们都没有一个人曾经去过捷克！"

安东尼理解地看着她，温柔地缓缓地说："人们常说：'天才的反面就是疯子。'正因为你太聪明了，所以你做的一切，在那些愚笨的人眼中，都是不可理喻的。这或许是智者与生俱来的悲伤吧。你看看我，也总是承担着大家莫名其妙的指责，有人说我是一个女人，甚至还说我'克夫'，那也是因为我太聪明了——你看看，虽然我去年考的几乎是一年级的倒数第一名，却仍然通过了一年级的全部考试，没有被淘汰掉。能达到这种平衡，是多么大的聪明才智啊。"米洛娃本来有些悲伤，却被安东尼的这番话逗得嫣然一笑，但随后她的脸色又变得落寞。安东尼歉意地看了看我，补充说道："当然我们这个房间里也有一个例子，既非常聪明，又能得到全班人的喜爱。"

"我同意安东尼的话，你一定能竞选上埃菲尔奖学金的。"我安慰道。安东尼诧异地对我说："奇怪，我以为你会支持雷的。毕竟你们中国人是团结一体的。"我不屑地说："请不要把我和雷联系在一起，他是一个虚伪的人。我刚刚在INSA，得知雷给INSA的中国人看他和我们班女孩子们的合影，然后骗INSA的人说这是他的女朋友。我瞧不起这样的人，更羞于和他竟然是同一个国籍！"我看着米洛娃洞蓝的眼睛，说："我知道谁是班上最真心待我的人。我一直记得，在我生日那天，你把你自己都不舍得吃的家乡特产，慷慨地分给别人。所以我才在圣诞假期一开始，大家回国的前夕，到这里来，给你说一声'圣诞快乐'！也请你不要在意班上的那些杂言碎语，那都是雷为了和你竞争埃菲尔奖学金而放出的迷雾弹。"

安东尼眼中含笑地凝视着我："谢谢你对米洛娃的支持。"他沉吟着说，"不过你说你要到全班最真心待你的人那里去，或许你不应该出现在这里，而是应该出现在克里斯蒂娜的房间里。"

我冷笑一声："克里斯蒂娜真心待我？她明明是想尽量躲开我，因为我给她带来了麻烦与痛苦。亚历克斯是克里斯蒂娜这么亲密的朋友，他明确地给我转达了克里斯蒂娜的意思。"

安东尼的脸色阴晴不定，他显得非常困惑。他用很犹豫的语气对我说："我当然不能像亚历克斯那样了解克里斯蒂娜这个人，但是在我的感觉中，她是深爱着你的，反而是你拒绝给她接近你的机会。"

我震惊地看着米洛娃。她点点头："我也有安东尼那种感觉，克里斯蒂娜非常非常地深爱着你。可是，克里斯蒂娜几乎从来不跟我说话。我不能确定她想什么。"

我非常不信服地反驳说："可是她和雷的关系这么好，谁都能看出来我和雷的性格是完全相反的。如果克里斯蒂娜欣赏雷这种性格的人，她又怎么可能会喜欢我？"

安东尼用很不确定的语气跟我说："我想克里斯蒂娜或许不是很清楚你和

雷之间的关系。甚至在刚刚你给我们说之前，我们都没有意识到你和雷之间竟然有矛盾。克里斯蒂娜给我一种感觉，她去接近雷，是因为她觉得雷和你的关系比较亲近。她只是想设法引起你对她的注意。"他的语气一如既往地轻缓，却字字在我心中爆起惊雷。

米洛娃点点头，语重心长地说："登君，你刚刚说克里斯蒂娜设法躲着你。可是这真的和我们的直觉截然相反。我想，你不应该这么轻易地远离克里斯蒂娜。现在是圣诞节假期，你应该去看看她。让她亲口告诉你她对你的看法。或许你能收获到一件最美好的圣诞礼物！"

听到米洛娃和安东尼的鼓励，我的心一下子就飘了起来。全身仿佛沐浴在光芒之中，生命是如此充满了希望。我向两人匆匆告别，心情愉快地前往克里斯蒂娜的宿舍楼。外面的雪下得愈发大了，整个世界都沉没于漫天遍地的鹅毛雪花之中。大雪抹去了世间一切花哨的痕迹，山丘、草坪、羊肠小道、停车场的汽车。只剩下一片原原本本、干干净净的大地，仿佛是一张还没被污染的洁净白纸，可以重新在上面肆意地绘制希望与未来。一个人影都看不见，除了踩在没及脚踝的积雪上发出的"噗噗"声，世界剩下的只有沉默。时间仿佛静止了。

敲了敲克里斯蒂娜的房门。"达！"这是卡特琳娜的声音在里面叫道。打开门，看见卡特琳娜正在给一个女孩子洗头发。那女孩子背靠椅背，仰面朝天，将湿漉漉的头发像瀑布一样垂下来。她距离我很远，不戴眼镜，瘦削的侧脸在昏暗的灯光下看不清眉目。卡特琳娜戴着塑料手套，在不停地搓那个女孩子的头发。

"卡特琳娜，你知道克里斯蒂娜在哪里吗？""你没有看见克里斯蒂娜吗？"卡特琳娜和那个仰面而坐的女孩子对视一眼，诧异地问道。"我没有见到她。圣诞节快到了，我想给她送一件圣诞礼物。"我支支吾吾地说。"哼，你现在终于想起来要找克里斯蒂娜了！"卡特琳娜有些愠怒地说。我感到她火辣辣的眼光怒视着我，只好转过头去不去看她。一阵死寂一样的沉默过后，卡特琳娜终于说："一个小时后你回来吧，那时你就能看见克里斯蒂娜了！"她朝我眨了眨眼，俏皮地说，"一个全新的克里斯蒂娜！"椅子上的女孩"咯吱"一声笑了出来，似乎被卡特琳娜逗乐了。

在等待一个小时过去的时候，我没有回到自己的宿舍楼，而是站在克里斯蒂娜的宿舍楼入口大厅，静静观赏门外纷纷扬扬的大雪。到处空旷无人，隔了很久，才会有一两个学生，浑身上下积满了雪花，从外面的世界冲进来。跺跺脚，留下门口的一摊积水。天已经全黑，熟悉的世界被隐藏在漫天雪花的巨幕之后，什么都看不清。只有从不知何处的远方透来的淡黄色路灯灯光，向我描述着天与地的孤独、未知和神秘。这个世界仿佛只剩下了我一个人，被冻结在历史与未来的分叉之地，不知下一步将是万丈悬崖，还是充满希望。我张开双臂，祈求纯洁的雪花把我混浊的灵魂冲洗干净，回到本真。

算了算一个小时的时间已到，轻叩克里斯蒂娜的房门。"请进。"克里斯蒂娜用法语说道。打开门，看见她坐在桌边，在昏黄的灯光下，聚精会神地浏览电脑中的照片。她穿着一件海蓝色的毛衣，毛衣上漂浮着片片若隐若现的白色条纹，仿佛是宁静温柔的大海上方飘浮的朵朵白云。蓝是我最爱的颜色，像天空一样自由，像大海一样深厚，所以我才给自己起笔名为"君子兰"。克里斯蒂娜总是喜爱穿这件海蓝色毛衣，当我在课堂上看着她的背影，我们那么接近，却又触不可及。穿着蓝色毛衣的背影，就像了不起的盖茨比梦中的那道绿光，像狂野飓风中的灯塔，为我指引着方向。后来克里斯蒂娜搬到了G楼。她和卡特琳娜在G楼的房间门都是漆成蓝色的。许多年后，我回忆来到法国的第二年时，脑海中立即浮现一片充满着爱意和温柔的蓝色，却又忧郁、伤感、孤寂、柔肠百转。

克里斯蒂娜请我坐在她的对面，她低首垂目地看着我。我好久都没有这么仔细地观察她的脸庞了：俏丽的、像小猫一样可爱的圆脸，柔顺的黑色披肩发，优雅的无框眼镜后面，一双斯拉夫民族特有的勾脚燕眉轻挑在杏仁瞳目之上，沉静深邃的神采捉摸不定，似乎有重重心事。卡特琳娜说"一个全新的克里斯蒂娜"，她的气质似乎有些地方确实不一样，却又说不上来哪里改变了。

她看的是尤里和薇诺妮可的旅游照片。克里斯蒂娜是没有电脑的。我认出她用的是大奔的笔记本电脑，心中泛过一阵酸涩。两个俄罗斯人在三天前就已经开始了圣诞假期，他们坐火车去了法国东部边境的大都市斯特拉斯堡，并把拍到的旅游照片发给克里斯蒂娜。透过两人的照片，能看到这座城市有很多河流。俏丽的木筋房子依水而建，小巧玲珑，五颜六色。一座仿佛是用钢铁搭建起来的巨型教堂，泛着冷酷的紫红色金属光芒，密密麻麻的细长肋架直指天空，像一座宇宙堡垒一样从低矮的城市中央膨勃而出。从克里斯蒂娜看照片的表情可以看出，她很喜欢斯特拉斯堡这个城市。

我想起我的教母克雷芒斯以及孙延珊都在斯特拉斯堡化学学校上学，便问克里斯蒂娜下一年的工程师阶段，她想在哪个城市上学。"登君，现在考虑这个问题还太早了，我不知道。"她不甚情愿地回答道。我不依不挠地继续话题："如果你去斯特拉斯堡化学学校的话，就可以天天享受这番美景了。""事情没这么容易，登君，"她忧郁地说，"斯特拉斯堡在法国和德国的边境线上，斯特拉斯堡化学学校的课程是同时用英语、法语和德语教授的。我刚刚学习德语不久，我担心我的德语达不到听懂课的水平。"

"可是等到了那一天，我相信你一定已经会说一口流利的德语的。"我鼓励地对她说，"一次又一次，你向所有人证明了你的勇敢和勤奋，你是无数次突破了难以逾越的艰难，才走到了今天。"我从背后拿出了一个用白色真丝织成的旗袍式肚兜，上面用银白丝线绣出了展翼飞翔的凤凰图案："我想送给你一个礼物，圣诞快乐！克里斯蒂娜。"

当天晚上第一次，她脸上终于出现了欣喜的笑容。克里斯蒂娜接过肚兜，珍惜地用手指尖在丝滑的表面上轻轻摩挲："实在太美了，谢谢你，登君。这真是一个惊喜。"她环顾四周，却又失望地说："可是我不知道送给你什么才好，我的东西都太破了。让我回到马德里再给你买一件礼物吧！"

我笑着握紧她的手："不要着急。你开心地收下我的礼物，你的笑容，已经是我最大的礼物了。这个圣诞节，你还是要在西班牙过吗？"她点点头，对的，她要和她的父母相聚，这本是她来法国上学的目的。"你圣诞节是去你教女家吗？"她问道。

我点点头："后天出发去鲁昂。她父亲开车到雷恩来接我和史蒂芬妮。我将第一次在一个法国人的家里度过圣诞节。"我回答说。"你的教女的一家真是好人。你一定要好好地感谢他们！"她叮嘱道。"好的。""记住给他们家人买些礼物，在西方的圣诞节，大家都是交换礼物的。""知道了，礼物已经买好。"

我看着桌上大奔的电脑，苦涩地说："亚历克斯和雷都去伦敦了？"克里斯蒂娜点点头："嗯，他们是昨天晚上走的。"她回头看着大奔的电脑，说："雷在临走前跟我说，你的移动硬盘里有许多从INSA机房下载的法语版电影。如果你圣诞节来找我的话，他要我向你请求，请你拷一部分法语电影到他的电脑里。"一瞬间，我感到大奔对我强烈的羞辱。大奔的目的根本不在那些法语电影，他是在向我宣示他对克里斯蒂娜的所有权——通过克里斯蒂娜自己的口说出来。他知道我根本无法违背克里斯蒂娜的请求，于是他不仅展示了他对克里斯蒂娜的操控，还能借此强行让我去做违背自己内心的事。他竟然能料到我一定会趁着他不在法国的时候拜访克里斯蒂娜，果然是老谋深算。

克里斯蒂娜注意到我的情绪波动，脸上的神色渐渐担忧起来："登君，我知道你不是很喜欢雷。可是毕竟雷借给我他的电脑，我欠了他一个人情。所以可不可以为了我，去满足他的愿望？其实雷这样请求你，也是为了向你释放他的善意。他一直都很想和你休战，重新找回你们俩曾经的友谊。"

忍无可忍。我咬咬牙，提起我的勇气，对克里斯蒂娜说："你知道吗，克里斯蒂娜，我刚刚在INSA，与和我同时来到法国的那些中国人在一起。""那些人怎么样？他们还好吗？"克里斯蒂娜礼貌地问道。"他们非常好，可是我从他们那里听到了一个故事。""什么故事？""我们班上的一个人，一个中国人，拿着和我们班上一个女孩子的合影，到INSA的那些中国人面前去展示，然后说这个女孩是他的女朋友。而这完全是欺骗。"

"我知道你想提醒我什么。"克里斯蒂娜语气平静地说，"不过这可能只是INSA的那些中国人一个偶然的理解失误。不能轻易地认定，我们班上那个人是故意这么做的。""无论故意不故意，产生的效果就是INSA的那些中国人嘲笑和贬低那个无辜的女孩子，侮辱了她的尊严。"克里斯蒂娜说："如果INSA的那些中国人仅仅因为捕风捉影的信息，就去嘲笑那个女孩子，这不是女孩子的错误，而是INSA那些中国人的悲哀。他们不应该去轻易判断一个他们从来没有见过的人。我也相信，你的中国同胞，应该不会如此愚蠢！"

我悲哀地冷笑一声："太可惜了，INSA的那些中国人就是这么'愚蠢'！

如果你都不能保证别人收到的消息是真是假，你怎么可以去指责别人做的是对是错呢？现在还只是一张简单合影，未来万一是一张特别亲密的，更……更过分的一张照片呢？又有多少故事可以被编造出来，又会多让别人想入非非？这些人是我认识了好多年的朋友，是我尊重和喜爱的人。班上的那个女孩子也是我用生命去珍视的朋友。所以当我听到我的中国朋友去嘲笑班上的那个女孩子时，我感到尤其痛苦！"我盯着克里斯蒂娜的眼睛说："我希望那个女孩子可以警惕这种情况，和班上那个说谎的中国人保持距离，珍惜自己的声誉！"

"可是我根本就不在乎你在INSA的那些中国朋友是如何看我的！"克里斯蒂娜有些恼火地说道，"我和你的那些中国朋友永远都不会产生交集，你那些中国朋友的看法也永远都不会影响到我！我愿意和谁合影就和谁合影，你管不着！"她顿了一顿，换了一副哀伤的神情看着我："登君，你知道吗，也有人告诉我说，你也对INSA的那些中国人说我是你的女朋友。""我知道是谁告诉你这个谎言的！"我愤怒地说。"不要把你心中那个嫌疑人的名字说出来！"克里斯蒂娜阻止了我，"是谁说的并不重要，这些故事是真是假都不重要，没有什么能够改变我对你的珍重！"她的语气发颤，眼眶也开始红了。

她柔声说道："我知道，因为雷的成绩比你好，你会担心我只和雷交流，而不会再理睬你。你并不需要通过给我讲雷的坏话，让我对他产生偏见而远离他，来保证我和你的友情。我并不是通过成绩来决定和谁做好朋友的。在我心中，没有人能取代你的位置。我曾经以为，在一年级告别派对那天晚上，我们就永远连在一起了。从此以后，无论你的成绩是好是坏，是贫穷是富有，你都是那个我最重视的人。登君，请答应我，不要再因为我去嫉妒任何人了！"她满怀乞望地凝视着我的眼睛，眼中柔情万种。

我委屈得简直想要哭出来，我并不嫉妒大奔呀，我做的一切，只是想要保护你。可是克里斯蒂娜用通情达理的语调对我柔声细语，我甚至可以听得出，她极力去隐藏的，内心深处的悲伤和无奈。我的心不忍去否定她，好想把她揽入怀中，去安慰她。"克里斯蒂娜，对不起，我让你失望了。"我悲伤地说，"我终于发现，自己并不像你曾经以为的那样勇敢。我逃避你，因为我很害怕，也很懦弱，更是一个善于猜忌的人。自从我听到了那个谣言——说我和你在一起是为了向INSA的中国人炫耀自己——我就很担心自己让你陷入众口铄金的麻烦。我害怕我对你的接近会让你燃起过高的期望，那么当你相信谣言，而认为我背叛你时，你也会变得更加痛苦。所以我逃跑了，尽管我每远离你一分，都会让我更加想念你。可是我相信，只有远离你，才不会把我的厄运带给你！"

克里斯蒂娜不忍地听着这一切，神色哀伤黯然，连连摇头："登君，我从来没有信过那些谣言。我相信你！我相信你的勇敢和责任心，绝对不会做那样的事情。请你一定要知道，我永远都信任你！"

我感激地看着她，这是一个多么冰雪聪明的姑娘！尽管谣言像乌云一样，无时无刻不在笼罩着我们，可是她仍然选择相信我。我突然有种感觉，我正站在整个人生最重要的十字路口上：眼前这个娇小却勇敢的女孩子，独自一人承担着谣言以及我对她不信任的双重攻击，毫不抱怨，并坚定地站在我身边。她就是上天为我选择的那个人，一个无论生与死，富与贵，天涯与海角，都可以共患难共相惜的那个人！我暗暗发誓，我不能带给她任何伤害，一定要用加倍的幸福，来补偿我对她的愧疚。

"克里斯蒂娜，你相不相信男人和女人之间有纯真的友谊？你相不相信，一个男生为女人所做的一切，并不是为了得到这个女人，而真真正正的是希望这个女人幸福？"我突然问道。克里斯蒂娜似乎被我的问题吓到了。她呆了半晌，才用无限失望的语气说："或许吧，是的，我相信男人和女人之间可以拥有单纯的友情。"

"那么好，我的妹妹。"我粗鲁地使劲拍了拍她的后背，就像对待一个大老爷们一样，"你看，我的姓的第一个字母是'W'，你的姓的第一个字母是'C'，我们可以组成'WC组合'，一起去拯救这个世界！"克里斯蒂娜一直愁眉不展，却被我这句话逗笑了："'WC组合'？好古怪的提议！我可要想一想，再答应你哦！"她拧了拧自己的鼻子。"克里斯蒂娜，亚历克斯对我说过，你在帮助困难儿童融入法国社会。我也想做些对社会有贡献的事，我可以加入你吗？一起去抚养这个小孩？"可是克里斯蒂娜似乎很反感去谈这个话题："登君，我们可以下一次再讨论这个话题吗？"她看上去有些疲惫地说道。

我走到她的窗边，打开窗户，冷风和雪花一起吹了进来。外面的大雪，已经堆积得简直要淹没半人高的灌木丛。"克里斯蒂娜，我好开心！"我朝窗外喊道。然后我回头看着她："好开心，今天可以给你说出我的心里话。你看，窗外的雪好美！是这场雪带给我们幸运，洗净了一切误会！"我向她伸出我的手："克里斯蒂娜，来，我们一起出去看雪吧！"可是克里斯蒂娜看上去脸色非常灰暗，似乎疲惫得再也支撑不住。她身体晃了晃："明天吧，登君，明天！起床之后我再和你一起去看雪。"

我感觉她仅仅是在用最后的力量支撑着不倒下去，于是便起身告别。临走前，我突然将身体转向她，说出了我心中一直想说的话："克里斯蒂娜，我可不可以抱抱你？"她目不转睛地盯着我看，眼中含着泪花。她沉默了半晌，似乎是在考虑。然后她站起身来，向我张开了双臂。

我快步走上去，紧紧地抱住了她，我摸着她的秀发，她的头发湿漉漉的，非常柔滑。不争气地，我又一次在她怀中哭了起来。克里斯蒂娜捧住我的脸，用手指帮我揩去泪水，安慰我说："没事了，没事了，都过去了。"她苦笑着说："你真像一个小孩子。"然后朝我的额头亲了一下："登君，你一定要好好的。可以保证吗？"

在从克里斯蒂娜的宿舍楼回我的房间时，我发现外面的雪已经积得快淹没我大半个小腿肚子了。好大一场雪！回到宿舍楼后，我先去找凯瑟琳，想明天借她的数码相机把这场大雪拍下来，却发现她正在打包收拾她的屋子，她屋子里面还有两个成年人。"亚历克斯，我给你介绍一下，这是我的爸爸妈妈。"她说。

凯瑟琳告诉我说，原本她的Erasmus项目在圣诞假期后，还要在雷恩二大有一个答辩会才结束。可是她的导师突然得到通知要到纽约去参加学术会议，所以她的答辩改为她在瑞士母校的老师组织。"我这次回到瑞士后就不再回来了。"凯瑟琳说，"我也刚刚得到通知，都没有提前告诉你。走得太匆忙了。我应该提前一个月通知退房，所以我的房租交到一月底。你可以保管我的钥匙，需要时用我的房间。""你房间里的东西，你怎么把它运走呢？""我爸妈从家里开来一辆轿车，现在就停在外面。"凯瑟琳说。"整整开了八个小时。"凯瑟琳的母亲补充道。我倒吸一口冷气，瑞士在法国的另一边，凯瑟琳的父母开着小轿车，整个地横穿了法国国境。在中国我可从来没有听说有人开车横穿国境这种事情。凯瑟琳望着窗外的雪，担忧地说："希望我们明天可以走得出去。收音机里说这是近几年下得最大的一场雪。"

凯瑟琳的母亲会说一点儿法语。她和凯瑟琳两个人努力帮我翻译我和凯瑟琳父亲的对话。凯瑟琳告诉父亲，我是她在雷恩市最好的朋友。凯瑟琳的父亲双手合十，像僧侣一样对我深深鞠躬，用中文说道："谢谢！"我也向他合十鞠躬，说道："谢谢！"他再向我合十鞠躬，说"谢谢"。我再合十鞠躬回去。原来他也只会说这一句中文。随后我们所有人都哈哈大笑。

凯瑟琳把她的一些锅碗瓢盆留给了我。其中一个铁锅，在我写下这段文字时，正在我面前的炉子上煮着预防新冠的中药"三仁汤"。在她把东西放到我房间的时候，我跟她简略讲述了我和克里斯蒂娜当晚的对话。凯瑟琳听得脸色发白："我有种感觉，你和你干妹妹之间的误解，不但没有在今天晚上解除，反而加深了。我很担心这会在未来让事情越来越糟。"她埋怨地说，"你为什么要跟你干妹妹强调男女之间的单纯友谊？你明明是爱着她的呀！""我只是想让她安心，我不会利用她，做的一切只是为她考虑，而不夹杂私念。"我像做错了事的孩子一样委屈地说。凯瑟琳摇头无奈地看着我。她紧紧地抱住我，在我脸颊上亲了一下："先不要考虑未来的事情了，明天会以它自己的方式告诉我们答案。"她安慰我说。

"你打算如何处理和亚历克斯的关系？"我又问她道。凯瑟琳听到亚历克斯的名字，脸色一下子变得灰暗，轻轻摇了摇头。我见状又对她说："亚历克斯最近来找我好几次，他的情绪不太稳定，感觉他在你这里收获了太多绝望。""我不知道用什么方式对待你的结义兄弟，才是正确的。"凯瑟琳苦恼地说，"一开始的时候，那另一个亚历克斯每天都要买一束花来看我。我设法让他明白，我不可能给他承诺他想从我这里得到的东西，可是我也很担心会伤害到他。后来他就不再来找我了，直到前几天，他又给我寄来一封伤心欲绝的信，读起来简直让人心碎。我真希望他能尽快走出情伤，找到一个爱他的女子。"

说完这些，凯瑟琳抱着我的胳膊又紧了紧："先不要管他了，你我以后一定还会再见面的！你说是吗，亚历克斯？"我托住她的胳膊："现在还不是说再见的时候。明天你出发时，敲我的门，我给你送别！我会一直在屋里等你。"凯瑟琳看了一眼我的巴洛克真空钟，摇头笑道："明天我们要很早出发，才能在晚上到达伯尔尼。现在已经凌晨两点了。明天我们出发时，你可能还在梦乡里。""那就使劲敲我的门，如果我不回复，你就一直敲下去，直到把我弄醒！"她点点头。

第二天早晨，一阵猛烈的敲门声把我从梦乡中吵醒。睁开眼来，窗外阳光灿烂。我打开窗户，惊讶地发现外面青草如席，绿树成荫，天空像宝石一样蓝，飘着朵朵绵羊般的白云。外面的温度至少得有十多度，好像春分正浓，哪有半点雪的影子？一时间，我恍惚以为昨日的一切不过是梦幻。我是否在过圣诞假期？和克里斯蒂娜的和解，是不是只是我梦中的臆想？

我正糊涂着，门外又是一阵猛烈的敲门声。我穿着睡衣打开门，凯瑟琳一袭黑装，疲惫地站在门外："亚历克斯，我要走了。""那么好吧，我们今晚再见。"我迷迷糊糊，还在半睡半醒中，没有听懂她话里的意思。凯瑟琳无奈地笑了："亚历克斯，我要回瑞士去了。你忘记了吗？"哦对，凯瑟琳要回瑞士去了。我似乎确实想起有这么一回事。"凯瑟琳，你不是早就走了吗？我记得当时是一个大雪夜。""那就是昨天呀，亚历克斯。"我疑惑地看着外面，雪呢？"昨天自从半夜三点，外面就开始下起了大暴雨，直到今天早晨七点，还不到一个小时前才停下。雪都被冲走了。""昨晚三点，你那时还没睡觉吗？""我和我妈一整夜都在打扫房间，特别是墙上贴照片的痕迹都要抹掉，要不然CROUS会扣我押金的。只有我爸爸稍微睡了一会儿，因为他今天要开车。"凯瑟琳对我说，然后把她房间的钥匙给了我。她不舍地看着我，然后一把将我抱在她的怀里，像母亲一样温暖地抱着我。我却木木地打着呵欠，心中只想快点回去睡觉。"我总是不由自主地担心你和你干妹妹之间的关系。"她说，"无论有任何事情发生，立即给我写信。要记住，无论我在天涯海角，我永远在你身边。"

10 在法国人家中过圣诞节

　　与史蒂芬妮站在奥赛博物馆的钟楼里，脚下的巴黎市，犹如穿越时光的齿轮而渐次铺展开来的一幅历史画卷。在城市的北郊，密密麻麻的建筑上方，隐约有一座拜占庭风格的神秘白教堂，就像是天际的守护者，散发着一种超脱尘世的庄严和宁静。

史蒂芬妮是在她父亲开车接我们从雷恩到鲁昂的路上，跟我宣布要带我去巴黎游玩的消息的。

当时史蒂芬妮的父亲帕斯卡正在跟我滔滔不绝地讲述他的家庭，他那当小学老师的、貌美如花的妻子和两个非常争气的女儿。他是如此卖力地推销他的女儿，以至于别人会以为他在为女儿征婚，虽然两个女儿一个只有十八岁，另外一个只有十五岁。史蒂芬妮不得不红着脸，不停地打断她的父亲，以免帕斯卡说出什么让人尴尬的话来。当我们的车子离开布列塔尼的地界时，我立即注意到高速公路上开始建立了收费站，随即想起艾美丽给我说过"全法国只有布列塔尼高速公路是免费的"。"登君你是史蒂芬妮的第一个教父，教父是一个很重的承诺，所以我们家应该以很高的规格来接待你。"帕斯卡边开车边说，"史蒂芬妮一直为你感到自豪，老是在家里说起你。我的岳母、我的妻子和史蒂芬妮的妹妹，都对你感到好奇。那么我说为什么不把这个勇敢的中国人请到家里来过圣诞节呢？这样全家就都可以认识你了。"史蒂芬妮接嘴说："我们家在巴黎有一个亲戚，最近好几年也没有走动了。正好登君你也没见过巴黎，我们就趁这个机会，圣诞节到他家住几天，游览一下巴黎。"帕斯卡高兴地说："你看登君，你为我们家亲戚走动带来了一个很好的理由！"史蒂芬妮说："这样你假期回来后就不用面对雷自卑了，哼，我们法国的首都未必比不上英国的首都。"帕斯卡好奇地问："什么'雷'？"史蒂芬妮说："爸，你不用管，学校内部的事情。"

接近傍晚的时候，我们在高速路边看到一家麦当劳，肚子开始咕咕叫。但是我们是在麦当劳的竞争对手快客餐厅吃的晚饭。"这实在很鸡贼。"帕斯卡一边咬着汉堡一边说，"大家都是看到麦当劳的招牌才会肚子饿，可是麦当劳虽然建在高速路边，从高速路上开车下去却要绕很远才能到，而快客餐厅就建在去麦当劳的半路上。大家就会去想：'所有人都在饭点去麦当劳吃饭，说不定麦当劳已经没有停车位了，既然快客就在眼前，而且还有停车位，为了保险起见，不如就在快客吃吧。'所以麦当劳的招牌其实是给快客带来了生意。"史蒂芬妮笑着说："其实他们再往前开一下车的话，会发现麦当劳的停车位永远都是空着的。因为顾客全被快客吸走了。"

史蒂芬妮的家是在鲁昂远郊一个叫作"鸟鸣庄"的地方。数百个小巧玲珑的别墅沿着三条相交的大道一溜儿建起，庄子两旁都是一望无际的田野。我们到达鸟鸣庄时，已是深夜。史蒂芬妮的妹妹亚历桑德拉已经睡着。她的母亲赛琳娜给我们三人准备了夜宵。赛琳娜是一个留着金色短发，气质高贵，不苟言笑，五官如雕琢般精致的女子。我们简单吃过，便各自睡去。大家都睡楼上，我睡楼下的客人房。房间的被褥精心地整齐铺就，桌上的小纸条还写着欢迎我的字句。我住在别人的家里，感觉有些不好意思。等到夜里两点，听到楼上人都睡去之后，才到楼下的浴室冲了个澡睡觉。

第二天一早，亚历桑德拉揉着眼屎，披头散发地从楼上走下来，对我抱怨道："登君你怎么半夜洗澡啊？把我吓一跳，害我一整夜没睡着。"我尴尬地笑笑，和中国人喜欢晚上洗澡不同，我知道法国人有早晨洗澡的习惯，他们说这就跟早咖啡一样，能让人快速地清醒。在INSA宿舍的时候，我看到我的法国邻居们冒着早晨上课迟到的风险，也要先洗个澡。但我实在无法忍受一身汗臭睡觉，特别是这还会熏脏人家的被子。亚历桑德拉走到我面前，跟我行了两个贴面礼，然后友好地说："我一直听史黛夫（史蒂芬妮的昵称）说起你，你的法文名和我的名字一样，都是'亚历克斯'。"这是我第一次见到史蒂芬妮的妹妹，她娇脸秀挺，眉目如画，俏拔身姿如劲松，杨柳细腰尽婀娜，笑容落落大方，不失清纯，少一分就觉呆，多一分便嫌媚。果然如史蒂芬妮所说："天生就是当模特的命。"我正琢磨要跟她说什么话，这时赛琳娜从楼上下来："登君你昨晚睡得好吗？"我点点头。赛琳娜说："下次晚上洗澡早一点吧，昨晚确实把大家都吵到了。"我红着脸小声说了对不起，突然打了个寒战。赛琳娜细心地注意到我的动作，抱歉地说："我们家平常没有什么人，孩子们都住校，只有周末才回来。所以我选的电费套餐是按时段交的，平时电费很贵，周末电费很便宜。所以今天家里的暖气开得很小。"她吩咐亚历桑德拉去柴房拿些柴火，点燃壁炉，给屋子升温。亚历桑德拉不情愿一大早就干活，她嘟了嘟嘴，也不敢违背母亲的意思，就去了。

我仔细观察着史蒂芬妮的房子：一楼除了客人房，一间厕所浴室，还有厨房之外，就是整个的一个大厅。大厅背面整整一面墙都是落地窗，可以看见外面一望无际的田野，蓝天白云，牛羊成群，仿佛是嵌在墙上的一幅行走的田园画卷。虽然有一行低矮的灌木把史蒂芬妮自家的花园和公家的农场隔开，但是从屋子里看出去，一切都是连在一起的，感觉整个屋子都融进了自然当中。大厅一旁的书架上摆满了整整一面墙的电影光碟，我喜欢的《指环王》三部曲和《星球大战》全集都在里面。书架旁边的圣诞树挂满吊饰，都是些蝴蝶或是小仙女的主题——分别是史蒂芬妮和亚历桑德拉最喜欢的物事。圣诞树下堆满了未开封的礼物，包装纸上写有受赠者的姓名。我的三个礼物也在里面。墙上挂着一盒打开一半的圣诞节巧克力礼盒，根据日期每天打开盒子上的一小格，就可以取出每个格子各不相同的巧克力。除此之外，整个房间里摆满了稀奇古怪的小玩意。博古架里放着黑色大理石做的、镀金的埃及猫神贝斯特的半身像，下面放着缩小版的木乃伊镀彩灵柩，博古架上面挂着埃及《死亡之书》的片段。博古架旁边还放着阿拉伯的油壶和亚瑟王的宝剑，一个插满羽毛的威尼斯面具。一尊头顶台灯的释迦牟尼打坐像倚在墙角，打开台灯，释迦牟尼的脑袋便会沐浴在佛光之中。大厅中央是一张铺着白布的餐桌，正中放着银质的三岔烛台。桌子背后挂着一个从天花板上吊下来的圣诞老人。靠近落地窗的地方放了一圈沙发和一台大液晶彩电。沙发上到处摆放着或大或小的毛绒玩具狗。沙发背后的一个石头茶几上放着一幅大理石国际象棋棋盘和一个1∶1大小的美洲金刚鹦鹉陶瓷雕塑。墙上挂着许多莫奈的名画：《花园的日本桥》《阿让特伊附近的罂粟田》《小溪瀑布》等等。史蒂芬妮后来跟我说，她的外祖母爱丽丝奶奶非常喜欢莫奈，这些画都是爱丽丝奶奶临摹的。我对史蒂芬妮说，也难怪爱丽丝奶奶喜欢，这落地窗外的景色，岂不和莫奈在他印象画作中描绘的光影变化一模一样吗？

　　当我在感叹史蒂芬妮的家庭装修的时候，帕斯卡兴致勃勃地从楼上走下来。他双臂挣开，伸了一个懒腰，对我大声说："又是精神抖擞的一天，不是吗？登君！"我在这位和蔼可亲的大叔面前感觉很放松，笑着对他点点头，说："你们家有意思的东西真多，我可以仔细看看吗？"他非常高兴地打开博古架，开始给我展示他从世界各地收集的小玩意儿，我取出来一个苏军大檐帽戴在头上，帽子上的红五角星还印有镰刀斧头的党徽。对着镜子欣赏了自己一会儿，又拿起亚瑟王的宝剑，要在院子里给帕斯卡展示太极剑法。"去吧，中国武神！"帕斯卡笑嘻嘻地说。其实我也不会太极剑，于是在院子里随便抡了几个圆。帕斯卡大声鼓掌。从院子里，我看见楼顶的烟囱里倒插着半截圣诞老人的屁股和腿。帕斯卡回头看了看，说这是他前天爬到楼顶装上的。

帕斯卡眯起眼看着一望无际的田野，问我说："登君，你觉得我们家的景色怎么样？""绝美胜画！"我评论道。帕斯卡得意地说："当我和赛琳娜第一次来到鸟鸣庄的时候，这里一个居民都没有，只是在大路旁边建了一座孤零零的石头房子，权当是村政府。我和村长以及十来个冒险家，一起建立了这个村子。我和赛琳娜一砖一瓦地，盖起了你脚下的这座房子，在这里生下了史黛夫和亚历克斯。那是二十年前的事情了。二十年前，我就像你现在这么大，一样地富有青春活力，一样地穷得揭不开锅。登君，我从史黛夫那里听到你的生活艰难，这么年轻就来到异国他乡，这是伟大的冒险！你千万不要因为暂时的困难被打倒，因为未来还在你手中。当你心中充满了梦想，你就可以用双手创造一切！"他鼓励我说。

这时赛琳娜喊帕斯卡到厨房帮忙，我就回到了自己的房间。史蒂芬妮到房间来看我，她看见我凌乱的床，俏脸一沉，严肃地说："登君你起床怎么不收拾床铺呢，你别忘了你可是在别人家做客！你这床要是被赛琳娜看见了，你和我都要被骂得狗血淋头！"于是她赶紧和我一起整理床被。法国人的床铺整理规则实在是太繁琐了，需要先把床垫套整理平整，然后反铺上第一层床单，将被子平整地放在床单上，在被子上铺上第二层床单，再把第一层床单的头部翻到被子外面来，然后在翻折的床单前面塞上两个打得蓬松的枕头，再把被子和两层床单的边角都塞到床垫和床板之间，最后在两个枕头上面再放上两个小坐垫。每一步做得不平整都会影响到下一步的整齐，在做下一步时又总是把前面刚弄平整的给弄皱了。我扯平了这边那边就会皱起来。两个人手忙脚乱地整好了床。史蒂芬妮指着我的鼻子说："今天我帮你，明天你自己做，但是我要检查，整理不好被子，不准出去吃饭！"我指着贴在我房间墙上的两张报纸剪报，问史蒂芬妮剪报上说的是什么东西。两张剪报的两篇文章都整整占了一个版面的位置。一篇文章上贴着亚历桑德拉的照片，题目是：《亚历桑德拉行走在时尚界的路上》，写的是亚历桑德拉被选中成为巴黎著名时尚杂志的时装模特的故事。第二篇文章上贴着史蒂芬妮的中学全校老师把史蒂芬妮围在中间的大合影，还有她西装革履坐在办公桌旁自信微笑的照片，题目是：《史蒂芬妮，帝王般的胜利！》我大致读了一下，讲的是史蒂芬妮在高中会考中得到好成绩，她的高中老师和家庭很为她自豪。她未来希望成为一名化学工程师，并被设在雷恩化学学校的盖吕萨克预科班录取。"法国人口少，真是有好处，学生考得好也能上当地报纸！"我羡慕地感叹道。史蒂芬妮对我说，她能上报纸并不是因为考得"好"，而是"非常好"——她高中会考成绩平均分18.52分，并获得了国家教委的全国最高荣誉奖励。我不解地问道，18.52分是一个很高的分数吗？史蒂芬妮瞪大了眼睛，用难以置信的语气对我说："18.52分是一个很罕见的分数呀，登君！我的高中会考成绩在全法国排名第四！"我吓了一大跳，突然意识到，我的教女，原来是全法国最顶级的学霸。

赛琳娜喊大家来吃饭。她做了猪血肠、烤土豆和煎蔬菜饼。餐桌中央的烛台点燃了三支蓝蜡烛，每个餐盘下面都压了一张方餐巾，大小餐盘上下叠在一起，银质刀叉分列左右。猪血肠是用猪血、猪油和苹果酱灌到羊小肠中制成，黑不溜秋的，猪血的味道很浓。亚历桑德拉讨厌猪血，所以给她做的是白血肠，白血肠长得跟猪血肠一模一样，羊小肠里面塞的却是白肉、鸡蛋、面粉、奶油和牛奶，颜色是白的，泛着一股奶香。亚历桑德拉幸灾乐祸地说："我才不像你们一样吃猪血肠呢，吃起来跟你们在嚼一坨大便一样！"赛琳娜喝道："亚历克斯，淑女一点！"亚历桑德拉冲着我吐了吐舌头，做了个鬼脸，悄声说："这都是里昂地区的黑暗料理，这还不是最变态的，那帮里昂人甚至吃猪大肠，嚼起来一股粪臭味。恶～～"她边说边打了个颤，表示不敢忍受。帕斯卡插嘴说："亚历克斯，你不能因为别人和你的习惯不同，就认为自己是正确的，而道貌岸然地去指责别人。勃艮第地区的人喜欢吃蜗牛，巴黎人喜欢吃青蛙，说不定登君也会觉得这些很恶心，可是蜗牛和青蛙却被视作法餐的经典。我们诺曼底的特色菜——卡昂牛杂锅，别的法国人也可以认为我们吃牛的内脏很奇怪。"他边说也边打了个颤，明显是在嘲笑亚历桑德拉夸张的动作。他看着我说："中国人喜欢吃狗肉，我们法国人认为狗肉是不能吃的，可是在中国说不定这就是一道美味大餐呢！"我耸耸肩，说："在中国青蛙也入菜，我们虽不吃蜗牛，但是在我家乡有一个大明湖，家乡人喜欢挖湖底的田螺吃，味道也是一样的。我从来没吃过狗肉，也没在任何一家餐馆见过狗肉做的菜。有许多法国人都问我为什么中国人吃狗肉，可是我们好像并不吃狗肉啊！"帕斯卡挠挠头，困惑地说："是吗？可是这边的报纸和书籍都是这么写的，可能他们搞错了吧？"

赛琳娜和帕斯卡商议下午的行程。"我带着孩子们和登君去城里，明天就是平安夜，我到圣诞集市去看看有什么需要购置的物品。"帕斯卡说。赛琳娜点点头，叮嘱说："别忘带孩子们到你爸妈那里，商议一下明天他们怎么过来。我也跟我妈妈和老约瑟夫打一个电话。然后在家里准备一下明天的餐食。"

商议妥当。饭后帕斯卡带着我、史蒂芬妮和亚历桑德拉，开车顺着鸟鸣庄的主干道一路向西驶去，当塞纳河出现在左手边的时候，我们便到了诺曼底地区的首府、诺斯人罗诺的都城：鲁昂。帕斯卡将车停在老集市广场附近，史蒂芬妮指给我看广场上百年战争期间烧死法国民族英雄圣女贞德的火刑架，人们在广场一角建造了超现实风格的圣女贞德教堂。我们步行沿着大时钟街，向东朝鲁昂主座教堂方向走去。大时钟街人山人海，多数是阖家出行，人人脸上都洋溢着幸福的笑容。街头艺人拉着手风琴，脚踩着节拍摇铃，随风高声歌唱。街两旁都是雷恩口渴街那样的彩色木筋房子，里面卖着各种糕点、巧克力、服装。街道正中央是时钟拱门，金色的时针镶嵌在十四世纪制造的、直径2.5米的大表盘上，表盘上方文艺复兴风格的金属饰球指示月相，而表盘下方则用希腊诸神的移动来指示一周七天。当我们接近大时钟街的尽头时，透过狭窄街道两旁的木筋房子，可以看到远方是一座高得仿佛无穷无尽，由石灰巨岩垒成的，神灵也无法穿越的叹息之墙壁。从大时钟街走出去，狭窄的街道一下子变成一个宽阔的广场，我才发现这堵叹息的墙壁是一座庞大到前所未见、恢宏壮丽的大教堂的正立面。教堂正面的三座大拱门上方是城堡一样层层叠叠的山墙，两边各有一座摩天巨厦一样的钟塔，在山墙的空隙处朝天空仰望，可以看见墙壁后面不远处，立着一座更加消瘦高扬、直刺苍穹的金属尖塔。教堂前的广场有一个溜冰场和圣诞集市，赶集的人在这样庞大的建筑物前，仿佛蝼蚁一样微小。帕斯卡带着我们钻进了圣诞市场。圣诞市场卖的主要是食品和饰物：苹果冰糖葫芦、粉红棉花糖、热葡萄酒、各式巧克力、奶酪、加拿大的枫树糖浆、阿拉伯的飞毯、印度的花布、木偶小人、瓷器娃娃……我的肚子咕咕叫了起来，中午吃得不够。史蒂芬妮一家人的饭量实在是小，但是在别人家又不好意思多要，饥饿感，成为我整个圣诞假期最糟糕的回忆。

帕斯卡看见我饿了，笑了笑，给我买了一个奶油草莓华夫饼，聊以充饥。他又买了些肉肠、干酪，和一个匈牙利苹果卷。这个苹果卷从外面看就像一个烤面包，切开来会发现里面是苹果和无花果混合起来的馅料。"这个明天烤一烤，切成片，可以当前餐来吃。"帕斯卡说。

买完东西，帕斯卡开车把我们带到塞纳河对面的一座楼房里。史蒂芬妮的祖父祖母就住在那里。亚历桑德拉看见自己的爷爷，兴奋地一把扑上去。整个晚上她都抱着爷爷的脖子撒娇，把自己的毛绒玩具小狗扔到爷爷的头上，爷爷也做出小狗的动作逗她笑。帕斯卡有些冷淡和生硬地跟自己的母亲说话，请他们第二天到家里一起过节。史蒂芬妮安安静静地坐在我旁边，听自己父亲和祖母的对话。帕斯卡的父母热情地留我们吃晚饭，帕斯卡看了看我，又跟赛琳娜打了电话，然后才同意留下来。帕斯卡的母亲做了烧鸡汤和苹果派。

当我们晚上开车回鸟鸣庄时，亚历桑德拉已经困得在车里睡着了。帕斯卡一言不发。史蒂芬妮低声对我说："登君，你看今天帕斯卡对他的父母有些冷淡，这并不是因为我爸爸不孝顺，而是因为我的祖父祖母为人有些小气，和我家的风格大不相同。"我点点头，打了一个饱嗝。史蒂芬妮的祖父祖母做的饭实在分量很足，终于驱走我从昨天晚上就一直挥之不掉的饥饿感。

这时史蒂芬妮突然指着路边说："快看登君，INSA鲁昂！"我朝车窗外看去，只见一大片灰白色的建筑出现在路边。"INSA鲁昂是五个INSA中负责化学一块的，它也在盖吕萨克联盟中。"史蒂芬妮说。"那你为什么不在INSA鲁昂上预科班呢？距离家也近一些。"我问。"怎么说呢，如果在INSA鲁昂上预科班，未来主要就待在INSA系统里。雷恩的盖吕萨克预科班在未来却有盖吕萨克联盟的17所化学学校可以选择。再说INSA是国立应用科学学校，主要偏向应用化学和工程化学。我对做石油或做核电可没什么兴趣，我想做些更有意思的方向。"史蒂芬妮说。"什么方向呢？""比如说化妆品。"她回答道。

第二天早晨起床时，我看见一个戴着老花镜的白发老太太正坐在大厅织毛衣。我意识到这就是史蒂芬妮的外祖母：爱丽丝奶奶。这是一个怎样慈祥的老太太啊！她的目光炯烁，笑容温暖，脸上的皱纹似乎历尽沧桑，却又泛红着青春的气息。史蒂芬妮从楼上下来，便依恋地搂坐在爱丽丝奶奶旁边。后来赛琳娜告诉我说，爱丽丝奶奶在前一天晚上就已经到了。她平常睡我住的客人房，在一楼也不用上下楼。但是由于我正用那个房间，所以爱丽丝奶奶昨晚睡在史蒂芬妮的屋里，史蒂芬妮把床让给外祖母，自己打的地铺。爱丽丝奶奶和蔼地跟我打招呼，好像是一个久别重逢的熟人一样，不见外地和我聊起天来。史蒂芬妮跟我说，爱丽丝奶奶年纪八十有七，但是她是自己开车从鲁昂市另一端的远郊区赶来的。我赞赏奶奶织的毛衣真漂亮。奶奶对我说，她仍然还能用缝纫机做衣服，她视力还不错，穿针引线都没问题。史蒂芬妮跟我说，奶奶年轻时是一名裁缝，这一生做出了成千上万套衣服。在二战时期，爱丽丝奶奶冒着生命危险，把情报缝在衣服的领子或袖口里，在德国人眼皮底下将情报转给地下抵抗组织。奶奶得意地说，她把德国人检查过的衣服的缝口拆开，把情报装进去再缝起来，缝得天衣无缝，和原来一模一样。爱丽丝奶奶的故事让我对当年为了全人类解放而涌现的无数人民英雄肃然起敬。

史蒂芬妮根据昨天的叮嘱，检查我的床铺。我勉强把最上面一层床单整平了，史蒂芬妮拿手按了按床单，然后揭开最上一层床单，发现下面的被子仍是皱皱巴巴的，立即朝我发火了："你这样糊弄，岂不是对别人的不尊重？太伤我的心了！"我赶紧找理由推卸我的责任："你们法国人整理床铺的规则太复杂，我一时半会儿实在掌握不了，其实在中国我的床也是整理得很整齐的，但是按中国的方式。"史蒂芬妮说："那就按中国的方式嘛！按什么方式并不重要，关键是你要表现出尊重的态度。免得让接待你的人觉得自己找了个白眼狼。"于是我就按国内大学军训教官教的方法，叠了一个豆腐块儿。当然距离真正的豆腐块儿还差得远，没棱没角的，史蒂芬妮也没有见过真正的豆腐块儿。她还算很满意："以后就这样叠吧！"她说。

　　大厅里的人声越来越多，当我和史蒂芬妮回到大厅时，看到她的爷爷奶奶已经来了。不一会儿又来了一个高高瘦瘦的、精神矍铄的老头，光秃的头顶，戴着一副老花镜。史蒂芬妮介绍说这是老约瑟夫，爱丽丝奶奶一生的挚友。赛琳娜把家里所有的圣诞彩灯都打开了，整个房间都沐浴在闪烁的星光里。暖气也开得十足。"今天是周末，电费是便宜的。"赛琳娜手舞足蹈地说，"所以，尽情地用电吧！"

　　史蒂芬妮的爷爷抱着亚历桑德拉，和爱丽丝奶奶在谈话。他听说我们要到巴黎的亲戚家去住，于是就对帕斯卡说："给妮可带去我们的祝福！你们两个，是你爸爸妈妈最大的骄傲。"然后他又满脸羡慕地对我说："妮可是我们的大女儿。她可富呢！在巴黎投资房地产，买了两三套房子。光是租金，就可以一生吃穿不愁。哪像我老两口，吃着可怜巴巴的退休金，还住在单元房里！"帕斯卡低声喝道："爸爸！你非得今天在外人面前谈这些东西吗？就不能好好地过一个圣诞节？"

　　老约瑟夫见状向我招了招手，叫我到他那边去："爱丽丝昨天跟我说起了你，小史黛夫的中国教父。她还专门叮嘱我给你带来这个。"他用颤颤巍巍的手从上衣口袋里掏出一张发黄的黑白照片，照片上是一个留着八字胡的帅气年轻军官，胸前挂满了勋章："这是我在阿尔及利亚时的照片。"他说。史蒂芬妮插话说："老约瑟夫年轻时是一个战功卓绝的军官，他参加过诺曼底登陆战役，后来又参加了阿尔及利亚战争。"我一下子就来了兴趣："你能给我讲一下当时的情形吗？D-Day！"

　　"当时我并不在奥马哈海滩。当时在英国，可以作战的法国军队剩下得不多了。所以英国佬和美国佬不让我们参加最为残酷的主战线。"老约瑟夫说着，陷入了遥远的回忆，"我们提前一天被空投到了南布列塔尼。你在布列塔尼生活过就知道，布列塔尼人是很有独立精神的，无论是现在在法国内部还是当年的德国占领期间。所以地下抵抗组织非常活跃。我们的任务是和当地的游击队建立联系，骚扰驻守的德军。让希特勒误以为盟军要通过海峡群岛从布列塔尼登陆，而放松对诺曼底的警惕。"

这时赛琳娜把洋葱汤一一摆放到桌上，拍手叫大家开始吃圣诞午餐。洋葱汤是诺曼底人最喜欢的开胃菜，用黄油将洋葱、蒜末和面粉炒至微熟，倒入白葡萄酒和苹果酒醋炖开，再撒上浓浓一层奶酪丝融化在汤里，用经过橄榄油煎至微焦的面包片蘸着吃。我在史蒂芬妮家里总是觉得饿，作为客人又不能叫他们给我加比别人更多的菜，于是就尽可能地多吃面包，洋葱汤正好是一个绝佳的掩护。

"那您是怎么到英国去的呢？"我坐在老约瑟夫旁边，嘴巴里还堵满蘸着汤汁的面包，含含混混地问道。"从敦刻尔克，"老约瑟夫说，"我是上加来人，原先也不是战士，而是一个面点师。只要给我面粉、糖、盐、奶油和朗姆酒，我就能做出你所想象的各种甜点：黑森林、博朗峰、千层酥、卡露蕾、闪电泡芙……"史蒂芬妮夸赞道："如果你能有幸吃到老约瑟夫做的甜点，你会一辈子都忘不了的。"

"可是当战争来了，所有的人都被迫成为战士。我们的领导者是一个作家，非常腼腆，会写那些让人心动的诗句。可是在战场上，他总是勇敢地冲在最前面。后来他在伞降不久，就被一个乌克兰雇佣兵打死了。所有的布列塔尼人都知道他的故事。"老约瑟夫伤心地摇了摇头。这时塞琳娜摆上了当天的主菜：土豆泥焗牛肉，下层是精心炒制的牛肉酱，上面铺上厚厚一层土豆泥，最上面是一层奶酪，在烤箱里烤制而成。"你先不要立即吃，底下的牛肉会很烫的。"老约瑟夫提醒我说。

"我降落的时候正是深夜，我把降落伞先收起来。别的战士都不知道被风吹到哪里去了。这时远处来了一个人，我也不知道他是法国人还是德国人！我们只能模模糊糊看见对方的影子。他骂我娘，我也骂他娘，他埋怨我说飞机把他的牛吵醒了，这时我们就都确信对方是法国人。他收留了我并把我介绍给他认识的一个游击队员。后来我们便找到越来越多的失散的战友。

我们人越聚越多，还在不停骚扰德国人，缴获了不少装备。德国人也不知道我们到底有多少人。我们和当地反抗力量在森林里面建立了革命根据地，德国人派来的小分队都被我们歼灭了，一点儿风声都没有泄露出去。这时盟军和德国人在诺曼底激战，布列塔尼距离诺曼底最近，可是布列塔尼的德军被我们拖住了，根本无力去支援诺曼底的德军。而且我们把公路和桥梁都炸毁了，他们也出不去！"老约瑟夫讲到这里，哈哈大笑。"后来一个德国特务穿着我们的服装，骗了一个单纯的布列塔尼农民，找到了我们的根据地，刺杀了游击队领袖。然后根据地就在德军大部队的围攻下失守了，我们也失去了和伦敦的联系。可是我们分散在乡间继续抵抗，直到盟军大部队把我们救出来。随后我们跟着盟军北上，在荷兰打仗的时候，传来了德国投降的消息。"老约瑟夫平静地看着我说，"这就是我的故事。"

我仍然沉浸在震惊与回味的情绪之中，无法脱离。我知道，老约瑟夫的轻描淡写中，蕴含着生与死的惊心动魄，凝系着国家民族前途命运的孤注一掷。在那个大时代，英雄主义是平凡的每一个人都毫不犹豫去践行的，每个人都理所当然地为他人和理想去奉献自己的生命。正是有了这些牺牲，才换来这个世界今天这样和平安详的生活。我情不自禁地站起身来，向老约瑟夫举起手边的酒杯："请您接受我发自最内心的敬意，我想为自由的保卫者们而干杯！"帕斯卡也高举酒杯，大声说道："说得好，登君！为自由的保卫者们而干杯！"餐桌旁所有的人都不约而同地站起来，共同干杯："为自由的保卫者们而干杯！"

午饭过后，大家收拾衣物，互相吻别。爱丽丝奶奶留下来，继续和我们住在一起。天色渐晚，各电视台播放平安夜特别综艺节目。法国没有春晚，这些综艺节目都小打小闹，有些无聊。赛琳娜和帕斯卡在厨房里紧张地准备平安夜大餐。他们做的菜是"热月龙虾"，这道菜是为了纪念法国大革命热月政变一百周年时上映的一部话剧而发明的。将煮熟的大龙虾剖为两半，完整地取出虾肉切泥，虾壳留下备用，将黄油、牛奶、蛋黄熬成汤汁，佐以芥末、柠檬汁、盐和胡椒，用奶酪丝收汁，混以虾肉泥，再次放入虾壳中，上撒奶酪和香菜丁，在烤箱里高温烤制而成。这是一道极为奢华的菜，我在法国也只在那天晚上吃过一次而已。赛琳娜在前一天一共买了两只大龙虾，把它剖成四瓣后，又横切一刀成为八份。我们只有六个人。赛琳娜把多余两份中的一份给了爱丽丝奶奶，正把另一份给史蒂芬妮，这时帕斯卡突然来了一句："登君，你吃饱了吗？"我也是不经过大脑地老实回答道："还有些欠。"史蒂芬妮听罢便把她妈妈刚给她的第二份龙虾给了我，并说："登君你吃这份吧，今天是平安夜，你一定要吃得好好的！"赛琳娜愤怒和埋怨地看了她丈夫一眼，但是帕斯卡关心地看着我，没有注意到妻子的眼神。赛琳娜什么也没有说，只是很心疼地看着自己的女儿。

吃完平安夜大餐，便到了分拆礼物的时间。大家在圣诞树下找到写有自己名字的礼物包裹。我送给史蒂芬妮姐妹的是在雷恩布列塔尼议会广场圣诞集市购买的小饰物。亚历桑德拉收到的是花环精灵的雕像，史蒂芬妮收到的是蝴蝶翅膀精灵的雕像。我送给帕斯卡夫妇的是我外祖父绘制的"雅集东西"扇面。这把扇子，在我刚来法国时，曾向阿娜斯塔展示过，当时被大奔狠狠地嘲讽。史蒂芬妮送给我一个小蜜蜂的毛绒玩具钥匙链，亚历桑德拉送给我她从比利时买到的巧克力。帕斯卡夫妇送给我一本书，讲的是圣米歇尔山的故事。圣米歇尔山正好位于布列塔尼和诺曼底交界线上的大海中，是法国继埃菲尔铁塔后的第二大旅游目的地。帕斯卡夫妇精心地选择了这个礼物，以代表他们这个诺曼底的家庭接待了我这个来自布列塔尼的中国人。这座位于大海正中央的圆锥形石头小山丘，在十多公里外的海岸平原上都可以看见，也是继耶路撒冷和梵蒂冈之后的第三大天主教圣地。隐居的修道士们在远离陆地的山丘上修建了巨大的堡垒，整个地覆盖了山顶的花岗石岩，又在堡垒的天花板搭成的平台上，建立了一座像火焰一样向上升腾的大教堂，这座教堂把整座山的高度增加了一倍。在八个世纪的建造过程中，城堡下方的山体上建立起一高一低两圈村庄，并用巨石堆砌的厚重城墙，将山体和大海分隔开来。从海岸上远远望去，圣米歇尔山好像但丁神曲中像金字塔一样的境界山，由一层又一层的不同世界互相摞起来，越往上越窄，最终通向天国。有时山体在平静的海面上倒影为双，便愈发透出万千非凡的气象。我甚至一直非常肯定地认为，托尔金在《指环王》中描述的人类之城米那斯提力斯，就是以圣米歇尔山为原型的。我刚到雷恩时，便听伊玟跟我说，法国人正在圣米歇尔山附近建造规模巨大的环境改造工程，以反转圣米歇尔山周边海域泥沙加速淤积的现状。

分完礼物，我们便吃了圣诞节的传统糕点圣诞树桩蛋糕——一种外表看上去像一根枯木头，里面有好几层的蛋糕，只有在圣诞节才能在外面买到，蛋糕切成片全家分着吃。吃完圣诞树桩蛋糕，平安夜就算过去了，圣诞节当天反而什么都没安排，只是按照传统中午吃了烧鸡。赛琳娜对我说，他们家的许多亲戚朋友这一天都去教堂，也没法把大家聚起来。我们第二天就要去巴黎，需要收拾一下行李。

我给雷恩的朋友发去圣诞祝福短信，不久就收到了许多回信。

亚历克斯的回信是这样说的：

"在说了好几天英语后，收到法语的信息就感觉回到了正常的生活。我的兄弟，希望明年的你生活更加顺利幸福。"

卡特琳娜的回信是这样说的：

"亲爱的登君，我现在在爱沙尼亚的雪国当中。好想念法国的巧克力。你在你教女家过得好吗？祝你圣诞快乐！"

凯瑟琳的回信是这样说的：

"亚历克斯，收到你的短信实在高兴。我在努力地备战答辩。总是想起和你一起在雷恩的日子。希望我们很快可以再相见。"

克蕾丝苔的回信是这样说的：

"我在斯特拉斯堡父母的家里。史蒂芬妮对你不错吧？我给你选这个教女是绝对正确的。佛洛莉艾娜是不可能对你这么好的。圣诞同乐。"

但是，我却没有收到克里斯蒂娜的回信。

克里斯蒂娜的消失引起了我强烈的担忧。我反复咀嚼着和她最后见面时的对话，几乎十分肯定我对大奔的批评激怒了她，让她不愿意再理睬我。这可怕的想象击溃了我，让我随后一整天都在心神不宁中度过。这把史蒂芬妮一家人都吓坏了。

第二天一大早，爱丽丝奶奶开车把所有人都送到鲁昂火车站。帕斯卡坐在前排副驾位置，赛琳娜、史蒂芬妮、亚历桑德拉和我挤在后排。法国法律规定后排最多只能坐三个人，为了躲避摄像头，赛琳娜叫亚历桑德拉躺在我们三个人的大腿上，上面再盖了一层毯子做掩护。亚历桑德拉天使一样的小脸，正好趴在我的大腿上。因为起得早，她很快像慵懒小猫一样睡着了。我紧张得一动都不敢动，亚历桑德拉轻柔的喘息让她躺的那块皮肤变得滚烫。我几乎要用很大的精力才能确保赛琳娜和史蒂芬妮不会发现我慌张和不自然的脸色。

帕斯卡买了所有人的车票。一辆普通的区间车行驶了一个半小时，于是到达了一个非常脏乱的车站：铁轨上布满不合时宜的垃圾，到处都是拙劣的涂鸦和贴上去又撕下来的小广告痕迹。"这就是巴黎！"帕斯卡感叹道。车站里人声鼎沸，各种肤色和面孔的人行色匆匆，布满喧嚣，仿佛是在烈火上全力开动的蒸汽机。那一天的巴黎乌云密布，十分压抑，火车站广场上有一堆稀奇古怪的钟表摞在了一起。街道上所有的房子都长得一模一样：用高雅的大块白色砂岩方石构建外墙，一层是商铺，二层和五层拥有洛可可风格的铸铁栏杆小阳台，三层和四层长方形落地窗上面有希腊式的拱门雕塑，六层是靛蓝色的屋顶，所有的建筑都位于同一立面，互相紧密相连，像一堵宏伟的墙，又像是整齐列队的卫兵，沿着大道向远方延伸到目不可及之处。"这是奥斯曼建筑。"帕斯卡对我解释道，"你能想象吗？罗马不是一天建成的，但巴黎几乎是在二十年之内建成的，而那个时代距我们现在还不到150年！当时的塞纳省省督奥斯曼男爵嫌弃巴黎的街道过于狭窄，卫生脏乱差，在二十年之内他拆掉并重建了四分之三的巴黎，规划了笔直的林荫大道和像刀割一样整齐的建筑。道路的宽度、树木的高度、人行道的宽度、建筑物的高度、建筑物的立面风格，全都做了详细的规定。所以整个巴黎都是风格统一的、宏伟的庞大叙事。全世界也只有这一座巴黎，是这个样子的。"

我们穿过了人流汹涌的街道，地下的污水从一个井盖里喷出来，顺着马路沿子，又流到另外一个污水井盖里。在等待红绿灯时，我会想到雷恩市共和国广场上那一杆整个城市唯一的红绿灯。街边商店的巨大橱窗里摆着名牌包包和高定服装，还有许多会动的主题玩偶在包包和服装旁边做着滑稽的动作，引得许多小孩子兴奋地趴在窗上朝里张望。"妮可姑妈说她在歌剧院地铁站前等我们，"史蒂芬妮提醒道，"爸你确定我们走的是正确方向吗？""没有错的，我十年前刚刚来过，记得很清楚。"帕斯卡十分自信地说。

"登君，你很快就要看到巴黎歌剧院了，这是全世界最豪华的歌剧院，对我们芭蕾舞者来说，是梦想中最神圣的殿堂。"史蒂芬妮满心憧憬地对我说，"巴黎歌剧院这座建筑本身就充满传奇，它建在一座地下湖之上，你有没有听说过《歌剧魅影》这部歌剧？讲的就是歌剧院地下湖发生的故事！歌剧院所在的地方有条地下河流经过，无法打地基。于是建筑师就建了一个巨大的混凝土水槽，将河水引入水槽形成地下湖，然后混凝土水槽就变成了歌剧院最坚实的地基。"

我们又往前走了一段。"爸爸，这个就应该是歌剧院了，要不然不会有这么富丽堂皇的路灯。"史蒂芬妮用手指着路边，那里有一排窈窕的青铜裸女双手优雅地高高举起，扶着头顶古典的灯罩。路灯背后的建筑，极尽精功繁琐之能事，每一个角落都布满或妩媚或庄严的雕塑。在一座巴洛克大旋转楼梯前，两只展翅苍鹰，站在古希腊的大理石立柱上，遥相对视。

"我记忆中的歌剧院可不是这个样子的。"帕斯卡说。"我们可能还没到它的正面。"史蒂芬妮说。我们围着这座建筑绕了半个圈，来到它拥有巨大的罗马神殿立柱的正立面，两座纯金胜利女神雕像屹立在房顶两端，让我想起雷恩布列塔尼议会宫房顶的四座纯金天使雕像。眼前这座建筑金碧辉煌，气度无比庄严，上写镀金大字："国家音乐学术院"。建筑对面一望无际，是一条宽阔壮丽、车水马龙的大道，直通到遥远处的一座宫殿。这确实是巴黎歌剧院无疑了。

亚历桑德拉最先看见了妮可姑妈，这是一个身材中等微胖、一脸和气的中年妇女。她带领我们顺着歌剧院广场正中央的大石头楼梯走到地下，很快来到地铁闸机前面。雷恩的地铁站是没有闸机的，宽阔的通道直降到月台，基本每个人口袋里都揣着月卡或年卡，月台旁有一个小小的打票机可以打小时票。雷恩市的官员相信每个人都是买了票才去坐地铁的，所以也不去控制，只是时不时派个人随机查票。巴黎丑陋的闸机让人想到电影《黑客帝国》里破烂的机器城，笨重油腻，每次开合都发出巨大的噪音，让我十分反感这座城市的执政者对市民巨大的不信任，竟然认为人民会逃票？赛琳娜到售票窗口给大家买票。"告诉售票员我们去文森站。"妮可姑妈叮嘱道，"我们要出圈，地铁票要比一般票贵一些。"

过了闸机，我们跟着妮可姑妈穿过一条又一条长长的地下甬道，不停地上楼梯下楼梯，到处都显得油腻和肮脏。一些电动扶梯处，水渍顺着墙缝溢出来，把红色的墙壁浸出了黑里发白的起皮，恶心得要命。"这附近的地下水比较多，把地铁站都泡坏了。"妮可姑妈歉意地说。"还记得我给你说的地下河的事吗？"史蒂芬妮提醒道。雷恩的地铁是小小的两节，全自动的，跟太空穿梭机一样。巴黎的地铁却像是把一辆完整的火车搬到地下，前和后都看不到头。我们挤在拥挤的人群中，在黑暗中穿梭，不一会儿便来到妮可姑妈家。

放下行李，妮可姑妈简单地做了午饭，大家便讨论下午要到哪个景点游览。赛琳娜建议以我的意见为主，而我想去埃菲尔铁塔。于是大家收拾一下，即刻又再出发。这次坐的地铁比上一次小了一些，而且像雷恩的地铁一样一会儿在地面下一会儿在地面上。在地铁穿越塞纳河后不久，便看见旁边好几座三十多层高的居民楼。果然是国际大都市！在来到法国后我已经习惯了所有的居民楼都不超过十层："这里好像中国啊！"我惊叹道。"很正常，我们正在穿越巴黎中国城。"地铁里的一个老太太插嘴说。她的话把大家都弄笑了。不一会儿在地铁的右手方，埃菲尔铁塔挺拔俊秀的身姿映入眼帘。她是如此之高，以至于塔尖已经隐没在浓云之中。

在排了很长时间队后，我们坐着双层的透明电梯，顺着镂空的铁塔腿部斜着向上到达铁塔第一层平台，赛琳娜给大家只买了这一层的门票。这是我人生第一次如此接近这座世界上最浪漫的钢铁巨物。我使劲敲了敲直刺苍穹的钢铁支架，里面发出咚咚的回声，果然是铁做的。铁塔的内部细节装潢处处透露着旧工业时代和赛博朋克的混合风格。第一层平台的四个方向分别有一个小卖部、一个餐厅、一个会议室和一个滑冰场，中间是一个可以看见塔下广场的巨大空洞。整个巴黎的建筑此刻都被踩在脚下，塞纳河像玉腰带一样，从铁塔处拐了个弯儿，流向远方。帕斯卡兴奋地带着我和两个女孩子，围着一层平台转了一圈，给我们指指点点巴黎著名地标的楼顶。妮可姑妈和赛琳娜则躲到小卖部里坐着休息。透过雾茫茫的天气，我影影绰绰看见铁塔前方不远处就是一片巨大的森林，森林背后是一片乌压压的青山。原来巴黎也并不大，我心想，从市中心的铁塔往外看，这么快就能看见城市的边界。小卖部里有男女厕所，亚历桑德拉排了好长时间队，就是为了看看埃菲尔铁塔的厕所是否更加浪漫豪华。"里面只有一个普通的抽水马桶！"她失望地叫道。男厕所没有人排队，我进去了。除了一个普通的抽水马桶外，还多了一个普通的小便池。

我们从铁塔上下来，跨越塞纳河，爬上铁塔对面的一个小山坡。顺着无数级台阶到达山顶广场，转身向夜幕初落的铁塔回望，铁塔已不知何时像晶莹的水晶一样从里到外点燃温和的黄色光芒，一条前后贯通的巨大探照光柱，以铁塔的顶端为轴心，在巴黎的天空缓缓旋转。这熟悉的景色，自从我四岁从小画册第一次知道埃菲尔铁塔以来，已经无数次从报纸、广告、挂历、书本插图中看见过，现今终于知道它们是从什么角度拍摄的了。这时铁塔的整个身体突然亮起闪烁的星光，绝美异常，整个广场的游客都发出了惊喜的尖叫声。我们又坐地铁来到了凯旋门，沿着挂满圣诞灯饰、星光璀璨的香榭丽舍大街走了一段，才兴犹未尽地坐地铁回到妮可姑妈家。

妮可姑妈在公寓楼里有一上一下两套房子，楼上会客楼下自住。会客房在客厅旁边有里外两间卧室，史蒂芬妮姐妹睡里间，帕斯卡夫妇睡外间，我在客厅打地铺。客厅有些冷，我把自己紧紧裹在大衣里面。在睡梦中，我看见克里斯蒂娜站在大奔旁边，痛斥我是一个卑鄙小人，说以认识我为耻。我从噩梦中惊醒，浑身大汗淋漓，我发烧了。

第二天，全家人都在讨论我的病情。"可能在埃菲尔铁塔上湿寒气太重，着凉了。"妮可姑妈同情地说。我坚持要继续和大家出去游玩，妮可姑妈给我拿了些退烧药，吃了后感觉好多了。大家决定去参观一个博物馆，在卢浮宫和奥赛博物馆之间犹豫不决。我想去卢浮宫，帕斯卡顺着我，坚持要去卢浮宫。赛琳娜不满地对丈夫说也要照顾一下自己亲生女儿们的兴趣爱好。卢浮宫收藏古典艺术作品，奥赛博物馆收藏近现代艺术作品。莫奈的印象派画作都收藏在奥赛博物馆里，于是最后大家决定去奥赛博物馆。妮可姑妈今天有事，她找了一个叫贝阿纳黛的阿尔及利亚女人陪我们逛巴黎。

前往奥赛博物馆的地铁是一种双层的巨大火车。在火车上贝阿纳黛跟我讲了她和妮可姑妈一家的关系。她和父亲在阿尔及利亚战争期间逃难到法国，一开始没有身份，没人愿意租给她房子，只有妮可姑妈收留了她。她在妮可姑妈的房子里住了十年，经历了父亲的去世和孩子的出生。后来她的孩子越生越多，家里住不下了，才搬出去租了更大的房子。"我后来又换了好多房东，但没有一个房东和妮可姑妈那样，保持这么好的朋友关系。我家里有11个孩子，生活比较困难，妮可姑妈还时不时资助我。"贝阿纳黛说，"我在巴黎住了四十多年，这座神奇的城市仍然不停给我惊喜，有时你在街上走着，就能突然发现一座从来没有注意过的街心花园。"

我听着贝阿纳黛的讲述，礼貌地微笑着，心中却控制不住地忧虑着和克里斯蒂娜的关系。贝阿纳黛注意到我脸上神色阴晴不定，便向史蒂芬妮投去询问的眼神。史蒂芬妮简略给大家讲了一下我、克里斯蒂娜和大奔的故事。"登君班上那个中国人，聒噪得紧，没有什么教养却爱吹牛。自己也挣不到什么好处，却成天插手破坏登君和他心上人的关系。"贝阿纳黛同情地摇了摇头："我们阿尔及利亚有一句谚语：'只有装了一半水的水桶才会轻浮地发出引人注目的声音，而装满了水的水桶往往是沉默和厚重的。'"她怜悯地看着我说："年轻人就是要为爱情受苦的，过了这个年龄，可就无法品尝这样甜美的苦涩了。"

奥赛博物馆的中间是一个摆满了雕塑的室内大厅，大厅上空挂着一座巨大的钟表。贝阿纳黛告诉我们说这里原先是一个火车站。1900年巴黎召开世界博览会，世博会入口就在不远处，奥尔良铁路公司于是将承接波尔多和西班牙客流的大西南线从原先的终点站奥斯特利茨火车站延长到这里，并建造了这座火车站。当年火车站的一部分月台被改造成了地铁站，我们乘坐的双层地铁就是从那里停靠的。而原火车站的主体部分，被改造成这座博物馆。

帕斯卡指着墙上莫奈的画作说："登君，你还记得这个地方吗？"我定睛一看，原来是前几天刚拜访过的鲁昂主座教堂。莫奈一共画了三幅在不同光线下鲁昂主座教堂的正立面，并排挂在一起。史蒂芬妮反倒是对德加的芭蕾舞者系列更感兴趣。

在奥赛博物馆堪堪待了一整个上午，我们步行去对岸的卢浮宫金字塔地下商业中心吃午饭。我跟帕斯卡要来了他的数码相机，把我看到的一切东西都拍下来。"这个玻璃金字塔，以及它下面的商业中心，和整片的广场，都是由一个中国人建造的。你们中国人是很了不起的。"贝阿纳黛说，"他还把卢浮宫整个地重新装修了一遍，把一些乱七八糟的政府机构赶了出去，从而把整座宫殿都变成了博物馆用地。"她指着卢浮宫一边的侧翼说："那里原来是财政部，当时财政部长阿兰·朱佩死活不愿意搬出去，我们最后还是把他赶走了。"

当我看到传奇的玻璃金字塔时，实在抑制不住内心的激动。此时史蒂芬妮一家已经走到前方很远。我把手中的数码相机交给一个游客，请他帮我跟金字塔合一张影。赛琳娜回头看到了我，突然大叫起来。史蒂芬妮快步跑上前，一下子将数码相机从游客手中夺走，然后拉着我的手，怒气冲冲地把我拽到大部队那里去："如果是你自己的相机我不管，可是你怎么能这样对待别人借给你的财产？"她气急败坏地骂道，"如果对方是个小偷，拿了相机就跑了怎么办？你整个圣诞假期的照片可都还在相机里面！"我不服气地反驳道："我看人家面目友善，也只是一个游客，怎么能这样怀疑别人？"史蒂芬妮讥讽道："哼，你什么时候学会读心术了？就这样还把克里斯蒂娜的心思猜得十有八错！"赛琳娜也劈头盖脸地教训我说："登君，这里不是雷恩或者鲁昂，巴黎到处都是小偷！你这样做太大意了！"

整个午饭我都吃得怒气冲冲，一脸委屈。大家也都各说各的，没有再提这个话题。吃完饭后，大家好像也就忘记这件不快了。妮可姑妈的儿子、史蒂芬妮的表哥佩雷斯到卢浮宫地下商业中心来找我们，这是一个帅气的男孩，穿着一身黑色皮夹克大衣。贝阿纳黛等佩雷斯来后，就坐地铁回家照顾孩子去了。我们沿着卢浮宫旁的巴黎主干道里沃利街向东走去，这一带有许多服装卖场。史蒂芬妮需要在一个芭蕾用具店购买舞鞋。"这里是全法国最好的芭蕾店，只有在巴黎和雷恩两座城市有分店，可是在雷恩没有我想要的型号。"史蒂芬妮遗憾地说。离开芭蕾用具店后，我们走到了巴黎中央菜市场，法国文学家左拉曾以这里为舞台，撰写了一部名为《巴黎的肚子》的小说，以每天在菜市场买菜和卖菜的人为线索，描写了整个第二帝国时期的法国社会。一百年后，菜市场已经搬走，只剩下一个地名。现在那里是一个下沉的现代化商业中心，下沉广场的底部就是巴黎最大的地铁站。建立在地下有数层楼之高的中央走廊，无数人流从宽阔的空间上上下下，总让我想起《指环王》中矮人的矿山宫殿。我们在那里坐车回到妮可姑妈家。

　　当晚妮可姑妈做了丰盛的晚宴招待我们。亚历桑德拉兴奋地穿着父母刚给她买的过膝皮靴，摆出模特的姿势让我拍照。晚饭过后，姑娘们都去休息了。我、帕斯卡、佩雷斯三个男人围着桌子，醉醺醺地喝着小酒。桌上佩雷斯的电脑放着轻音乐。佩雷斯问我未来的生活打算是怎样的，我告诉他说，雷恩化学学校盖吕萨克预科班中，有一个招生名额是巴黎化学学校预留的。我希望我能考上班级第一名，这样就可以来浪漫的巴黎进行后三年的学习了。佩雷斯笑了笑："巴黎并没有你想象的那么美好。这座城市压抑，让人紧张，居民都没有什么活力，许多人都正在逃离巴黎。"他说着，把烟草倒在纸上，自己卷了一根烟。"佩雷斯，你要喝酒，就不要抽烟，你的身体状况承受不住！"帕斯卡晕晕乎乎地警告说。佩雷斯笑了笑，并不答话。我对他说："你真是身在福中不知福，全世界不知道有多少人想要生活在这座城市。"佩雷斯点上烟，走到窗户边抽烟，他回头对我微笑说："我当然能够意识到，自己出生在巴黎这座伟大的城市是多么的幸运。我只是想，每件看上去很美好的事情，其实都有它不如意的地方。"他狠狠地朝窗外吐出一口烟圈，用忧伤的语调说："我年轻时曾经在纽约待过好几年，那是一座永远都不会停止转动的城市，那样的地方才会拥有让人魂牵梦绕的魅力。"他随后陷入了深蓝色的回忆，不再说话了。

　　"帕斯卡，你对女孩子们的人生是怎样规划的呢？"我问道。帕斯卡对我的问题显出不解的神情："我没有任何规划。她们愿意做什么，是她们自己的事情。作为一个父亲，我只有抚养好女儿的权利，在女儿们希望时，像朋友一样给她们提供自己看法的权利。我却没有指挥女儿选择的权利。""史蒂芬妮真是一个优秀的教女，这全都归功于你良好的家教。我很感谢你。""史黛夫从小就永远是第一名。"帕斯卡有些得意地说，"可是她也吃了很多苦。她很好强，别人家的孩子都出去玩，她就永远把自己关在家里学习。所以她从来没有体味过，我小时候所珍惜的童年的快乐。"他不忍地摇摇头，感觉醉得快要倒下，"所以我总是对亚历克斯说，多出去玩，多到大自然中去，多去接近那些美丽的事物。"

"是哦，反正你已经有一个值得骄傲的女儿了，第二个女儿就可以放松一下管教了。"我感慨道。

帕斯卡第一遍没有听懂我说的话，于是我又重复了一遍，他晃晃悠悠地摇了摇手指头，话语中有些愠怒："我知道你是史黛夫的教父，所以你喜欢史黛夫要比喜欢亚历克斯多一些。可是我是她们的父亲，在一个父亲眼中，每一个女儿都是可爱的、值得骄傲的，无论她们是否一个比另一个更有出息。更何况，亚历克斯从小就立志当一个艺术家，从这个角度看来，她就跟史黛夫一样优秀。"

我拍了拍他的肩膀，喝完杯中最后一滴酒，就各自准备睡觉了。佩雷斯也回到楼下妮可姑妈的房间中。

半夜里，我听见公寓的大门突然被人从外面用钥匙打开。随即佩雷斯"砰"的一声推开大门闯了进来，打开客厅的灯。他红着眼凄厉地叫着："那个中国人呢？我要宰了他！他偷走了我的电脑！"

帕斯卡穿着睡衣从卧室里慌慌张张跑出来，说道："你半夜里大声嚷嚷什么？姑娘们都睡觉了！"

佩雷斯红着眼，翻来覆去地只是喊："我要找那个中国人，他拿走了我的电脑。我要是看到他，非把他杀了不可！"他说着向前走了一步，差点儿踩中了打地铺的我。我一声不出，生怕他低头看见了我，对我行凶。

史蒂芬妮从卧室里冲出来，吼道："你发什么神经！我刚刚在里面听见你们喝完酒，你把电脑收起来拿到楼下的！"亚历桑德拉把脑袋从门缝里透出来，帕斯卡朝她挥挥手，怒道："都回去睡觉，瞎起什么哄！"亚历桑德拉缩着头，吐了吐舌头。

佩雷斯突然想强闯卧室："我要到里面去搜，我只想要他还给我的电脑！"帕斯卡张开双臂，像一座大山一样挡在卧室门口，喝道："你疯了！里面是女孩子的居所，你这样成何体统！"

妮可姑妈也穿着睡衣跑上楼来，哭着说："我的儿，你的病又发作了。你认不得你的妈妈了吗？快陪妈妈下去吃药，你必须立即吃药！否则太危险了！"佩雷斯看见自己的妈妈，像小孩子一样哭起来："妈妈，我只是想要回我的电脑，我没有电脑怎么工作呀？"帕斯卡上前拍着佩雷斯的肩膀，和妮可姑妈一起推推搡搡地把他摁下楼去。赛琳娜铁青着脸，也没有看我，而是对姑娘们说："回去睡觉，让你爸爸来处理这件事情。"她随手关上了卧室的门。不一会儿帕斯卡上楼回到卧室。我听见他和赛琳娜在卧室里低声交耳。"妮可已经把他反锁起来了，我们也给他吃了药。"帕斯卡说。赛琳娜说："没想到这个时候他发作了，还这么猛烈。"帕斯卡说："今天他太兴奋了。刚才他既喝酒又抽烟时，我就很担心。也是我的错，劝他喝了酒。"赛琳娜说："睡吧，你也不要把所有人的过错都堆到自己身上。这原本也是谁都想不到的。"

那一整晚我都没有睡着觉，迷迷糊糊总是听见佩雷斯想要追杀我。外面的天逐渐地亮了。我听见帕斯卡起床的声音，于是就收拾好地铺，坐在桌边。

帕斯卡推开门看见我，神采飞扬地小声说："又是精神抖擞的一天，不是吗？你想不想趁女孩子们还没起床，和我一起出去走一走？"我点点头。

我们下了楼，顺着妮可姑妈窗口前的道路走。路的尽头有一座角楼。走近了才发现那座角楼是连在一座城堡的城墙上的。这座城堡有四四方方的城墙、深挖的护城河、严谨的防御工事。"这是巴黎地区唯一的城堡，也曾经是国王的宫殿。"帕斯卡看着高耸的城墙说。我们顺着吊桥进入城堡内部。里面是一片巨大的空地，只有在空地右边建有一座防守更加严密的塔楼，以及左边的一座小教堂。我们穿过空地，又从城堡的另外一边钻出来。另外一边有一个空旷的广场，广场对面是一片茂盛的森林。我和帕斯卡沿着林间小路向森林的腹地走去，林子里有许多跑步的人。我们仿佛完全离开了城市，这样的大自然让我想到了家乡的山林，以及那沉静下心，就可以和自然交流的传说。"登君，这几天在我家委屈你了。"帕斯卡突然说。我吓了一大跳，以为他对我不满意，说的是反话。"我很感谢你们的招待，这是我最意想不到和最美妙的圣诞礼物了。"我说。帕斯卡宽厚地微笑说："我们家人太多了，照顾不过来，其实有许多细节我都本想做得更好。"他把他宽厚的手掌搭在我的肩上，第一次让我感觉像父亲一样跟我说话："登君，我这几天越观察你，便越为你感到骄傲。你谦虚、勇敢、睿智，不卑不亢。你的人生是一条充满荆棘的道路，可是你从来没有退缩。我只想能做一些事情，让你在这条道路上走得更加顺利一些。"他的手紧握了一下我的肩头："二十多年前，我的父亲不喜欢我，我身无分文，独自闯荡世界。一步，一步，不知吃了多少苦，才靠我自己的双手，建立现在这样美满幸福的家庭。你是多么像二十年前的我呀。"听到他的话，我感到内心无比温暖，泪水在眼眶中打转，几乎就要流下来。

　　"妮可姑妈是我的姐姐，她也是一个苦孩子。今天上午我们就要出发回鲁昂了。这次她接待了我们，我们临走前可要好好感谢她。"我点点头。"我和她是家人，一切都不计较。你应该给她买一束花，她一定会很高兴的。所有的女孩子，都梦想收到男孩子送的鲜花。"帕斯卡兴奋地提议道，"你要是同意的话，过一会儿我们去花店。你来挑花，花钱我来付。但是答应我，你回到家说是你付的钱，不要把我招出来。这是两个男人间的小秘密，即使是赛琳娜和史黛夫都不准说，可以吗？"我感动地哭着点点头，不知道说什么才好。

　　在花店，我给妮可姑妈挑了一束玫瑰花。帕斯卡在收到花店找的零钱后，举着钢镚对我说："巴黎是一座国际大都市，就像纽约、伦敦、东京一样。大都市的规矩和鲁昂这种乡下可大不相同。登君，不知道你有没有看过一些描写大城市生活的电影？在这里，别人在给你服务之后，我们应该付小费。"他说着正要把钢镚还给花店老板，我按住他的手，掏出口袋里仅有的几个钢镚，对他说："帕斯卡，小费可以让我来付吗？"帕斯卡赞许地点点头，收回了他的手。

后来巴黎去得多了，才意识到其实帕斯卡也是不懂装懂，巴黎的服务员和法国其他城市的一样，没有索取小费的习惯。不过你非要给的话，他们也乐得接受。

在从巴黎回鲁昂的火车上，史蒂芬妮红着脸小声对我说："对不起，我的表哥，他一直有些精神方面的顽疾，恰巧昨晚发作了。"她随后给我解释起事情的原委。在史蒂芬妮还很小的时候，佩雷斯表哥是全家人的骄傲，非常乖巧，学习也好。妮可姑妈还没有今天那么富，砸锅卖铁让他的儿子出国留学镀金，送到纽约读书。她后来用一生后悔这个决定。当佩雷斯从纽约回来时，他已经变成了一个大家都不认识的人，吸毒，不去工作，疯疯癫癫，不停地跟妮可姑妈要钱。他威胁自己的母亲，如果不给钱，就不会再去看她了。妮可姑妈在这世界上只有佩雷斯一个亲人，她顺从了，供养着自己的儿子。帕斯卡劝服自己的姐姐强行送佩雷斯去看心理医生。经过好几年的治疗，佩雷斯又恢复了小时候温顺的样子。当大家以为终于把他找回来的时候，有一天晚上他偷偷地吸藏起来的毒品，然后从二楼的窗户里跳了下去，摔伤了脑袋，落下了癔症的病根。妮可姑妈让他到一楼和自己住，二十四小时不停看着他。没想到昨天晚上他喝了酒，又发作了。

在史蒂芬妮家我住的客人房，在书桌上放着一张合影：那是在巴黎的迪士尼乐园，照片上的史蒂芬妮非常小，大约只有五岁吧，亚历桑德拉更是刚刚会走路的小娃娃，她们两个一左一右被中间一个十余岁的阳光大男孩搂抱着。可以看出那就是小时候的佩雷斯。曾经一切是那么的温馨。

从巴黎回来的当晚，我的发烧又加重了，帕斯卡也开始咳嗽起来。爱丽丝奶奶还睡在史蒂芬妮房里。赛琳娜担心得团团转。她找到一些润喉片，又不停地给我烧热水。到第二天，我的病情更加严重，嗓子完全说不出话。赛琳娜取消了全家出游的计划。当我挣扎着向因为我的病而受到困扰的史蒂芬妮家人道歉时，爱丽丝奶奶用她在一生中经历的无数次事故所获取的智慧和爱心，安慰我说："年轻人，疾病是每个人无法控制的灾难。而同理心，是人类为灾难开出的解药。我能感受到你的痛苦，我们全家也会和你站在一起。"那一天晚上，赛琳娜拨通了她的家庭医生电话，医生第三天早晨才能到达。

就在那天晚上，我烧得失去了理智，一直梦到克里斯蒂娜像花蝴蝶在我身边飞来飞去，那么接近却怎么也抓不住。当医生到达时，我虚弱得只剩一口气了。医生用小工具看了看我的眼睑和耳道，测了我的体温、血压和心跳。他开了一些药，对赛琳娜说："这个年轻人长期有些营养不良，身体虚弱，又着了凉。我给他开了一些维生素和矿物质，让他多睡觉，体力恢复就好了。"在迷迷糊糊中，我似乎看见赛琳娜在听到医生说我营养不良时，身体微微怔了一下，变得非常不自在，似乎感觉很丢面子。然后又听见赛琳娜对我说："登君，你有没有带你的医保卡？"我迷茫地摇摇头，医保卡还在雷恩，我从未想到过会在鲁昂用到它。赛琳娜问医生道："他可以记在我们夫妇的医保下吗？"医生摇了摇头："他不是您的直系亲属，没法用你们的医保报销。而且您也知道，医生出诊和你们去诊所的价格也是不一样的。"面对我担忧的眼神，赛琳娜安慰说："不要担心钱的事情，好好地养病。"

又不知过了多长时间，我听到帕斯卡敲门进来，小声问赛琳娜道："登君情况怎么样？""已经睡着了。"赛琳娜小声说。帕斯卡说："那我开车去给他拿药。""不！"赛琳娜说，"外面下着大雪，而且你也生病了。我去买药。你给老约瑟夫打个电话，说我们和爱丽丝明天不去他那里了。"帕斯卡担忧地说："这样好吗？整个退伍军人疗养院的老兵们，都把爱丽丝当成他们唯一的亲人。他们很看重我们在每年的最后一天和他们在一起。如果我们这一天不去，他们会多么的失望？""这是爱丽丝的决定，你和登君都生病了，我妈妈担心自己也携带病毒，传染给老兵们就不好了。我们等史黛夫下次回家再去，老约瑟夫会理解的。"帕斯卡没有再说话。

我的烧发得像七零八落的小夜曲，当弹奏完最后一个终止符时，我突然醒来，感觉身体已经完全恢复了。屋子外面一片寂静。我走到大厅里，发现是一个阳光明媚的早上，史蒂芬妮的家里没有一个人。我正努力回想发生了什么事，便听见门锁打开的声音，帕斯卡抱着一大捆长棍面包走了进来。"登君，很高兴看见你气色已经恢复。"帕斯卡愉快地说，"昨天你整整睡了一天。史黛夫她们今天一大早出发去爱丽丝奶奶家了。现在家里只剩下我们两个病号，咱们吃过早餐，也去爱丽丝奶奶家。"他煮了咖啡，把麦片和草莓果酱倒到一大碗半固体酸奶里面，就着长棍面包和我简单吃了早餐。"爱丽丝奶奶住在迪克莱尔镇，在鲁昂市的另外一边，开车需要一个小时。"帕斯卡说。我们开车经过了鲁昂市中心，又穿过了田野和森林，才又来到一座塞纳河旁的小山镇。"登君，爱丽丝奶奶这几天对你的照顾也尽心尽力。咱们就跟对妮可姑妈一样，我出钱买一束花，你以你自己的名义，把它送给爱丽丝奶奶怎样？"我点点头，说："可以，但是这一次我要自己出钱买。"帕斯卡笑了："等你挣了钱，有的是出钱的机会。这次还是我来买。"我瞪着他的眼睛说："我坚持，如果你尊重我的意见的话。"帕斯卡在我的坚持下退让了，但是他很高兴。

我们并没有直接开到爱丽丝奶奶家，而是在山脚下的镇子中央停下来，帕斯卡想让我体验一下塞纳河驳船。迪克莱尔这个镇子主要坐落于两片相对的山峰中间的谷地，这种地形让一条从北边流来的小溪从此处注入塞纳河。道路两旁还都是前一天大雪的痕迹，银装素裹的山林分外妖娆。帕斯卡和我站在驳船码头等待下一只船，码头上的人有各种各样的交通工具：汽车、自行车、滑板……所有的人都好奇地看着我们。"你看登君，这种小镇上是没有中国人的，你一来就变成了明星。"我朝背后看去，岸上不远处有一家名叫"美食居"的中餐馆。帕斯卡也看见了这家餐馆，尴尬地笑着说："虽然有一家中餐馆，可是中国人还是很罕见的。"

驳船码头的对岸，一条简易的乡村土路通往荒无人烟的孤野，恍惚之间我仿佛又回到了卡斯蒂永，多尔多涅河上那座混凝土桥荒凉的彼岸。这孤独的感觉让我很不舒服。当驳船回到迪克莱尔时，镇上的广播喇叭开始放起法国香颂《一如往昔》，我伤感于歌中的物是人非之意，跟着歌词哼唱起来。帕斯卡惊喜地说："你识得克洛德·弗朗索瓦？"我点点头。写这首歌时，克洛德·弗朗索瓦刚刚和他的恋人、另一个著名歌手法兰丝·盖尔分手。他在歌曲中感慨两个人的感情在不知不觉中消失，生活一如既往，生活却不复往昔。我想念着克里斯蒂娜，回想我们的关系从心有灵犀到心存芥蒂，渐行渐远，不禁失落自怜。帕斯卡没有注意到我的情绪，他只是感慨道："亚历桑德拉非常喜欢克洛德·弗朗索瓦的歌曲《亚历山大港的亚历桑德拉》，她认为这就是为她写的歌曲，为此我们还去埃及旅游了一趟。只可惜弗朗索瓦英年早逝，在洗澡时被电死了。"

我给爱丽丝奶奶选了一大捧红色的康乃馨。爱丽丝奶奶家到处都是大航海帆船的图腾。有大帆船的木质模型，墙上挂着大海风暴巨船的油画，还有绘有帆船的瓷砖，在墙的一角还有亚历桑德拉五六岁时画的帆船涂鸦。客厅的相框里放着爱丽丝奶奶年轻时的黑白照片，照片里的女人穿着洁白的纺织女工服，美丽非凡、落落大方。我和亚历桑德拉、史蒂芬妮把奶酪切成碎块，倒进小锅里，史蒂芬妮往锅底加了黄油和白葡萄酒，和奶酪一起在小火上融化，不停搅拌。赛琳娜把帕斯卡早晨买来的长棍面包撕成碎片，放在烤箱里微微烤热。等奶酪在锅里完全融化后，所有人围坐在餐桌旁，用一个小叉子叉住碎面包，把它蘸到餐桌正中央的奶酪锅里，裹满了热奶酪的面包外香里脆，满口酒香余味。这是我人生第一次吃瑞士的名菜"奶酪火锅"。

"'火锅'这个词在法语里的词根是'融化'，指的是融化的奶酪。但后来我们法国人把凡是将食材蘸在滚烫液体中的菜都叫作'火锅'。勃艮第地区有一种火锅，把肉和菜切成极薄的薄片，放到滚烫的油中，食材一下子就被烫熟了，我们把它叫作'勃艮第火锅'，就跟'融化'毫无关系了。"帕斯卡不失时机地给我上法国文化课，"吃火锅时，所有人都把食物放进同一口锅里，所以这是最能代表家庭团聚的一道菜了。"

我心不在焉地听着帕斯卡的话。自从在塞纳河岸上听到广播里唱的《一如往昔》，我就没有从对克里斯蒂娜的思念中回过神来。帕斯卡关心的话语，在我耳中听来不过是一列轰隆隆呼啸而过的火车，那声音没有任何意义。我忘记了去吃蘸着奶酪的面包，任由奶酪在小叉子上冷却变硬，直到它再也不适合吃到肚子里去。"登君，你那片面包扔掉吧，咱再换一片面包。"赛琳娜说。我摇摇头，也不知道我拒绝的是什么。亚历桑德拉把戳着面包的叉子当成麦克风，调戏地唱起来："啊，一个不再爱吃面包的登君，世界变化得让我不明白。"爱丽丝奶奶怒道："亚历克斯，你太过分了。登君刚刚大病初愈，胃口不好，你要理解。"

可是没想到我的失魂落魄激怒了赛琳娜。"我实在忍受不下去了。"她先是小声自言自语，然后"啪"地一下拍桌而起，失态地冲我喊道："我再也不想忍了！这几天全家上上下下都围着你一个人转，可是无论我们做得多好，都无法让你满意！现在不是在家里，我们在爱丽丝奶奶家，我们家只想在这个特殊的日子里，温温馨馨地团聚起来，你非要这样破坏大家的兴致吗？"帕斯卡喝道："赛琳娜！登君和我们的文化不同，你应该给他适应的时间！"赛琳娜反讥道："他已经有一个星期的时间来适应了。你头脑一发昏，非得打肿脸做好人。你把人请来了，在过去的一个星期，你除了动动嘴皮子，说说风凉话，跑前跑后操心的不全都是我？是否还记得你有两个女儿？是否知道圣诞节也是你和两个女儿难得团聚的机会？可是史黛夫已经打了一个星期的地铺了！亚历克斯只有十五岁！这个圣诞是她们过的最受忽视的一个圣诞。我们家不是开慈善所的！""赛琳娜，够了！"爱丽丝奶奶吼道，"在客人面前如此失礼！只恨我是一把老骨头，要是我再年轻二十岁，非得把你摁在地上，用木棍子打！"赛琳娜忿怨地看了一眼自己的母亲，转身夺门而出。然后我们听见她发动汽车的声音。帕斯卡想要追去，爱丽丝奶奶厉声阻止了他："让她去，帕斯卡！你和孩子们可以坐我的车回家。有这样的女儿，简直是一个耻辱！"爱丽丝奶奶愤怒地喘着粗气。帕斯卡担心爱丽丝奶奶的身体，于是留下。一场家庭饭局就这样被一棍子打得无影无踪了。我和女孩子们默默洗了碗碟。临走时，爱丽丝奶奶不计前嫌，友好地拥抱了我，祝我未来的路途顺利。

在回鸟鸣庄的路上，史蒂芬妮突然对我说："登君，你不要生赛琳娜的气。我妈妈是一个完美主义者。她今天发火，不是针对你，而是对她自己生气。我知道，你生的病，一直让她压力很大，觉得自己做的不够好，有愧于你。"我点点头，羞愧得不知道该说什么。我告诉史蒂芬妮，是我自己没能从克里斯蒂娜的担忧中抽离出来，以至于在不合适的时候，冷落了一直关心自己的大家。史蒂芬妮体贴地说道："我理解。我一直相信'有志者事竟成'。只要你不放弃，克里斯蒂娜迟早有一天会看到你的真心，并和你在一起的。"亚历桑德拉不服气地做了个鬼脸，嬉皮笑脸地说："登君，你让一个恋爱失败者做你的情感老师，你以后有的是苦要吃了。我这一生已经换过四个男朋友了，你猜史黛夫的一生有过多少个男朋友？"她用右手食指和拇指画了一个大大的"零"，"她自己暗恋的高中男生都搞不定，人家理都不理她，还指点别人呢？"史蒂芬妮没有接话，只是无比忧伤地叹了一口长气。

回到史蒂芬妮的家，可以听到赛琳娜在楼上。我把自己反锁在屋里，心中充满悔恨。我对自己的行为无比失望，对史蒂芬妮一家人感到特别愧疚。晚上我没有出去吃饭。我听到大家都在客厅里看电视。电视里传来2006年新年倒计时的声音。当新年的钟声敲响时，客厅里一片欢呼，史蒂芬妮的家人在互道新年快乐。

我百无聊赖地躺在床上。这时我的房间大门忽然被砰砰敲响。我还没来得及开门，赛琳娜就手舞足蹈地一下子闯进来。她的后面，帕斯卡把手搭在她的肩上，史蒂芬妮把手搭在帕斯卡的肩上，最后面跟着亚历桑德拉，几个人组成了一个小火车。赛琳娜把手搭在我的双肩上，强行把我推进了客厅。我明白大家已经不计前嫌了，于是就拖着小火车在客厅转了几个圈儿，直到大家都累得趴下，笑得肚子抽筋，然后都上气不接下气地说道"新年快乐"！

2006年的第一个早晨，我的圣诞假期就要结束了。1月2号是一个星期一，化学学校将要开始下半学年的课程。帕斯卡开车送我和史蒂芬妮回雷恩。在跟赛琳娜道别时，我心中还是有些尴尬。赛琳娜用她那小学老师不容置疑的语气说："登君，有些事情，一旦过去了，就应该忘记。这就是人生！"

下半学年开始的第一天，我就注意到克里斯蒂娜和卡特琳娜在课堂上十分兴奋。这种兴奋是有充分理由的，因为对一个留学生来说最影响生活质量的东西：她们的宿舍条件，被突然之间极大地改善了。CROUS在三十年没有动静之后，决定把摇摇欲坠的老旧宿舍重新装修一遍，以适应新时代的品位。他们先从G楼做了个试点，装修后的G楼就像INSA宿舍那样现代化，墙壁被加厚了，睡觉时就不用成天听着邻居的打呼噜声。家具都是新的。室内格局也被改变了，一个路易十四时代发明的、连法国年轻人都不会使用的洗屁股池被拆除，换以更加实用的储物柜。据我所知，这个洗屁股池被不少学生拿来当小便池用，以免冬天一大早光着屁股跑到走廊尽头去上公共厕所。这些操作使每个宿舍的面积少了一个半平方米。CROUS邀请所有从2004年就住在CROUS的同学优先体验新楼。F楼的克里斯蒂娜和卡特琳娜，以及和我一起住在E楼的米洛娃都迫不及待地搬进新楼。

　　克里斯蒂娜的搬家对我来说是一个糟糕透顶的消息。G楼和E楼之间的距离非常遥远，在过去的几个月里，虽然我从不去拜访克里斯蒂娜，但是由于F楼与E楼相邻，我仍然能感觉到她在我身边。现在我们两人住得远了，我担心这会让我们心灵上的隔阂更加深化。而且我还担心住在好房子里的克里斯蒂娜会瞧不起我，那样我们就更加难以平等地交流了。我找到布里昂先生抱怨，说如果米洛娃走后，整个E楼就只有我一个化学学校的学生，这对我的学习是很不利的。布里昂先生说化学学校无法替CROUS作出决定，但是他会写信给CROUS的高层，希望他们考虑把我转到G楼的请求。

　　我和蒂娅特莉丝在圣诞假期前约定一起过1月6日的主显节，我叫她到E楼的公共厨房来，并把伊莲若介绍给她。蒂娅特莉丝带来了一个国王饼，这是一个圆形的、杏仁奶油内馅的千层酥蛋糕，她解释说在主显节吃国王饼是西方国家的传统。伊莲若买了一瓶苹果气泡酒，这是搭配国王饼的传统饮料。国王饼的吃法是这个样子的：全家围绕在桌子旁，国王饼被像披萨饼一样切成扇状的多份，全家年龄最小的孩子躲在桌子底下，大人们拿起一份蛋糕，桌子底下的孩子说这份蛋糕应该给哪一个人，就这样把蛋糕分给全家。每一个国王饼里，都藏着一个"蚕豆"。有幸吃到"蚕豆"的人，就是当天的国王或女王，可以戴上随蛋糕附赠的、金箔纸做的纸王冠。"蚕豆"并不是真的蚕豆，而是有纪念意义的小瓷偶，每个糕饼师选的瓷偶都不相同。但是在古罗马帝国时期，国王饼里放的确实是蚕豆。那时粒大饱满的蚕豆可以当硬币一样流通，所以吃到蚕豆就代表一种财运。这和我们中国人往新年饺子里放硬币是同一个道理。

　　我们三个人只吃了一半的国王饼，另外一半留给我带回家去慢慢吃。三个人都没有吃到"蚕豆"，很显然它在剩下的一半国王饼里。于是我被戴上了金王冠，成为当晚的国王。后来我找出来的"蚕豆"是一个食指大小的小瓷碟，碟面上用"喝"这个法语动词的过去式和将来式玩了一个文字游戏，上面一共只写了三个单词，翻译成中文是："谁刚刚喝了酒，请继续喝！"我把碟子放到了在卡斯蒂永获赠的拇指杯里。

酒过三巡，我邀请蒂娅特莉丝和伊莲若参加我的22岁生日聚会。"你会邀请亚历克斯吗？"蒂娅特莉丝问。我点点头。蒂娅特莉丝想了想，说："我还是不去了，我害怕见到亚历克斯后，我会失去理智。登君，你是你生日聚会上的唯一焦点，不能因为我的情绪失控而搞砸了你的聚会。"我感到非常遗憾："我希望你们都可以去参加，我希望有尽可能多的欧洲人参加我的生日聚会。我不想给大家留下一个印象，中国人只和中国人扎堆，留在自己的小圈子里。我们班上一直有一个谣传，说我为了在这个封闭的中国人小圈子里出名，刻意去欺骗和利用一个欧洲女孩子对我的善意，在中国人小圈子里编造我和这个女孩子暧昧的故事，让别的中国人觉得我有欧洲女孩子追，很了不起。这个欧洲女孩子为此受到了伤害。我想利用这个生日宴会，让大家看见，我的绝大部分朋友都是欧洲人，我并不特别依靠中国人小圈子，也不需要在这个圈子里出名。但我还是会邀请几个中国朋友，以免大家又走向另外一个极端，以为我鄙视其他中国人，搞分裂闹独立，这也会给别人留下很不好的印象的。我想改变大家对我的偏见，就可以保护这个欧洲女孩子。我还想邀请很多很多女孩子，好让那个受到伤害的女孩子明白，即使我想要炫耀我有欧洲女朋友，我也有许多人可以选择，她在我心中并没有特殊地位。这样她才会放心地和我做朋友，当然，如果能让她嫉妒那些女孩子，显得我很有魅力，那就更是锦上添花了。"我憧憬地说，"可是我需要写一个有趣的请帖，让每一个收到请帖的女孩子都情不自禁地想要来。"

"那个欧洲女孩子，是你的干妹妹克里斯蒂娜吗？"蒂娅特莉丝好奇地问道。伊莲若因为知道我和克里斯蒂娜之间的事情，所以没有说话。而我也装作没有听见蒂娅特莉丝的问题。

"如果你要邀请很多女孩子，你需要有一个很大的场地来举办生日聚会。"伊莲若说。"化学学校的盖吕萨克宿舍一楼有一个巨大的活动中心，有整面墙的落地窗直接通往外面的花园，我的联合教父诺曼住在盖吕萨克宿舍，他已经用他的名字预订了我生日当晚的活动中心。"我说。

"让我想一想。"伊莲若想了一会儿，说："我有一个主意了。亚历山大，你知道主显节的来历吗？"我摇摇头。她于是解释："耶稣诞生于以色列伯利恒郊外一间客店的马厩之中。几天之后的1月6日，三位博士从东方来到伯利恒，向襁褓中的耶稣朝拜，并给他带来了黄金、乳香、没药。这是耶稣第一次显现在外人面前。在很长的一段时间里，主显节都是一年中最重要的节日，它的地位直到最近一百年才被圣诞节所取代。而在西班牙，它仍然比圣诞节要重要。我们就用这个历史典故。"她拿起笔在一张白纸上写下这样几句话：

主的追随者们，

距离东方三位博士拜访伯利恒的日子，已经过去了22年，马厩中的婴儿也已变成了亭亭玉立的少年。

为了纪念这伟大事件的22周年，我们请您于2006年2月22日晚20点到22点，在盖吕萨克宿舍的活动中心里，向他祝福。地址是×××。

请像三位博士一样，为你们的国王带去一些吃的和饮料。

信的最后，伊莲若写上落款："亚历山大"。但是她不是很满意："亚历山大只是一个名字，这样正式的信件还需要加上一个家族姓氏。你想用什么样的姓氏呢？"我想了一想，说："不如用'中国人'吧！""好！"伊莲若说。她用大写字母加上我的姓氏："亚历山大·中国人"。

我把伊莲若写的文字打到电脑上，每一段话都选择了不同的花体和字体大小，请帖的四角被点缀上了憨态可掬的小天使模样，边缘又加上了洛可可风格的花纹。我把这件艺术品用INSA机房的打印机打了四十份，然后就拿着它去见亚历克斯。亚历克斯仍然住在F楼老旧的房子里，在他屋子里我又免不得抱怨想要搬到G楼的心情。"登君，你应该早给我说。"亚历克斯遗憾地说，"我也收到了搬到G楼的邀请，可是我嫌搬家太麻烦，就拒绝了。其实你原本可以用我的名额。"我大失所望地看他一眼，然后把请帖给了他，又多给他几份，请他转交给克里斯蒂娜、卡特琳娜和贝雅。"可是你为什么不直接自己交给克里斯蒂娜呢？"他不解地问。"我感觉我和克里斯蒂娜的关系有些让人疲惫。"不知为什么，我心中有些防备亚历克斯，所以给他说的话更多地像是我对外部释放的烟雾弹，"我仅仅是出于同班同学的礼貌来邀请她，但是也不想给她留下太过于亲近的印象。你是我的兄弟，你一定要来，但是她来不来我是无所谓的。"我口中虽这么说，事实上我在生日宴会做了这么大的局，就是为了展示给克里斯蒂娜一个人看的。如果她不来，我做的一切就没有意义了。亚历克斯笑了："登君，你有没有注意到，新年以后克里斯蒂娜就很少跟雷说话了？"我回想了一下，确实如此，大为惊奇。"克里斯蒂娜给我原原本本地复述了你在圣诞节前和她的对话，你给她留下了一个很不好的印象，她认为你是出于对雷学习成绩的嫉妒，才跟她说雷的坏话的。"我听到这里，不服气地"哼"了一声，心想克里斯蒂娜太瞧不起我了。"可是我保护了你，我的兄弟！我利用了自己对克里斯蒂娜的影响力，跟她暗示了雷在去年的所作所为。这样她就能明白，你做的一切都是为她的好。"亚历克斯自嘲地冷笑了一声，摇了摇头，"嘿，我刚刚得到雷的恩惠，转头就在他背后捅了他一刀子。我做的这一切可都是为了你！我的兄弟。"我感动地看着他，激动得说不出话来。他又用那罗马尼亚的兄弟之礼，拍了拍我的后背："我永远都是站在你身边的，无论何时何地。抓住机会，把克里斯蒂娜攻打下来。"

2006年的除夕是一个周六，这样我就不用像2005年那样，逃课去站在寒风中的电话亭给父母打电话了。国内的除夕夜在法国是下午，我上午去INSA找蔡坤，选他作为生日宴会上中国人的代表，给他送去我的生日请帖。腿一开始见到我，很高兴地答应接受我的生日邀请，后来发现我压根就没有打算请他和小波，对我失望至极，不过又很快自我安慰说，如果我同时请了蔡坤、小波和他，那我就会不好意思不去邀请更多的中国人，包括像西姆或死得晚这种不受欢迎的人。他自豪地说蔡坤接受他和小波的任命，为我带去大家的祝福。

从INSA宿舍回CROUS时，远远地看见唯一一路连接两个宿舍的公交车停在站点，虽然有些远，但是正好有一个全身瘫痪、戴着呼吸机的乘客刚刚从附近超市购物回来，正在把自己挂满了食物的电动轮椅开到公交车上去。公交车需要把伸出来的轮椅升降导板缩回到车底，还需要给朝向月台方向的两个轮子重新自动充气，好让为了方便残疾人上车而倾斜的车身恢复到正常水平位置，这会为我争取些时间。我赶紧跑过去赶车。一个戴着眼镜、圆脸、长相儒雅的中国人帮我堵着车门，直到我赶上公交车。我喘着粗气对他说谢谢，心想这个人的气质和蔡坤好像。我又对他说春节快乐，他笑着对我说春节快乐，并自我介绍说他叫花诚。

我蓦然想起腿在一年前跟我讲过这个人物，一个从来不混中国圈，并且不屈服于老爹淫威的中国人。我当时还挺佩服他。我笑着说："我听说过你，据说INSA其他的中国人从来不和你交流。"花诚的脸色一下子变得很尴尬，扭捏着说："我和其余的中国人，有些理念不是完全一样。"我拍了一下他的背说："我很赞同你的理念，虽然你不认识我，可是我一直很佩服你。"我只坐一站公交车，这时车已到站，下车前我给了他请帖，邀请他参加我的生日聚会。

当天晚上，伊莲若在CROUS宿舍的公共厨房，陪着我一起吃年夜饭。她告诉我，她找到了生物硕士的毕业论文题目，是要研究一种叫作"红河猪"的非洲野猪的生活习性。这种野猪只有在西非的刚果雨林中才能找到，所以参加完我生日聚会后，她便要动身去非洲加蓬共和国待上三个月，六月初再回到法国。我让她多拍一些照片，好让我了解热带雨林的景色。我兴奋地告诉她，我收到CROUS的一封信，从2月1号起，我就可以搬到G楼去住，也就离克里斯蒂娜更加近了。

这时住在走廊上的另一个邻居走进公共厨房来，对我说："亚历山大，明天是你们中国的春节吧，祝你春节快乐！"我认得这个女孩子，她叫卡蜜尔，来自南特。我很少跟她交流，因为我觉得她长得有些可憎：单薄的面孔，细黄的眉毛，下嘴角钉着一颗嘴钉，浑身上下一股烟味。作为一个女孩子，她留着男孩子式的板寸头，仅在右肩上方留了几缕长发，扎成一根小辫子，跟《星球大战》中杰迪骑士的学徒一个发型。她不羁地向外界展示一副叛逆失足女的形象，但是后来跟她接触多了，发现这其实是一个很有主见的女孩子，并且十分温柔。

卡蜜尔径直向我和伊莲若走来。她对我说："你是来自社会主义中国对吧？在你们中国，一个毕业生进入公司，试用期是多长时间呢？"其实我也不知道，大约六个月吧？我说。"假如我告诉你在法国新员工入岗的试用期是两年，在这两年中，老板随时可以像扔垃圾一样把你丢弃，不需要任何提前说明，不需要任何理由，不需要任何赔偿和责任，他可以无限压低你的工资，把你像牛像马一样使唤，这样的资本主义法国你是怎么看的呢？"我惊讶地说道："这也太过分了吧，这是赤裸裸的剥削和侮辱！我很难想象以'自由、平等、博爱'为国家格言的法国会是这样。"卡蜜尔高兴地说："你是来自社会主义阵营的外国人，你的意见很有参考价值。我可不可以请你参加明天下午在雷恩二大就这个话题的一场辩论？"第二天下午是周日，我有时间，也很好奇法国普通大学学生的生活，于是同意了。

11

我的22岁生日

　　宝琳娜和她的男朋友西尔万送给我的是《阿斯泰利克斯历险记》中最著名的一篇故事：《阿斯泰利克斯和克利奥佩特拉》。我的联合教父诺曼和教女史蒂芬妮则送给我一本《丁丁历险记》，连环画册里面还夹着亚历桑德拉为我生日专门画的大开本"蝴蝶夫人"铅笔画。芳妮、娜塔莉和托马斯送给我的生日礼物是一个又沉又大的纸箱子。打开箱子，里面是上下两层，一共12个陶土碗，随着礼物赠送的贺卡是由芳妮写的，她写道："天哪，22岁，你已经这么老了！我一定不会变成像你这个年纪（笑）。早晨起床，发现自己又老一岁，一定是一件特别沮丧的事情。但是有我们几个大美女陪着你，想必你很快就能忘记这些烦恼了。"

雷恩二大的校园在城市另外一边，需要坐公交车到市中心共和国广场，然后转地铁才能到。在路上，卡蜜尔给我讲了整个事情的背景。

两个星期前的1月16日，法国总理多米尼克·德维尔潘在顾问布鲁诺·勒梅尔的建议下，出台了一款号称是"平等法案"的《初期劳动合同法》（简称CPE）草案。草案规定，凡不满二十六岁的年轻人，在找到的人生第一份工作中，需要强行遵守两年的试用期，在两年内，雇主随时可以解雇员工，不需要任何理由，不需要付出任何代价。"这是对年轻人赤裸裸的歧视和挑衅，对整整一代人的侮辱，是这个时代的耻辱！"卡蜜尔愤怒地说，"法国劳动法规定，雇主不准随便解雇员工，否则便会面临巨额赔偿。德维尔潘强奸了法律！"在过去的两个星期里，雷恩的大学生自发联合起来，讨论如何应对局势的方案。已经组织了两次集会了，周日下午的是第三次。

在一个巨大的阶梯教室里，坐满了大约两三百个年轻人。大部分人在交头接耳，脸上的神情紧张而兴奋。卡蜜尔带我到阶梯教室右排中间的位置，那里有一个金发女孩。卡蜜尔给我介绍说这是她的同事迪娅娜，迪娅娜知道我来自社会主义中国，非常惊喜："你可以用你的经验来指导我们。"她这样说。

这时一个穿着牛仔夹克、戴圆眼镜、脸上稚气未脱的黑发年轻人走上讲台，阶梯教室一下子安静起来。"这个人是雷恩学生联合会（AGE Rennes）主席雨果。"卡蜜尔在我耳边轻声说道。

"同胞们！"雨果大声开始了他的演讲，"在两个星期前，总理德维尔潘先生提出来CPE方案。在过去的两个星期，许多同胞已经聚集起来讨论目前的局势。总理先生认为雇主和雇员应该只通过信任而彼此合作，并不需要法律的强制和约束。但是他错了。他在向年轻一代人宣战，让我们一毕业就成为资本主义的炮灰。我们拒绝成为被抛弃、被牺牲的一代，我们渴望像上一代人同样的稳定。这是我们所有人的危机。我们要行动起来，发出自己的声音。让德维尔潘先生听到人民对他说：'不！'"他的演讲铿锵有力，阶梯教室上百号人爆发出暴风骤雨般的叫好声和鼓掌声。雨果不得不等大家安静下来，才能继续他的演讲："今天和我一起主持会议的还有团结民主联盟学生工会（SUD Etudiant）的秘书长玛莎。（一个棕色卷发、瘦弱腼腆的麻脸女孩起立示意。）法国国家学生联盟（UNEF）主席布鲁诺·朱立亚德也派了他的高级代表弗朗索瓦参与我们的会议。（一个浑身上下透着官僚气息、西装革履的男生微微点了一下头。）"

"我们要迅速发出自己的声音！"阶梯教室里的一个男生喊道，"占领学校，关闭一切，让全国人民都看到青年人的力量。"他的提议立即得到一片支持的鼓掌声。

弗朗索瓦平抬起双手做了向下压的手势："请同胞们安静，安静！"待声音小了一些，他用一股冷冰冰的官腔，不带任何感情色彩地说："我代表朱立亚德主席向雷恩的同胞们传达法国国家学生联盟中央的决定：国家学生联盟此刻正代表全国学生同政府进行接触和斡旋，设法为学生群体争取尽可能多的利益。我们需要对政府持续不断地施加压力，但是也需要和他们保持畅通的沟通条件。国家学生联盟提倡有限度的罢课，但是要求绝对不能扩大，占领学校是绝对禁止的！"他的讲话引起了阶梯教室的一片嘘声："滚回巴黎去，你这个精致利己的官僚！""朱立亚德不过是踩着普通学生的尸骨谋取他自己的政治利益！""我建议解散国家学生联盟，因为它已经变成了一个政党，不能再代表学生了！"弗朗索瓦听见排山倒海的反对声，一脸愤怒，闭嘴不语。

团结民联学生工会的秘书长玛莎拿过话筒，对着弗朗索瓦，也对着全体学生说："我们可以看到，大家都渴望着国家学生联盟能够领导我们的运动，发出全国号召令，在全国学生运动的协调上起到决定性作用。请高级代表同志向远在巴黎的主席先生反映群众的意见，步子迈得再大胆一些。"弗朗索瓦怒道："如何迈得大胆一些？你们这些不懂政治的学生，只知道凭着一腔热血，就走到街头上去。可是政治不是谁哭就给谁奶吃的过家家游戏。德维尔潘政府万一关闭了对话的大门怎么办？他拥有全部的国家机器压制我们的运动。我们到时候怎么收场？国家学生联盟始终是代表学生利益的，但是我们要用政治的方式，从老虎口里拔牙。"雨果接过话说："在过去的两次集会中，学生们都比较激动，我们现在正获得同胞们最强烈的支持。雷恩学生联合会提议先把起义弄起来再说，然后再逐步扩大我们在全国范围的学生支持面和宣传力量。"他的话语收获一片掌声。弗朗索瓦冷笑道："鲁莽之辈！国家学生联盟只会考虑得更加深远，要考虑各种可能的后续结果和应对方案。"

"他说的有道理！"阶梯教室里的一个文艺脸女生担忧地说，"我们应该考虑得更加长远一些：占领学校的革命会不会过于激进？我们能否得到后续的支持？会不会被法国社会孤立？政府如果妥协了，它是否会直接取消CPE，还是会又提出一个换汤不换药的替代方案？那个时候我们要怎么继续？我们落下的功课怎么办？整整一代学生，会不会因为雇主认为文凭没有含金量而遭到报复？"她的话语就像往湖面投入一颗石子，激起一阵一阵波澜。到处都在窃窃私语，可以看到有相当多的学生都有类似的顾虑。

"我来说几句。"学生里一个长相相当老成的人站起来说，他长得很像中年人，实在难以相信他只是一介学生，"我是全国总工会青年先锋队（JeuneCGT）的代表。"他自我介绍道。人群中一阵骚动，讲台上的几个人都怔住了。雨果一路小跑来到那人面前，毕恭毕敬地递上话筒："我不知道全国总工会的代表也在这里，实在是我们莫大的荣幸！"

那个"中年人"接过话筒说道："今天的情景让我感慨万千。38年前的1968年，也是像我们这个年龄的学生和青年工人，以争取男女学生自由在宿舍之间串门的权利为楔子，走上街头，发展为要求平等、反对剥削、反对特权阶级的大革命。也就是在那一年，我们成功地逼迫政府承诺将最低工资标准提高35%，工会力量也是拜这次革命所赐才能进入企业，并成为可以保护弱势群体的靠山。那时的大学生比我们今天更加弱势，面对的是一个更加强势的戴高乐政府。可是大家还记得那时候的口号吗？'同志们跑吧，旧世界就在你们后面！'今天，1968年革命的果实正在受到威胁。我们应该学习先烈的勇气，保卫他们为我们争取来的成果。我相信，只要我们立足于现实主义，就可以完成不可能之事！"学生们用雷鸣般的掌声来回复他的演讲，巨大的声音仿佛要把整个阶梯教室震塌了。

待掌声平息了，玛莎接过话筒说："德维尔潘政府会在2月10日将CPE

草案交给国民议会，审批为法律。我们要在那之前，让国民议会听到人民的声音。"雨果接着说："昨天晚上我和玛莎跟雷恩二大共产主义革命阵线（LCR）的主席在一起。今天我也可以看见革命战线的许多同志现在都和我们在这间教室里。下月2月7号，共产主义革命阵线会组织雷恩二大左翼学生万人大游行。我们要利用这个机会，召集尽可能多的支持者，扩大我们的群众基础。所以我们选2月7号作为我们第四次集会的日期。"玛莎说："团结民联学生工会决定不再等待政治上的讨价还价和妥协。只要我们能征集到足够数量的学生投票支持，就可以关闭雷恩二大。我们要立即发动一个可以达到国家规模的封锁行动。"她冷眼看着弗朗索瓦："2月7号距现在只有不到一个半星期的时间，在这之前发动全国的学生以及协调其他城市兄弟协会的行动，国家学生联盟本可以在发布权威信息上起到中枢作用！"

主席台的提议引起了全场学生剧烈地响应："停课，占领学校！""停课，占领学校！"的欢呼声响彻天际。"共产主义革命阵线支持2月7号第四次集会，并发动全校投票的提议。""南特学生联合会支持提议！""布列斯特学生联合会支持提议！""图卢兹学生联合会支持提议！""圣艾蒂安学生联合会支持提议！"

这时一个女学生快步走入场内，将一张打印好的纸交给雨果。雨果仔细读了那张纸上的内容，然后激动地说："同胞们，我刚刚收到布列塔尼劳工会（SLB）主席的回复邮件，布列塔尼的工人阶级支持我们学生的运动，布列塔尼劳工会会帮助我们争取全国劳工联盟（CNT）的支持。从此这将不再是学生群体孤独的战斗，这将是一场人民的战争！"他骄傲地将那张纸向全场学生展示。所有的人都感受到巨大的鼓舞，精神为之一振。

雨果张开双臂，激情地说："希拉克的总统任期以一场人民战争开始，那也让它以一场人民战争结束吧。在十年之前的那场人民战争中，希拉克的爪牙阿兰·朱佩，背叛了自己曾经领导并为之自豪的1968年革命，将养老金改革的毒手伸向劳苦大众。但是人民拔掉了他的牙，把他赶下台，并且给他流放海外的惩罚。现在希拉克又派出了他的第二个爪牙多米尼克·德维尔潘，就像律师阿诺·蒙特布尔所说，德维尔潘先生不过是拿破仑皇帝身边的一个太监，一个纸糊的老虎。他也很快会享受到人民的铁拳！"

许多人哈哈大笑起来。"我们会拔掉这纸老虎的牙的！"有人大声叫道。还有一人喊道："德维尔潘先生在圣马洛有度假别墅，可是布列塔尼人民不欢迎他！"

在大家吵闹的时候，弗朗索瓦跑到一边去打电话，可以看到他神色不定地跟电话那边的人小声商议，讨价还价。过了一会儿，他又走到讲台上，跟雨果耳语几句。"大家安静！"雨果说，"请让高级代表同志宣布法国国家学生联盟的最新决定！"

所有人都静了下来，可以看到弗朗索瓦的神情有些尴尬，但是他仍然很镇定地宣布："请允许我转达朱立亚德主席的最新指示：鉴于主战派已经得到多地学生联合会的支持，国家学生联盟听到了全国大学生的心声，全力支持并赞同各地学生联合会占领大学的提议，并立即发出全国号召令，统一领导和协调全国大学生的行动！"

他话音刚落，一阵地动天摇的欢呼声便爆发出来。可以听见许多人说："这就对了。""国家学生联盟，我又爱上你了。""人民的呼声起作用了！"

迪娅娜小声和卡蜜尔商量道："可不可以让你的中国朋友上台发表一下他的意见？他在此时的出现是最能鼓励大家的了。"卡蜜尔面露难色地说："你也感受到了亚历山大在说法语时会有很浓重的口音，在私下里对话时，我们花一些耐心就可以听懂他的话。可是当众演讲的话，我担心一半以上的人听不懂他说什么，反而会冷场。"迪娅娜点头赞同："还是我来发言吧！"她举起了手。

雨果看见了迪娅娜，把话筒递过来："迪娅娜，你说说你的意见，我们大家一直都在等你的发言。"他说道。我这时才意识到，原来迪娅娜也是重要的学生组织的领导者，所有人都认识她。很显然，卡蜜尔邀请我来，就是为了给她的学生组织站台背书的。

迪娅娜接过话筒，清了清嗓子，说道："我们共产主义学生联盟（UEC）今天请了一位外国见证者，他来自社会主义中国，而且完全认同并支持我们的行动。"全场数百双眼睛齐刷刷地望向了我。人群中嗡嗡嗡的声音，开始议论起我来，这让我感觉非常害羞。"他讲法语还有些口音，所以今天就不让他当众讲话了，而改由我来转达他对我们运动的肯定。这是一个来自于有成功的社会主义实践经验的国家的肯定！"全场朝我鼓掌。"感谢你！"有人叫道。"中国，我爱你！"还有人说。

迪娅娜继续说道："我相信在座的每一个人，都怀着最高贵的自尊心，真诚地参与到这场运动中来，我们要狠狠地朝每一个向我们竖起中指的人反击回去。但是我想提醒大家的是：我们作为负责任的成年人，要应该有能力提出并创建一个更加行之有效的社会模型，而不仅仅是破坏掉现有的。我们的全国性运动，不能像一群毫无组织的游兵散将一样，各地分头行动，各学生协会只在自己的一亩三分地上，像没头苍蝇一样乱发号召。这样的话，政府只会把我们视为乌合之众，他们可以挑拨离间，然后一一攻破。"她的话似乎触动了许多人，可以看到担忧开始写到大家的脸上。

弗朗索瓦说："全国学生联盟是代表全法国学生群体的总工会，我们将是整个运动的主要领导。"结果他的话引起了许多人对他怒目而视。弗朗索瓦很想继续说下去，但是审时度势，很机灵地把自己下面的话硬硬咽回肚子里。

迪娅娜看了看大家的反应，点头说道："我建议，为了更好地协调这次全国行动，我们应该建立一个青年工会组织统一战线（Collectif Unitaire des Organisations Syndicales de Jeunesse），以城市为单位，各地选派出代表，以作为这次全国范围内的罢课罢工协调组织，领导这次'反CPE运动'！"

许多人都点头赞同，然后和自己的邻居小声讨论起来。雨果发言说："共产主义学生联盟的主席提了一个很有用的建议，专门建立一个'青年工会组织统一战线'，确实能最大限度地消除分歧，获得最多基本面的支持，并优化行动效率。建立这么大规模的统一战线，我们在座三百多人的意见是远远不够的，我建议这将是我们2月7日第四次集会的第一议题。"这句话又引起了一轮地鼓掌。大家用这种方式表示了赞同。

接下去大家又讨论了在即将到来的一个半星期里，所有人应该如何分头行动，印制并分发传单，建立广播电台，协调各地大学生组织、当地政府、初高中、工会组织，以便2月7号之后，在全国更多城市发动更多的集会。"我们所有人都要行动起来，为我们的兄弟姐妹和我们爱的人。每一个学生都有责任去转达、通知、劝告所有的亲属、家人、同学，给他们解释这场运动的必要性，劝他们参与我们的第四次集会。"雨果和玛莎说。"国家学生联盟可以用它的网络保证信息转达的畅通，并且联系国家电视台，鼓励他们采访学生代表，发出我们的声音。"弗朗索瓦承诺说。

看到数百名学生的热烈响应，雨果的眼睛开始润湿了："同胞们，我很荣幸能和你们站在一起，共同为我们这一代人的命运而奋斗。这是一场人民的战争，它就像是一座社会学校，必将会丰富和教育我们中的每一个人，让我们快速成长起来，并成为我们一生中最重要的事件。"他说。

在当天的集会结束时，雨果提醒大家，会议记录已经被打印出来，摆在阶梯教室的入口处。他希望大家可以在会议记录旁边签上自己的名字，以表达对"反CPE运动"的支持。我也郑重签下了自己的名字："亚历山大·中国人"。

2月7日是一个星期二，我由于要上课，没有参加第四次集会。后来卡蜜尔对我说，当天左翼学生大游行共有一万多人参加，其中1500人留下来参加了"反CPE运动"的第四次集会，会议投票决定：关闭雷恩二大，停课并占领校园，当天晚上六点钟立即执行。学生们搬出所有可以移动的桌子椅子，建起了壁垒，堵住了校园的全部入口，必须要有通行证才可进入。雷恩二大校长本来就是反对CPE草案的，他面对封锁，只是发出邮件给全校师生，通知了这件事情，提醒大家注意人身安全。然后什么其余的事情都没有做。

卡蜜尔给我解释这一切的时候，她正带着我到从未涉足的CROUS园区山坡背面，那里有A、B、C、D四座宿舍楼，楼间花园里，不知谁搭了一个小土窑。卡蜜尔事先在窑里烧了炭火，她把炭火清理出来后，就在尚有余温的窑里放了自己发的面包。她带我去看面包烤熟了没有。"尽管我们在2月7日举行了起义，可是草案仍然于2月8日晚上在国民议会强行通过，比我们原以为的2月10日还要早。"卡蜜尔伤心地说，"随后草案会交给参议院和宪法委员会审批，这之后由共和国总统签字，就会成为正式的法律。国民议会是人民选出来的，还会去倾听人民的声音。可是参议院和宪法委员会仅仅代表精英政治家的利益。他们一定会审批通过的。""你的同事提议的'青年工会组织统一战线'，后来怎么样了？"我问道。卡蜜尔回答说："在第四次集会的时候，投票通过了。第一届全国代表大会将于2月18日在雷恩二大召开，一起讨论下一步怎么办。现在整个'反CPE运动'还局限在布列塔尼内部，只有雷恩周边的学生被发动起来了，全国响应者寥寥。我们不知道怎么做，才可以把起义的星星之火，传到外面的其余地区去。"她非常忧心地说。

"雷恩的学生也没有被有效发动起来吧？"我反问道，"在我们化学学校，大家对这个运动一点儿都不感冒，连讨论都不讨论，正常上课。"我这句话惹恼了卡蜜尔："因为你的那些同学都太富有了，家里都有关系，一毕业就能通过家里的关系或者校友网络找到非常好的工作。他们站在我们可望而不可及的高起点鄙视着我们，完全不能理解贫苦出身的孩子为了改变命运而背水一战的绝望！"我不解和有些生气地说："你不能因为你们不努力，就埋怨你们得不到和努力的人同样的机会，我们学校的人一天到晚都在上课和考试，为未来而拼搏，哪有精力和时间上街游行？""亚历山大，你要知道，对于绝大多数贫苦家庭的孩子，无论他们多么努力，都绝对不可能上工程师学校或者工程师预科班的！很遗憾，社会阶层的差距，从教育领域已经体现得很明显了！"卡蜜尔激动地说，"就像你所说，读预科班的孩子，一天到晚都在不停地考试。可是只有家庭非常稳定的孩子，才能做到'两耳不闻窗外事，一心只读圣贤书'。还有许多学生，他们的家庭是破碎的，他们的父母没有足够的钱给他们提供稳定的学习条件，即使加上政府的教育补助金也不够。更不要说政府的教育补助金不提供给留级的学生，而许多学生因为家庭的原因总会留上几次级。他们只好去打工补贴家用。这样的话，他们怎么通得过预科班的考试？而我们大学的人，虽然人多，却没有什么有价值的校友网络来帮我们找到像你们工程师一样好的岗位。所以我们才只能上街，睡在阶梯教室，睡在火车站，睡在高速公路的出口，期望政府能够听到我们的声音。"

　　我同情地看着她，脑中偶然想起一事，于是就问她："那天在会上，主席讲的希拉克任期的两次人民战争，以及爪牙，是怎么回事？"卡蜜尔笑了："亚历山大，你不太了解法国的政治历史，我给你讲一下吧。"以下就是她讲述的故事：在1995年，法国人民厌倦了左派政府持续不断的腐败丑闻以及虚伪，于是总统大选中，右派的雅克·希拉克战胜了左派社会党候选人若斯潘，成为共和国总统。希拉克从年轻时代就培养了两个心腹：阿兰·朱佩和尼古拉·萨科齐。其中萨科齐和希拉克在1995年因为政治理念不同而分道扬镳，剩下的心腹朱佩，被任命为法国总理。此人参与过1968年革命，本是一名马克思主义者，但当上总理后不久，朱佩为了增加政府财政收入，就打算改革法国福利体系、养老体系，推动部分国有企业私有化。结果引发了两百万人上街游行一个月，最终迫使政府收回改革。此时朱佩深陷政治丑闻，人们发现朱佩一家人都住在巴黎市政府位于巴黎豪华地段的私有房产里，而他向政府缴纳的租金远低于市场价格。保卫巴黎纳税人联盟的律师阿诺·蒙特布尔立即提起公诉，要求进行以权谋私的腐败调查。而希拉克总统要求国家任命的地方检察官搁置起诉，朱佩仅仅得到警告，要求年底之前搬离市政府的那处房产，于是他就搬到了总理府马提翁宫。

　　这时法国总理的信用破产，而司法调查的威胁也像鲨鱼一样环绕着总理背后的总统希拉克。当时任总统办公厅主任的德维尔潘建议总统比原定日期提前一年，趁着自己的支持率还没有过分下跌，突然发动议会改选，以便证明自己仍然受人民爱戴的。事与愿违，右派在议会选举中大败，反而是以若斯潘为第一书记的社会党人控制了国民议会。朱佩辞职下台，若斯潘成为新一任总理，然后把社会党第一书记的位置传给了弗朗索瓦·奥朗德。就在这时阿诺·蒙特布尔嘲笑德维尔潘是拿破仑皇帝身边的太监。希拉克和若斯潘就这样磕磕绊绊地合作了好几年。直到911事件爆发，希拉克巧妙地让若斯潘陷入到对穆斯林群体种族歧视的麻烦之中，此时距离新一届总统大选不到七个月的时间，左派严重分裂，连续出现了好几个左派总统竞选者，把选票都分散了，以至于左派连第一轮选举都没通过。希拉克在第二轮选举面对具有强烈种族主义倾向的极右派"国民阵线"选举人勒庞。为了阻止极右派控制法国，法国左右派选民组成"共和阵线"，将雅克·希拉克再次推向总统之位。希拉克随即拉拢了右派前总统德斯坦派系的拉法兰作为新一届政府总理，以便团结右派各方势力并孤立萨科齐。直到去年欧盟宪法选举失败，拉法兰政府辞职，德维尔潘被任命为总理。

而围绕着朱佩的司法调查一直在进行。2004年初，法院根据一桩"巴黎政府虚设职务案"的贪腐丑闻，裁定朱佩18个月有期徒刑，缓期执行，十年内不准参与政治事务。朱佩上诉后，2004年底上诉法院裁定朱佩14个月有期徒刑，缓期执行，一年内不准参与政治事务。缓刑的意思是有罪但不必坐牢，可戴罪之身的朱佩也不再容于法国社会。判刑时朱佩是右派政党党首，他逃难到了加拿大的魁北克，在那里的国立公共管理学院找到一份教职工作，到现在也没有回到法国。而右派党首的位置被萨科齐抢得。

在整个二月，报纸上都在讨论着雷恩二大学生罢课封校的进展。但是在雷恩一大、INSA、化学学校所在的理科生校园里，一切生活都按部就班进行，仿佛雷恩二大的封锁是发生在很遥远地方的事情。我利用这段时间到处邀请人参加我的生日聚会。我不仅想利用这次生日聚会向克里斯蒂娜展示我是一个在欧洲人中很有影响力的人，而且想让大家明白，大奔并不是我的知心朋友，希望大家不要相信他编造的那些"我的真实想法"，这些大奔编造的想法往往都是猥亵的、奸诈的，他却告诉大家中国文化就是如此。由于大奔总是在我背后诽谤，谣言在全班传了一个遍，最后才传到我耳中，实在防不胜防。但是我也不方便邀请了全班同学，偏偏不邀请中国人，这样显得太刻意了，反而显得我很重视这些中国人。这又可以给大奔带来一个借口，让他编造另一个谣言，说我因为嫉妒他成绩比我好，所以故意孤立他。然后每当我想对关于我的谣言澄清自卫时，他都可以把我的话中之意曲解掉，然后让大家相信，我的自卫其实是为了孤立他而在背后说他坏话。这样就没人相信我了，而大奔则可以肆无忌惮地损害那些欧洲人的利益，我一旦出声提醒，不但不会让那些欧洲人产生警惕，反而坐实了我嫉妒他的谣言。所以我必须装得只是和他不太亲近，却没有孤立他的想法。我因此只邀请了国际班上一半的人，故意不去邀请那些比较接近大奔的法国人，比如露西、莎拉等。但是我邀请了潘应龙，以免潘应龙出于嫉妒，支持大奔诽谤我。我还邀请了中立的陈天竹、冉琳，以及四个越南人，当然还有一直向着我的朱斯汀、艾美丽、宝琳娜和米诺娃。蔡坤和花诚的应邀可以避免大奔编排我被中国团体排斥的谎言。我还邀请了在CROUS宿舍认识的雷恩一大和雷恩二大的学生，许多都是通过Erasmus项目来到法国的欧洲各国留学生，以及INSA时期认识的老朋友吉拉德、塞德里克、扎卡利亚等人。我也邀请了法国班和一年级的学生，诺曼和史蒂芬妮、安东尼、级长克蕾丝苔，等等。我对娜塔莉说，希望她把大美女芳妮邀请过来，娜塔莉回复说，芳妮接受邀请的条件是我也必须邀请法国班一个叫作托马斯的同学。这个托马斯是一个长得帅气、性格开朗、大大咧咧、活泼好动的法国男孩，很好打交道，但奇怪的是他好像在班上的朋友并不多，克蕾丝苔组织的班级团建从来看不见他的影子。据说此人在一年级的测试成绩是全年级第一，是一个深藏不露的学霸。我也向佛洛莉艾娜发出了邀请，她对我一点儿都不热情，找了个理由说当天晚上有事就把我拒绝了。相比之下，一年级的玛丽和克罗地娅两个女孩子很高兴地接受了我的邀请。

在我生日那天，放学后我先去E楼找了伊莲若，希望和她一起前往聚会场所。自从我搬到G楼之后，已经三个星期没有见到她了。当她打开门，我惊讶地发现已经完全认不出她来了。伊莲若那一头漂亮温柔的金色长发被剪成了男孩子似的碎花头，她好像故意要把自己打扮得男性化，一点儿女性的温柔都找不到了。"是你的那个新朋友卡蜜尔的打扮让我有了这个主意。"她说，语气中透着无奈，"我很害怕。我刚刚得知我是整个科考队里唯一的白人和唯一的女人。我听说，非洲的那些黑人，一个个就跟发情的野兽一样，完全不懂得尊重女性。他们最为垂涎的，就是金发碧眼的欧洲女孩子，就是我这样的人。"当她在这样说的时候，眼神中透着毫不掩饰的恐惧，说话的声音都在颤抖，"我不知道为什么选择去做这个实习，我忘记了去考虑学术之外的危险。感觉就像把自己投入到一个狼窝之中。"她悲壮地说："我担心自己这一次有去无回。"

伊莲若说的让我也害怕起来，可是也只能尽量去安慰她："你不要自己去吓唬自己。"我说，"统计学家证明，我们所担心的最糟糕的事情，几乎从来不会发生。"伊莲若凄凉地向我笑了笑，打开CD音响，放起了王家卫在电影《花样年华》中的插曲，这是她最喜欢的一部电影。她跟我分享了一块口香糖，垂头丧气地说："所以我把自己打扮成了一个男孩子，尽量减少我身上的女性特征。只希望不要勾引起那些野兽的荷尔蒙。"她沮丧地环顾着自己的屋子："一切都要结束了，我的学生时代！除了你，我在雷恩市什么朋友都没有遇见。原来连学生生活，我都无法逃避作为一个私生女的宿命：孤零零地来，孤零零地走。"她今天的情绪似乎无比低落，讲的每句话都透露出深不见底的悲观。

像原来一样，我坐在她的床上。她给我泡了一杯茶，问我："那天在雷恩二大的会议怎么样？"我给她大致描述了一下。她点点头："报纸上已经大致描述了。这些学生的胡闹，搞得雷恩一大也人心惶惶。我们大学行政办公室的助理和负责国际交流的学生会负责人竟然都罢工罢课，支持二大的那帮学生。导致我的实习准备和加蓬方面的对接工作都受到影响。"伊莲若不满地说，她摇摇头，"这些罢课的学生都是一些可怜的懦夫，他们的罢课毫无道理。法国的经济和社会已经病入膏肓，这次改革本来是法国经济的一次自我拯救机会。这些学生一闹，要是政府支撑不住退缩了，改革的希望就会受到打击，我们国家又会回到老路上去，这只会让我们国家变得越来越差。"我不是很明白。伊莲若便给我解释："还记得去年10月末11月初的全法国郊区骚乱吗？我们当时在宵禁的时候，还出去和凯瑟琳一起喝酒。"我点点头。"为什么郊区的那些青年要骚乱？因为他们被排斥在法国主流社会之外，未来没有希望。他们烧车，是想让主流社会能够意识到他们的存在。而他们无法融入主流社会的一个关键困境，就在于他们很难找到工作。"伊莲若说，"法国去年的失业率已经高达22%了，青年人的失业率只会远超过这个平均值。1995年阿兰·朱佩改革时，失业率只有12%，当时已经产生了大量的社会问题。为了有充裕资金刺激社会经济，朱佩试图削减福利，结果被赶下台。那么你可以想想目前的情况有多么糟糕！在过去的几年，法国的大学一直都在扩招，却没有增加相应的工作岗位。法国大学教育在给学生提供无限选择的理念下，允许学生随便换专业。结果学生今年学这个，明年又想学那个，跳来跳去也不知道自己想要什么，最后也毕不了业。这些毕不了业的学生和毕了业找不到工作的学生，在找房子和医疗上都会受到巨大的限制。政府也越来越没有钱去养活他们。劳工市场其实是有巨大缺口的，可是法律限制让企业雇了一个人就没法解雇了，所以大家都不敢雇人。多米尼克·德维尔潘在经历去年郊区骚乱之后，意识到这个迫在眉睫的问题，为了尽快达到将失业率降到20%以下的目标，他和他的幕僚布鲁诺·勒梅尔推出初期劳动合同法案，通过减少雇主解雇新员工的限制，来消除他们雇佣新人的顾虑。这本来可以在就业市场上大量增加面向年轻人的工作岗位。原先在解雇员工受到重重限制的时候，雇主只敢通过熟人关系和校友推荐挑选员工，现在无论你有没有背景，都可以平等地面对一个劳工市场。所以这个法案才有一个'平等法案'的外号。"

我倒吸一口凉气。直到此刻我才明白CPE法案的深意，我感觉我被雷恩二大那些激情高昂的学生欺骗了。从那一刻起，我又开始支持CPE法案了。讽刺的是我在支持"反CPE运动"的报告上，还签下了我的名字。"那些头脑简单、热血过剩的刚上大学的小孩子，不过是成为了一些有政治欲望的野心家为进入权力殿堂而找的炮灰。"伊莲若满脸不屑地说，"那一个个什么学生工会、什么青年联盟，全都是五毒俱全、勾心斗角的小官场，根本没人在乎学生的利益，一切不过都是为了权力！"她给我讲了一个她听到的谣传，雷恩二大的主战派为了在人数上压倒想要上课的学生，通过雷恩一大的学生会，鼓动了一批雷恩一大的学生前往雷恩二大投票赞成继续封校，那些雷恩一大的学生从头到尾连他们投票赞成的是什么议题都没搞懂。"你也知道雷恩一大的都是些头脑简单的理工男，笨得跟猪一样，谁糊弄他们就听谁的。"伊莲若说。

我被伊莲若的比喻弄笑了。这时《花样年华》的CD碟放到了尽头，伊莲若又把它从头放起："我正好刚刚收到一个礼物，你帮我看看那是什么。"她从床头柜的抽屉里拿出一个中国仿古式的、真丝蒙皮的木头盒子。打开盒子，玻璃框下压着的，是一幅孙大圣大闹天宫的剪纸图画。"这是一个朋友送给我的。"伊莲若说。

我惊呼一声："这是中国剪纸，而且装潢非常精美。"我给她介绍了一下剪纸的历史，"你的朋友是从哪里搞到这个的？""他在法国驻中国大使馆工作。"伊莲若略有得意地说。"这是一个很贵重的礼物，如果是一个男孩子送给你的，那他一定非常在乎你，"我赞叹道，"他应该爱上你了吧？"

听到我的话，伊莲若怔住了。她发了一会儿呆，然后烦躁地扣上盒子："没有的事情！我和这个人一点儿都不熟，而且已经很长时间没有联系了，我也不想再和他联系。"她长长地叹了一口气，问我说："你和你干妹妹的关系怎么样了？"

我的神情黯淡起来："自从搬去G楼以来，虽然我和干妹妹的地理距离近了，但是心理距离更加遥远了。我越来越不确定我对她的感觉，无论是我感觉她，还是她感觉我，还是听到别人在谈论我们，似乎总有许多谎言和乌烟瘴气的东西无处不在地折磨着我们。我们似乎彼此亲近，但有时又会变得捉摸不定。信任的眼神随时又会变成警惕的，仿佛一道透明的墙突然出现在我们之间。和班上别人关系的考量绑架了我们的友谊，让这感觉变得如此不真实。G楼的入口在一个半山腰，而我住在山坡下。进入宿舍大门后，我要向右转，下楼梯，而我的干妹妹要向左转，上楼梯。我们的生活好像仍然是两条没有交点的平行线。现在我经常去拜访她的爱沙尼亚闺蜜，因为克里斯蒂娜总是在她家里，那里经常还有她们另一个斯洛伐克闺蜜，有时还会有她们的俄罗斯朋友。可是不知为什么，我就是没有胆量去敲克里斯蒂娜自己的房门，不敢拥有一个单独和她相处的机会，就像那里是我不可进入的伊甸禁园。虽然她和她的爱沙尼亚闺蜜仅仅是住在对门。当我晚上睡不着觉的时候，我就走到宿舍楼外，静静看着她窗户的灯光。那灯光是如此温馨、安宁、充满希望。当我看着那灯光的时候，就好像在和她一对一地交流。直看到她关灯睡去，我才会满足地回到自己的宿舍，很快便会进入甜美的梦乡。"

伊莲若如痴如醉地听着，我意识到她又走神了，于是停止了自己的讲述。我摸着那个剪纸的包装盒，看到封面上写有《中国剪纸》的不干胶纸卷了边，我伸手想把它揭下来。"不要。"伊莲若匆忙用手阻止了我。她温柔地把不干胶在原位粘上，抚平。她绿翡翠一样的眼睛中透出伤感："就让它完整地在那里待着吧，算是一个纪念。"她说。

法国人非常喜欢阅读连环画册，它在法国人的生活中起到了和我们父母那一辈人读的小人书同样的角色。到我们这一辈人年轻的时候，日本漫画取代了小人书的位置，但是漫画对我们的影响又是另外一种了。法国市面上的漫画都是日本漫画，装订也是一样，32开本，黑白印刷，从右向左读。"漫画"这个词，无论是在日语中、汉语中还是在法语中，发音都是差不多的。但是法国各个年龄段都钟情的连环画册完全是另外一个概念：16开本，像杂志一样大小，硬板纸封皮，里面是铜版纸彩色印刷。每一本连环画册都讲述一个完整的小故事，厚度都差不多，120页左右的容量，相当于两个CD盒摞起来的宽度。在法国街头的旧书摊上，经常有一个专门的角落来放连环画册，在一个大纸箱子里，连环画册像插在卡槽里的软盘一样竖着并排在一起，书脊朝上，供人选择。就像美国的漫威一样，法国也有几个国民系列的连环画册，在国际上可以成为代表法国的文化输出符号。由于连环画册具有用词简单却又生动的特点，在我的22岁生日聚会上，我的几个法国朋友，挑选了具有代表意义的法国连环画册，送给我做生日礼物。

宝琳娜和她的男朋友西尔万送给我的是《阿斯泰利克斯历险记》中最著名的一篇故事：《阿斯泰利克斯和克利奥佩特拉》。《阿斯泰利克斯历险记》在欧洲和南美非常著名，故事讲的是公元前50年，恺撒带领罗马军团攻打高卢（现在的法国），罗马人攻下了高卢全境，但在如今布列塔尼的位置，仍然有一个高卢村庄在顽强抵抗着。这个村庄的巫师发明了一种神奇药水，可以让喝下去的人变得力大无穷。于是村庄中的英雄阿斯泰利克斯和他的小伙伴们，就跟恺撒以及他的罗马军团玩起了猫捉耗子的游戏。阿斯泰利克斯还到处游玩，和哥特人、维京人以及希腊人都有过接触，而这些古代的各民族，也都穿着古代的衣服，一本正经地做着现代人才会做的蠢事。在《阿斯泰利克斯和克利奥佩特拉》中，恺撒拒绝承认埃及人是全世界最优秀的人种，于是他的情妇埃及艳后克利奥佩特拉跟他打赌，如果埃及人能够在三个月内修建出全世界最漂亮的宫殿，恺撒就必须承认埃及人是最优秀的。

克利奥佩特拉跳过了皇家建筑师"安莫柏菲斯"（谐音"à mon beau-fils"，法语"自家女婿"），找到了乡村建筑师"奴美洛比斯"（"numéro bis"，法语单词"备胎"），告诉他如果三个月内修不出宫殿，就把他喂鳄鱼。奴美洛比斯在恐惧之下逃到了北方，正好遇见和罗马人打仗的阿斯泰利克斯。阿斯泰利克斯于是带着神奇药水、巫师"帕诺哈米克斯"（法语"有全局观的人"）、他最好的朋友"奥贝利克斯"（谐音法语"方尖碑"）以及一条叫"一意吠克斯"（谐音法语"坚定不移"）的小狗，来到埃及帮助奴美洛比斯建造宫殿。阿斯泰利克斯和他的小伙伴们在埃及看到埃及人是如何喝着啤酒、拿着工资建造金字塔，而且他们还为了改善工作条件而像当代法国人一样动不动罢工。奥贝利克斯为了爬到狮身人面像脑袋上写"到此一游"，一不小心蹬掉了狮身人面像的鼻子。后来法国集合全国影星，根据这个故事拍了一部电影，叫作《埃及艳后的任务》，莫妮卡·贝鲁奇饰演埃及艳后。化学学校的法语文化课老师要求我们每个外国人选一个法国文化主题做演讲，我就选了阿斯泰利克斯这个主题，结果法语文化课老师就把第二节课改成了大家集体观看《埃及艳后的任务》这部电影。在电影中，皇家建筑师安莫柏菲斯为了阻止乡村建筑师的成功，派副手"图赫纳维斯"（"tournevis"，法语单词"螺丝刀"）给恺撒通风报信，要求罗马派兵团去摧毁正在建造的新宫殿，罗马兵团的主帅叫作"塞普勒斯"（谐音"ce plus"，法语"多余的人"），手下还有个很倒霉的小兵叫作"安提维乌斯"（"anti-virus"，法语单词"反病毒软件"）。在影片最后，皇家建筑师安莫柏菲斯和乡村建筑师奴美洛比斯展开了一场牛唇不对马嘴的谈判，导演运用了法语中"你跟我说中国话=我听不懂你说的话"这个梗，奴美洛比斯在谈判中说汉语普通话而皇家建筑师说广东话。后来恺撒在克利奥佩特拉的大发雷霆中停止了对宫殿的攻击。三个月之后，恺撒和克利奥佩特拉在辉煌的新宫殿里共度良宵，新宫殿还配有电梯，由被劫持来的维京海盗提供动力。

宝琳娜和西尔万在连环画册的扉页上写道："送给我亲爱的搭档亚历山大——登君，希望你在未来的一年中了解到越来越多的法国文化，也希望你以后的法语能达到独立写实验报告的地步。所以我们给你选了这一本法国人都爱读的《阿斯泰利克斯》，里面有许多法语文字游戏，希望它能帮助你法语的进步。我和西尔万的家永远都是你的家！Yec'hed Mat！""Yec'hed Mat"是西尔万去年教给我的一句布列塔尼语，意思是"干杯"。

后来在2008年北京奥运会的时候，法国人又把一部《阿斯泰利克斯参加奥林匹克运动会》搬上了大屏幕，我和法国朋友一起去看。后来我和朋友一连好几个月都在玩电影开头的那个梗：阿兰·德龙饰演的恺撒站在镜子前，换了好几个姿势终于摆出了威严的造型。他严肃地说："恺撒是不会老的，他只会更加成熟！恺撒的头发是不会变白的，那里只会发出璀璨的银光！"他向镜子中的自己举手致敬："向光荣的恺撒致意，向'我自己'致意！"

我的联合教父诺曼和教女史蒂芬妮则送给我一本《丁丁历险记》，连环画册里面还夹着亚历桑德拉为我生日专门画的大开本"蝴蝶夫人"铅笔画。诺曼在连环画册的扉页上写道："致我的联合教父登君，自从认识你以来，你就一直闷闷不乐的。所以我和史蒂芬妮给你选了这个故事，你应该学一下故事里那坚强和乐观的中国人，活得开心一些。"史蒂芬妮写道："我最最亲爱的教父。任何勇敢的人，无论生命多么困难，都可以把微笑带给别人。而且你有我们永远都在你身边。加油！"

《丁丁历险记》是比利时连环画，也是20世纪全世界最著名的连环画之一，讲述了一个富有冒险精神的小记者丁丁的环球旅行。《丁丁历险记》在比利时被视为国宝，由于包括作者在内的一半比利时人都以法语作为母语，法国人也将其视如己出。诺曼和史蒂芬妮送给我的是其中的第五部，也是最重要的一部：《蓝莲花》。《蓝莲花》的故事，我很小的时候就在祖父家的小人书中看过，对我来说也是老朋友了。

在《蓝莲花》中，小记者丁丁为了调查一桩国际贩毒案，顺着一个虚无缥缈的线索——一个叫平野松成的日本名字——来到了上海。在上海公共租界，丁丁为了保护中国人不受西方人的欺负而惹恼了租界的警察总长。这时丁丁调查出平野松成其实是一个日本间谍和国际毒品走私犯。在跟踪平野松成的时候，他看见日本人通过秘密炸毁铁路来制造日本侵略中国的借口。在返回被日本占领的上海时，丁丁在长江中救了一个落水的中国青年"张"。

在"张"对丁丁的解释中，丁丁发现西方人眼中的中国和真实的中国是两个完全不同的世界，西方对中国充满偏见。"张"帮助丁丁逃脱了警察总长对他的抓捕，而警察总长背后的操纵者就是平野松成。返回上海后，丁丁发现在中国一直保护自己的反鸦片兄弟会的主席王仁杰失踪。丁丁潜入"蓝莲花"鸦片馆调查信息，发现了王仁杰，但是自己被平野松成抓住。在平野松成即将灭口王仁杰和丁丁的千钧一发之际，"张"带着反鸦片兄弟会的成员闯入"蓝莲花"救出大家。平野松成因为丑闻揭发而切腹自杀。日本通过嫁祸中国而发动侵华战争的行径，通过丁丁的报道被揭露到全世界，日本严重抗议并退出国际联盟。丁丁则因为帮助中国得到国际社会的支持而被中国人视为英雄。

《蓝莲花》发表于1934年到1935年间，此时距离日本悍然发动九一八事变，全面入侵东北，已经过去了三年时间，西方国家却认为那只是远东的一个很小冲突，并且普遍站在日本一边。《蓝莲花》使西方社会第一次意识到九一八事变的存在和日本全面侵华的野心，并迅速转变观念表示对中国的同情与支持。正如连环画中所预言的那样，现实中的日本也严重抗议并退出国际联盟。当时的国民党政府得到国际社会意想不到，但又雪中送炭的支持，非常惊喜。蒋介石通过夫人宋美龄邀请《丁丁历险记》的作者埃尔热访问中国，却因为二战的即将爆发而没有成行。在很长的一段时间里，"张"就是西方人印象里对中国人最完美的想象。《蓝莲花》的创作受到了作者好友张充仁的强烈影响。但是《蓝莲花》在报纸上连载结束时，张充仁返回中国参与抗战，并失去了和埃尔热的联系。直到1981年，两人才重新在比利时首都布鲁塞尔重逢。张充仁在访问比利时和法国时，受到了西方社会总统级的礼遇。

芳妮、娜塔莉和托马斯送给我的生日礼物是一个又大又沉的纸箱子。打开箱子，里面是上下两层，一共12个陶土碗，但是这些陶土碗每个都有像杯子一样的手柄。面对我迷惑不解的表情，娜塔莉笑着解释说："登君，你已经知道了，布列塔尼地区最传统的饮料就是苹果气泡酒。但是恐怕你并不知道，喝苹果气泡酒的传统饮具并不是酒杯，而是这种碗杯。布列塔尼人崇尚大碗喝酒，酒杯实在是太小气了。只不过，连许多法国人都不知道布列塔尼的这个规矩，外地开的布列塔尼煎饼餐馆都会搞错。真丢人呐！"她朝我眨了一下右眼，坏笑着说："这件礼物，可是芳妮专门给你选的哦！"大美女芳妮于是拿起一个杯子，给我解释说："这些碗杯，是我叔父的一个手工作坊专门为你烧制出来的。你看，"她把赭红色的陶土碗杯凑到我眼前，指着上面星星点点的黑灰色小点，说道："这个作坊有一种特殊的技术，它所用的陶土在高温下会发生化学反应，在热胀冷缩中产生这些小黑点，就像天然的装饰画一样。因为这些小黑点看上去很像苍蝇，所以这种杯子的名字叫作'苍蝇杯'。"

随着礼物赠送的贺卡是由芳妮写的，她写道："天哪，22岁，你已经这么老了！我一定不会变成像你这个年纪（笑）。早晨起床，发现自己又老一岁，一定是一件特别沮丧的事情。但是有我们几个大美女陪着你，想必你很快就能忘记这些烦恼了。"读完贺卡，我非常感动，在芳妮和娜塔莉两个大美女的脸上各亲了一口，然后和托马斯握了手。

受邀请的四十余宾客陆陆续续到达了盖吕萨克的活动中心，大厅的桌子上摆满了大家带来的薯片、蛋糕和各种饮料。在卡蜜尔的建议下，我什么吃的喝的都没买，却买了许多一次性的杯子和餐具。天竹和冉琳前一天晚上将阿尔萨斯白葡萄酒和波力卡夫伏特加酒混在一起，佐以白砂糖、肉桂粉和生姜糖浆，以鲜榨橙汁稀释，在冰箱冻了一晚上，又在聚会临开始前将切碎的橘子、蜜桃和菠萝果肉放入，最后灌上冰冻的柠檬汽水，做出一大盆年轻人中颇为流行的桑格利亚气泡鸡尾酒来。拿了个汤勺放在一边，众宾客一到现场，先领一个一次性杯子，然后用汤勺连同果肉盛一小杯明黄色的桑格利亚酒，就各自散开两两交谈起来了。两个马来西亚女孩对我说，露西和莎拉也在调酒的过程中出了一把力，她们虽未被邀请，但仍为我送上生日的祝福。望眼欲穿的，克里斯蒂娜和她的朋友们却一直没有来。亚历克斯说克里斯蒂娜在来之前必须要见一个人，她还在等那个人，晚一些时候她会来的。吉拉德在大厅中间拍了拍手，把散开的大家召集起来，围着我绕成圈。吉拉德大声说，请所有人鼓掌，欢迎我对大家发表致谢词。

　　我的脸一下子红到了耳根，小声埋怨吉拉德道："我从来没有在这么多人面前讲法语，我会紧张得说不出来话的。"史蒂芬妮拍了拍我的肩膀，鼓励说："登君，不要退缩，这是你迈出的一大步！往前走就是了，错了就错了，无论你觉得大家是否听得懂，继续说下去！你一定能行的！"蔡坤专门站到了我的对面。他用无声的口型，给我提示着我可以用来开场的第一句话。我哆哆嗦嗦地开始了我的第一次当众演讲。我记不清我当时说了什么，记得我在说出第一个字以后，我就忘记了自己身处哪里，仿佛整个身体坠入了混沌的深渊，听不到也看不见外界的消息。自己的声音从遥远的天外传来，我用了好一会儿才意识到那竟然是我自己在说话。没有泪水，但是仍然有什么东西模糊了双眼，只听到一片掌声和鼓励声。然后天旋地转。史蒂芬妮敏锐地发现了我脸色发白，她和吉拉德赶紧把我架到了一边，记得蔡坤、伊莲若和艾美丽都走到我身边来向我祝贺，夸我勇敢。

　　史蒂芬妮拿来一根点燃的蜡烛，叫我把摆在活动中心各个角落的香烛点燃。没有人买来生日大蛋糕，于是当我撕开了第一包薯片的包装袋时，整个晚宴就开始了。

　　史蒂芬妮是第一次见到吉拉德。吉拉德给史蒂芬妮和诺曼讲我和他在INSA的相识以及第一年我刚来法国后的各种迷茫，扎卡利亚也在旁边补充他知道的那部分。史蒂芬妮似乎对我一年级的生活很感兴趣，全神贯注地听。扎卡利亚给史蒂芬妮描述他第一次看见左怡媛的照片时，那种美的震撼。诺曼一脸不以为然地说："当然了，当然了，登君的特色：美女环绕！"当吉拉德说我和他是通过一个苹果认识时，史蒂芬妮大笑着说："意大利人常说：'一天一个苹果，任何疾病远离你。'你们吃的苹果还是不够啊，因为登君还是体弱多病！"

　　克蕾丝苔对花诚非常感兴趣，花诚和她一直在探讨中国人应该如何融入法国社会，克蕾丝苔听得心悦诚服，频频点头。在另外一个角落，蔡坤和伊莲若聊得大有知己之感，两个人一直都在用英语聊英国工业革命的得与失，以及对欧洲历史和当下社会产生的影响。安东尼和米洛娃安静地探讨人生。宝琳娜、西尔万、朱斯汀、艾美丽和塞德里克则凑成一堆，交流着男女朋友同居的心得。朱斯汀没有过恋爱生活，跟电灯泡一样地听着，过了一会儿就跑去找越南人了。芳妮怕生，紧紧地抱着娜塔莉的胳膊，满脸羞涩却又无比崇拜地和托马斯交流着别来无恙之情。一年级的几个小姑娘凑在一起叽叽喳喳。天竹和冉琳一刻不停地帮我招待客人，打开食物包装，整理碗碟，大家喝一半儿饮料，就把杯子随便一放，后来找不到自己杯子，就再拿一个新杯子，很快一次性杯子就不够了。天竹和冉琳就把脏杯子带到活动中心的厨房里去洗，卡蜜尔也在旁边帮助她们。

我微笑地看着这一切，突然耳边传来轻轻的，却如雷鸣一般震撼的声音，那是魂牵梦绕的蜜糖与诗歌："登君，对不起，我来晚了。"我蓦地回头，只见那殷殷春水，落落似仙，一双俏眼目不转睛地盯着我看。情有三分醉，娇若燕声啼，正是那美丽的克里斯蒂娜。

克里斯蒂娜一整脸都写满了歉意。她将手中抱着的一条长60公分，宽20公分的风景画递给我："为了准备你的生日礼物，我耽搁了一些时间。这是我、卡特琳娜和贝雅共同的一点心意。希望你能喜欢。"风景画印在铜版纸上，又被粘在硬纸板做的基底上。画中描述的是落潮时的圣米歇尔山海湾。围绕圣米歇尔山的流沙滩几乎与海平面平行，此处潮涨潮落之间相差15米。涨潮时，海水如万马奔腾，以磅礴迅雷之势从远处猛然扑来，迅速将圣山围困为孤岛。落潮时，海岸线却又一泻千里，即使站在山顶也目不可及。一日之间，两度沧海桑田。画上的圣米歇尔山甚为写意，只是远方背景的一个小尖，画面的主景却是落潮海湾的流沙和上面阡陌纵横的河道。居住在圣米歇尔山附近的农民都知道，这样的流沙滩是极度危险的，表面看似平静的沙地之下暗潮汹涌。假如被它的人畜无害所欺骗，想抄近路沿着沙滩走上圣米歇尔山，一不小心就会陷入沙的漩涡，缓慢而绝望地沉溺下去，面对着近在咫尺、神圣美丽却又遥不可及的圣山，眼睁睁地看着自己的一切信仰都崩溃，直至粉身碎骨消失在历史沧海之中，无旁人可拯救得。

翻到背面，硬纸板上密密麻麻的文字，是克里斯蒂娜抄的一首长诗。

"登君，你是一个作家。我不知道送什么，才能让你觉得更加有意义。后来我从网上找到的这个十九世纪的诗人，虽然不是很著名，但是这首诗写出了我的心境，也跟中国有关。你回家后读完这首诗，告诉我你的想法可以吗？如果我们能一起感受到法语的美丽，我会感觉非常幸福！"克里斯蒂娜满怀期待地说。我看到诗的最后，克里斯蒂娜、卡特琳娜和贝雅都用她们自己的语言签上了她们的名字。其中克里斯蒂娜和卡特琳娜在签完名字后，又在后面歪歪扭扭地，一笔一画地用汉语写下："克～里～斯～蒂～娜"和"卡～特～琳～娜"这几个字。贝雅则是在自己名字后面画了几个方块，又在方块里头涂了不知道是什么的笔画。"这几个符号是'贝雅'的中文写法，如果你不认得不要紧，那是因为我的中文说得比你还要好。无论如何，对我来说，这就是中国话了。"贝雅颠三倒四地说。我弄不明白克里斯蒂娜和卡特琳娜如何学会自己名字的中文写法。"那很简单，登君。这是克里斯蒂娜的主意，她觉得能写中文的话，可以给你带来一个惊喜。所以今天晚上我们一直等到雷回家才拿到这几个字，所以才迟到了。"卡特琳娜甚为爽快地承认说。听到雷的名字，我顿时有种强烈的受辱感，脸色立即冷漠起来。克里斯蒂娜埋怨地看了卡特琳娜一眼，惊慌失措地说："登君，你不要多想，我只是想让你今天晚上更高兴一些，今天毕竟是你的生日啊！我真的没有更多的意思。"我苦笑着说："没什么，今天你们终于能来参加我的生日聚会，我很高兴。"我想朝克里斯蒂娜的脸上亲一下，感谢她的礼物。但是她轻巧地躲开了。

贝雅围着活动中心大厅绕了一圈，非常失望地说："这里怎么都是些女孩子，男孩子们跑到哪里去了？"诺曼听到了她的话，非常不满地嘟囔道："那我算是什么？"吉拉德和塞德里克互相交换了一个眼神，笑着说："想要找男孩子，这还不容易，INSA有的是！只怕不要太多！"没过一会儿，就有越来越多我不认识的男生闯进了我的生日聚会。他们跟我说，他们正在INSA宿舍里斗酒打游戏，突然听到小道消息，说附近有一个到处都是女生的大派对，他们感觉犹如久旱逢甘霖露，连游戏机都来不及收拾，立即整装出发。因为这些INSA人都不知道地址，到达的几个只是探路的先头兵，整编的INSA大部队都在路上，即将到达。

克里斯蒂娜自从到达之后，也没跟别人多交谈，只是站在角落和三个越南女生聊天。我走到她面前，请求和她照一张合影。她答应了。我郑重地挽起了她的手。合完影之后，亚历克斯从后面抱住了我们两个的头，笑着说道："你们两个，怎么可以忘了我？"卡特琳娜也从另外一边牵起了我的手，说："加上我一个。"史蒂芬妮和吉拉德见状，也要把他们的脑袋凑到镜框里。后来几乎所有的人都凑上来，要照一张全家福。照相时，大家说"芝士"（英语中"奶酪"的发音）。我说不对，应该说"茄子"。于是大家笑着说："茄子。"

照完全家福后，我却找不见克里斯蒂娜和亚历克斯了。卡特琳娜对我说，克里斯蒂娜不喜欢和太多不熟悉的人在一起，于是在照全家福之前，亚历克斯陪她回宿舍去了。那时我在忙着给大家排位，所以她也没忍心打扰我，向我告别。

我不认识的INSA男生还在陆续涌入盖吕萨克宿舍活动中心大厅，他们带来了大量的啤酒和烟草，后来几乎接管了活动中心。桌面足球、台球，各个角落都是他们的人。这时有人突然放起了震耳欲聋的音乐，一个戴着邋遢帽子，除此以外全身一丝不挂，连内裤都没有穿的裸男随着音乐闯进了大厅中央，在女生们面前跳起了街舞。女生中响起一阵哄笑。

我吓得脸都惨白了，这个不速之客毁掉了整个晚会。我脑海中最先想到的名字就是芳妮，千万不能让大美女受到惊吓！我赶紧冲到芳妮身边，她正站在宝琳娜旁边。可是芳妮并没有像我担心的那样发出尖叫，我只见她看着那个裸男的下体，一脸嫌弃地对宝琳娜品评道："你不觉得他的那个'鸟'，尺寸实在太小了吗？"宝琳娜蛮不在乎地回答道："现在天气还比较冷，估计是热胀冷缩吧，加加温就好了。"这两个女孩子的对话完全击碎了我的三观，难道女孩子不应该更加清纯一些吗？

这时活动中心大厅突然断电，一片漆黑。原来为了防止活动中心的噪音影响宿舍楼里人的休息，活动中心一到晚上23点就自动拉电闸。大厅里的男生纷纷骂娘，说自己刚刚做完热身运动，还没来得及享受呢。我邀请的女生们则陆续回家。那个年代并没有人拥有带闪光灯的手机，也没有人带手电，于是在聚会中陆续熄灭的香烛，又被从大厅的各个角落摸黑找了出来，重新被点燃。然后男生们在烛光的照耀下继续玩台球和桌面足球，一点儿都没有结束的意思。有一个人直接把汽车开到了落地窗外面的草坪上，汽车前照灯径直照亮整个大厅，人群一阵欢呼。

诺曼不满意地说，再不结束派对的话，他就要被宿舍管理员惩罚了，毕竟整个房间是以他的名字预订的。我要求吉拉德和塞德里克尽快把从INSA来的这堆醉鬼赶走。两个人连拉带扯，连哄带威胁，终于把他们从落地窗里弄出去了。但是这些醉鬼在宿舍外面的草坪上没有走五百米，就又坐下来撒欢胡闹起来。后来我听说他们在盖吕萨克宿舍外面整整唱了一晚上的歌。安东尼和卡蜜尔陪我留到最后，帮我打扫了厅里的残局。

那天晚上是我在法国组织的规模最大的生日聚会。直到十年之后的2016年2月22日晚上，我才重新在巴黎国际大学城英法学院的中央大厅里，组织起了一个相同规模的生日聚会。但是十年之后我邀请的人，已经在年龄上成熟很多，甚至还有一些是社会名流，所以也就少了很多混乱。但是那次聚会在23点大厅熄灯之后，也有一些人意犹未尽，还想再聊，他们也只是步行到大学城对面的酒吧里喝酒去了。在我22岁生日聚会上出现的人，基本上在几个月之后就已经分散到全法国甚至是世界各地，即使是最执着想要抓住的人，也在成长的无奈中渐渐失去了联系。可是命运兜兜转转，十度春暑，一些人在多年之后，又以更加成熟的面貌重新和我的生命发生了交集。扎卡利亚、蔡坤和朱斯汀三人，也回归到了我的32岁生日聚会上。另一个老朋友赵庆阳也参加了那次聚会。

我和卡蜜尔抱着够我吃一个星期的食物，以及两大塑料袋礼物，慢慢走回CROUS宿舍。在路上，我问她"反CPE运动"的进展怎么样了。她的眼神黯淡起来："在一个月的抗争之后，我们越来越迷失了。"她失落地说，"最新的进展是布列塔尼四所大学的校长联合写信给国家，希望国家能考虑学生的意见。据说雷恩一大也很快就要投票封校。但在布列塔尼之外，运动并没有掀起太多波澜。直到现在，首都还是一片平静，没有任何人支持我们。我感觉革命陷入了僵持期，许多驻守在雷恩二大维持封校的学生日夜不停地开会，可是我们的声音传不出去。许多学生失去了耐心和勇气，陷入了自我怀疑。他们已经搞不清楚，继续坚持下去我们能得到什么，甚至都忘记了我们最初想要得到什么。他们已经太疲劳了，随时都要倒下，或许封校很快就要结束，革命也将以失败结局。"她看上去非常无奈。为了安慰她，我转移了话题："你喜欢我今天晚上的生日聚会吗？"她点点头，说："你的那些工程师学校的朋友都很了不起，我和他们不少人都交流了。尤其让我印象深刻的是你那个教女史蒂芬妮，她实在是人中英杰，情商之高，能力之强，简直深不可测。我甚至都不知道，在我们这个年龄段，竟然能出现这等人物！"我于是给她讲了圣诞假期在史蒂芬妮家的见闻。"果然原生家庭会对子女的智商产生巨大影响，如果你能知道我的家庭，你就不会惊讶为什么我现在落到这种地步了。"她自我嘲笑道，又问："但是看上去，你心中最在意、眼睛从来没有离开过的，反而是一个叫'芳妮'的女孩子？"我点头承认："这个芳妮，简直是我在法国见到的最漂亮的女孩子了，又漂亮又清纯。可是今天她完全颠覆了我对她原有的印象。今天那个裸男跳舞时，芳妮竟然问我的搭档宝琳娜，为什么那个男的'鸟'尺寸这么小！"我一副不敢相信的语气评论道。"你为了雇佣那个男的，花了多少钱？"卡蜜尔问道。我生气地回答道："我根本不认识他呀，他是非邀请擅自闯入的！"卡蜜尔非常惊讶地"哦"了一声："那么说，这并不是一个事先安排的环节？好多女孩子当时都评论，大家认为因为现场的女孩子比较多，所以你专门找了这么一个人，做情色表演呢！"我非常不满地像甩拨浪鼓一样摇头否认。然后卡蜜尔沉吟道："其实芳妮的这个问题也并不难回答，因为今天天气比较冷，热胀冷缩的原理罢了。"

几天后的周末，我在宿舍里复习功课。突然有人敲门。打开门，竟然是克里斯蒂娜特地来拜访我。我又惊又喜，连忙请她坐在床上，问她是否需要喝杯茶。她摇了摇手，只是看着她送给我的圣米歇尔山风景画，那幅画已经被我用大头钉钉在了墙上。"登君，你喜欢我给你抄的那首诗吗？"她小心试探着问我。我傻呵呵地笑了："里面我不认识的单词太多了，想必都是些文雅的词，生活中不常用到。等到我有时间，一个词一个词地查字典，再告诉你可以吗？"克里斯蒂娜失望地叹口气，说道："好吧，等你有时间！"

　　我们俩静静地对坐了一会儿，窗外春光明媚，感觉很安宁。"谢谢你邀请我参加你的生日聚会。"克里斯蒂娜打破了沉寂，"那天晚上我很愉快。""可是后来你和亚历克斯提前走了。"我提示道。"是的，你看上去太忙了，我担心会给你添乱。"她说。我用怜惜的眼神看着她，摇了摇头。"登君，我今天来，想请你给我帮一个忙。你还记得我们两个人有一个共同的好朋友，叫菲利克斯吗？""这是我一生的兄弟，我当然不会忘记他。""菲利克斯六月份就要过生日了，我想提前给他准备一个礼物，寄到委内瑞拉去。可是只有你的帮助，我才能完成这个礼物。"我按着克里斯蒂娜的两只胳膊说："克里斯蒂娜，菲利克斯是我的兄弟，请你不要用'帮助'这个词。能给他制作一份生日礼物，也是我的意愿。如果他能收到我们两个人一起做出来的礼物，他也一定会更加欢喜的。"克里斯蒂娜高兴地说："你能这样说，我真的很欣慰。如果他现在也能在我们身边，听到你这句话就好了。"

　　她于是给我解释了她想要制作的礼物："登君，菲利克斯是一个很重感情的人。我知道，他在委内瑞拉，心中无时无刻地不在想念着法国的朋友。他很寂寞。如果，他在法国所珍惜的每一个朋友，都能在生日的时候给他说一句祝福语，那么，是能够带给他多么大的振作呀！"我仍然百思不得其解地看着她，克里斯蒂娜的眼睛里闪着激动的光芒："我想找到菲利克斯在法国所有的朋友，请求每一个人都为菲利克斯的生日录一句话。这是我为他做的！他一定会为我感动。可是，"克里斯蒂娜满怀乞求，楚楚可怜地看着我，"可是菲利克斯在法国最重要的朋友，就是你的教母安娜和她的闺蜜们。我不认识她们。只有你才能联络到她们。""吉拉德、米洛娃、孙延珊和赵庆阳都是菲利克斯很好的朋友。"我补充道。"可是我和他们都不熟，我和米洛娃几乎从来没有说过话。"克里斯蒂娜懊恼地说。我感觉整个事情有些尴尬："我只有通过安娜才能联系到她的闺蜜。可是安娜只是菲利克斯的前女友，现在人又在波尔多。人家都说，分手的恋人就是敌人。你确认她会愿意帮助我们吗？""会的，如果是你请求她！"克里斯蒂娜急切地说，"安娜是你的教母啊！她总是对你有求必应，从来没有拒绝过你。这一次，她一定也不会拒绝的。"

克里斯蒂娜看到我还在踟蹰不决，非常柔软地对我说："我知道对你很难，可是我也知道，只有你才能理解我为什么这么做。有些努力，看上去确实挺傻的。正是因为你能明白我为什么会变傻，你才对我那么珍贵。"

我心中一动，看着她的眼睛，点了点头。

12 红月亮

　　我期盼着下一次和你一起登上蒙马特的山顶，在圣心教堂的台阶上共同俯瞰巴黎大地。而那时我们将会比今日更加成熟，我们就能更加理解彼此。

人们常说，巴黎的右岸是物质的，而左岸是精神的。这不仅是因为右岸拥有全世界最奢华的购物大街香榭丽舍，以及巴黎最主要的两个百货商场，也是因为巴黎左岸，在一千年以来，一直都是全世界最古老和最重要的大学——巴黎索邦大学——的所在地。维克多·雨果在他的小说《巴黎圣母院》里，脱离故事主线专门写了一个第三卷，先花一个篇章描述巴黎圣母院的历史，然后又用了一个篇章的卷幅，以便对巴黎市的这个布局进行详细的描述。他写道：十五世纪的巴黎，是由三个完全分开、截然不同的城市组成的，这就是老城、新城、大学城。老城就是建有巴黎圣母院的那座塞纳河中心的小岛，巴黎就是从这座小岛上发展起来的；新城在右岸，拥有卢浮宫和广大巴黎市民的居所；大学城在左岸，拥有索邦学堂和全世界来求学的留学生。老城教堂林立；新城宫殿鳞次栉比；大学城学府比比皆是。小岛归主教管辖，右岸归王室大臣管辖，左岸归学董管辖。学生在左岸犯了法，必须在小岛上的司法宫受审，却要在右岸的鹰山受惩处。除非学董认为学府势力比国王势力强大，出面进行干预，那是因为在校内被吊死是学生们的一种特权。

自罗马帝国皇帝罗慕路斯·奥古斯都被罢黜之后，欧洲在一团混乱中度过了三百余年，直到法兰克国王查理大帝重新统一了除布列塔尼以外的欧洲大陆。查理大帝发布法令，要求各地的天主教主座教堂开办附属学校，教授民众神学和各行各业的知识，学生可以选择老师，穷人可以减免学费。最早的一批学校就开在了巴黎老城的小岛上。学者和学生从欧洲各地赶来巴黎，成日成夜地讨论辩证法与哲学。后来世俗学科的老师和学生们渐渐离开了巴黎圣母院所在的城岛，他们倾向于搬到巴黎左岸，那里远离肮脏狭仄的老城街道，空气新鲜，建筑时髦。从埋葬圣人日耳曼的修道院外面的田野一直到以巴黎的保卫者圣女吉纳维芙命名的丘陵，一大批学术机构被建立起来，成为巴黎索邦大学的雏形。当时巴黎左岸是全世界的学术中心，各国学生云集于此，他们用古罗马帝国的语言拉丁语作为彼此交流的基础，所以巴黎整个左岸地区被冠以"拉丁区"的名字。当时英格兰王国已经处于诺曼底公国的管辖之下，所以不列颠群岛的学者们也都在巴黎留学，他们建立了左岸最重要的一批学院。公元1152年的时候，法国国王路易七世的王后、阿基坦女公爵伊莲若和当时只是一个孩子的诺曼底公爵亨利二世私通。随后她解除了和法国国王的婚姻，并在亨利二世加冕为英格兰国王之时成为英格兰王后，还把阿基坦的统治权带到了英国，这就是后来英法百年战争的重要起因。1167年英格兰国王亨利二世禁止英国学者前往巴黎留学，从巴黎返回的学者聚集在牛津镇，因为那里原先一直存在一个教书的学堂。自那时起，牛津大学迅速发展，并和牛津镇原有居民爆发冲突，冲突的结果是1209年在牛津大学的学者和学生迁到东北方的剑桥镇成立后来的剑桥大学。

顺着巴黎圣母院前广场向左岸走去，穿过塞纳河，很快就能看到一条直冲朝天的大上坡，这条叫"圣雅克"的大街是巴黎最古老的街道，曾经是古罗马帝国都市"吕德斯"的中央大道，两千年来就没有变过它的形状。我们沿着圣雅克路继续向上爬，右手边是索邦学堂，左手边是大路易高中和法兰西公学院，如果走得更远，就可以到达整个拉丁区拥有的40多所科研机构、大学、中学、工程师学校、图书馆。学生和学者们在这里讨论艺术、科学和哲学，从课堂讨论到咖啡馆，又从咖啡馆讨论到餐厅。海明威和他的朋友们流连在左岸的咖啡馆，他在晚年把他这段清贫但是美好的回忆写出来，成为描述巴黎的名著《流动的盛宴》。

千百年来，索邦学堂和左岸的众多学术机构，一直在静静地看着历史的风云变幻。从中世纪的巴黎大学变为帝国学院，又从帝国学院变为新巴黎大学。可是这份平静在1968年被打破，这里成为学生发动革命的风暴中心。革命的结果是，近千年历史的巴黎大学被解散，在每个学生都能享受到平等教育机会的理由下，被分割为没有排名先后次序的13所大学，其中7所大学仍然在拉丁区内，另有5所大学被建在巴黎市周边。拉丁区内的7所大学各有侧重，分别是：巴黎一大-经济，巴黎二大-法律，巴黎三大-文学，巴黎四大-艺术和语言，巴黎五大-医学，巴黎六大-基础科学，巴黎七大-应用科学和其余人文社会学科。在分校之后，拉丁区又像过去一千年一样度过了三十多年的平稳时光，直到2006年3月初，这里再次成为全法国的目光聚焦点。

2006年3月5日，青年工会组织统一战线在索邦学堂召开集会，全国39个学生联合会的代表，发出共同声明，号召全国学生，在3月7日，也就是雷恩二大封校一个月之际，发起全国学生"反CPE运动"总动员。巴黎学生的参与使得"反CPE运动"一夜之间成为法国社会最重大的事件。几天之后，全法国上百万学生走上街头，84所大学被封锁。索邦学堂被示威学生占领，这些学生自建了小政府和顾问委员会，瞭望塔防守体系和后勤物流网络。三天后，法国政府出动共和国卫队冲进拉丁区，和学生发生激战。学生的自制燃烧瓶和警察的催泪弹此起彼伏。索邦学堂的战斗，最终以政府的胜利为结束。整个街区随即被警察封锁起来，在四月中旬前不准任何人进入。这在某种程度上保护了这座黎塞留时期建造的宫殿，避免了它像布列塔尼议会宫一样在1994年的渔民示威中，不小心被警察的照明弹焚毁。

但是更大规模的示威行动像草原上的烈火一样在全国发动起来，3月16日，八十万中学生走上街头，支持大学生的示威。在南特，在第戎，在昂热，在尼斯，示威学生堵截了火车，封锁了高速公路，甚至空客A380的建造基地和法国企业家联合会的办公地点都受到冲击。法国社科院被三百多名学生占领了四天，他们差一点将所有他们眼中"政治不正确"的书籍焚之一炬。在3月18日的时候，示威已经蔓延到全法国160多座城市。青年工会组织统一战线轮流在全国不同城市不停召开全国代表大会，每次会议结束都要向政府发出一份"最后通牒"，里面的诉求越来越详细，包括：撤销CPE法案、保证所有人的工作、保证所有人都有房子住、保证所有人都免费乘公交车、撤销上一届拉法兰政府关于改革高中的"菲永法案"、对2005年11月"无产阶级法国郊区大起义"的被捕人员进行特赦、国家补偿示威者用于组织示威运动的各种金钱损失、保证他们缺课后的文凭价值不会被企业歧视、停止压制社会运动、雅克·希拉克总统辞职下台等等。

雷恩一大和INSA相继投票封校。INSA在封校前，正好在举行主题为"禁忌之感"的第二届感官节，所以那些为节日准备的稀奇古怪的布置就一直在校园里留下来。整个校园路两旁的大树被一层一层的透明胶带，像蜘蛛网一样连接起来，象征着社会对人的捆绑与束缚。校园多媒体活动室的外墙上，安装上无数个充了气的塑胶手套，暗示了"禁忌的触摸"。活动室里面的椅子都被替换为马桶，而桌子则被更改为浴缸。艺术家还把一个女生像木乃伊一样用胶带捆绑起来，然后女生像退壳的昆虫一样从胶带壳子里出来，留下一个稀奇古怪的人形壳子，就摆在当茶几使用的浴缸里。在空旷的校园里，这些布置尤其显得诡异。

但是整个城市里还有一所学校在一如既往地上课，就是我们化学学校。"作为工程师，你们只有通过努力学习，才能保证你们未来的幸福。"有机化学的老师在课堂上用粉笔敲着黑板对我们讲道，"不要指望着去罢课。事实上，全法国没有一个工程师预科班二年级停课，因为他们很清楚，他们即将参加的全国性工程师竞争性入学考试，是他们收获十四年寒窗苦读果实的最重要时刻。每一秒钟的浪费，都意味着将大好的人生机会拱手让给另外一个人！"

尽管如此，外界发生的事情，毕竟还是给我们的学习日程造成一些影响。在警察的搜捕中，发现了许多学生用来制作简易燃烧弹的兵工厂，但是共产主义革命阵线以及团结民联学生工会都在报纸上声称，这是警察的栽赃嫁祸行为，目的是分化民众对革命的支持。一个团结民联学生工会的代表在3月18日的示威游行中受到暴力攻击，从此一直处于昏迷中。警方和学生都指责对方才是暴力行为的负责人。本来盖吕萨克预科班一直都有组织二年级学生在复活节前后前往巴黎旅游的传统，但是由于社会安全局势的迅速恶化。学校一直慎重考虑是否取消这个传统，考虑到这是我们学校包括法国人在内的绝大部分学生，在人生第一次有参观巴黎的机会，学校的这个计划使整个年级都失望到极点。

这时我们也到了人生中一个重要的时刻，我们要开始认真考虑，两年的预科班后，我们到底想要去盖吕萨克联盟17所化学学校的哪一所，以便继续我们的工程师学业。这个选择是人生至关重要的转折点，不仅因为17所学校每个学校的科研方向各不相同，而且他们所在的城市在法国的天南地北，我们会遇上什么样的人，什么样的文化？我们未来三年居住的城市是阳光明媚，还是阴雨连绵？是美食好景，还是死气沉沉？每一个人的心中都忐忑不安。

　　各个化学学校都派出了他们从雷恩预科班录取的学生，在前后不同的日期依次到达雷恩化学学校，向我们介绍他们的学校和城市。最先开始的是米卢斯化学学校。这是17所学校中建校最早的（1822年），但也是排名最差的。据说米卢斯这个城市是法国最丑的几个城市之一，全市唯一的景点就是一座绘满了画的红房子。在3月24号的下午，当我走进大课堂的时候，惊讶地看到讲台上所有的人都在哭泣。原来就在米卢斯的学生代表来到雷恩，正准备当众演讲的前一个半小时，米卢斯化学学校发生了恐怖的实验室爆炸事件，一名老师死亡，还有一名学生重伤。更多的学生则是被爆炸的玻璃划伤。教室里议论纷纷，大家都认为这下子没有人敢去米卢斯化学学校了。安东尼告诉我说，这并不是盖吕萨克联盟第一次发生这种事情，在2001年的时候，911事件刚过去整整十天，图卢兹化学学校附近的一个化肥工厂突然发生大爆炸，把图卢兹化学学校炸上了天，当时造成了三十多人死亡和两千余人受伤，而且法国很担心这是911事件的后续袭击，全国提心吊胆了好几天。

　　但是当米卢斯的代表们决定擦干泪水，振作起来开始演讲时，他们便爆发出了完美的青春活力。他们描述中的米卢斯化学学校友好、活泼，洋溢着希望和热情。这座城市是阿尔萨斯地区的第二大城市，坐落在三国边境线处，骑着自行车就可以进入德国或者是瑞士境内。当米卢斯的介绍结束时，全班都吵着要去米卢斯化学学校，以至于雷恩化学学校的领导们不得不出面叫大家耐下心来，多听听其他几家化学学校的介绍，以做对比。

　　随后到达的是图卢兹化学学校，全名是"国立高等化学工艺与技术工程师学校"，这是一所擅长于工业化学的学校。图卢兹在法国南部比利牛斯山区域，是法国第四大城市，也是欧洲的航空航天技术之都，欧洲阿丽亚娜火箭和空中客车飞机的研发中心都在那里。图卢兹化学学校也和它们联系紧密。自从2001年爆炸之后，图卢兹化学学校一直使用从图卢兹大学借的一座教学楼，新的教学大楼正在修建之中。图卢兹地区没有可以用来建造房子的石头，当地居民烧红砖盖楼，于是整座城市都是红色的，在阳光的照射下发出玫瑰一般的光芒。加龙河流过图卢兹的中心，将整个法国南部水系联通起来的南方运河连接着图卢兹大学园区和市区。

里昂化学学校的全称是"里昂高等化学、物理与电子科学学校",简写恰恰就是"CPE"。带队的老师尴尬地跟我们说,此"CPE"非彼"CPE",我们可以不同意德维尔潘,但是我们一定要支持里昂化学学校。里昂化学学校是一所私立学校,一年学费高达6000多欧元,比一般国立学校的学费贵了十倍以上,更何况我还是一个从来不交学费的主。我心想山东大学肯定不肯为我出每年6000欧元的学费。事实上因为学费的原因,全班没几个人敢报这所学校。马来西亚人因为国家给他们交学费,就把这所排名相当高,但是竞争者又很少的学校作为第一志愿。

南锡化学学校的带队老师刚刚和清华大学签署了合作协议,他脚蹬一双北京布鞋就来到了雷恩。南锡位于洛林地区,和阿尔萨斯地区很近。南锡化学学校的全称是"国立高等化学工业学校",专长于工业化学。它从清华大学那里拿到一笔丰厚的奖学金,可以全额资助一名中国学生完成三年的工程师学业。雷恩化学学校立即推荐了大奔。于是我默默地把南锡化学学校从我的意愿名单中划掉了。大奔被南锡化学学校的提前录取使得雷恩化学学校不再纠结,把仅有的一个埃菲尔奖学金名额给了米洛娃。

蒙彼利埃化学学校的学生在开始介绍时,先放了一张法国电视台天气预报的截图,截图上全法国都在下雨,只有蒙彼利埃一座城市还有太阳。这是一座充满阳光的海岸城市,悠闲而美丽。蒙彼利埃化学学校号称全法国除了巴黎化学学校以及居里夫妇工作的巴黎高等物理与工业化学学校之外,学术水平最强大的化学学校。它擅长有机化学——和雷恩化学学校属于同一领域——在生物医学方面尤其具有世界级的影响力。考虑到巴黎高等物理与工业化学学校在盖吕萨克预科班没有招生名额,而巴黎化学学校只给一个招生名额,蒙彼利埃化学学校是班上最强大的学生理想的目的地。

我在CROUS宿舍G楼的新房间的窗户,是略低于地平线的。从窗户向外看去,首先看到的是一个长满青草的小土坡,坡顶是人行道两旁的花坛。随着复活节的临近,大地回春,万物焕发勃勃生机,花坛也种上了鲜艳的花朵。自从搬到新宿舍后,我很少在公共厨房遇到同宿舍的其他人,没交多少新朋友,凯瑟琳和伊莲若也离开雷恩了,我其实很少去卡特琳娜那里,从不去克里斯蒂娜家，跟卡蜜尔和米洛娃也不经常走动了。大部分时间，我就在宿舍里一个人待着。那一天周末我在宿舍里发呆，看见班上的安东尼拿着单反相机，跑到CROUS宿舍来，在我的窗口附近对着每一朵花拍照。他的身影匆匆乍现，然后又跑到别处去了。过了一会儿，有人敲门。打开门，安东尼站在门外。

我把他请进屋："我非常高兴你远道而来拜访我，孔夫子说：'接待远方来的朋友，是最令人高兴的了。'"安东尼用他一贯温柔和绅士的笑容说道："樱花每年最美的时候只有几天，错过这个周末，就只能等到明年了。我离开家，就沿着花开最茂盛的方向走。是春花，把我引到了你家这里来。"我笑着告诉他说，我已经看到他在我的窗外拍摄花朵，他就打开了他的相机，给我看他的摄影作品。"这些花儿真美！"我赞叹道。他略有些出神地、无厘头地来了一句："是哦，只不过有些人的脸庞，比任何的花儿都要来得美丽。"我也没有听懂他说的什么意思，只是问道："听新闻说今天又是'反CPE运动'的示威日，你从雷恩另外一边过来，可要注意人身安全。"安东尼说："我没有经过市中心，是从外面绕过来的。"我点点头，担忧地说："看新闻说，警察暴力镇压学生，并且无差别地殴打路人。实在是太危险了！"

"你不必太在意那些新闻。我相信里面有许多夸张的成分。无论是左派执政还是右派执政，反对政府的报道总是更受读者喜欢。大家都喜欢把自己想象成弱者和对抗强权的悲情英雄，这样的故事读起来也更加曲折和有趣呢。"安东尼不以为然地说。

我笑着说："毕竟那些照片和录像是骗不了人的。小心一些，还是好的。连中国的新闻都报道了这边的警民冲突。我家长给我打电话，还很担心我的安全。"

安东尼点头说道："我听说每次冲突时，那些记者和摄影师就等在示威学生队伍里，把镜头对准警察。他们故意突出报道警察的暴力行为。实际上有许多激进分子都在攻击警察，每天都有警察受伤。可是记者选择不报道这些。所以最近示威游行越来越暴力了。既然警察束手束脚，不敢行动，打砸抢烧不会受到惩罚，暴徒们当然就越来越勇敢，越来越出格。"

我不以为然地摇摇头："实在不知道那些记者在想什么，这样下去对谁有好处？这样报道只会激化矛盾，让双方都下不了台。"

"确实有些人从目前形势中捞到不少好处呢，就是你讨厌的那个内政部长尼古拉·萨科齐，本来在去年的全法郊区骚乱中，失去了全部影响力。但是现在他在电视上公开发表声明，同情学生，谴责警察暴力执法，督促政府和工会开展对话。结果获得民众一大波好感。"

我轻蔑地笑了一声："内政部长不是警察的头吗，怎么站在警察的对立面说话？尼古拉·萨科齐这么崇拜强权，如果看见他和弱势的工人阶级站在一起，那简直是科幻电影的剧情。"

安东尼非常认同地点点头："现在的情况就是，希拉克和德维尔潘都是右翼政党人民运动联盟的成员，而萨科齐是人民运动联盟的主席。希拉克和萨科齐本来就有矛盾，希拉克希望德维尔潘代表右翼政党参加明年的总统大选。现在萨科齐和人民运动联盟完全不支持政府，还故意限制警察的权力。让德维尔潘没法下台。所以3月28号全法国工人阶级和学生群体三百万人联合大游行，民调也显示80%的法国人希望取消'CPE法'，可是希拉克还是在3月30号签署了法律。因为现在他和德维尔潘进退维谷，如果德维尔潘投降了，那他就基本上无缘明年的总统大选。而萨科齐一旦当选，希拉克的政治遗产就保不住了。"

我担忧地说："看来大家都忘了，去年郊区骚乱的时候，萨科齐是怎样嘲笑郊区的穷人。可惜这些学生的满腔热情，不过是为有权力欲望的人做了嫁衣裳。"

"自古以来的学生运动皆是如此。20岁刚出头的学生，最为慷慨忘我，也最为轻率。这样的一个年龄，人最容易受到损害，但也绝不妥协。他们不知道如何定位自己，迷迷糊糊、忧心忡忡，所以一些觊觎权力的人要笼络他们，蛊惑他们，牺牲他们。学生们不明白的是，真正的权力在票箱里头，而不在街头。"安东尼点评道。

我无可奈何地叹口气："现在都快十个星期了。你觉得什么时候运动才会结束？我们还有没有机会去巴黎游览？"

　　安东尼摇摇头："我也不知道。现在政府遇到的问题是，它很想和学生开展对话，可是找不着可以对话的人。这一次的运动跟往常很不一样，原先只要找到工会主席就可以了，对学生来说，就是国家学生联盟主席朱立亚德，他就能代表学生进行谈判。可是这一次朱立亚德和所有学生工会的领导人都被边缘化了。领导整个运动的是一个面貌模糊的松散组织'青年工会组织统一战线'，这个组织没有代表人，所有决策都是由各地'学生联合会'不记名投票决定的。而'学生联合会'也是临时由各地大学投票选的。投票程序往往很混乱，也不查学生证，可能有些激进分子根本不是学生。所以许多反对罢课的学生说'学生联合会'根本不能代表他们。"

　　我给安东尼倒了茶，他呷了一口，继续说道："原来的话，如果没有经验丰富的人去组织，不可能发动规模巨大的全国性罢工。但是这一次的'反CPE运动'，以及去年的全法郊区骚乱，都打破了这一规律。这一次全国学生是在互联网社区论坛上交换想法，自发组织起来的。去年郊区骚乱也是，没有组织者，大家通过短信，约好在哪里一起烧车。"

　　"科技的发展给政府的管理带来新的挑战呵！"我感慨道。

　　"现在许多学生继续支持罢课，还有一个想法是：他们已经从寒假拖到了复活节，再继续拖一个月，就不用期末考试了。但是今年毕业的那些学生就比较惨，他们的文凭已经没太多价值了。假如复读的话，那么明年的就业市场又会被挤爆。"安东尼呵呵笑着说。

　　"我们不要去讨论他们了，我们自己还有这么多烦恼。"我说，"最近有好多学校来雷恩介绍自己，你明年最中意去哪所学校读工程师？"

　　"要讨论这个问题，必须有一个前提条件，就是我今年不会被淘汰掉。"安东尼笑着自嘲道。"你不会的，我对你有信心。"我非常客套地鼓励他。安东尼很客套地表示感谢："我最中意的一所学校，现在还没有派代表团来雷恩，就是波尔多国立高等物理与化学学校。波尔多距离利摩日比较近，这样我就可以更加经常地去拜访我的养父母了。""你的养父母？"我惊讶地问道。

　　"是的，在我很小的时候，我的父母就离婚了，两个人都无力单独抚养我。所以我从小住寄宿学校，放假时住在利摩日，那里是我养父母家。""我很抱歉听到这个消息。"我安慰他说，反而把他弄笑了："这有什么抱歉的？从小如此，都已经习惯了。不过养父母毕竟不是亲生父母，寄宿在人家家里，必须谨慎地注意自己的一言一行，尽量不要给人家添麻烦。（我突然想起我在史蒂芬妮父母家的生活。）所以我每次去我养父母家，都不好意思住太长时间。距离利摩日近一些的话，就可以方便地经常去看望他们。"安东尼说道，他又反问我："你想去哪所学校呢？"

"我也不知道，我想去南边的学校吧？波尔多化学学校和图卢兹化学学校都是我考虑的方向。特别是波尔多，还有我的教母安娜在那里。我不太想在雷恩待了，这里的学习生活太累了，又发生了这么多不好的记忆。"

"我本来以为你会对欧洲化学与高分子材料学校更感兴趣，看上去克里斯蒂娜、亚历克斯和克蕾丝苔都想去那里。你难道不想和他们会合吗？而且那里还有你的另外一个教母克雷芒斯。"

"我选择学校时，依照的是我的兴趣。不要把我和克里斯蒂娜扯到一起！"我突然发火说，"欧洲化学与高分子材料学校的问题是，它是用英语、法语、德语三门语言共同授课的。它虽然对综合成绩的要求不如巴黎化学学校和蒙彼利埃化学学校，可是它对语言的要求实在是太高了。我学习法语已经学得太疲倦了，已经不可能再学习一门新的德语。而且当我开始学法语的时候，我的英语水平也下降了。在我们中国人看来，英语单词和法语单词根本就是同一批单词，但说话顺序却是反过来的！所以这两门语言就在我们的脑海中开始打架。我无法理解的是，东欧来的那些外国人好像没有遇到这些问题。"

"英语中有四分之三的单词来自法语，因为诺曼底人征服英国时，对英语进行过法语化大改造。但是英语属于北欧语族，法语是拉丁语族，所以语法差别却非常巨大。在欧洲，许多语言都彼此影响，同时掌握三门以上语言的人也很常见。"安东尼解释道，"欧洲化学与高分子材料学校位于德法边境城市斯特拉斯堡，这座城市的一部分卫星城直接深入德国境内。然后周边的国家，瑞士或是卢森堡，都有多语倾向。所以这所'斯特拉斯堡化学学校'以培养多语的化学人才而自豪，对语言的要求肯定比较高。"他顿了顿，又沉吟道，"我一直比较惊讶的是，自从你的生日聚会之后，你和克里斯蒂娜的关系看上去毫无进展，你们在课堂上还是互相不打招呼。"他抬头看着我墙上钉着的圣米歇尔山海滩全景图："特别是她那天还送给你这么漂亮的礼物。"

我呵呵地冷笑一声，用挖苦的语气说道："我和克里斯蒂娜的关系，可并不取决于我们两个，而是取决于跟我们毫不相干的某些人，以及他们想要从我们这里获得的利益。"安东尼不明所以地看着我。我轻叹一口气，解释道："你或许也听到班上流传甚广的那个谣言了吧？说我苦苦追求克里斯蒂娜，但被她拒绝了然后我反而在INSA的中国人那里炫耀克里斯蒂娜是我的女朋友。这使我很难堪。克里斯蒂娜有时候对我是很好，我也应该回报她的善意。可是现在大家认为我对她的好并不是出于礼尚往来，而是被拒绝了之后还要死皮赖脸地献殷勤，输不起。我是要脸面的，我不希望我对克里斯蒂娜简单的善意，被解释成低声下气地求爱。我想真诚地对待她，可是一些人却咬定我利用克里斯蒂娜的善良得寸进尺，目的不纯，把她的信任当作我在中国人的圈子里谋取权力的工具。为了避嫌，我现在都不敢跟雷恩的任何中国人接触了。再说我在高中时，就因为太多人关注我和一个女生的关系，给那个女生带来了很大的压力。克里斯蒂娜估计也不会享受因为和我太近而被所有人品头论足的待遇吧？健康的友情，是为了让对方快乐，但是我给克里斯蒂娜友情的话，恐怕只能给她带来不适了。所以我宁愿远离克里斯蒂娜，也不希望大家把我们的名字总是连在一起。"

安东尼点点头："我理解你的感觉。可是别人的看法，真的对你这么重要吗？我觉得，作为一个社会人，无论我们做什么，都必然会遭受许多非议。何必去理会这些小人的杂音呢？"他温柔地问道，"我可能感觉不准，可是我觉得你们两个是彼此爱着对方的。这是多么难得的事情啊！就这么放弃吗？"不知怎么，他这最后一句话让我听出一丝苦涩。

我摇摇头，否定他说："你是法国人，虽然父母不要你，但是你还有养父母这样的家人。我在法国认识的整个世界，就是预科班这些人。这些人也是克里斯蒂娜认识的所有人。如果我的名声变脏了，世界就没有我的容身之处了，克里斯蒂娜也是不会再尊重和喜爱我的。"我解释说："谣言对我有两个攻击点——我是否懂得尊重别人，还有我是不是一个真实的人。既然所有人都相信克里斯蒂娜曾经拒绝过我，那么我再对她'献殷勤'（在这里我按照法国人的习惯，用左右手的食指和中指做了一个双引号的手势），就是不尊重她的意见，那么就会恶化班上其他人对我的印象。至于在INSA的中国人那里说谎这个谣言，如果别人觉得我不诚实，那我就无法在学术圈里混了。'真'是大自然最绝对的本质，科学家的工作就是把大自然的奥秘翻译给普罗大众。诚实是科学家的基本素质，如果一个科学家是虚假的，那么他怎么能理解大自然的'真'呢？我也曾经多次跟亚历克斯征询过建议，他认为我和克里斯蒂娜的友情对我是很危险的，会激发班上各种针对我的闲言碎语，他劝我应当放弃我和克里斯蒂娜的友情。而且你也知道，亚历克斯现在是单身，他好像有点喜欢克里斯蒂娜，当我和克里斯蒂娜接近时，他会显得很嫉妒，会故意和克里斯蒂娜说罗马尼亚语，打断我和克里斯蒂娜的交谈。而亚历克斯毕竟是我最好的朋友，所以我也应该成人之美，不要太接近克里斯蒂娜。"

"对不起。"安东尼平静地说，"但是依我看来，亚历克斯这种行为，根本不值得被你视为朋友。"

"没有亚历克斯的支持，我现在根本不会在班里拥有这么多的朋友！一个人要知恩图报，如果要让我在亚历克斯和克里斯蒂娜中选，我当然会选择亚历克斯，你能明白我的感受吗？"我红着脖子反驳道，"现在班里已经没有多少人相信我诚实了，难得的是亚历克斯始终相信我。谣言是雷在背后操纵的。因为班上的人觉得雷和我都是中国人，所以我们一定是无话不说的朋友。于是雷就可以利用这个偏见对别人胡编乱造我的想法。亚历克斯是一个智者，谣言骗不了他。他知道我很聪明，所以看得长远，讲究信用，不是那种会为虚荣心和眼前利益而冒险出卖灵魂的人。只要他站在我这边，那么我就不会在跟雷的对抗中处于下风。安东尼，无论是你，还是米洛娃，在班级里都没有像亚历克斯那么大的影响力。我无法想象如果失去了亚历克斯的支持，到底谁还能够保护我和克里斯蒂娜免遭谣言的进一步伤害？"

"我很抱歉帮不了你。"安东尼歉意地说，"如果你坚持的话，你只能这样想了：'嫉妒是对他人成功最真诚的赞美。'亚历克斯嫉妒你，只能说明你在女孩子里面实在是太成功了。"他的夸奖让我尴尬地笑了一下，他接着又说："不过自从你生日以后，你跟雷不和的传闻就闹得沸沸扬扬，我在法国班都能听到国际班的人到处在传你们俩尖锐的矛盾。"

"这是我主动发起的反击，从雷的角度说，让所有人都觉得我们俩是亲密无间的好朋友，对他是最有利的。但是我就是要打破他制造的假象，让他没法编造类似克里斯蒂娜拒绝我而他作为知心朋友安慰我的谎言。"我冷笑着自嘲道，"可惜我们这些在法国的中国人，最看重的道德观，就是要在外国人面前展示中国人的团结，不内斗。我打破了这些中国人的基本原则，新和应龙他们因此都特别反感我。"

安东尼摇头道："我实在搞不懂。雷为什么要在你和克里斯蒂娜的感情上面做文章。你和克里斯蒂娜之间的事情，又和他有什么关系？"

我凝神观察着安东尼，心下思索是否要把故事的前因后果解释给他听。我原先在向别人否认我和克里斯蒂娜之间有任何故事发生时，也试图告诉他们，这一切只是大奔说的谎言，可是大奔的那些东西实在太过肮脏，我说不出口，于是没有人听得懂我。他们就又去问大奔。大奔就装出一副可怜巴巴、委屈得不得了的调调说：他那么关心我，我却跟别人说他是骗子，这伤了他的心。他说我忘记中国人之间的情谊，嫉妒他的学习成绩。他自己装成大度的样子，反而显得我是心胸狭隘的那个人了。所以所有的听众都忘了我只是想澄清我和克里斯蒂娜之间的关系，大家反而觉着我是在故意诽谤大奔的形象，破坏中国人的团结了。我这么一个堂堂正正的君子大丈夫，就算看不起某些小人，也只是当面斥责他们，我才不屑于私下捣鬼，背后说别人坏话。大奔做了那么多罄竹难书的坏事，我也没有把那些事情捅漏给任何一个人。大奔是小人，却把"小人"的帽子扔在我头上，又把我辛苦打下的中国人光明正大的名声装裱到他自己身上！

可是我想到圣诞节假期前的那个雪夜，安东尼和我在米洛娃家里对话的情形，又联想到我和他一直以来的友情以及此人平时的一言一行，我信任安东尼，跟他谈话的话题一向开放和无所顾忌。他也是一个善于倾听和理解的人。我觉得他或许能听得懂我的话。我不会因为向他揭发大奔而使自己陷入更加尴尬的境地。

我于是咬咬牙，豁出去了，说道："雷向所有人强调我爱克里斯蒂娜并被拒绝，就是为了让别人相信我在INSA的中国人那里说谎声称克里斯蒂娜是我的女朋友。因为他自己随后要去做同样的事情，又害怕我告发他，所以就先用一个'骗子'的名声把我扣死，这样他就可以高枕无忧地和克里斯蒂娜拍几张不痛不痒的照片，然后拿这些照片在INSA的中国人那里吹得天花乱坠，让所有人相信克里斯蒂娜死皮赖脸地追求他，甚至为他献上自己的贞洁。而我这时即使想提醒克里斯蒂娜小心注意，也没有人会相信我了。而雷在中国人圈子里编造克里斯蒂娜是他女朋友的谎言，目的是为了获取权力和利益！"

于是我就给他讲了INSA的中国团体是如何的男女比例极度失调，讲了那里的中国男生是如何单身且极度自卑，天天混中国圈交不到任何外国朋友，又是如何把能交上欧洲女朋友视作个人强大且有能力的证据并羡慕崇拜之。又讲了大奔是如何利用他跟阿娜斯塔和艾美丽的合影照片获得INSA中国人圈子的领导地位，然后被推选为中国留学生代表参加雷恩市政府接待济南市政府代表团访法的招待会，继而垄断独吞了两市政府为了扶持在法中国留学生而设立的各种政策和资金。我给安东尼讲了大奔如何利用手上小孩的裸照要挟他，又经过孙延珊不知廉耻地助纣为虐，进而完全控制了小孩的思想，把他变成了自己的奴隶。这也是我最为担心的，克里斯蒂娜有可能陷入的结局。所以我才要和大奔拼得鱼死网破，以免克里斯蒂娜被他弄得身败名裂，失去所有。如果真发生了这样的事情，那么作为和大奔同属于中国国籍的我，也是逃脱不了帮凶的罪责的。

安东尼聚精会神地听着我的讲述，我用法语解释不清楚的地方，他都再仔细询问。不知过了多长时间，只觉太阳的光影都已经转换了方向，我才终于说清楚了这个故事。安东尼听得脸色惨白，鼻梁和额头上全渗出了细细的汗珠，双手不自觉地紧握衣服下摆，如坐针毡地说："竟然会发生这等事？

难以想象！我一直注意到雷对待新的方式有些奇怪，但是新看上去和雷那么亲近，我还以为这就是中国人处朋友的方式呢！那你还不赶快告诉克里斯蒂娜？你这样远离她，岂不是眼睁睁看她陷入危机！"

我悲怆地说道："你以为我没有试过这么做吗？可是克里斯蒂娜陷入了一种迷思，她把自己视作引起我和雷之间纷争的罪魁祸首——雷一直宣扬我暗恋她，克里斯蒂娜觉得自己就像红颜祸水，认为因为我害怕失去她，所以才会出于嫉妒而跟比我'优秀'的中国同胞闹矛盾。她又担心一旦我失去了中国同胞的支持，就会变成无根之木——那就又是她的罪过了——因而自以为是地想要修复我和雷的'友情'。克里斯蒂娜是那种纯净和天真的人，她理解不了肮脏虚假的东西。我每次想要解释雷的阴谋算计，她都非常反感，拒绝倾听。亚历克斯对克里斯蒂娜有强大的影响力，如果亚历克斯支持我，克里斯蒂娜就能听懂我的警报。可是亚历克斯喜欢克里斯蒂娜，他不会轻易站到我这边，让克里斯蒂娜看穿雷的本性，因为这样就没有什么能阻止我和克里斯蒂娜在一起了，当然他也不会完全打击我，以免让雷从中渔利。现在你明白为什么我说要成人之美，把克里斯蒂娜让给亚历克斯，来换取亚历克斯支持我，帮我劝说克里斯蒂娜远离雷了吧？我放弃了和克里斯蒂娜在一起的可能性，但是也让她远离了危险。"

安东尼的脸上现出了难以忍受的哀伤感情。我不等他说话，便接着又说："我现在深刻地意识到，一个真正的爱情，是一定要付出代价的。是否愿意付出，就在于我是把自己看得更加重要，还是把我爱的人看得更加重要。如果想要克里斯蒂娜提高对雷的警觉，那么我就必须牺牲她对我的好感，没有两全之法。我通过亚历克斯的口，让她警惕自己和中国人的合影，这固然让雷从此没有可以利用的机会，但是我也亲自阻断了自己和克里斯蒂娜亲近的可能性，甚至难以留下一张照片，以供未来我们上不同学校时用来留念。我事先挑明雷的阴谋算计，雷倒打一耙，指责我破坏同学团结，还让大家相信那些坏主意都是从我的脑子中想象出来的，引得所有人对我鄙视和反感。但是也因为如此，雷的一举一动才能暴露在众目睽睽之下。当他有所忌惮，不敢轻举妄动，克里斯蒂娜也就暂时安全了。我心中清楚，克里斯蒂娜厌恶我和雷的战争，厌恶自己被卷入其中，我越反击雷，便越会把克里斯蒂娜推得远离我。我在她心目中的形象，逐渐化成小丑一般的存在。谁不希望自己在心上人眼中的形象是积极美好的？可是我只有选择让自己踏入泥沼，才能保护心上人的清白面貌。所以我已经不再奢求得到克里斯蒂娜的尊敬和看重，我命中注定将只是她生命中的一个过客，她很快就会忘记我。只要能避免让克里斯蒂娜踏进雷的陷阱，让她的平安生活不被打扰，让她的清白名声不被玷污，那么即使代价是我在她心目中的美好印象全部崩毁，未来让她像厌恶一只蟑螂那样嫌弃和鄙视我，让不理解像一堵冰冷的墙横亘在我们这对思想共鸣的双胞胎之间，我也义无反顾，在所不惜。"

安东尼听得浑身发抖，他抹抹额头上的冷汗，挤出一个苦瓜般的笑容，问道："雷不是获得了南锡化学学校的奖学金吗？这样你就失去了一个主要对手，你为什么不选择去斯特拉斯堡化学学校，在没有雷的情况下和克里斯蒂娜再续前缘呢？"

我苦笑道："我在班上认识的人，不是想留在雷恩，就是想去斯特拉斯堡，我倒还不知道谁跟我一样想去波尔多。雷是无耻战场上的常胜将军，可是遇到一个难对付的我，就胶着在修罗场上了，他也无心恋战，想尽快脱身。我对外宣称钟意波尔多，雷因为奖学金的缘故想去南锡，这是我们之间休战的一种心照不宣，也不仅仅是我需要在外人面前表示远离克里斯蒂娜的缘故。我想离开在雷恩认识的这些人越远越好。过去的两年，雷恩的这个中国人小圈子给我带来很多顾忌，我无论在哪里都不能自由自在地说话。我去到波尔多，没有认识的人，我就可以从头开始，寻找到自由的感觉。要是我动了去斯特拉斯堡的念头，肯定会刺激雷也要去斯特拉斯堡的，他有那么多的秘密，害怕我说出来。他肯定也要去斯特拉斯堡监视我。那样就会重启中国人之间的战火，会重新让夹在我们之间的欧洲人受到伤害，没完没了。我累了，对这个荒唐的战争非常排斥，对克里斯蒂娜她们怀有内疚，心里压力很大，只想尽快结束这一切。"

安东尼点头说："怪不得，我本来想，在整个盖吕萨克联盟17所学校里面，就以斯特拉斯堡化学学校和波尔多化学学校的课程设置最为相像。两所学校就像双子星一样，都擅长于高分子和材料科学，你要是因为喜欢这两门学科而选择学校的话，我以为你会去选斯特拉斯堡才更加合理，没想到你反而选了波尔多。"

我脸微微一红，安东尼正好说中了我的心事。我固然为了避开克里斯蒂娜，不愿意选择斯特拉斯堡，但是我选择波尔多，正是因为两所学校课程设置相似。就好像我仍然和克里斯蒂娜她们在上同样的课一样，似乎冥冥之中仍然有些东西把我们连在一起。

安东尼又问道："我只是感到遗憾，你和克里斯蒂娜这么般配，你却要完全放弃这份感情。可是我还是很好奇，你认为克里斯蒂娜真的是对你一点感情都没有吗？毕竟，你们两人之间的关系，她对你的看法，才是最重要的。"

我张口结舌，不知道怎样回答他的问题。我非常不愿意去猜测别人对我的态度。别人口头上怎么说，我就认为这代表他心里也是怎么想的。否则一不小心猜错了，要么显得不自信，要么显得自恋。于是我只好困惑地说："我有一种感觉，她对我是真诚的。可是，每当我对她回报以热情时，她就会变得对我很冷漠，似乎在怀疑我的诚意，不希望我太接近她。这不仅让我的真诚感觉受到了侮辱，而且也让班上其他的人更相信我对她另有所图。她的行为本身就会加强谣言，而谣言又会让她受到进一步的伤害。我不希望我对她的善意变成刺伤她的匕首。所以我想，无论我对克里斯蒂娜有什么感情，都只能收在心底，最好把它们忘记。我和克里斯蒂娜，可能只是有缘无分的两个人了。"

安东尼同情地说："我理解你的心情。女孩子脑子里想的什么，真的很难猜测。越是美丽的女孩，越是古怪。"他在说这句话时，语气愈发苦涩，似乎另有深意，又像是自我可怜。

似乎是为了强行振作心情，他僵硬地笑道："登君你看，窗外就是春天，希望的季节。当寒冷的季风终于退去之后，一切苦涩的种子都会变成甜美的果实。"他又问道："我听说你最近总是往克蕾丝苔家里跑。"我"嗯"了一声。"你是打算放弃克里斯蒂娜，转向克蕾丝苔发展吗。"我禁不住笑起来："不是的，我去克蕾丝苔家里，是因为她家好玩儿的东西多，而且她还允许我用她的电脑上因特网。克蕾丝苔和我之间完全不感冒，她对在我生日宴会上遇见的那个'诚·花'特别花痴。她总是叫我再找机会制造她和'诚'的偶遇。我把诚的电话号码给她，叫她自己打电话，她却害羞得连话都说不出来。"安东尼也被逗得哈哈大笑起来："真想象不到，这么强势的一个女孩子，也有害羞的时候！"

我正色说："过几天波尔多化学学校代表来雷恩的时候，我还得请求我的教母安娜帮一个忙。我答应了和克里斯蒂娜一起准备一份给菲利克斯的生日礼物，让菲利克斯在法国的每一个朋友，都录一句生日祝福语给他。过几天我还要去找米洛娃，让她也录一句。"

安东尼满脸羡慕地说："真好，你可以拥有这么一个理由，去接近米洛娃。"突然之间，我全盘明白了那天他时不时说出的莫名其妙的话。我眼前坐着的，也是一个陷入爱情苦恼的迷茫男孩。"我高中时有过一个女朋友，因为我要来雷恩上学，她提出来分手。米洛娃长得和我的前女朋友一模一样。你生日聚会那次，是我唯一一次和米洛娃交谈这么长久。我其实很少见到她。在你生日之后，我再也没有机会和她交谈。似乎她在故意躲着我。"安东尼满心痛苦地说。

"在生日之后，米洛娃来找过我一次。"我说，"她一直在哭。她说看到我的生日聚会这么温馨的气氛，更觉得自己孤零零一个人非常悲惨。"

安东尼又是怜惜、又是痛苦地柔声说道："登君，请你不要把下面的话告诉任何人：米洛娃永远不会孤苦伶仃一个人，总有一个人在角落里默默陪伴着她，一直在想着她。只要她转过头来，就能看见。"

那一天剩下的时间，我们两人在春日阳光照耀下的房间里，相对无言，默默地喝着茶，任凭又温暖又酸涩的情绪淹没我们。

在卡蜜尔2006年中国春节那天邀请我参加雷恩学生联合会第三次集会之时，我并没有意识到，我所见证的是整个法国历史上最为壮观的学生运动的诞生。"反CPE运动"持续了10个星期。即使是3月底法国总统希拉克将其签署为正式法律，仍有两百万人在4月4日走上街头，持续抗议。4月5日，尼古拉·萨科齐要求执政党人民运动联盟和全国各大工会展开谈判。工会要求政府在4月15日之前撤销法律。4月6日，游行示威继续进行，持续的暴乱使得法国民众对总统和总理极度不满。终于在4月10日，德维尔潘宣布社会没有形成颁布新法律的共识，因此"初期劳动合同法"被撤销。他的声明代表了希拉克时代和他自己政治生涯的结束。从此之后的一年时间里，法国进入了实质上的无首脑状态。尼古拉·萨科齐走上前台，代表右派跟左派社会党总统候选人塞格琳·罗雅尔展开了腥风血雨的斗争，最终在2007年5月初赢得竞选，成为下一任法国总统。

德维尔潘宣布撤销CPE法案那天是一个星期一，学校领导当即决定在那个星期的星期五组织二年级预科班全体学生去巴黎旅游。当物理老师在全班宣布这个消息时，整个班级一下子像炸雷一样欢呼雀跃。学校的大巴车在星期五一大早出发，离开校园后就走上了一年半前那辆接我们这些山大学生第一次来雷恩时的大巴所走过的、那条布满了圆圈形路口的道路。我后来才意识到这条道路朝向市区的半截名叫"雷恩之路"，朝向市郊的半截名叫"巴黎之路"。

从雷恩到巴黎，大巴在路上大约要走四个小时。我坐在大巴车尾，和克蕾丝苔以及她的姐妹团们嬉闹了一路。我把展涛校长送给我的、印有"山东大学"四个字的鸭舌帽扣在克蕾丝苔头上。她吐吐舌头，笑称自己变成一个中国人了。又问我鸭舌帽上写的是什么。"登君你看，咱们学校只有女生，你得想个办法，给大家找些男孩子来嘛！"克蕾丝苔笑着抱怨道。我说这很好办，旁边INSA校园有上千单身男生。"你是指在我们宿舍窗外唱了一整夜歌的那群疯子吗？你确定他们不会像狼一样吃了我们？"克蕾丝苔心有余悸地说，"而且我们怎么才能认识他们呢？总不能一群大姑娘跑到人家校园里去，见一个男生就来拉郎配吧。"女孩子们全都"吃吃"笑了起来。"下个周末INSA就会举行索莱克斯摇滚节。连续四个晚上，每天晚上都会有音乐狂欢。"我说道，"你只要混到音乐会现场，在那种气氛下，就很容易结识男生了。""可是我们并不喜欢摇滚乐。"克蕾丝苔的一个闺蜜说，其余女孩子也纷纷应和说："对呀，太粗野了。"我说："后面三天的音乐会是摇滚，第一天晚上是布列塔尼传统民间音乐专场。你们可以星期四晚上去。"克蕾丝苔掩嘴笑着说："我们这里没有人会跳布列塔尼舞啊！"我得意洋洋地说："我是布列塔尼舞高手，我可以教你们。"大家又都叽叽喳喳地笑了起来，一副完全不信的样子。我不服地说："我是专门学过的，回雷恩后我展示给你们看嘛！"克蕾丝苔笑得花枝乱颤："好嘛，下周来我屋里。我安排几个学生，向你拜师学艺！我们去INSA的时候，别忘了叫你的中国朋友一起出来玩！"她另有所指地暗示道。

大奔并不知道我在上个圣诞假期跟着史蒂芬妮的家人来巴黎旅游过，当大巴进入巴黎市区的时候，他兴奋地给我指东指西，向我炫耀他对巴黎的熟悉："骨灰你快看，这是荣军院，拿破仑的棺木就放置在那个金子做的大圆顶的教堂里面。""你看看，这个就是亚历山大三世桥，它可是塞纳河上最豪华的桥。""这是协和广场，右边是国民议会，左边的那个方尖碑有好几千年历史了，为了把这块碑进贡给法国，埃及人可是把自己的神庙都拆了！"（此处与历史并不完全相符，大奔又在胡说。）"这就是全世界最高档的购物大街香榭丽舍大街了！朝向协和广场的这半边都是花园，朝向凯旋门的那半边都是奢侈品商店。不过我干吗跟你说这个？你眼睁睁看着这么多好东西，却发现自己都买不起，一定会失去平衡的！"大巴车在"发现宫"门口停了下来。发现宫是二战前夕建立的一个科技展览馆，建在香榭丽舍大街后半截的花园里面。原来是巴黎为1900年世界博览会所建造的展览馆"大皇宫"的一部分。因为这个展览馆建造得太漂亮了，所以世界博览会结束后也没有像世博会的其他建筑那样被拆掉。发现宫用各种模型，将我们在预科班学到的物理和化学定律形象地展示出来，让我们对课堂的内容有更深的理解，这就是学校组织我们来此地参观的目的所在。大家分散开游览。克蕾丝苔被一个讲解员挑中作为展示模特，她被要求站到一个仪器上，然后过了一会儿她的身体就悬空飘浮起来了。令我印象深刻的还有一个椅子，娜塔莉坐到椅子上，外放大喇叭立即传出她强有力的心跳声。我也坐到椅子上，结果传出的心跳声就急促多了。我还是属于体质虚弱的人。

从发现宫出来，大家原地分散解决午饭。在下午的时候，整个年级按照一个国际班和两个法国班分为三批，以不同的集合时间在卢浮宫金字塔前面集合，依次参观卢浮宫。我不禁感慨，幸亏圣诞节时和史蒂芬妮一家人参观的是奥赛博物馆，正好避免了重复。大奔带着阮帆和其余中国人要到香榭丽舍大街前半截的购物街去看豪车展。卡特琳娜和克里斯蒂娜要到歌剧院附近参观香水博物馆。亚历克斯跟着克蕾丝苔和她的姐妹天团往埃菲尔铁塔方向走。国际班的几个法国人则决定沿着巴黎的历史轴线前往卢浮宫对面的花园，在那里休息，等待下午的参观。我想要去看一下"反CPE运动"的风暴中心巴黎索邦学堂。陈天竹说我可以跟着国际班上的法国人走，是同一个方向。陈天竹和冉琳对巴黎非常熟悉，她们在前面带路。当我们到达杜乐丽花园的第二个喷水池时，法国人就不想再往前走了。天竹于是给我解释了前往拉丁区剩下的路线，并且提醒我在何时必须往回走，才不至于误了下午在卢浮宫的集合。

于是我独自一人继续沿着历史轴线向前，穿过卡鲁索凯旋门和卢浮宫方形庭院，在莎玛丽丹百货大楼处经新桥跨过塞纳河。所谓"新桥"，其实是巴黎现存最古老的一座桥。在新桥修建之前，巴黎的桥上是看不见塞纳河的，在桥上面建满了房子，密不透风地把桥两边的风景遮挡住了，只在两排房子中间留出一条小道。如今这些稀奇古怪的房子桥都被拆掉了。新桥的两边没有建房子，而是建了些朝向河面的、可以用来摆摊卖菜的半圆形摊位，这些摊位被现代的游客们当作歇脚的凳子来坐。经过新桥，就是塞纳河中心的城岛，整个巴黎都是从这座小岛上发展起来的。原先小岛上布满了中世纪留下来的、娇小玲珑的木筋房子，被奥斯曼男爵在巴黎旧城改造时扒得一干二净，空出来的土地上建了几座没什么灵魂的政府大楼和一些广场。我怀着激动和崇敬的心情膜拜了巴黎圣母院。我还记得小学四年级的美术老师给我们讲解巴黎圣母院的结构，她专门提到圣母院钟楼后面有一座木质的尖塔，在巧妙的设计下，尖塔实质上比钟楼要高，但是当一个人站在圣母院前，由于透视的缘故，尖塔看起来就和钟楼一样高了。我沿着圣雅克路向圣吉纳维芙山的山顶方向爬去，但是到达中世纪博物馆时，就没法再往前了。警察用路障重兵把守着索邦学堂周边，不让任何人接近。可以远远看见路障后面还有零星被烧毁砸碎的书桌课椅残片。中世纪博物馆建在古罗马帝国都市"吕德斯"的公共澡堂的废墟里面，两千年以前，这里二十四小时供应热水，是全市最受欢迎的社交地点。男男女女一个月来这里洗一次澡，彼此坦诚相见，确实是肝胆相照的合适地点啊。

　　于是顺着圣日耳曼大街逆行向西，我踏上返回卢浮宫的道路。街道两旁的咖啡馆，在巴黎的黄金年代，吸引着无数的文学家、思想家和艺术家在里面觥筹交错，它们的名字随着铺洒在散发墨香纸张上的文字，传遍全世界。它们的布置也显精致，我就看到一个咖啡馆把二楼的阳台种满了奇花异草。一家星巴克咖啡，勇敢地，也很倔强地开张在这里。虽然它很清楚，它永远都不会像它在大洋彼岸美国的兄弟姐妹们那样，被疯狂地追捧为生活品质的象征。在这片古老的街区，它无力与那些从历史中走来、闪耀着智慧光辉的咖啡馆名字相比较，只是沦为游客眼中没有什么内涵的一家快消品商店罢了。

　　当一千五百年历史的圣日耳曼古修道院出现在眼前时，转首望去，便看见史蒂芬妮曾经对我提起过的那一条波澜壮阔的大街，整齐划一的奥斯曼建筑布列两旁，像是精神抖擞的迎宾队，一铺排便是两个公里。在迎宾队伍的终点处、高耸的丘陵顶端，就可以看见吸引了所有目光的，在低矮的奥斯曼建筑衬托下显得无比傲姿挺拔、恢宏壮观的蒙帕纳斯大厦，曾经的欧洲第一高楼，巴黎市区的唯一一座摩天大厦。它黑色的玻璃外墙在太阳的照射下映出冷酷的金属光泽。这条通往蒙帕纳斯的大街有一个令人亲切和骄傲的名字：雷恩大街。

　　当我回到卢浮宫广场时，宝琳娜她们正在数玻璃金字塔上面的玻璃块数量。原来她们听说金字塔的建造者贝聿铭根据中国文化中的幸运数字，用666块玻璃建造了金字塔。可是数来数去，虽然已经数乱了套，但感觉还是远达不到六百多块玻璃的数量。后来宝琳娜几人想起大金字塔旁边还有三个小玻璃金字塔，于是又开始数小金字塔的玻璃数量，加起来数字仍然有些欠缺。这时女孩子们又想起在广场另一头卡鲁索凯旋门那里，还有一个通往地下商业中心的倒金字塔。因为她们没有时间前往地下，只好放弃了统计工作。

　　我们被带到了玻璃金字塔下面的地下中央大厅，在那里卢浮宫博物馆专门负责接待学生团体的一个讲解员给我们每人发了无线耳机。这样只要我们离她不太远，就总能清晰地听到她对每件文物的讲解。亚历克斯没能赶到卢浮宫，他被安排到下一批，和克蕾丝苔那一批法国预科班的学生一起参观。讲解员讲得很详细，在一个半小时的时间里，我们并没能走太多地方，主要是在方形庭院的后半部和靠近塞纳河的侧翼活动，那里也是这座宫殿最早被建成的一部分。这一部分的文物主要是古卢浮宫城堡碉楼的地基、埃及文物、希腊和罗马的雕塑，以及整个卢浮宫最壮观的空间：亨利四世花了十三年功夫修建的、摆满了意大利文艺复兴时期油画的大画廊，和一个金碧辉煌、雕梁画栋、用来展示皇室珠宝的阿波罗厅。卢浮宫的三大件，断臂的维纳斯被摆在方形庭院靠近塞纳河一侧的一楼，和许多其他古希腊的雕塑放在一起；展翅的胜利女神像待在从一楼希腊雕塑馆上二楼大画廊的大理石楼梯半截腰转角，仿佛是楼梯本身的一个装饰；微笑的蒙娜丽莎被挂在二楼一个走廊大厅正中央的一面墙上，这个走廊连接着朝向塞纳河的大画廊和朝向卢浮宫内广场的德农裙楼。大厅四周的墙上挂满了巨大的意大利油画，只有冰箱门大小的蒙娜丽莎显得尤其娇小。它的待遇与众不同，是整个博物馆唯一被防弹玻璃保护起来的油画。讲解员介绍说，防弹玻璃里面是一整套非常精细的温湿控制系统，因为用来绘制蒙娜丽莎的杨木画板越来越脆弱，温湿度微弱的变化都能使画板背面的裂缝变得更大。还好有这个玻璃的保护，因为几年之后，一个嫁给法国人的俄罗斯女人，在尼古拉·萨科齐严苛的移民政策下，在当地省督府申请法国公民身份被拒，面临被驱逐回国的命运。所以她在回国前一天朝蒙娜丽莎的脸狠狠地砸了一个咖啡杯。咖啡杯被摔得粉碎，名画在防弹玻璃的保护下没有受到损伤，女子被送进了精神病院。讲解员遗憾地说，许多游客并不是因为对艺术感兴趣来到卢浮宫，仅仅是为了在三大件前面拍个影"到此一游"。据说有人只在卢浮宫待了八分钟，快步小跑地看完三大件，就又去参观别的景点了。

从卢浮宫出来，在等待克蕾丝苔她们参观卢浮宫的时候，我们还有一段在巴黎自由活动的时间。卡特琳娜提议和克里斯蒂娜去蒙马特高地看"爱之墙"，这是一堵用世界各国语言写满"我爱你"的墙壁。我带着朱斯汀和艾美丽跟着她们一起前往。蒙马特高地是巴黎北部的一座山丘。根据当地人指示，我们需要坐12号地铁线在阿贝斯站下车，这是一个深埋在山丘底部的车站。下了车，有两座电梯通往地表。克里斯蒂娜却被旁边旋转楼梯斑斓的壁画所吸引。她叫我们先坐电梯上去，她慢慢地沿着旋转楼梯向上爬。

　　我们到达地表三分钟后，仍然没有看见克里斯蒂娜出来，我开始坐立不安，担心她会在地下遇到问题。等了五分钟的时候，我已经非常焦躁了。我给克里斯蒂娜发了短信，问她是否平安，却一直收不到她的回复。卡特琳娜笑着安慰我说："不用担心，登君，地下是没有信号的。克里斯蒂娜不是一个小孩子，你应该用尊重一个有自主能力的大人的态度去尊重她。"到了八分钟的时候，我的脸色已经变得惨白。艾美丽温柔地说道："登君，如果你担心克里斯蒂娜，你就下去看一下吧。这样也好让你安心一些。如果克里斯蒂娜上来了，我们也会在这里等你。"我像箭一样沿着旋转楼梯冲了下去，可是一直冲到地铁月台，也没看见克里斯蒂娜的影子。我在地下的两个月台转了好几圈，又气喘吁吁、心急如焚地沿着旋转楼梯冲回地表。

　　回到地表后，我看见克里斯蒂娜已经和大家聚在一起，她们在等着我。克里斯蒂娜满脸不高兴地看着我，似乎我们在外人面前彼此冷淡了这么长时间之后，我在不经意之间让大家明白，我对她的关心可以到了让我情绪失控的地步，这让她感觉非常不舒服。

　　原来阿贝斯站是整个巴黎埋得最深的地铁车站，克里斯蒂娜走的那道旋转楼梯，整整有115级台阶！而楼梯的墙壁上绘有梦幻与现实、历史和空间相互交织的现代主义长卷画作。克里斯蒂娜仔细地欣赏这些画，用了很长时间才走到旋转楼梯的顶端。在楼梯的顶端，她需要再次走过一个长廊，长廊的中间是连接地铁月台的电梯的上面出口，我们一开始就是从那里出来的。长廊经过电梯出口后继续向前，然后向左拐了一个弯，拐到底之后又转了180度，然后那里又有38级台阶才到达地面。克里斯蒂娜从旋转楼梯出来后，从她的角度无法看见被墙壁挡住的最后一组台阶，于是她以为电梯是通往地面的，结果电梯又把她带回到了地铁月台。当我心急火燎沿着楼梯向地下冲的时候，她正坐着电梯重返地面。

　　克里斯蒂娜的反感让我心中像硌了一块石子一样难受。我想离大家远一点，或者说，离克里斯蒂娜远一点，以免大家在猜测我们的关系时又胡乱琢磨出什么谣言来。我转头看去，沿着阿贝斯广场的角落，一道台阶通向山顶不远处圣洁的白教堂。在我第一次和史蒂芬妮拜访巴黎时，就已经从奥赛博物馆的钟楼里遥遥看见城市北郊这座拜占庭风格的神秘教堂。于是我跟大家道别，她们去寻找爱墙，我则向山顶爬去。

从巴黎回来后，我按照约定去了克蕾丝苔家里，教她跳布列塔尼舞。克蕾丝苔当天又叫了一个陪舞。这是一个叫阿娜臆丝的女生，五短身材，长得跟个猪猡似的。这种女孩在班里往往最不起眼，她们谄媚地靠在班上的社交明星身边，借助后者的光辉和恩舍，以及对后者各种私人小道消息的出卖和传播，寻找存在感。但是在历史上，这样的小人物多次出其不意地改变了世界的进程。我不喜欢这个女人，但是仍然教给她布列塔尼舞的基本步法。就像迪纳海滩上的那个胖女人，在我刚来法国时教给我基本步法一样。

我的教母安娜在复活节假期前回到雷恩，代表波尔多国立高等物理与化学学校，在全班做了演讲。她会在雷恩的父母家里多待几天，度过复活节假期。我请她到我在CROUS的宿舍做客，并趁机向她提出了克里斯蒂娜的请求。"登君，你的要求很过分嘞！"安娜不满地抗议道，"且不说菲利克斯是我的前男友，我们彼此好久都没有联系了，更不要说他和我在一起的时候，跟我所有的闺蜜都上了床，你现在叫我去找那些闺蜜，要求她们录制给菲利克斯的祝福语，我怎么好意思去开这个口？"我用委屈的声音乞求道："菲利克斯是我的兄弟，他的快乐在我眼里比什么都重要。你就帮助我一下嘛！"安娜又心软了："好吧，下不为例。你实在有点麻烦耶。你把录音笔给我吧！"克里斯蒂娜专门买的录音笔此刻正在INSA吉拉德的手中，当时INSA校园正在举行索莱克斯摇滚节，我建议安娜和我去一趟INSA，顺便参观一下索莱克斯大赛。

我们一出宿舍门，正好迎面撞上了克里斯蒂娜。安娜不认识克里斯蒂娜。我介绍说这也是菲利克斯的朋友，安娜用礼貌的微笑问候克里斯蒂娜。在一瞬间，克里斯蒂娜用令人心寒胆战的凌厉目光和无比骄傲的姿态瞪视着安娜。这种情绪仅仅出现了一霎那，然后克里斯蒂娜就变成一副漠不关心的冷淡态度了。安娜不明所以然，她向我瞥了一眼，我也是一副糊里糊涂的样子。安娜于是隐藏不露地用大度的微笑化解了尴尬。

在前一天，雷恩下了大雨。索莱克斯障碍赛的赛道动用了INSA的每一寸土地，包括许多绿油油的草坪。在无数索莱克斯骑手的踩躏下，现在到处都只剩下一片黄澄澄的泥浆，草只能随后在秋天来临之前补种。在宿舍拐角有几个急转弯的小土坡，倾斜达30度角，那里是骑手的噩梦。许多骑手在滑溜溜的泥浆作用下在那里翻了车，后面的骑手看不见急转弯处的翻车现场，于是又撞上前面在泥浆里打滚的骑手，最后那里就变成了一群奇装异服的骑手以及溅满风尘的机动车混在一起的大泥浆堆。

我和安娜小心翼翼地穿过到处都有索莱克斯疾驰而过的校园道路。她在路上给我更加详细地讲解了波尔多化学学校的生活。"波尔多物理与化学学校也会教很多物理的内容，如果你想同时学习物理和化学的话，可以报名这个学校。前两年是全年级大课，最后一年会分成四个专业：高分子和胶体体系、纳米技术、材料学，以及最后一个：'环境评估、安全认证与工业程序设计'，最后这个专业在全法国排名第一。""我听说，波尔多物理与化学学校和斯特拉斯堡的欧洲化学与高分子材料学校的专业设置是完全相同的！"我评论道。安娜点头同意："对的，整个盖吕萨克联盟里面，和波尔多化学学校最相似的就是斯特拉斯堡化学学校，他们有三个专业：高分子、材料学和理论化学。但是他们的课程是用三门语言上的，你必须把许多时间浪费在语言学习上。（我皱了一下眉头。）波尔多则是联盟里唯一不强制学生学习第二外语的学校。因为他们认为如果第二外语学不好，写在简历里的话，可能会给用人单位留下更糟糕的印象。但是第二外语的考试可以增加平均分，学校提供三门第二外语课：德语、西班牙语和汉语。你去波尔多的话，会遇上许多对汉语感兴趣的法国同学。"

"在波尔多学习累不累？"我问道。因为据说雷恩化学学校工程师阶段的课程设置是整个联盟里最累的。布列塔尼就像它在中国的姐妹省份山东一样，那里的学生学习得特别刻苦。布列塔尼是海洋半岛，经常下雨，布列塔尼的学生没法出去玩，闷在屋子里，除了学习也没有别的事情可以干。这也是我为什么不想留在雷恩的原因之一。安娜摇摇头："波尔多化学学校的学习有可能是整个联盟里最轻松的。每天上午上理论课，下午上实验课。但是理论课并不是强制性的，老师会发讲义，所以你不必像预科阶段每天抄板书。即使你不去上课，也没人管你。星期四下午不上课，就像全法国的所有大学一样，社团活动时间。"

"斯特拉斯堡他们也是理论课和实验课分开的，一个星期专门上理论课，一个星期专门上实验课。"我对比道。

"我们是上午下午。"安娜说，"到了工程师阶段，就没有习题课了。老师不会带着你讲题。但是每年考试的题目都是一样的。波尔多也有教父教子体系，这个体系主要的作用就是把上一年的考题转给下一年的学生。"我问道："斯特拉斯堡他们有一个网站，把历年的考题都扫描到网上。波尔多没有这个系统吗？"安娜摇摇头，继续说："考试不再是每两个星期一考，而是一年分为上下学期，每个学期集中花一个星期期末考。"这又和斯特拉斯堡化学学校一样了，我心想，他们每次期末考之前的一个星期都不上课，专门用来复习。"波尔多可不像斯特拉斯堡那样给你一个星期不上课的时间来复习。波尔多总是把期末考安排在假期以后。第一次期末考是在圣诞假期以后，第二次是在五月份的假期以后。所以你要是去了波尔多，就别指望好好地度过一个假期了。"

我和安娜与吉拉德又回到了去年我组织生日聚会的那个INSA公共厨房。令人惊讶的是，我们在走廊里发现了米洛娃，她当时正无力地倚靠在INSA走廊红彤彤的墙壁上，凝视去年雅利诗住过的房间门，脸上惆怅万千。

索莱克斯摇滚节结束后，我去找克蕾丝苔，惊讶地发现亚历克斯也在她的房间里。"你应该因有这么好的一个兄弟而自豪。"克蕾丝苔笑着对我说，"亚历克斯跟我说的每句话都是围绕你，他关心你的未来，操心你的职业规划。这样忠诚的朋友实在是太罕见了！"原来克蕾丝苔去参加索莱克斯摇滚节的音乐会时，没有遇上花诚，却碰见了亚历克斯，他们在酒精的作用下舞动着年轻的肢体，跳着跳着就做了爱。"INSA的那些男人根本就不是男人，只是一些充满着荷尔蒙无处释放的畜牲。"克蕾丝苔跟我抱怨道，"找男生还是得找我们自己学校的，绅士礼貌，还懂得谦让女生。"

有时候我去找克蕾丝苔，会发现她不戴乳罩直接穿着睡衣，烦躁地在房间里等待："你得给你的兄弟说一说，他已经迟到了，我总不能这样永远地等下去！"她懊恼地说，两只椒乳在迫不及待的心情中不安分地上下颤动。

　　亚历克斯会躺在克蕾丝苔的床上，漫不经心地看着我和克蕾丝苔在电脑上查询加拿大的首都是温哥华、渥太华还是多伦多。"我说克蕾丝苔，"他用手支着腮帮子，侧卧在床上，"这个复活节假期我要回一趟罗马尼亚，开车回去。你应该和我一起去看看我的家乡，发现这个美丽的国度。"克蕾丝苔摇头说："我要回到斯特拉斯堡，我父母家里去。车票都买好了。"她转头问我："你这个假期一个人待着吗，登君？""芳妮和娜塔莉会在假期拜访我。"我回复道。克蕾丝苔惊讶地揶揄我说："你还和那个芳妮保持联系啊，登君啊登君，你可真像一条鲨鱼一样，对你看到的每个美女都紧紧咬着不松口。"

　　我也笑了，回头瞥了一眼亚历克斯，却看见他似乎在用嫉妒的两道眼神怒视着我。这眼神让我很不舒服。

　　过了几天，安娜收集齐所有和菲利克斯上过床的女人对他的生日祝福，自己也加上了一段。当我去克里斯蒂娜宿舍还录音笔时，却是卡特琳娜打开了她的房门："克里斯蒂娜趁着复活节假期回罗马尼亚去了，她已经一年半没有回到她的家乡了。她是和亚历克斯、贝雅以及莎拉一起拼车回去的。他们两天前出发，昨天他们在德国过的夜，现在应该已经进入斯洛伐克境内了吧。他们会在贝雅家里住两天，再前往罗马尼亚和摩尔多瓦。"我讶异道："你不和他们一起走吗？"卡特琳娜笑道："我已经定好计划，去华沙找我的朋友。恐怕克里斯蒂娜回来时，我还在波兰。"

　　她请我进入她自己的房间，我看着她墙上，那里贴满了香水试纸和各种巧克力的包装纸。她的书桌一角还平摊着几条香水试纸。"这些都是从巴黎的香水博物馆拿回来的，登君你喜欢香水吗？"我坐在她的床上，微笑着说："我来法国之前，高中里最漂亮的女孩子跟我说，如果我在法国学习化学，一定要去学习做香水。我就是为了香水而来到法国的。"卡特琳娜高兴地拿起桌面上的一条香水试纸递给我："我同意你同学的观点，香水就是法国最真实的代表。我喜爱香水，因为它就像文字、音乐或者绘画一样，是你心境的一种表述方式。香水是你的记忆，你的欲望，你的心情！"我将她递给我的香水试纸凑在鼻子下闻。"香水是一种很敏感的东西，不仅需要我们用鼻子去闻，还要用心去感受。"卡特琳娜提醒道，"你闻到了什么？""一股清新芬芳，又多愁善感。初始会觉得有些轻浮，却又迫不及待地想要展现出诱惑的勾引！"我回答道。卡特琳娜兴奋地说道："是的，你手中拿的是娇兰的'花草水语'，正如一个欲语还休的清纯少女，在长大和爱情的幻梦与渴望中翩翩起舞。"她又给我另外一条纸。我评价道："似有明亮，可也深沉，两种截然相反的味道相较其间，兴奋热烈而余韵无穷。""这款香水是伊夫圣罗兰的'巴黎'，正如刚刚成熟的女人，在爱情的迷与离中，百转千回的心绪。爱就爱得铭心刻骨，恨就恨得天翻地覆！"对于卡特琳娜给我的第三条香水试纸，给我的感觉是："亦花亦草，狡黠神秘，却又让人心跳加速。想要急切地掀开那紫色的纱帘，对后面的秘密一探究竟。"卡特琳娜点头称赞道："就像爱情场上万众瞩目的社交花，柔媚、俏皮、灵动，可是很小心地让人琢磨不透，让每一个男人都愿以心相许。这正是兰蔻的'梦魅'香水的特点。"

　　她把桌上最后两条试纸郑重地交给了我："只可惜从巴黎回来，已经过了一个星期。虽然我把它们用塑料袋密封起来，可是你闻到的，主要只剩下基调了。""基调？"卡特琳娜点点头："就像一篇乐章是由不同的音调组成，香水的味道也由前调、中调和基调组成。每一个调子都各有风情。所以你每一次去闻香水，都能感受到微妙的差异和不停的变化。这正是香水带给人类的乐趣！"她提醒我闻一闻手中的两款试纸："你能感受到什么？"我用心去体会："只闻见鲜花氤氲，美丽无边，从骨子里透露着无限的曼妙和性感。"卡特琳娜评价道："只有自信成熟、绝世芳华的独立女性，才能驾驭迪奥的'真我'香水。她的威严，她的气度，她的王者风范，让无数男人拜倒在她的石榴裙下！"

　　我拿起最后一条试纸，让鼻腔的每个细胞都在脑海的缤纷情绪中奏出天启的乐曲："我感受到了优雅大方、高贵绝伦！奢华却又低调平静，拥有难以言喻的微妙表达。""是的，这是皇冠上的明珠，对女性力量的终极描述！"卡特琳娜非常庄重地说，"在香奈儿'五号'香水里，你可以看见这样一个女人：她在追求自由的荆棘道路上饱尝艰难与孤独，却从未改变她一身铮铮傲骨。生命的长河给了她智慧与雍容，让心比天高的她学会了包容、原谅、云淡风轻。登君，最强大的力量，往往是轻柔的；最感人的话语，往往是平淡的。可是如果你足够聪明，你应该就能看到她的价值，珍惜她的真情，抚慰她平静面容下千疮百孔的心！"

我一脸单纯地看着卡特琳娜，她的脸上充满着期盼和暗示。她收起全部的试纸，说："当香水涂抹到肌肤的那一瞬间是最有冲击力的。随着时间流逝，她和你的肌肤慢慢融合在一起，成为你身体的一部分。而你对她的感觉也会慢慢发生变化。诚然，香水的三种调子或许完全不同，彼此却是纠缠与暧昧的。你一开始寻找一种味道，但最终或许是另外一种味道占据了你的全部感情，与你共忧愁，同欢乐。登君，这是她最真实、最长久、最宝贵的味道。当她褪去自己的伪装，向你展现她的原始面目时，她便让你成为了她的上帝，她的全部心之所系。登君，不要去辜负，即使她或许和你一开始想象的有所不同！如果错过，那你的一生都将后悔莫及！"

从卡特琳娜那里回来后，我心情一直烦乱。卡特琳娜用双关语，明显在指责我辜负了克里斯蒂娜的真情，伤了她的心。可是克里斯蒂娜和我之间错综复杂的关系，又让我束手束脚，不敢轻举妄动。我想让克里斯蒂娜和卡特琳娜都知道，我不是一个忘恩负义的人，我也有我的尊严：我不会忘记在我人生最艰难的时候，是克里斯蒂娜把我从一片泥沼中拉出来。可是我怎样才能让她知道这些呢？我的话语会不会又为另一批谣言送去证据呢？

带着矛盾和痛苦，我给凯瑟琳写了一封邮件：

亲爱的凯瑟琳，

你让我随时给你写邮件，可是我仍然很久没有和你互通有无了。因为过去的一段时间，我的心情并不是很好。我既不想让你知道我伤心，也不想骗你说我很好。其实我应该更多问一些你的生活。不知你是否还和亚历克斯在联系，因为他再也没有对我说起你的事情。你走之后，我搬到了新的宿舍楼里。年初我们一起认识的邻居都相继离开了雷恩。新的宿舍楼里还挺空旷，也没有多少人可以认识。

亚历克斯变得有些奇怪。我会感觉他似乎有些嫉妒我和一些女孩子的交情。我经常自问：到底是他疯掉了，还是我疯掉了？（笑）我和我的干妹妹的关系变得越来越奇怪。即使用普通的朋友关系来看待，也非常奇怪。班上复杂的人际关系在污染着我和她。我甚至不敢自由地向她表达我对她的看法。

我实在花太多的篇幅讲我自己了。生命是美好的。我在班上有很多很多朋友，虽然大部分朋友根本不关心我内心在想什么。而我也只会向你透露我微笑面容下的一丝忧愁，因为你对我的意义与众不同。我想听到你的故事。你见到你的男朋友了吗？真希望某一天我也可以见到他。

很快凯瑟琳就给我回复了邮件：

亲爱的亚历克斯，

你的上一封邮件让我有些伤心。你似乎有些孤单。刚搬到新的地方确实会艰难一点，可是你很快就会有很多新朋友的。让我们开诚布公地说：你这么一个温柔又有趣的男孩，所有人都抢着爱你，何必为此担心？

我明白你一定有很多事情要忙，所以理解为什么你不给我写信。至于另一个亚历克斯，我最后收到的消息是他要去罗马尼亚度过复活节。我有时也不是很理解他，一开始他几乎每天都给我写信，最近则变成了一个月一封信，或许他也很忙吧。但是如果你觉得你们之间有了罅隙，一定要和他说。

至于你的干妹妹，或许当我们在同一个班里并认识同一批人的时候，总会有各种各样的限制影响我们的自由表达。但是你说不出来的东西，或许你可以写下来。文字的力量，有时比语言更加强大。

至于我这边，我通过了许多考试，才总算毕业。我在找房子，打算和我的男朋友住在一起。同时也想换一个工作，银行的工作挺无聊的。希望很快能得到你新的消息。请记住，如果你想找一个人说话的话，我永远在你身边。

大美女芳妮和娜塔莉来我的宿舍拜访我，她们两人也很久没见了。芳妮白皙如脂的俏脸上写满怨气，就像一个遭受了很长时间委屈的小妹妹，终于见到了可以替她做主的大姐姐，一股脑地把肚子里的苦水都倾吐出来。她抱怨前一段时间雷恩一大"反CPE运动"的封校，把她的期末考试安排搞得一团糟。整个学院里都充斥着混乱和不安分。芳妮是那种一本正经、开不得玩笑的人，最受不了乱七八糟和浮躁的气氛，现在她不得不身在其中。这简直快要让她发疯。我殷勤地给两个女人倒茶水，直到半小时之后，娜塔莉才谨小慎微地提醒芳妮，她正在我家做客，抱怨的事情是否可以晚些再说。

这时芳妮似乎才终于注意到我，她的脸一下子红到脖子根。于是话题的中心就从她变成了我。我们讨论的也是当时所有人最关心的话题：下一年去哪个学校读书。"南方好啊，波尔多和图卢兹。"芳妮听说我想去南方的想法后，夸奖道，"南方的人种和北方不同，那里的美女特别多。天气又热，大家穿得又少。""芳妮，登君最喜欢的克里斯蒂娜，可是把斯特拉斯堡当成她的目标。"娜塔莉提醒道。芳妮说："斯特拉斯堡有什么好的？冬天潮得要命，夏天又闷热得要死！再说从生日聚会上来看，那个克里斯蒂娜和你根本不来电。你和她没戏！没有任何人值得你为他的生命而活。"娜塔莉无奈地看着芳妮，替我辩护说："生日聚会那天晚上有一个亚历克斯。这个男生在的话，登君就不方便和克里斯蒂娜说话。"芳妮皱着眉头说："那个罗马尼亚人啊，烦死人了。他的眼神不正常，从我还在化学学校的时候起，他就老是偷偷摸摸地从远处盯着我看。上回生日聚会时还是那个样子。看得我背后发毛，感觉背上沾着两个眼珠子，走哪儿就跟到哪儿。要不是看在你的面子上，我当时就揍他一顿了。"她的抱怨让我听得很爽快。"我们不要老是打击登君了好不好？"娜塔莉劝道，"你老在旁边说风凉话，对登君很不礼貌哎。"芳妮俏皮地吐吐舌头，然后正儿八经地想了好一会儿，说："我要是你的话，就会给克里斯蒂娜写一封信，把心中说不出来的话都写下来。越美丽越好。女人最承受不住的就是甜言蜜语的攻击了。你给她说几句好话，然后她就沦陷了，给你做牛做马。"我摇摇头，严肃地说："我尊重克里斯蒂娜，尊重她的智慧和人格。我没法用那些轻浮的语言对她说话，在我看来，这简直是对她的羞辱。我不想让她觉得我是因为一个美丽的躯壳而爱上她。我想让她知道，吸引我的，是一个高贵的、内在的灵魂。"芳妮摊着手说："你把这句话写出来就可以了，这句话就很美啊！"我担心地说："她不会觉得我是在跟她调情吧，她会不会觉得我过于轻浮而看低我？"芳妮轻松地说："克里斯蒂娜又不是傻子。只要你真心诚恳地跟她说话，她是不会弄错的。"

芳妮和娜塔莉走后，我苦笑地回想着芳妮的建议。在卡特琳娜和我那一番对话之后，我已经不能装作什么事情都没有发生，而不得不给克里斯蒂娜做一个回复了。如果我继续选择沉默，让大家觉得我忘恩负义，不仅会让克里斯蒂娜失望，也会让卡特琳娜和所有关心我们的人对我的人品失望。可是，这样的一封信，那简直是递给敌人的匕首和证据。它不仅会坐实我爱克里斯蒂娜的传闻，也会让人更加相信围绕这个传闻建立起来的，所有关于我利用、诬陷、欺骗他人的友情和信任，以行魑魅魍魉之事，达到不可告人之目的等荒唐控告和无端指责。

就在这时我脑海中灵光一闪，突然想起克里斯蒂娜给菲利克斯准备的生日礼物。她的礼物是由不同人的祝福语拼起来的，只有菲利克斯、克里斯蒂娜和我三个人，才能看见这份礼物的全貌。如果我想给克里斯蒂娜一封信，却又不愿意让别人利用它来攻击我，只需要把这封信拆成不同的片段，拿到每一个片段的人都无法得知信件的全貌。只有克里斯蒂娜拥有钥匙，能将这封信重新拼起来。而这把钥匙，就是语言。

克里斯蒂娜会讲六门语言：英语、法语、西班牙语、罗马尼亚语、俄罗斯语、德语。其中德语是她新学的，还没有实战经验。在雷恩的所有大学生都懂三门以上的语言，其中英语和法语是通用语，剩下的那门语言就是用来编写密码的关键。在那个年代，翻译软件还是非常遥远的未来技术。连只有我们中国留学生才拥有的最高科技：电子词典，都是非常简陋和不好用的，只能一个一个单词地查，查一个单词六七个解释，放到句子里就不知道是哪种解释了。而且只有法语和中文两种语言选择。所以只要我在一封信里同时使用西班牙语、罗马尼亚语、俄罗斯语和德语书写，就能保证只有克里斯蒂娜才能读得懂它。

我去找了蒂娅特莉丝和薇诺妮可，她们两人彼此都不知道对方的存在，但同时都一直很关心我和克里斯蒂娜的感情进展，非常乐意为我帮这个小忙。至于罗马尼亚语，我需要找到这么一个人：化学学校里没有人知道她的存在，蒂娅特莉丝和薇诺妮可也不认识她，这样就最大限度地避免了信息的串联和泄露，避免有人拼出信的全貌。我想到INSA的罗马尼亚女生尼古莱塔，腿心目中的"完美女神"。我和她交往不多，但是在刚来法国时，和她在INSA一起上过一个星期的科研法语课，而且去年我住在INSA宿舍，和她们班上其余的外国人波格丹、雅利诗住在同一层楼里。在卡斯蒂永我和她一起摘了一个月的葡萄，所以我的困难她一定会帮助的。而且她在刚来法国时和克里斯蒂娜还有过交情。至于德语部分，考虑到克里斯蒂娜的德语水平，我只需要写一句话就可以了。凯瑟琳完美地符合了她不认识其余所有人，别人也不认识她的硬性条件。所以由凯瑟琳负责翻译德语文字。

那封信是这样写的：

西班牙语部分：

克里斯蒂娜，美丽、热情和冰雪聪明的克里斯蒂娜。

就像我每次和你交谈时一样，我在给你写这封信时，我的心情是激动和满足的。我也希望这封信能给你带来一份快乐和惊喜。我们两人有如此多的共同点，就像两座具有相同自然频率的钟，敲响一座时，另一座也会发出共鸣。

时光如梭，而我是多么幸运能认识你！每次回想起我们共同经历的一切，我的心中都会充满幸福，你教会了我许多东西。面对命运，你永远都是勇敢和乐观的。而我怎么能做得比你更差呢？每次我感到脆弱的时候，当我失去勇气，我会告诉自己："不，登君，这不是正确的方式，立即振作起来，否则你怎么能有资格再去面对克里斯蒂娜？"感谢你，克里斯蒂娜，我的勇气之源。

遗憾的是，就像你所知：人性是脆弱的，与命运黑暗面的较量从来不是一场简单的战斗，一个过于自信的人往往会最先输掉战争。最近的一年我经常失去勇气和信心，我让悲观占据了我的灵魂。每次当我从迷茫中醒来，当我重新开始生活，当我试图在昨日美好的废墟上重建一切时，我就会发现我又丢下了我的干妹妹一个人与残酷的命运搏斗，这每每让我愧疚不已。

罗马尼亚语部分：

　　克里斯蒂娜，当我写这封信时，你正在罗马尼亚。这一定是一次精彩的旅行。在长久的分别后，重新见到朋友和家人，你一定正体会着满怀热烈和奇妙的心情。或许你已经从你的老朋友身上发现了许多新的东西，不是吗？我等待你回来，盼望和你分享你的经历、你的心情。在两个月之后，我也将回到阔别两年的祖国，重新看到我的家人和童年好友。我怀着迫不及待的心情等待着这一天。我现在每晚都能梦见他们，你能理解这种感觉吗？

　　克里斯蒂娜，我们可以每天见面的日子只剩下不到两个月了，但我拒绝把它看成一件糟糕的事情。感谢上帝，正因为我准确知道我还剩下的和你一起的时间，我才会让这段时间的每一秒都变得更加有意义和得到珍惜。你是我的家人，我的妹妹。你还记得我给你说过的那个中国女孩吗？在最后一次我见到她的那个晚上，她对我说："只要我们有意愿，我们总是会再相见。"时间和金钱的匮乏，让我们的回家之路变得异常艰难，可是对于故友的强烈思念，让我们勇敢地踏上旅途。克里斯蒂娜，我相信，只要我们不放弃努力，我们一定会再次相见！

俄罗斯语部分：

　　克里斯蒂娜，我经常问自己：是什么让你的微笑充满了魅力和神秘？就像我们一起在卢浮宫见到的蒙娜丽莎，但蒙娜丽莎却远不如你美丽。你有一颗伟大的心，我记得当我在听它的跳动时，我仿佛听见了从宇宙最深处传来的声音。你热爱变化，渴望新事物。我知道，即使是朋友环绕，你也会经常感到孤独，我猜的对吗？我曾经对我的教女说："史蒂芬妮，当我在拥抱你的时候，我感觉我在捧起一颗脆弱而珍贵的钻石，我需要小心翼翼地保护你。但是克里斯蒂娜却像一团烈火一样点燃我的激情。"而我的心，在这世界末日般的高温中，像巧克力一样融化了。当我们原来住在两个相隔很远的宿舍时，

　　我总担心，因为我远道而来，你即使很忙也不忍心拒绝我，而造成你的困扰。在写这封信之前，我长时间地站在你的房间前——你原先在F楼的房间，而不是现在的房间。你搬到G楼后，我几乎没有去拜访过你。但是还记得我们去年在F楼的日子吗？充满了美丽的回忆。

　　克里斯蒂娜，美丽、热情和冰雪聪明的克里斯蒂娜，我希望这封信能给你带来一份快乐和惊喜。

德语部分：

　　我把我全部的心都交给你，我的妹妹！

　　当我写完这封信的法语原版时，米洛娃正好来拜访我。她读到这封信，就在我的房间里开始痛哭流涕。她哭得身体剧烈抽搐，仿佛把心脏也要扯出来。她说这封信让她无比想念远在蒙特利尔的雅利诗。她期望某一天也能收到一封同样的信，信的收件栏上写着她的名字。她就是趴在那里不停地哭。当她终于平静下来时，她对我说，其实我的信里有不少语法错误，有些单词应该改得更加简洁一些。她向我保证，她不会把这个秘密告诉任何人，但是让她提前修改一下的话，我再发给别人翻译，效果会更好一些。如果在全班我只有一个人可以信任，那这个人就是米洛娃。于是我把信的法语原版用U盘拷给了她。当她第二天将修改过的信还回来时，那些文字让我仿佛隔着屏幕都能看见她昨天又哭了整整一个晚上。

　　于是，当蒂娅特莉丝、尼古莱塔、薇诺妮可和凯瑟琳都把她们翻译完的部分交给我时，我把这封用四国语言写就的信件誊写到一张贺卡上。贺卡是出国前，在家乡高中旁的工艺品店买的。上面绘有精美的牡丹国画，还有印有凹凸花纹的内衬粉红信纸。用西里尔字母书写的俄文是最难抄写的，我每抄写一个字母，都要回头看原文好几次，生怕出现错误。我没有把封好的信件直接投到克里斯蒂娜的信箱里，而是贴上邮票，通过邮局寄了出去。我没有写寄信人的地址，心中忐忑不安，似乎又不想让克里斯蒂娜知道，这封信是我写的。我把信件放进街上邮筒时复活节假期还没有结束，我想克里斯蒂娜应该还在罗马尼亚，信件或许还得两天后才能被投到她的邮箱里。没想到上午寄的信件，当天下午克里斯蒂娜就找到了我。

她敲了门，门外的克里斯蒂娜梨花带雨，楚楚动人。她微笑着，眼睛却有些红肿，似乎刚刚哭过。我对克里斯蒂娜的拜访慌乱而不知所措。我担心信上甜蜜的措辞会冒犯到她，所以才匿名，没想到她这么快就能找到我。"只有你才会寄给我这样的信件，登君。"克里斯蒂娜动情地说，"今天是我一生中最重要的一天！"

我请她坐在床上，给她倒了茶水。不知道可以跟她说什么。我想说的，信中都已经说了。是她先开口打破了沉默，我们聊下一年工程师学校的选择，我们在假期前刚刚把志愿表交上去。我填写了波尔多。克里斯蒂娜说她填写了斯特拉斯堡。她跟着亚历克斯选的，而亚历克斯又是跟着女朋友克蕾丝苔选，克蕾丝苔是斯特拉斯堡人，所以选择回家乡读书。这个结果本来在预料中，听到时却仍然让我无比失望，因为这意味着我和克里斯蒂娜的缘分，最终将很快走到终点。克里斯蒂娜说她会到波尔多来看我的。我们又讲到她的罗马尼亚之旅，随后她便问我暑假回国的准备。由于要和新的学校交接、联络、准备搬家。我需要随时能有因特网收到邮件，所以今年暑假不打算打工。我和大奔、小孩通过同一个旅行社买了机票，坐同一班航班回国。克里斯蒂娜点点头，说："你愿意和雷一起回去，那太好了。"她随即告诉我说，她的德语老师帮她找了一份暑期工，在德国慕尼黑的一家酒店里当清洁工。她可以开始锻炼一下她的德语水平。"你信件中的德语部分刚刚好，正好符合我目前的水平。"她笑着说。

我问她，信件其余的部分，我的朋友们是否翻译得有感情。"那些文字是用各语言中最美丽和最动听的格式写就的。"克里斯蒂娜赞叹道，"登君，虽然我不知道你的这些朋友们是谁，可是他们一定是非常爱你的人。因为他们中的每个人都在用灵魂替你书写！我从未想象到，在人的一生中，会有别人像我这样幸运，收到一份如此珍贵却又独一无二的礼物！"我笑着说："帮我翻译西班牙语、俄罗斯语和德语的人，都是在用心爱着我们的姑娘。但是帮我翻译罗马尼亚语的那个姑娘，我其实和她并不是太熟。"克里斯蒂娜点点头："罗马尼亚语和其余的部分相比，在用词上确实有些敷衍，但那是因为其余的部分实在是太精美了。单独拎出来的话，罗马尼亚语的那部分也是像鲜花一样的美丽。"

"你收到我给菲利克斯准备的礼物了吗？""是的，卡特琳娜在去波兰前，把录音笔放在我的房间里。我自己也要录一段祝福语，比所有人的更长、更美丽，放在所有的姑娘的祝福语前面。我要把你的祝福语，紧跟着放在我的后面，因为这个礼物是你和我为菲利克斯准备的。要让他知道，我们两人，比所有关心他的人更关心他！""我为了给菲利克斯送去惊喜，练习了很长时间的西班牙语。是帮助我翻译信件的那个西班牙姑娘教给我怎么用西班牙语念出给菲利克斯的话的。我在录音中的西班牙语是否标准，你觉得菲利克斯是否能听懂我说的话？""他一定能听懂的。而且我相信，菲利克斯听见的将不单单是语言，他一定还能看见里面蕴藏着的一颗真心！"

我们并排坐在床上，她倚靠在我的怀里。我伸手将她横抱起来，抱着她在狭小的宿舍里来来回回走了几圈。她用手臂勾着我的脖颈，忸怩着说："好啦，好啦，亚历山大，把我放下吧！"我在放下她时，手臂故意颠了一下，她的嘴唇就一下子撞上了我的脸颊。她满脸羞红，娇嗔着用手打了我一下，故作埋怨道："正经些啦，登君。要是窗外有人看见了多不好。"我们两个人，我和她，都沉浸在无边无尽的快乐心情之中。

我紧紧地抱着她："克里斯蒂娜，那天在巴黎，我们有些怄气。你去和卡特琳娜找'爱情之墙'，我一个人登上了蒙马特的山顶，你们后来找到那面墙了吗？"克里斯蒂娜不无遗憾地说："我们兜兜转转，找了许多地方，后来却发现爱情之墙就在我们出发的原点，地铁站出口广场旁边的公园里。可惜我们在寻找和迷路中耽误了太多的时间，再回到原点时，已经错过了公园关门的时间。所以只好非常后悔地隔着公园大门在黑暗中远远地凝视那堵墙，近在咫尺却没能到达。"

克里斯蒂娜又问我分别之后的行程。我回忆说："我顺着山坡上狭窄的阶梯，一阶一阶往上爬。路灯发出昏暗幽绿的光，照亮了路面，却把更多的东西隐藏在黑暗之中。夜晚非常幽静，除了一两个当地的老太太爬上爬下，阶梯上没有一个游客。

不知爬过几个阶梯之后，我发现自己身处一个富有乡野田园气息的小广场，温馨的灯光和觥筹交错之声从路边娇小到可爱的饭店里传出来。这里的感觉与巴黎豪华的城市调子如此不搭，倒让我想起了卡斯蒂永的回忆。从广场上看去，硕大纯洁的白色教堂近在咫尺，在夜晚的天空中，像水晶一样散发着神圣的光芒。当我走近教堂的脚下，风突然变大了。我沿着教堂的边缘向空旷的地方走去，当绕到教堂前面的大台阶时，视野一下子变得开阔。那里有一个建在山顶的广场，正对着市中心。夜空下的巴黎，万千灯火，宛如一幅徐徐打开的长卷，向我展现它华艳的貌容。在那个时候，我感觉自己就像是这个城市的上帝，在高空中凝视与主宰这座光明之城！我的心情澎湃激动，夜的城市宁静浪漫。就在此时，我看见了那让我一辈子都无法忘记的绝美景色……"

克里斯蒂娜全神贯注地听着我的讲述。她等待着我即将向她描述的绝美景色。仿佛她此刻正牵着我的手，与我一起漫步在鹅卵石的小道，怀着同样好奇和迫不及待的心情，一起去揭开那浪漫又宏大的巴黎夜空叙事。

"我看见了：在城市遥远的接近地平线之处——那里的灯光就像繁星的海洋，闪烁起伏，卷出浪花——在这海平面的上方不远处，一轮硕大无比——比我们任何时候见到的都要更加巨大——的圆月徐徐升起。那月亮颜色不比寻常，并不明亮，却覆盖着像血液一样的腥红之色，在一片黑暗的虚空之中更显神秘。似勾引，却又暗含杀机。就像是滴着鲜血的玫瑰花瓣，爱得彻骨，刺得痛人。越是如此，却越让人欲罢不能。只想义无反顾地投入这轮腥红之月，在浪漫与危险中销魂蚀骨，不复往生。"

我凝视着克里斯蒂娜的眼睛说："当时最遗憾的是无法将这份心情和你分享。我期盼着下一次和你一起登上蒙马特的山顶，在圣心教堂的台阶上共同俯瞰巴黎大地。而那时我们将会比今日更加成熟，我们就能更加理解彼此。"

克里斯蒂娜的眼睛里像春日的泉水一样流淌着无限的温柔，她美丽的睫毛因为心中按捺不住的激动而微微颤抖，琥珀一样的瞳孔中可以读出糅混着感激和怜惜的那种细腻如绢的复杂情绪。她静静地凝视了我半晌，想着许许多多心思。最终，她的两只眼睛像弯月一样眯了起来，用满脸的开心和无限的深情，将全部的甜蜜言语都凝结到一句简短却又意味深长的感叹中："哦，登君！"

13 慕尼黑的来信

　　最后一张照片是她的手拈着一朵美丽的木槿花，或许她是想以坚韧不拔和重情重义的木槿花来拟喻自己吧？

2004年我来到雷恩，在学校里见到的第一个视为知己的外国人，就是菲利克斯了。在语言学校的时候，他就帮我买了电话卡，使我和家人取得了联系。2006年6月14日，菲利克斯生日这天，化学学校考完了最后一门试。至此我在雷恩的全部学习与生活，画上了句点。我的外国经验的第一阶段，以一人始，又以同一人终，想来冥冥中似有天意。当天晚上，我算好时差，给菲利克斯打了一个跨国电话。我又给克里斯蒂娜发了一封邮件，希望她能尽快拜访我，一起分享对菲利克斯的怀念。

考试结束的第二天，每个人下一学年的学校分配情况便已经被统计出来。根据志愿和成绩排位，克里斯蒂娜、亚历克斯、克蕾丝苔都去了斯特拉斯堡化学学校，同样分配在斯特拉斯堡化学学校的还有露西、莎拉等许许多多盖吕萨克预科班的法国人，那里成了除雷恩化学学校以外，整个预科班最大的学生目的地。大奔去了南锡化学学校。小孩去了图卢兹化学学校，我的好朋友娜塔莉也被分配到了图卢兹化学学校。潘应龙去了克莱蒙费朗化学学校，他会在那里遇到赵庆阳。陈天竹和冉琳去了里昂化学学校。米洛娃去了蒙彼利埃化学学校。贝雅去了米卢斯化学学校。整个年级第一名被芳妮的好朋友托马斯夺得，他被巴黎化学学校录取。还有许多人，像宝琳娜、朱斯汀、艾美丽、诺曼、阮帆等，则都留在了雷恩化学学校。我去了波尔多化学学校，盖吕萨克预科班里和我一起被分配到波尔多化学学校的还有三个人，这三个人我都不熟，他们是：学校乐队的托马和乔纳森，以及克蕾丝苔的小跟班阿娜臆丝。

安东尼很不幸没有通过考试，被淘汰了。

史蒂芬妮获得了国际班一年级的第一名。自从国际班建立以来，全班第一名一直都是由越南人把持。后来上海女孩孙延珊夺得了他们那一年的第一名。到我们那一年，捷克人米洛娃是第一名。直到史蒂芬妮这一年，才终于由法国人得到班级第一名。

在INSA那边，他们有一个规矩：前两年总排名前百分之二十的学生，可以在预科阶段结束之后申请前往其他四个INSA联盟的学校进行工程师阶段的学习。蔡坤是我在INSA认识的人中唯一达到这一水平的。他来年将会在图卢兹的INSA学习，和小孩一个城市。

考试结束之后的第四天，克里斯蒂娜到我的房间拜访我。她说她已经在前一天找过我一次，但是我不在家。考试结束之后卡特琳娜借走了我的移动硬盘。因为我的移动硬盘里收集着全年级最全的照片记录，整个年级只有我和克蕾丝苔有这么全的照片收藏，我们两人互为拷贝。卡特琳娜希望拷一些照片留念。克里斯蒂娜是来还硬盘的。我们相互交流了假期的安排和来年的打算。克里斯蒂娜说，她将于后天一大早坐长途大巴回到西班牙马德里，待两个星期之后，于7月1号去德国慕尼黑，开始酒店清洁工的打工生涯。她说她要清空雷恩的房子，拖着四五件行李到大巴车站，然后来年再把这些行李拖到斯特拉斯堡去，感到甚为头疼。我说我会送她到大巴车站的。

桌上放着冉琳的数码相机。克里斯蒂娜拿起相机仔细端详，我抱着她的脸亲了好几下，她用自拍的方式留下了这些美丽的回忆。

我对她说，我的行李会先放在化学学校，叫安娜趁暑假开车把它们运到波尔多去。我又说，雷恩化学学校五年级有一个叫索菲的女孩子，暑假期间在南京大学实习，她会到山东大学来拜访我。我和索菲的联络在年初便已经开始了，但是我没有对班上任何一个人说，因为我不想让大奔知道。大奔去年回国后，在山大法语系开了一个赴法留学经验座谈会，我不想让他知道此事后，把一个简单的朋友拜访搞成人尽皆知的收费讲座。克里斯蒂娜点点头。我说我也非常期待，但是又紧张不安地准备重新发现中国。2006年的世界还不像今天这样连在一起，在雷恩的两年我几乎无法看到任何中文世界的消息，身边也没有中国人，对中国的全部了解，仅仅来自"国际视野"课法国老师的介绍，偏偏那门课由于老师语速的缘故，是我听得最稀里糊涂的一门课。"国际视野"课老师崇拜中国，所以我也像全校的法国人一样，用心有向往的眼光等待着发现这"神秘、遥远、先进和伟大"的国度。我给克里斯蒂娜展示我从网上找的上海和青岛的照片，克里斯蒂娜说青岛的照片和她想象中的慕尼黑一模一样。这两个城市我都没有去过，可是我邀请克里斯蒂娜去中国，和我一起去发现它们。大奔为了自己的利益，给欧洲人灌输了一整套邪门的中国道德观。我想只有克里斯蒂娜亲自到了中国去体会，她才能看到中国人的道德准则，也因此会更加理解我。克里斯蒂娜说她一定会去中国的，可是她必须先挣钱。她希望我能耐心一点。

次日在卡特琳娜家，卡特琳娜、贝雅、尤里、薇诺妮可和我一起聚起来为克里斯蒂娜开了一个离别派对。亚历克斯没有和我们在一起，他在抓紧时间和克蕾丝苔享受暑假前的最后温存。我很感激好闺蜜克蕾丝苔拖住了亚历克斯。亚历克斯不在的时候，我和克里斯蒂娜的交流更亲密、更自然。

我送给克里斯蒂娜最后一份礼物：一个小巧玲珑的陶土花瓶，上面画着些原始野性的图腾花纹，是我从旧货市场上用两欧元淘的。克里斯蒂娜喜不自禁地收下了。卡特琳娜赞叹道，难得我费心思为克里斯蒂娜买了这么美丽的花朵。她一想到去西班牙这一路的颠簸会把这些花朵摧残殆尽，就感觉可惜。我安慰她说我送给克里斯蒂娜的只有花瓶，那些花没有让我掏钱，是我半夜趁别人不注意时偷偷在CROUS中央花坛的花丛里剪的——为了证明自己，我给她们看手指上被玫瑰花刺扎的洞——如果嫌搬家麻烦，临走时把花扔到垃圾袋里就是了。

第三日一大早，所有人都抢着给克里斯蒂娜拿行李，以至于她只需要背着自己的吉他。当亚历克斯刮着她的鼻子取笑她时，她简直要伤心感动得哭出来。在长途汽车站，每个人都拥抱了她。但是克里斯蒂娜在众人面前，似乎对我的紧密拥抱感到有些不自在。她努力地用胳膊把我的身体撑开，然后叮嘱我一定要照顾好自己。我们一起照了最后一张合影，我垂手站在克里斯蒂娜身边，和她并排处于相片的最中央位置。迎面的风将她美丽的棕色长发吹起到脑后，她的脸上写满别家去国的仆仆风尘和疲惫，嘴角含蓄温柔的微笑，无框眼镜下的含情之目透着依恋与不舍。

克里斯蒂娜走后，卡特琳娜有些失魂落魄。我邀请她到我的搭档宝琳娜及其男朋友西尔万在雷恩市中心的住所做客。当天晚上我把离别的照片整理到电脑里，准备发给克里斯蒂娜时，我发现移动硬盘的相册里有一个新的文件夹，名字是"给登君的小惊喜"。打开来，是克里斯蒂娜的写真集。我们两人的合影实在太少了，克里斯蒂娜只好把她的单人照给我。一张张照片记录了她在雷恩两年生活的一点一滴，克里斯蒂娜还精心地选择了两张她小时候在摩尔多瓦的照片：她一岁时被爸爸妈妈抱在怀里的照片，以及她来法国前在破旧的老房子里弹钢琴的照片。最后一张照片是她的手拈着一朵美丽的木槿花，或许她是想以坚韧不拔和重情重义的木槿花来拟喻自己吧？

亚历克斯在克里斯蒂娜走后两天，在送走了克蕾丝苔之后，自己也坐着朋友的车返回罗马尼亚去。在走之前，他把他电脑里克里斯蒂娜的照片都给了我。薇诺妮可也给了我她保存的一部分克里斯蒂娜的照片。我答应送别亚历克斯。但是原定亚历克斯走的那一刻，潘应龙发短信跟我说亚历克斯在他那里。当我长途跋涉从CROUS宿舍赶到盖吕萨克宿舍时，只看见潘应龙一个人待在宿舍里。他无所谓地说他把亚历克斯的出发时间搞错了，然后又问我如何和大奔一起回国。我告诉他说我们的飞机下周一半夜起飞，我和大奔他们会当天早晨从雷恩坐火车，一起去巴黎的文华旅行社取飞机票。潘应龙惊讶于我竟然能忍住和大奔一起再待十多个小时的旅程，我说反正最后一次了，中国人在外国是一个集体，还是要保持团结。

因为潘应龙声东击西，我错过了和亚历克斯的道别。但是那天落日黄昏，最后一缕灿红余晖照进我房间的时候，我的房门被敲响了。亚历克斯站在外面。他说汽车已经在高速公路上走了一半，可是他心中放不下我，一定要和我告别。于是汽车返程回到了雷恩。我心中感动，和他拥抱了良久，最后一次用罗马尼亚人的结义方式，彼此证明兄弟真情。

在我回中国之前，芳妮邀请我去她家参加她的生日聚会。她家住在雷恩东部的别墅区内。除我之外，她邀请的都是她的高中同学，而且只有一个男生。芳妮的闺蜜们个个都有沉鱼落雁之貌，倾城倾国之姿，姹紫嫣红，各有千秋，果然美女喜欢和美女扎堆。我给芳妮准备的生日礼物是我曾经送给克里斯蒂娜的那种真丝旗袍肚兜，只不过送给克里斯蒂娜的是银白色的，送给芳妮的是水蓝色的。芳妮甚为欢喜这件礼物，一整晚都黏在我身边。我注意到，芳妮在所有的朋友面前，都是一个撒娇任性的小公主，那些朋友都表现得像宽容的姐姐。唯独在我面前，芳妮收起娇贵姿态，反而像一个姐姐那样，非常仔细地关心着我的一举一动，谨慎细微地照顾着我的小心情。在芳妮家里，我看到她小时候和父母以及姐姐在一起的照片。她的姐姐因为车祸死了，所以她的父亲一直不想让芳妮学车。芳妮告诉我说他的父亲是一个军官，原先在东部军区德法边境服役。她小时候是从斯特拉斯堡长大的，她了解那座城市，她并不喜欢那座城市。

克蕾丝苔在回斯特拉斯堡之前，曾经将她的移动硬盘借给班上的一个同性恋男生，好让这个男生拷贝照片。克蕾丝苔回到斯特拉斯堡后才发现，这个男生把所有出现了他的脸的照片——其中有许多是全班大合照——全部删除了。亚历克斯气得发疯，用邮件和那个男生隔空吵了一架。此时整个学校拥有全部照片备份的只有我一人。那个年代云共享的技术还不存在，标准的U盘只有168M的容量。克蕾丝苔决定赶在我回到中国之前，坐火车从斯特拉斯堡再回到雷恩。亚历克斯劝她不必为了一些照片横穿法国，大动干戈。克蕾丝苔回答说这是她的全部青春记忆，比钻石金子都要珍贵。

在我回中国前的那个星期五，我收到了伊莲若的短信，她从非洲回来了。见到她时，她原本白皙的皮肤经过数月的雨淋日晒，变得非常粗糙。她的整个气质都变了，不再柔弱和犹豫不决，而是透着坚定和一往无前的勇敢。她完全错过了"反CPE运动"深化的那段历史。回到法国，当她听说当初的小小抗议，竟然扩大到最后瘫痪了法国社会，导致法国政坛力量的改变，就大感惊奇。

伊莲若打开CD音响，放起《花样年华》。"我已经很久都没有听到机器放的音乐了。"她说道，"这是为了接待你而放的。"我和她一起听着王家卫熟悉的电影配乐，她脸上的神色平淡而安静。听了一会儿，她诧异道："好奇怪，我找不到原来那种感觉了？"我不解，她解释说："我已经感觉不到原先我在音乐中所追寻的那种百转千回的悸动心情，此刻我只感觉这音乐冷冰冰、虚伪、千篇一律的格式化，充满了工业时代的灰尘与颓落，散发着一股机器润滑油一样难闻的气味。"我说："或许非洲改变了你。"她点点头，打开了笔记本电脑："我答应过你，要给你照许多原始森林的照片。"于是顺着一张一张照片，她给我讲述了她在非洲的经历。

1962年，法国国家科学院在非洲加蓬共和国奥果韦-伊温多省首府马科库成立了一个生物考察团，并于1969年转变为灵长类和赤道生态学实验室。

1971年加蓬政府向法国国家科学院授予了一万公顷土地的特许经营权，该地区位于马科库市以南约十公里处，一个叫作伊帕萨的地方，它被命名为"伊帕萨高原自然保护区"。这里森林纵横交错，是世界上生态系统多样性最为复杂的地区之一，众多野生动植物鲜为人知或很少被研究过。1979年此处建立热带生态研究所（IRET，又称伊帕萨基地）。1983年整个地区被选为生态圈保护区和联合国教科文组织遗产。2002年，在欧盟的资助下，伊帕萨基地再次振兴并接待世界各地的研究人员。研究人员不仅要探索和整理当地的动植物清单，勘探矿物和盐类，还要和森林里的偷猎者斗智斗勇。

伊莲若研究的是一种叫作"红河猪"的森林野猪，这种猪身形甚为瘦削，一身红毛，背上一缕白脊，脸型瘦长，长有獠牙，耳朵尤其细长美丽，仿佛小精灵的翅膀，耳尖处还有像毛笔尖一样延伸出去的细长白须。红河猪在加蓬当地非常著名，被视为森林精灵。它们一般生活在一个由四到十个个体组成的小型家庭群体中，由一对一夫一妻制的成年猪牵头。它们经常沿着大象从森林中开辟出来的道路（大象步道）行进，这些大象步道经常从一个水源地连接到另一个水源地。红河猪家庭群落的移动似乎也跟猴群有关，这样它们就可以消耗猴群遗弃在地面上的水果残渣，而这些水果许多是来自它们根本够不到的参天大树。除此以外，人们对它的习性知之甚少，尚不知道其居所范围、行进距离和活动速度。要研究这种物种在自然环境中的生物学和生态位，就需要不加任何伤害地捕获活体动物，以免改变它们的生态习惯。然后将无线发射器放在活体动物上，把它们放回大自然，遥控跟踪，收集数据。2005年，研究人员在位于伊温多河下游、距离伊帕萨基地100公里处的吉吉森林地区，在野猪出没区域的方圆20公里范围内，沿着大象步道建造了6个陷阱。伊莲若的工作就是研究这些陷阱的有效性。

加蓬是在非洲发展得相当不错的国家，尽管如此，仍然比较贫穷。它由于跟法国和国际货币基金组织借了太多的债，所以经济被上述两者所控制。这里80%的国民都会说法语，路牌标识和法国一模一样。伊莲若到达加蓬后，首先在该国首都自由城待了两天，等待伊帕萨基地的科研团队和她汇合，带她去马科库。在自由城休整的两天，她看见了这座城市巨大的贫富差异。大西洋的海滩上，穿着时髦的黑人女子拉着光屁股的黑人小女孩，远处的海平线上可以看见多达十几层楼的富人海景房。如果顺着土路爬上小山头，就可以看见整个城市绝大部分的建筑只有一层，市中心的房子是用混凝土建的，而郊区的房子则是用竖起来的木板围上一圈，上面搭上铁做的篷架。棚子上顶着被画成五颜六色的木板，它们起到了西方大都市霓虹灯一样的作用，表明这是一家电话卡售卖店，或是一家超市，或是一家理发店，店外摆放着电风扇、水桶或床垫之类的东西。街道旁边的墙壁上绘有艾滋病的宣传画，号召人们要用负责任的态度对待性生活，还标有一个专门的急救咨询电话。四层楼高的体育中心整面玻璃外墙上贴的是总统哈吉·奥马尔·邦戈·翁丁巴的竞选广告。整座城市最壮观的建筑是九层楼高的国家石油大厦，宽阔得像一座宫殿，被警察重重把守。这座由中国资助建设的大厦掌管着加蓬最重要的财富来源，它的第七层是一座漂亮的空中花园，可以俯瞰全城。

从自由城有一条崭新而宽阔的柏油马路通往马科库。到达马科库后，他们没有多待，顺着土路马不停蹄地赶往伊帕萨基地。一出马科库城，立即进入了幽深的刚果森林。伊帕萨基地其实就是沿山坡建造的几座低矮简陋的平房，在那里可以俯瞰伊温多河和周边无际的森林，河水在此处转了一个弯，水面极为平静，映出河边的森林和深入河水的草甸。早晨起床，可看见郁郁烟气从森林中蒸腾而起，在阳光的辉映下，宛若仙境。在基地最大的一个平房里，墙上挂着一幅描绘人与自然和谐发展的抽象画，下面写着格言："森林是我们的起源，森林是我们的学校，森林是我们的工厂，森林是我们的未来。"这里经常有许多不速之客拜访：早晨起来会在房梁上发现垂下来一米多长的蟒蛇蜕下来的皮。有几只巨大的、灰白色的刚果鹦鹉是基地的常客，它们颇通人性，临走时还会跟主人打招呼。还经常会在房子的各个角落看见灰白色的螳螂、青绿色的方头大蝉、浑身长满倒刺的巨型蟋蟀、巴掌大的花蜘蛛、照相机般大小的黑蝎子等。无论晚饭后餐具洗得多么干净，第二天早晨上面都会爬满密密麻麻的蚂蚁。还有成千上万的被夜晚灯光吸引而飞到基地里来的蛾子。伊莲若拍了两百多张各种各样的蛾子，那些蛾子美得让人颤抖，它们有翘翅的，有平翅的，有掠翅的，它们翅膀上的花纹构成了这宇宙中最为神秘、最为瑰丽的图案。有时早晨还能从墙壁上发现它们留下一串串虫卵，像极了袖珍的绿色葡萄。

伊莲若在前往非洲之前，非常担心那些黑人同事会对她非礼。但她一到当地，便立即发现这只不过是她对黑人的一种偏见。在伊帕萨基地，不仅有别的白人男性和女性作为同事，而且不同肤色的同事之间合作亲密无间。她的那些黑人同事，一个个都腼腆得像大姑娘，跟女孩子说几句话，脸就会通红起来（虽然从肤色上看不出来）。当然这并不妨碍他们会在劳动间隙洋洋得意地看《花花公子》杂志上百媚千娇的白人美女，杂志封面上还印着无处不在的香奈儿时装广告。这些黑人科考人员许多曾是出色的猎手和木匠，他们能熟练地用削尖的木棍从河水中插到白鱼，或搭起简易的陷阱捉到野鸡。在几个小时之内，他们就能用斧头砍倒一棵大树，剥皮劈成两半，两端削尖，中间掏空，便做出一只独木舟来。他们把掏空的树干中间撑上木棍，放在阳光下暴晒定型，然后涂上防水漆。他们就用这种独木舟借道伊温多河往返于基地和布有陷阱的吉吉森林地区。

每个星期基地里的人都会到马科库一趟，购买各种罐头、米或者意大利面。加蓬的所有食品的包装都采用和法国相同的形状。在加蓬，伊莲若学会了用碎肉制作肉丸子，然后将肉丸子包裹在煮熟的木薯淀粉里面，外面用香蕉叶层层裹住，用绳子扎紧，再加热一遍，就做出了一个夹心黏糕状的大粽子。他们做了无数个这种粽子，这种粽子方便携带，方便加热食用，又能保存很长时间。而这对于连续几天的丛林探险来说必不可少。

当一天的工作结束时，他们会在科研基地的野外生起篝火，篝火上烤着新鲜的肉食，围着火光，黑人同事们弹着吉他唱起动听的当地民谣。伊莲若给我放了一段视频，她告诉我说，视频中的那首歌是用当地班图语唱的，歌名叫作《库巴奇》，这是一个当地常见的人名。

从伊帕萨基地到六个陷阱所在的吉吉森林地区需要乘坐独木舟沿伊温多河顺流而下漂流五个小时，然后再沿着大象步道步行六个小时到两天时间。伊温多河宽五百米到两千米，有时平整如镜，有时波涛汹涌。伊莲若他们在舟中坐成一列，随身携带一个马达和两桶汽油以便回程使用。五个小时的河上漂流，倒也无所事事，但是需要非常谨慎地不要错过上岸地点。因为在伊温多河下游距离吉吉森林不远处，就是中非最大的瀑布"金刚瀑布"，无数水流从山峦森林中分为三股倾泻直下，他们要是不小心，就会被卷入瀑布漩涡中，那就是有去无回了。

在吉吉森林处有一片水上棕榈林，无穷无尽的棕榈树长在水里。独木舟可以划到棕榈林深处，这里水面平静，猴子和大象也都不往此处来，很适合停靠小舟。森林中唯一能走的路就是由大象开辟出来的"大象步道"，这些道路上面往往覆盖着一层薄薄的水流，下面是不知深浅的淤泥。有时候一脚踏下去，淤泥可以一直到达膝盖。他们的武器足以对付猎豹，但是仍然要非常小心地避免和象群迎面撞上。不慎闯入猴子部落的领地也是非常危险的。事实上他们一直意识到，有许多猴子正在监视着他们的一举一动。当他们向森林中喊叫警告时，森林深处立即会传来像雷鸣一般的无数猴子尖叫声。这里有许多从未被发掘过的壮丽的大树。有些大树横在地下的根，就比一个成年人还要高。还有的树从两人高的地方向外像金字塔一样分散出许多气须根，插入地面，像是印第安人搭的一个木头帐篷，里面的空间确实可以容下一个人。他们有时需要小心翼翼地顺着倒下来的树干跨越小溪。地面有时会隆起半人高的蚁塔，像一层一层的蘑菇伞摞起来，又像是中国古代的宝塔。这种结构可以最大程度地保证蚁塔内部的空气循环。

热带雨林里随时都会下雨，他们随身携带雨衣，等待雨水过去就搭根绳子，把雨衣晾一下。在森林里就不要指望有阳光可以晒了。洗澡直接在河水里解决，男女分开，大家遵纪守礼，也没人偷窥。他们随身带着粽子和锅，把碎木头堆成一个灶，假如这些湿木头可以被点燃，那么就是幸运的，否则只好凉着吃饭了。幸运的话，他们可以徒手捞起鱼来或者挖出一些鸟蛋和鳄鱼蛋，虽无调味料，但是在那种环境下这些也是上等的美味。在最后一次考察中，伊莲若在半路上丢了勺子。所以当同事们用勺子吃饭时，她只好用手抓着吃。照片上的她一脸郁闷，而她在给我讲起此事时，只是觉得好笑。

陷阱设立在地上，没有挖坑，而是就地取木材，像栅栏一样用藤蔓绑在一起，搭成了一个六角形的围栏。其中五面都是栅栏，第六面是一个木头板门，被绳子吊在空中并连接着机括。若野猪吃了诱饵启动机括，板门就会落下来封住陷阱。为了防止昆虫蛀蚀，他们在木头上涂了机油。机油既可以驱虫，还能防止木材腐烂，而它的香气又十分吸引野猪。五面栅栏墙都和环境完美地融到一起，但是第六面板门既要轻便又要牢固，他们不得不使用人类工业社会制造的三合板。结果这三合板经常会引起大象的好奇。他们有时会发现木板门被大象拆下来，扔到了五六百米之外的地方。

诱饵的补充也是一个很困难的问题。伊莲若从法国带去一种自动进料诱捕器技术，可在诱捕前十几天将玉米自动布撒在陷阱周围，引诱野猪一步一步接近陷阱。但是这种技术在热带雨林里并不适用，在潮热的环境下，玉米撑不过十天就发芽了。而且即使自动进料器的保护装置可以避免猴子把玉米偷走，成群结队的蚂蚁也会钻进机器的缝隙，把这些玉米搬到地底下去。他们只好改为在地底下埋木薯，而这只有在食物短缺时才对野猪适用。

尽管困难重重，伊莲若还是成功捉住了几只红河猪。在它们身上安装无线发射器后，伊莲若又把它们放回了大自然。

5月28日是班图民族的传统节日母亲节。在这一天，家中的妇女们要穿上花布衣裳，越花里胡哨越好，然后到镇上参加选美比赛。这选美比赛好像选的不是年轻貌美，而是衣品搭配。伊莲若在同事的怂恿下，也到马科库去参加选美，什么名次也没得到，却也是难忘的经历。

从马科库回来后，伊莲若又执行了一次吉吉森林的任务，并于上个星期结束实习。在克里斯蒂娜坐上从雷恩前往马德里的大巴的同一时刻，伊莲若也登上了从自由城前往巴黎的航班。她一回到雷恩，首先便给我发了短信。

伊莲若结束了她的讲述。我瞠目结舌，为她所描述的如此壮丽的大自然和如此广阔丰富的社会场景而心折。"你是如何看待你的这一次非洲之行的？"我问道。她低下头来，沧海桑田地说道："我想我已经不再是原先那个我了。我遇到了许多人，这些人教给我许多东西。这些知识，假如不是在那个环境，在课堂上是永远都想象不到的。如果许多年后，别人还问起我年轻时的这段经历，我想我将会特别记得以下事实：我们从课本上所学到的理论和知识，跟真正的现实确实是有差距的。许多定义和总结，看上去美丽而完善，可是在现实中却会遇上'可行性'的问题。我们不得不真实地去做，逐一去核对，去审查，去自省。在做之前我们或许会说'这看上去是很简单的'，或者说'这件事情是不可能的'。我承认在我亲眼看见所做的事情——变成现实之前，对我是否能完成任务的深入自我怀疑是很痛苦的。可是这种在极限下的拼搏，对一个人，从长远角度来看，却是难得的一课。这倒使我想起从小我的外祖母一直教给我的一句话：'你必须要有勇气去品尝所有东西！'"

她抬头看看我，沉思的眼神渐渐变得坚定。"亚历山大，这许多年来我一直都在怀疑自己，我感觉自己无父无母，不知道自己从哪里来，也不知道我将来会成为什么。可是现在我明白了我自己的使命，我要回到大自然中去，回到非洲去，回到母亲那里去——一个真正的、所有人的母亲：我们的地球！"她合上电脑，继续对我说，"我将会很快离开法国，不再回来。在走之前，我提议和你最后再游览一个地方，你告诉我，我陪你去。"

对我来说，这也是我雷恩生活的结束。我想去圣马洛，因为圣马洛是我在法国生活除雷恩之外看到的第一座城市，我想从开始的地方结束。我们约定在那个周日一起去圣马洛。

在从雷恩到圣马洛的火车上，伊莲若一直都出神地哼唱一首歌。我识得这是她在视频里给我听过的《库巴奇》，她在怀念非洲的同事。她唱的是班图语，我不解其意，她便翻译给我：

> 库巴奇库巴奇我的兄弟，
> 库巴奇我童年的玩伴，
> 哦，库巴奇啊库巴奇。
> 库巴奇你和我就像从同一个娘胎里出生的一样，
> 可是库巴奇你背叛了你的家人，
> 投靠了别人的家，
> 为什么一个女人就让你离开我们？
> 哦，库巴奇，我的兄弟！

不知道为什么，这首歌让我想起了亚历克斯，又想到了大奔。

我给伊莲若指出"独角兽"餐厅的位置，告诉她说，我在这里曾经认识一个叫丹的越南女人，她为了更好的生活来到法国，却因此丢失了她的儿子。我还记得自从我给丹打电话断线之后，这是我第一次返回到圣马洛。伊莲若听了丹的故事，神情变得非常灰暗，沉默不语。我知道她想到那个孤儿，便想到自己。我们沿着古城墙向外海方向走去。此时正是落潮，海滩上遍布礁石，大海退到了很遥远的地方。"你说，什么才是生命中最有意义的？"她忽然问我，"就像你说的那个越南人，她是为了幸福生活而去艰苦奋斗，却因为艰苦奋斗，反而永远失去了原本唾手可得的幸福生活。"

踩着落潮的礁石，我们可以走到涨潮时孤悬在大海中的两座岛：大碧岛和小碧岛。小碧岛上有座碉堡，大碧岛只是一片天然荒礁，上面长满杂草。伊莲若似乎对这些天然的风景更感兴趣，她带着我向大碧岛走去。"你知道吗？赤道森林是一个充满敌意的环境，但是更令人触目惊心的是马科库街道的贫困环境。而我们要意识到，加蓬远不是非洲最贫穷的国家。"她若有所思地说道，"我经常无法集中注意力工作，虽然大自然就在我的眼前。每当我想到仅仅在两三公里之外，就可能会有些三四岁大的孩子，由于缺乏阿司匹林而在前一天死亡时，我很难将心思从人类社会的灾难中抽离出来。"她的眼中悯含着泪水，不得不用门齿咬紧下唇以控制情绪。我们走到了大碧岛的另一端，这里有一个小小的石头十字架，下面埋葬着一位大革命时期的作家。海风吹过，满山遍野的银叶菊随风起舞。伊莲若随手摘了一朵银叶菊仔细端赏，满腹心事地说："人们说这银色的叶子是一个战士的盔甲，而黄色的花朵是他对爱人的心。"她稍微偏离了一下话题，然后又说："在我离开法国时，比之担心加蓬的毒蛇，我更担心的是人世间的痛苦。我曾以为在那样贫穷的地方，人们一定是在痛苦和愤恨中生活的，但是我完全错了。那里的人非常懂得如何在苦中取乐。如果物质上的苦难无处不在，如果死亡随时都会降临，在有限的时间里，除了尽最大可能去真诚地享受生命、去欢乐，我们哪有时间去痛苦？我们来不及为所爱的人的死去而悲伤，因为生老病死就像大自然的法则，像日出日落一样的平常。既然活着，那就要快乐地活着，简单地活着。而这种简单本质的快乐，在我们法国已经完全失去了。"她又和我聊起了击败德维尔潘，为萨科齐竞选下任总统铺平了道路的"反CPE运动"。"为了一些虚无的东西。"她轻蔑地笑道，"难道生命中就没有更重要的东西了吗？我们辛辛苦苦地挣文凭，找工作，充满怀疑地找爱人，折腾到三十岁才结婚。不敢多生孩子，因为害怕负担不起。任由一些鸡毛蒜皮的小事，搞得精神不定、紧张兮兮。多么痛苦、复杂和虚伪的生活，我们浪费了多少时间！我终于明白，即使在法国，我们也有和非洲同样多的苦难，我们根本就没有高高在上同情他们的资格。只不过他们的苦难在物质上，而我们的苦难在社会上！"她告诉我说，因为她童年的不幸，她始终难以真正地相信别人。而在非洲，她重新找回了对人的信任。对她来说，这是改头换面的巨变。圣马洛的海滩让她不停地想起加蓬，因为不到一个星期之前，她还在自由城的大西洋海滩上。"我会有一天回去的，离开这个伪善的世界。"

不过她又自顾自地笑了："我想非洲对于那些不强求于把世界改造成自己喜欢的样子，只是谦卑地遵守大自然规律的人来说，应该是一个迷人的地方。'匆忙'在那里是一个不存在的词汇。当然即使如此，一个人还是要尽量做好工作计划，因为当我们闲聊太多时，我们就会忘记我们本来想要沟通什么了。"

在我和伊莲若最后一次道别时，她跟我亲了三个贴面礼。她跟我说，虽然全法国的人在道别时，都习惯亲两个贴面礼，但是土伦的传统是亲三个贴面礼。这是她最后一次教给我东西。

从圣马洛回来的次日，我一整天都在收拾我的房间和行李。两年的行李却越收拾越多，搞得我精疲力尽。在两年前刚到达雷恩时，刚到达语言学校，刚到达INSA，刚到达化学学校时，想要做学生生意的公司通过学校发了许多纸质广告。因为那时我看不懂是什么东西，又是学校发的，不敢随便乱扔，于是就保存下来。在离开雷恩时终于把它们又全部重新读了一遍，才发现都是些没有什么保存价值的广告。一整天的时间就过去了。因为我被自己的行李整理工作弄崩溃了，当天晚上我在INSA的摩洛哥朋友扎卡利亚紧急到达CROUS，替我整理行李。我送给他一幅外祖父画的山水国画，作为临别纪念。

　　第二天一早，我赶到雷恩火车站。在等待大奔和小孩到达的时候，我从面包店买了一个蝴蝶酥，打算送给外祖父。在我很小的时候，外祖父经常从粮店给我买蝴蝶酥吃，我一直以为蝴蝶酥是中国传统点心。到了法国，惊喜地发现蝴蝶酥也是法国传统点心，同样的形状，同样的味道，只不过中国的蝴蝶酥只有两个指节大小，而法国的蝴蝶酥有一个巴掌这么大，实在是不可思议。地铁口发的免费报纸讨论当天即将举行的法国在世界杯淘汰赛上的第一场比赛。那年法国从世界杯小组赛开始就踢得奇烂无比，因为走了狗屎运才勉强出线。大家都认为当天的淘汰赛将为法国的世界杯之旅画上句点。没想到从那天开始，法国就再也没输过，一直踢进决赛对阵意大利。结果决赛时法国王牌齐达内被意大利马特拉齐激怒，一个头槌被罚下场，法国10人对意大利11人，最后在点球阶段输了。法国人把世界杯败北的怒气发到齐达内身上，有好事者写了一首名叫"世界槌"的歌讽刺他，立刻风靡全法。

　　我和大奔、小孩正准备进入车站时，大奔远远看见了安东尼，落寞的背影拉着行李箱，朝附近长途汽车站走去。大奔十分得意地"哼"了一声，对我和小孩说："这个男不男、女不女的鬼东西终于滚蛋了。这个世界没有给失败者留的位置！"

　　火车到达巴黎蒙帕纳斯车站，透过车站的天顶玻璃，可以看见对面不远处高大的蒙帕纳斯大厦。我们直接从车站进入地铁，大奔带路，到达了旅行社。用护照拿到了机票，又坐地铁，准备前往飞机场。巴黎的地铁站对有行李的旅客特别不友好，从一条地铁转到另一条地铁需要走过长长的七扭八拐的甬道，甬道里一会儿上楼梯，一会儿下楼梯，都没有自动扶梯。我们只好用手把行李抬下台阶去，有许多台阶还特别特别长。我的行李箱在两年前出国前一天，称重时弄坏了把手。后来我又用同一个行李箱把我的物品从伊玟家搬到INSA，从INSA搬到卡斯蒂永，后来又搬到阮帆家里，再搬到CROUS，每次都装了尽可能多的东西，于是拉杆也坏掉了。面对很长的楼梯，我不知如何才能搬下去。大奔等了好一会儿不见我下来，只好叫小孩看着他的行李，他上来和我一起把我的行李搬下去，我在上，他在下。结果在搬过几个楼梯之后，我不小心手一滑，行李和大奔都整个地从楼梯上摔了下去。我心疼地下去看我的行李，大奔自己站了起来，看着他的西服裤子。大奔曾在火车上跟我和小孩说，这是他刚买的法国名牌裤子，要穿回去跟自己的父母亲戚炫耀。现在这条裤子被划了一个大洞，沾满了泥浆和血水；破旧行李箱上裸露的螺丝钉，把他的大腿划了一个深深的血口子。

大奔呆若木鸡地站在那里看着我，似乎在等待我给他道歉。我心中非常明白，他是因为帮助我而受伤。可是一种担心猛然袭来：如果我给他道歉了，他就会要求我赔偿他那件名牌衣服，而我怎么赔得起？反正一切都是他自作自受，我又没有要求他来帮我。我甚至心中窃喜，终于也让他因为我而倒霉了一次。我骄傲地昂着头，仿佛什么事情都没有发生。大奔等了一会儿，不见我动静，于是不动声色地走到我的行李旁边，又抬起下边，对我说："骨灰，下面还有几级阶梯，我们还需要继续一起搬。"

我们登上城市中心前往机场的一列直达火车。火车会不停站地运行半小时。我们几个起得很早，几乎都在车上睡着了。巴黎机场的航站楼是一个类似飞碟形状的圆圈，圆圈中央有几个未来风格的透明电梯桥，把旅客从一边迅速送往另一边。在领登机牌的时候，我故意把座位和大奔拉开了距离。过安检之后，我们没有打招呼就分开了。于是我和大奔两年的恩恩怨怨，在平淡中走向尽头。

在我的印象中，法国以香水最为著名。我打算从机场免税店买些香水送给母亲，我只认得香奈儿五号。香奈儿五号香水实在买不起，但是香奈儿五号头发香水就便宜了许多。我买了头发香水，却弄不明白为什么喷头发和喷身体的香水要分开来。销售员又给我推荐迪奥的香精五支纪念套装。我不认识"迪奥"这个品牌，便问店员有没有香奈儿纪念套装。销售员说香奈儿不出纪念套装，他只有迪奥套装和纪梵希套装。我想，买一瓶香水的价钱，可以买到五款小香精，也挺划算。于是又问迪奥是不是著名的牌子。销售员头点得像小鸡啄米似的，说这个牌子和香奈儿一样著名。于是我就买了。

飞机缓缓降落在北京国际机场。我无限激动的心情夹杂着迷茫、混乱和紧张。耳中听到的是久未感知的熟悉乡音，又再次见到了用中文写就的指示牌。在两年时间过去，我硬硬地适应了法国文化后，此刻却突然感觉仿佛是来到了一个陌生的国度。我就像一个外国人一样带着好奇的，而不是胸有成竹的目光，坐上了机场大巴。感觉自己无依无靠，紧张地东张西望。机场高速周边的树木和空气都灰蒙蒙的，和清澈湛蓝的雷恩天空全不一样。我心中暗想中国人真可怜，竟要活在这样的污染之下。全然忘记其实自己也是在这样的污染中长大。到达北京市中心，在街边电话亭给父亲打了一个电话。父亲在手机里说他正在坐当天上午的鲁能号前往北京，他订了一个旅馆，告诉了我地址，还说今晚要请客感谢两年前送我去北京机场的朋友，叫我陪同，第二天中午再坐鲁能号回济南。我和沈通约了，当晚坚持要睡在北大宿舍。父亲拗不过我，只好叫我先到旅馆放下行李。

在旅馆中见到父亲，他的花白头发多了好多。和记忆中相比，父亲似乎变得无比憔悴。我并无心情和他多谈，而是交给他行李箱钥匙后，迫不及待地赶往北京大学。

沈通请我在农园餐馆吃了饭。我那些实验中学的同学，此时大四刚刚全部毕业，所以我只有沈通一人可以见到。我又睡在本科生八人的宿舍里，心中又开始可怜国内的学生，感觉两年来一直睡单人宿舍，待遇可是高得多了，却未曾想房租给我的家庭造成了多大压力。甚至沈通同宿舍的同学在电脑上打游戏，都让我鄙视不已，心想国内的大学生真是不学无术，浪费生命。

沈通告诉我说，他毕业之后不想再继续学习环境专业。他大三时在青藏高原待了三个月，而且还产生了剧烈的高原反应，仅仅是为了跟着导师研究土壤里的氧气含量。他觉得这种研究毫无意义，不过是在浪费生命。他发现许多大学生沉迷于电子游戏，他自己也玩了一下，果然难以自拔。于是决定自学编程写游戏，他认为这将是一个巨大的商机。沈通问我跟一起出国的其他中国同学关系怎么样。他的问题惹恼了我，莫名其妙地跟他发了一顿脾气。沈通却贴心地猜出我过去两年生活得并不如意，便小心翼翼地设法安慰我。

父亲当天晚上并没有见朋友，而是把请客改到了第二天上午，安排在火车站，我们回济之前进行。他自己孤零零地在小旅馆待了一夜，仅仅是为了坚持让我出席。第二天他告诉我，我从法国带回来的蝴蝶酥上面粘满了蚂蚁，已经被他扔掉了。

在回济南的火车上，父亲告诉我：我的患阿尔兹海默症的外祖母在两个月前去世了，当时正是我考试最为紧张的时期，家里人都瞒着没有告诉我。外祖母去世的消息一下子令我觉得苍老了，离开家的这几年，熟悉的一切都发生了天翻地覆的变化，我却还没有来得及珍惜，就永远地失去了。心中不禁再次埋怨当初父亲一定要把我送到外国去。伊莲若的话语又回想在耳边："为了幸福生活而去艰苦奋斗，却因为艰苦奋斗，反而永远失去了原本唾手可得的幸福生活。"

回到家，看见母亲，记忆中从未见过她如此愁眉苦脸。虽然因为看见我而勉强挤出一丝笑容，却又迅速再次陷入忧愁之中。直过了好几天，我才慢慢明白了许多事情，那些父母从来不想让我操心的"大人的事情"。

母亲大学毕业时，工作是分配的。她便被分配到一个区县级医院。医院的院长原先是一个锅炉工，不知如何升到了院长之职。他自己没文化，便尤其嫉妒大学生。我的母亲一直是他整治的对象。所以母亲才一生尽可能躲在外面的小诊所里。母亲在职业上是学术派，年轻时在行业学术杂志上发表过许多文章。论资格和能力，她是应该能被评为教授的。但是前几年院长勾结区里相关领导，让一个不学无术的人顶替母亲的名额，报给国家，作为教授资格备选。国家审核此人能力之后大怒，取消这个区在二十年内的教授推荐资格，于是母亲被波及，这一辈子都失去了成为教授的可能。这个院长把医院里所有的工作岗位都当成了解决自己亲朋好友找工作问题的答案。所以整个医院被一群尸位素餐的人把持之后，没有人敢来看病了。医院失去了挣钱能力后，扣着工资不发，反倒要员工倒贴钱。母亲受不了侮辱，想要内退。医院领导以扣着材料不上交为要挟，暗示我家拿一些钱出来。否则他不上交材料，母亲便无法得到退休金。父亲怕母亲在巨大的不公平下想不开，东拼西凑已经贿赂了八万余元，可是医院领导还想要得更多。而我在法国留学两年，一共才花了不到六万元人民币。父母亲为了从牙缝里省钱，两年来只敢吃素包子，连肉都不舍得吃。

回到家后，我整整昏睡了一天一夜，然后便到了周末。就像两年前一样，我和父母在周末到外祖父家里去吃午饭。外祖父家多了两个人，都是农村大妈。一个是在我外祖母病重时，请来照顾家庭的保姆，现在负责帮忙照顾外祖父。另一个竟然是我从未谋面的亲戚！我那时才知外祖父原来结过两次婚，在战争期间，他的第一任妻子去世了，党组织给我介绍了我的外祖母。他和第一任妻子留下了一个女孩，一直留在农村长大，多年没有和我们家联系。这次外祖母去世后，她从农村赶来，帮忙料理外祖母的后事。

外祖父专门到回民小区的集市，给我买来我原先最爱吃的煮羊脸。整个中午，他翻来覆去地问我在法国的一切生活细节，问我和其他中国同学的关系，问我生活得好不好。我不想告诉他真相，而粗暴的违心回答让我更加烦躁。胡乱扒了几口饭，我便找个理由离开外祖父家，爬到我和沈通一起上学时经常爬的那座山上去了，我在法国一直都梦见这座山。后来父亲对我说，外祖父对我的表现非常生气，他说他等待了我两年，我甚至不愿意多陪他两个小时。

济南市的一切都变了。街上的女孩子们都开始染发了，飘逸的金色长发让我恍惚觉着是在欧洲。家门口的济南植物园变成了泉城公园。在我临走时，济南植物园正在修建贯穿全园的景观天桥。我一直梦想沿着竣工后的天桥走一走，这时终于如愿。济南市扩建了巨大的城市主干道经十路。当雷恩的马路都是双车道时，经十路却是十六车道。我骑着自行车游览这些陌生的景观。我想去找同学，打了几个电话，却发现大家在大四毕业后都忙着全国游玩，不知道该叫谁出来。小波和腿都在四月份的复活节假期回过中国，他们这个暑假在雷恩找到了摘草莓的工作；蔡坤去年暑假回过中国，这个暑假他又回到卡斯蒂永给巴顿·劳伦公司打工摘葡萄。他们也不在中国。我变成了自己城市的外来人。

我给克里斯蒂娜写邮件，跟她抱怨了我的失落。我简要地描述了曾经的同学给我的陌生感和母亲遇到的腐败问题。我说似乎我也已经改变了，我变得不再喜欢高楼大厦，反而对古建筑更感兴趣。

克里斯蒂娜回邮件说她非常理解我，因为她在四月末回到罗马尼亚和摩尔多瓦时，也感受到了同样的心情。她觉着，朋友的改变或许不是谁的错误，而是因为我和他们在过去两年处于不同的环境。她猜测，如果过去两年我也在中国和大家一起长大的话，或许我也会变得和他们一样，而不会产生距离感。她建议我仍然可以在记忆中寻找到美好和力量，而接受并尊重现实中大家已经改变了的事实。

克里斯蒂娜说她在7月3号到达了慕尼黑。虽然已经有心理准备，可是全德语的生活仍然让她感到非常疲惫，好像所有自己熟悉的生活场景都被用炸弹轰炸过似的。她说她的工作非常艰难和痛苦，她感觉自己就像一个被鞭子抽打的奴隶一般，一想到这样的生活还要持续八个星期，就让人感觉人生黯淡。她也在迷惘之中，希望能够变得更加乐观和勇敢。她对我说她从小就害怕给人展示悲观的一面，从来没有向别人抱怨过，甚至包括卡特琳娜也没有，只有给我。因为她相信，如果世界上只有一个人愿意倾听和理解她的抱怨，那这个人就是我。她非常高兴我们能够交流所有的见闻和感想。她问我索菲什么时候能来济南看我，她相信来自雷恩同学的拜访，能让我稍解对法国的思念之苦。

其实索菲在那个周末已经打算来济南看我。可是她在南京，对"小吃街"这种亚洲独有的东西非常感兴趣，一晚上不知道吃了多少串麻辣烫，然后就吃坏了肚子。她只好把拜访推到了下一个星期。索菲告诉我说，其实在山东大学内部，已经有一个雷恩化学学校五年级的同学在做实习，他的名字叫文森特。索菲给了我文森特的联系方式，让我尽快找到他。

在等待和文森特取得联系的时候，我给李宪打了电话。一个初中同学告诉我说，李宪已经考上了北京大学法律系的研究生。我向李宪祝贺，我们只是非常客套的谦虚，坚持说对方才是祖国未来的栋梁。我问她刘振东的近况，她却冷冷地答道，她如何能够知道？我心中非常想约李宪出来，却最终也没敢把这个请求说出口。于是我就打电话把左怡嫒约了出来。

我送给左怡嫒一小瓶在法国超市买的廉价香水，她高兴得就像吃了蜜一样甜甜地笑着。其实两年未见，左怡嫒的打扮愈发精致，隐隐透出珠光宝气。身上随便一个首饰，价值便远远地超过了我的香水。她高兴的并不是香水本身，而是我想着她。她告诉我说，她很快就要到外地读研究生。我们在街边肮脏的小网吧里接上了我的移动硬盘。她看到克里斯蒂娜的照片，便由衷地为我高兴。她说克里斯蒂娜高雅的气质确实与我的性格无比契合。她尤其羡慕克里斯蒂娜那柔顺自然的波浪卷发。

尽管左怡媛仍然对我十分热情，可是我敏感地察觉到这热情和记忆中的有些不同：少了一分亲密，多了一分客气。我们已经一年多没有相互联系了。我们曾有的共同学习生活，在四年前已经走上了不同道路。小时候一直坚持相信朋友是永恒的，可是这或许才是友情的真实面目吧：随着时间流逝渐行渐远，虽然都在努力珍惜，可是怎么也弥补不了那不同人生经验所产生的距离。她去了外地后就再也没回来过，而那天也是我最后一次见到她。

文森特住在山大留学生宿舍。和我在法国的宿舍一样，也是单人单间。经过货币换算后，连房租也是完全一样的。山大发给他一个单人蚊帐，和当年我入学时发的一样。我把我的蚊帐带到了雷恩，不过雷恩没有蚊子。文森特对使用蚊帐的经验感到新奇，蚊子确实让他不胜骚扰。从他的窗户可以看见山大的13号宿舍楼，这是我从实验中学毕业后复读时，山大刚刚建好的楼，我有无数高中同学都在这座楼里度过了四年的青春，可是他们全都刚刚离开。

我经常跑到山大校园去找文森特，在他那里，我又认识了两个来自南特的法国人。一个金发美女，名叫费洛瑞安，山大中文系的。另外一个是她的哥哥查尔斯，长得像《X战警》里的金刚狼，趁暑假来拜访费洛瑞安。费洛瑞安的中文说得跟中国人一样，她认识我的法语老师凯琳。她告诉我说凯琳在上学期末辞职了，山大又从巴黎雇来一个叫凯丽的女孩子接替凯琳的工作。查尔斯说当我回法国时，他和费洛瑞安那时也在法国。假如我回雷恩拿行李再前往波尔多，我会需要在南特转车。他们可以接待我在南特游玩。我们四人决定在那个周末把山大所有的欧洲留学生和外教集合起来吃顿饭，一起欢迎索菲的拜访。

但是那个周末索菲又出差池了。她在银行柜台机上插卡取款，连续三次输错密码，卡被机器吞了。她紧急打电话到法国的银行，把她的卡先锁掉。警察后来拆了柜台机，把银行卡还给她。可是银行卡解封程序还要经过几天，肯定会错过那个周末。索菲在中国的大额消费都是直接由银行卡支付，身上零钱不多，所以没钱买火车票来济南了。拜访又推到了第三个周末。

尽管没有索菲，山大的欧洲人在那个周末仍然按原计划聚餐。山大附近有一个近百年的石头教堂，非常高大，神似巴黎圣母院，旁边还有教会学校。整个街区都有一种欧洲的感觉。外国人喜欢在那里聚集。我们在一家韩国餐厅吃饭，我人生中第一次吃韩餐，对韩国人使用金属筷子感到十分吃惊。跟我们来的还有一个俄罗斯妹子和一个西班牙妹子，以及一个法语系的外教。跟那个外教谈话时，感觉他有点老油条。

我把这一切故事都写在了给克里斯蒂娜的邮件里。我给克里斯蒂娜说，我在她的生日那天设法通过Skype给她打电话，但是没有人接听。我在离开法国前写了一张贺卡，请芳妮替我在克里斯蒂娜的生日前夕，按照她上一封邮件给的地址，寄到德国去，不知她是否收到。我告诉她，我已经通过邮件和波尔多化学学校国际处的负责人取得联系，他们帮我预定了下一年在波尔多CROUS的住房。我还对克里斯蒂娜说，我父母家没有电脑，我是在街角的小网吧里给她写邮件的。网吧的管理员不相信我已成年，总是要查我的身份证，我旁边坐着的，都是些泡在游戏里，浪费青春的颓废青年，浑身酒气。网吧里肮脏不堪、烟雾弥漫，而我在这样的气氛下，却和很美的人说着美好的话语。我给克里斯蒂娜描述了我又联系到山大当年舞伴的事情。我和她又一次参加了周四的交谊舞会，又一次成为了舞池中的明星。我和她一起聊着年轻的事情，哈哈大笑，仿佛是在和年轻的自己对话。

我再一次和赵婉儿相见时，才意识到她和李宪的性格完全不同，自有一股山东人的豪爽之气。我从未注意到这些。我终于明白，为什么她不愿意活在李宪的影子之中。

克里斯蒂娜回邮件说，我的生日贺卡恰恰在她的生日那天到达，露西也给她寄了生日贺卡。在一天崩溃和疲劳的工作过后，是我们的贺卡给了她莫大的勇气和力量。她在慕尼黑一家四星级宾馆里工作，每天早晨客人走了之后，她就必须迅速地把房间整理成新的一样，准备迎接下一个客人。她的活必须干得非常快，监工还在后面检查，不停地吹毛求疵，一不满意就骂。她感觉人生从未如此艰苦过，就像卖身为奴一样。（后来卡特琳娜在邮件里给我说，克里斯蒂娜得到的工资非常低，简直就是赤裸裸的压榨。）克里斯蒂娜说，有些客人真是肮脏，留下的一些东西让人脸红和恶心，她却不得不去忍受。每过一天都是煎熬。生活环境的剧变让她十分不适应，而对斯特拉斯堡新的未知生活的担忧更让她焦虑得难以入睡。她只能在阅读我的邮件和了解我在中国的趣事中寻找快乐。她期待着我能更频繁地给她写信，虽然她可能没有时间回复。她很好奇我一直和芳妮保持着联系。

事实上我和芳妮每周六都准点登录Skype，我需要向她汇报克里斯蒂娜的全部动作，然后根据她的指示进行下一步行动。每次我大声用法语和芳妮打电话时，整个网吧里的人都会好奇地看着我。我对芳妮说，克里斯蒂娜最后的那封邮件让我非常焦虑，她在慕尼黑受委屈了，身边却没有什么人可以安慰她。芳妮建议我说，我可以买一份精美礼物，有强烈中国风格的，寄到德国去，这样就一定能给克里斯蒂娜带来勇气。

实验中学旁边有一个工艺品店，里面的东西大多精妙绝伦，构思奇巧。我想起伊莲若收到的那个中国剪纸，于是买了一厚本中国剪纸鉴赏，中英文注释的，按照克里斯蒂娜邮件中的地址寄给她。

克里斯蒂娜是纯洁和干净的人，但是她在慕尼黑的工作不得不和肮脏的东西打交道。一想到她对美好世界的信仰有可能会被玷污，我就疼惜得心都发抖，恨不得立即飞到慕尼黑去安慰她。我想在回给她的邮件里将文字写得尽量美丽和干净，好让她重新感受到清澈的气息。可是，网吧嘈杂的环境无法让我集中注意力去酝酿心情。我跟父母吵着要一台电脑。父亲咬咬牙，一个人在电子市场逛了好几天，讨价还价，货比三家，拉回来一台低配版的台式电脑。

我给克里斯蒂娜回邮件说，我们应该感谢命运让我们在年轻的时候就接触到世间真正的痛苦。艰苦的条件往往能造就一个美丽的灵魂。我也担忧着波尔多新的生活，更不知道没有了她在身边，如何才能填补心中因此的空虚。可是我明白，世间唯一永恒不变的，就是改变本身。正因为人生无常，生命才会显得珍贵而美丽。虽然这很难，可是我们应该试图从思想上停止抱怨，因为抱怨可能比工作本身更令人疲劳。我们相互支持，彼此鼓励，一定能够走出荆棘，守得光明。

我给克里斯蒂娜说，我无论打电话还是写邮件，都联系不到安娜，她仿佛消失了。我也不知道如何把行李从雷恩带到波尔多去。我告诉她说，越南人阮帆教给我一招，如果真找不到安娜，还有一个最终解决方案，那就是把头仰起来，肺部尽可能地吸入空气，然后朝天大喊："C你妈的！"

克里斯蒂娜回邮件说，我的话把她逗笑了。我真的是知道如何在一片黯淡中为她点亮希望的那个人，而她也因此觉得，中国是一个充满智慧和哲理的国度。这使她更迫不及待地想来到中国了。隔着屏幕，我都似乎可以看到她笑着说，她正在努力实现她来到中国的这一天，希望不会太迟，因为我似乎并不需要年龄来给我更多的智慧，于是我们就不必等到花白了胡子时再相见了。

索菲最终也没能来到济南。她在去火车站买票的时候，一个小混混看她是手无寸铁的外国女孩，一把抢走了她的包和项链。那个包当时正好是空的，无甚损失，项链却是祖母给她的护身符，她从小就戴着。她远在法国的家人吓坏了，要求她老老实实地待在南京大学的校园里，不准再随便出门。

我喜欢和文森特在山大校园和济南市里乱逛。无论文森特走到哪里，都有一大堆年轻女孩争先恐后地想要和他合影。所有的路人都羡慕地看着我身边有一个外国人，我很享受这种万众瞩目的感觉。我请文森特周末到我外祖父家里吃饭，我来负责中法翻译。外祖父呼朋唤友，叫所有的老战友们一起到家里来炫耀。他本来想在酒店里隆重邀请文森特，我却坚持在家里原汁原味地做家常菜。我从大润发超市买了意大利面和番茄酱，超市没有奶酪丝，就买了汉堡用的奶酪片准备再切成丝。我希望给大家炫耀一下我的法国厨艺，整个午餐以番茄意面开始。可是所有食材的表现都和法国似乎不同。奶酪没有散开，意大利面成了一大团面疙瘩。大家愁眉苦脸地吃着意面。外祖父疑惑地问文森特，他们法国人就吃这种东西吗？文森特尴尬地咳嗽几声，说在法国意面的口味和我做出来的还是稍有不同的。外祖父给文森特斟了一盅高度的景阳冈白酒，本是要在整个中午酒席之中慢慢品的。谁料在外祖父给别人倒酒时，文森特一仰脖子把整盅酒都干了，结果他的整个午宴都是在晕晕乎乎中度过的，说不出完整的话来了。

那天中午，是我整个暑假第二次，也是最后一次和外祖父吃饭。

整个暑假很快就要过去，回法国的日子越来越近。林肯找到我，请我吃饭，告诉我说他刚刚找到一份工商局乡镇基层办事员的工作。因为他文笔好，所以负责给别的干警写罚款单等法律文书。他第一次听说我喜欢李宪，拍着脑门感到特别遗憾。因为他是山大经管学院的学生会主席，李宪在过去四年来，一直是他的宣传干事。如果他早知道，就会利用工作之便，帮我说说好话了。

克里斯蒂娜写邮件给我说，我的礼物是在她刚刚经历最糟糕一天的那天晚上到达的，没有人能够想象，这在她心中产生了多么大的风暴和惊喜。当我回邮件告诉她，我正在收拾行李准备回法国时，克里斯蒂娜立即回邮件给我说，她祈祷她给我寄的一张卡片，能够在我离开中国前到达。（我也不知道她是如何得到我的家庭住址的。）她不后悔把这一个惊喜提前告诉了我，因为她一旦想到我有可能直到离开中国，都不知道她给我寄了这张贺卡，她就忍不住想要哭泣。

她的贺卡在我离开中国的前两天及时到达，贺卡的封面是两只趴在一起的小猫，上面有一句德语，直到十多年后在线翻译技术成熟了，我才终于明白上面写的是："没有友谊就没有生活。"

打开贺卡，里面是克里斯蒂娜特有的龙飞凤舞的字体，她每次激动时都会这样。她写道：

我的亲爱的，与众不同的朋友登君：

经常我感觉到，我并不懂得如何去珍惜生命中一些对我真正有价值的事情。比如说认识你并得到你的友情。在这里我只是想告诉你，我感谢这两年你对我所做的一切以及它们所给我带来的快乐……永远地作为真实的你，并且请你相信，如果没有这一切，我此刻的记忆将会显得贫瘠。

她在信件最后又写了一句德文。直到十多年后，我才用在线翻译软件翻译了出来。她写的是："来自慕尼黑的爱情。"

我心中的悔恨，像打开闸门的洪水一般从胸中喷涌而出。当我在贺卡中读到她说没有珍惜我的友情时，我委屈得像一个孩子那样哭了。这不是她的错，这全是我的错！是我没有珍惜她对我的感情，是我不愿意给她接近我的机会，是我对不起她！克里斯蒂娜是那个帮助我找到暑期工作和图书馆工作的人，没有这两份工作挣的钱，我恐怕都撑不过这个学年，更不要说每次在我最绝望时，我都是依靠她的鼓励和温暖才走出险境。我清楚地记得，在二年级开学后第一次重逢，我对克里斯蒂娜说，无论我们之间的关系如何，我都要优先保证她过得比我好，这本应该是我对她的报恩。可现实情况是，由于某些中国同胞的无耻和丑陋，我不得不为了保护她的名声而和她保持距离，用冷漠浇灭了她的热情。我感觉自己深深地伤害了这个美好而又善良的女孩子。当我在卡斯蒂永时，菲利克斯在法国给我打的最后一个电话，就是拜托我照顾克里斯蒂娜。君子在世，言而有信，我违背了我的诺言。

我连夜给克里斯蒂娜写了一封长邮件。在邮件中，我说我不知道自己是否值得她用"真实"来称赞我。因为我其实一直都没有给予她朋友之间应有的信任，我担心她理解不了我的友谊，担心我的友谊给她带来灾难，所以我故意误导她，用冷漠让她以为我不想和她做朋友。可是我这样做，是身不由己啊！我和她之间发生了太多背后的故事，让本应单纯的友谊变得像政治斗争一样丑陋和逢场作戏。为了避免我身边中国人的那些龌龊交易影响到她的声誉，我对自己和她的交往始终有所保留，甚至和她说句话都是心惊胆战的，害怕给她带来不必要的麻烦。有无数次，我想放弃这份友谊，"友谊"这个字眼代表着信任与真诚，我怎能忍受一份充满了欲言又止的友情？可是我又担心，那些虎视眈眈的豺狼，在我不在场的时候，又要利用她的天真和单纯，让她陷入更大的漩涡，失去尊严，成为笑柄。她毕竟是曾经在我最艰难时给我带来希望的人，在我看尽世间污浊时让我重新相信理想的人。在她身上，我可以看到自己对理想和道德的全部想象。所以我绝不会眼看着她走进泥潭，却什么也不做。我好想告诉她，在我从不去找她的那几个月里，我其实一直躲在她附近，暗中为她排除艰险。在很长的一段时间里，我孤单地守护着这份友情，就像在无边的黑暗中行走，看不见光明的尽头。那时我从来没有料到，我和她脆弱的关系能转变成今日这般真实感人的友谊。我一万次想过，假如我不是一个中国人，可以像陈天竹那样无牵无挂，不必因为和一些人渣败类来自同一个国家，而不得不替他们收拾烂摊子，我就可以将更多的精力集中在学业上，和她一起报考斯特拉斯堡。但是，命运是神奇的，因为在我们作为同学的最后三天，幸运女神还是给我们打开了一瞬窗口，让我可以不用在意肮脏政治，干干净净地向她展露我真挚友情的本来面貌。拥有这三天，我已经很知足了，不奢求得到更多。我不希望成为她"亲爱的"朋友，她只需要把我当成兄长就可以了。因为这样的关系是简单和干净的，也不会被人操纵，引起误解，于是我就可以更加放心地去关心她，去报答她曾带给我的那些感动。我也曾经想过和她谈论人生哲学，整日整日，整夜整夜，每个上午每个下午都在谈，从秋天谈到夏天。虽然没有如愿，但是我会努力不去后悔，因为后悔过去永远是危险的事情，它会让人们消沉了意志，并忘记了还有明天。我向她承诺，从今以后，只要我们坚持用真实的面孔对待彼此，一起努力，无论命运将我们的关系引向哪里，相信每一天都会变得更好。当过去成为遥远的记忆，那时我们谈论的，将是一个美好的全新生活。

这是我在离开中国前和克里斯蒂娜交换的最后一封邮件。父亲陪着我去北京坐飞机，他没有买到鲁能号的车票。我们坐着夜班车的硬座，在拥挤不堪的火车上颠簸了一夜，才来到北京。想到随后还要再奔波十几个小时的飞机，以及从巴黎到雷恩的路程，就感到一种绝望的疲惫。硬座很不舒服，没法睡着，再加上满车厢的农民工兄弟有些嘈杂粗鲁，让我非常不高兴，一路上恶声恶气地抱怨着父亲的无能。因为我知道他是爱我的，所以我知道我能伤害到他。父亲理解我，心疼我，一路柔声安慰。

到了巴黎后，先用电话卡给安娜打了一个电话。安娜告诉我说，她正在意大利的首都罗马度假。我都能听到她背后哗哗的喷泉流水声。她说她一直没有看邮件，而通过Skype拨打的电话因为是匿名的，所以她也一直没敢接。当她知道我想请她帮我把行李从雷恩搬到波尔多去之后，她建议我先把最紧急的行李随身带到波尔多去，剩下的先放在雷恩化学学校，她会去取，她可能得过半个月才能找到机会开车南下波尔多。

我在机场的火车站现买火车票去雷恩，机场火车站的车次很少，唯一可行的线路需要在勒芒等待好几个小时的中转。于是当小波和腿到雷恩火车站接上我，一起坐地铁到达共和国广场的时候，刚刚错过了回校园的最后一班公交车。

腿提议拉着行李箱走回校园。我心疼新买的箱子，害怕把轮子拉坏了，死活不愿意。我提议寻求警察的帮助。打了报警电话，警察接线员说可以提供给我们出租车公司的预订热线号码。我说我们穷学生没有钱订出租车，警察问那他可以做什么帮助我们，我问警察能不能派辆警车来接我们。话还没说完，警察那边把电话扣了。

所以我们三个只好坐在寂寞的共和国广场，静静等待天亮后的第一班公交车。为了打发寂寞，腿一整晚不停哼着法国时下流行的洗脑神曲"世界槌"，这是他们跟打工地点附近的小学生学的。当东方发白的时候，腿感叹道，他已经很久都没有看见过日出了。他指的是大家都喜欢睡懒觉。小波自嘲说，他可不享受以这种方式看日出。

我找到布里昂先生，请他帮忙想办法搬运行李，因为我要随身携带至少九件行李。布里昂先生第一天跟波尔多化学学校的国际处联络，没有人回复他。所以第二天他当着我的面又给波尔多打电话，并放了外音。接电话的是亨兹先生，我识得他是帮我在波尔多CROUS找房子的那一个国际处负责人。

布里昂先生又在电话里重复了他在邮件里已经说明的事情。亨兹先生说，他会提供几个出租车公司的电话号码，我可以预定出租车。

布里昂先生说，外国学生多数比较贫困，没有欧盟补助。法国出租车服务又极其昂贵。让学生打出租车，恐怕不是一个妥当的考虑。

亨兹先生说，那他也不知道怎么办。现在还没有开学，他也没法叫学生做志愿者到火车站找我。

布里昂先生忍着怒气说："我们这边的做法是，国际处出一个负责人，开车去车站把外国学生和他的行李接过来，一直送到宿舍。外国学生在法国唯一能依靠的就是学校，学校一定要提供父母般的关怀！"

电话那边的亨兹先生沉默了一会儿，然后说："嗯，我知道了。"通话便告结束。

布里昂先生对我说："明天上午一早我开车把你和行李送到车站，到波尔多后给这个号码打电话，亨兹先生会来接你的。"

在南特转车时，费洛瑞安和查尔斯来火车站接我。他们把我的行李放在他们的车里，开车带着我围着南特绕了一圈，然后在国王广场请我吃了一顿麦当劳。南特这座城市的建筑不像雷恩那样五彩多姿，而更像圣马洛，千篇一律，非常严整，有些寂寞。它有着比雷恩更壮观的碉堡、宫殿和教堂，包括一座奇大无比的布列塔尼公爵城堡。但是所有建筑物的外观都很朴素，没有雷恩市中心建筑的那种皇家气派。查尔斯告诉我说，在法国吞并布列塔尼公国之前，南特才是布列塔尼的首都。后来为了分化布列塔尼人民，法国把布列塔尼议会宫建在了雷恩，并在划分行政区划时，把南特划在了布列塔尼地区之外。现在在这座城市，有一半人认为自己跟布列塔尼毫无关系，另一半人却以布列塔尼血统为骄傲。

火车在太阳落山之后才到达波尔多圣让火车站。亨兹先生是一个戴着眼镜、有些秃顶的精瘦男子。他把我的行李放上车，开车送我去校园。开了半个多小时之后，他把我送到一个非常肮脏荒凉破旧的宿舍楼前，在那里和我道别。

宿舍的黑人管理员说他只是一个看门的，拒绝给我房间钥匙，叫我第二天上班时间再到管理处办公室来。我跟他怒吼，说我带着九件行李，当天晚上又怎样过夜？我说我就待在办公室里不走了，他也别想下班，除非他叫警察把我抓走。黑人管理员心有余悸地给了我一串钥匙，不满意地说我会让他惹上大麻烦的。

我上楼打开了自己的房间，立即倒吸一口冷气：九平方米的房间破烂不堪，几乎没有家具。一张破旧小床靠在墙边，窗子底下一条长木板，勉强算是桌子。洗脸盆钉在房子正中间的墙壁上，但事实上已经快掉下来了，是用铁丝绑在支架上的。打开锈住的水龙头，洗手池下面的水管便会漏一地水。蟑螂会从衣柜里爬出来。除此以外，只有一个沾满了污垢的破竹椅子。房间里传来了邻居如雷的鼾声，虽然隔着墙壁，但仍然感觉就像飞机马达在耳边不停地旋转。

我坐在床上，心中充满了孤独和对未来艰难生活的恐惧。我想象着即将开始的波尔多生活，心中一片迷惘。

后记：本书的由来、目的和使用方法

2003—2004中法文化年期间，我通过山东大学和法国国立应用科学学校的交换项目来到法国留学。那时候我刚满20岁，班上的法国同学也是刚刚高中毕业，18～19岁的孩子。我和这些同龄的法国人一起成长，互相影响，用和他们相同的眼光看世界，看法国和看中国，从懵懂的青春时期共同步入成人世界。近20年后，当年的这些小伙伴，已经成为法国社会各界的中坚力量了。当年送我出国的山大老师和家长反复嘱咐，希望我能学到国外的先进技术和理念，回来建设祖国和家乡。我在欧莱雅的实习导师也对我说，她专门挑了一个在法国学校读书的中国人做实习生，就是希望未来我可以成为中法化妆品行业沟通的一座桥梁。学校的法国同学也经常鼓励我为中法两国民间友好和技术合作做出贡献。家长、老师和同学的期望与鞭策让我牢记于心，在我规划职业时，始终朝着他们叮嘱的方向努力。毕业后不久，我加入了由科学家组成的法兰西化妆品协会。那时国家鼓励外资企业在华投资，但由于语言和文化的差异，协会里许多有心去中国发展的法国化妆品企业无法读懂我国的优惠政策，我就用法国人能理解的方式给他们解释我国的政策。2015年法国化妆品的企业协会"化妆品谷"举办第一届卢浮宫化妆品360创新大会，我那时作为化妆品谷的中国事务对接人，把我国50家化妆品龙头企业的负责人引荐给后来的法国总统马克龙。当天还闹了个乌龙，我请马克龙用汉语向中国企业家们自我介绍时，我把他的名字翻译成了"马卡龙"。于是，马克龙一板一眼地用汉语对中国企业家们说："大家好，我叫马卡龙。"（用汉语自我介绍的主意是他自己临时想起的，我现场教他。我一时忘记了马卡龙的原本意思，只觉得这三个字拼在一起很顺口，并且很适合翻译"马克龙"这个词的发音。）

后来国内开始兴建化妆品产业集群带，如湖州的美妆小镇或上海奉贤区的东方美谷。我将法国化妆品行业产学研一体化的经验和体系架构做成报告，用我在法国的所见所闻，为国内的领导同志们在做决策时提供一些参考。借助化妆品谷和法兰西化妆品协会的关系，我接触到一些法国化妆品企业如欧莱雅、LVMH、香奈儿的主要负责人，我希望这些法国人能够像我一样熟悉和喜爱我的祖国中国。我卖力地向他们推销自己的祖国和家乡，向他们描述中国博大精深的文化和壮丽的大好河山，让他们知道中国人民和政府的热情好客，督促他们敞开心扉，同我国民族化妆品品牌合作，用他们的资源帮助我国民族品牌走出国门，走向世界。

法国政府为了和我国"一带一路"倡议做配合，在法国财政部建立了一带一路办公室。2016年，我曾和这个办公室的负责人有过几次接触，当时他对"一带一路"项目还有一些误解，我就从描述中法两国文化的相同与差异之处入手，给他讲解"一带一路"的核心逻辑，解答了他的疑惑。我很高兴可以做些事情，让法国政府更了解我的祖国，为中法两国更通畅的商贸科技合作尽自己的一份力量。

我一直深信，我国民族化妆品品牌，在提升我国国际影响力方面，可以发挥非常巧妙的作用。为了解释我的观点，请允许我讲述2017年的一次经历。当时我是法国国立高等化学、生物与物理学校的校友会驻UNAFIC（法国化学工程师校友会国家联盟）的代表，也是UNAFIC的20人主席团的成员之一。这个UNAFIC是法国最大的校友会网络之一，在外校也有很大的名气。正好有一次巴黎农学院举办一个派对，我去凑热闹。那天晚上就我一个中国人。农学院的学生们听到我是UNAFIC主席团成员，都围到我身边，向我寻求职场规划的建议。那几年在中国驻法国大使馆教育处的领导和支持下，巴黎以及外省的各高校纷纷建立了校级的中国学生学者联合会，一方面团结照顾本校的中国留学生，另一方面举办活动，向同校的法国和外国学生介绍和宣传中国文化。我很想知道这些活动的效果如何，就问那些农学院的学生，他们是否参加过巴黎农学院中国学生学者联合会举办的活动，有什么看法和建议？没想到这些法国学生一脸嫌弃地说，他们学校的那些中国人自娱自乐，从来没有融入法国同学的打算。法国学生组织的活动，中国学生从不参加。中国学生组织的活动，也和法国学生喜欢的话题格格不入。他们学校的中国学生和法国学生之间就像隔着一堵透明的墙，形成两个封闭的团体，彼此从不交流。

这些学生的话让我非常吃惊，因为和我当时的认知截然相反。我的母校山东大学在雷恩和布雷斯特建有布列塔尼孔子学院，我一直关注着他们组织的中法文化互动活动。在我读博士的巴黎第七大学，也有武汉大学主办的巴黎孔子学院。我看到每次孔子学院举办活动，都有许多法国人和中国人一起其乐融融，共同做中餐、写对联、扎花灯。法国人明明显得非常喜欢我们组织的活动呀！但我随后意识到，我们组织中法文化互动活动的目的，是为了让不了解中国的法国人发现中国，对中国产生兴趣。但是参加我们活动的法国人，是那些本来就对中国很感兴趣的法国人。还有一个更大的群体，也就是那些对中国并无特殊感情的法国人，那些我们要争取的对象，未必会对中国文化节之类的东西感兴趣。我们需要一种更加巧妙的宣传方式，让我们的文化走入他们的内心。

全球各地的人们都对法国的化妆品和奢侈品充满了仰慕，尽管并非所有人都真正理解法国。当我们谈论法国化妆品和奢侈品时，我们所讨论的不仅仅是法国文化，更是贵族生活、品味和阶层象征等概念。在这个过程中，"法国"这个概念似乎消失在了背景之中，但又无处不在，成为法国的一种难以忽视的软实力。相似地，中国的本土化妆品品牌往往深深植根于中国的传统哲学和文化，尤其是那些以中医草本理念为基础的品牌。这些品牌的产品不仅反映了人与自然和谐相处的理念，更深入地传达了中国文化的精髓，比如万物相互关联、互相影响的哲学思考。这是中国文化的一种重要表现形式，同时也是我们在与世界互动时的核心价值观。巴黎是世界化妆品的中央舞台。如果我们的本土品牌能够登上这个舞台，采用与法国化妆品相似的宣传方式来推广自己，那么这些品牌所蕴含的中国文化，就能像法国奢侈品文化一样，被传播到世界的每个角落。当外国的电视台在新闻联播前的广告时间，播放的是中国化妆品的广告时，无论电视机前的观众对中国的感情如何，他们都会在不知不觉中受到中国文化的影响，从而进一步理解和欣赏中国。

这是有先例可循的：佰草集曾经在巴黎歌剧院前面开了一家门店。受到这个事件影响，法兰西香水师协会在2015年专门召开了一次座谈会，研究探讨中国的香水文化，特地讲解了和佰草集同属于上海家化的六神花露水。上海家化并不知道这件事情，演讲的和听讲座的都是法国人，会场里就我一个中国人。这些人都是化妆品科研人员，未必对中国文化感兴趣。但由于化妆品的特性，他们做的确实是发现和传播中国文化的事情。2014年，我邀请法国化妆品谷的首席执行官和法国财政部的一位参议员，跟佰草集的创始人葛文耀老师有过一次宾馆密谈。葛文耀老师说，他顶着巨大压力，孤军奋战，为了让佰草集的产品达到欧盟标准，费尽七八年心血，终于将佰草集门店开到了法国巴黎，就是为了让中国文化能绽放在法兰西大地上，让中国品牌能去赚外国消费者的钱。因为我是法国的教育系统培养出来的，不少法国化妆品的同行把我当成他们的自己人，后来我和他们达成共识：中法在化妆品方面合作是促进中法两国民间外交的大好事，若再有中国民族品牌想要进入法国，法国同行一定会分享资源、鼎力相助，不会再出现中国品牌在外国孤军奋战的事情了。

法国是西方国家阵营中对中国最友好的国家，是西方大国中最早和中国建交的国家，是和中国人一样对吃喝玩乐非常讲究且拥有深厚文化底蕴的国家。法国又是欧盟的核心国家，一个拥有全套工业体系，不需要依靠美国，又有点瞧不起美国的国家。在中美外交跌宕起伏的当今世界，中法两国持之以恒的稳定关系，尤其显得珍贵和有意义。每一个生活在法国的中国人，都应该有维护和促进中法民间友好的认知和自觉。

要促进民间外交，或许最好的办法是找个理由让两国人民都到对方国家走走，以消除道听途说所带来的文化偏见。在上海市奉贤区人民政府和我的原雇主法国黛法汉集团的支持下，我终于在2019年把这个想法付诸实践：先是和《欧洲时报》合作，在卢浮宫化妆品360创新大会前一天，在巴黎莫里斯酒店召开了中法品牌文化峰会，一百来人的会议，东方美谷、法国化妆品谷、中国驻法国大使馆、法国参议院、巴黎三区政府、法国药监FEBEA和LVMH公司的领导们都来捧场了。中法行业和政府的大咖们齐聚一堂，互相介绍中国政府对跨国贸易的支持政策，中国市场动态（由中国百货商业协会视频远程报告），法国企业在中国的经验，法国产学研一体化的经验，还举办了个圆桌论坛，中法大咖们一起讨论化妆品的法规条例应该如何制订，才能最大限度地促进化妆品的科研创新。会议期间，奉贤区副区长带队考察卢浮宫大会上的法国企业和世界各国企业，并和前法国环境部长罗雅尔女士以及LVMH公司秘书长共同讨论中法化妆品合作的未来。我又请求化妆品谷帮忙邀请法国龙头企业参加两个星期后举行的东方美谷国际化妆品大会并考察中国化妆品的民族企业。在奉贤区政府的帮助下，又在东方美谷大会召开次日紧接着举行的中国国际进口博览会上，开了个法国化妆品的品牌展示区。（那次进博会，习总书记和马克龙都去参加了。）

但是在这一系列活动的组织工作接近尾声的时候，我已经感到力不从心了。在卢浮宫大会前我最后一次从上海飞巴黎时，10个小时的飞机，竟有17个未接电话。在陪同化妆品谷的领导参观访问东方美谷企业时，我作为当天唯一能为中法两边行业大佬提供翻译并主持会议的人，在企业召开新闻发布会的一个小时内，众目睽睽之下，10个不同部门的人打电话找我，都是政府部门帮我协调后面一连串的会议、我必须立即当场回复的电话。我一个人分身乏术，感到崩溃。中法行业大佬在记者面前被我晾到一边，互相无法沟通，也只能尴尬地笑。也就是那时，我意识到需要避免让自己成为中法信息传递的"堵车点"，我希望把我了解到的中法信息高效而广泛地分享给所有人，修建一条中法之间相互理解的"高速公路"。于是有了写一本书的想法，把中国和法国的风土人情，巨细无遗地、面面俱到地描写在书中，未来用中文和法文发表。这样，这本书的中国和法国读者就可以身临其境地到对方的国家"走一遭，参观一番"，也不用我在中间瞎忙，瞎折腾了。

其实汉语写的介绍法国的书和法语写的关于中国的书卷帙浩繁，我找了几本这样的书读了一下，有不少非常优秀的作家和学者，考据严谨，用词精美。我一个成天搞化学实验的，从没接受过写作训练，身边一个作家都不认识，自己也因工作太忙，多少年都没静下心读书了，我贸然去写一本关于法国文化的书，岂不是画虎类犬，画蛇添足，徒增笑料？可是原先这些书对法国文化的描写，总有些蜻蜓点水、犹抱琵琶半遮面的感觉。否则网上就不会有这么多留学生抱怨融入法国的困难了。我心目中理想的那本书，是通过一本书的介绍，让每个从没去过法国的人，感觉法国就像自己的第二故乡一样，让每个读到这本书的法国人，感觉中国就像自己的亲家一样。如果中法两国的人都觉得自己特别了解对方，说不定就不会有太多顾忌，就会在轻松的心态下，创造出许多深化合作的机遇，促进就业率，为祖国带来更多的经济利益。

我注意到这些书着重介绍的，都是法国文化中的某个片段，某个剪影。比如说某个地标，去讲述它波澜壮阔的历史；或者说生活中遇到某个人，专门列出篇章去讲他的故事。这种叙述方式将法国的不同侧面都割裂开了。但文化是通过人与人的互动体现出来的，拥有时间和空间上的连续性与拓展性。这倒让我想起写化学实验论文时，老师们教给我的写作技巧。化学实验得到的数据都是零散的，但老师们说，写科研论文要拥有讲故事的才能，用一条主线将零散的实验数据全部串联起来，找出它们之间的逻辑，讲出一个完整的故事。这样才能在读者脑海中形成深刻的印象，让读者能够读得下去。

做过科研的人都知道，写在实验报告中的数据必须是原始数据，不能根据作者自己的心意随便篡改。否则读者就无法得出符合现实的结论了。所以，我意识到我应该写的，是一本回忆录，将我在法国这些年的见闻，认识的人，他们各自的成长，都原原本本地按照当时发生的样子复述出来，不做任何修改和评价。我想读者可以跟着我那时的眼睛去发现一个广阔的社会，按照我当时了解法国的顺序，接触到法国生活的一个个侧面。

我用一个叫"克里斯蒂娜"的人作为引子，因为我在法国遇到的几乎所有人，都被卷入我和这个人引起的事件中，这样就可以用一个故事把所有的人都串联起来。而我和克里斯蒂娜这个事件的核心思考，就是东方文明和西方文明的差异与相同之处，也是这本书想要讨论的主旨。但是我希望写一本当人们在需要时，可以用来查询的工具书，而不是写一本供人娱乐消遣的小说。我没有什么文笔，但是力求让我的记叙清晰而准确。

我希望我的书可以在党和国家制定中法外交政策时，提供一些微不足道的参考，所以我将我的镜头对准了我在法国遇到的社会各阶层一个个的人身上，把他们放在波澜壮阔的社会中，通过那些真实发生的、平淡无味的日常琐事，关注他们的情感和感受。历史大事件总会有许多人去记录，但是像你我一样的平凡小人物往往被他们忽略掉。平凡人的故事也是值得记录下来的，法国社会就是由一个个平凡人组成的。他们的故事组合起来，就可以让读者了解法国人是怎样思考问题的，就可以呈现出一个比较完整的法国社会全景画面。

我希望我们的民族品牌可以走向世界舞台，大放光彩。但是化妆品的核心竞争力是科研创新。因为我经常参加一些学术交流活动，所以我在书中也写了几则我听到的前瞻性创新科研项目，希望能为业内同行提供一些思路。

我是山东大学法国校友会会长，和中国各高校驻法校友会一起，接受中国驻法国大使馆教育处的领导。在山东省政府的嘱托下，我们协会也设法照顾所有刚来法国的山东籍留学生。教育处的老师常常说，我们这些做学生工作的人的工作重心，应该放在中国留学生的安全问题上面。刚出国的留学生是尤其脆弱的。教育处每年都会处理几起在法中国留学生突发的安全事件。还记得2016年有一次，一个女学生突然就跟家长失联了，她的同学找到了我，我报告给教育处后，就主要负责安抚这个女学生的家长了。全法中国学生学者联合会应急安全处的同学根据这个女学生的朋友圈推测，她可能离开法国，从欧洲某个港口坐船前往英国。全欧洲各国的中国学生学者联合会通力合作，紧盯住欧洲各港口的进出港人员名单，终于在一天后找到了这个女学生，把她安全地送回到家长身边。有许多在国内学习挺好、挺乖的孩子，出国留学后由于语言不通，跟不上功课，交不到朋友，就产生避世情结，甚至还有自杀的。越是在国内习惯了成功与优秀的学生，越容易在国外因为失落感而产生心理问题。我想，如果这些学生能用中文了解到法国一些历史文化典故的话，就算法语水平不好，也能结结巴巴地去跟身边的法国同学谈论法国人自己的文化，说不定就会引起身边法国同学的兴趣，打开话题，获得当地的朋友，避免因为孤独而出现糟糕的事情。所以我精心挑选了一些法国各地文化趣闻，写到了书中，都是那种会引起十八九岁的法国年轻人兴趣的话题。希望可以为刚到法国的中国留学生助一臂之力。

我刚来法国留学时，也经历过一段很长时间的苦闷挫折，孤独一人，完完全全不跟别人接触，看不清楚未来的日子。这些回忆对我来说是痛苦的，想要忘记的。后来我做学生工作时，发现这种抑郁和挫折感，在留学生中往往相当普遍。没有经历过的人会觉得这些是无病呻吟，甚至是笑话。但凡是被这些抑郁所困扰的人，他们会觉得非常孤独，无力找到一个解决问题的出口。我理解他们，想为他们做些事情。许多关于留学生活的书，写的都是成功者的故事。成功者的荣光在耀眼的聚光灯下熠熠生辉，但更多的人沉默地走在挫败的阴影里。我想在书中描写我的失败，这世上大部分人都是不好不坏地活着，经历了巨大变故后，带着残存的东西继续上路，不去回想失去的那些美好的东西。我把当初遇到的困难和心情分享出来，说不定能让那些有相似经历的留学生们感受到共鸣。或许他们就能从惊慌失措的情绪中摆脱出来，稳住脚步，积极地去寻思如何走出困境。我希望我的书可以用对黑暗人性毫不避讳的方式，传递一种积极态度，继而拯救生命。

《房思琪的初恋乐园》这本书给了我巨大的启发，原来现实主义作品还可以这样表达，在精美细腻的文字中竟迸发出千钧的力量。许多年后人们谈论这本书时，讨论的不是作者的文笔，而是这本书巨大的社会影响力。（虽然我认为这本书的文笔亦惊为天人。）人们反复引用这本书中的片段，来说明某些矛盾与复杂的事实。围观者产生理解与共情，亲历者得到释放与安慰。该书作者真正做到了一种故事与情感的双重平衡和表达能力，一种文人独有的强大的共情能力。我的笔原来只用来写论文，但《房思琪的初恋乐园》让我认识到，文学也可以像科研论文那样对社会产生积极影响，而不只是我原来认为的那样虚无缥缈和柔弱无力。

而我也注意到，就像林奕含在书后面所说的，她的书里头有一种密码，只有有过相同经历的人才可以解出密码。从网上评价也可以看出，有过类似经历和没有类似经历的人，对这本书的理解迥然不同。作者似乎也很清楚，大部分的人无法读懂她的书。但是对于陷入类似困境的人，确实需要有这么一本书，从外界给予他们共鸣和力量，把他们从困境中拉出来。

我也希望能写出一本像这样对有需要的人可以提供参考帮助的、有用的书。所以，我必须非常准确地记录自己曾经历过的事情。最好我能回忆出我年轻时遇见过的那些人物当初所说过的原话，用他们自己的原词表达他们的

417

观点，而不是通过我的词句转述出来。只有这样才能展示出一个真实的法国社会，而不是一个经过我的大脑处理后可能烙上我自己偏见的法国。只有这样，本书描述的东西，才可以给政策制定者、留学生和化妆品从业人员以借鉴和启发。我相信这本书的目标读者，那些可以将本书的内容应用到自己工作或学业中而获得益处的人，他们自己肯定也掌握了一些本书没有的资料，通过两份资料的对比，他们能够判断我书中所讲的故事是否符合现实。对于那些一辈子的生活都可能和本书描述的世界没有交集的人，去吃瓜这本书是否诚实，其实对他们来说没什么意义。

这就像写科研论文一样，每个科研工作者的研究，都是在前人发表的科研论文基础上继续深化研究。如果前人论文给出的数据是虚假的，那么后人的研究工作就会越来越偏。但后人的工作总会重复一些前人论文中的实验，所以如果前人的科研论文有不实之处，后面的科研工作者是能够察觉的。但对于不属于这个行业的人来说，这些科研论文他们可能都读不懂，也无从判断论文的真实性。至于论文是真是假，对他们来说也没什么意义。我的这本回忆录也是这个道理。

我在动笔之前有极深的顾虑。因为我有种预感，这本书一旦发表出来，很可能会有些内心阴暗的人列出各种"证据"证明这本书的故事都是编的。也会有一些流言蜚语影响到我的家人和部分书中涉及的我身边的好友。毕竟社会上有些人的人性就是这个样子，没法避免。作为化妆品从业者，我对舆论这个东西的双面性也有一种直觉和警惕。我想通过描述身边的所见所闻，来呈现一个真实的法国社会。但我并不想变成一个靠出卖朋友的私生活来博取关注度的人。那样是不道德的。我没有能力全部联系到书中出现的上百号人物，以征求他们同意我在书中描写他们。对同一件过去发生的事情，我和别人当初的立场和理解就有可能是不同的，这么多年过去了，双方的记忆都有可能出现偏差。甚至我描述的事情，有些是别人不想再提起的。在这种情况下的贸然描述，有可能引发我和一些知交好友的矛盾，并给他们的生活带来困扰。我曾经非常担忧地对法国化妆品谷的两任首席执行官说过，这本书如果操作不慎，将是一个谣言大炸弹，会在中法化妆品界掀起轩然大波，把我自己炸得灰飞烟灭。但如果这本书能发挥出预想的作用，并妥善地处理好敏感的地方，它必将成为中法化妆品科研商贸合作的黏合剂，极大地促进中法两国人民的沟通与理解。

所以我用了一系列的操作来拔掉这本书的毒牙。首先，除了那些避无可避，如果更换名字就会滑天下之大稽的著名人物（主要是那些名字经常上新闻的人，如省市一把手、学术大师、品牌创始人等），书中所有其他人物的姓名和背景全部虚化。我曾经对武汉大学法国校友会的吴会长举例说，我这本书中武汉大学法国校友会的会长名字就是"吴会长"，上海大学法国校友会的会长名字就是"商会长"，厦门大学法国校友会的会长名字就是"夏会长"……就这么糊弄着来。对于我跳不过去的那些历史人物，必须用真名的，我就少写他们。我是个无足轻重的小人物，有时候名人在书中出场，是为了描写清楚法国社会这个体系的运行原理，但我和这些名人顶多只有一面之缘，也写不出什么名堂来。

而且我是想通过描述一个个日常事件来反映出法国的全景面貌。那么日常事件中的人物，应该是某一类性格相似的人的泛泛群像。所以书中每个人物都是通过两三个原型合并而成的。比如说我在某一年有个很好的朋友乔治，我经常和他出去活动。在同一时期，我又有个邻居约翰和一个泛泛之交比尔。乔治、约翰和比尔的年龄差不多，性格相似。我在书中就会把和约翰以及和比尔一起做的事都安在乔治头上，形成一个综合后的乔治。这样本书读者应该始终在心中牢记，书中所描述的乔治和现实中的乔治是不尽相同的。如果现实中的乔治发现书中所记叙的某件事，他根本就没做过，那么他也能猜到，这件事在现实中应该是我和约翰、比尔或其他一些他也不认识的人一起做的。这样也就避免了我和好朋友之间因为对历史的理解和记忆不同而产生矛盾。书中除了克里斯蒂娜和她身边四五个人的故事，所有的出场人物都忠实地执行了合并操作。只是克里斯蒂娜等人处于书中的核心位置，一言一行都对本书所有人物有牵一发而动全身的影响，在我的现实生活中实在难以找到作用相似却对故事不那么重要的人物与她合并。

我在合并时遵循一些原则，比如说我会把现实中两三个人的故事合成一个人的，但我不会把现实中一个人的故事分摊到书中两个人的身上。我认为这种处理有不自觉加入我的主观看法的风险，而损害书中记录的客观性。同时，我在合并人物的时候，非常注意不要在故事中产生新的偶遇和巧合。我不想发明并不存在的故事。现实中的我不停地在遭遇匪夷所思的偶遇和巧合，这些巧合在书中密度之大，已经让人有种恍惚不太真实的感觉。如果再增加一些本不存在的偶遇或巧合，就不会有读者相信这本书记载的是曾经发生过的事情了。

其实合并记录的痕迹在书中处处可见。自2011年起，我每个月都会去法兰西化妆品协会听两场讲座。在书中，我在法兰西化妆品协会听学术讲座的场景，只出现了两三次。我挑了这几年印象最深的几个课题，安排到这两三个场景里。也就是说，书中的演讲题目和演讲时间，并不完全和现实吻合。在第22篇，借助马蒂亚斯之口，书中对科研体系有一个大体介绍。在书中，马蒂亚斯用自己做过的博士课题作为例子，去论述他对科研体系的观点。在现实中，书中对科研体系的介绍确实是当时马蒂亚斯的原话，不过他在书中举的例子是我在读博士时听到的一个真实案例，为了叙述方便而移到此处，而不是他自己的博士课题。出于保密原则，我在书中胡诌了个名词来替代我在欧莱雅做的实习内容。克里斯蒂娜博士课题的核心技术，也被我用个胡诌的学术名词替代，以免别人轻易追踪到她。

还有一些我想保护的人，我在记叙时会通过一些改动把涉及他们的部分绕过去，而这会牵扯到别人的故事也跟着改动。我在留学时，家中发生了一件事情，影响了我的留学心情。（这在留学生中是普遍存在的一种情形。）家里事情本身不是书中的重点，但它影响了我和身边法国同学的互动，是我和他们之间关系的重要转折点，很难略过不写。我父母没有太多跟我透露家中的事情，我自己也稀里糊涂的，写本回忆录时，因为不想影响二老的心情，也没有向他们复核。于是我就按自己的理解，把家中故事的结构简化描写了，很可能和真实情况并不相符。再比如说2011年时，阿基坦先生对我讲述了他和莫奈先生的父亲相识的经过。书中说这跟一次经济危机有关。2023年初，我把书中这个片段翻译成法语给莫奈先生看。莫奈先生说并不存在那次经济危机。他的父亲和阿基坦先生的相识是通过里昂的医药大家族之间错综复杂的关系网络，我也没有完全听懂。我猜想可能12年前我的法语还不够好，理解错了阿基坦先生的话，或者我的记忆出现了偏差。后来我犹豫了一下，决定还是把自己当时理解的东西写出来。但也请读者意识到，人的记忆力是很不靠谱的。书中反映的法国，在大层面上是准确的，但在细节处，可能有许多地方与历史并不相符。这也是我一定要虚化人名的重要原因之一。

还有那些对我的生命造成过损害的人，以及那些我对他们的道德操守不以为然的人。我不能允许自己对这些人的偏见可能影响到读者对他们的评价。所以我会把这些人的故事全都绕过不写，只去写那些对我友好的人。如果有些事件实在绕不过去，我会硬硬编造出一些并不存在的背景来做掩护，绝不会让读者找到这些人物的原型。

因为这些顾忌，所以这本回忆录中的记录，说它是真的，里面也有一些假的成分；说它是假的，其实基本上都是真的故事。较真的读者一定能发现本书至少有一次关于天气的记录和两次会议的日期与真实的历史不同，这都是合并同类项之后的结果。

西方人流行的名字种类不多，姓氏非常多。这就像中国的大姓并不太多，人名却千变万化。如果本书中的西方人只给出他的名字，不写出他的姓氏，就像中国人说"老张""老王"一样，是不能精确追踪到现实中一个具体的人的。所以本书中出现的西方人都只写个名字，不给出姓氏，如"乔治""约翰""比尔"之类。我曾经想过，如果把现实中乔治、约翰和比尔三个人的经历合并成同一个人的，那可不可以用一个化名，比如说"亨利"，来作为书中这个人的名字？但我最终在书里保留了三个人中最主要的那个人的名字，用"乔治"来称呼书中的这个人。这是因为西方人的名字不是随便起的，会因为出生年代和地理位置的不同，而拥有不同的流行趋势，并且名字会影响这个人的性格。所以西方人的名字中蕴含着丰富的文化地理信息，如果我在书中更改了他们的名字，就会使这本书的文化准确性大打折扣。

我在写这本书时遇到过一个很大的困扰：虽然书中出现了数不胜数、形形色色的西方人名，但其中和我互动比较多的、在书中出场次数比较多的角色，他们的名字又是重复循环着的。书中出现过三个克里斯蒂娜，三个爱丽丝，三个凯瑟琳，三个克雷芒斯，两个史蒂芬妮等。我实在不知道，怎样才能确保读者能够准确地将书中两个拥有同样名字的人分辨开来。但我猜测，正是因为西方人的性格会受他的名字影响，所以叫这几个名字的人天然和我比较亲近。

我对书中每一个译名的选择都慎之又慎。我在百度上查字典，寻找这个单词的官方通用翻译。因为每个名词背后都有文化意义，本书想反映法国的风土人情，就不能在翻译名词时割断这种文化连接。我力求让读者可以在中文网络资料中，查询到某些一闪而过的名词背后的历史典故。比如说波尔多有个广场叫"saint-projet"，里昂有个卫星城叫"saint-priest"，这两个名词其实都是七世纪一位法国主教的名字，这位主教，法国西南部的人称他为"saint-projet"，里昂地区称他为"saint-priest"，巴黎地区称他为"saint-prix"，还有"saint-preils""saint-projectus"等不同拼写方式，显然汉语里应该将其翻译为同一个人名。我在查找中发现一个文献将法国一座叫"saint projet"的村庄翻译为"圣普罗热"，于是才确定下来用"圣普罗热"作为以上所有单词的中文译名。像波尔多菜市场所在的"嘉布遣兄弟会广场"，蒙彼利埃南部大海中的小山"圣嘉勒丘"，这些地点都太偏僻了，以至于在中文世界中从没有人翻译过它们。这两个名词都跟宗教典故有关，我设法找到中文资料中对这两个宗教典故的介绍，才根据中文资料的翻译而确定下来这两个地点的中文译名。如果有某个地点，实在找不到中文现有译名，我宁愿绕过不写，也不会自主音译。

所以本书中出现的西方人物的名字，确实是现实中这些人物原型的名字。但在有限的几处，我实在记不清楚当时那人的名字了，也会胡乱起个名字。书中所有未成年人的名字都是化名，以便最大限度地保护他们的隐私。本书中只有一个小男孩的名字保留了原名。这个小男孩的名字在书中只被提起过一次，还是被他人转述出来的。但是当时他的名字被突然提到时，曾引发了令人心碎的巧合和误解。如果我改了这个人的名字，就无法解释当时的情形了。

　　所以请读者明白，我在写作中保留了人物原型的名字（仅限于西方人），是为了保留名字中呈现的文化信息，而不是为了出卖他人隐私。读者阅读时也能发现，我并没打算为书中出场的人物写一个"人物小传"（就像许多别的回忆录所做的那样）。他们不是我的描写对象。书中的人物出现在那里，是作为历史的讲述者，是他们自己走到读者面前，用他们西方人自己的口吻，向我，也向读者介绍法国文化的一个个小故事。这样就避免了我作为一个中国人，在向中国读者介绍法国文化时，有可能产生的偏见与曲解。

　　但这里有个麻烦。我在法国遇见的这些人，个个学识渊博，专业又五花八门。他们给我讲述一些特别专业的知识时，我自己当时可能都没听懂。我想在书中直接转述他们的原话，就经常面临要写一些超出我知识储备的难题。我担心自己转述错误，误人子弟，贻笑大方，于是就拿出读博士时吃奶的劲，使劲查资料，从头学那些我根本不懂的东西。一些老人给我讲述他们年轻时经历过的重大历史事件。我担心自己记忆不准确，会在无意中篡改历史，于是就在写作时从网上查阅了一些当年的历史资料，填充进这些老人的描述中。尽管做了这么大的努力，我仍然诚惶诚恐地认为，本书中可能有很多会让专业人士笑掉大牙的错误。如果这本书未来有修订版，我会努力纠正大家指出的学术错误的。

　　我写科研论文时养成了一个习惯，就是将论文主体部分划分成几个章节，每个章节的讲述点都各有侧重。我在写这本回忆录时，也将我的经历，按求学和职场分为上下两部。上半部叫"冬至"，下半部叫"春分"。上半部侧重讲法国的地理风光、人文、民俗和美食。这些都是刚来法国的留学生想快速融入法国时，可以跟身边法国小伙伴探讨的话题。上半部涉及的那个年代，通信很不发达，我和祖国的联系几乎中断，因此书中正好比较纯粹地呈现出法国民间对中国的了解和态度。下半部我努力重建和祖国的连接。内容涉及法国的时尚界、奢侈品、艺术圈、政坛以及战争。风格从上半部的波西米亚滑转为布尔乔亚，将我这几年见到或参与的中法化妆品行业互动过程的成功与失败进行总结和思考。下半部我记载了许多中法互动和文化异同，也会对祖国的大好河山进行描写。未来本书的法语版本，会让法国人更好地了解到我美丽的祖国。

我的文笔不佳，所以在写作的这段时间里，每当我在网上看到一些和我过去某个时刻的心情非常相符的漂亮句子时，都会把它们抄下来。未来或许这些网上文章的作者会在本书中读到一两句似曾相识的句子，这是因为我学习了他们的语言，来增加本书的文采。我想在此向这些素未谋面的老师们表示诚挚的感谢。

本回忆录的写作让我经历了一种非常奇妙的记忆体验。就像读者可在书中读到类似于以下的场景片段：某年我和乔治吃了一顿晚饭，书中对晚饭的每个细节都描写得很详细。但两年后，乔治对我提起一起吃晚饭的事情时，我却不记得这件事曾经发生过。读者一定会疑问，如果我在后面几章写我把过去忘了个干净，那么如何又能在前面几章把这个过去写得丝丝入扣？这就是大脑的神奇之处了。我发现记忆就像是被厚厚的土埋在地下的遗迹。别人猛然对我们提起某段往事时，就像是用钻机打了个探井，探测地下的情况，让人只能想起影影绰绰、很是模糊的片段。这本回忆录是一点一点地写出来的，大脑把那些杂乱的记忆，按照时间和逻辑慢慢地捋顺，还找出当年的照片和文字记录进行查阅。就像推土机慢慢地把厚土推走，深埋于地底的那些被遗忘的画面竟渐渐清晰起来，那时的心情和感觉的记忆是如此鲜活，仿佛一切都是昨天发生的一样。我经常自己都不知道第二天要写什么，可是当我写到那里时，那些人物的具体对话，就自然而然地流露到笔尖。仿佛有种直觉告诉我，过去这件事情就是这样发生的。那些遥远的记忆并没有被忘掉，而是进入了我们的潜意识。我写作本回忆录的过程，也是重新发现自己是谁的一个过程。

我年轻时情商不够，别人跟我说的许多话，我当年没有听懂。我在写这本回忆录时，才意识到那时一些人的话中深意。但我没有上帝视角，当年我觉得一些不合理的事情，现在重新再看，仍然不符合逻辑。我把这些忠实地写进回忆录。我猜测当年可能有人对我故意隐瞒了某些信息。或许这本回忆录的出版，能让我重新联络上一些人，让我了解到当年一些事情的真相。

　　2019年的东方美谷国际化妆品大会和中国国际进口博览会是在11月上旬举行的。会议结束后，我做了些收尾的工作，在12月圣诞节假期的时候，开始了本回忆录的写作。原本预计2020年9月左右就能结束写作。然后我就可以回去上班，继续做中法之间化妆品的工作。而这本书可以作为一个工具促进我的工作，简化中法交流中那些需要重复解释的东西。我在本书的开头写到当年出国留学前夕发生的非典疫情时，心中还想，人们应该已经忘记了那段往事，但我就想絮叨几句，纪念一下包括我母亲在内的白衣战士，当时对社会的奉献。没想到不到一个月后，就爆发了新冠疫情，再次看到熟悉的白衣战士前赴后继的身影，用血肉之躯筑起保卫人类的长城。我也先暂停写作，在中国驻法国大使馆教育处的领导下，山大法国校友会和各兄弟校友会全力支持武汉大学法国校友会和华中科技大学法国校友会联合组织的、在法国购买口罩捐给国内的紧急行动。后来法国疫情严重，化妆品谷协调法国各大化妆品公司，如欧莱雅、香奈儿、迪奥和娇兰等，用它们的生产线和包装瓶紧急生产免洗洗手液。我又暂停写作，协调国内化妆品界的朋友们，为法国寻找他们没有的免洗洗手液的一种原材料。我促成了山东省庆云县人民政府向巴黎近郊马拉科夫镇紧急援助口罩，《巴黎人报》还专题报道了这次中国对法国的国际人道主义援助。尽管种种耽搁，在当年7月底，法国每日新增病例降到了后面几年的最低值时，我已经写了62万字，占我目前全部写作字数的四成以上，平均每日写三千字。

　　但这时我妻子的怀孕改变了一切。在疫情大流行期间怀孕，面临的是数不清的难题：封城导致的法国毒品窝点泛滥暴增、妻子挺着大肚子紧急搬家、远程办公期间孕妻每天长达12个小时的上班时间、物资供应不足、食物短缺、政府办事处关门和难以找到医生等等。双方父母也不可能来到法国帮忙照顾。我只能彻底停止写作，全力照顾妻子。怀孕7个月的时候，妻子大出血，差点流产。当时我家附近大医院的医生都束手无策，紧急抢救后，连夜将妻子转移到法国最好的妇产科医院。不过后来这家妇产科医院的医生说，我家附近大医院的紧急抢救操作，已经让我妻子转危为安了。而拯救了我妻子和腹中胎儿的智能注射仪器，竟然是我的朋友艾瑞尔·阿基坦先生在

2008年发明的！我当年亲眼看到阿基坦先生在将这种机器推向市场前所做的最后准备。阿基坦先生还对我解释过它的原理，但我没有听懂。直到那晚看到它拯救了我未来女儿的生命，才明白了阿基坦先生当年的解释。我后来跟阿基坦先生提到了这个巧合，他也非常感慨，感觉这就像一种命运的循环。次年2月份女儿出生，妻子可以下床后，我才能够重新拾起笔，一边照顾家人，一边写作。到6月底的时候我又写了23万字。如果按原来每日三千字的速度，妻子怀孕后的这一年时间，相当于每隔四天半才能抽出一天的写作时间。

7月份家中又出现巨大变故，妻子在哺乳期间心理最脆弱的时候遭遇职场霸凌，上司禁止她给小宝宝哺乳，说她给小孩喂奶就是对公司不忠诚。小宝宝那时还不能吃奶粉和儿童食物，这相当于剥夺了孩子的活路。妻子因为陷入职场责任和母亲责任的两难局面，而受到巨大精神创伤，直到今日仍未恢复。我只好再次停下一切，全力照顾妻子和孩子。10月中旬勉强拾起笔，直到2022年4月，这期间写了35万字，相当于每隔两天半可以有一天的写作时间。最后一年孩子长大了，需要父母花越来越多的精力陪伴，往往刚写半句话就被孩子叫过去，再写下半句，已经是几天后的事了。勉强又写了30万字，在2023年4月底结束了上半部，这一年平均每隔三天半可以有一天的写作时间。

这种零敲碎打的写作方式非常折磨人，就像在兵荒马乱的战争年代写作一样。我找不到完整的写作时间，很难沉浸到所写的内容中，脑子里想着的都是家里要做的事和对家人的关注。而心中有部书没有写完，也沉甸甸地压着，让我做别的事也难以集中注意力全心投入。在持续焦虑中，我经常怀疑自己的决定：在这个短视频的时代，还剩下多少个愿意读书的人呢？我费的这些精力，是否有意义？在必须要放下笔去应付那些紧急事情的时候，我总是走神，脑子里回顾着我写完的内容。因为人不可能一下子就把淡忘的事情完完整整地回忆出来。我写得慢，就经常又想起一些细节补充到写出来的东西里。于是我的叙述越来越臃肿，写完的目标似乎也越来越难以完成。随着时间过去，那些因写作而暂时被推迟的不紧急任务越积越多，再也无法置之不理。如果不尽快回到正常的工作生活状态，对我的职业和家庭都将有危险。我开始担心，这本书的写作非但不能促进我的工作，反而会成为埋葬我职业生涯的一个大陷阱。就像摩天大楼诅咒说的，在事业最热的时候想写一个地标性的作品，结果因为需要投入的精力远超预料，反而把我引入了经济危机。所以2022年圣诞节的时候，我决定见好就收，上半部写完后就先发表。上半部讲的是法国文化，中法化妆品行业的互动内容都在下半部里。但上半部是一个很好的底子，有了对法国社会方方面面的描述，相信已经可以让负责中法商贸的同行们在和法国人谈判时，心中有数了。

我希望自己能够尽快重新开始下半部的撰写，写我在巴黎这几年的事。巴黎是一个面积很小，但全世界能人异士都交汇于斯的城市，所以遇上传奇人物的概率很大。有时街头偶遇的早一辈的人，他们给你讲一段年轻往事，就可能是从未被任何一本史书记载过的重要历史事件的见证。比如说上半部出场过的洛伊克，他的爷爷是法国最早的一批飞机驾驶员之一，因此他四岁时就跟着爷爷，被邀请到埃菲尔铁塔顶部房间举办的飞行家聚会，并见到了埃菲尔铁塔的建造者古斯塔夫·埃菲尔先生的后人，而和他同时出场的芭芭拉见过蒋经国，家里存有台北市的城门钥匙。我很想把这些奇遇奇闻写出来，以供史学家们与现有史学资料做对比、做研究，而不希望万一见证人离世，这些故事就随之湮没在幽暗的历史长河中。我想写出上半部遇到的人物的后续。比如书中玛丽的弟弟，他在上半部出场时，还只是个初中生。现在他成了一位优秀的核能工程师，多次前往中国，技术支持大亚湾核电站建设，是中法两国民间友谊的杰出代表。在下半部，我遇见了我的妻子。我们的求婚典礼是50多位埃菲尔铁塔的工作人员冒着被领导算后账的风险，花了一个月时间共同为我秘密策划的，埃菲尔铁塔运营公司的管理层完全被蒙在鼓里。在整整一个半小时的时间里，我和妻子在空无一人的埃菲尔铁塔上，独占了整座铁塔甚至整个巴黎市。铁塔的许多角落还隐藏了专门为我们准备的浪漫小惊喜，连我都事先不知情。我那时候很穷，住在远郊九平方米的出租屋里。求婚不仅没花我一分钱，连送给妻子的玫瑰花，都是铁塔工作人员自掏腰包替我提前准备好，现场交到我手里的。这些素昧平生的朋友们对我求婚的细节想的比我都周到，仅仅是为了完成他们对我许下的一个浪漫的承诺。后来古斯塔夫·埃菲尔的曾孙子对我说，他求婚时，都没有过如此梦幻豪华的配置。还有当初我的干妹妹尤塔将在顿巴斯战争中失去父母的两个小男孩从乌克兰接到巴黎来照顾，仅仅因为小男孩说来到巴黎想看看铁塔，埃菲尔铁塔的朋友们就精心为他们组织了温馨的欢迎典礼。（虽然两个小男孩在铁塔上仍然精神恍惚，不苟言笑，神态悲伤。）我想把这些感人的故事写出来，以这种方式呈现这个世界真挚和友好的一面。虽然有时候也有些遗憾，我被迫把上下两部书分开发表，无论上半部发表后会出现什么样的结果，都必然对下半部写作时的心情造成影响，或许使下半部永远不会以当初设想的风格面世了。

我在上半部剖析了自己刚来法国的前几年，因通信不发达而失去和祖国的联系时，独自在东西方文化碰撞的漩涡中，努力寻找自我的困惑与挣扎。在下半部，读者将和我一起感受到，随着通信科技的发展，那种祖国紧紧站在我背后，给予无微不至的支持与呵护的安全和归属感。在下半部一开始的2014年，我拜访北京海外学人中心的一位老师，请他为我指点迷津，问他能否告诉我，对于一个从法国留学归来的中国人，应该怎样定义自己的角色，才能为建设祖国尽一份力？这位老师说，我们国家的领导人最关心、最在乎的，是每一个中国人都能够健康、快乐地生活。他提示我从以下角度去思考我的职业：如何通过中法在化妆品行业的科研合作，进一步提高中国人民的生活品质？在那之后，所有我促成的中法化妆品方面的合作，包括写作本书的最初目的，都是为了回答这个终极问题。广义的化妆品科学，不仅是涂在脸上的瓶瓶罐罐，它是一种深邃的哲学思考，关注人类的心理愉悦、健康的生活方式以及与自然宇宙的和谐相处。在下半部中，读者可以从我之后几年参与的一些化妆品科研项目中，看到这种思考：比如说和同行们通过果蝇寻找衰老基因，或者探索保健食品、药妆、功能性日用品的协同养生机制，或者在小范围建立了一个融合了个性化健康评估咨询、理疗和运动健身、心理辅导，并带有促进健康社交功能的、与线下实际地理社区相重叠的微型互联网社区。我有一种观念，化妆品应该像中药药方一样，为每个人专门特制，用以彰显这个人独一无二的个性。在2017年，我构思了一个私定化妆品的操作方案，并和法国几大化妆品公司的科研部门负责人多次会谈，交换看法。在这个方案中，假设消费者早晨起床时看到天气很好，想出去打球，或者突然收到闺蜜的信息，受邀参加一个晚会。在这个想法诞生的时刻，远处的化妆品公司已着手分析你今天的心情和健康状况，根据当天的天气、晚会的主题和你的穿衣风格，为你寻找到最适合的护肤和美妆配方，六个小时后快递到你的信箱里。这个方案里的所有技术都是当时已经存在并可行的，最关键的一个技术需要用到我的博士研究成果。或许这些已经进入初步研究阶段的项目，可以成为中法化妆品科研合作的最初一批课题。

纵观历史，每次经济不景气，都是科技创新长期停滞的结果。而划时代的技术创新，总会令世界经济重新焕发勃勃生机。2008年经济危机正逢iPhone手机面世，两年后的2010年，在iPhone 4的推动下，移动互联网实现了大众化，从而引领了全世界近十年的经济繁荣。过去这十年，吸收就业、推动经济的许多科技公司，都是立足于智能手机和移动互联网这两个基石。疫情过后，俄乌冲突的阴影仍未退去，世界各国经济都处在下行期，我从网上读到了人们普遍的焦虑和悲观。但我看到的本质是，最近十年科技创新一直都在小打小闹地升级，没啥突破。今年又出现两个石破天惊的技术革命：Open AI的GPT4和苹果的vision pro，我很乐观地认为，一两年后，当这两个技术成熟完善和大众化后，必能将世界经济从存量竞争（内卷）拉回到增量竞争，创造出大量新的财富和工作岗位。所以，我觉着现在不必对未来经济太过悲观。

但我们也能看到，无论是人工智能还是增强现实，它们都是通过一块电子显示屏将影像传入眼睛，通过视觉系统和大脑的思维运动，来和人类互动，让人体感受一种虚幻的沉浸式体验的。如果用多了，还有可能造成近视和疲倦。化妆品的魅力，则在于它能通过刺激我们所有的感官——视觉、嗅觉、味觉、触觉，甚至是听觉（帮助人们放松改善身心健康的自然生态疗法就会用到）——来带给我们愉悦的体验。这种感官沉浸是实际的，是可触摸的，是直接作用于情感和心理的，更是健康和有益的，与人体生态学相符合。化妆品的科技创新，比硅谷的创新更有生命力和发展潜能。法国在化妆品科研方面的深厚积累，中国的庞大人才储备和人口基数，为两国在创新科技领域的合作提供了无比广阔的可能性。我希望这本书能成为一座桥梁，让中法两国人民能够更深入地理解彼此，进而激发两国化妆品科技创新的高效合作，共同引领下一次的科技创新革命，推动中国经济走向新的高度，带领全球经济回暖，让每一个中国人的生活质量持续提升，实现共同繁荣富裕和幸福的理想。

王登君

2023年6月于法国巴黎